LES LIONS EN HIVER

Née à Trapani mais palermitaine de cœur, Stefania Auci est enseignante. Elle a publié en 2015 un premier roman historique, *Florence*, avant d'inaugurer en 2019 avec *Les Lions de Sicile* une saga magistrale sur les Florio. Véritable phénomène littéraire international, il a été traduit en une dizaine de langues et est en cours d'adaptation en série.

Paru au Livre de Poche :

La Saga des Florio

1. Les Lions de Sicile

2. Le Triomphe des lions

STEFANIA AUCI

Les Lions en hiver

La Saga des Florio, tome 3

ROMAN TRADUIT DE L'ITALIEN PAR RENAUD TEMPERINI

ALBIN MICHEL

Chapitres 5 à 8 de l'édition originale italienne parue sous le titre :
L'INVERNO DEI LEONI. La Saga dei Florio – II
Publié chez Casa Editrice Nord S.u.r.l.,
Gruppo editoriale Mauri Spagnol en 2021.

ISBN : 978-2-253-24459-2 – 1re publication LGF

À Eleonora et Federico,
pour toute leur tendresse et toute leur affection.
Je suis très fière de vous.

«J'ai vécu assez vieux. Ma vie à son déclin
Ne garde que des feuilles jaunies et desséchées.
À tout ce qui devrait entourer la vieillesse,
Honneur, amour, respect, et des légions d'amis,
Je ne dois pas m'attendre ; à leur place il m'échoit
Des malédictions, pas moins intenses pour être muettes,
Ou l'hommage feint que le pauvre cœur
Voudrait, mais n'ose pas, désavouer.»

William SHAKESPEARE, *Macbeth*, V, 3, 24-30
[traduction de Jean-Claude Sallé,
in William Shakespeare, *Œuvres complètes. Tragédies II*, Paris, Robert Laffont,
«Bouquins», 1995, p. 7. (*N.d.T.*)].

DU COGNAC

mars 1894 - mars 1901

Abballa quannu a fortuna sona.
« Quand la chance joue sa musique, danse ! »
Proverbe sicilien

Vers la fin de l'année 1893, la situation s'aggrave en Sicile : le 10 décembre, à Giardinello, dans la province de Palerme, une manifestation contre les impôts s'achève sur un tragique bilan de onze morts et de nombreux blessés ; le 25 décembre, sept personnes décèdent lors d'une manifestation similaire à Lercara Friddi, toujours dans la province de Palerme. Et plusieurs manifestations éclatent à travers l'île, souvent réprimées avec violence. Le 4 janvier 1894, alors que le nombre total de morts dépasse le millier, Francesco Crispi décrète l'état de siège en Sicile, nomme Roberto Morra di Lavriano, ancien préfet de Palerme, au poste de commissaire civil extraordinaire du roi, et lui confère les pleins pouvoirs. La répression – menée par quarante mille soldats – est brutale : des peines très sévères sont prononcées au terme de procès sommaires ; comme l'écrit le commissaire lui-même dans son rapport, « la liberté individuelle, l'inviolabilité du foyer, la liberté de la presse, le droit de réunion et d'association » sont abolis et, comme on pouvait s'y attendre, les Faisceaux des travailleurs sont dissous. Mais les revendications économiques et sociales qui ont rapproché des ouvriers et des paysans, des artisans et des extracteurs de soufre, et même des fonctionnaires et des enseignants, dépassent largement les frontières de l'île : des manifestations et des émeutes éclatent des Pouilles à l'Émilie, d'Ancône à Brescia, et surtout en Lunigiane, où deux cent cinquante personnes sont arrêtées. La plupart de ces mouvements s'unissent au sein du Parti socialiste des travailleurs italiens, officiellement né en 1892 et devenu, le 13 janvier 1895, le Parti socialiste italien, avec Filippo Turati pour secrétaire.

C'est donc dans un contexte de profond malaise social que, le 21 février 1894, Sidney Sonnino, ministre des Finances et du Trésor, annonce au Parlement la nécessité d'augmenter les impôts pour surmonter les difficultés économiques que connaît le pays. Il se heurte à une opposition virulente, qui le contraint à démissionner. Crispi ne renonce pas pour autant à ses projets : son troisième gouvernement tombe le 4 juin, mais, dès le 14, son nouvel exécutif est prêt. Aidé, entre autres, par l'immense indignation que suscite l'attentat manqué de l'anarchiste Paolo Lega contre sa personne (16 juin 1894), il parvient, le 20 juillet, à faire approuver une série de mesures économiques incluant l'augmentation du prix du sel, celle des taxes sur les céréales et, surtout, celle de l'impôt sur le revenu.

Le quatrième gouvernement Crispi tombe à son tour le 10 mars 1896, quelques jours après la défaite d'Adoua (1er mars 1896), au cours de laquelle quatorze mille cinq cents soldats italiens (dont au moins six mille perdent la vie au combat) tentent en vain de repousser l'assaut des cent mille soldats du négus Ménélik II. Le député libéral Bernardo Arnaboldi Gazzaniga résume alors en ces termes la désastreuse entreprise africaine de l'Italie: «En douze ans, notre politique coloniale nous a amenés non seulement [...] à dépenser environ cinq cents millions de lires pour rien, [...] mais encore à augmenter partout la pauvreté et le mécontentement des populations» (intervention du 19 mai 1897 à la Chambre des députés).

Crispi est remplacé par Antonio Starabba di Rudinì, président du Conseil jusqu'au 29 juin 1898, à la tête de quatre gouvernements différents. La situation économique du pays, déjà très difficile en raison du coût très élevé de l'entreprise coloniale, est aggravée par l'insuffisance des récoltes (en septembre et octobre 1896, de graves inondations se sont produites dans le Piémont et en Calabre); il en résulte une forte augmentation du coût des céréales importées, et donc du prix du pain, qui s'établit en moyenne entre trente-cinq et soixante centimes le kilo. Le profond mécontentement populaire prend désormais les traits d'une véritable conscience sociale. En 1897, quinze députés socialistes, parmi lesquels Leonida Bissolati et Filippo Turati, sont élus au Parlement. Au cours des premiers mois de 1898, une série de protestations et de grèves enflamment toute la Péninsule, notamment à Florence, Ancône, Rome, Foggia, Naples. Le 8 mai, à Milan, le général Fiorenzo Bava Beccaris, investi des pleins pouvoirs et placé à la tête de vingt mille hommes, ordonne d'ouvrir le feu sur des manifestants réunis piazza del Duomo, faisant au moins une centaine de morts. Dans les jours qui suivent, il procède à l'arrestation d'environ deux mille personnes, à la fermeture de quatorze périodiques et à la dissolution de la Chambre du travail. Il sera plus tard nommé, par arrêté royal, grand officier de l'Ordre militaire de Savoie, « en récompense de l'immense service qu'il a rendu aux institutions et à la civilisation ».

Les soulèvements populaires ne cessent cependant pas. Toujours en 1898, l'état de siège est déclaré en Toscane et dans la province de Naples le 9 mai, dans la province de Côme le 11. Le 29 juin, après la démission de Rudinì, le roi nomme à la tête du gouvernement le général Luigi Pelloux, qui, en février 1899, tente de faire approuver un projet de loi prévoyant l'intégration dans l'armée des employés des chemins de fer et des postes, mais aussi une sévère limitation de la liberté d'association et du droit de grève et enfin une censure préventive des journaux. L'opposition de la gauche est acharnée et, après une longue série de violents débats parlementaires, Pelloux démissionne de son second mandat (14 mai 1899-24 juin 1900). Le modéré Giuseppe Saracco lui succède ; il restera en fonction jusqu'au 15 février 1901.

Le 4 juin 1899, le roi Humbert Ier avait accordé l'amnistie à tous les condamnés reconnus coupables d'avoir participé aux « émeutes pour le pain ». Ce geste de clémence n'a toutefois pas dissuadé l'anarchiste Gaetano Bresci d'assassiner le souverain de trois coups de feu, le 29 juillet 1900, à Monza, avant de déclarer : « J'ai agi pour venger les victimes pâles et sanglantes de Milan… Mon intention n'était pas de tuer un homme, mais un principe. » Condamné à la réclusion à perpétuité le 29 août, Bresci meurt en prison, peut-être par suicide, le 22 mai 1901.

Victor-Emmanuel III monte sur le trône le 11 août 1900, à l'âge de trente ans.

Le cognac est une affaire de terroir, de bois, de patience et d'eau de mer. Comme le whisky. Comme le marsala.

L'emploi du mot est attesté dès le XVIIe siècle, mais à partir du 1er mai 1909, en vertu d'un décret gouvernemental français, le reste du monde dut se résigner à produire une simple « eau-de-vie », l'appellation d'origine contrôlée étant désormais réservée à la Charente. On y trouve en effet un sol calcaire, riche en sédiments marins et recouvert de cépages comme l'ugni blanc – un clone du trebbiano introduit en France après les catastrophes causées par le phylloxéra à la fin du XIXe siècle –, le colombard aux grains jaunes délicats, et la folle-blanche aux grappes compactes. Pour devenir du cognac, le vin doit être composé d'au moins quatre-vingt-dix pour cent de ces trois raisins, seuls ou mélangés. Pour les dix pour cent restants, on peut en utiliser d'autres : le montils, le sémillon, le jurançon blanc, le blanc ramé, le select, le sauvignon.

Cela ne suffit cependant pas : il faut aussi respecter la période fixée pour la récolte, en général d'octobre jusqu'aux premières gelées. Sans compter les règles de fabrication des tonneaux, dont le bois doit provenir des forêts de chênes du Limousin et du Tronçais. Leurs douelles mûrissent à l'air, et ne sont ensuite reliées que par des cercles de fer, afin qu'aucun clou ni aucune colle n'altère plus tard la saveur de la boisson. Puis les tonneaux sont chauffés de l'intérieur pendant une longue période, avec la plus grande prudence. Enfin, avant d'être versé dans les barriques, le vin doit être distillé dans l'alambic charentais traditionnel pas moins de deux fois, d'abord entre vingt-cinq et vingt-sept degrés puis entre soixante-dix et soixante-douze degrés.

Alors seulement, vient la période de repos. Car c'est ainsi : tout ce qui est beau et précieux requiert du temps. Du calme. De la patience. Bien qu'ils ne soient mentionnés dans aucune recette, ces ingrédients sont essentiels. Il faut attendre, et attendre encore : rien de bon ne peut naître à une date prématurée.

Pour le cognac, l'attente est d'au moins deux ans mais peut aller jusqu'à cinquante ans, voire davantage. Dans les caves imprégnées de l'odeur de l'Atlantique où l'évaporation s'opère lentement, où l'arôme de l'alcool se mêle à celui du bois et du sel, le cognac acquiert ses saveurs caractéristiques de vanille, de tabac, de cannelle et de fruits secs, il prend une couleur ambrée et une consistance soyeuse. Bien entendu, son volume diminue chaque année de trois à cinq pour cent. Mais les Français savent qu'il s'agit là de la *part des anges** [1]. Les caves abritent d'ailleurs

1. Les mots et expressions en italique suivis d'un astérisque sont en français dans le texte original.

un espace appelé *Paradis**, réservé aux cognacs d'au moins cinquante ans d'âge.

*

Une fille, hélas.

Le sourire d'Ignazio s'est estompé lorsque la sage-femme lui a annoncé la nouvelle, et il a répondu aux compliments et aux bons vœux d'un simple hochement de tête. Diodata a ouvert la porte de la chambre de Franca, l'a laissé entrer et lui a mis entre les bras un petit être tout rouge et en pleurs, emmailloté dans des couvertures pour le protéger du froid de novembre.

Allongée dans son lit, Franca a les yeux fermés et les mains sur le ventre. L'accouchement a été long et difficile.

Ignazio s'est approché d'elle. En entendant ses pas, elle a ouvert les yeux.

« C'est une fille. Je suis désolée. »

À ces mots, prononcés d'un ton si navré, une vague de tendresse a submergé Ignazio. Il s'est assis à côté de son épouse, l'a embrassée sur le front et lui a répondu, en lui confiant le bébé : « C'est *notre* fille, et elle s'appelle Giovanna. » Ils ne sont plus un couple à la recherche laborieuse de son équilibre, ils forment maintenant une famille.

Au bout de trois mois, Giovannuzza a déjà conquis le cœur de son père. Si Franca reste sa reine, sa fille est sa princesse.

De toute façon, il finira bien par avoir un garçon, tôt ou tard. La Maison Florio a besoin d'un héritier.

Le médecin a dit à Ignazio qu'il pourrait bientôt fréquenter à nouveau la chambre de sa femme, et c'est l'une des rares bonnes nouvelles de la période.

Oui, le mois de janvier 1894 a été difficile. Il y a eu peu de fêtes, à l'exception des réunions de famille, et peu d'occasions de se divertir. On reste enfermé chez soi, sous la protection de gardiens vigilants, afin que personne ne vienne troubler la tranquillité des gens comme il faut.

Palerme n'est plus un lieu sûr.

Dans les premiers jours de l'année, l'état de siège a été déclaré sur l'île. La faute en revient aux agitations déclenchées par les Faisceaux siciliens, cette organisation qui fédère des travailleurs agricoles et des ouvriers d'usine, hommes et femmes, tous également révoltés contre le poids des impôts et les vexations qu'ils sont souvent contraints de subir. À la vitesse d'une épidémie foudroyante, les manifestations se sont propagées de la ville à la campagne, et transformées en de véritables révoltes. À Pietraperzia, à Ispica, à Salemi, à Campobello di Mazara, à Mazara del Vallo, à Misilmeri, à Castelvetrano, à Trapani et à Santa Ninfa, des insurgés ont brûlé les bureaux de l'octroi et, les armes à la main, pris d'assaut des bâtiments publics et des prisons, où ils ont libéré des détenus.

La Sicile est en proie à un tel chaos qu'il a fallu l'intervention de l'armée pour rétablir l'ordre. Les « Piémontais », comme les appellent les vieillards, sont placés sous le commandement du général Morra de Lavriano, doté des pleins pouvoirs par le gouvernement ; fusil baissé, ils ont ouvert le feu sans distinction sur tous les protestataires, y compris des femmes. En revanche, rien n'a été fait contre ceux qui tyrannisent les paysans et les ouvriers, victimes de la faim et du désespoir. Bien au contraire, chaque manifestation s'est achevée sur un lourd bilan de morts, de blessés et d'arrestations suivies de procès. La déception a été d'autant plus amère que le gouvernement au pouvoir est dirigé par Francesco Crispi, un Sicilien et ancien garibaldien, qui a succédé à Giolitti après le scandale de la Banca Romana.

Il règne maintenant un calme pesant, dicté par la peur, maintenu à grand renfort d'arrestations incessantes et de peines sévères. Il y aurait de quoi donner raison à donna Ciccia, quand elle marmonne qu'on ne peut pas faire confiance à « l'autre, là », et qu'on se croirait revenu sous les Bourbons. Ce soir, de faibles lumières éclairent la villa et le jardin. Des reflets chauds enflamment le verre de cognac qu'Ignazio tenait à la main il y a un instant à peine. Son arôme épicé, enrichi d'une subtile nuance de miel, emplit la pièce.

Quelqu'un frappe à la porte. « Entrez ! » bougonne Ignazio, arraché à la lecture des caractéristiques du *Britannia*, le cotre du prince de Galles dont on est en train d'achever la construction sur un chantier naval de Glasgow et que, en juin prochain, le *Walkyrie* d'Ignazio affrontera à l'occasion de la Channel Race.

Le visage de Franca apparaît dans l'encadrement de la porte. « Tu n'es pas encore prêt ?

— Pas encore, ma chérie. Mais dis-moi plutôt comment va Giovannuzza, lui répond son mari en mettant de côté ses papiers. Pourquoi est-ce qu'elle a pleuré tout l'après-midi ?

— La nurse m'a expliqué qu'elle a eu une vilaine colique. Elle lui a massé le ventre très longtemps. »

La pensée de ce petit corps doux et parfumé l'emplit d'une tendresse dont elle se croyait incapable. Au début, après les souffrances de l'accouchement, Franca avait craint de développer une sorte de rejet envers sa fille : elle avait eu trop mal, et trop de difficulté à se remettre. Mais contre toute attente, cette petite fille l'a séduite d'un simple regard ; elle lui a dès cet instant voué un amour passionné, total, qui exclut le reste du monde et la protège de toutes les laideurs de la vie.

Franca rejoint son mari. Depuis la naissance de Giovannuzza, son corps est devenu – si tant est que ce soit possible – encore plus voluptueux. Ignazio ne résiste pas ; il la serre contre lui, l'embrasse dans le cou et murmure, les lèvres collées contre sa peau : « Tu es une déesse. »

Franca rit et le laisse faire, même s'il a fallu près de deux heures à Diodata pour la coiffer. Ignazio est trop tendu, ces derniers temps, elle a le sentiment de ne pas parvenir à lui donner la sérénité dont il a besoin, et surtout, elle veut l'empêcher de la chercher auprès d'autres femmes.

Avec ce scandale de la Banca Romana, il s'est passé bien des choses surprenantes. Pendant plusieurs jours, Ignazio a reçu d'innombrables visites de messieurs à la mine sévère dans son cabinet de travail de l'Olivuzza, et il a passé beaucoup plus de temps que d'habitude dans les bureaux de la piazza Marina. Franca a aussi entendu dire qu'après la fermeture des succursales du Credito Mobiliare, Ignazio avait dû débourser cinq millions [1], une somme qui lui avait semblé tantôt gigantesque, tantôt insignifiante. D'ailleurs, elle ne comprend pas grand-chose à la finance. C'est sa mère qui réglait, autrefois, les factures de sa couturière et de sa modiste, et c'est maintenant Ignazio qui s'en occupe directement… Elle a bien essayé de poser des questions, mais Ignazio et Giovanna lui ont répondu par des explications peu claires et un vague encouragement à « ne pas s'inquiéter ».

Le visage enfoui dans les cheveux de Franca, Ignazio lui demande : « Il faut vraiment qu'on y aille ? On ne pourrait pas monter dans ta chambre ? » Puis il glisse une main sous sa robe de chambre, écarte son corset, lui caresse les seins. Elle se débat, rit et le repousse d'une main. « Je n'aurais jamais pensé qu'un jour je devrais insister pour convaincre mon mari d'aller au théâtre et à une réception ! » Elle referme sa robe de chambre et jette sur son époux un regard en coin. « Je vais finir de me préparer… et tu serais bien avisé d'en faire autant. »

Ignazio rétorque avec un sourire : « On reparlera de tout ça à notre retour. » Et il ne la laisse partir qu'après avoir déposé un baiser sur son poignet.

*

Le 4 mars 1894, dans l'après-midi, la voiture des Lanza di Trabia s'arrête devant l'entrée de l'Olivuzza. Pietro, Giulia en descendent l'un après l'autre,

1. Environ vingt-deux millions d'euros. *(N.d.A.)*

suivis d'un homme aux cheveux noirs ondulés, au front large, au regard vif et aux moustaches épaisses. Le majordome les accueille et les accompagne vers un escalier en marbre rouge, décoré de cascades de fleurs, au sommet duquel Franca les attend. Elle tend aussitôt les bras à Giulia et à Pietro, les embrasse et les invite à s'asseoir dans le jardin d'hiver. Puis elle se tourne vers le troisième invité et lui sourit. « Soyez le bienvenu, maître. Votre présence ici est un immense honneur pour nous. » Elle soulève le bas de sa jupe. « Veuillez me suivre, s'il vous plaît. Nos hôtes se réjouissent à l'idée de vous rencontrer. »

Giacomo Puccini lui emboîte le pas, non sans jeter un coup d'œil aussi discret que possible sur ses jolies formes. Il est à Palerme pour une représentation de *Manon Lescaut*, son opéra créé un an plus tôt à Turin, et la ville lui a réservé un accueil enthousiaste : applaudissements nourris en cours de spectacle, nombreux rappels du compositeur et des chanteurs au moment des saluts, ovation finale qui a fait trembler tout le Teatro Regio. Franca et Ignazio ont rencontré Puccini la veille au soir, lors du dîner offert en son honneur au palais Butera, et ils l'ont invité à prendre le thé, afin de parachever son triomphe.

Franca ralentit le pas et se rapproche de lui. « Maître, votre *Manon* m'a touchée au plus profond de mon âme. Hier, je n'ai pas eu le courage de vous l'avouer, mais j'ai pleuré à chaudes larmes. »

Puccini semble confus. Ce compliment, prononcé avec un élan si sincère, l'émeut beaucoup. Il s'immobilise, baise la main de Franca et s'exclame : « Madame, vos confidences valent pour moi davantage que tous les applaudissements d'hier soir. J'y suis très sensible et je vous en suis fort reconnaissant. »

Franca hésite avant d'ajouter, dans un souffle : « Pourquoi la grande musique fait-elle souffrir ainsi ? »

Puccini écarquille ses beaux yeux sombres et murmure à l'oreille de Franca : « Parce qu'elle commence là où les mots se terminent. Tout comme la beauté… Je suis sûr que vous savez ce que je veux dire. » Et il lui baise à nouveau la main.

Franca rougit, sourit, passe un bras sous celui de Puccini et l'entraîne un peu plus loin.

*

« Ignazio ! » La signification de l'appel lancé à mi-voix par Giovanna est sans équivoque.

Elle aussi a été témoin de la scène : par deux fois, Puccini s'est penché pour baiser la main de Franca, et il lui a même chuchoté quelque chose à l'oreille. Cette marque de familiarité – d'intimité ? – a sans aucun doute provoqué la fureur d'Ignazio, qui attend son invité à la porte du jardin d'hiver. Sa mère le connaît trop bien : il est jaloux et possessif, malgré ses infidélités ; et, comme les enfants gâtés, il ne supporte pas que quelqu'un touche à ses jouets.

Franca et Puccini se tiennent maintenant devant lui ; il parvient tant bien que mal à sourire et s'écrie, d'une voix un peu trop aiguë : « Maître, je vous souhaite la bienvenue ! » Puis il s'interpose entre sa femme et le musicien, qu'il conduit auprès de Giovanna, donna Ciccia et un groupe de femmes âgées vêtues de noir.

Giovanna a préparé cette réception jusque dans ses moindres détails : elle a choisi les fleurs, le linge de table, l'argenterie, les tasses, la kyrielle de mélanges de thé présentés dans des boîtes en bois et même les desserts. L'ensemble est d'une telle perfection et d'une telle élégance qu'on se croirait devant un tableau, plus précisément devant une nature morte. *Ma belle-mère ne me fait toujours pas confiance*, pense Franca en jetant des regards autour d'elle.

Un éclat de rire l'arrache à ses pensées : celui, reconnaissable entre tous, de Tina Scalia Whitaker, l'épouse de Joseph Isaac Whitaker, que tout le monde appelle, en toute simplicité, Pip, et qui est le petit-fils de ce Ben Ingham dont le rôle a été si décisif dans la vie de Vincenzo Florio, le grand-père d'Ignazio. Pip et Tina forment le couple peut-être le plus en vue de Palerme, mais on aurait du mal à imaginer des personnalités plus différentes : Pip poursuit la tradition familiale de production et de commerce du marsala, tout en pratiquant, en amateur, l'archéologie et l'ornithologie, ses deux véritables passions ; fille d'un général garibaldien, Tina est une femme cultivée et intelligente qui vit et se nourrit de mondanités, et personne n'échappe à ses sarcasmes acérés.

Franca se tourne vers le petit groupe de femmes de la famille Whitaker, qui bavardent dans un mélange d'anglais et de sicilien, et croise le regard de Tina. Un court instant, Franca lit dans les yeux de son invitée une expression à mi-chemin entre la compassion et la moquerie. Elle sait que Tina ne voit en elle qu'une belle jeune femme plutôt sotte, une jolie poupée élégante à exhiber de temps à autre. Alors elle serre les lèvres, effleure comme un talisman, pour se donner du courage, son collier de topazes et de perles, et se contente de lui adresser un hochement de tête.

La voix de son époux attire son attention.

« Le Teatro Regio est certes très beau, mais il n'a pas une acoustique idéale, explique Ignazio à Puccini et au groupe nombreux qui les entoure. Le Teatro Massimo sera prêt d'ici peu, je le dis avec d'autant plus de confiance et de fierté que le toit de ce bâtiment a été fabriqué dans la fonderie de ma famille.

— Alors je remercie le mécène à l'origine du futur temple palermitain de l'opéra… et aussi sa fonderie ! » s'exclame Puccini, dont le propos provoque le rire de toutes les personnes présentes.

Dans le silence qui suit, une jeune femme à l'air sérieux s'avance vers lui. « Maître… c'est un tel privilège d'avoir l'honneur de vous parler… Puis-je me permettre de vous poser une question ?

— Je vous en prie, répond Puccini avec un sourire.

— Comment… comment vous y prenez-vous pour écrire votre musique ?

— Le travail d'un compositeur n'est pas un travail comme les autres, il ne vous laisse pas un moment de répit. Cela s'apparenterait plutôt à une sorte… d'obligation de l'esprit. Même au moment où je vous parle… j'entends des notes dans ma tête, des notes qui forment un legato. C'est un torrent impétueux qui se rue vers la rivière et ne s'apaise pas avant de l'avoir atteinte. Tenez, voici un exemple… » Il s'approche du piano que le petit Vincenzo tourmente deux fois par semaine pendant ses cours de musique.

Les bavardages cessent, on repose les tasses sur leurs soucoupes et même les domestiques s'immobilisent.

Dans le silence soudain, Franca s'approche de l'instrument et encourage Puccini d'un regard appuyé.

Puccini chante alors un air de *La Bohème* en s'accompagnant lui-même au piano :

Che gelida manina, se la lasci riscaldar
Cercar che giova ?
Al buio non si trova.
Ma per fortuna è una notte di luna,
e qui la luna l'abbiamo vicina...

La mélodie se déploie dans toute la pièce ; l'air parfumé de vanille et de thé capture les notes, et semble même réticent à les laisser s'estomper. Une fois son morceau achevé, le compositeur garde les doigts suspendus au-dessus du clavier, le visage rouge d'émotion.

Il se lève sous un déluge d'applaudissements et se penche vers Franca : « Je suis heureux que vous ayez entendu un morceau de mon prochain opéra. Le souvenir du moment que je viens de vivre m'aidera à le terminer. »

Franca rougit. Ignazio ordonne qu'on serve du champagne pour porter un toast « au futur triomphe du maestro Puccini, et dans l'espoir qu'il reviendra à Palerme pour le faire représenter ici ! ». Les messieurs hochent la tête, et les dames soupirent à la pensée que cette musique a vraiment quelque chose de divin.

Après s'être joint au toast, Puccini s'approche à nouveau de Franca, qui déclare, d'un ton ému :

« Quelle splendeur ! Merci pour ce cadeau inattendu. »

En guise de réponse, Puccini lui prend les mains et les soulève vers ses propres lèvres. Les regards des invités trahissent une curiosité insatiable, les chuchotements deviennent effrontés. *Non, vraiment, elle dépasse les bornes de la décence. Elle se croit peut-être au-dessus des règles ?*

Puccini tient à exprimer sa reconnaissance : « Merci à votre famille de m'avoir ouvert les portes de cette magnifique demeure. Et merci à vous en particulier, madame. Vous avez en vous une lumière extraordinaire, une lumière précieuse. Je vous souhaite de la conserver pour l'éternité. »

À ces mots, Franca sourit. Mais des larmes perlent brièvement à ses paupières.

Une seule personne le remarque.

Sa belle-sœur Giulia.

*

Le palais Butera, demeure des Lanza di Trabia, est adossé aux murs de la ville, à quelques pas de la porte Felice. Le jardin d'hiver surplombe une mer couleur acier qui reflète les nuages gris de cette journée exceptionnellement sombre pour un début de mois de mai. Un parfum de feuilles sèches, de terre humide et de fleurs bourgeonnantes imprègne l'air. Assises dans des sièges en osier perdus parmi des citronniers en pots et de petits bananiers, Franca et Giulia peuvent parler en toute liberté, pendant que Vincenzo et les enfants de Giulia jouent non loin d'elles, sous le regard attentif des gouvernantes.

« Alors ? Pourquoi as-tu demandé à me voir ? »

Franca serre l'anse de la coupe en porcelaine de Sèvres ornée des armoiries des Lanza di Trabia. Elle essaie de se rappeler quand Giulia lui a pour la première fois adressé des questions d'une telle brusquerie, désormais si différente de la jeune femme qui lui avait écrit des lettres affectueuses et lui avait réservé un accueil chaleureux lors de son mariage avec Ignazio. Mais elle répugne à la juger : ses relations tendues avec sa belle-mère et la mort du petit Blasco l'ont durcie. Et Franca n'a pris la vraie mesure de cette tragédie qu'après être elle-même devenue mère.

Quelque part parmi les arbres, Vincenzo pousse un petit cri auquel Giuseppe, l'aîné de Giulia, répond par un rire. On entend des piétinements et le bruit d'une balle qui rebondit. Quel étrange spectacle, cet oncle et son neveu qui sont encore des enfants de onze et cinq ans !

Giulia esquisse un sourire, le premier depuis l'arrivée de Franca, puis elle invite du regard sa belle-sœur à parler.

« J'ai besoin d'un conseil, lui dit Franca. D'un conseil sincère. Comme si tu étais ma sœur. »

Giulia hausse les sourcils avant de baisser les yeux sur les doigts de Franca. Ils tremblent.

Elle lui prend sa tasse des mains, la dépose sur la table et s'abandonne contre le dossier de son fauteuil. « Pourquoi trembles-tu ? » Elle baisse la voix. « Tu as encore peur de tout et de tout le monde, n'est-ce pas ? Tu as peur du jugement d'autrui. »

Franca bat des paupières, hoche la tête, surprise, et observe ses doigts couverts de bijoux.

« Je me suis longtemps demandé, reprend Giulia, quand tu finirais par comprendre que ça ne peut pas continuer comme ça. Tu me fais l'effet d'une âme en peine. »

Les mains de Franca se crispent sur l'étoffe de sa jupe et sa voix se brise. « Ne me prends pas pour une naïve. Ignazio… J'ai toujours pensé que c'était surtout lui qui faisait l'objet de rumeurs, de ragots. Et je me suis imposé de ne pas les écouter parce qu'au bout du compte, il me revient toujours et c'est moi qu'il aime. Seulement voilà, les critiques ne m'épargnent pas non plus. Chaque fois que nous sortons ensemble, j'entends des remarques, des plaisanteries… Hier soir, chez les de Seta, il a fait le joli cœur avec la maîtresse de maison d'une manière vraiment vulgaire. Je me suis sentie humiliée à un point ! À la maison, j'ai l'impression de ne pas être chez moi et de parler dans le vide : tout le monde s'adresse à ta mère. Et j'ai même la sensation que les domestiques me regardent d'un drôle d'air. Ta mère est une femme très pieuse, une bonne chrétienne, personne ne le conteste ; mais elle ne me passe rien. » L'épanchement de Franca a pris l'impétuosité d'un fleuve en crue. Un sanglot lui échappe. « Elle a toujours quelque chose à me reprocher, et elle n'est d'ailleurs pas la seule. Tout le monde, toute la ville fait comme elle ! Je parle trop, je ne parle pas assez, je ne m'habille pas comme il faut, je ne sais pas ce que je dois faire ou ce que je ne dois pas faire… »

Giulia secoue la tête, mais Franca peine à déchiffrer les émotions qui passent sur son visage. Un sourcil levé, Giulia répond : « Tu es trop gentille, ma chérie. Beaucoup trop. Il va te falloir montrer les dents, sinon ils vont te dévorer toute crue. Et c'est valable aussi pour ma mère. »

Franca écarquille ses beaux yeux verts. Giulia ne mâche pas ses mots, elle est d'une sincérité brutale. « Tu crois vraiment ? lui demande Franca d'une voix tremblante.

— Oui. » Giulia se lève et se dirige vers les baies vitrées. « Tu t'imagines peut-être que je n'ai pas remarqué à quel point tu vas mal ? »

Elle continue de marcher sans attendre que sa belle-sœur la suive, et Franca doit hâter le pas pour la rejoindre.

« Tu es donna Franca Florio, maintenant. Ne t'occupe pas de ma mère, qui est veuve et qui ne pense plus qu'à faire dire des messes pour l'âme de mon père. Tu es l'épouse d'Ignazio, le chef de famille, et tu dois à tout prix obtenir ce qui te revient de droit, à commencer par le respect. » Elle l'attrape par les bras et approche la bouche à quelques centimètres de son visage. « Quand je me suis mariée, mon père m'a fait comprendre que personne, sous aucun prétexte, ne devait jamais se permettre de me marcher sur les pieds. Je devais être la première à me défendre, sans quoi la famille de mon mari m'étoufferait. Et je te dis aujourd'hui exactement la même chose. » Elle fixe sur Franca un regard intense. « J'aime mon frère, mais je le connais, c'est un étourdi, et trop de femmes lui tournent autour. Il est obnubilé par sa petite personne et il ne comprend pas que tu es dans une situation difficile, que les gens te critiquent aussi à cause de lui. Il n'est pas méchant, j'en suis convaincue, mais il est tellement... superficiel, incapable de comprendre ce que tu ressens. Il n'accorde aucune attention à tout ce qu'on raconte dans votre dos... Eh oui, mon petit cœur, les médisances et les calomnies atteignent aussi mes oreilles. »

Giulia relève le visage de Franca, pâle de honte. Elle ne se laisse pas émouvoir par ses cils trempés de larmes, lui saisit les épaules et la secoue.

« Regarde-moi ! Tu dois te protéger par tes propres moyens. Oh, je sais ce que les gens disent des femmes de la famille Florio. Que nous dépensons trop d'argent en vêtements et en bijoux. Que nous profitons de la fortune de nos époux. Que nous sommes des têtes de linotte. Que nous sommes trop arrogantes pour rester à notre place. » Giulia serre le poing. « Moi, je m'en moque éperdument. Et tu serais bien inspirée de m'imiter. Si tu commences à les écouter, tu leur donnes du pouvoir sur toi. N'oublie jamais que ce sont des crève-la-faim, des envieux. Nous, nous avons tout ce qu'ils n'ont pas, et c'est pour ça qu'ils ne cesseront jamais de dire du mal de nous. »

Giulia parle sans détour. D'un air féroce.

Franca ne se doute pas des difficultés que sa belle-sœur a dû affronter. Elle ignore qu'elle a été contrainte, elle aussi, de subir de cuisantes humiliations, surtout dans les premiers temps de son mariage, quand sa belle-mère ne perdait pas une occasion de lui reprocher, en privé et en public, ses origines bourgeoises, quand elle profitait du moindre prétexte pour lui rappeler que ce mariage n'était guère plus qu'un contrat. Quant à Pietro, il ne l'a jamais défendue, jamais aidée. En aucune façon.

Ces longues années difficiles n'ont cependant pas été inutiles à Giulia, qui a appris à ne pas abandonner, à ne pas baisser la tête. Elle a senti grandir en elle une rage semblable à celle que son grand-père Vincenzo avait éprouvée toute sa vie : il s'en était servi pour dominer une ville qui voulait l'humilier ; elle en a fait, de son côté, d'abord un bouclier, puis une arme offensive pour imposer le respect aux Lanza di Trabia. Maintenant, elle est la vraie maîtresse de cette maison et de cette famille. Et c'est en appliquant la règle d'or de son père qu'elle est parvenue à ses fins : « Rien n'est plus précieux que la lucidité, la maîtrise de soi. » En se rappelant sans cesse l'injonction qu'il ne s'est jamais lassé de lui répéter : « Écoute ta tête, pas ton cœur. » L'image qu'elle donne d'elle-même est celle d'une femme hautaine et distante, mais elle l'a construite de ses propres mains, pour se protéger.

Non, Franca n'a aucune idée du prix exorbitant que sa belle-sœur a dû payer pour devenir ce qu'elle est : une femme déterminée, inaccessible, orgueilleuse.

Et c'est exactement ce que Giulia veut lui montrer. Franca se doit de conquérir une place de premier plan chez les Florio et à Palerme. C'est un impératif absolu, il n'y a pas d'autre solution. Et elle y parviendra à la seule condition de trouver en elle la force et le détachement nécessaires. De devenir insensible à tout ce qui la fait encore souffrir. De construire des murs d'enceinte autour de son âme.

Franca regarde Giulia en face, s'essuie nerveusement la joue, réfléchit.

Pour sa belle-mère, être une Florio signifiait obéir à son mari en tout, ne jamais lui donner de raison de la blâmer ou de se plaindre d'elle, briller en société, être à la hauteur en toutes circonstances. Et s'il avait des torts à se reprocher, sa tâche à elle consistait à les lui pardonner.

Les propos de Giulia, en revanche, évoquent une situation où Ignazio se trouve relégué à l'arrière-plan. Il n'y a plus qu'elle, Franca, distincte – affranchie ? – de son rôle d'épouse. Elle doit être, avant tout, elle-même. Fière. Supérieure. Intouchable. Aucune critique ne devra jamais la blesser, et si par malheur cela se produisait, la blessure devrait cicatriser aussitôt.

Franca se libère de l'étreinte de Giulia et s'éloigne d'un pas. Tout cela est si éloigné de ce que Giovanna lui a dit, de l'éducation qu'elle a reçue : elle a toujours été une fille obéissante, une épouse respectueuse, et voilà que… Elle murmure, d'une voix plaintive : « Mais je… je me suis bien comportée. Je n'ai pas protesté, je n'ai pas pleuré quand il… Même quand j'ai su qu'il me trompait, je… j'ai continué d'agir en bonne épouse… ou en tout cas, j'ai essayé.

— Et c'est précisément en cela que tu as commis une erreur, en essayant de plaire à tout le monde. Rien ne t'oblige à bien te comporter : il faut prendre ce qui t'appartient de plein droit, sans craindre d'être jugée. Tu n'es plus une gamine qui a besoin de l'approbation de sa mère. Il ne suffit pas de porter un nom de jeune fille prestigieux. Et pour gagner le respect de ton mari, il ne suffit pas de lui avoir donné un enfant. Quant à ma mère… n'espère pas qu'elle s'efface de son plein gré. Elle s'y décidera quand elle verra que tu es à la hauteur du nom de sa famille, et crois-moi, ce ne sera ni facile, ni rapide. Rappelle-toi notre vieux proverbe : si tu restes les bras croisés au lieu d'agir, ta vie sera gâchée. » Sa voix s'adoucit, se transforme en caresse. « À Palerme, personne ne te fera de fleur. » Elle désigne la ville au-delà des murs du palais, en direction du Cassaro. « Dans cette ville, tout le monde, des charretiers aux princes, se nourrit de pain et d'envie. Certains seraient prêts à mourir plutôt que de reconnaître leur propre médiocrité. Si on t'adresse une critique, rappelle-toi que tu es une Florio, et pas eux. Si on prétend que tes bijoux sont tape-à-l'œil, rappelle-toi que les leurs valent la moitié des tiens. Si quelqu'un trouve à redire à ta façon de t'habiller, rappelle-toi qu'ils n'ont pas le physique, et surtout pas les moyens de porter les mêmes vêtements que toi. Rappelle-toi tout cela quand les gens médisent dans ton dos. Garde tout cela à l'esprit et moque-toi d'eux, d'eux et de leur mesquinerie. »

Franca écoute.

Les paroles de Giulia lui ouvrent des perspectives inexplorées, lui apportent une nouvelle vision des choses. Comme si elle se regardait pour la première fois dans un miroir, et qu'elle découvrait en elle des qualités dont elle s'était toujours crue dépourvue. Comme si la vie lui révélait tout à coup les possibilités infinies qu'elle peut lui offrir.

Giulia l'observe. Et elle comprend. Elle recule d'un pas et esquisse un sourire. Sur le visage de sa belle-sœur, elle a vu s'allumer la flamme d'une conscience aiguë, capable, enfin, de la rendre semblable à elle. « Tu n'as rien à craindre. Tu es née pour être une Florio. » Elle lui caresse le visage. « Tu n'es pas seulement belle, tu es aussi intelligente, pleine de charme et d'élégance. Tu es dotée d'une telle force que personne au monde ne pourra l'ignorer. N'aie pas peur d'être toi-même, mais souviens-toi : un enfant, c'est toujours une bonne chose ; un fils, c'est une bénédiction. À ta place, je m'arrangerais pour retomber enceinte dès que possible. » Giulia baisse la voix et adresse à Franca un clin d'œil chargé de sous-entendus. « Ce sera plus facile, quand tu auras eu un garçon. Et tu seras plus libre. »

Lorsque Franca quitte le palais Butera, suivie par la gouvernante et un Vincenzino sautillant d'excitation après avoir joué tout l'après-midi, elle marche d'un pas léger. Elle regarde droit devant elle, indifférente au ciel sombre qui menace de déverser sur elle une giboulée de printemps.

Oui, elle a été silencieuse, discrète, patiente, soumise.

Mais le moment est venu d'apprendre.

De ne pas avoir d'incertitudes.

De prendre ce qui lui appartient.

De devenir donna Franca Florio.

Cette pensée si surprenante lui donne le vertige.

Devenir moi-même.

*

Un coup de tonnerre retentit au loin.

Ignazio lève la tête de ses papiers et va ouvrir la

fenêtre. Ces jours-ci, le sirocco a peu à peu cédé la place à un ciel gris gorgé de sable qui menace la Cala et les voitures noires luisantes en route vers le Foro Italico. Des messieurs en redingote et des dames en robe de *faille**, de taffetas et de mousseline se promènent sur le Cassaro pour voir et être vus. Palerme a changé. Dans les souvenirs d'enfance d'Ignazio, elle était élégante, discrète. Elle est devenue irrévérencieuse, effrontée : jadis, elle vous espionnait à travers les volets des fenêtres et commentait vos faits et gestes en privé ; aujourd'hui, elle vous regarde droit dans les yeux, toujours prête à dénigrer vos tenues vestimentaires, votre voiture, votre entourage. Et tant d'insolence irrite profondément Ignazio.

Son regard est attiré par une lavandière qui porte un panier de linge en traînant derrière elle un gamin aux pieds nus. Dans certaines rues, il reste des taudis habités par des familles très pauvres, où des femmes décaties vivent dans l'attente perpétuelle de leurs hommes partis au travail, à l'usine ou en mer. Ces gens, Palerme préfère tout simplement ne pas les voir. Ignazio non plus ne veut pas les voir, malgré l'insistance que met sa mère à l'impliquer davantage dans des activités caritatives. Il est conscient de leur importance pour le renom de la famille ; d'ailleurs, les Florio ont ouvert un réfectoire où l'on distribue des repas aux pauvres, Franca appartient à la congrégation des Dames du Giardinello et elle se montre toujours très généreuse, surtout avec les filles perdues... Mais lui, c'est un entrepreneur : il donne du travail et du pain aux employés de la Navigazione Generale Italiana, la NGI, aux ouvriers de l'Oretea et à ceux de la cale de halage. Sans oublier toutes ses autres activités, y compris en dehors de Palerme…

Ignazio se passe une main distraite dans les cheveux, mais il interrompt aussitôt son geste, pour ne pas les ébouriffer. Il contemple son image dans le reflet de la fenêtre ouverte. Moustache pommadée, œillet à la boutonnière, cravate nouée à la perfection et ornée d'une épingle de diamant : il est impeccable.

Mais tous ces papiers posés sur le bureau – en attente d'une signature, d'une lecture, d'une décision – lui gâchent son plaisir.

Parfois, seul dans ce bureau, il a l'impression d'entendre des bruits, comme si l'édifice se plaignait de douleurs qui l'affligent. Comme si des fissures s'ouvraient lentement dans les boiseries. En dépit de son absurdité manifeste, cette idée le met mal à l'aise.

Il s'éloigne de la fenêtre, puis se tourne vers le tableau que son père avait commandé à Antonino Leto et qui représente l'exploitation vinicole de Marsala. Devant le bâtiment, l'eau est verte, calme, et la lumière chaude, caressante.

Il aurait grand besoin d'un tel calme, en ce moment.

Les Florio doivent leur richesse à la mer. Et cette pensée tourmente Ignazio depuis des semaines. À titre de condition essentielle pour le renouvellement des conventions maritimes publiques, on a exigé de lui une modernisation radicale des bateaux à vapeur affectés au transport de passagers. Il s'y est d'abord opposé de toutes ses forces, puis il a promis de prendre les mesures nécessaires, et il a pour finir recouru à des manœuvres dilatoires. Seulement il faudra bien, tôt ou tard, satisfaire aux attentes des autorités.

Mais avec quel argent ? L'affaire du Credito Mobiliare – *qu'ils aillent tous au diable !* – l'a forcé à puiser dans les liquidités de sa maison commerciale. Pour préserver la renommée des Florio, il a racheté les livrets d'épargne, payé de sa poche les chèques des déposants palermitains de la banque et pris à sa charge les titres déficitaires. Il a en outre effectué des démarches pour figurer au passif du Credito Mobiliare et tenter du même coup de récupérer un peu d'argent, à côté de sa participation au capital. Sans grand espoir. Il a certes sauvé la réputation de sa famille, mais il n'a presque plus d'argent comptant et il ne lui reste entre les mains qu'une multitude de créances douteuses.

De la paperasse, de la paperasse, de la paperasse. Encore et toujours.

Une seule solution demeure envisageable : demander un crédit à la Banca Commerciale Italiana, afin de disposer des liquidités nécessaires pour faire face aux dépenses immédiates. Lui qui n'a jamais rien demandé à personne, le voilà dans la position déplaisante du quémandeur. Obligé de réclamer de l'argent, de la confiance, du crédit.

Et ce n'est hélas pas tout. Il a un autre motif d'amertume profonde, même s'il ne l'avouera jamais à personne. Il est trop orgueilleux pour admettre, serait-ce en son for intérieur, qu'il a commis une grave erreur d'évaluation. Beaucoup de gens, à commencer par Gallotti et son beau-frère Pietro, lui avaient pourtant conseillé d'être plus prudent, de se méfier des propos rassurants des administrateurs de la banque.

Et au lieu de ça…

Il pense à son père, à ce qu'il aurait fait dans la même situation. Mais son père n'en serait jamais arrivé là, il faut bien en convenir. Contrairement à lui, il n'aurait jamais accordé une confiance aveugle à ses partenaires en affaires.

Ignazio se sent presque soulagé à l'idée que son père n'est plus là pour constater les dégâts. Mais, dans le même temps, il éprouve une douleur cuisante lorsqu'il imagine la scène : son père l'aurait accablé de reproches, et peut-être mis à la porte.

Cette fois, c'en est trop. Ignazio arpente le bureau en fouillant dans sa mémoire. Qui l'a poussé à prendre ces décisions ?

Qui l'a encouragé à souscrire des engagements si risqués ? Non, ce ne peut pas être entièrement sa faute. Les erreurs commises portent un nom et un prénom.

Giovanni Laganà.

*

Giovannuzza gazouille, balbutie, lève les yeux et rit. Devant elle, agenouillée sur le tapis, sa mère lui tend les bras. Soutenue par *mademoiselle** Coudray, sa gouvernante, la petite fille esquisse un pas, puis un autre. L'expérience est toute nouvelle pour elle, et elle s'y applique de son mieux : on le voit à son regard concentré, à sa façon de serrer les lèvres.

Franca l'encourage en tapant des mains : « Viens par ici, mon cœur. »

Au moment où elle la sent en sécurité, la gouvernante la laisse partir. Giovannuzza avance d'un pas hésitant, rejoint sa mère et rit à nouveau, montrant au passage des dents semblables à de petites perles.

« Bravo, c'est bien ! » Franca la prend dans ses bras, lui couvre le cou de baisers.

« Vous ne devriez pas rester par terre comme cela. Ce n'est pas digne de vous. »

Giovanna vient de parler dans son dos, tel un fantôme soudain apparu dans la pièce.

D'un mouvement instinctif, Franca serre sa fille contre elle, regarde sa belle-mère de bas en haut et lui rétorque, sur un ton très calme : « Je suis dans la chambre de mon enfant. Nous jouons. Personne ne nous regarde. »

Giovanna lève le menton en direction de *mademoiselle** Coudray, qui rougit, esquisse une révérence et se dirige vers la porte ; Franca l'arrête et lui confie Giovannuzza : « *S'il vous plaît, emmenez-la dehors, qu'elle puisse respirer de l'air frais**. »

Dès que *mademoiselle** Coudray et la petite se sont éloignées, Giovanna marmonne : « Tu la gâtes trop. Les filles ont besoin d'être éduquées avec fermeté. Plus que les garçons.

— C'est vous qui osez me parler de fermeté ? s'exclame Franca en se levant, avec un rire amer. Votre fils n'en a jamais fait qu'à sa tête, et aujourd'hui encore il se comporte plus mal qu'un gamin capricieux ! »

Surprise par tant de véhémence, Giovanna réplique d'une voix irritée : « Ce qui signifie ?

— Que votre fils, mon mari, est un enfant gâté qui ne se soucie pas des conséquences de ses actes. Et n'allez pas prétendre que vous ne savez pas que tout

Palerme en fait des gorges chaudes. Depuis que cette *chanteuse**… » Franca grimace. « … exhibe son décolleté indécent à l'Alhambra, le *café chantant** du Foro Italico, Ignazio y va tous les soirs. Il est toujours assis au premier rang. Et il l'attend après le spectacle.

— Ah. »

Ce monosyllabe est peu éloquent.

Franca fixe sa belle-mère d'un air rebelle.

Mais Giovanna ne baisse pas les yeux et lui répond : « Je croyais pourtant te l'avoir déjà dit, ma fille : il faut apprendre à faire semblant de ne rien voir.

— Oh, soyez tranquille, j'ai suivi votre conseil. Mais cela ne donne pas à Ignazio le droit de se comporter de cette manière. Et surtout, cela ne vous donne aucun droit, à vous, de trouver à redire sur l'éducation de ma fille. »

Giovanna frémit. Elle n'a pas l'habitude d'être contredite. « Il faut te laisser guider par des gens plus expérimentés que toi, même dans ton rôle de mère…

— Et prendre exemple sur une femme qui autorise son fils à s'affranchir des liens du mariage ? Permettez-moi d'être claire : je ne manquerai jamais de respect à mon époux et à sa famille ; mais je veux que ma fille se sente aimée et qu'elle comprenne très tôt à quel point il est important pour elle de défendre sa dignité. L'honneur du nom vient après. »

Giovanna est trop abasourdie pour répondre immédiatement. Elle garde les yeux rivés sur ses mains ridées et caresse l'alliance de son mari, attachée à la sienne. Puis elle murmure : « Parfois, un nom honorable est la seule chose qui vous permet de survivre. »

Mais Franca ne l'entend pas ; elle est sortie en hâte, laissant sa belle-mère seule au beau milieu de la chambre.

C'est pourtant vrai, se dit Giovanna. Le nom des Florio – la définition de leur rôle social, de leur importance, de leur pouvoir – a été la bouée de sauvetage de son mariage, sa raison de vivre. Et il continue de l'être, même si, depuis la mort d'Ignazio, elle s'efforce en vain de remplir de prières le vide de son existence.

Sa robe noire absorbe la lumière de la fenêtre, l'emprisonne. Dans le parc, l'air est imprégné du parfum des dernières fleurs de la saison, et l'on entend le bruit des sécateurs dont se servent les jardiniers pour couper les branches sèches.

Giovanna regarde la porte que Franca vient de franchir.

Et elle pense : *Tu as encore beaucoup à apprendre, ma fille.*

*

Franca pose le front contre le montant de la porte, une main sur la clef et une autre sur son cœur, pour ralentir ses battements. Elle respire profondément.

Diodata passe une tête depuis la garde-robe et demande, tout en ébauchant une révérence : « Madame a besoin de moi ?

— Non, merci. J'ai mal à la tête et j'aimerais me reposer un peu. Ne laisse entrer personne. »

Diodata hoche la tête. « Voulez-vous que je ferme les portes du balcon ?

— Oui, s'il te plaît. »

Enfin seule, Franca retire ses chaussures et s'étend sur le lit, un bras devant les yeux. La chambre est plongée dans la pénombre, saturée de parfums. C'est ici le refuge de la jeune femme. Chaque fois que quelqu'un – sa belle-mère, Ignazio, les gens de Palerme – trouble sa sérénité, il lui suffit, pour la retrouver, d'entrer dans cette chambre, de regarder les roses sur le sol et les fresques au plafond.

Elle n'a jamais cessé de penser aux conseils que Giulia lui a donnés quelques mois plus tôt : prendre courage, tenir son rang coûte que coûte. Mais que d'efforts pénibles pour lutter contre tous ceux qui la jugent, la critiquent, l'accusent ! Comme il est difficile de se faire apprécier pour ce qu'on est, et pas seulement pour ce qu'on représente !

Elle glisse dans un sommeil léger qui l'enveloppe, la console et la débarrasse de ses idées sombres.

Mais il est interrompu par un bruit agaçant. Quelqu'un frappe à la porte.

Franca gémit, se tourne de l'autre côté, cache sa tête sous un oreiller et s'écrie : « J'avais dit de ne me déranger sous aucun prétexte !

— Chérie, c'est moi, Ignazio. Ouvre ! » Il frappe avec insistance. « J'ai une surprise pour toi. »

Une surprise.

Un flot d'amertume envahit Franca et lui ôte la sérénité que le sommeil lui avait apportée. Un an plus tôt, à cette phrase, elle se serait aussitôt jetée dans les bras de son mari. Mais elle a fini par comprendre que ces mots sont un signe, un aveu tacite de culpabilité. Une façon, pour Ignazio, de se donner bonne conscience : il offre un cadeau à sa femme, le plus souvent un objet précieux, chaque fois qu'il vient de la tromper et de satisfaire les caprices de sa maîtresse.

Un dédommagement qu'elle ne lui a pas demandé.

Elle se lève de son lit et va ouvrir la porte. Sans daigner lui accorder le moindre regard, elle s'assied à sa coiffeuse et commence à démêler et à brosser ses cheveux.

Ignazio lui sourit dans le miroir, lui caresse le cou, lui murmure un compliment et dépose un étui en cuir sur ses genoux. « Pour ma reine. » Il lui effleure la joue du dos de la main. « Eh bien, ouvre-le. »

Elle soupire, attrape l'étui, le tourne entre ses doigts. « Qui est-ce ?

— Qu… quoi ? Mais qu'est-ce que… »

Elle l'interrompt : « La *chanteuse** qui se montre à moitié nue sur scène, tous les soirs à l'Alhambra ?

— *Mon Dieu**, Franca, mais qu'est-ce que tu vas imaginer ? » Ignazio a l'air stupéfait. « Je ne peux plus faire un cadeau à ma femme comme ça, sans raison particulière ? Je n'apprécie pas le moins du monde ce genre d'insinuation, c'est indigne de toi ! »

Elle ouvre le boîtier, qui contient une bague ornée d'un saphir taillé en *cabochon** et entouré de diamants. Puis elle se retourne, dévisage Ignazio et lui demande, sur un ton glacial : « Un cadeau sans raison particulière, vraiment ? Plus la trahison est grave, plus le cadeau est beau, voilà la vérité. Tout le monde sait que tu m'as trompée. Une fois de plus. » Elle ravale ses larmes : elle ne pleurera pas, il ne faut pas. « Les débauchés de ton cercle sont allés le raconter à leurs femmes et… elles m'ont tout répété. »

Ignazio recule. L'étonnement et la déception se peignent sur son visage. « Et toi, tu crois ce que...

— Ne perds pas ton temps à nier. Je suis informée de tout, jusque dans les moindres détails : les soirées que tu passes avec elle, le toast avec les membres de ton cercle pour fêter ta conquête, tes vantardises et tes éloges pour sa... complaisance. Rien ne m'a été épargné. » Elle serre l'étui un peu plus fort et hausse la voix. « Et tu sais ce que j'ai répondu à ces vipères, quand elles ont eu fini de parler ? Que leurs maris étaient au courant de tout parce qu'ils avaient tout le temps été en compagnie du mien ! »

De plus en plus déconcerté, Ignazio tourne le dos à Franca en marmonnant : « Quelle bande de sales cocus... » Puis il se retourne à nouveau, sourit et tente de la prendre dans ses bras.

Elle se débat et le repousse.

« Mon trésor, ces femmes ont brodé toute une histoire à partir de rien... J'ai assisté à quelques spectacles, c'est vrai, et cette... artiste m'a accordé une attention marquée, quelques sourires. Rien de plus, je t'assure. » Il soupire. « Certains hommes sont tellement envieux qu'ils seraient prêts à inventer n'importe quoi pour...

— Envieux ? » Franca éclate d'un rire amer et rejette la tête en arrière. « Bien sûr qu'ils t'envient ! Tu couches avec les plus belles femmes de la ville, tu les couvres d'or... On peut même dire qu'en tête à tête avec toi, elles ne portent rien d'autre sur elles !

— Ne sois pas vulgaire, s'il te plaît.

— Ah, parce que c'est moi qui suis vulgaire ? Moi ? » Elle lance brusquement la bague, qui rebondit sur le sol. « Je n'en veux pas, de ton maudit cadeau !

Je suis ton épouse, pas une femme vénale ! Et maintenant, sors d'ici ! Va retrouver ta catin, elle doit t'attendre les jambes déjà écartées ! »

Ignazio recule un peu, ramasse le bijou. Il observe Franca, folle de colère, et murmure d'un ton qui se voudrait méprisant : « De mieux en mieux ! Tu crois plus aux commérages des femmes qu'aux paroles de ton mari. Je reviendrai quand tu te seras calmée. »

Franca reste immobile, les bras le long du corps et les yeux fermés.

Elle entend la porte s'ouvrir, puis claquer violemment.

Des larmes mouillent maintenant ses joues rougies. Elle pleure, et elle sent dans sa poitrine le poids de cette angoisse qui se dilate et se contracte tour à tour, qui semble respirer comme un être vivant.

Mais elle ne pleure pas d'avoir été trompée. Elle pleure parce qu'elle lui pardonnera. Oui. Et les admonestations de Giovanna n'y sont pour rien.

Elle lui pardonnera parce qu'elle l'aime d'un amour total. Et elle espère de tout son cœur que cet amour le changera, lui fera comprendre que jamais une autre femme ne l'aimera autant qu'elle. Mais chaque trahison ajoute une fêlure dans son âme, où les désillusions et l'amertume se sont accumulées. Alors, Franca pleure encore plus fort et prie, prie désespérément pour que ces fêlures ne finissent pas par la briser.

Elle s'essuie le visage d'un geste rageur, se tourne vers son miroir et fixe sa propre image. Elle n'aurait pas dû laisser sa colère prendre le dessus : elle est trop bouleversée et elle a les yeux rougis. Elle voit une femme splendide, au visage déformé par l'angoisse, qui s'interroge.

Et maintenant ? Aller de l'avant, bien sûr. Mais à quel prix ?

*

Des pas rapides et énergiques annoncent l'arrivée de Giovanni Laganà dans le bureau d'Ignazio au siège de la NGI, sur la piazza Marina.

Il entre d'un air sûr de lui, ne juge pas nécessaire de saluer Ignazio, debout devant la fenêtre, claque presque la porte et, sans y avoir été invité, s'assied en face du bureau.

Puis il déclare, sans préambule : « Vous m'avez fait savoir que vous ne voulez plus vous prévaloir de mes services. Soit. C'est votre droit le plus strict. En revanche, vous n'avez pas le droit de me l'annoncer par une simple lettre, comme si j'étais le dernier des ouvriers qui travaillent à votre fonderie. Je ne mérite pas un tel traitement, pas après tout ce que j'ai fait pour vous et votre famille. » Laganà peine à maîtriser son hostilité et à retenir sa colère. « Je veux savoir pourquoi. Savoir ce qui vous a conduit à faire ce choix. Vous devez me le dire en face. »

Ignazio s'approche lentement de son bureau, s'assied et dévisage son visiteur avec tout autant d'arrogance. « Si vous êtes furieux, j'en suis affligé. Vous me demandez pourquoi ? Mais parce que vous avez trahi ma confiance et celle de ma famille. Vous vouliez plus de pouvoir et plus d'argent, et comme vous ne pouviez pas l'obtenir ici, vous vous êtes adressé à d'autres, en prenant bien soin de nous présenter sous un mauvais jour, moi et ma maison commerciale. Et vous m'avez aussi trahi quand vous m'avez incité à faire confiance au Credito Mobiliare… Je me souviens encore de votre insistance sur la fiabilité de cette banque, et regardez ce que vos conseils m'ont coûté ! Vous n'oserez tout de même pas nier ? » Il ne lui donne pas le temps de répondre. « Quant au présent… Voulez-vous que je vous montre les papiers que je viens de recevoir de Gênes ? Des lettres écrites de votre propre main ! » Ignazio désigne un dossier beige, bien en évidence sur le bureau.

Laganà l'attrape, l'ouvre d'un geste rageur, parcourt les papiers.

« Vous vous imaginiez peut-être que je ne serais jamais informé de votre intention d'empêcher les travaux d'amélioration de mes navires, pour pousser le gouvernement à ne pas renouveler les conventions ? » Ignazio le pointe du doigt. « Non seulement vous êtes faux et menteur, mais vous vous surestimez. C'est moi, et pas vous, qui décide des modernisations à faire, en accord avec le conseil d'administration. Vous vous êtes cru capable de me berner comme le dernier des idiots. Eh bien, vous vous êtes trompé. »

Laganà ne semble pas l'écouter. Il laisse tomber les papiers sur le bureau, secoue la tête et regarde ses mains : il a des doigts massifs et des taches de vieillesse sur la peau. Ignazio se tait, attendant que ses paroles produisent leur effet. *Il voit bien que je sais tout et il va s'excuser. Il va se déclarer innocent, me demander de m'expliquer…*

Mais il tressaille lorsque Laganà lève les yeux sur lui.

Son regard exprime un seul et unique sentiment : le mépris.

« Votre drame, don Ignazio, c'est de croire tout ce que les gens vous disent. Je ne sais pas si vous êtes naïf ou immensément stupide. Mais quoi qu'il en soit, vous êtes surtout incompétent. »

Ignazio reste figé de stupéfaction.

Dehors, les roues des chariots et des voitures grincent sur le pavé, et ces bruits soulignent par contraste le silence qui règne dans la pièce. « Vous avez été un administrateur véreux, vous avez trahi la confiance de la Maison Florio et vous vous permettez… de venir m'insulter ? »

Sous sa moustache grisonnante, les lèvres de Giovanni Laganà dessinent une ligne dure. « Oui. C'est à vous que je m'en prends. J'ai travaillé avec dévouement pour votre père, je l'ai accompagné dans chacune de ses entreprises, je lui ai toujours donné des conseils avisés. Personne n'a jamais osé mettre en doute ma fidélité envers la Maison Florio, et vous, vous m'accusez de manœuvrer dans votre dos pour faire attribuer nos marchés publics à nos concurrents… Sur quel fondement, d'ailleurs ? Des rumeurs ? Des on-dit déformés en passant d'une bouche à l'autre ? » Il saisit les papiers, les froisse et les jette par terre.

« Vous avez traité avec nos rivaux ! »

L'exclamation d'Ignazio arrache un grand éclat de rire à Laganà. Un rire sombre et mauvais. « Ça y est, j'ai compris. Vous êtes un imbécile, un vrai. » Il écarquille les yeux, d'un air presque incrédule. « Vous êtes un faible, don Ignazio. La Maison Florio n'a plus un sou en caisse, et sans argent, plus personne pour chanter la messe ! Vous ne vous rendez pas compte que vous n'avez tout simplement pas les moyens de moderniser votre flotte ? Et, au lieu de me remercier d'avoir traité avec vos concurrents pour essayer de limiter les dégâts, de les empêcher de vous attaquer, de vous dépecer comme un porc à l'abattoir, vous me menacez, moi qui ai toujours été pour vous un serviteur loyal, moi qui vous ai toujours défendu ! »

C'est une menace. Ignazio a les doigts crispés sur l'accoudoir du fauteuil de son père. *C'est une menace et cette canaille veut me faire peur… en plus de m'humilier.*

Il est de plus en plus convaincu que Laganà est un menteur et un manipulateur.

Il tente de gagner en autorité. Il le veut, il le doit. « Et je vous remercie du travail que vous avez accompli. Même mon père, s'il était ici, vous remercierait. Mais il ne tolérerait pas plus que moi le moindre soupçon sur votre loyauté envers la Maison Florio. » Il joint les mains devant lui. « Au nom du passé, je vous respecte toujours. Je vous offre la possibilité de partir sans scandale, avec une indemnité de départ adéquate. Prenez les devants. Ne me forcez pas à vous licencier, et surtout à rendre publics les motifs de ma décision. »

Laganà lui adresse un regard de commisération. « Votre seul point commun avec votre père, c'est votre nom. Bientôt, ce nom n'aura plus aucun prestige. Et ce sera votre faute, à vous et à vous seul. Faites bien attention à votre façon d'agir et d'écouter les autres, c'est mon dernier conseil. Vous êtes incapable de voir et de comprendre le tort que vous causez à la NGI. À partir de maintenant, le sort de la Maison Florio dépendra uniquement de vos choix. » Il se lève et caresse du doigt le rabat de son chapeau. « Vous recevrez ma démission dès demain. C'est moi, maintenant, qui ne veux plus travailler pour vous. Après toutes ces années, être mis à la porte comme un malpropre… Non, je n'ai pas mérité ça. » Il se penche en avant et, un court instant, Ignazio a l'impression qu'il a l'intention de lui sauter dessus : le regard hostile de Laganà ressemble à de la lave incandescente. « Mais vous devrez me payer, et cher : mon travail et ma loyauté ont un prix élevé. » Ignazio reste silencieux. Les craquements des boiseries lui donnent la sensation que les murs se fissurent. Dehors, on entend toujours les bruits de Palerme, indifférente à la scène qui s'achève.

Laganà rejoint la porte, s'arrête sur le seuil, se retourne et dit : « Nous n'en resterons pas là, *monsieur* Florio. Tout se paie dans la vie, même l'ingratitude. Cela prendra du temps, mais ce que vous avez gagné grâce à moi, tôt ou tard, il faudra me le rendre. »

La porte se referme derrière lui avec un bruit sourd.

*

Tout se paie dans la vie. Quel truisme ! Ignazio est très agacé. Laganà croyait donc pouvoir s'en tirer ? Il ne l'estimait pas à la hauteur de son père ? *Allons, trêve de plaisanterie !*

Enfermé dans la voiture qui le ramène chez lui, Ignazio réfléchit à ce qui vient de se passer, presque sans se rendre compte que le soleil s'est maintenant couché et que la température a baissé. En octobre, les jours raccourcissent et les rafales de vent semblent vouloir dérober la lumière.

Mais lorsque la grille de l'Olivuzza s'ouvre et que la voiture passe à côté du grand olivier, les pensées d'Ignazio ont déjà pris une autre tournure. Il a envie de rire, de champagne, de musique, de bavardages joyeux. La journée a été trop pénible pour s'achever sur une soirée à la maison ou dans un lieu peu fréquenté. Il va demander à Franca s'ils ont reçu des invitations, et il honorera la plus excentrique.

Il retrouve sa femme dans la chambre de Giovannuzza : Franca se tient debout devant *mademoiselle** Coudray et sa fille, qui tient une cuiller en argent entre ses mains. Franca salue son mari et sourit. « Regarde comme elle est douée, notre petite, elle apprend à manger toute seule. »

Ignazio s'approche de la chaise haute. Le visage de Giovannuzza s'illumine, puis elle tend les bras vers son père, répand de la semoule tout autour d'elle et balbutie : « Papapaa. »

Il lui répond, en riant et en montrant l'assiette : « C'est bien, mange. »

Elle laisse tomber la cuiller au sol et tape dans ses mains. L'espace d'un instant, les angoisses d'Ignazio s'estompent : Laganà, les papiers, les comptes dans le rouge… tout semble perdre de son importance. Mais cela ne dure pas. Tandis que *mademoiselle** Coudray nettoie la bouche de Giovannuzza, Ignazio murmure à Franca : « J'aimerais sortir ce soir. J'ai besoin de distractions. »

Elle s'enroule une mèche de cheveux autour d'un doigt. « Je préférerais rester à la maison, Ignazio. Diodata m'a dit qu'il y a eu d'autres manifestations et qu'on a jeté des pierres sur une voiture. Je suis très inquiète.

— Allons, tu ne vas pas prêter foi à des bavardages de domestiques ? Va te préparer, ouste ! »

Franca secoue la tête en signe de refus. « Restons à la maison, s'il te plaît. Juste pour ce soir. Nous sommes toujours par monts et par vaux, j'aimerais passer quelques heures seule avec toi et notre fille.

— À la maison ? Comme des crève-la-faim qui n'ont pas les moyens d'assister à une fête ou d'accepter une invitation ? » Ignazio secoue la tête en s'éloignant vers la porte. « Je n'aurais jamais cru entendre ça de ta bouche ! »

Franca le suit dans le couloir et l'attrape par le bras. « Je ne comprends pas ta réaction… Juste une soirée… Je pensais que ça te ferait plaisir…

— Je veux sortir ! Je n'en peux plus d'être tout le temps enfermé ici ! »

Franca lâche prise et baisse la tête.

Il s'éloigne d'elle et reprend d'un ton hargneux : « Joue les gouvernantes, puisque ça a l'air de t'amuser tellement. Je vais chez Romualdo et puis au cercle… ou ailleurs, si je veux. Ne m'attends pas pour aller te coucher. »

*

« Tiens, un revenant ! Ça fait une semaine que tu ne donnais plus signe de vie. J'ai eu une invitation pour une partie de cartes, tu m'accompagnes ? »

La demeure de Romualdo Trigona, sur la piazza

della Rivoluzione, n'a pas même une goutte de la modernité de l'Olivuzza ; mais Ignazio aime respirer le souffle de liberté qui émane de l'habitation d'un célibataire. Devant le miroir de sa chambre, Romualdo s'habille sans se départir de son flegme légendaire. Autour de lui, des vestes et des cravates sont éparpillées sur le lit, la commode en acajou et les chaises.

« Tu as plus de vêtements qu'une fille, mon cousin ! s'exclame Ignazio.

— Et toi, quand tu vas chez ton tailleur à Londres, tu lui commandes assez de vestes et de costumes pour habiller une armée entière… » Romualdo endosse un gilet damassé, y ajoute une cravate rouge en soie *moirée** et demande du regard son avis à Ignazio, qui lui répond, en ricanant et en lui faisant signe de changer de cravate :

« Tu as l'air d'un canapé avec celle-là, mets plutôt celle en satin lisse, bel éphèbe. »

Romualdo sourit à ce surnom ironique, plutôt affectueux, dont Ignazio et lui se réservent l'exclusivité absolue. Il accepte ses conseils, attache son *plastron** et observe son ami à la dérobée. « Qu'est-ce qu'il y a, Ignazio ? Tu as l'air d'une humeur massacrante… »

Ignazio hausse les épaules. « Des ennuis à la NGI. Et je me suis disputé avec Franca.

— Elle a encore découvert une de tes fredaines ? Des gens sont allés lui raconter des histoires ?

— Non, ce coup-ci, non. Mais elle m'a mis très en colère. »

Romualdo n'en demande pas davantage. Ça n'a plus rien d'une nouveauté, les querelles entre les époux

Florio. « À ton avis, pourquoi est-ce que je ne suis toujours pas marié ? Pour éviter les scènes et les portes claquées à la figure, tiens !

— Ah bon ? Pourtant, je te croyais à moitié engagé…

— … avec le père de Giulia Tasca di Cutò, oui. Mais elle est encore trop gamine à mon goût, et j'ai envie de continuer à m'amuser. »

Ignazio appuie la tête contre le dossier de son fauteuil. « Ne m'en parle pas. Franca devient hystérique chaque fois qu'elle apprend certaines choses. Et ce soir, quand je lui ai proposé de sortir avec elle, elle s'est mis en tête que nous aurions mieux fait de rester à la maison à nous regarder dans le blanc des yeux, nous et la petite. Tu te rends compte ? Je me tue au travail toute la journée, et le soir, je devrais rester à la maison comme un pauvre diable ? »

Romualdo hausse les épaules tout en se peignant les cheveux et répond, d'un ton détaché : « Elle est comme les autres femmes. » Il observe la ligne parfaite de sa raie et l'éclat de la brillantine. « Au bout d'un certain temps, elles veulent toutes rester à la maison pour pouponner.

— Et je n'ai rien contre, ce n'est que justice. Mais Franca n'a pas le droit de me mettre la corde au cou. » Il soupire. « Elle doit comprendre qu'un homme a certains besoins… C'est comme ça depuis que le monde existe. Si je m'amuse ou si j'ai une maîtresse, ça ne signifie pas pour autant que j'aime moins ma femme : Franca, c'est une chose ; les autres, ce n'est pas pareil. Et puis, avec moi, elle ne manque de rien.

— Ces derniers temps, les femmes ont de drôles d'idées. D'après elles, les hommes devraient leur rendre des comptes et se justifier en permanence», marmonne Romualdo en agitant la main comme pour dire: «N'importe quoi.»

Ignazio hoche la tête. «En ce qui la concerne, elle a peur que je ne la regarde même plus, et ça, ça m'énerve au plus haut point, parce que ce n'est pas en s'y prenant de cette manière qu'elle va m'enlever certaines choses de la tête. J'ai besoin des autres femmes, moi. Je veux me divertir, me laisser captiver par leur charme et prendre ce qu'elles ont à m'offrir. Surtout les plus convoitées, les plus désirables. Je ne supporte pas qu'elles me disent non. C'est un péché? Eh bien, il me reste toute la vie pour me confesser et me repentir.

— Il faut bien reconnaître que les femmes te disent toujours oui... à toi et, surtout, à ton argent.» Romualdo allume une cigarette, souffle la fumée et rit sous sa moustache bien soignée. «Tiens, à force de parler femmes, il me vient l'envie d'aller me promener. Laissons tomber les cartes et allons à la Maison des Roses. On m'a dit que de nouvelles filles étaient arrivées.»

Velours rouge, alcôves, robes d'intérieur en dentelle à moitié ouvertes de façon à dévoiler en partie des corps souples et fermes. Ignazio imagine soudain tout cela et croit déjà humer une agréable odeur de poudres et de parfums. La Maison des Roses est un établissement raffiné, très différent des lupanars situés près de la piazza Marina ou de la fonderie Oretea. Là, un homme peut laisser à la porte son fardeau de labeur et d'angoisse et trouver un peu de paix, voire de joie.

« Tu as raison. Allons-y, bel éphèbe », répond Ignazio en se levant d'un mouvement brusque. Romualdo éteint sa cigarette, sort sa redingote de son armoire et rit à part soi. Il en faut vraiment très peu pour changer l'humeur d'Ignazio.

*

Il est minuit passé lorsque Ignazio est de retour à l'Olivuzza, après avoir bu quantité de coupes de champagne. Il titube légèrement et sourit à peine, d'un sourire béat d'ivrogne. La soirée a été très amusante : la fille qui lui a tenu compagnie était belle comme une fleur, une authentique splendeur napolitaine, avec des yeux de jais et une bouche qui…

« Tu ne devrais pas rentrer à une heure pareille. »

Giovanna, en robe de chambre, l'attend en haut de l'escalier rouge.

Ignazio soupire, en proie à une irritation soudaine : « *Maman**, il est tard. Je ne sais pas de quoi vous voulez me parler, mais je suis sûr que ça peut attendre demain, n'est-ce pas ? J'ai très mal à la tête. »

Giovanna descend quelques marches, se poste devant lui et l'apostrophe : « Tu sens le vin et la gourgandine, un vrai débauché. » Elle frémit d'indignation et de colère : elle n'a pas éduqué son fils à agir de cette façon, il est devenu méconnaissable. Son mari – Dieu ait son âme ! – s'est toujours montré respectueux envers elle et soucieux de la réputation d'un nom de famille que son fils semble tout faire, ces derniers temps, pour déshonorer.

« Vous avez beau être ma mère, je ne vous permets pas de me parler ainsi. »

Ignazio lève la main, en un geste menaçant, mais Giovanna demeure d'une impassibilité marmoréenne. Elle pose une main sur la poitrine de son fils et le cloue sur place d'un regard féroce. « Tu te comportes comme un irresponsable. J'ai appris ce que tu as fait cet après-midi à la NGI : renvoyer Laganà de cette façon est un acte très grave. Il est furieux, et on ne peut pas lui donner tort : pour faire certaines choses, il faut savoir s'y prendre. Et maintenant ? On peut savoir qui tu as l'intention de nommer à sa place ?

— Ce ne sont pas vos affaires ! » Ignazio a presque crié sa réponse. « Alors quoi ? Vous avez la prétention de m'apprendre mon métier ? De mettre un pantalon et d'aller au bureau à ma place ? Surtout ne vous gênez pas. Vous me rendriez un fier service ! »

Giovanna reste immobile. Il y a des choses qui doivent être dites, et elle sait qu'elle est la seule à pouvoir le faire. Un bref instant, elle en viendrait presque à reprocher à son mari de l'avoir laissée seule pour terminer l'éducation de ce fils immature. « Tu accumules les fautes, Ignazio. Au lieu de rester auprès de ta femme, qui est un amour, tu l'accables de reproches et tu t'enfuis comme un lâche. Cela fait des mois que vous avez eu la petite et tu devrais penser à faire un garçon, plutôt que de passer tes soirées chez les… » Elle se met une main devant les lèvres, comme pour retenir une grossièreté. « Tu as une épouse belle et fidèle qui n'attend que toi, alors cesse de gaspiller ton temps et ton argent avec d'autres femmes, et occupe-toi de ce que tu possèdes déjà. »

Ignazio rougit de colère. Il est maintenant d'une lucidité totale. « Vous voudriez vous immiscer jusque dans ma chambre à coucher, à ce que je vois ?

— Je me moque éperdument de ce que tu y fais. » La voix de Giovanna est tranchante comme un rasoir. « Tout ce qui m'intéresse pour de bon, c'est notre famille et son avenir. » Elle lui tourne le dos et commence à gravir les marches en marbre rouge. « Toi, moi, nous ne comptons pas. La seule chose qui compte, c'est la renommée des Florio, et tu ne lui fais pas honneur. Maintenant, va te laver. »

Elle le laisse en plan sur l'escalier, immobile, les yeux écarquillés et en proie à une nausée soudaine. Puis il se précipite juste à temps dans le jardin pour vomir.

Le front appuyé contre un mur, le regard brouillé par une sensation de malaise, la peau luisante de sueur et le corps secoué par des frissons, il regarde sa main et la bague en or de son père. Franca la lui a rendue pendant leur lune de miel, en lui expliquant que c'était à lui de la porter, puisqu'il est le chef de la famille.

Son père… Le voilà, le vrai chef de la famille. Sobre, zélé, discret. Il a défendu à tout prix l'honneur des Florio. Il n'a jamais humilié sa femme, ni licencié un employé sans lui donner la possibilité de plaider sa cause.

Et lui, en revanche ? Qui est-il ?

*

La salle de bal est éclairée a giorno. Les lustres en cristal de Murano colorent d'une lumière dorée les moulures des portes, les miroirs qui surmontent les consoles françaises et le damas des rideaux ivoire ; le long des murs, des canapés et des poufs attendent les invités, qui ne devraient pas tarder à arriver.

Entre les deux salles de bal de l'Olivuzza, Franca a choisi celle-ci. Elle se situe dans la partie la plus ancienne de la villa, mais c'est la plus grande et la plus richement décorée. Le bal d'inauguration de la saison palermitaine de 1895 est le premier que Franca et Ignazio donnent ensemble, et peut-être le plus important : il servira de point de comparaison pour tous les autres.

Sur le parquet brillant bâtons rompus, les pas de Franca résonnent à peine, couverts par la rumeur de l'orchestre, dont les musiciens sont occupés à accorder leurs instruments : ils commenceront par une valse qu'elle dansera avec Ignazio. À côté des portes-fenêtres ouvertes sur le jardin, des serviteurs en livrée attendent, le torse bombé comme des gardes royaux. Franca lève les yeux vers le plafond à caissons et ses cadres en plâtre doré ; elle se souvient à quel point elle s'était sentie petite, la première fois qu'elle était entrée dans cette salle si fastueuse, et combien il avait été émouvant de voir, au-delà des grandes portes-fenêtres, les torches qui illuminaient le jardin.

Elle rejoint la terrasse : sous le kiosque en fer forgé, recouvert d'une toile blanche, on a aménagé de longues tables destinées aux rafraîchissements. La limonade et les jus de fruits sont déjà prêts, dans des carafes en cristal de Baccarat ou de Bohême. Les bouteilles de champagne et de vin blanc attendent quant à elles dans des seaux à glace si grands qu'un bébé pourrait y prendre son bain. Enfin, des verres à pied finement ciselés se reflètent sur de grands plateaux lustrés.

Franca hoche la tête de satisfaction, retourne dans la salle de bal et se dirige vers la salle du buffet, décorée de fresques par Antonino Leto du vivant de son beau-père. Elle y trouve Nino en pleine conversation avec le *sommelier** de la maison. Les serviteurs finissent de déposer sur les tables des bouteilles du meilleur marsala de la Maison Florio, de cognac, de porto et d'eau-de-vie.

À l'autre bout de la pièce, une domestique dispose des couverts en argent à côté d'assiettes et de tasses en porcelaine de Limoges. Dès qu'elle voit sa maîtresse, elle rougit, esquisse une rapide inclinaison de la tête et murmure, comme pour s'excuser : « J'ai fini, Madame. » Puis elle s'esquive en toute hâte.

Franca retient un geste d'agacement en la regardant s'éloigner vers l'étage inférieur. Les soirs de bal, les femmes de la domesticité sont censées rester dans la cuisine. Elles y ont d'ailleurs une multitude de tâches à accomplir puisque, contrairement à d'autres familles nobles, les Florio disposent non seulement d'un cuisinier personnel aidé d'une poignée d'assistants, mais encore de toute une brigade d'apprentis et d'un chef pâtissier. Pour cette soirée, Franca a commandé des tartelettes aux fruits, des gâteaux en pâte feuilletée à la crème *Chantilly**, des savarins, des bavarois et des *spongate*. Ensuite, il y aura de la gelée, divers sorbets et des coupes de fruits confits.

Sur la grande table, on a aussi disposé de vieilles cafetières en argent de fabrication napolitaine, aux poignées d'ébène et d'ivoire, que Franca a choisies parmi les nombreux services conservés dans les grandes armoires et les buffets de l'Olivuzza. Elle caresse le lin de la nappe en toile de Flandre, d'un blanc éblouissant, recouverte d'un protège-nappe en satin dont les longues franges touchent le sol ; elle sourit de contentement et demande à Nino : « J'avais ordonné que les paniers pour les *cotillons** soient remplis de lis cueillis dans la serre. L'avez-vous fait ? »

Le majordome acquiesce : « J'y ai veillé, donna Franca. Nous avons conservé les fleurs dans de la glace, de manière à ce qu'elles gardent leur fraîcheur, et, le moment venu, nous les ajouterons aux cadeaux destinés à vos invités.

— Bien. Dès que la salle sera à moitié pleine, vous commencerez à servir le champagne. Je veux que mes hôtes ne tardent pas à s'amuser et à danser. »

Elle congédie le majordome avant de traverser une série de pièces et de rejoindre le salon rouge sombre où, en accord avec Ignazio, elle a fait préparer plusieurs tables de jeux et d'abondantes réserves de cigares toscans. Un serviteur dispose des bouteilles d'eau-de-vie et de cognac Florio dans le meuble à liqueurs orné d'une marqueterie d'écaille de tortue, d'ivoire et de nacre, et surmonté d'un tableau d'Antonino Leto représentant plusieurs bateaux aux voiles déployées.

Juste à côté, le salon réservé aux dames est maintenant prêt : sur les *étagères**, des vases en porcelaine chinoise ou japonaise sont agrémentés de fleurs du jardin et les lampes, protégées par des soieries orientales imprimées, diffusent une lumière délicate qui met en valeur la beauté des peintures, parmi lesquelles se distinguent les œuvres de Francesco de Mura, Mattia Preti et Francesco Solimena, que Franca a choisies spécialement pour cette pièce.

Et c'est là qu'elle retrouve Giovanna, assise sur un canapé dans la pénombre, et dont la silhouette noire se détache sur le velours rose. Sa belle-mère la regarde de bas en haut, lui sourit et lui dit : « Tu as tout organisé à la perfection. » Puis elle lui tend la main. Franca, surprise, la serre et s'assoit à côté d'elle.

Un sourire hésitant aux lèvres, Giovanna reprend : « J'ai l'impression d'être revenue à l'époque où mon Ignazio était vivant, avec toutes ces pièces si bien décorées et ces salons peuplés de danseurs. Ma tante, la princesse de Sant'Elia, disait qu'aucune fête n'était comparable aux nôtres. » Le souvenir d'une joie ancienne adoucit son regard. Elle retire sa main de celle de Franca. « Allez, il est temps d'accueillir tes invités. »

En traversant le dernier salon, Franca s'attarde devant un miroir et arrange une mèche de cheveux tombée sur sa joue. Conçue pour elle par Worth en personne, sa robe décolletée, ornée d'une dentelle ivoire, est en satin couleur pêche. Entre ses doigts couverts de bijoux, Franca tient un éventail agrémenté d'incrustations en nacre. Et elle porte autour du cou ses perles bien-aimées.

Oui, tout est prêt.

Les Tasca di Cutò figurent parmi les premiers arrivés : Giulia, qui est devenue une amie proche de Franca, est accompagnée d'Alessandro, son jeune héritier, et de sa sœur cadette, Maria. La famille Tasca di

Cutò est toujours la bienvenue à l'Olivuzza, et c'est l'une des rares que Giovanna reçoit avec plaisir, en souvenir de l'amitié qui l'unissait à la mère de Giulia, la princesse Giovanna Nicoletta Filangeri, morte quelques mois avant Ignazio.

Franca les salue tous, et prend Giulia par le bras. « Ma chérie, où est Romualdo ? »

L'interpellée répond avec un geste vague. « Mon futur mari est avec Ignazio, pour accueillir mon beau-frère Giulio et sa femme Beatrice. » Elle fait une grimace irritée. « Tu sais ce que c'est : quand ma sœur arrive quelque part, tout le monde tombe à ses pieds. »

Franca ne commente pas, mais un éclair de compréhension traverse son regard : Ignazio n'est pas, lui non plus, insensible au charme de Beatrice Tasca di Cutò, l'épouse de Giulio Tomasi, duc de Palma et futur prince de Lampedusa. D'autant plus qu'elle est très habile, paraît-il, à « user de ses charmes ».

Mais Giulia, pragmatique de nature, ne s'attarde pas à des réflexions de ce genre. « Je voudrais te demander un conseil à propos de la robe que je porterai à la cérémonie civile… Tu serais libre demain pour m'accompagner chez ma couturière ? Je ne me fie qu'à toi et à ton bon goût. »

Franca acquiesce et lui serre les mains.

« Dans l'immédiat, je voudrais transmettre les salutations de mon père à donna Giovanna. Tu sais où je peux la trouver ?

— Dans le salon des dames. Vas-y, nous reparlerons du reste plus tard. »

Franca la regarde disparaître au-delà des portes

capitonnées en velours matelassé, puis salue les autres invités : sa belle-sœur Giulia et son mari, Pietro, et après eux Stefanina Spadafora, une autre amie chère, qui la scrute de la tête aux pieds et se laisse aller à une exclamation d'émerveillement pour l'élégance de sa robe.

Franca sourit à nouveau. Ce sourire, sa robe et ses bijoux sont désormais le bouclier qui la protège contre ses propres peurs, les commérages et l'envie. Ce soir, il est plus solide que jamais : *il faut* que le premier bal de la saison palermitaine soit inoubliable.

*

« Qu'est-ce que tu as, bel éphèbe ? Tu ne t'amuses pas ? » demande Romualdo Trigona, en s'asseyant à côté de son cousin.

Ignazio hausse les épaules. « Toujours les mêmes ennuis, je t'en ai déjà parlé.

— Regarde par là… toutes ces dames réunies. À mon avis, elles sont en train de nous crucifier ! » s'exclame Romualdo en ricanant. Puis, sans attendre la réponse d'Ignazio, il attrape au vol une coupe de champagne, la savoure les yeux fermés, les rouvre et constate que Pietro Lanza di Trabia l'observe avec une expression amusée.

« Ah, la température de ce champagne est parfaite ! Combien de charrettes de glace as-tu été obligé de faire venir des Madonies ? »

Ignazio ne l'a même pas écouté. Il a l'air pensif, et son front est sillonné de rides.

Pietro l'apostrophe à son tour : « Oh, Ignazio, ne

me dis pas que tu n'aimes plus le Perrier-Jouët ? Ah, je crois que j'ai compris ! Tu es triste parce que la présence de ta femme t'empêche de lorgner les autres beautés. »

Ignazio finit par sortir de sa torpeur : « Non, non, ce n'est pas ça. » Il cherche ses mots, puis poursuit : « Je n'arrive pas à oublier l'histoire de Laganà et de son fils. »

Devenu soudain sérieux, Pietro se retourne à demi et parcourt la salle des yeux. Les couples dansent au rythme enlevé d'une mazurka, le bruit des talons heurtant le parquet est si fort qu'il couvre presque la musique. « Ce n'est pas le bon endroit pour en parler. Allons ailleurs. »

Ils rejoignent le grand balcon donnant sur le jardin, non loin des tables où l'on sert des pâtisseries et des glaces. Le parc de l'Olivuzza ressemble à une mer sombre constellée de dizaines de petites torches disséminées le long des sentiers. Ici et là, on aperçoit des couples qui se promènent sous la surveillance de leurs *chaperons**.

Une fois certain d'être à l'abri des oreilles indiscrètes, Ignazio explique : « Laganà pousse son fils Augusto à présenter sa candidature aux élections législatives, et il essaie d'obtenir pour lui-même un siège au Sénat. Il justifie cette entrée en politique en prétendant que les services qu'il a rendus à la Maison Florio et au pays lui en donnent le droit plus qu'à n'importe qui. » La voix d'Ignazio est un mélange d'amertume et d'irritation. « Et il a le culot de venir me demander une somme de plus en plus élevée pour son indemnité de licenciement. »

Pietro regarde successivement Ignazio et Romualdo. « Attendez, il y a quelque chose qui m'échappe. Qu'est-ce que c'est que cette histoire de siège au Sénat ? »

Romualdo tâte sa veste à la recherche de son porte-cigares et de ses allumettes en cire avant de répondre : « La conséquence de la bourde qu'a commise ton beau-frère en congédiant Laganà, ou plus exactement en le mettant à la porte de la NGI avec perte et fracas. Maintenant, l'autre essaie de se venger. » Il se passe une main sur les lèvres. « Ton beau-frère a provoqué un désastre, voilà tout. » Il aspire une bouffée en regardant le ciel. « Un vrai désastre. »

D'un ton agacé, Ignazio rétorque à Pietro : « Ce n'est tout de même pas une raison pour crier sur les toits que je lui dois de l'argent ! » Romualdo considère sa coupe vide et fait signe à un domestique de lui en apporter une autre.

Une grimace de désapprobation apparaît sur les lèvres de Pietro. Ces derniers temps, Romualdo boit un peu trop, et son comportement s'en ressent.

Sur ces entrefaites, Ignazio reprend : « Il a contacté plusieurs députés qui m'ont submergé de lettres pour me conseiller *la plus grande prudence.* Non mais vous rendez-vous compte ? Il voudrait me dicter ma conduite ! Je la lui ai promise, son indemnité, et je la lui verserai, mais il va suer sang et eau avant de la toucher. Sans compter qu'en ce moment, je n'ai même pas la somme nécessaire en caisse.

— Qui t'a appris qu'il poussait son fils à se porter candidat aux élections ? demande Romualdo en feignant de ne pas avoir entendu la dernière phrase. Je veux dire… c'est un bruit qui court, mais j'ai toujours cru qu'il s'agissait d'une pure et simple conjecture. »

Ignazio met les mains dans ses poches et admire la ligne parfaite de ses chaussures anglaises. « Non, c'est une certitude, malheureusement. Abele Damiani m'a tout confirmé : Laganà lui a rendu visite, il m'a couvert de boue et il lui a demandé de prier Crispi d'intervenir en personne pour accélérer les démarches. Damiani était même assez gêné de me raconter la scène. »

Romualdo semble dubitatif : « J'ai du mal à imaginer Damiani gêné par quoi que ce soit, mais bon…

— Oh, arrête de m'interrompre à tout bout de champ ! »

Pietro et Romualdo sursautent. Ignazio n'est pas coutumier de ce genre d'explosions de colère. Il lisse sa moustache, puis se frotte les mains nerveusement.

Pietro reconnaît dans ces gestes des signes d'embarras. « Laganà est un requin, Ignazio. Tu devrais le savoir. » Ce reproche de son beau-frère est des plus justifiés.

« Cette histoire d'entrée au Parlement est une honte, réplique Ignazio d'une voix sifflante. Cet homme est un rat d'égout, il n'a aucune légitimité à devenir sénateur. »

Romualdo boit en une gorgée la quasi-totalité de sa coupe de champagne avant de demander : « Et son fils ?

— Augusto ? Il est soutenu par Crispi en personne. »

Pietro regarde autour de lui, prend deux chaises et en offre une à Romualdo. « Ignazio, il ne serait pas dans ton intérêt de t'opposer frontalement à Crispi.

Même s'il n'est plus aussi puissant qu'avant, il a conservé une certaine influence…

— Dire qu'il a même été notre avocat… il devrait au moins nous en être reconnaissant. Au lieu de ça… » Ignazio renverse la tête en arrière. Un court instant, il s'abandonne aux bruits de la fête, aux voix et aux rires qui lui arrivent par vagues à travers la porte-fenêtre ouverte. En provenance d'un monde auquel il appartient de plein droit. Il lève la main pour protéger ses yeux de la lumière qui jaillit de la salle. Au-dessus de lui, par-delà les volutes du kiosque, le ciel nocturne. « Et puis, il a presque quatre-vingts ans maintenant, et son déclin ne date pas d'hier. Laisser un cheval à moitié mort attaché à notre char serait le meilleur moyen de n'aller nulle part. Non, nous avons besoin d'une force nouvelle, d'une jeunesse ambitieuse.

— Ce qui signifie ? demande Pietro d'un air perplexe.

— Crispi soutient Laganà ? Eh bien moi, je vais soutenir Rosario Garibaldi Bosco.

— Le socialiste ? Celui que Crispi a jeté en prison à cause de la révolte des Faisceaux ? » Pietro n'en croit pas ses oreilles.

« Lui-même. Les socialistes comptent beaucoup de sympathisants parmi les ouvriers et les marins de mes entreprises. Il suffira qu'ils s'agitent un peu pour faire pression sur les milieux haut placés. Croyez-moi, j'ai pensé à tout. Tu ne me prends tout de même pas pour un imbécile ? »

Pietro continue de l'observer d'un air peu convaincu. « Tu risques de passer pour un socialiste, comme l'autre tête brûlée d'Alessandro Tasca di

Cutò. » Romualdo écarte les mains, sans faire de commentaire.

« Moi ? Penses-tu ! En l'occurrence, il ne s'agit pas d'intervenir dans un débat politique, mais de comprendre qui est le mieux placé pour servir les intérêts de la Maison Florio. Crispi et ses amis font semblant de m'imposer certaines règles, mais c'est une façon d'agir désuète, leurs pratiques sont en retard sur leur temps. Il ne suffit plus d'avoir de l'argent ou des titres nobiliaires pour compter au Parlement. Et puisque la force de ma famille lui vient de ses usines et des gens qui y travaillent, je dois chercher le soutien de tous ceux qui ont intérêt à ce que nos entreprises continuent de créer des emplois et de prospérer. » Ignazio a parlé lentement, à voix basse, pour que les autres comprennent bien qu'il ne plaisante pas.

« Dit en termes clairs : le soutien de tes ouvriers. » Romualdo lève sa coupe, comme pour porter un toast.

Ignazio acquiesce d'un hochement de tête. « Si la politique est un marché, alors je peux me permettre de choisir à qui j'apporte mon soutien. »

*

Minuit vient de sonner. Les femmes les plus âgées se sont rassemblées dans le salon qui leur a été réservé, pour se reposer et bavarder en paix. Dans le salon rouge, plusieurs messieurs jouent aux cartes, enveloppés dans un épais nuage de fumée. Pourtant, la salle de bal est toujours bondée et la chaleur y est très élevée, malgré les portes-fenêtres largement ouvertes.

Aux côtés d'Emma di Villarosa et de Giulia Tasca di Cutò, Franca se tient immobile à l'entrée de la salle du buffet et observe les danseurs. Elle le sait, elle le sent : les rares commentaires malveillants sur sa soirée n'ont pas eu le moindre écho. Une perfection absolue, de bout en bout : sous les yeux de la maîtresse de maison, le Tout-Palerme a mangé, dansé, bavardé ; le Tout-Palerme s'est amusé.

« Quelle fête magnifique, Franca ! Félicitations. »

Franca se retourne. Face à elle, matronale et sévère, Tina Whitaker est accompagnée de son mari, Pip. Il a erré dans tous les salons, admiré la collection de figurines de Capodimonte, et il s'est attardé pas moins de cinq minutes devant le grand groupe en porcelaine de Filippo Tagliolini représentant *Hercule esclave chez la reine Omphale*. Tina, comme toujours au centre de l'attention générale, a quant à elle déployé tout son répertoire de commentaires spirituels et de piques acerbes.

« Merci, Tina, lui répond Franca, stupéfaite que la femme la plus médisante de Palerme n'ait rien d'autre à dire sur son bal. Vous avez pris quelque chose au buffet des desserts, n'est-ce pas ?

— Oui. Votre chef s'est surpassé, sa glace au jasmin est un vrai régal ! Mais il est temps, pour mon époux et pour moi, de nous retirer.

— Vraiment ? Mais il est encore très tôt, même pas une heure du matin ! » Franca proteste pour la forme : elle connaît les habitudes de Tina.

Cette dernière lui pose une main sur le poignet tandis que Pip, mal à l'aise, fixe le bout de ses chaussures. « Franca, vous êtes faite pour les mondanités, vous.

Moi, j'estime qu'il n'est pas convenable de rester chez les gens au-delà d'une certaine heure. »

Franca écarte les mains d'un geste résigné. « Comme il vous plaira. Mais permettez-moi au moins de vous laisser un souvenir de cette soirée. » Elle fait un signe discret à Nino, debout derrière elle, qui s'éclipse pour réapparaître, un instant plus tard, avec un panier en osier rempli de lis blancs. Plusieurs invités, intrigués, s'approchent.

« Voici pour vous », dit Franca en remettant un étui à Tina ; puis elle donne à Pip un objet oblong, enveloppé dans du papier marbré. « Pour les dames, nous avons pensé à un pendentif de la bijouterie Fecarotta, une grenade, en l'honneur de l'automne imminent », explique-t-elle, tandis que Tina soulève ce bijou en or évoquant la forme d'une grenade et agrémenté d'escarboucles qui en imitent les graines. « Et pour les messieurs, un porte-cigare en argent. » Elle se penche vers Pip et ajoute, d'une voix plus basse : « Je suis sûr que vous, vous saurez l'apprécier. »

Joseph Whitaker rougit.

Tina lève les yeux au ciel, range le bijou dans son étui et le glisse dans son sac à main en satin. « L'hospitalité des Florio est inégalable, ma chère Franca, nous en avons eu ce soir une nouvelle confirmation. » Puis, tout en serrant la main de la maîtresse de maison, elle jette un coup d'œil vers les couples qui dansent une autre mazurka et marmonne : « Ils n'ont donc pas de maison et de lit ? » Sur ces mots, elle s'éloigne, bras dessus, bras dessous, avec Pip.

Franca soupire, imitée par Emma et Giulia, qui

commente : « C'est plus fort qu'elle, il faut toujours qu'elle crache du poison, cette femme. »

Ignazio, de retour dans le salon, aperçoit Franca et lui adresse un signe de la main.

Elle le voit aussi, sourit et va à sa rencontre.

Un tour de valse supplémentaire avec lui marquera l'apogée de cette merveilleuse soirée.

*

« Il est arrivé ?

— Un peu de patience, il ne va pas tarder… Quand il sera là, il faudra le porter en triomphe !

— Il a fait de la prison un peu partout sur le continent, et maintenant il est député, tout ça grâce aux Florio !

— Les patrons ont enfin compris qu'ils devaient discuter avec nous, avec leurs ouvriers…

— Voilà le bateau ! Regardez ! »

— Vive Rosario Garibaldi Bosco ! Vive les Florio ! »

Il est trois heures du matin, mais au port de Palerme, on pourrait croire qu'il est midi. Sur la jetée et sur les quais se pressent des ouvriers venus des quartiers de Castellammare et des Tribunali ; ils attendent leur député, ce Rosario Garibaldi Bosco condamné plus de deux ans plus tôt, en février 1894, pour avoir mené la révolte des Faisceaux siciliens, dont il était l'un des fondateurs. Ce n'est pas un ouvrier. Il est comptable de formation, ses mains n'ont jamais été salies par de l'huile de moteur et ses poumons ne sont pas encrassés de suie. Mais depuis son adolescence, il se bat pour la justice sociale : encore lycéen, il lisait aux ouvriers analphabètes des pamphlets de propagande ; devenu journaliste, il a écrit de longs articles décrivant une Sicile idéale où les ouvriers ne seraient plus assujettis à la tyrannie de maîtres impitoyables forts de la complicité d'un gouvernement répressif.

Bien que placé en détention, il a reçu l'investiture de la gauche aux élections à la Chambre, où il a battu Augusto Laganà, le fils de Giovanni, au second tour de scrutin. Et grâce à l'amnistie dont ses camarades et lui-même bénéficient depuis le mois de mars 1896, il peut enfin revenir à Palerme.

L'*Elettrico*, un navire à vapeur propriété de la NGI, s'approche lentement de la jetée. Au bout de quelques minutes, Rosario Garibaldi Bosco apparaît en haut de l'échelle de coupée. Il est accueilli par des applaudissements, des cris de liesse et des mouvements de drapeaux des Faisceaux siciliens et du Parti socialiste.

Son long séjour en prison l'a fortement éprouvé : il n'a que trente ans mais semble beaucoup plus âgé, comme s'il avait vieilli d'un seul coup ; d'une maigreur presque rachitique, il se déplace à pas lents. Une fois descendu de bateau, il salue ses camarades et embrasse longuement son père, qui ne parvient pas à retenir ses larmes.

Et tandis qu'il rentre chez lui, escorté d'une véritable foule, une voiture qui le suit à distance s'arrête dans une rue adjacente. Une demi-heure s'écoule avant que la foule se disperse et qu'on referme les volets du balcon auquel Garibaldi Bosco est apparu à plusieurs reprises pour la remercier de son accueil.

Alors seulement, le visage à moitié caché sous un large chapeau, Ignazio et un autre homme sortent de la voiture, se dirigent vers la maison, y entrent en toute discrétion et gravissent ses escaliers en pierre. Quand Ignazio frappe à la porte de l'appartement, le brouhaha joyeux venu de l'intérieur cesse soudain.

Rosario vient ouvrir lui-même et pousse une exclamation stupéfaite : « C'est vous ? »

Il est en bras de chemise et des miettes de biscuit constellent sa moustache. Une petite fille se cramponne de toutes ses forces à ses jambes. Elle semble terrorisée.

Rosario la prend dans ses bras, lui sourit, la rassure : « Ne t'inquiète pas, ma petite chérie. Ce ne sont pas des policiers. » Il l'embrasse, la repose sur ses pieds et ajoute, en accompagnant sa phrase d'une pichenette aux épaules : « Va rejoindre maman, va. Dis-lui que je discute avec des… amis. » Il se tourne ensuite vers les deux hommes, les engage à pénétrer dans la pièce fermée par une porte vitrée et leur murmure : « Veuillez m'excuser, je ne vous attendais pas si tôt. »

Pendant que Rosario allume la lampe à pétrole, les deux visiteurs s'assoient sur un canapé. C'est Ignazio, assez mal à l'aise, qui parle le premier et dit, en guise d'excuse : « Nous ne voulions pas attirer l'attention. Vous comprenez que ni vous ni moi n'aurions intérêt à ce qu'on apprenne que nous nous sommes rencontrés, n'est-ce pas, Erasmo ? »

Le Génois Erasmo Piaggio est l'homme qui a succédé depuis quelque temps à Giovanni Laganà au poste de directeur général de la NGI : il est sévère, déterminé, habile et sans scrupules. Son chapeau posé sur ses genoux, il lisse le bout de sa moustache, hoche la tête et fixe son hôte des yeux, dans l'expectative.

Rosario se frotte les mains sur les cuisses, cherche les mots justes. « Je ne sais comment vous exprimer ma gratitude. J'ai appris que vous avez exercé des pressions pour obtenir l'amnistie, que vous avez aidé ma famille et que vous avez permis à mes camarades de faire campagne au moment des élections, y compris à la fonderie Oretea et à la cale de halage. Nous mettre en prison, mes camarades et moi, était une absurdité. Le tribunal militaire n'a pas compris que si nous l'avions voulu, nous aurions pu déclencher une révolte sur toute l'île.

— Il l'a peut-être très bien compris, au contraire », commente Piaggio d'un ton calme.

Rosario acquiesce et baisse la tête. « Peut-être, en effet, notre pays n'en est plus à un paradoxe près. Il n'en demeure pas moins que les injustices se multiplient, et que l'État semble sourd et aveugle. » Il marque une pause. « Et vous savez aussi bien que moi que le Parti socialiste compte désormais de nombreux sympathisants.

— Oh que oui, répond Ignazio. Alessandro Tasca di Cutò a été arrêté pour avoir défendu les mêmes idées politiques que vous. » Ignazio se souvient qu'en septembre de l'année précédente, il a dû écouter patiemment les interminables jérémiades de Romualdo, que la police avait longuement interrogé sur les « fréquentations subversives » de son beau-frère. Puis il reprend : « Comme vous pouvez l'imaginer, je ne partage pas beaucoup de vos idées. Cependant, je me considère comme une personne intelligente et je crois que les ouvriers et les paysans devraient compter davantage, que les politiciens de Rome devraient prêter l'oreille à leurs revendications. »

Rosario se raidit. « Quand les ouvriers se sentent protégés, ils sont plus coopératifs, et c'est comme ça qu'une entreprise peut prospérer. Sauf erreur de ma part, c'est bien là ce que vous voulez dire ?

— Oui, tout à fait. » Ignazio esquisse un sourire. « Vous avez obtenu notre aide pour toute une série de raisons, et en particulier pour entraver l'ascension politique d'un homme malhonnête, le fils de celui qui a essayé par tous les moyens de nuire à Palerme et à sa marine.

— Le fils de Laganà, Augusto. Il était candidat contre moi dans le même collège…

— Exactement. Sa défaite servait mes intérêts, bien entendu, mais aussi ceux des travailleurs : elle revenait à empêcher la Sicile de se voir soustraire une partie des concessions publiques et des subventions qui maintiennent en vie à la fois l'Oretea et la cale de halage. »

Piaggio se redresse, fixe Rosario des yeux et lui dit d'une voix ferme : « Ce que nous vous demandons, monsieur Bosco, c'est d'être notre porte-parole auprès des ouvriers. De bien leur expliquer les avantages qu'ils peuvent retirer d'une… franche collaboration avec nous. »

Rosario ne répond pas tout de suite. Assis dans un fauteuil, il regarde alternativement Piaggio et Ignazio. Puis il finit par déclarer : « Je vous suis redevable d'un fier service, ce n'est pas contestable. Et il est vrai que vis-à-vis de Laganà, vos intérêts ont coïncidé avec les miens. Mais n'allez pas croire pour autant que nous serions prêts, mes camarades et moi-même, à renoncer à nos droits légitimes en échange d'une aumône du patron.

— Mais personne ne vous demande de... » s'empresse de préciser Piaggio.

Ignazio, très agacé, l'interrompt : « Jouons cartes sur table, voulez-vous ? Les temps ont changé. Autrefois, nous pouvions compter sur Crispi ; mais il a vieilli, et depuis le désastre d'Adoua, ses ennemis se multiplient. Et je ne compterais pas trop non plus sur le nouveau président du Conseil : Rudinì est de Palerme, certes, mais c'est un conservateur dans l'âme. Non, la Sicile a besoin d'hommes nouveaux, capables d'écouter à la fois les politiciens et les travailleurs. Et d'agir en conséquence. L'avenir est à eux.

— Crispi a toujours, d'abord et avant tout, favorisé les intérêts de ses électeurs et de ses soutiens. » Rosario a baissé la voix, mais elle ne trahit pas la moindre incertitude.

« C'est vrai. » Ignazio écarte les bras. « Il doit beaucoup à ma famille, qui de son côté lui doit beaucoup aussi. Mais il incarne le passé. Il n'arrive même pas à concevoir à quel point le monde change, et pourquoi. Vous, en revanche, vous le savez, et vous avez à cœur les intérêts de notre terre. Ensemble, nous pouvons empêcher la Sicile d'être marginalisée dans la vie économique du pays. Êtes-vous prêt à nous y aider ? »

*

« Giovanni, très cher ! Tu sais ce qu'on dit chez moi ? *Si tu veux connaître les souffrances de l'enfer, passe l'hiver à Messine et l'été à Palerme.* Cela étant, je reste convaincu que tu ne te déplairas pas à Palerme, malgré le sirocco. » Un large sourire aux lèvres, le marquis Antonio Starabba di Rudinì caresse sa barbe avant de conclure : « Et que tu y feras un excellent travail. »

Le comte Giovanni Codronchi Argeli sourit à son tour au président du Conseil. Mais il dissimule derrière son affabilité la conscience qu'avec cette charge au titre ronflant – commissaire civil extraordinaire du roi pour la Sicile – on lui confie en réalité une tâche très délicate, semée d'embûches.

L'île est devenue une poudrière. Trop de désordres, depuis la fondation des Faisceaux ; mais aussi trop de corruption, trop de malversations. Rudinì sait très bien qu'il faut revoir les budgets, réformer les impôts et les taxes, inspecter les services administratifs et remplacer les fonctionnaires compromis. Mais pour ce faire, il doit s'en remettre à un homme politique susceptible d'échapper aux conditionnements et aux pressions, sans intérêts personnels à défendre et bénéficiant d'une liberté d'action totale.

À un non-Sicilien, en somme.

Sérieux, prudent, réfléchi, maire pendant huit ans d'Imola, sa ville natale, Giovanni Codronchi est le candidat idéal. D'autant plus qu'il saura affaiblir encore un peu plus l'influence de Crispi, limiter la propagation des idées socialistes et donc, en résumé, renforcer la position de la droite sur l'île.

Pour sa mise en œuvre, ce projet ambitieux a besoin d'alliés puissants. De personnalités en vue.

Par exemple, Ignazio Florio.

Et de fait, au début du mois de juin 1896, le commissaire l'invite à un entretien. Ignazio attend ce moment depuis son entrevue avec Rosario Garibaldi Bosco. Maintenir à un niveau raisonnable les revendications des travailleurs – dans toute la mesure du possible – n'avait été qu'une première étape ; il faut maintenant convaincre le gouvernement que la seule manière d'éviter les protestations et les troubles – voire pire – réside dans la création d'un nombre considérable d'emplois. Après de longues discussions avec Piaggio, la meilleure solution consiste, à ses yeux, à entreprendre la construction d'un chantier naval lié au bassin de radoub, en élargissant la cale de halage actuelle. Trois ans plus tôt, la concrétisation de cette idée s'est heurtée au manque d'argent de la municipalité.

Codronchi a fait attendre Ignazio longtemps. Pas moins de deux mois. Mais don Florio se tient maintenant devant lui, dans le cabinet privé dont il dispose au palais royal. Avec l'assurance de qui connaît Palerme et ses habitants comme sa poche, et pas seulement par ouï-dire, le commissaire examine cet homme robuste au visage joufflu et aux épaisses moustaches grises.

Cris des vendeurs ambulants, piaillements d'enfants qui jouent à se poursuivre, musique d'un orgue de Barbarie : à travers les fenêtres ouvertes, les bruits de la ville parviennent aux oreilles des deux interlocuteurs. Ils ont bu un café en échangeant quelques banalités. Puis un secrétaire est venu enlever les tasses, a refermé la porte derrière lui et les a laissés seuls.

« Donc. » Giovanni Codronchi essuie son large front couvert de sueur ; Rudinì avait raison, à propos de l'été à Palerme. « À titre personnel, je suis tout à fait favorable à votre projet, don Ignazio. La construction et la réparation de bateaux à vapeur garantiraient des commandes sur le long terme et, du même coup, favoriseraient la paix sociale. »

Les jambes croisées et les mains sur les genoux, Ignazio hoche la tête et répond, le buste penché vers le bureau de son hôte : « Je suis heureux que vous soyez d'accord avec moi. Palerme a besoin de certitudes : la crise exacerbe les esprits et pousse les gens à croire aux contes de fées d'irresponsables qui parlent de salaires élevés pour tout le monde. Les ouvriers de ma fonderie…

— … l'Oretea.

— Exactement. Les ouvriers de ma fonderie protestent parce que les salaires n'ont pas été augmentés depuis des années, et surtout parce que j'ai procédé à de nombreux licenciements. Je n'avais pas le choix, croyez-moi : je suis un homme d'affaires, je dois veiller à la bonne santé de mon entreprise. Je ne pouvais pas tous les garder. » Il fronce les sourcils et pousse un soupir très théâtral. « Ils s'imaginent qu'en Sicile, on peut gagner autant que dans le Nord, comme si nous avions les mêmes infrastructures, les mêmes marchés. Mais la vérité c'est qu'ici, l'argent ne circule pas assez ; sans les Florio et quelques autres, l'île serait dépeuplée depuis longtemps, tout le monde aurait émigré en Amérique ou ailleurs. D'un autre côté, le gouvernement devrait comprendre que ces masses d'inactifs représentent un danger potentiel, certaines têtes brûlées pourraient profiter de la situation et sauter sur le premier prétexte venu pour fomenter des troubles.

— Certes, certes. » Codronchi s'appuie d'une main sur un accoudoir et tambourine de l'autre sur une liasse de papiers posée devant lui. « À mon avis, votre projet serait en mesure de réduire au silence tous ces agitateurs. Il tient très à cœur au gouvernement et en particulier à notre président du Conseil, qui, je ne vous l'apprends pas, est palermitain. Je veillerai à le soutenir de toutes mes forces, cela va de soi. Seulement… » Il se redresse sur son fauteuil et joint les mains devant son visage. « Vous savez mieux que moi que les chantiers navals italiens traversent une période difficile : Livourne et Gênes sont dans une situation fragile, et beaucoup de commandes nous échappent au profit de concurrents étrangers, notamment anglais…

— L'activité crée des emplois, monsieur le Commissaire, vous le savez bien. Cela fait des années qu'on demande à la NGI de moderniser ses bateaux à vapeur : si nous disposions de notre propre chantier naval, nous ne serions plus obligés de les faire réparer à Gênes, à Southampton ou à Clyde, où ils restent bloqués trop longtemps. Et puis, n'ayons pas peur de le dire : les Génois sont les ennemis des Palermitains, ils sont prêts à tout pour nous mettre des bâtons dans les roues, ce n'est un secret pour personne. À l'inverse, si nous pouvions construire des navires ici, nous donnerions du travail à des ouvriers aujourd'hui au chômage et nous recevrions des commandes aussi bien pour le bassin de radoub que pour la fonderie. Il n'en demeure pas moins que nous avons besoin, pour cela, du financement de l'État : la Maison Florio peut investir des montants considérables dans ce projet, pas la totalité des sommes nécessaires. Nous pouvons construire le chantier naval, mais nous avons besoin de dégrèvements fiscaux et de la concession des terrains domaniaux qui jouxtent la manufacture de tabac. »

Codronchi hoche la tête, se caresse les lèvres et demande d'un air cauteleux : « Vous savez que les amis de Crispi ne soutiendront pas le projet, n'est-ce pas ? Et que nous nous heurterons à des obstacles au sein même du gouvernement ? »

Ignazio s'appuie contre le dossier de son siège et croise les mains sur son ventre. « Crispi a fait son temps, monsieur le Commissaire. Ce n'est plus l'homme estimé par mon père... » Il baisse la voix et parle d'un ton détaché. « À l'heure actuelle, sa position et la nôtre sont très éloignées, voire incompatibles. Aujourd'hui, nous devons tenir compte d'autres nécessités. Si nous pouvions donner du travail aux ouvriers, aux charpentiers et aux maçons, nous couperions l'herbe sous le pied des socialistes et des anarchistes, qui ne pourraient plus profiter du mécontentement pour provoquer des troubles. Nous devons nous appuyer sur de jeunes recrues énergiques, clairvoyantes, soucieuses du développement économique de la Sicile et dotées d'une vision d'avenir où les institutions et les entreprises soient en mesure de collaborer. »

Codronchi est un politicien chevronné qui sait lire entre les lignes. Il acquiesce. « Vous êtes un industriel et un financier très doué pour mettre votre ingéniosité et vos ressources au service de la communauté. Vous gardez également un œil attentif sur l'avenir », dit-il.

Un lent sourire confiant, d'homme du monde,

prend forme sur la bouche d'Ignazio, qui confirme : « La finance et la politique doivent travailler en harmonie. Et c'est à des gens comme nous qu'il revient de faire en sorte que ce soit possible. »

*

« Eh bien, en voilà une pagaille ! » s'exclame Giulia en étreignant sa belle-sœur.

Franca l'a attendue au pied du perron donnant sur le jardin, entourée d'un essaim de jardiniers et de domestiques occupés à remettre de l'ordre après la visite de l'empereur d'Allemagne et de Prusse, Guillaume II, de l'impératrice Augusta-Victoria et de leurs fils Guillaume et Eitel-Frédéric. Hier, la famille impériale a pris le thé chez les Florio.

« Oui, la semaine a été chargée : aménager l'Olivuzza, décider quoi servir, bien respecter le protocole… Tout s'est bien passé, Dieu merci. Le Kaiser a beaucoup apprécié les petits-fours aux amandes, l'impératrice s'est pâmée d'admiration devant les perroquets de la volière et les grands yuccas, et Vincenzino a eu une longue conversation avec le jeune Guillaume, qui a le même âge que lui… » Franca sourit. « Il a fait pas mal de fautes de grammaire, mais sa prononciation de l'allemand était parfaite !

— Et tu es visiblement très fatiguée, commente Giulia avec sa franchise habituelle.

— Un peu, oui, admet Franca. Mais j'avais surtout besoin de parler avec quelqu'un qui… » Elle baisse les yeux et soulève un pied. « … qui n'ira pas crier sur tous les toits que mes chaussures sont couvertes de poussière parce que je n'ai même pas eu le temps de me changer… »

Giulia rit. « Alors tu as pensé à moi et tu m'as fait appeler ! Viens, allons nous promener dans le jardin. Comme ça, mes chaussures aussi seront couvertes de poussière. »

Elle passe un bras autour de celui de Franca et l'entraîne. C'est l'heure du crépuscule, l'obscurité ne tardera pas à s'épaissir dans le parc.

« Dis-moi… il semblerait que même chez les Whitaker, hier, les choses se soient passées à merveille ! s'exclame Giulia, toute joyeuse. Tina m'a envoyé un billet dans lequel elle m'a tout raconté en détail.

— Oui, elle m'a écrit aussi. Et elle a insisté sur les éloges du Kaiser à propos de son récital de chant », explique Franca tout en jouant avec le collier de perles qu'elle porte autour du cou.

Giulia le remarque et lui serre le bras. « Elles sont nouvelles ? »

Franca baisse la tête d'un geste accablé.

« Encore une fredaine d'Ignazio ? lui demande Giulia d'une voix douce. C'est pour ça que tu m'as demandé de venir ?

— Non… c'est-à-dire… oui. Il m'a offert ces perles, et tu sais ce que cela signifie. » Franca prend un temps pour donner libre cours à son amertume. « Il paraît que les perles apportent des larmes. Je n'ai jamais voulu y croire ; pour moi, elles font partie des plus belles choses qui soient au monde. Pourtant, elles m'en ont causé, des sanglots. Et cette fois, je ne connais même pas le nom de… l'heureuse élue. » Elle soupire et redresse la tête. « Oh, je sais ce qui se passe dans certains couples. Romualdo aussi a une maîtresse, alors qu'il vient de se marier. »

Giulia hausse les épaules. « Romualdo et mon frère sont malheureusement bâtis sur le même modèle. » Elle s'interrompt pour regarder Franca droit dans les yeux. « Tu as acquis une maîtrise de toi-même remarquable, tu sais comment réagir... mais tu ne peux pas t'empêcher d'y penser, je comprends. » Elle serre sa belle-sœur très fort contre elle. Elle aimerait morigéner son frère, le forcer à davantage de discrétion, lui parler clair et net, l'amener à prendre conscience des souffrances qu'il inflige à Franca ; mais elle sait que ce serait inutile.

Alors, elle dénoue son étreinte et change brusquement de sujet : « Maintenant que même le Kaiser lui a fait des compliments sur sa voix, nous n'avons pas fini d'entendre Tina rabâcher l'anecdote où Wagner défaille de plaisir en l'écoutant chanter des passages de *Lohengrin* ! Cela étant, un peu d'indulgence : Dame Nature l'a dotée d'une voix magnifique et d'un esprit diabolique, mais elle a été moins généreuse en matière de beauté... »

Les lèvres de Franca ébauchent un sourire espiègle. « Par chance pour elles, ses filles sont bien plus gracieuses et elles n'ont aucune ambition artistique. »

Franca et Giulia partent d'un grand rire et font quelques pas de plus dans le silence du jardin ; on n'y entend que les cris de Vincenzino, qui fait de la bicyclette sous le regard de donna Ciccia et de Giovanna. Les deux jeunes femmes s'approchent d'elles : Giulia tient à saluer sa mère et son frère.

Soudain, Franca aperçoit un homme de l'autre côté des haies, parmi les arbres. Il ressemble à un agriculteur, avec sa veste marron et sa paire de chaussures usées. Il regarde Franca, lui fait un signe de tête, porte la main à son chapeau et disparaît.

Franca fronce les sourcils, s'immobilise et demande à Giovanna : « Nous avons vraiment ces gens autour de nous ? »

L'homme est maintenant à peine plus qu'une silhouette noyée dans l'ombre. Giovanna l'observe, baisse les yeux, secoue la tête, pince les lèvres et murmure : « Tu as raison. Je demanderai à Saro de leur parler et de leur demander de se montrer plus discrets... Mais il vaut toujours mieux les avoir près de nous, on ne sait jamais ce qui peut arriver. » Elle regarde son fils et lui ordonne, tout en retournant vers la villa : « Ne bouge pas d'ici, toi ! »

Mais dès que sa mère est assez loin, il en profite pour s'échapper entre les avenues, vers la volière.

« Vincenzo ! Reviens immédiatement ! » lui crie Giulia.

Il agite la main et disparaît derrière un massif de roses.

Giulia laisse échapper un geste d'exaspération. « Ma mère va se mettre dans une colère noire. Vincenzo est trop gâté, il n'écoute personne. L'autre jour, il m'a dit qu'il avait l'intention de tirer sur les perroquets et que... »

Franca ne l'écoute pas. L'homme s'est éloigné, mais elle sait qu'il est toujours là. Elle sent qu'il la scrute à travers les arbres, elle perçoit sa présence. « *Cet homme m'inquiète et m'effraie**.

— Je te comprends. Moi non plus, je n'aime pas avoir autour de moi tous ces… péquenauds. Mais impossible de s'en passer, murmure Giulia. Ici ou à la campagne, à Trabia ou à Bagheria, nous sommes toujours accompagnés de nos gardes du corps. Pietro a été terrifié par tous ces enlèvements.

— Difficile de lui donner tort… » Franca regarde autour d'elle et prend soin de ne pas parler trop fort. « Tu sais qu'il n'y a pas si longtemps, on a kidnappé Audrey, la fille de Joss, le frère aîné de Pip Whitaker, et qu'il a dû payer une très forte rançon ? Triste époque ! »

Giulia hoche la tête. « Oui, j'en ai entendu parler. La pauvre petite, il paraît qu'elle en a fait des cauchemars pendant plusieurs jours d'affilée. D'après ce qu'on m'a dit, tout se serait passé dans le parc de la Favorita ; ils étaient quatre et ils ont battu le palefrenier qui accompagnait Audrey. Si une telle chose devait arriver à mes enfants, je ne sais vraiment pas comment je réagirais.

— Tu paierais une rançon, comme Joss. Ils lui ont demandé cent mille lires, et il les leur a données sans protester. Le préfet a bien essayé d'intervenir, mais les Whitaker lui ont opposé un mur de silence. Ils ont eu une peur bleue et ils ont préféré ne pas ébruiter l'affaire. »

Un cri d'aigle et la voix de Vincenzino retentissent près de la volière. Giulia se rembrunit. « Mon Dieu ! Si on enlevait mon frère, ma mère en mourrait. »

Franca lui pose un bras sur l'épaule et tente de la rassurer : « Il n'y a aucune raison que cela se produise. » Mais sa voix n'est pas aussi ferme qu'elle le voudrait.

Elle se rappelle un épisode récent. Un jour, elle a reproché à Francesco Noto, le jardinier en chef, d'avoir mal taillé les roses qu'elle avait fait venir d'Angleterre. Quand elle est rentrée à la maison, Ignazio l'a prise à part et lui a murmuré, en l'embrassant : « *Mon aimée**, s'il te plaît, ne manque jamais de respect à cet homme et à son frère Pietro, le portier. Ce sont… des amis qui veillent sur notre tranquillité. »

Depuis, Franca a remarqué que personne ne s'adressait à eux sans un geste préalable de déférence. Personne. Mais elle a préféré ne pas pousser ses réflexions trop loin : elle a beau avoir été élevée dans du coton, elle sait comment fonctionnent certaines choses.

Elle est tirée de ses souvenirs lorsqu'elle voit Saro, le valet d'Ignazio, se diriger vers les écuries d'un pas rapide. Il est nerveux et la salue à peine.

Quelques secondes plus tard, Giovanna sort de la villa et lui adresse un signe de tête.

Franca lui répond par un signe identique, prend Giulia par le bras et appelle Vincenzino : il est temps de rentrer.

Elle tourne le dos au jardin. Elle ne veut pas voir.

*

Le 10 août 1897 est une journée lumineuse et chaude. Palerme sommeille, les yeux mi-clos, tandis que la lumière de l'aube transperce les volets tirés et les portes à peine entrouvertes.

Une femme de chambre traverse la longue suite de pièces du rez-de-chaussée de l'Olivuzza ; elle tremble, trébuche et se retourne sur Giovanna, qui marche derrière elle les mains serrées sur le ventre, le dos raide et le visage pétrifié. Sur son passage, par instants, les miroirs semblent refléter l'ancienne image de la jeune femme combative qui était entrée dans cette maison trente ans plus tôt, et non pas celle d'une femme âgée, fatiguée et malheureuse.

La femme de chambre se précipite dans une des salles, désigne du doigt l'un des buffets dont les portes sont grandes ouvertes et murmure, d'un air consterné : « Regardez vous-même. »

Vide. Le meuble est vide.

Les plateaux en argent, les pots et les théières ont disparu, de même que la grande cuvette en argent bosselé qu'elle avait achetée à Naples du vivant de Vincenzo, son premier fils. Les fleurs qu'elle contenait sont éparpillées au sol et sous la table en acajou, piétinées par des chaussures qui ont laissé des traces de boue.

« Que manque-t-il d'autre ? » demande Giovanna d'une voix sifflante.

La femme de chambre se met une main devant la bouche et indique du doigt la pièce voisine. « Deux de ces objets avec un nom bizarre qui servent à mettre des fruits… » Elle hésite, aussi embarrassée que terrorisée. À Dieu ne plaise que donna Giovanna la soupçonne, *elle*, de complicité.

« Les deux *épergnes** ? » Sur ce cri strident, Giovanna lève les yeux vers le plafond, comme si elle pouvait y voir les images de ce qui s'est passé pendant la nuit. Elle tente de maîtriser sa colère en inspirant profondément et reprend, d'un ton plus apaisé : « Où est Nino ? »

Comme évoqué par son nom, le majordome apparaît sur le seuil de la salle à manger. Giovanna accorde une confiance aveugle à cet homme qui a longtemps travaillé à Favignana, dans leur palais près de la madrague, et qui est en service à l'Olivuzza depuis quatre ans. Elle n'a jamais eu autant besoin de son calme, et surtout de son œil auquel rien n'échappe.

« Me voici, donna Giovanna, dit-il en s'approchant d'elle. Il semblerait également que les vases français en albâtre et quelques-unes des tabatières dorées de votre fils manquent à l'appel. » Il marque une pause et s'éclaircit la voix. Son visage exprime à la fois l'indignation et la peur. « Et ce n'est hélas pas tout. Ils ont pris aussi les jouets de mademoiselle Giovannuzza. Il y a des empreintes de chaussures partout dans le couloir. »

Soudain Giovanna suffoque.

La petite.

Ils sont arrivés jusque dans les chambres. Dans l'intimité de la famille.

Un vol chez les Florio.

Un véritable outrage. Une insulte à leur pouvoir. Des voleurs chez donna Giovanna ! Des voleurs qui ont emporté des objets qu'elle avait collectionnés, choisis, conservés. Plus que de simples objets, des souvenirs, comme ces deux vases anciens en albâtre qu'elle avait achetés à Paris avec son mari, l'amour de sa vie, chez un antiquaire de la place des Vosges.

Comment ont-ils osé ? Elle regarde autour d'elle et ressent quelque chose de très désagréable qui va au-delà de la peur. Au-delà de l'indignation.

De la nausée.

Elle regarde les empreintes de boue – *des pieds de bouseux*, pense-t-elle avec mépris –, les traces de doigts sur la surface brillante de l'acajou, les fleurs piétinées. Et elle a l'impression que ces marques sont inscrites sur ses vêtements, sur son corps.

« Nettoyez tout ! » Ce premier ordre à la domestique est suivi d'une exclamation plus forte, qui ne cherche en rien à dissimuler sa colère : « Tout ! Et vous, Nino, établissez une liste détaillée de tout ce qui manque. Faites-vous aider par les femmes de chambre. Il faut que je sache exactement ce que ces misérables ont volé. »

Elle tourne les talons, quitte la pièce et descend les escaliers menant au jardin. L'air frais ne lui apporte aucun soulagement, bien au contraire. Elle aperçoit d'autres empreintes de pas sur les marches, les voleurs ont dû passer par là.

Il faudrait appeler Ignazio, mais elle sait qu'il dort encore. Il vient de rentrer d'une croisière en mer Égée à bord de son nouveau yacht qui porte le nom latin de Favignana, *Aegusa*. Des vacances bien méritées : un an plus tôt, la création de l'Anglo-Sicilian Sulphur Company, qui associe des entrepreneurs siciliens et anglais ainsi que quelques investisseurs français, a été couronnée de succès grâce au travail de médiation d'Ignazio, et cette société commence enfin à dégager du profit. Plus récemment, il y a eu la visite de Nathaniel de Rothschild, arrivé à Palerme à bord de son yacht le *Veglia* : se sont ensuivies une série ininterrompue de réceptions, de visites, de promenades à travers la ville et de réunions d'affaires. Après le départ de l'illustre invité, Ignazio a emmené toute la famille en croisière dans les îles Grecques, mais Giovanna n'a pas eu envie de quitter Palerme, elle s'est dit que les enfants s'amuseraient mieux s'ils n'avaient pas en permanence une dame âgée dans les jambes et elle est restée là, en compagnie de donna Ciccia et de leur broderie.

Pendant toutes les années qu'elle y a vécues, elle n'a jamais eu peur de demeurer seule à l'Olivuzza. Jamais.

Elle entre dans le salon vert et s'immobilise au milieu de cette pièce où elle a connu tant de moments sereins. Elle passe d'un meuble à l'autre, caresse les photographies de son mari, saisit certains objets comme pour s'assurer qu'ils sont toujours là. Elle regarde ses mains : leur peau est constellée de taches de vieillesse, les doigts sont frêles et contractés. Sur une table, elle voit son panier de travail, son missel, son crucifix en ivoire, des chandelles dans leurs bougeoirs en argent et une boîte en *vermeil** contenant des allumettes. Dans une vitrine d'angle, quelques figurines en porcelaine. Sur une table basse, à côté du canapé, un vase en cristal rempli de fleurs fraîches et des photos de Vincenzino et d'Ignazio, dans des cadres en argent. Tout semble intact.

C'est un monde dans lequel elle n'a jamais nourri la moindre peur. Le nom des Florio a toujours été craint et puissant. Il a toujours suffi pour la défendre.

Mais il vient d'être foulé aux pieds, comme les fleurs de l'autre pièce.

Voilà ce qui lui fait vraiment peur.

*

Après avoir réveillé Ignazio, Giovanna rejoint la chambre de sa belle-fille. Quand elle y entre, Franca lève la tête d'un geste brusque. Diodata lui a raconté ce qui s'est passé et elle ne parvient pas à cacher son épouvante. Après avoir aidé sa maîtresse à enfiler sa robe de chambre, la domestique sort en marmonnant des insultes à l'adresse de « ces gens sans foi ni loi qui ne respectent ni le bon Dieu ni la famille ».

Une multitude de bijoux sont éparpillés sur le lit. Franca a vidé le sac en maille d'or qui les contient, pour s'assurer qu'il n'en manque aucun. Beaucoup sont des cadeaux d'Ignazio : des bracelets, des bagues et des colliers en or et en platine ornés de diamants, de saphirs, d'émeraudes. Et puis des perles, une kyrielle de perles qui brillent dans la lumière du matin. Assise sur le lit et encore en chemise de nuit, Giovannuzza joue à essayer des bagues, mais elles sont trop grandes pour ses petits doigts et retombent entre les draps.

« Ils n'ont rien pris chez moi, confirme Franca en serrant sa fille dans ses bras. Ils n'ont emporté que des jouets en fer-blanc de la chambre de… » Impossible de prononcer le nom de son enfant. « Seigneur Dieu ! Il aurait pu se passer la même chose qu'avec Audrey Whitaker… »

Giovanna laisse son regard errer sur le sol décoré de pétales de roses. Elle n'a jamais aimé cette pièce, dont elle a toujours pensé qu'elle correspondait à merveille aux goûts de Franca. « Mais ce n'est pas arrivé », lui répond-elle d'une voix atone.

Puis elle fixe sur sa belle-fille un regard plus éloquent que des milliers de mots.

Franca laisse partir sa fille et murmure : « Ignazio n'appellera pas la police, n'est-ce pas ? »

Giovanna secoue la tête. « Ce n'est pas le genre d'affaire à lui confier. »

Non, on ne peut pas s'en remettre à la police : elle est composée de fonctionnaires étrangers qui ne connaissent rien à Palerme ; ils entrent chez les gens, se mettent à parler avec leur accent monocorde, posent des questions qu'ils ne devraient même pas avoir l'audace de formuler dans leurs têtes et transforment les victimes en coupables. Il y a des problèmes qu'on peut résoudre sans leur aide, et surtout sans faire trop de bruit. « Ignazio est déjà en train de parler de tout ça avec Noto. Nous payons ses services assez cher pour lui demander des comptes. » La voix rauque de Giovanna évoque le choc violent de deux pierres. Sa rage est là, elle affleure sous chacune de ses phrases, toutes prononcées d'un ton sévère. « Nous le payons grassement et nous lui avons offert un bon travail ; alors qu'est-ce qu'il attend pour agir ? »

*

« C'est inadmissible ! » hurle Ignazio, furieux, en tapant du poing sur son bureau. L'encrier tinte et les plumes roulent sur le sous-main. Puis il baisse la voix, et sa colère semble se transformer en une lame de poignard acérée : « Nous vous versons un salaire assez conséquent, à vous et à votre frère, pour garantir la sécurité de nos biens et de nos personnes... alors comment expliquez-vous que des crapules aient pu pénétrer si facilement chez moi et me voler comme en plein bois ? »

Francesco Noto tient à la main un chapeau dont il

triture le bord. Mais, à en juger par l'expression de son visage anguleux, il semble plus mal à l'aise que contrit, voire agacé : il n'est pas habitué à s'entendre admonester sur ce ton. « Don Ignazio, je suis attristé de vous entendre parler ainsi. Comment aurait-on pu prévoir que…

— Votre tâche consiste précisément à empêcher que des chiens galeux s'introduisent chez moi et me prennent tout ce qu'ils veulent. Ils sont même entrés dans la chambre de ma fille ! Que va-t-il se passer la prochaine fois ? Ils vont l'enlever ? Ils vont kidnapper mon frère ? Si vous n'êtes pas capable de prendre les mesures nécessaires, il suffit de le dire. Le monde regorge de gens qui ne demanderaient pas mieux que d'occuper votre place. »

Du fond de ses yeux creux, le regard de Noto devient coupant. Et ses sourcils épais, qui se rejoignent pour former une seule ligne, accentuent la dureté de ses traits. « Je vous engage à prendre garde aux termes que vous employez, don Ignazio. Nous vous avons toujours témoigné le plus grand respect, nous. »

Ignazio ne semble pas avoir saisi la menace à peine voilée que contiennent ces propos. À moins qu'il n'ait préféré l'ignorer délibérément. « Le respect doit être réciproque. Et vous savez mieux que moi qu'on le mérite par ses actions, don Ciccio. Où étiez-vous, la nuit dernière ? »

Noto met longtemps à répondre. Mais son silence prolongé n'a rien d'embarrassé, c'est celui d'un homme qui pèse longuement ses mots avant de parler. « Quelqu'un vous a offensé par notre faute, et de cela je vous demande pardon. Mon frère et moi veillerons à ce qu'on vous restitue tout ce qu'on vous a pris, jusqu'à la moindre épingle. Vous êtes un homme d'honneur, il n'est pas tolérable que des voleurs viennent troubler la tranquillité de votre épouse et de votre mère, qui est une sainte femme. » Il cloue Ignazio du regard. « Nous ferons en sorte que plus personne ne vous importune, vous ou votre famille. »

Pour Ignazio, ces mots sont comme de la neige sur du feu, ils semblent équivaloir à une promesse. Sa respiration, jusque-là rendue haletante par la colère, ralentit. « Je l'espère vraiment, monsieur Noto. »

Monsieur Noto, et non plus *don Ciccio*. La signification de ce changement d'appellation est sans équivoque.

Francesco Noto bat légèrement des paupières. « Vous pouvez compter sur moi. N'ayez crainte. »

*

Deux quintes de toux se succèdent coup sur coup.

« Je n'aime pas ça », soupire Giovanna en égrenant son chapelet. Elle a l'habitude de prier en compagnie de donna Ciccia, mais aujourd'hui elle est seule : sa suivante, qui souffre depuis quelque temps de douleurs souvent très fortes dans les jambes, a dû garder le lit.

Assise sur un banc, Giovannuzza joue avec sa poupée en porcelaine préférée, Fanny – un cadeau de tante Giulia –, sous le soleil tiède d'une douce journée d'octobre. Elle est maigre, pâle et souvent tourmentée par une toux irritante. Les longues journées passées en bord de mer à Favignana, puis en mer Égée, ne lui ont pas été bénéfiques. Et Giovanna est inquiète.

Elle aimerait en reparler à Franca, lui demander d'agir. Elle pense en effet que Giovannuzza devrait peut-être refaire cette cure à base de comprimés au goudron de pin maritime qu'ils avaient commandés directement de Paris, et qui semblaient lui avoir assez bien réussi. Même s'il n'avait pas été facile du tout de convaincre la petite fille de les avaler : elle avait beaucoup renâclé, elle s'était souvent obstinée à fermer la bouche et elle avait même, une fois, vomi sur la jupe de sa gouvernante.

Mais Franca est en ce moment chez sa modiste avec Giulia Trigona. Et elles doivent ensuite se rendre au palais Butera pour y déjeuner. Giovanna devra donc attendre l'après-midi pour s'entretenir avec sa belle-fille. Et il lui faudra alors supporter d'être considérée comme une vieille femme trop anxieuse.

Il vaudrait peut-être mieux ramener Giovannuzza à la maison ? Giovanna ne se sent pourtant pas le courage de l'y forcer : par cette journée douce et parfumée, l'arôme des fleurs de yucca se mêle à celui des jasmins qui fleurissent encore le long du mur d'enceinte de l'Olivuzza. *Et le soleil nous fait du bien à toutes les deux*, pense Giovanna en caressant le visage de sa petite-fille.

Giovannuzza est secouée par une nouvelle quinte de toux. Mais elle ne s'immobilise qu'un court instant avant de recommencer à habiller Fanny des vêtements en miniature que sa mère lui a offerts, et qui sont identiques aux siens.

Non loin de là, Vincenzino tente de monter sur son

nouveau vélocipède, avec l'aide d'un serviteur. Il finit par y parvenir et pousse un joyeux éclat de rire.

Parfois, Giovanna voit en lui *l'autre* Vincenzino, son fils aîné qui dort depuis dix-huit ans aux côtés de son père et de son grand-père dans la chapelle du cimetière de Santa Maria di Gesù.

Il lui manque. Tous ses chers disparus lui manquent. En ces journées où la lumière du soleil a la couleur du miel, où les senteurs du jardin saturent l'air, elle a l'impression d'entendre leurs voix apportées par le vent : celle, rendue rauque par la maladie, de sa mère, morte depuis plus de vingt-cinq ans ; celle de son fils, qui n'a pas eu le temps de devenir grave comme cela arrive aux enfants lorsqu'ils deviennent adultes ; celle d'Ignazio, son époux, calme et ferme.

C'est sa voix à lui qui lui manque le plus. Et aussi sa chaleur, ses mains, ses gestes. Parfois, elle sent encore son regard posé sur elle, ou bien elle croit entendre son rire. Elle a conservé ses vêtements dans un grenier de l'Olivuzza où elle monte de temps à autre pour ouvrir les coffres, caresser les tissus, les humer, y chercher une trace, un signe. Mais sa mémoire, comme ces tissus, est désormais ternie.

Six ans se sont écoulés depuis la mort de son mari. Six années douloureuses, au cours desquelles elle a senti son cœur se flétrir, se recroqueviller comme un vieux parchemin. Son amour n'a cessé de la blesser que lorsqu'il s'est sublimé en un souvenir dont elle est la seule et unique propriétaire.

Quelle injustice, se dit-elle en sortant un mouchoir de sa manche. *Il devrait être ici avec moi, avec nous tous.*

S'il avait survécu à sa maladie, Ignazio aurait cinquante-neuf ans, l'âge idéal pour être encore le seigneur et maître de la Maison Florio, mais aussi pour se décharger d'une partie de ses responsabilités et profiter de moments de tranquillité auprès de son épouse. En travaillant à ses côtés, Ignazziddu aurait eu la possibilité de devenir plus expérimenté, de comprendre beaucoup de choses, de… grandir. Elle soupire. Son fils a vingt-neuf ans, mais à certains points de vue, il est aussi écervelé et immature qu'un petit garçon.

Un léger piétinement tire Giovanna de ses réflexions. Giovannuzza, sa petite-fille aux yeux verts si semblables à ceux de sa mère, mais plus doux et plus innocents, se tient devant elle.

« Mamie, qu'est-ce que tu fais ? »

Derrière elle, sa gouvernante allemande ramasse ses jouets. Giovanna aurait préféré une nurse anglaise, mais la volonté de Franca a prévalu sur la sienne.

« Je prie, répond-elle en montrant son chapelet.

— Pourquoi ?

— Parce que parfois, prier, c'est se souvenir. C'est la seule façon de garder près de nous les personnes que nous avons le plus aimées et qui ne sont plus là. »

Giovannuzza la regarde d'un air intrigué. Elle n'a pas compris mais, grâce à l'intuition propre aux enfants, elle sent que sa grand-mère est triste, très triste, et elle lui prend la main. « Moi je suis là maintenant, tu n'as pas besoin de te souvenir de moi. *Kommst du ?* »

Giovanna lui répond, avec un hochement de tête : « J'arrive, mon trésor. » Puis elle libère sa main et ajoute : « Va d'abord appeler Vincenzino. »

La petite fille se précipite en courant, gardant Fanny serrée très fort contre sa poitrine. Elle appelle à grands cris son oncle, qui n'a que dix ans de plus qu'elle.

Giovanna lève les yeux sur la villa. Aussitôt après la mort d'Ignazio, l'Olivuzza lui avait semblé immense, comme si l'absence de son époux avait rendu inutiles tous ces grands espaces. Au fil du temps, elle a appris à les remplir, ou du moins à ne plus les trouver écrasants. Elle parcourt la façade du regard et s'arrête sur la fenêtre de la chambre de son mari.

Le temps d'un battement de cils, elle l'aperçoit. *Une ombre.*

Instinctivement, elle se signe, détourne les yeux et reprend sa marche, tête baissée. Seule.

Ses fantômes, comme toujours, la suivent.

*

Et c'est toujours son inquiétude pour la santé de sa petite-fille qui, quelques jours plus tard, réveille Giovanna peu avant l'aube. Le regard triste, elle erre à travers l'Olivuzza en robe de chambre, un châle sur les épaules et son immanquable chapelet à la main. Elle dort peu, maintenant, d'un sommeil agité, perturbé par ses angoisses et ses cauchemars.

Elle entend, venus des cuisines, le cliquetis de la vaisselle et le bavardage des femmes de chambre qui se préparent à faire le ménage. Malgré ses protestations – « L'air de cette ville va lui faire du mal, sans compter l'humidité… » –, Franca s'est obstinée à emmener Giovannuzza avec elle à Venise. Ignazio, quant à lui, est à Rome avec Vincenzo. Pour régler un problème fiscal, lui a-t-il dit.

Giovanna se dirige à pas lents vers les cuisines : cet après-midi, elle recevra pour le thé plusieurs dames de l'aristocratie qu'elle souhaite impliquer dans quelques-unes de ses initiatives caritatives, et en particulier son école de broderie. Elle a donc demandé à son cuisinier de préparer des gaufres liégeoises à la confiture de groseilles, des *scones* à l'anglaise et des petits pains au beurre et à la confiture d'orange.

Soudain, quelque chose frappe son regard et la force à s'arrêter. Elle revient sur ses pas, regarde autour d'elle, cligne des paupières.

Les vases en albâtre que son mari avait achetés à Paris et qui avaient été volés au début du mois d'août sont là, devant elle, sur l'étagère où elle les avait disposés plus de vingt ans auparavant.

Elle hésite un instant, confondue, presque effrayée. Puis elle s'approche pour les toucher.

Aucun doute possible. Ils sont bien là. Ce sont *ses* vases.

Une sorte de frénésie s'empare d'elle. Elle court sur le dallage en damier, puis sur le parquet de la salle de bal, et gagne la salle du buffet. Elle fouille les placards, les armoires, les vaisseliers, les tiroirs, les panetières. Encore incrédule, elle palpe l'argenterie, étincelante, d'une propreté irréprochable. Enfin, elle attrape une cafetière, la retourne et, les lèvres tremblantes d'émotion, cherche le poinçon d'Antonio Alvino, le célèbre orfèvre napolitain. Oui, elle le reconnaît, aucun risque d'erreur. Elle referme l'armoire d'un geste lent et hoche la tête.

Ensuite, elle rejoint la chambre de Giovannuzza. Dans le panier posé au sol, les jouets en fer-blanc de la petite sont tous là.

Tout ce qui avait été volé est de nouveau à sa place. *Francesco Noto a su se faire respecter.*

Giovanna prend une clochette pour appeler Nino, mais elle se ravise aussitôt. *Inutile. Aucun des domestiques ne dira rien. Ils seront simplement soulagés de la façon dont l'affaire a été réglée.*

Son émotion est si violente qu'elle ressent le besoin de respirer de l'air frais. Mais elle a à peine esquissé quelques pas dans une allée du parc qu'elle aperçoit un homme immobile sous un palmier. C'est le jardinier en chef, et de toute évidence, il l'attend.

Francesco Noto soulève son chapeau en esquissant une révérence. « Dieu vous bénisse, donna Giovanna… »

Elle hoche la tête et murmure, tout en s'approchant de lui : « Je dois vous remercier en mon nom et au nom de ma famille, don Francesco. » L'ourlet de sa robe noire effleure maintenant les chaussures poussiéreuses du jardinier.

« Sachez que je vous en sais gré. » Il évite le regard de son interlocutrice et laisse ses yeux scruter le jardin à la recherche de son frère Pietro. « Ce sont deux gars du village qui ont fait le coup, deux cochers. Ils vous prient de bien vouloir leur accorder votre pardon.

— Comment s'appellent-ils ? Je veux savoir leurs noms.

— Vincenzo Lo Porto et Giuseppe Caruso. Nous les avons chassés de l'Olivuzza. »

Giovanna hoche à nouveau la tête. Ces explications lui suffisent.

Ce qu'elle ignore, c'est *comment* l'affaire a été résolue.

Elle ne sait pas que les familles de Lo Porto et Caruso cherchent désespérément les deux hommes : ils ont été chassés de l'Olivuzza, c'est vrai ; mais, contrairement à ce que certains racontent, ils n'ont pas émigré en Amérique ou en Tunisie.

Dans le quartier, tout le monde le sait. Gare à quiconque ose s'opposer à Francesco et à Pietro Noto, ternir leur image auprès des Florio et croire qu'il s'en tirera en toute impunité !

Les frères Noto ont certes commis beaucoup d'impairs, par exemple lorsqu'ils ont réclamé un *cadeau* au frère aîné de Pip, Joss Whitaker, sans le partager ensuite avec Lo Porto et Caruso, leurs complices.

Drôle de manière de se comporter avec des amis !

Selon certains, les deux cochers auraient cambriolé les Florio pour régler leurs comptes avec les frères Noto. Selon d'autres, ils auraient même voulu prendre leur place. On entend tellement de rumeurs…

Toujours est-il que les frères Noto ne pouvaient pas rester les bras ballants, après un affront aussi grave.

Oui, Giovanna ignore tout cela, et elle ne veut d'ailleurs rien en savoir.

Elle l'apprend malgré elle à la fin du mois de novembre. Un jour, alors qu'un valet les aide, elle et une donna Ciccia de plus en plus voûtée et ralentie, à monter dans la voiture qui doit les conduire au couvent des Sœurs de la Charité pour la treizaine en l'honneur de sainte Lucie, deux femmes, enveloppées dans des châles sombres qui les protègent de la tramontane, leur barrent le passage.

« Donna Giovanna ! Madame ! Écoutez-nous, je vous en supplie ! » crie la plus jeune. Elle a les cheveux attachés en un chignon sévère, des vêtements humbles mais propres, les traits tirés et de grands yeux ardents assombris par la douleur. Agrippée à la porte de la voiture, elle ajoute : « Vous nous devez bien ça ! »

Prise au dépourvu, Giovanna recule d'un pas et demande d'une voix rude : « Que voulez-vous de moi ? Et d'abord, qui êtes-vous ?

— Nous sommes les épouses de Giuseppe Caruso et de Vincenzo Lo Porto », répond l'autre femme. Elle semble avoir le même âge que Giovanna, mais elle est en réalité beaucoup plus jeune : le chagrin et la honte l'ont vieillie avant l'heure. Elle porte une robe à la fois trop courte et trop large, qui n'est peut-être même pas la sienne. « Regardez-nous, donna Giovanna : nous sommes des mères, comme vous. Nous avons des enfants et pas de pain pour les nourrir. »

Giovanna devient aussi dure qu'une sculpture en pierre. « Vous venez me demander de l'argent parce que vous devez élever vos enfants et parce qu'ils ont faim ? Prenez-vous-en à vos maris, c'est à eux qu'il faut vous adresser. Ils auraient dû mieux réfléchir, avant d'entrer chez moi pour voler ! Et maintenant, ils se sont enfuis comme des lâches. »

Les yeux rouges de larmes, la femme de Vincenzo Lo Porto s'approche d'elle et lui rétorque, d'une voix stridente : « Mon mari ne s'est enfui nulle part. Et moi, je ne peux même pas aller déposer une fleur sur sa tombe. À cause de vous, ma famille n'a plus de chef. »

Giovanna reste immobile. Elle sent que, derrière elle, donna Ciccia se raidit et que sa respiration s'alourdit.

Alors, elle regarde la femme de Giuseppe Caruso, qui, les mains crispées sur son ventre, reprend : « Même mon beau-père le sait : il ne renoncera pas à exiger que justice soit faite, il a dit qu'il ira jusqu'à Rome, si on ne lui explique pas ce qui est arrivé à son fils. Quelqu'un a déposé un chien mort à notre porte. » Elle saisit le poignet de Giovanna, qu'elle serre de toutes ses forces en murmurant d'un ton désespéré : « Vous comprenez maintenant ? »

La femme de Lo Porto, désormais presque nez à nez avec Giovanna, renchérit : « Vous êtes consciente que certaines personnes, à leur place, ne se seraient pas contentées de vous prendre un peu d'argenterie ? Qu'elles auraient voulu enlever votre fils ou votre petite-fille ? C'est déjà arrivé à d'autres, vous savez... »

Pour Giovanna, c'en est trop. Elle se débat, repousse les deux quémandeuses et monte en voiture avec donna Ciccia. Aussitôt, le cocher attrape une des femmes par le bras et la repousse. Elle essaie néanmoins de monter dans la voiture, malgré les efforts du cocher pour l'en empêcher. Donna Ciccia lui tape sur une main.

« Allez-vous-en ! » hurle Giovanna, essoufflée et le cœur battant. Elle presse sa poitrine d'une main. Puis elle reprend d'une voix plus forte, à l'intention du cocher : « Eh bien, qu'attendez-vous pour partir ? » Les deux femmes continuent de crier et de taper du pied et du poing sur la portière. En vain.

La voiture s'ébranle. Les cris des femmes sont couverts par le bruit des roues sur les pavés et la respiration haletante de donna Ciccia.

Giovanna, qui se sent à peine la force de parler, serre ses mains gantées de noir.

« Vous le saviez, vous ? » lui demande donna Ciccia.

Giovanna avale sa salive et cherche du réconfort dans un Ave Maria murmuré à la hâte. Sans effet. Une sensation de culpabilité et de nausée lui noue le ventre. « Non.

— Et vous avez remarqué, n'est-ce pas ? Les vêtements. »

Giovanna hoche la tête, une seule fois, les yeux perdus dans le vide en direction de la vitre.

Les deux femmes portaient des vêtements noirs. Des tenues de deuil. Celles des veuves.

Elles le deviendront officiellement lorsque, quelques semaines plus tard, on retrouvera les cadavres de leurs maris dans une grotte, près d'un entrepôt situé juste à la sortie de la ville.

Ils ont été tués quelques jours après le vol. Sans avoir jamais quitté Palerme.

Cette histoire parviendra l'année suivante aux oreilles d'un préfet de police venu du Nord. Un homme inflexible habitué à écraser ses ennemis : quelque temps auparavant, il a ainsi jeté en prison les deux cents membres de la confrérie de Favara, une association de malfaiteurs responsable d'une longue série d'homicides.

Il a reçu du gouvernement la tâche d'en finir avec la mafia, cette organisation criminelle dont tout le monde parle et qui semble échapper à toute loi. Il doit même aller plus loin, mettre un terme à la collusion entre pouvoir politique et organisations criminelles, avant que l'appareil d'État ne soit irrémédiablement gangrené. Dans le système qu'il découvre, des malfaiteurs sont au service de sénateurs, de nobles et de notables « qui les protègent et les défendent afin d'être le cas échéant, à leur tour, protégés et défendus par eux », comme il l'écrira dans son très long rapport. Il apprendra plus tard que les Florio ont été victimes d'un vol et il tentera d'interroger donna Giovanna à ce propos, mais sans succès. Il tentera aussi de questionner les Whitaker pour faire la lumière sur l'enlèvement d'Audrey et le paiement probable d'une rançon ; il n'obtiendra en réponse qu'un silence entêté.

Cet homme à la mâchoire carrée et à la barbe blonde nommé Ermanno Sangiorgi comprendra beaucoup de choses sur la mafia. Son organisation, par exemple : le système des familles, des chefs de quartier, des jeunes affiliés, du serment d'allégeance... Cette structure réapparaîtra à peu près telle quelle, presque cent ans plus tard, à travers les déclarations du « parrain des deux mondes », Tommaso Buscetta, que le juge Giovanni Falcone recueillera lors d'un interrogatoire secret de plusieurs mois, et rendues publiques au cours du premier véritable procès contre la mafia, à Palerme, de 1986 à 1992. Ces aveux coûteront la vie à Giovanni Falcone et à son collègue Paolo Borsellino, assassinés respectivement quatre et six mois après la fin des audiences.

Oui, Ermanno Sangiorgi comprendra beaucoup de choses sur la mafia.

Mais il ne parviendra à en prouver qu'un tout petit nombre.

*

En ce mois de mars 1898, le temps est aussi hésitant qu'un enfant qui apprend à marcher. Même les jours de soleil, un vent glacial secoue souvent le jardin de l'Olivuzza et fait ondoyer la cime de ses arbres.

À travers la fenêtre du petit salon attenant à sa chambre, Franca observe les ombres qui se dessinent sous les palmiers et écoute le bruissement des feuilles. Il lui rappelle le clapotis des vagues contre la coque de l'*Aegusa*, lors de la croisière qu'Ignazio a organisée l'été précédent en Méditerranée orientale. Il lui rappelle la beauté sauvage des îles de la mer Égée. Les eaux transparentes de la côte turque. Le charme de Constantinople, subtil comme un poison. Les rues étroites de Corfou qu'elle a parcourues en riant avec Giulia, tandis que Giovannuzza trottait derrière elles avec sa gouvernante. Le vent qui avait un goût d'origan et de romarin…

Elle soupire, le cœur lourd de nostalgie. Elle aimerait revoir les couchers de soleil sur la mer Égée. Boire un autre verre de Nykteri, surnommé « vin de la nuit » parce que les raisins servant à sa préparation sont récoltés avant l'aube. Sentir les bras d'Ignazio l'envelopper, elle et seulement elle.

Mais elle ne peut pas. Pas dans son état.

Elle se caresse le ventre. L'accouchement est désormais imminent.

Sainte Anne, mère de la Vierge, faites que ce soit un garçon. Cette prière l'accompagne depuis qu'elle a découvert qu'elle était enceinte. *Un garçon pour la*

Maison Florio, pour moi, pour Ignazio, qui cessera peut-être de chercher ailleurs ce que je peux lui donner.

Car c'est ainsi : Ignazio continue à collectionner les conquêtes ; il suffit qu'elles soient jeunes et belles, peu importe qu'elles appartiennent à la noblesse ou à la lie du peuple. C'est même un miracle qu'il n'ait pas attrapé de maladie : de ce point de vue – manifestement – il prend toutes les précautions nécessaires.

Et d'ailleurs, pourquoi s'obligerait-il à rester discret ? À Palerme, parmi leurs connaissances, aucun couple n'est à l'abri de l'infidélité. Dans un mélange de colère et de chagrin, Franca repense à ce que Giulia, la femme de Romualdo Trigona, lui a révélé quelques semaines plus tôt : son mari a maintenant une maîtresse attitrée, et Giulia a décidé de ne pas rester sans rien faire. Elle ne se soucie plus de l'opinion des gens : elle veut être libre de vivre sa vie, d'aimer et d'être heureuse.

Pourtant, les gens trouvent *encore et toujours* le moyen d'être blessants.

Le dernier exemple remonte à quelques jours à peine. Et sans l'intervention de Maruzza…

Depuis quelque temps, Franca a pour dame de compagnie la comtesse Maruzza Bardesono, une femme entre deux âges aux traits durs et à l'expression sévère. Élevée dans une famille aisée, elle s'est retrouvée seule et sans moyens de subsistance à la mort de son frère. Quelqu'un ayant informé Franca qu'elle cherchait du travail, elle avait accepté de la recevoir, plus par devoir que par conviction. Mais elle avait été frappée par ses manières élégantes, sa culture et la sensation de sécurité qu'elle parvenait à communiquer à autrui, et elle lui avait aussitôt offert la place. Depuis, elle n'a jamais eu à le regretter.

Ce jour-là, Maruzza était venue dans la chambre de Franca pour lui rendre son exemplaire de *L'Amulette*, le dernier roman de Neera, une auteure qu'elles aiment beaucoup toutes les deux. Elle l'avait trouvée en larmes, la tête posée sur la coiffeuse et la main serrée autour d'un morceau de papier. Le sol était jonché de brosses, de peignes, de flacons, de crèmes et de parfums qu'elle avait jetés par terre dans un accès de rage.

Maruzza lui avait demandé, en déposant le livre sur le lit : « Que se passe-t-il, donna Franca ? Vous ne vous sentez pas bien ? »

Sans cesser de sangloter, Franca avait montré le papier.

Après avoir pris connaissance du contenu de la lettre, la dame de compagnie avait rougi d'indignation et s'était écriée : « Que ces gens sont méprisables ! Les lettres anonymes sont vraiment l'instrument des lâches... Et à une femme enceinte, par-dessus le marché ! Quelle honte !

— Je ne sais pas qui sont ces femmes que mon mari fréquente et je ne veux même pas le savoir, avait murmuré Franca. Jusqu'à présent, j'ai tout accepté parce que je sais qu'il m'aime et qu'il finit toujours par me revenir. » Elle s'était levée et elle avait regardé Maruzza droit dans les yeux. « Mais depuis quelque temps, je me demande de plus en plus souvent si je ne ferais pas mieux de partir. Et d'emmener ma fille avec moi. »

Maruzza lui avait saisi les bras. « Donna Franca, je

vous connais un peu maintenant. Puis-je vous parler en toute franchise ? »

Franca avait répondu oui d'un signe de tête.

« Vous avez tout ce qu'une femme peut désirer : la santé, la beauté, une fille angélique, affectueuse et intelligente. Et aussi… tout ça. » D'un large geste du bras, elle avait désigné l'ensemble de la chambre à coucher. « Et n'oubliez pas que vous êtes sur le point de redevenir mère !

— Mais…

— Nous sommes tous seuls, donna Franca, les hommes aussi bien que les femmes. Et l'argent, les titres, le rang social… tout cela ne compte que jusqu'à un certain point. Nous cherchons tous quelque chose que nous n'avons pas, qui nous manque. À cette différence près qu'on donne aux hommes les armes dont ils ont besoin pour mener leurs batailles, tandis que les femmes doivent les gagner de haute lutte ; et, si elles les obtiennent, elles le paient cher. Vous avez la chance de posséder un grand nombre de ces armes, et vous avez même appris à vous en servir. Alors que beaucoup de femmes ne les ont tout simplement pas, et recourent à des expédients inefficaces. Par exemple celle qui a écrit cette lettre anonyme… »

Les sourcils froncés, Franca avait baissé les yeux sur le papier, comme pour y chercher une confirmation des dires de Maruzza, qui avait poursuivi :

« Bien sûr que c'est une femme qui a écrit ça. Certaines d'entre elles cherchent des armes là où elles peuvent. Parce que, pour en trouver de vraies, il faudrait changer trop de choses, à commencer par leur tête, et cesser de croire aux contes de fées. Neera le dit très bien… » Elle avait repris le livre et lu un passage à haute voix : « “Dans l’impossibilité où elles se trouvent d’obtenir ce qui pourrait être véritablement avantageux pour elles, elles s’en tiennent à la solution la plus commode et la plus accessible.” Comme elles *ont peur* de la vie, elles se transforment en poules mouillées qu’un rien effraie et elles ne se sentent fortes que si elles jugent les autres. Mais leur amertume se transforme en une bile qui les étouffe et qu’elles sont tôt ou tard obligées de cracher, d’une manière ou d’une autre, y compris à travers des lettres comme celle-ci. Elles sont très malheureuses, donna Franca. Elles vous envient votre argent, vos vêtements, vos bijoux, certes. Mais croyez-moi, elles vous envient surtout parce qu’elles voient bien quel genre de femme vous êtes. Vous avez du courage. Vous savez ce que fait votre mari, mais vous gardez la tête haute, vous ne vous cachez pas, vous ne prenez pas d’amant, vous ne permettez à personne de porter atteinte à *votre* dignité. Vous demeurez toujours consciente du nom que vous portez. »

Franca s’était rassise. « Alors vous pensez que je devrais avoir pitié de la personne qui a écrit cette lettre ?

— Oui. Et puis, il y a aussi les autres femmes…

— Les… autres ?

— Les débauchées que votre mari couvre de bijoux. Elles ont peu d’armes à leur disposition… mais elles ne savent que trop bien les utiliser ! » Maruzza avait ri d’un rire sans joie. « Réfléchissez-y : elles aussi sont à plaindre. Elles se croient importantes, mais elles ne se rendent pas compte que les hommes ne voient en elles que des jouets. Ils s'amusent avec elles pendant quelques semaines avant de les abandonner sans le moindre remords, de les reléguer dans un débarras comme de vieilles poupées. »

Franca n'était pas parvenue à dissimuler la surprise que ces propos si désagréables, et pourtant si vrais, avaient suscitée en elle. Dans son esprit, l'image de Maruzza avait rejoint celle de sa belle-sœur Giulia. Ces deux femmes très différentes lui avaient dit, en substance, la même chose. Qu'elle était une plante aux racines vigoureuses et qu'elle ne devait pas craindre de fleurir, de chercher à toucher le ciel avec ses branches. Qu'elle était destinée à grandir, à devenir de plus en plus forte.

Pourtant…

Elle avait posé à haute voix une question plutôt destinée à elle-même qu'à Maruzza : « Mais alors, pourquoi est-ce que ça me fait toujours aussi mal, même après tout ce temps ? »

Sa dame de compagnie avait soupiré. Puis elle avait répondu, avec un sourire amer : « Donna Franca, l'amour est un animal ingrat : il mord la main qui le nourrit et lèche celle qui le bat. Pour aimer toujours, pour aimer vraiment, il faut savoir oublier. »

*

Un élancement violent lui transperce le dos.

Assise sur le fauteuil du petit salon, Franca tressaille et tente de reprendre son souffle. *Une contraction, déjà ?* Elle tend la main vers une clochette et l'agite. Une femme de chambre apparaît presque aussitôt sur le seuil de la pièce.

« Qu'y a-t-il pour votre service, donna Franca ?

— Appelle la comtesse Bardesono, s'il te plaît. Dis-lui de venir tout de suite. »

Un autre élancement. Depuis leur conversation sur la lettre anonyme, un mois plus tôt, son lien avec Maruzza est devenu plus profond, plus intime. Instinctivement, c'est à elle que Franca a pensé, et non pas à sa belle-mère.

Des pas rapides résonnent sur le balcon. Une porte s'ouvre. En levant la tête, Franca croise le beau regard de Maruzza. Mais juste après, elle doit se pencher en avant ; elle a toutes les peines du monde à refréner un gémissement, elle a blêmi et sa respiration est devenue haletante.

Sa dame de compagnie lui pose une main sur le front et la retire immédiatement. « Ce sont les premières douleurs ? Voulez-vous que j'appelle votre médecin ou votre belle-mère ? »

Votre belle-mère, pas *donna Giovanna*. Maruzza la connaît bien, désormais.

« La sage-femme et le médecin… et ma belle-mère aussi, oui. Elle pourra rester ici quelques j… »

Un nouvel élancement, dans le ventre cette fois. Franca serre de toutes ses forces le poignet de Maruzza.

Puis elle murmure, avec une nuance de panique dans les yeux : « Les douleurs sont trop rapprochées. Elles ont commencé d'un seul coup, sans prévenir. »

Maruzza agite une main. « Le deuxième enfant arrive toujours plus vite que le premier. Voulez-vous que j'appelle votre mari ? »

Ignazio. Franca aimerait l'avoir à ses côtés. Savoir qu'il attend là, à la maison, lui donnerait beaucoup de courage, c'est une évidence. Mais où peut-il bien être ? Au siège de la NGI ? Ailleurs en ville ? Il est sorti sans rien lui dire, après un baiser hâtif donné du bout des lèvres. Elle a à peine eu le temps de le voir s'enfuir, dans un costume toujours aussi impeccable agrémenté d'un œillet à la boutonnière.

« Demandez à Saro de vous dire où il est », murmure Franca en réponse à la question de sa dame de compagnie. Une main appuyée sur le bras de Maruzza et une autre sur ses reins, elle se lève et tente quelques pas. Le lit a été refait et ses vêtements rangés dans le placard. Une lumière caressante entre par la fenêtre et tout semble plongé dans une attente sereine. L'odeur des fleurs blanches disposées sur le chiffonnier donne la nausée à Franca.

« Emportez-les », dit-elle à Maruzza en les montrant du doigt. Un autre élancement irradie alors de son bas-ventre pour s'étendre à la totalité de son abdomen. Aucun doute possible : son deuxième enfant s'apprête à venir au monde.

*

Se concentrer, une respiration après l'autre. Sentir le sang s'accélérer dans vos veines alors que vous êtes submergée par les vagues d'une douleur qui ne se retire que pour frapper à nouveau, avec une férocité accrue. Le corps se rebelle, se dilate. Et l'esprit s'annihile, incapable de tolérer ces poussées, cette sensation que votre ventre est sur le point de se déchirer en deux.

Puis, avec les dernières poussées, le calme vient. Une sorte de sombre résignation. *Oui, je suis sur le point de mourir*, pense Franca, couverte de sueur, de sang et de liquide amniotique. Elle est si épuisée, si désarmée face à la souffrance, qu'elle irait presque jusqu'à souhaiter que ce soit vrai. Elle secoue la tête en laissant échapper un sanglot et murmure à sa mère, qui lui tient la main :

« Je ne peux pas. Je ne vais pas y arriver. »

En nage elle aussi, Costanza lui serre la main, s'essuie le front et l'encourage : « Bien sûr que si que tu vas y arriver ! Tu l'as déjà fait avec Giovannuzza ! Et tu te souviens comme ça avait été difficile ? »

Devant Franca, la tête entre ses jambes, la sage-femme émet un son à mi-chemin entre le rire et le halètement. « Mademoiselle Giovannuzza était dans une mauvaise position. J'avais dû la retourner moi-même ! Là, le bébé est bien placé, mais il est très gros. Allez ! Et que sainte Anne nous vienne en aide ! »

Franca ne répond pas. Elle sent la pression d'une nouvelle poussée, se penche en avant, réprime un haut-le-cœur. Elle doit se libérer maintenant, permettre à son enfant de venir au monde. Elle pousse de toutes ses forces.

« Assez… Arrêtez… » La sage-femme lui pose une main sur le ventre, se redresse et lui caresse le bras de son autre main. « Il est sur le point de sortir. À mon signal, poussez d'un coup sec. Allez-y ! »

Franca hurle. Elle sent que quelque chose s'échappe d'elle, comme si on lui enlevait un organe vital. Elle tend la main, mais elle est trop fatiguée, elle n'a même plus la force de demander. Les yeux fermés, elle se laisse retomber sur les oreillers.

C'est fini. Quelle que soit l'issue, c'est fini. De longs moments passent.

Puis elle entend un vagissement.

Elle ouvre les yeux et voit sa mère, qui semble heureuse, elle rit et pleure à la fois tout en hochant la tête, les mains devant la bouche.

« C'est un garçon ! »

Il est toujours relié à elle, taché de sang, couvert d'un voile blanchâtre de liquide amniotique. C'est un garçon, il est en bonne santé, il est vivant, il a de grands yeux et une petite bouche serrée. Il pleure, et ses sanglots disent toute la souffrance de son entrée dans l'existence.

C'est un garçon. C'est l'héritier.

*

« C'est un garçon ! » Le cri résonne dans toute la maison. Giovanna est allée annoncer la nouvelle à Ignazio, qui attendait dans un salon du rez-de-chaussée en compagnie de Romualdo Trigona, de Giulia et de son mari Pietro. Voilà des années, peut-être même depuis son enfance, qu'Ignazio n'avait plus vu sa mère aussi rayonnante que lorsqu'elle lui a dit : « C'est un garçon, mon fils ! Enfin ! »

Ignazio ordonne aussitôt qu'on serve le champagne et que tous les domestiques en boivent une coupe ; il porte un toast avec ses amis et parents, les prend dans ses bras, lève les yeux au ciel. La gouvernante lui amène Giovannuzza pour fêter la bonne nouvelle ; il soulève sa fille, la fait tourner en l'air, lui imprime un baiser sur le front ; puis il embrasse sa sœur Giulia.

Il est heureux. Après cinq ans d'efforts, l'héritier est enfin là ! La situation économique ? La crise de la navigation ? Le manque perpétuel de liquidités ? Les revendications des ouvriers de la fonderie ? Peu importe. Maintenant, il y a un nouvel Ignazio. Oui, ce sera son prénom. Comme son père, il se montrera digne de son nom de famille et il continuera d'écrire son histoire.

Après avoir bu une autre coupe de champagne, Ignazio appelle Saro.

Le valet de chambre s'immobilise sur le seuil et s'incline. « Je vous présente mes plus vives félicitations, don Ignazio. »

Son maître va à sa rencontre, rayonnant, l'attrape par les épaules, le fixe droit dans les yeux et lui dit : « Il me faut des bouteilles de marsala. Mais pas n'importe lesquelles : je veux celles de mon grand-père, celles qui sont stockées au fond de la cave. Envoie quelqu'un les prendre et apporte-les-moi à l'étage, vite ! »

Saro, stupéfait, écarquille les yeux et s'éloigne. Ignazio regarde autour de lui, soulève la cuvette en argent placée au centre de la table et la renverse pour la vider de sa composition de fleurs séchées. Puis il tape dessus comme sur un tambour, traverse la villa et gravit l'escalier rouge qui mène à ses appartements et à ceux de Franca. Romualdo le suit en ricanant. Pietro, en revanche, arbore un air perplexe ; lorsqu'il pose le pied sur la première marche, Giovanna et Giulia, qui a pris Giovannuzza dans ses bras, l'arrêtent au passage.

Giulia, abasourdie, lui demande : « Mais qu'est-ce qui lui a pris, à mon frère ? »

Pietro écarte les bras. « Je n'en sais rien, moi. Il a ordonné à Saro d'apporter du marsala. »

Les yeux au ciel, Giovanna secoue la tête. « Allez savoir ce qui a bien pu lui passer par la tête. »

Giulia confie Giovannuzza à sa gouvernante, soulève sa jupe et monte l'escalier au pas de charge, suivie de sa mère. *Avec ses idées de génie, il est capable de causer un évanouissement à Franca ; il ne manquerait plus que ça !* Elle sait ce qu'est un accouchement, et elle sait aussi que les hommes sont incapables d'en avoir la moindre idée. Mère et fille traversent le couloir et s'arrêtent près du jardin d'hiver. Soudain, elles entendent derrière elles une respiration précipitée et un cliquetis de verres. Saro croule sous le poids de bouteilles poussiéreuses.

« Mais qu'est-ce que vous faites ? » Giovanna est scandalisée.

« Don Ignazio m'a dit… » Saro s'interrompt pour reprendre son souffle.

« Saro ! » La voix d'Ignazio résonne dans le couloir. « Saro, où es-tu ? » Les yeux brillants d'excitation, le maître de maison apparaît sur le seuil de la chambre de Franca, fait signe au domestique de le rejoindre et s'engouffre à l'intérieur.

L'étrange cortège se remet en marche et se présente devant Franca, assise dans son lit, pâle et épuisée, mais souriante. Sa mère tient le nouveau-né dans ses bras, en attendant que l'infirmière finisse de préparer ses langes.

Ignazio dépose la cuvette en argent sur la coiffeuse,

attrape les bouteilles de marsala et les vide dedans. Le parfum âcre de l'alcool se répand dans la pièce, se mêlant à l'odeur saline de la sueur et à celle, plus subtile et ferrugineuse, du sang.

Pour finir, Ignazio se tourne vers sa belle-mère et lui tend les bras. Costanza regarde sa fille sans savoir que faire ; Franca, qui a compris et qui est heureuse, rit et acquiesce d'un signe de tête. Giulia, qui elle aussi a compris, attrape la main de son frère et lui crie en riant à son tour : « Attends ! » Elle prend la carafe d'eau destinée à la toilette du bébé et en verse le contenu dans la cuvette, sous les yeux épouvantés des autres. « Il faut diluer le marsala, sinon le petit risque de tomber malade ! Il vient à peine de naître ! »

Nu dans les bras de son père, le nouveau-né ouvre les yeux. Ignazio fixe un instant cette créature au visage fripé et à la peau rougie. C'est son fils. Leur fils, à lui et à sa Franca bien-aimée.

Tout en le maintenant en équilibre sur son avant-bras, il recueille un peu du liquide de la cuvette dans le creux de sa main et asperge la tête du petit avant de l'immerger dans le récipient.

Des cris horrifiés retentissent derrière lui.

« Arrête ça tout de suite ! » hurle Giovanna. Pour elle, ce baptême au marsala est un sacrilège.

Une main devant la bouche, Giulia hésite entre le rire et l'indignation. Giovannuzza, à moitié cachée derrière sa tante, observe la scène avec de grands yeux.

Mais Ignazio ne voit ni n'entend personne. Il cherche Franca du regard. Elle rit et applaudit. Sur son visage, il perçoit une expression d'une douceur qu'il se rappellera tout le reste de son existence.

La voilà, la vie. Celle qu'il a toujours poursuivie et qui, pendant si longtemps, a semblé lui échapper. Car il est hanté par la mort depuis le décès de son grand-père, quelques jours à peine après sa naissance. Ensuite, il y a eu celui de son frère Vincenzo. Et enfin celui de son père. Ignazio a essayé d'oublier ces souffrances dans les bras de Franca, mais aussi dans ceux d'autres femmes.

De beaucoup trop de femmes. Il a essayé d'oublier en s'autorisant des folies et des caprices que son immense richesse lui a permis de satisfaire.

Pourtant – il en a désormais la certitude –, c'est seulement maintenant qu'il va pouvoir trouver un peu de paix. La vie est là. Et avec elle, son propre avenir et celui de la Maison Florio.

Le bébé écarquille les yeux, puis il éclate en sanglots. Alors, Ignazio lui baigne les lèvres d'un doigt trempé de liqueur. « Il faudra t'en souvenir, de cette odeur, avant même de reconnaître celle du lait. » Il serre son fils contre sa poitrine ; peu importe s'il sent l'alcool. « C'est cette liqueur qui a fait de nous ce que nous sommes : les Florio. »

*

« Don Ignazio… les ouvriers sont là. » Saro vient d'entrer dans le cabinet de travail, et il observe maintenant la place à travers les rideaux de la fenêtre. Ignazio, assis à son bureau, échange un regard perplexe avec Erasmo Piaggio, assis dans un fauteuil devant lui. Puis il se lève et jette un coup d'œil par-dessus l'épaule de son valet de chambre, vite imité par le directeur de la NGI. Une dizaine d'ouvriers attendent en effet devant l'entrée de la villa et discutent avec Pietro Noto, le concierge.

« Que viennent-ils faire ici ? marmonne Ignazio entre ses dents.

— Peut-être demander pourquoi les travaux ont pris du retard », suppose Piaggio.

Ignazio se rassied à son bureau et reprend, en tapant du doigt les papiers posés devant lui : « Allez donc leur expliquer que depuis le départ de Codronchi, en juillet de l'année dernière, les choses sont devenues de plus en plus compliquées. Il ne nous reste plus qu'à prier pour que notre nouvelle entreprise, la Società Cantieri Navali, Bacini e Stabilimenti Meccanici Siciliani, permette de relancer nos activités... » Il se lève d'un mouvement brusque. « J'espère vraiment qu'ils ne sont pas là pour demander encore une augmentation de salaire ! Ça ne manquerait pas de toupet, après ce qui s'est passé en janvier ! Nous aurions intérêt à parler de nouveau avec Garibaldi Bosco : il est le seul à savoir les calmer. Je n'en peux plus de leurs sempiternelles jérémiades... »

Entrée sans faire de bruit, debout sur le seuil, Giovanna pose sur son fils un regard lourd de reproche et lui explique : « Ils sont venus présenter leurs hommages pour la naissance du petit. J'ai ordonné qu'on les autorise à s'asseoir. » Elle s'adresse ensuite à Saro : « Fais apporter d'autres chaises ici et disposer des biscuits et du vin sur le bureau. Ce sont nos ouvriers, nous devons leur réserver un excellent accueil. » Et, afin de prévenir d'éventuelles objections de son fils, qui a écarquillé les yeux pour manifester son désappointement, elle lui murmure: «C'est ce que ton père aurait fait.» En partant, elle pense avec amertume que son Ignazio serait allé en personne annoncer aux ouvriers de l'Oretea la venue au monde de l'héritier, comme à la naissance de Vincenzino.

Peu après, les ouvriers avancent à pas lourds dans les couloirs de l'Olivuzza, laissant au passage de la poussière sur les tapis et des traces de chaussures sur les parquets. Vêtus de leurs habits du dimanche, ils regardent autour d'eux, intimidés par les immenses peintures, les compositions florales sophistiquées, les dorures et les stucs et, surtout, par cette maison dont ils ne voient pas le bout. Ils ne s'attendaient pas à ce qu'on les autorise à entrer; le portier leur avait dit qu'il transmettrait le message à don Ignazio et qu'ils pouvaient rentrer chez eux. Mais donna Giovanna, la veuve de l'ancien patron – paix à son âme, c'était un grand seigneur –, est alors venue leur dire, en toute simplicité: «Soyez les bienvenus. Veuillez me suivre, je vous prie.» Puis elle s'est dirigée vers l'ancien cabinet de son mari, qui est aujourd'hui celui d'Ignazio.

En passant devant le salon verdoyant, ils aperçoivent donna Ciccia, assise dans un fauteuil, qui somnole bouche ouverte. Certains rient, mais ne tardent pas à se figer dès qu'ils reconnaissent le portrait d'Ignazio dans son cadre argenté, et font le signe de croix.

À la vue de ce geste, Giovanna sent les larmes lui monter aux yeux. Un ouvrier âgé, à grande moustache grise, l'observe à la dérobée et lui dit: «C'était un vrai père pour nous tous. Le Seigneur l'a rappelé trop tôt à Lui.»

Elle hoche la tête à plusieurs reprises, lui tourne le dos et reprend sa marche vers le cabinet de son fils, qui l'attend debout sur le seuil à côté de Piaggio. Sur le bureau, débarrassé de ses papiers et de ses dossiers, on a disposé des bouteilles de vin, des plateaux de biscuits et des serviettes en lin brodées aux initiales d'Ignazio et de Franca.

Les ouvriers prennent place le long des murs et le vieillard à la moustache grise s'approche d'Ignazio. « Excellence, nous sommes ici pour vous présenter nos… nos…

— … félicitations », lui suggère un jeune homme du fond de la pièce. Il a des yeux intelligents et semble être le mieux habillé de ses camarades.

« Voilà, c'est cela, nos félicitations. La naissance du petit est une bonne chose non seulement pour vous, mais pour toute la Maison Florio, et nous sommes très heureux que vous ayez décidé de l'appeler comme notre ancien patron, monsieur votre père, qui repose aujourd'hui auprès de Notre-Seigneur.

— Amen, murmure Giovanna.

— Merci. C'est vraiment très aimable à vous de vous être déplacés jusqu'ici, bafouille Ignazio en glissant les pouces dans les poches de son gilet. Puis-je vous offrir un léger rafraîchissement ? Je suppose que vous êtes venus à pied.

— À pied… et sous escorte. »

C'est encore le jeune homme qui a parlé, et tout le monde a remarqué la note de sarcasme dans sa voix. Piaggio hausse les sourcils, s'approche de la fenêtre et voit, dans un coin de la place, un petit groupe de carabiniers. Puis, alors que les hommes s'approchent du bureau pour prendre un verre de vin ou un biscuit, il se tourne vers le jeune homme et lui demande : « Vous êtes… ?

— Nicola Amodeo. Tourneur à l'Oretea.

— Eh bien, permettez-moi de vous dire, monsieur Amodeo, que cette escorte me semble une précaution légitime, compte tenu des manifestations qui ont eu lieu en janvier devant le siège de la NGI. » Il n'a fallu qu'un moment à Piaggio pour comprendre que cet homme, qui garde la tête haute et qui a tenu à préciser son métier, n'est pas un simple travailleur. *Ce doit être un syndicaliste, et peut-être même pire.* « Nous avons dû faire des choix douloureux pour nous aussi, voyez-vous. Nous n'avons jamais licencié personne de gaieté de cœur, mais tant que les travaux du chantier naval n'auront pas commencé, la fonderie ne peut pas se permettre d'employer davantage de personnes que le strict nécessaire. »

Ignazio, qui s'est approché des deux hommes, acquiesce.

Amodeo secoue la tête avant de répliquer : « Vous ne mesurez pas à quel point ce mois de janvier a été funeste pour les pauvres gens de Palerme. Les licenciements d'apprentis ont été un coup très dur. Ils avaient demandé une augmentation simplement parce que tous les prix montent, à commencer par celui du pain ; et au lieu d'essayer de comprendre leurs revendications, on les a mis à la porte et signalés à la police. Maintenant, plus personne ne veut les embaucher, à cause de leur réputation d'anarchistes.

— Que d'exagérations, voyons ! s'exclame Piaggio. C'étaient de simples apprentis, des têtes brûlées, des ingrats qui avaient organisé des piquets de grève sans raison. Et puis, vous venez de le reconnaître vous-même, tout augmente. Et notamment les impôts ! » Il fait signe à un domestique d'apporter un plateau sur lequel sont posés plusieurs petits verres de marsala. « À notre place, vous auriez agi de la même façon. En punir quelques-uns permet de rappeler à tous les autres qui est le chef. »

Amodeo refuse le vin et rétorque, d'un ton sec : « Vous les avez congédiés sans leur laisser le temps de s'expliquer.

— Et selon vous, qu'étions-nous censés faire, après les manifestations qu'ils avaient déchaînées ? demande Ignazio. Les réembaucher ? Certains fauteurs de troubles sont comme des rats dans une grange : ils sont capables de tout manger en un rien de temps. »

Amodeo baisse la tête. « Don Ignazio, vous ne comprenez donc pas que les gens meurent de faim, au sens propre, et que la faim est mauvaise conseillère. Aux manifestations de janvier, il n'y avait pas que des ouvriers de la fonderie ou de la cale de halage : il y avait aussi des charpentiers, des maçons, des tailleurs de pierre… Il y avait des gens venus des quartiers des Tribunali, de Monte di Pietà, de Castellammare et même de la Zisa et d'Acqua dei Corsari. Palerme a besoin de travail.

— Vous croyez que je l'ignore ? » Ignazio hausse le ton et une grimace d'exaspération lui tord les lèvres. « Tant qu'il y a eu Codronchi, le projet de chantier naval a avancé… On avait l'impression que les travaux allaient débuter d'un moment à l'autre. Je suis même allé à Rome pour accélérer les démarches, solliciter les uns et les autres, briguer des faveurs… À ce stade, le dossier est enterré au fond d'un tiroir du ministère : plus question de demander le moindre financement, et personne ne veut se prononcer en notre faveur. Sans oublier qu'il y a des manifestations dans toute l'Italie, et que le gouvernement a d'autres chats à fouetter. La décision ne dépend pas de nous ! »

L'ouvrier secoue à nouveau la tête et sourit d'un air découragé : « Don Ignazio, cela dépend *aussi* de vous.

— Je… »

Giovanna l'interrompt en lui posant une main sur le bras : « Franca vient d'arriver avec le petit, regarde… » Ignazio lève la tête. Sa femme, soutenue par Maruzza, apparaît sur le seuil. Derrière elles, la gouvernante tient le paquet de dentelle et de tissu qui enveloppe le bébé.

Les ouvriers les accueillent par des applaudissements, quelques compliments au petit ainsi qu'à la mère, et une bénédiction : « Que le Seigneur veille sur lui et le protège toujours ! »

Franca est encore pâle, se dit Ignazio. Plusieurs jours se sont écoulés depuis l'accouchement, mais elle a du mal à se rétablir. Une vague de tendresse le submerge. Cet été, il va organiser un voyage pour elle et pour toute la famille, peut-être à bord de leur train, pour qu'ils n'aient pas à se fatiguer et qu'ils bénéficient de tout le confort que leur assurent leurs voitures personnelles. Oui, ils vont retourner à Paris et peut-être même en Allemagne. Et cette pensée arrache à Ignazio son premier sourire de la journée.

L'important, c'est de s'éloigner de Palerme et de toute cette misère.

*

Ignazio arpente la pièce à pas nerveux, tout en essayant de trouver un exutoire à sa mauvaise humeur.

La salle à manger du premier étage de l'Olivuzza n'a jamais été sa pièce préférée, avec ses meubles en acajou trop grands et trop sombres, ses chandeliers en argent massif surannés. Et il a toujours détesté les deux paons en corail et en cuivre qui font la roue sur l'étagère de la cheminée, ainsi que le gigantesque pare-feu. Mais une année s'est écoulée depuis la naissance d'Ignazio – que tout le monde appelle « Baby Boy » – et le moment est venu, pour lui et pour Franca, de reprendre leur place au cœur de la vie mondaine de Palerme. Quitte à recevoir avec tous les honneurs, comme ce soir, certains personnages particulièrement odieux.

Il s'arrête à côté de la table et soupire, en regardant le menu : « Des œufs à la Montebello ? Pour un dîner après le théâtre ? »

Enveloppée dans une robe en dentelle noire et une étole en soie ivoire, Franca fait alors son entrée. Elle ne porte pas de collier, seulement les deux bracelets et les boucles d'oreilles en perles de chez Cartier qu'Ignazio lui a offerts pendant leur lune de miel. Une fois de plus, sa silhouette est redevenue aussi svelte qu'avant sa grossesse. Les crèmes les plus chères – de la veloutine de chez Charles Fay au cold-cream de chez Pinaud et Meyer –, des bains froids excellents pour le teint et des massages réguliers l'y ont beaucoup aidée, mais elle envisage désormais de suivre, à Paris, un traitement à base d'émail liquide censé donner une texture « de porcelaine» à la peau du visage. On lui a pourtant dit que cette cure était très douloureuse et qu'à vingt-cinq ans, elle n'en avait *pas encore* besoin.

D'une voix flûtée, elle explique à son époux : « Tu dois savoir, mon chéri, que D'Annunzio adore les œufs. Mais comme tu peux le constater, il y a aussi un homard à la sauce tartare, des asperges sauce mousseline et un triomphe de la gourmandise. » Elle détourne les yeux et soupire. « Quel homme fascinant et singulier... Tu sais, nous avons bavardé longtemps entre le troisième et le quatrième acte.

— Ah bon ? Quand il a entendu les premiers sifflets, il est venu se réfugier auprès de toi ?

— Qu'est-ce que tu racontes ? C'est un triomphe ! Huit rappels rien qu'après le premier acte... Ceux qui ont fait du tapage, ce sont ces étudiants stupides qui étaient au poulailler. Il paraît qu'ils auraient même cassé les vitres d'une porte. Et puis, les œuvres de Gabriele sont d'une telle audace qu'elles provoquent toujours des discussions. Cette merveilleuse *Gioconda* ne fait pas exception à la règle. Bien sûr, la Duse et Zacconi y sont aussi... »

Ignazio l'interrompt d'une voix glaciale : « Ah, parce que tu en es à l'appeler par son prénom ? Ce don juan qui joue les amoureux transis devant toutes les femmes ! »

Franca concentre son attention sur le corsage de sa robe et souffle sur un invisible grain de poussière. « Tu as du nez, quand il s'agit de tes semblables ! » Sur cette réplique cinglante, elle fait signe à un domestique de lui prendre son étole et de la remettre à Diodata.

Ignazio ouvre de grands yeux. « Ton décolleté est indécent ! »

Franca lui décoche un regard où la froideur se mêle à l'incrédulité. « Ce doit bien être la première fois que tu dis ça à une femme. Tu fais le même genre de commentaire à tes… amies ?

— Quel rapport ? Tout le monde sait que D'Annunzio est très *sensible* au charme des jolies femmes ! s'exclame Ignazio en s'approchant d'elle. Belle comme tu es, il ne demanderait pas mieux que de t'ajouter à la liste de ses conquêtes. Oh, ne le nie pas ! J'ai bien remarqué la façon dont il t'a regardée ce soir, dont il t'a parlé…

— Et je suppose que tu as reconnu là des techniques d'approche de mâle libidineux. »

Le visage d'Ignazio se rembrunit. « Ne plaisante pas avec ça, Franca. »

Elle agite la main d'un air agacé. « Il m'a demandé un *talisman* pour sa nouvelle pièce, et je lui ai promis de lui en donner un. J'ai pensé à un grain de corail… Et puis, si tu avais été vraiment attentif, tu aurais vu que nous parlions à Jules Claretie.

— Le directeur de la Comédie-Française ? Je parierais qu'il est à moitié pédéraste, comme presque tous les gens de théâtre. Franca, je suis sérieux : méfie-toi de D'Annunzio. » Ignazio lui attrape le poignet.

Elle se débat. « Je sais tout de toi. Tout. Combien tu dépenses pour tes maîtresses. Où vous vous retrouvez. Et même quel parfum elles portent, puisque je le sens sur toi. Les histoires qu'on raconte à ton sujet sont si prévisibles que je ne veux même plus les entendre. Et tu oses être jaloux parce que j'ai parlé à un homme devant le public d'un théâtre ? Tu es ridicule !

— Je n'ai pas la moindre intention de passer pour cocu aux yeux de tout Palerme. »

Franca rejette la tête en arrière en éclatant d'un rire sonore. « Nous y voilà ! Qu'est-ce que ça te fait d'être de l'autre côté, pour une fois ? De constater que les autres veulent ce que tu as et que tu négliges ? » Elle effleure son cou et laisse ses doigts descendre le long de son décolleté, bien décidée à le provoquer. « D'après toi, que pensent les autres hommes, quand ils te voient faire l'imbécile avec leurs femmes ?

— Comment peux-tu te permettre… » Ignazio est rouge de colère.

« Je suis ta femme et je me permets ce que je veux. Mais là, tu dépasses les bornes. À moins que tu souhaites te ridiculiser devant tout le monde ? »

Une toux, discrète mais péremptoire, les interrompt. Nino est sur le seuil. « Les comtes Trigona et monsieur Claretie sont arrivés. Dois-je les introduire ? »

Franca soulève le bas de sa robe et répond, avec un dernier regard glacial à Ignazio : « Je vais aller les accueillir. » Sur ces mots, elle passe devant lui d'une souple enjambée et quitte la salle à manger.

*

« Ta femme est une splendeur, ce soir, bel éphèbe. Tout le monde l'a remarquée, à commencer par notre poète. Il lui a prêté davantage d'attention qu'au spectacle lui-même », murmure Romualdo en levant le menton vers Franca, plongée dans une discussion animée en français avec Giulia et monsieur Claretie.

Giuseppe Monroy rit sous sa fine moustache. « N'en rajoute pas, veux-tu ? Tu ne vois pas que notre cher Ignazio est déjà très nerveux ?

— Vous n'êtes que des têtes de… réplique Ignazio d'une voix sifflante.

— Pourtant, il paraît que la Duse sait comment… le tenir en bride. » Giuseppe attrape une bouteille de champagne et se sert lui-même, sous le regard effaré d'un domestique. « Une sacrée femme, celle-là. Des yeux… on dirait qu'ils jettent des flammes ! Et un port de tête ! Une poitrine ! »

Des pas résonnent dans le couloir, accompagnés de quelques voix masculines et d'un rire féminin profond, de gorge. Franca et Giulia échangent un regard en s'approchant de la porte. Gabriele D'Annunzio est le premier à entrer et il le fait à sa manière, les bras écartés et les paumes de main tournées vers le haut. Il regarde Franca, lui saisit les mains, les pose sur ses propres lèvres puis sur son cœur. « Donna Franca, cette maison est le digne cadre de votre splendeur.

— Merci, maître », répond-elle avec un sourire. Puis elle désigne la femme qui se tient à côté d'elle. « Puis-je vous présenter la comtesse Giulia Trigona, une de mes amies les plus chères ? »

Giulia, vêtue ce soir d'une robe rouge vif, ébauche une révérence maladroite.

D'Annunzio lui sourit et s'incline. « *Enchanté, madame**. Palerme est en droit de se considérer comme une ville très heureuse, puisque la beauté de ses femmes rivalise avec celle de la voluptueuse Actée, nymphe de son rivage. Elles sont aussi délicieuses que les vents étésiens qui soufflent en Méditerranée à l'heure méridienne.

— Allons, trêve de flatteries ! s'écrie Franca. Sans quoi nos maris, qui sont jaloux comme des tigres, vont se sentir obligés de vous défier en duel.

— Ils ne seraient pas les premiers ! lance D'Annunzio d'une voix tonnante. J'ai déjà en maintes occasions entendu le grondement de la mort… »

Sur le seuil de la salle à manger, enveloppée dans une cape en satin côtelé gris clair ornée de broderies dont les tons vont du blanc à l'argent, une femme observe la scène avec un sourire mi-ironique mi-amer. Puis elle s'approche de Franca. « C'est plus fort que lui. En présence d'une jolie femme, il faut qu'il se pavane. » Elle tend la main à la maîtresse de maison. « Eleonora Duse. Ravie de vous rencontrer, donna Florio. »

Franca hésite un court instant avant de parler. Vue de près, sans son maquillage de scène, avec ses longs cheveux noirs retombant sur ses épaules, la Duse n'est pas simplement belle ou sensuelle. Elle est magnétique. L'élégance de ses gestes unie à un corps harmonieux lui assure une beauté si parfaite qu'elle semble irréelle. Mais Franca finit par trouver ses mots : « Tout l'honneur et tout le plaisir sont pour moi. Je m'estime très privilégiée d'avoir pu assister à la représentation de ce soir. Non seulement vous avez donné une voix au tourment intérieur de Silvia, mais vous êtes parvenue à transmettre quelque chose d'encore plus difficile : sa douleur physique. D'un simple battement de paupières…

— Seule une femme sensible connaît la force du lien entre l'amour et la souffrance », répond la Duse.

Franca sourit et lui fait signe de s'asseoir. Dans l'encadrement de la porte, on voit alors apparaître un homme essoufflé, aux traits à la fois doux et volontaires, et au regard vif.

« Oh, voici mon sculpteur ! » s'exclame D'Annunzio.

Ermete Zacconi, qui joue dans *La Gioconda* le rôle du sculpteur Lucio Settala, le mari de Silvia, s'incline devant Franca et lui baise la main. « Très honoré, donna Franca. Veuillez excuser mon retard : après le spectacle, j'ai toujours besoin d'un moment de tranquillité…

— Je n'ai aucune peine à l'imaginer, monsieur Zacconi. Votre interprétation était d'une telle intensité que j'en ai parfois eu des frissons.

— J'espère que ce n'étaient pas des frissons d'horreur ! » D'Annunzio se précipite vers elle, lui saisit la main et lui jette un regard d'une humilité feinte.

« C'étaient des frissons d'une émotion belle et pure, je vous le garantis, maître. »

Il lui baise la main et lui sourit.

Ignazio cherche le regard de Franca pour lui adresser un reproche silencieux, mais elle l'évite et, d'un geste, invite ses hôtes à prendre place à table.

*

Dès que Franca et Ignazio sont assis chacun à une extrémité de la table, le poète à la droite de Franca et la Duse à celle d'Ignazio, les domestiques servent les entrées, présentées sous des couvre-plats en argent. L'odeur des œufs et du pain fraîchement sorti du four envahit la pièce.

« Des œufs à la Montebello ? Mais vous me gâtez ! » s'exclame d'Annunzio en savourant une bouchée, sans quitter Franca des yeux.

Ignazio frémit d'indignation. Giuseppe échange plusieurs regards avec Romualdo, que la scène semble beaucoup amuser.

Puis, lors de la pause entre le homard et les asperges, le poète croise les mains sous son menton et observe Franca. « Vous avez un cou de cygne, Madame. Vos boucles d'oreilles le raccourcissent et détournent l'attention de votre beauté miraculeuse. » Il agite une main en désignant les *pendants** de chez Cartier. « Allons, retirez-les.

— Je dois vraiment… ?

— Oui, je vous assure. »

Docilement, Franca en enlève une et observe son reflet à la surface de la carafe en argent placée devant elle. D'Annunzio se rapproche d'elle au point de lui effleurer la joue. « Vous voyez ? Vous ne devriez porter que des colliers et des *corsages** qui mettent en valeur la ligne de votre gorge. »

Franca hoche la tête, enlève l'autre boucle d'oreille et s'observe de nouveau à la surface miroitante de la carafe.

« Vous avez raison ! » confirme-t-elle dans une exclamation admirative.

De l'autre côté de la table, Ignazio, exaspéré, ne pense plus qu'au moment où il se retrouvera seul avec sa femme. Cette familiarité complice lui est insupportable. Et il est convaincu que Franca profite de l'attitude de D'Annunzio pour se venger de lui. *Elle va m'entendre, tout à l'heure ! Si elle s'imagine être la seule à avoir le droit de faire des scènes…*

Il se ressaisit néanmoins lorsqu'il perçoit un regard de Romualdo qui essaie de lui faire comprendre que sa mauvaise humeur est maintenant évidente pour tout le monde. Alors, il ordonne qu'on serve un pinot, se lève et déclare à voix haute : « J'aimerais porter un toast à nos invités, à leur succès… et en particulier à madame Eleonora Duse, dont le talent prodigieux dépasse même le charme immense. »

L'actrice lui adresse un sourire reconnaissant et se tourne aussitôt vers la maîtresse de maison. « Pour une femme, voir son intelligence reconnue est aussi important que de recevoir un compliment sur sa beauté. N'êtes-vous pas d'accord avec moi, donna Franca ? »

L'interpellée acquiesce. « Les hommes croient souvent que notre sensibilité est une faiblesse plutôt qu'un atout, et qu'elle nous place dans une situation d'infériorité. Pourtant, nous voyons et nous comprenons tout, même si nous préférons souvent nous taire ; mais ils ne semblent pas s'en apercevoir. »

Giulia Trigona incline la tête, fixe une broderie de la nappe en lin et murmure : « Parfois, c'est même pire : ils estiment que leur statut de maris et de pères les place au-dessus de toutes les règles, y compris celles de la bienséance, et qu'il les autorise à humilier leurs épouses en public. »

Romualdo Trigona pâlit et baisse la tête sur son assiette.

« Ma muse ne saurait tolérer d'être étouffée par

les brouillards épais de la quotidienneté, réplique D'Annunzio en soulevant son verre, les yeux rivés sur la Duse. Voilà pourquoi je me suis débarrassé des innombrables misères de la vie quotidienne. Voilà pourquoi j'ai choisi de vivre sans en tenir compte, de m'affranchir des carcans et des obligations que notre société médiocre multiplie à seule fin de brider les individus. Pour moi, la liberté est sacro-sainte, et cela vaut aussi bien pour les hommes que pour les femmes. »

La Duse secoue la tête et pose sa fourchette. « Mais cela signifie aussi se soustraire à tout devoir découlant d'un engagement. Autrement dit, à ne pas assumer la responsabilité morale de ses choix.

— Bien au contraire : avoir la liberté individuelle pour unique déesse, c'est assumer *toutes* les responsabilités qui découlent d'un tel choix. » Le poète désigne du doigt le directeur de la Comédie-Française. « Monsieur Claretie nous confirmera sûrement qu'en France, grâce au divorce, le lien conjugal n'est plus un supplice continuel... Pour ma part, je vois là le signe d'une admirable indépendance d'esprit. »

Claretie acquiesce, s'essuie les lèvres et répond d'un ton calme : « Loin de moi l'idée de nier l'importance du mariage. Mais il me semble que les artistes devraient éviter de se soumettre à de tels liens. L'art exige la liberté, entre autres parce qu'il provoque souvent des changements intérieurs susceptibles de causer des souffrances à autrui.

— Si paradoxal que cela puisse paraître, le théâtre, avec ses masques, révèle l'hypocrisie des relations humaines, renchérit Zacconi. À travers les mots d'un poète, on peut tout exprimer… tout… et le contraire de tout.

— Allons, allons, n'exagérons tout de même pas ! Le mariage est le fondement d'une société morale. Il permet de définir les rôles respectifs des hommes et des femmes, d'assurer l'éducation des enfants, de tracer la frontière entre le licite et l'illicite. Nier son importance est une pure folie. » Ignazio a parlé d'une voix un peu trop aiguë, sans jamais détourner les yeux de Franca.

Elle hausse les sourcils. « Vraiment ? » Elle pose son verre de vin et en caresse la base. « À mon avis, ce sont nos actes qui parlent pour nous, pas nos paroles et nos proclamations. Tout est question de dignité, d'amour-propre et de bonnes manières, parce que, souvent, la forme et le fond coïncident. Vous parlez d'*hypocrisie*, monsieur Zacconi ; quant à moi, je préfère croire qu'il s'agit d'une forme authentique de respect envers les autres, à commencer par les membres de sa propre famille, et envers le nom que l'on porte. »

Eleonora Duse l'observe avec toute son attention. Peu à peu, ses lèvres dessinent un sourire. Puis elle lève son verre et s'exclame : « Comment vous donner tort, donna Franca ? »

Franca se souviendra de cette soirée et de ces mots bien des années plus tard, dans l'obscurité d'une salle de cinéma, à la vue d'une femme âgée aux cheveux blancs, fragile mais douée d'une étonnante intensité dramatique, jouant le rôle d'une mère qui retrouve, à l'âge adulte, le fils qu'elle avait abandonné dans sa jeunesse. Sur son visage sillonné de rides profondes, elle cherchera en vain la Duse qu'elle a connue et admirée.

Et elle ne pourra pas s'empêcher de se demander si, tout comme son corps, son esprit n'a pas fini par tomber en cendres.

Car tel est le décret d'un destin inéluctable, auquel même les femmes les plus combatives et les plus intelligentes n'échappent pas. Franca le savait bien.

*

Un hiver doux accompagne l'entrée de Palerme dans le nouveau siècle. Et la ville, qu'un journaliste du *Corriere della Sera* a définie comme « la plus belle de toute l'Italie », fête l'événement en s'exhibant, en révélant enfin à tous son âme sophistiquée. Des villas grandes ou petites, abritées derrière de jolies grilles en fer forgé et agrémentées de jardins bien entretenus, occupent l'espace jadis affecté à l'Exposition nationale de 1891. Des rues silencieuses se déploient de part et d'autre de la via della Libertà, la nouvelle grande artère de la ville, qui fait penser à un boulevard parisien. Palerme a en effet pris la capitale française pour modèle, comme le montrent les magasins aux enseignes en verre peint, les bijouteries exposant des broches et des bagues inspirées de celles de Cartier, les boutiques où les modistes copient les gravures de *La Mode illustrée* ou de *La Mode parisienne* et enfin les *cafés chantants**, de plus en plus nombreux, ces « cafés tapageurs aux lustres éclatants » célébrés par le poète Rimbaud, avec leurs grands comptoirs en zinc et leurs fauteuils en velours. À côté de la vieille pâtisserie Gulì, de la confiserie du Cavalier Bruno et du Caffè di Sicilia, où les hommes parlent politique et affaires, on a ouvert des salons de thé réservés aux dames : dans un décor de peintures florales et de meubles conforme au goût orientaliste, elles peuvent y savourer des boissons chaudes, des granités ou des sorbets, sans craindre d'être importunées par des godelureaux. Le Teatro Massimo, enfin terminé, est actuellement fermé ; mais il a conservé son rang de troisième plus grand théâtre lyrique d'Europe, après l'Opéra de Paris et le Staatsoper de Vienne. Enfin, les Palermitains peuvent donner libre cours à leurs désirs de mondanités jusque dans les établissements balnéaires édifiés à l'Acquasanta, au Sammuzzo et à l'Arenella.

À mi-chemin entre Palerme et l'Arenella, la localité où se situe cette villa dei Quattro Pizzi que la famille Florio fréquente désormais assez peu, Ignazio a racheté, transformé de fond en comble et rebaptisé villa Igiea une résidence de style néogothique autrefois propriété de la famille Domville. Il a l'intention d'en faire le sanatorium le plus à la page de toute l'Europe, un établissement doté de vastes espaces ouverts, bien aéré, débordant de lumière et dont deux cents chambres donnent sur le jardin et la mer. Quant à l'arrière du bâtiment, il reçoit du mont Pellegrino des effluves où l'odeur de la terre se mêle à celle d'herbacées comme l'origan. Et ce contraste de couleurs et de parfums est aussi insolite que vivifiant.

« *And this is the terrace : 3 000 square meters… Almost 32 300 square feet.* Bien que nous soyons en hiver, ici, même en plein air, la température est très douce et l'air embaumé, ce qui est très utile pour traiter les affections des bronches et des poumons. »

Ignazio guette les réactions de ses visiteurs devant la splendide terrasse et la magnificence du golfe de Palerme illuminé par le soleil de janvier. Ces messieurs hochent la tête et font des commentaires à voix basse, mais ils semblent hésiter à exprimer une opinion nette et tranchée. Pourtant, Ignazio est si fier de cet endroit qu'il a dépensé des sommes considérables pour financer le séjour en Sicile de ces onze médecins anglais et les convier à l'inauguration de l'établissement. Comment est-il possible qu'ils ne soient pas enthousiasmés par ses potentialités ?

« Vous aurez peut-être remarqué que les sols sont en linoléum. L'ensemble du bâtiment est ignifugé et chauffé au moyen de poêles en majolique et de cheminées…

— Si don Ignazio m'y autorise, je souhaiterais ajouter que les services de désinfection et de blanchisserie, ainsi que les laboratoires sont situés à bonne distance du bâtiment principal, afin de ne pas déranger les patients et de garantir une salubrité accrue. »

Ces mots ont été prononcés par un homme mince aux yeux d'un noir profond et à la grande moustache grise. Professeur de médecine et de pharmacologie à l'université de Palerme, Vincenzo Cervello est le futur directeur médical de la villa Igiea, où il pourra appliquer sa méthode novatrice de traitement des maladies pulmonaires : faire inhaler aux patients, deux ou trois heures par jour, des vapeurs de méthanal, de chloral et d'iodoforme. Une cure aussi révolutionnaire que controversée. Les médecins anglais ont d'ailleurs écouté les explications de leur confrère avec une perplexité évidente, et ils ont même essayé à plusieurs reprises de lui poser des questions embarrassantes. Mais il a défendu l'efficacité de sa méthode à grand renfort d'arguments solides.

« Comme vous avez pu le constater, nous n'avons négligé aucun détail pour assurer à nos hôtes autant de confort que de discrétion, reprend Ignazio. Maintenant, messieurs, je vous laisse libres pendant quelques heures. Si vous le souhaitez, des calèches sont à votre disposition pour aller visiter la ville. Je me permets simplement de vous rappeler que ce soir, ce sera un immense honneur pour moi de vous avoir pour convives à l'occasion d'un dîner de gala. »

Un vague sourire affleure enfin aux lèvres des visiteurs. Certains observent, autour d'eux, les haies et les arbres du jardin. Au terme d'un long moment d'hésitation, le plus jeune médecin du groupe se décide à demander, d'un air timide : « *And your wife... She will be there, won't she ?* »

Avec un sourire crispé, Ignazio lui répond : « *Of course.* Mon épouse a grande hâte de faire votre connaissance, messieurs. »

En s'éloignant, le petit groupe laisse échapper un murmure de satisfaction.

Après avoir poussé un long soupir, Ignazio s'appuie contre la balustrade surplombant la mer et dit au professeur Cervello : « Dieu merci, c'est fini. Vous êtes sûr qu'ils n'ont pas eu accès aux chambres du premier étage ?

— Sûr et certain. Quant au reste, ils n'ont vu que la salle principale des cuisines, un seul laboratoire et une seule salle de soins. »

Ignazio paraît soulagé. Les travaux sont loin d'être

terminés, et il va falloir attendre des semaines avant que le sanatorium puisse accueillir ses premiers patients. La faute en revient à la paresse des ouvriers, à des retards dans l'acheminement des matériaux de construction, à la lenteur de la bureaucratie dans la délivrance des permis. À quoi il faut ajouter des coûts d'entretien déjà très élevés, comme l'a remarqué un invité lors d'une conversation en tête à tête avec Ignazio devant un verre d'eau-de-vie, quelques jours auparavant.

Pour éviter d'avoir à répondre, Ignazio s'était réfugié derrière un rictus ambigu.

D'ailleurs, quelle importance ? L'essentiel, c'est que les sommités médicales britanniques repartent avec la conviction que tout est parfait et que la villa Igiea est prête à ouvrir. Et qu'ils recommandent ensuite à leurs patients fortunés cet endroit élégant, ensoleillé, caressé par la mer et doté des équipements les plus modernes. Une fois sur place, l'efficacité des traitements du professeur Cervello fera le reste.

Au moment où les deux hommes reviennent dans le bâtiment principal, un très jeune domestique jaillit du bout du couloir et se précipite vers Ignazio, qui l'accable de reproches :

« Doucement, que diable ! Ici, c'est le royaume de la tranquillité et du silence.

— Excusez-moi, don Ignazio. Mais un télégramme est arrivé et… »

Ignazio le lui arrache des mains et lui fait signe de partir. Le gamin s'éloigne sur la pointe des pieds.

Ignazio prend rapidement connaissance du contenu du message, s'immobilise un instant et serre le bras du professeur Cervello. « Dieu soit loué, il ne viendra pas ! Baccelli, le ministre… il ne pourra pas être présent à l'inauguration de la villa Igiea ! Il va falloir la différer ! »

D'abord incrédule, le professeur Cervello sourit ensuite et se met une main devant la bouche. « Nous aurons le temps de terminer les travaux ! Et d'ouvrir au printemps… »

Les deux hommes se serrent la main.

« Quel coup de chance ! Je l'annoncerai ce soir au dîner de gala. Oh, je prendrai bien soin de paraître navré, de me confondre en excuses… »

Rendu audacieux par la bonne nouvelle, le professeur Cervello se permet d'observer : « Je crains que très peu de gens vous prêtent attention. Et j'ai l'impression que l'objectif principal de ces Anglais est de rencontrer madame votre épouse. »

Ignazio froisse le télégramme et le glisse dans sa poche.

« Eh bien ils pourront la regarder autant qu'ils voudront. De toute façon, il y a une chose qu'ils remarqueront tout de suite.

— Quoi donc ? » demande le professeur Cervello, intrigué. Ignazio sourit. « Ma femme est de nouveau enceinte. »

*

« Ettore, très cher ! » s'exclame Franca.

Un cigare aux lèvres, Ettore De Maria Bergler est occupé à mélanger différentes tonalités de vert dans un bol. En entendant la voix de Franca, il lève aussitôt la tête et se retourne pour lui sourire. Pendant un instant, ils se souviennent tous deux d'un printemps désormais lointain, d'un portrait au fusain réalisé alors qu'elle était encore une jeune femme naïve, convaincue qu'Ignazio n'avait d'yeux que pour elle. Puis l'artiste lui montre ses mains couvertes de peinture pour s'excuser de ne pas prendre celle qu'elle lui tend.

« Donna Franca, quel plaisir de vous voir ! Vous êtes venue vous rendre compte de l'état d'avancement des travaux ? »

Elle hoche la tête et croise les mains sur son ventre.

Son troisième enfant va naître dans deux mois : après sa Giovannuzza bien-aimée et Baby Boy, un autre garçon la remplirait de joie. D'ici là, le salon devra être prêt à accueillir les invités conviés au baptême du bébé.

« Eh bien, nous sommes en bonne voie. Michele Cortegiani et Luigi Di Giovanni sont même légèrement en avance sur moi. »

Franca lève les yeux vers les deux peintres qui, assis sur un échafaudage, mettent la touche finale à une guirlande de roses. « Bonjour, messieurs !

— Mes respects, donna Franca ! » répondent-ils tous les deux en même temps.

Au-dessus d'elle, des nymphes dansent, vêtues de voiles légers et presque transparents. Tout en scrutant ces fresques qui semblent prendre vie devant elle, elle murmure : « Magnifique... Ces êtres ont quelque chose de... magique.

— Je suis convaincu que l'art est une magie qui doit être pratiquée sans préjugés. Vous ne trouvez pas ? »

Elle soupire et hoche la tête. La fréquentation de nombreux écrivains et peintres lui a permis de mesurer à quel point il est important que chacune de leurs œuvres soit enveloppée d'une aura de mystère. Mais elle a aussi appris à connaître leurs petites et grandes obsessions, leurs mesquineries et surtout leurs angoisses, dont elle retrouve des traces jusque dans les lettres que lui écrivent Puccini et D'Annunzio. « Oui. Vous, les artistes, vous êtes des créatures aussi puissantes que fragiles. »

Le peintre hausse les sourcils, sort un mouchoir de sa poche et s'essuie le front. « Le problème du monde artistique d'aujourd'hui, c'est le manque d'humilité du public. Des gens qui n'ont vu qu'un seul tableau dans leur vie, ou qui n'ont entendu qu'un seul opéra, se sentent autorisés à émettre des critiques féroces. » Il passe le bol à un apprenti, lui ordonne de continuer à broyer les couleurs, s'essuie les mains avec un chiffon et reprend, toujours aussi souriant : « Venez, allons nous asseoir au jardin. Le mois d'avril est très clément cette année, et je ne voudrais pas que vous vous fatiguiez à rester trop longtemps debout. »

Ils traversent le couloir, descendent un escalier aux lignes sinueuses et parviennent à la grande terrasse surplombant la mer, où l'on a disposé plusieurs meubles en fer forgé. Franca s'assied avec un soupir de soulagement. La fatigue de la grossesse commence à se faire sentir.

De Maria Bergler n'en a pas moins une exclamation admirative : « Vous êtes si... rayonnante ! Mon Dieu, comme j'aimerais vous peindre maintenant, dans cette lumière printanière !

— Vous êtes toujours trop bon pour moi », lui répond Franca. Elle sait pourtant que le peintre a dit vrai : ces derniers mois, Ignazio a recommencé à l'aimer d'un amour passionné, et les rumeurs sur ses « distractions » semblent avoir diminué. De toute évidence, elle a retrouvé sa sérénité. Les autres femmes, en outre, ne l'inquiètent plus : elles sont capables d'attirer quelque temps l'attention d'Ignazio ; elle est, elle, la mère de ses enfants ; il ne leur reste que les miettes d'un banquet dont elle est la seule et unique convive. Enfin, et surtout, elle est fière d'elle-même : sa réputation n'a souffert en rien de tout ce qui a pu se passer, elle est demeurée intacte.

« Tout va bien ? lui demande le peintre.

— Le petit s'agite comme un démon », murmure Franca en se caressant le ventre. Et, en guise de confirmation de son propos, l'enfant à naître lui donne aussitôt un coup de pied à l'abdomen.

« Les travaux seront achevés d'ici votre accouchement. Vous sentez cette odeur de vernis, d'huile, de colle et de bois ? Elle provient des meubles conçus par votre cher ami Ernesto Basile ; les livreurs de l'usine de Vittorio Ducrot viennent de les déposer, ils sont encore dans leurs emballages. Si vous voulez, je vous les montrerai plus tard. Vous verrez, quand la décoration du salon sera terminée, on aura l'impression d'être dans un jardin au printemps.

— Ou dans un endroit féerique, hors du temps », ajoute Franca en souriant. Car c'est cela qu'elle a en tête : un hôtel très sélect, réservé à l'aristocratie mondiale, face à ce que Goethe avait appelé *des schönsten aller Vorgebirge der Welt*, « le plus beau promontoire du monde». Un refuge pour se régénérer l'esprit et le corps.

L'idée vient entièrement d'elle.

Lorsque Ignazio a compris que la villa Igiea ne deviendrait jamais le sanatorium de luxe qu'il avait imaginé – trop d'obstacles bureaucratiques, trop de dépenses et, par-dessus tout, trop de doutes sur l'efficacité de la méthode du professeur Cervello –, il s'est enfermé pendant plusieurs jours dans un silence rageur dont il n'est sorti que pour se livrer à des invectives contre sa malchance et se déclarer victime de la malédiction attachée à quiconque vit sur cette île arriérée.

Franca a commencé par laisser passer l'orage. Puis, un soir, elle a évoqué sur un ton nostalgique leurs séjours à Saint-Moritz, à Nice, à Cannes, avant de remarquer qu'il serait tellement agréable de disposer, à Palerme, d'un hôtel aussi luxueux que ceux qu'ils avaient l'habitude de fréquenter…

Ignazio a réagi par un regard ahuri et s'est écrié : « Mais oui, bien sûr ! Franca, ma chérie, tu as mille fois raison ! Au diable le sanatorium ! Notre villa Igiea peut devenir le plus beau palace d'Europe ! » Et il a couvert de baisers les mains de son épouse.

Ensuite, ils ont passé des après-midi entiers en compagnie de leur ami Ernesto Basile, à détailler la façon dont ils imaginaient l'établissement : décoration et ameublement des chambres et des salons ; aménagement de courts de tennis (un sport qu'Ignazio pratique avec un enthousiasme croissant) ; jardin panoramique agrémenté de ponts et d'escaliers ; station de télégraphe ; mise à disposition des clients, pour leurs excursions en mer, de plusieurs bateaux et peut-être même d'un de leurs yachts ; brigade de cuisine française qui – Franca avait été catégorique sur ce point – devait être placée sous la direction d'un chef français lui aussi, de même que le *maître d'hôtel** et le *sommelier**. La douceur du climat sicilien permettrait en outre de garder l'hôtel ouvert toute l'année. Ignazio s'est d'ailleurs souvenu, à ce sujet, de la remarque d'un des médecins anglais venus naguère en visite : « En Sicile, le mois de janvier est aussi chaud que le mois de juin en Angleterre ! » Sur ces mots, il était allé se baigner dans la mer, aussitôt imité par quelques-uns de ses confrères.

Franca et Ignazio ont beaucoup ri de cette anecdote. Et ils se sont découvert une complicité qu'ils n'avaient jamais connue auparavant. Elle a exprimé des suggestions et donné des explications ; lui l'a écoutée bien sagement. Elle s'est sentie – et se sent toujours – partie prenante du projet. Et puis, elle aime cet endroit éloigné de la ville, ses parfums de fleurs et ses odeurs d'algues, le miroitement du soleil sur la mer et le long de la côte, qu'il baigne d'une lumière où les nuances de l'or se mêlent à celles du bronze. Elle l'aime tant qu'elle a décidé de réserver un étage entier de la villa Igiea pour elle-même, Ignazio et leurs enfants.

Ses doigts caressent son collier en or et en corail de Sciacca. « J'aimerais beaucoup emménager ici dès que possible, voyez-vous. L'Olivuzza ressemble de plus en plus à un moulin… il y règne toujours une telle confusion, entre les allées et venues du personnel de service et les visites incessantes ! J'ai vraiment besoin d'une tranquillité d'esprit absolue, aujourd'hui plus que jamais.

— Comme je vous comprends ! Du reste, quel meilleur endroit que cette villa qui porte le nom de la déesse de la santé ? »

Franca éclate de rire. « Si vous saviez… À l'époque où mon mari pensait encore transformer ce bâtiment en sanatorium, il s'est torturé l'esprit pendant des semaines pour savoir s'il fallait écrire Igiea ou Igea. C'est notre cher D'Annunzio qui a fini par dissiper ses doutes et par lui confirmer que la graphie correcte, en italien, est Igiea. » Son expression s'attendrit. « Si j'accouche d'une fille, mon époux aimerait la prénommer ainsi. Mais j'espère bien que ce sera un garçon.

— Le destin en décidera. L'important, c'est qu'il soit en bonne santé. Et comment se porte donna Giovanna ?

— Bien, merci. Elle a décidé de rester à l'Olivuzza. » Quoique le peintre ne l'ait pas interrogée directement à ce sujet, la voix et le visage de Franca trahissent son immense soulagement à l'idée que sa belle-mère continuera d'habiter l'Olivuzza avec son fils cadet. Depuis son arrivée dans cette villa, il y a maintenant sept ans, Franca n'a jamais vu Giovanna modifier d'un iota son emploi du temps rythmé par les prières et les travaux de broderie, son existence faite de mélancolie et de regrets. Le voile de douleur et de tristesse qui s'est abattu sur ses appartements est devenu si épais qu'aucune lumière ne peut plus le traverser.

Non, décidément, le soleil, la vie et la chaleur de la villa Igiea valent mille fois mieux.

« Il y a quelques jours, reprend le peintre, j'ai entendu votre époux parler à Ernesto de la construction éventuelle, dans le parc de l'Olivuzza, d'un pavillon destiné à votre beau-frère.

— Oui, c'est un projet qu'il caresse depuis longtemps. Je n'y suis pas très favorable, dans la mesure où il obligerait à réaménager entièrement le jardin et à détruire le petit temple. Mais je n'ai pas trop voix au chapitre. Quand il s'agit de son frère, mon mari ne m'écoute pas et il n'écoute même pas sa mère. Vincenzo a maintenant dix-sept ans, et il a demandé à bénéficier de plus d'espace et plus de liberté. »

Le peintre retient un commentaire mordant derrière un sourire de diplomate. En réalité, le plus jeune des Florio profite d'ores et déjà de tout l'espace et de toute la liberté qu'il réclame : d'une part, personne ne s'oppose à sa passion pour les voitures, dont il se vante de connaître jusqu'au moindre boulon et à la moindre courroie ; d'autre part, il collectionne les conquêtes féminines, un peu comme son frère. *Je ne comprendrai jamais comment deux débauchés pareils ont pu naître de parents d'une moralité aussi exemplaire qu'Ignazio et Giovanna Florio*, se dit De Maria Bergler ; mais il se garde bien d'exprimer à voix haute sa perplexité.

« Veuillez m'excuser, donna Franca, mais je dois retourner au travail, dit-il en se levant. Mais si vous me le permettez, je souhaiterais ajouter quelque chose avant de vous quitter. Par-delà ma contribution personnelle, je suis convaincu que la villa Igiea deviendra un lieu extraordinaire, que le monde entier nous enviera. Et je ne pense pas que ç'aurait été le cas si vous en aviez fait un sanatorium. Heureusement que votre mari a changé d'avis…

— Seules les personnes sans imagination ne changent jamais d'avis. Et les imbéciles, lui répond Franca avec un sourire. Eh oui, je suis d'accord avec vous. Mon optimisme me vient peut-être de la joie que me procure cette nouvelle grossesse, mais je suis moi aussi persuadée que la villa Igiea révélera au monde l'extraordinaire beauté de Palerme. »

*

En ce dimanche d'avril, le soleil brille et dissipe les ombres projetées par les arbres de la piazza Marina, tandis que le suroît soulève des nuages de poussière sur les pavés du Cassaro. Ignazio a dû se rendre de bon matin à la villa Igiea pour discuter avec le chef de chantier de la finition des parapets surplombant la mer. Il y serait volontiers resté pour se promener dans le jardin, mais il avait un rendez-vous important.

Dans son bureau de la NGI, il relit un papier.

C'est le brouillon de la lettre qu'il a envoyée près d'un an plus tôt au *Giornale di Sicilia*, une longue liste détaillée de tout ce qu'il aurait fallu faire pour résoudre les problèmes économiques dont l'île souffre depuis toujours. Dans ce « Projet pour la Sicile », il suggérait de transformer les cultures extensives en cultures intensives, de construire des huileries, de relancer l'extraction du soufre, d'expérimenter des plantations de sorgho et de betterave, de replanter les vignes touchées par le phylloxéra, de convaincre les agriculteurs de la nécessité impérieuse de certaines innovations, de faciliter les réformes législatives… Tel était le plan d'action de ce Consorzio Agrario Siciliano dont il avait fortement encouragé la création et qui rassemblait autour de lui dix-huit mille membres, des aristocrates, des intellectuels et des politiciens unis par la conviction que le moment était venu d'agir pour moderniser l'économie de l'île.

Le gouvernement, généreux en paroles vis-à-vis de ce consortium, ne l'avait pas été lorsqu'il s'était agi de lui accorder des subventions. Et ses projets n'avaient finalement pas abouti. Amèrement déçu, Ignazio avait toutefois eu une nouvelle idée qui l'avait aussitôt enthousiasmé : fonder un journal.

Il s'était dit que les intérêts de la Maison Florio gagneraient, dans les colonnes d'un journal, une visibilité accrue. D'autant que la presse était désormais un outil indispensable de pression sur les pouvoirs publics. Grâce à elle, on pouvait par exemple critiquer les décisions d'un gouvernement qui mécontentait tout le monde en augmentant sans cesse les impôts et en n'accordant aucune aide à personne. Lorsque les hommes politiques comprennent que les citoyens ordinaires leur sont défavorables, voire hostiles, ils sont bien obligés de modifier leur ligne de conduite.

Enfin, un journal fournissait un excellent moyen de montrer à quoi l'avenir était susceptible de ressembler.

De donner la parole à la fois au mécontentement et à l'espoir.

De servir de caisse de résonance à la voix d'*Ignazio*.

L'époque de son père, celle où un homme pouvait à lui seul changer le destin de toute une ville, est révolue. Pendant des décennies, il avait bénéficié du soutien de Crispi. Mais Crispi et son successeur, Rudinì, appartiennent au passé ; il y a maintenant, à la tête du gouvernement, ce Luigi Pelloux qui ne connaît rien à la Sicile et qui s'imagine tout résoudre avec les carabiniers. Ignazio a un geste d'irritation. Quelques jours plus tôt, le 8 avril, Pelloux est même revenu sur les avantages fiscaux accordés au secteur de la construction navale et a ainsi sérieusement compromis l'achèvement du chantier naval de Palerme. *Impossible de discuter avec ces politiciens du Nord, il y a des choses qu'ils ne veulent pas comprendre. Le seul moyen de les convaincre, c'est de leur faire peur. Et pour ça, il faut s'appuyer sur le peuple*, pense Ignazio dans un accès de colère.

Il lève les yeux, regarde autour de lui. Le bâtiment est calme. Aujourd'hui, on n'entend ni craquement ni grincement. Même les fissures des murs semblent avoir disparu.

Quelqu'un frappe à la porte. Une imposante figure masculine apparaît sur le seuil.

« Entrez, mon cher Rudinì, je vous en prie. »

Carlo Starabba di Rudinì, le fils aîné de l'ancien président du Conseil, est un homme massif aux grands favoris sombres, vêtu avec élégance.

« Eh bien, êtes-vous prêt ? lui demande Ignazio.

— Je suis surtout très honoré. Être propriétaire d'un nouveau journal, ce n'est pas rien. Le directeur nous attend sur place, n'est-ce pas ?

— Morello devrait être déjà arrivé, oui. » Ignazio hoche la tête, les yeux fixés sur un portulan accroché au mur représentant la côte calabraise et le détroit de Messine. « Saviez-vous qu'il est originaire de Bagnara

Calabra, comme mon arrière-grand-père ? Drôle de coïncidence !

— Je pensais qu'il était de Rome. Il écrivait dans *La Tribuna*, n'est-ce pas ?

— Oui. Bien, je crois qu'il est temps d'y aller. »

L'intérieur de la voiture est d'une fraîcheur apaisante. Ignazio tripote les boutons de manchette dont les deux gros diamants brillent à ses poignets, soupire, croise les doigts pour cacher sa nervosité et demande à Rudinì :

« Comment se porte monsieur votre père ?

— Bien, je vous remercie. Il est encore très en colère contre Pelloux, répond l'interpellé avec un haussement d'épaules.

— Difficile de lui donner tort. Vous savez que je l'ai soutenu avec conviction et qu'il a toujours trouvé en moi un allié fidèle. Je suis bien placé pour comprendre son hostilité envers ce gouvernement obsédé par la normalisation à tout va, et qui ne fait rien pour aider le sud du pays. Comme si la Sicile était identique au Piémont ou à la Toscane ! Nous avons survécu aux Bourbons, mais nous n'arrivons pas à nous débarrasser des carcans administratifs et des taxes scélérates que la maison de Savoie et ces politicards romains nous imposent… Alors que dans le même temps, bien entendu, les entreprises du Nord ont les mains libres ! »

Une grimace d'amertume et de désenchantement déforme les traits de Carlo di Rudinì. « Quand il était président du Conseil, mon père a toujours veillé à protéger les intérêts de l'Italie du Sud, et en particulier ceux de la Sicile. Notre nation est encore très jeune, elle a été formée à partir d'une multitude d'États très disparates. L'unité a été réalisée trop vite. L'Italie, mon cher don Ignazio, était déjà divisée à sa naissance. Ceux qui l'ont faite, il y a quarante ans, ne mesuraient pas à quel point le Sud et le Nord étaient différents ; et nous avons sous les yeux les conséquences déplorables de leur manque de discernement. »

Ignazio acquiesce. « Vous avez tout à fait raison : après l'unification, la Sicile et les Siciliens ont été relégués au placard comme de vieilles chaussures. Pas de projets, pas d'innovations pour nous ; on se contente de nous accuser d'être des parasites sans foi ni loi, des paresseux, des... bouseux. » Il a presque craché ce mot. « C'est l'une des raisons pour lesquelles j'ai fondé le consortium agricole : j'étais convaincu qu'on pouvait parier sur du concret, du moderne. Ailleurs, les propriétaires terriens sont une force politique, on les écoute et on les aide ; ici, on les considère comme de pauvres idiots. »

Rudinì lui jette à la dérobée un regard sceptique. La Maison Florio a bénéficié de nombreuses subventions et les marchés publics ne lui ont jamais manqué, à commencer par les concessions maritimes. Mais Ignazziddu Florio n'a ni l'autorité de son grand-père, ni le tempérament de son père. Il a de la bonne volonté à revendre et ses idées sont parfois, sans conteste, brillantes ; il n'en demeure pas moins que c'est un inconstant, une girouette qui obéit au souffle du vent. Quant à ses activités de production, elles ne brillent pas par leurs innovations : il devrait investir plus et mieux pour moderniser ses entreprises ; l'Oretea, par exemple, en aurait le plus grand besoin, sans quoi elle ne soutiendra pas la concurrence avec les entreprises du Nord. Cela étant, Ignazio a toujours manifesté une sensibilité singulière aux questions sociales et c'est un homme puissant, riche, qui dispose d'un très vaste réseau de relations. Rudinì sait tout cela, et voilà pourquoi il a accepté de participer à la fondation du journal.

Ignazio lit dans ses pensées. Il se penche en avant, lui serre le bras et reprend : « Je suis sûr que, grâce à cette initiative, nous pourrons faire parler de nous. Notre journal sera le porte-étendard de la liberté d'information ! J'utiliserai mes contacts à l'étranger pour obtenir des nouvelles du monde entier, des auteurs célèbres écriront des articles pour nous : Colajanni, Capuana… même le grand D'Annunzio m'a promis sa collaboration. Le *Giornale di Sicilia* a beaucoup fait, mais le moment est venu de défendre vraiment les intérêts des Siciliens, tout le monde est d'accord sur ce point. Même Filippo Lo Vetere, un socialiste, et certes pas un noble reçu à la cour, estime que la guerre entre propriétaires et paysans est une absurdité. Personne ne nous aidera, il va falloir nous aider nous-mêmes. »

Il aimerait ajouter qu'il a aussi réfléchi aux moyens d'attirer des lecteurs, notamment en offrant aux abonnés, en récompense de leur fidélité, des vases ou des services de table fabriqués dans son usine de céramique ; mais il n'en a pas le temps. La voiture est arrivée via dei Cintorinai, au siège d'un journal dont le premier numéro sera publié le jour même. Un journal appelé à un brillant avenir : il offrira à plusieurs générations de lecteurs une description sincère et courageuse des difficultés de la vie à Palerme, certaines des signatures les plus prestigieuses du journalisme sicilien et italien apprendront leur métier dans ses salles de rédaction. Un journal voué aussi à connaître des heures sombres : avant l'arrêt définitif de sa publication, plusieurs de ses collaborateurs seront assassinés par la mafia.

L'Ora.

Corriere politico quotidiano della Sicilia.

*

Costanza Igiea Florio naît le 4 juin 1900. Par la suite, on l'appellera tout simplement Igiea, et sa famille l'accueillera comme une promesse de bonheur pour le nouveau siècle.

Mais cette fois-ci, sa joie n'est pas partagée par les ouvriers et les employés de la Maison Florio. Aucun d'eux ne se présente à l'Olivuzza pour fêter la venue au monde du bébé. Quand le travail manque, l'esprit n'est pas aux réjouissances.

Entre juin et novembre, les subventions étatiques allouées à la construction de nouveaux navires ont subi des diminutions drastiques. La mesure a nui même aux chantiers navals du Nord, qui peuvent cependant compter sur des carnets de commandes bien remplis ; mais elle a surtout frappé de plein fouet ceux du Sud, et en particulier ceux de Palerme, toujours pas terminés. La NGI s'est retrouvée dans l'obligation de suspendre certains projets et de licencier des centaines d'ouvriers.

Dans un contexte politique tendu à l'extrême depuis l'attentat qui a coûté la vie au roi Humbert Ier, il paraît tout à fait inutile de s'adresser à Rome. On n'en reçoit que de vagues propos lénifiants, ou au contraire des signes d'inquiétude face à l'éventualité de troubles à l'ordre public, et par conséquent des invitations à surveiller de près les provocateurs potentiels, voire à les arrêter si besoin. Palerme n'obtient pas même une aumône : lorsque le préfet a sollicité une aide pour les familles en difficulté, le gouvernement s'y est opposé ; aussi le préfet a-t-il fini par retirer sa demande, dans la crainte de créer un dangereux précédent.

Les familles de chômeurs sont de plus en plus nombreuses.

Au début de l'année 1901, il y en a presque deux mille.

À quoi viennent s'ajouter des impôts municipaux en augmentation constante, fruit de tentatives maladroites d'assainir des budgets dont le déficit est devenu chronique.

Éternelles victimes de la faim, du désespoir et de la peur de l'avenir, les ouvriers de l'Oretea, les employés, les artisans, les déchargeurs et les travailleurs du port n'ont plus qu'une phrase à la bouche. Une phrase qui est une accusation implacable.

« Ignazio Florio est un menteur. »

À en croire ses déclarations et ses promesses, les chantiers navals garantiraient la prospérité de la ville. Son économie bénéficierait d'un nouvel élan. Il y aurait du pain et du travail pour tout le monde.

Au lieu de cela, Palerme est inerte. Elle ne peut que regarder de loin ces gigantesques chantiers inachevés, obsolètes avant même d'avoir commencé à fonctionner.

À ses yeux, Ignazio Florio est l'unique responsable de ce désastre.

*

L'aube du 27 février 1901 est si glaciale qu'elle vous donne des frissons et vous incite à envelopper vos épaules d'un châle. Les montagnes, au loin, sont couvertes de neige, et le ciel est d'un gris de plomb. En Sicile, il ne fait vraiment froid que le deuxième mois de l'année.

Ce froid arrive à l'Olivuzza, traverse les murs et les fenêtres calfeutrées avec des bouts de laine pour éviter les courants d'air, dissipe la chaleur du calorifère et frappe Ignazio, blotti sous ses couvertures.

Chose étrange pour lui, il est déjà réveillé. Ou plutôt, il a à peine somnolé toute la nuit. Bien qu'âgé d'une petite trentaine d'années, il éprouve, ce matin-là, la sensation d'être deux fois plus vieux.

Il sort du lit tout grelottant, enfile sa robe de chambre et gagne son cabinet de travail. Après s'être fait servir du café et du cognac, il ordonne qu'on ne le dérange sous aucun prétexte. Alors, il regarde les dossiers empilés sur son bureau, toute cette paperasse qu'il ne voudrait même pas toucher. Mais elle est bien là, et elle ose même lui demander des comptes. Il y a d'abord des dettes envers les banques, au premier rang desquelles la Banca Commerciale Italiana : elle a mis des liquidités à sa disposition après la faillite du Credito Mobiliare, et il a été contraint d'engager, à titre de garantie, une quote-part de ses actions au capital de la NGI.

Par ailleurs, il vient d'apprendre que les commandes

de navires militaires sur lesquelles il comptait beaucoup, après la suppression des fonds gouvernementaux destinés à la construction de bateaux à vapeur marchands, ont finalement été passées aux chantiers navals de Naples et de Gênes. Palerme et les Florio ont été exclus de ces marchés publics, dont on ne leur a pas même laissé des miettes.

Conséquence directe : les actions de la NGI ne valent presque plus rien et les banques exigent d'autres garanties, d'autres cautionnements.

Ignazio sonne un domestique et lui enjoint, dès qu'il apparaît dans l'encadrement de la porte : « Va chercher Morello au journal, tout de suite ! » Puis il s'assied à son bureau. Il a l'impression que le sol se dérobe sous ses pieds, qu'il ne peut se raccrocher à rien pour ne pas tomber.

Soudain, il entend une sorte de gémissement étouffé.

Les revoilà, les bruits qui annoncent l'effondrement.

Il tape du poing sur le bureau. Si seulement il s'était mieux renseigné sur la solidité du Credito Mobiliare, des années auparavant, au lieu de lui confier ses capitaux ! Si seulement il avait écouté ceux qui lui conseillaient d'assurer ses arrières, à l'époque du scandale de la Banca Romana ! Si seulement il n'avait pas renfloué de sa poche les pertes des petits épargnants…

La Maison Florio n'en serait pas où elle en est, à subir encore, huit ans plus tard, les effets néfastes de ses mauvaises décisions.

Le pouvoir romain ne l'a guère aidé, et il a enfin compris qu'il l'aiderait de moins en moins. La politique est devenue une loterie permanente, avec ses alliances aussi précaires que changeantes. Le chef du gouvernement ne reste donc pas longtemps en fonction : Luigi Pelloux a été remplacé par le vieux Giuseppe Saracco, qui a lui-même cédé son poste, depuis quelques jours, à Giuseppe Zanardelli. Tous les trois sont originaires du nord du pays, cela va sans dire. Enfin, il est presque impossible de nouer des relations durables et fructueuses avec un ministre ou un secrétaire d'État : ils se contentent désormais de rafler tout ce qu'ils peuvent, de sauvegarder leurs propres intérêts et de servir ceux de leurs protecteurs.

Oui, ce sont maintenant les industriels du Nord qui détiennent le pouvoir politique, en plus de leurs manufactures, de leurs chantiers navals et de leurs usines sidérurgiques d'avant-garde. Des infrastructures qui leur permettent de charger leurs produits à bord de trains, de les livrer n'importe où en un clin d'œil, et de ne plus être à la merci des aléas liés au transport maritime.

Un court instant, Ignazio se sent suffoquer. Puis, d'un seul coup, il expulse l'air retenu dans ses poumons avec un son rauque, à mi-chemin entre un cri étouffé et un hoquet.

Comment en sommes-nous arrivés là ? Comment en suis-je arrivé là, moi ? Il se pose ces questions le regard fixé sur le tableau représentant son yacht, le *Walkyrie*, une toile qu'il avait commandée juste avant de vendre le bateau et qui lui évoque des moments heureux. Il se souvient de l'époque où il disposait d'assez de temps et de liberté d'esprit pour se consacrer à des régates, à des tournois de tennis. Il ne lui reste aujourd'hui que très peu de loisirs : les mondanités, bien sûr, et les petites… distractions qu'il s'accorde à l'occasion. Il a toujours aimé la vie, le sport, l'aventure. Au lieu de quoi, le voici cloué derrière un bureau – tout comme son père. Il doit trouver un moyen de sortir de cette impasse et personne, *personne*, ne semble prêt à l'aider. Même Alessandro Tasca di Cutò, désormais devenu un homme politique influent, ne veut pas l'écouter. La dernière fois qu'ils se sont parlé, le député socialiste lui a dit que le projet de chantier naval avait échoué à cause de sa mégalomanie, et que les ouvriers seraient les premiers à payer les conséquences de ses actes irresponsables. Puis, sur le pas de la porte, il l'a averti : « Les gens ont peur de tout perdre, Ignazio. Et cette peur-là peut engendrer le chaos. Ne l'oublie jamais. » Et il est parti sans dire au revoir.

Les gens ?

C'est moi *qui ai peur de tout perdre.*

Vu la tournure que prennent les choses, le chantier naval de Palerme risque de ne jamais être terminé.

Et c'est *lui* qui risque la faillite.

« Non, dit-il à mi-voix en tapant d'une main ouverte sur la table. Ce n'est pas possible. »

Il doit réagir. Oui, mais comment ? À qui demander de l'aide ?

Comment a-t-on osé me faire un tel affront, à moi ? Aux Florio ?

*

Le 28 février 1901, l'éditorial de *L'Ora* signé Rastignac – par Vincenzo Morello – porte un titre d'une extrême virulence : « Oubliée. »

Oubliée ! La Sicile a été oubliée ! Et Palerme a fait l'objet d'un traitement pour le moins spécial : on lui a refusé tous les avantages dont bénéficient ou bénéficieront les autres régions... Dans les lois votées par le Parlement, dans les décisions prises par le pouvoir exécutif, l'oubliée, c'est toujours la Sicile, alors même que la crise dont souffre notre île est plus grave qu'ailleurs, alors même que, dans les usines de Palerme, il n'y a plus de travail depuis longtemps.

Cet article jette de l'huile sur le feu, dans une ville dont on nie le passé glorieux tout en lui refusant la possibilité de peser dans le présent de l'Italie unie, et de croire en un avenir d'espoir et de progrès.

Dans ces conditions, Palerme relève la tête. Avec une colère et une fureur nées de la peur, et surtout d'un sentiment de dignité outragée.

Il en résulte la première véritable grève de son histoire, qui ne prend plus la forme d'une simple manifestation des ouvriers de la fonderie Oretea ou de ceux du chantier naval. L'appel est lancé par le comité des associations syndicales du quartier du Molo, où se trouve le chantier naval en cours de construction, mais il est vite suivi des ouvriers agricoles, des cochers, des tailleurs, des pêcheurs, des barbiers, des jardiniers, des marchands de légumes, des maçons, des boulangers, des ébénistes... Tous le savent : si par malheur le projet de chantier naval des Florio n'est pas relancé, alors ce sera la catastrophe. D'autant qu'il ne faut pas compter sur le gouvernement. À Rome, ils s'en moquent éperdument que les Palermitains manquent de pain et de travail ; les hommes politiques de la capitale ne pensent qu'à leurs petites affaires. Comme toujours.

Le Cassaro est noir de monde : les femmes et les enfants, placés en tête des cortèges, défilent avec les travailleurs. Les manifestants passent devant le siège de la NGI avant de rejoindre le palais royal ; à chaque rue, à chaque carrefour, le torrent humain grossit et finit par ressembler à un fleuve en crue. Les carabiniers patrouillent dans les rues et surveillent les chefs de la révolte ; de son côté, la police a procédé à des perquisitions chez les adhérents des organisations syndicales.

En vain. Les Palermitains ne sont pas d'accord, ils crient, ils protestent. On passe des crachats aux coups de poing, des coups de pied aux coups de barre de fer, et la grève se transforme en guérilla : les forces de l'ordre traquent les manifestants, qui prennent d'assaut les casernes et les magasins, dévastent tout et s'abandonnent au pillage, parce que c'est comme ça, parce que la faim est la faim et la peur est la peur.

Nous sommes considérés comme la lie de la terre, voilà ce que pensent les Palermitains. Des gens de rien, tout juste bons à être fouettés, emprisonnés comme des criminels, pris pour cible par les armes à feu des soldats et des policiers. Inévitablement, le conflit s'exacerbe et les violences atteignent leur paroxysme : un assaut des bersagliers armés de baïonnettes est repoussé par des jets de pierres ; des panneaux d'affichage sont empilés et incendiés ; des poignards, des sabres et des fusils apparaissent ici et là. Les syndicats, qui avaient pourtant été à l'origine des manifestations, craignent maintenant de ne plus réussir à contenir la fureur populaire.

Et de fait, après avoir reçu un message de Zanardelli rempli de vagues assurances et de promesses irréalisables, les syndicats prennent peur, capitulent et décrètent la fin de la grève.

Mais cela ne change rien.

*

Le 3 mars 1901, c'est un Ignazio tendu et fatigué qui regarde par l'une des fenêtres du siège social de *L'Ora*. Depuis deux jours, il sent la ville trembler, comme si elle était sur le point d'exploser. Il sent la tension grandir dans les rues, un malaise général issu d'un profond désespoir. Il a été témoin d'affrontements et il a maudit les socialistes, mais aussi les politiciens romains et leurs télégrammes officiels : celui de Crispi – non moins vain et emphatique que son expéditeur –, ceux de Giovanni Giolitti, le ministre de l'Intérieur, et ceux de Zanardelli, le président du Conseil, qui a même pris la peine de lui envoyer un message personnel pour lui demander d'user de toute son influence afin de calmer les esprits.

Tiens donc ! Maintenant qu'il a peur, il daigne s'adresser à moi.

Morello apporte les dernières corrections à son éditorial, rejoint Ignazio à la croisée et lui dit : « Les arrestations se comptent déjà par dizaines. Si le gouvernement s'obstine à ne pas vouloir comprendre ce qui s'est réellement passé ici, s'il s'entête dans la répression, alors cela signifie qu'il est composé de criminels. Giolitti et Zanardelli finiront par avoir des morts sur la conscience. » Il cherche des cigares dans la poche de sa veste.

Ignazio lui en allume un, refuse celui que son interlocuteur lui offre et se mord une lèvre.

« Ah, j'oubliais, reprend Morello. Un… ami m'a montré le télégramme que deux députés de Palerme, Pietro Bonanno et Vittorio Emanuele Orlando, ont envoyé à Zanardelli : ils vous accusent d'avoir fomenté la grève en secret parce que vous traversez une période difficile, et de vouloir faire du chantage aux pouvoirs publics. Et ils m'accusent, moi, d'être votre complice. » Il secoue la tête. « J'en ai vu de toutes les couleurs, don Ignazio, depuis l'époque où je travaillais pour *La Tribuna*. Cela ne m'a jamais empêché de parler, et sans crainte. » Il souffle une bouffée de fumée, s'éloigne de la fenêtre pour aller s'asseoir dans un fauteuil en cuir devant son bureau et poursuit, avec une note d'amusement dans la voix : « On m'a accusé de tout et son contraire, d'être un valet du pouvoir en place et de m'opposer à l'ordre établi… Quelle sottise ! N'en déplaise à ces deux messieurs, l'idée d'être l'instigateur d'une grève me remplit de fierté, pas de honte ou de peur.

— Malgré les calomnies de Bonanno et d'Orlando, les députés de Palerme se sont prononcés en faveur de la grève et contre l'exclusion dont la ville a été victime dans l'attribution des marchés publics. Je veux parler du baron Chiaramonte Bordonaro, du prince de Camporeale et bien entendu de mon beau-frère Pietro. Les pauvres et les riches, ensemble ! Palerme n'a jamais été aussi soudée qu'aujourd'hui. » D'un pas lourd, Ignazio se rapproche de l'autre fauteuil, s'y affale et hume l'arôme chaud du cigare de Morello, qui ajoute :

« Même le préfet de Seta a essayé d'intervenir en faveur des revendications des grévistes…

— Et le préfet de police a cru bon de s'y opposer. L'État contre lui-même, voilà à quoi nous en sommes réduits… Et après, ils m'accusent d'avoir spéculé avec de l'argent public, d'avoir *la folie des grandeurs*, pour reprendre l'expression de Tasca di Cutò. » En proie à une irritation croissante, Ignazio se met à taper du pied. Des cris de colère retentissent dans la rue, mais s'apaisent aussitôt. « Quand bien même ce serait vrai, le problème, ce n'est pas moi ou mes pertes éventuelles ; c'est l'obligation dans laquelle je me trouve de licencier des ouvriers ; si je n'ai plus de travail à leur donner, je ne peux pas me permettre de les garder. C'est ça qui m'exaspère : après tout ce que nous avons fait, après tout ce que j'ai fait, *moi*, pour cette ville, on prétend que les Florio sont les seuls responsables de tous nos malheurs. Et je suis sûr que ces salopards du *Giornale di Sicilia* ne demandent pas mieux que de relayer toutes ces absurdités, de les étaler sur cinq colonnes à la une !

— Ils font leur travail, don Ignazio, et je fais le mien. » Le haussement de sourcils de Morello est éloquent. « De votre côté, réfléchissez plutôt à la façon dont vous pourriez profiter des circonstances. Vous portez un nom qui vaut encore quelque chose et vous bénéficiez du soutien de la majorité des hommes politiques palermitains. Pas tous, bien sûr : il faut mettre à part les socialistes et les deux députés dont nous parlions à l'instant ; mais au fond, peu importe. Exercez des pressions ! Agissez maintenant ! Ils seront obligés de lâcher du lest, à Rome, s'ils veulent éviter la guerre civile. Les gens vous feront à nouveau confiance, les mauvaises langues seront obligées de se taire et les ouvriers verront que leur patron sait se faire respecter. »

Ignazio hoche la tête. Pourtant, une peur étrange s'empare peu à peu de lui et lui noue l'estomac. Il ne parvient plus à mesurer l'étendue exacte de l'influence dont il dispose auprès des milieux politiques romains. Car il fut un temps où les journalistes n'auraient même pas osé concevoir certaines hypothèses à ce sujet, et encore moins les formuler par écrit.

Votre seul point commun avec votre père, c'est votre nom. Bientôt, ce nom n'aura plus aucun prestige. Et ce sera votre faute, à vous et vous seul. La prophétie de Laganà lui revient à l'esprit.

Ignazio déglutit. Bien qu'il répugne à se l'avouer, il sent que l'heure fatale vient peut-être de sonner.

*

« Et celle-ci ?

— Eh bien, le velours vert foncé rappelle la couleur de tes yeux, Checchina, mais cette robe ne me semble pas… adaptée. » Francesca est devenue une femme charmante, à son aise en toutes circonstances. Après avoir surmonté la douleur que lui a causée la mort d'Amerigo, elle s'est remariée il y a quelques années et partage maintenant son temps entre Palerme, Florence et Paris avec son nouvel époux, Maximilien Grimaud, comte d'Orsay.

« Attends ! » s'exclame Stefanina Spadafora. La jeune épouse de Giulio Cesare Pajno a interrompu les préparatifs de son voyage de noces pour aider Franca dans ce choix difficile. Elle aspire une bouffée de tabac au fume-cigarette en ébène qu'elle tient entre ses doigts, puis la souffle par le nez et conclut : « Non, Francesca a raison : nous n'y sommes pas.

— Tu es sur le point de poser pour l'un des peintres les plus célèbres de toute l'Italie, si ce n'est de l'Europe entière, *ma chère**. Tu ne peux pas te présenter devant lui dans une tenue de pensionnaire de couvent. » Assise au bord du lit, le menton dans une main, Giulia Trigona donne l'impression de s'ennuyer. Les plis de sa jupe laissent deviner la forme de ses longues jambes bien galbées.

Franca enlève sa robe et la met de côté, tout en adressant à ses amies un regard de regret fort éloquent. Mais Stefanina agite la main comme pour dire que non, inutile d'insister, ça ne va pas. Puis elle se lève, traverse la chambre au carrelage décoré de pétales de rose peints, furète parmi les flacons posés sur la coiffeuse, en débouche un et hume son odeur.

« Une véritable symphonie de notes épicées ! Qu'est-ce que c'est ? »

Franca ne se retourne pas, mais elle hoche la tête. « Il s'appelle la Marescialla, il a été créé par l'Officina Farmaceutica di Santa Maria Novella, à Florence, et c'est un cadeau de ma mère », explique-t-elle tout en faisant les cent pas, pensive, sous le regard des putti du plafond.

Francesca retire ses chaussures et se recroqueville sur le fauteuil laissé libre par Stefanina ; puis elle suggère : « Et pourquoi pas la robe rouge grenat ? Tu peux te le permettre, toi. Même après trois grossesses, ton corps est resté splendide.

— Non, ce serait trop banal, répond Franca. Il faut quelque chose… » Elle tapote ses lèvres du bout des doigts, va jusqu'à la grande armoire, à gauche de son lit, l'ouvre et en inspecte le contenu, les mains sur les hanches. *Oui, il faut quelque chose qui frappe les esprits.* Qui rappelle au monde entier qu'elle est « l'Unique », comme l'a surnommée D'Annunzio, et qu'aucune femme ne peut rivaliser avec elle. Pas même cette Lina Cavalieri que son mari a décidé de faire venir à Palerme envers et contre tout, malgré les grèves et les manifestations qui ont mis la ville sens dessus dessous.

Oh, bien sûr, Ignazio est conscient de la gravité de la situation. D'ailleurs, il est en ce moment à Rome, pour évoquer avec des ministres et des hommes politiques siciliens la question du chantier naval, qui n'est toujours pas réglée. Mais à son retour – Franca en éprouve à l'avance un profond ressentiment –, il ira tout droit au Teatro Massimo pour assister aux répétitions de *La Bohème*, et sûrement pas auprès de sa famille ou de ses ouvriers de l'Oretea.

Il a même eu le culot de tenter de se justifier, avant de partir : « Je suis son imprésario, je dois veiller à ce que tout se passe bien. »

Pauvre idiot.

Franca tambourine des doigts sur la porte de l'armoire. Comment peut-il croire qu'elle n'est au courant de rien ? Elle le lui a pourtant dit en termes très clairs, un jour : « Je sais toujours tout, Ignazio. » Il aurait dû comprendre depuis longtemps que plus certaines choses se font en secret, plus vite on les découvre. Surtout dans le cas d'un homme comme lui, qui ne peut pas s'empêcher de se pavaner et de se vanter haut et fort de ses succès.

Un seul indice – un nouveau costume anglais, une obligation soudaine tard dans la soirée, un soin particulier apporté à sa moustache – lui suffit à comprendre qu'il y a une nouvelle conquête à l'horizon, une prochaine maîtresse à entretenir.

Quant aux chuchotements, aux rires, aux allusions perfides, Franca sait maintenant que la médisance est un animal toujours affamé qui, s'il ne trouve pas de nouvelles charognes à dépouiller de leur chair, rumine ce qu'il a déjà avalé. Franca lui oppose une réponse ironique et le regarde s'acharner sur elle, ou bien elle exhibe un nouveau bijou, tout en sachant très bien que les gens vont essayer de comprendre à quoi ressemble *l'autre*.

Eh oui. Car même en cela, Ignazio est aussi effronté que prévisible : après une énième aventure, il offrira un énième cadeau à sa femme – une bague ornée de saphirs, un bracelet en platine, un collier de diamants – à titre de dédommagement. Et souvent, ce bijou sera similaire, voire identique, à celui qu'il aura offert à sa flamme du moment.

Quoi qu'il arrive, des bijoux, il y en a toujours : parfois pendant la liaison, parfois quand elle vient de s'achever. Franca a désormais appris à mesurer l'importance qu'Ignazio attribue aux femmes avec lesquelles il la trompe à la valeur de l'objet qu'il leur offre. Le sien – plus de doute possible – trahit un remords qui a la consistance de la cendre.

Avec Lina Cavalieri, ce n'est plus la même chose.

Fille d'une couturière, vendeuse de violettes puis plieuse de journaux, Lina a conquis Rome, Naples, les Folies-Bergère de Paris et le Tout-Londres. Elle a une voix au timbre argentin, et surtout elle est belle, avec son visage de madone, ses yeux très sombres à l'expression intense et son corps d'hétaïre, dont elle joue avec une sensualité impudente. Les hommes sont fous d'elle : Franca a entendu dire qu'un soir, il a fallu pas moins de huit charrettes pour emporter les fleurs qu'ils avaient jetées sur la scène. Et elle sait exploiter leur folie : sous des dehors innocents – à la ville, elle se montre toujours sans maquillage et sans bijoux –, elle dissimule une âme de fer. L'année dernière, elle a décidé de devenir cantatrice : elle a fait ses débuts à Lisbonne, dans *Pagliacci*, et le fiasco a été si retentissant que n'importe qui d'autre, à sa place, aurait renoncé et se serait réfugié dans le silence, sous le poids de la honte. N'importe qui d'autre, mais pas elle. Elle a eu le courage de remonter sur scène et, après avoir fait salle comble dans les théâtres de Varsovie et de Naples, elle est maintenant à Palerme. Admirée, attendue, désirée.

C'est la première fois qu'Ignazio exhibe sa maîtresse dans toute la ville, qu'il la met dans une situation de rivalité ouverte avec Franca. Il avait déjà failli le faire quelques années plus tôt, lorsqu'il avait été l'amant d'Agustina Carolina del Carmen Otero Iglesias, mieux connue sous le surnom de « la Belle Otero ». Encore une chanteuse et danseuse d'humble extraction qui savait utiliser son corps avec beaucoup de désinvolture et une bonne dose de cynisme.

Ignazio n'avait pu s'empêcher de se vanter de cette conquête – et de la prodigalité avec laquelle elle accordait ses grâces – auprès de ses amis du cercle ; il s'était même étendu sur des détails obscènes qui étaient revenus aux oreilles de Franca, et qui l'avaient fait frémir d'indignation.

Mais au fond, tout cela se rattachait encore à ses rodomontades habituelles de mâle vaniteux.

Sa liaison avec Lina Cavalieri, en revanche, est un affront public.

Des années plus tôt, Franca aurait souffert, fondu en larmes, ressassé son humiliation en silence. Mais aujourd'hui, elle a changé : elle sait transformer sa douleur en colère ; elle a découvert le pouvoir dévastateur du ressentiment, la force née de la conscience de sa propre valeur ; elle ne se vautre plus dans l'autoflagellation ; elle ne se demande plus si c'est elle qui a fait quelque chose de mal ; elle a appris à penser d'abord à elle-même, à se protéger contre tout ce que son mari lui inflige. C'est un sentiment étrange, un mélange de jalousie et d'affection, d'humiliation et de regret, qu'elle éprouve désormais pour lui. Regret de ce qu'ils ont été et de ce qui a été gâché.

Non, Ignazio n'est pas un imbécile. C'est simplement un égoïste, incapable d'un amour véritable.

Cette pensée l'a amenée à mettre de côté ses derniers scrupules et à accepter de poser pour Giovanni Boldini, le portraitiste le plus célèbre et le plus controversé du moment. Il est leur invité à l'Olivuzza à la demande expresse d'Ignazio, qui souhaite obtenir de lui un portrait de son épouse comparable à ceux de plusieurs nobles dames de la haute société européenne. Et il a même poussé l'arrogance jusqu'à demander au peintre de présenter ensuite le portrait de Franca à Venise, lors de la prochaine Biennale.

Franca secoue la tête à la pensée qu'Ignazio est toujours aussi incapable de réfléchir aux conséquences de ses décisions, d'aller au-delà des apparences : il n'a vu que le prestige social lié au tableau, le sentiment d'envie que suscitera l'effigie de cette femme si fascinante. Il n'a pas remarqué que l'art de Boldini semble mettre à nu l'âme de ses modèles, et qu'il représente les femmes comme des créatures de chair et de désir. Des créatures satisfaites qui viennent de faire l'amour, et qui ne cachent pas le plaisir qu'elles en ont tiré.

Or elle ne voudrait pas apparaître ainsi, nue, exposée à tous les regards. Mais dans le même temps, elle est tentée de se laisser aller, de révéler ce qu'elle peut être : sensuelle, passionnée.

Tentée de montrer au monde, et à son mari, qui elle est vraiment.

Elle saisit une robe couleur crème, l'examine quelques instants, la remet en place.

On frappe à la porte. C'est Giovannuzza, suivie de sa gouvernante et de deux carlins qui semblent moins courir que se rouler par terre.

« *Maman**, est-ce que le peintre est arrivé ? Je peux rester moi aussi ? » Les yeux rivés sur les robes de sa mère, elle semble fascinée et tend la main pour palper les tissus. Puis elle murmure : « Comme elles sont belles… »

Sans répondre, Franca examine une robe accrochée tout au fond de l'armoire, une robe qu'elle n'a pas encore portée parce que Ignazio la juge trop audacieuse.

Jaloux. Lui. Il y aurait de quoi rire, si cette idée n'était pas aussi horripilante.

« *Maman* ?* » insiste la petite d'un ton suppliant.

Sa gouvernante tente de faire sortir les chiens : ils se sont mis à lécher les chaussures des invitées, qui poussent des cris apeurés.

« Non, ma chérie. Ce n'est pas pour les petites filles. » Un sourire satisfait aux lèvres, Franca se retourne et fait une caresse à Giovannuzza. « Je commanderai un portrait de toi quand tu seras plus âgée. Pour le moment, *geh und spiel im anderen Zimmer*, va jouer plus loin. »

Giovannuzza soupire, prend un air boudeur et proteste, en désignant du doigt Francesca, Stefanina et Giulia : « Mais alors pourquoi est-ce qu'elles peuvent rester, elles ?

— Parce que ce sont des adultes. Et on a dû t'apprendre à ne pas manquer de respect aux grandes personnes. »

La tête baissée et les lèvres pincées, la petite fille quitte la chambre. Elle ne salue personne, pas même Francesca, qui pourtant l'a toujours gâtée.

C'est d'ailleurs elle qui prend sa défense : « Elle aurait pu rester…

— Non. » Franca arpente la pièce à pas lents. Elle attrape un fume-cigarette posé sur un cendrier et aspire une bouffée, selon une habitude qu'elle a prise lors de son dernier voyage en France. Elle trouve le tabac très relaxant.

Ses amies la regardent, dans l'expectative.

C'est Giulia Trigona qui lit sur son visage quelque chose que les autres ne voient pas. Elle qui, comme Franca, souffre des intempérances d'un mari infidèle et, murmure-t-on, violent. « Qu'est-ce que tu as en tête, Franca ? »

L'interrogée ne répond pas. Elle ôte sa robe de chambre, reste en caleçon et en chemisette, s'observe dans le miroir. Puis elle se dirige vers l'armoire, prend la robe qu'elle avait repérée et la sort, avec l'aide de Diodata.

Ses amies laissent échapper un murmure d'émerveillement. Cette robe noire en velours de soie travaillé en découpes, très étroite à la taille, semble faite pour accentuer la silhouette élancée de Franca et lui donner un air de reine. Elle s'accompagne d'une guimpe conçue expressément pour mettre en valeur son long cou et couvrir une partie du décolleté profond.

Franca prend cette guimpe, l'examine et la rejette sur le lit.

Non.

Elle ne veut pas ressembler à une dame bien sage de la bonne société.

Elle veut qu'on la regarde.

Elle s'observe à nouveau dans le miroir et secoue la tête ; ses longs cheveux noirs, défaits, se déploient sur ses épaules. Il y a encore quelque chose qui ne la convainc pas.

Elle dégage son buste du tissu qui l'enlace et retire sa chemisette. Sa poitrine – blanche, plantureuse – est celle d'une jeune fille plutôt que d'une femme qui a eu trois enfants. Stefanina se penche en avant, éclate de rire et demande à Franca, les yeux écarquillés : « Tu as vraiment l'intention de… ? » Francesca met les mains devant sa bouche en chuchotant : « *Mon Dieu** ! »

Giulia ricane. « Ignazio va avoir un coup au cœur, quand il sera de retour à Palerme. » Et elle semble sous-entendre : *C'est tout ce qu'il mérite.*

Franca ignore leurs réactions, remonte son corsage et demande à Diodata de fermer la rangée de boutons.

Sa robe est si serrée qu'elle lui coupe presque la respiration. Mais c'est exactement ce qu'elle veut. C'est sa façon de combattre la stupidité aveugle d'Ignazio. Et l'envie des Palermitains.

Ce n'est pas une robe, mais une armure.

Toujours assise sur le lit, Giulia l'observe avec un vague sourire. « Si ton objectif consiste à infliger à ton mari un long moment d'embarras, c'est exactement la robe qu'il te faut. Mais tu imagines ce que les gens vont dire, n'est-ce pas ? »

Tandis que Diodata commence à la coiffer, Franca hausse les épaules et réplique, en étalant un soupçon de rouge sur ses lèvres : « Il a demandé à Boldini de peindre mon portrait ? Eh bien, il devra accepter la *mise** que j'ai choisie. » Elle désigne à son amie la table de chevet et ajoute : « Aurais-tu la gentillesse de me passer mon sac à bijoux, s'il te plaît ? »

Giulia dépose le sac, qui pèse lourd, parmi les vêtements et les draps. Puis elle l'ouvre.

Un éclair d'envie à l'état pur traverse le regard des trois amies. Aucune d'elles ne peut se vanter de posséder une collection aussi riche et aussi élégante de bagues, de colliers et de bracelets.

Franca plisse les yeux et sépare mentalement les

joyaux offerts par Ignazio – tous souillés par le souvenir d'une femme – de ceux qui lui appartiennent pour de bon. Ceux qu'elle a choisis avec soin, presque avec amour. Oui. Après ses enfants, elle n'a rien de plus cher. Ces bijoux sont le signe de ce que Franca Florio est aux yeux du monde : belle, riche et puissante.

Elle se lève, fouille dans les étuis et les petits sacs de velours. Voici ses perles. Elle les fait glisser entre ses doigts, les caresse, les met bout à bout pour en faire un immense collier qu'elle attache avec deux perles jumelles, aussi grosses que des cerises. Sur sa robe noire, toutes ces perles retombent comme une cascade de lumière.

Franca se retourne pour jeter un dernier regard à son miroir et tenter de calmer sa respiration.

« Allons-y. »

*

Petit, trapu, désavantagé par une voix déplaisante, Giovanni Boldini a choisi un salon isolé aux murs clairs et recevant une lumière oblique propre à embraser la peau ambrée de la maîtresse de maison. La luminosité de la pièce est aujourd'hui printanière, chaude comme l'air qui pénètre à travers le volet entrouvert, en ce mois de mars capricieux ; des fauteuils damassés sombres entourent le peintre et son modèle ; un immense tapis persan recouvre la quasi-totalité du plancher.

Les amies de Franca bavardent en choisissant un siège, pendant qu'elle demande à sa femme de chambre de ne la déranger sous aucun prétexte. La porte se ferme. Boldini, qui a déjà étalé sur sa toile une première couche préparatoire, reste quelques instants les mains jointes sur la poitrine, à observer la jeune femme.

« Par ma foi, donna Franca, vous m'offrez une vision incomparable. » Son élocution trahit un léger accent français, sans doute parce qu'il vit à Paris depuis trente ans.

Franca sourit, mais seulement des yeux. « Je ne vous ai pas consulté sur le choix de la robe. En êtes-vous satisfait ? » Elle écarte les bras pour se faire admirer, mais le peintre l'arrête aussitôt. « Presque... » Il lui attrape un poignet et semble esquisser un pas de danse. « J'ai besoin d'un peu plus de lumière. » Il recule d'un pas, les mains sur les hanches.

Franca essaie d'imaginer comment il la voit ; puis elle le devine, et elle se sent mal à l'aise.

Stefanina s'approche et suggère : « Un collier supplémentaire, peut-être ? » Boldini acquiesce et sautille d'enthousiasme. « Oui, quelque chose qui éclaire le décolleté... une broche ou un pendentif. »

Franca pose une main sur l'épaule de son amie. « Tu te souviens des bracelets en or que j'ai achetés à Istanbul ? Oui ? Alors apporte-les-moi, s'il te plaît. Et aussi la broche de diamants et de platine en forme d'orchidée, celle qu'Ignazio m'a offerte pour notre premier anniversaire de mariage. »

Tandis que Stefanina disparaît, Francesca et Giulia s'installent dans des fauteuils. Boldini réfléchit, demande à Franca de se déplacer dans le salon, cherche le meilleur éclairage, rapproche les perles du visage de son modèle et les laisse retomber, les dispose de plusieurs façons tout en marmonnant des phrases incompréhensibles dans un curieux mélange de dialecte ferrarais et de français. Ils forment un contraste saisissant, lui si petit et elle si grande et mince.

« Hum, hum... il est vraiment difficile de trouver le bon point de vue, avec vous. Vous êtes si... » Il accompagne son propos d'un geste qui pourrait être vulgaire, mais qu'il parvient à transformer en compliment. Sur ces entrefaites, Stefanina revient avec les bijoux, et Franca les essaie. Les bracelets ne servent à rien : la manche de la robe les recouvre. La broche, en revanche, illumine le jeu des draperies de velours.

Boldini s'approche de sa grande toile. Le portrait respectera les proportions de Franca, dont la haute taille apparaîtra dans toute sa majesté. L'artiste déplace ses lunettes sur le bout de son nez et commence à tracer les contours de la silhouette ; soudain, parvenu à la ligne des épaules, il s'immobilise, un pinceau à la main. Il regarde Francesca.

« Pardonnez-moi, madame... Auriez-vous l'obligeance de prêter votre châle à donna Franca ?

— Mon... Oh, mais bien sûr, le voici ! » lui répond Francesca avec un grand rire.

Franca, qui ne sait pas bien quoi faire, rit elle aussi, pour dissimuler son embarras.

D'un ton très sérieux, Boldini lui demande de l'enrouler autour de son buste et de ses bras, pour que le tissu blanc illumine ses épaules nues. Pendant que Franca joue avec le châle à la recherche du meilleur drapé, ses cheveux noirs brillent dans la lumière printanière.

Puis elle tourne la tête : Giulia vient de dire quelque chose qu'elle n'a pas compris. Et c'est à ce moment précis que le peintre lui ordonne, les yeux à fleur de tête, de ne surtout plus bouger : « Comme ça ! Restez immobile comme ça ! » Il grimpe sur l'escabeau qu'il utilise pour peindre ses hauts portraits en pied et couvre la toile de grands coups de pinceau vigoureux, très vite, pour essayer de capter la lumière.

Franca obéit. Elle a été prise au dépourvu, les lèvres entrouvertes, le regard pensif, la hanche animée d'un mouvement sensuel qui part du bras, semblable à une vague.

Elle ne peut pas savoir que le tableau en train de naître fera d'elle une légende.

DE LA PORCELAINE

avril 1901 - juillet 1904

Li malanni trasino du sfilazzu di la porta.
« Les malheurs s'immiscent chez les gens par les fentes des portes. »

Proverbe sicilien

Le 24 juin 1900, la chute du second gouvernement Pelloux marque la fin d'une époque dominée par des politiciens «réactionnaires» tels que Crispi (décédé le 12 août 1901) et Rudinì. Victor-Emmanuel III nomme à la tête du nouveau gouvernement un représentant de la gauche libérale, Giuseppe Zanardelli, qui, ministre de la Justice sous le premier gouvernement Crispi, avait promulgué en 1889 un nouveau code pénal abolissant la peine de mort et garantissant le droit de grève (jusqu'alors considéré comme un crime). Giovanni Giolitti, son ministre de l'Intérieur, décide de ne pas adopter une attitude répressive face aux vagues de grèves de 1901 (plus de mille cinq cents mouvements, entre industrie et agriculture), de 1902 (mille en tout), ni même à l'occasion de la première grève générale en Italie (15-20 septembre 1904) ; il est en effet convaincu que «le mouvement d'ascension sociale des classes populaires [...] est invincible, puisqu'il est commun à tous les pays civilisés et fondé sur le principe de l'égalité entre les hommes» (discours à la Chambre des députés, 4 février 1901). Le 1er décembre 1903, il devient président du Conseil (Zanardelli a démissionné le 3 novembre et mourra le 26 décembre). Lors de la présentation de son gouvernement devant le Parlement, il explique qu'il est « nécessaire de s'engager sur la voie de réformes sociales, économiques et financières », dans la mesure où « l'amélioration de la condition des classes les moins aisées de la société dépend avant tout de l'accroissement de la prospérité économique du pays ». Ainsi commence « l'ère giolittienne ». Elle se caractérise par le travail de médiation du gouvernement pour résoudre les conflits sociaux et politiques, mais aussi par une tentative de renforcement de la démocratie libérale parlementaire à travers la contribution des catholiques et des socialistes. *Vis-à-vis des premiers, Giolitti fait preuve de patience et de détermination, afin de surmonter de facto, si ce n'est encore officiellement, l'obstacle du* non expedit, *ce décret par lequel le pape interdit aux catholiques italiens de participer à la vie politique du pays ; vis-à-vis des socialistes, il se montre ouvert au dialogue et mène de longues négociations avec Filippo Turati ; mais elles n'aboutiront jamais à la formation d'un gouvernement de coalition.*

Par ailleurs, Giolitti peut compter sur une conjoncture économique favorable : en Europe, la croissance est de retour depuis 1896 ; en Italie, elle est favorisée par les commandes de l'État, par la poursuite de la politique protectionniste (en particulier dans les secteurs de l'acier et du textile), par une augmentation de la main-d'œuvre (en raison de la croissance démographique), et enfin par des investissements étrangers dans le secteur bancaire (la Banca Commerciale Italiana était née en 1894, grâce à l'apport de capitaux allemands, suisses et autrichiens), qui tisse des relations de plus en plus étroites avec le monde des affaires. Ce développement économique se concentre toutefois pour l'essentiel dans le « triangle industriel » formé par Turin, Milan et Gênes ; il ne remet pas en cause la primauté de l'agriculture et ne s'étend pas à l'Italie du Sud, dont les problèmes ne sont jamais abordés de manière systématique et font simplement l'objet de « lois spéciales » qui se révèlent la plupart du temps inadéquates. Il en résulte, entre autres, une forte hausse des flux migratoires observables depuis les lendemains de l'Unité : on compte trois cent mille émigrés pour la période 1896-1900, et un demi-million pour la période 1901-1904 (soixante pour cent d'entre eux ont pour destination le continent américain).

En matière de politique étrangère, le 28 juin 1902, toujours sous le gouvernement Zanardelli, l'Italie, l'Allemagne et l'Autriche signent le quatrième traité (déjà renouvelé en 1887 et 1891) les unissant au sein de la Triple Alliance. L'Autriche y déclare ne voir aucune objection à une éventuelle intervention italienne en Tripolitaine (l'actuelle Libye occidentale) : l'échec de l'entreprise coloniale de Crispi est désormais oublié, et l'Italie vise à occuper un territoire avec lequel elle entretient déjà d'importants échanges commerciaux. Dans cette perspective, les relations avec la France se détendent aussi : après l'accord qui, en 1898, a mis fin à la « guerre douanière », Giulio Prinetti et Camille Barrère, respectivement ministre italien des Affaires étrangères et ambassadeur de France, parviennent à un accord qui assure à la France le soutien diplomatique de l'Italie au Maroc, et à l'Italie une promesse de neutralité de la France en cas d'expédition militaire en Tripolitaine.

Le 20 juillet 1903, le pape Léon XIII *meurt, à l'âge de quatre-vingt-treize ans. Le 4 août, le patriarche de Venise, Giuseppe Sarto, lui succède et prend le nom de Pie X. Le 11 juin 1905, avec l'encyclique* Il fermo proposito, *il accorde aux catholiques italiens la possibilité d'être dispensés du* non expedit *en cas de « stricte nécessité pour le bien des âmes », et les engage en outre à « se préparer prudemment et sérieusement à la vie* politique, *pour le moment où ils y seraient appelés ».*

Le vase que Marco Polo a rapporté de Chine en 1295, et qui est aujourd'hui conservé en la basilique Saint-Marc de Venise, mesure à peine dix centimètres de haut ; il est blanc et orné de motifs floraux assez simples. Mais il est d'abord et avant tout le signe concret d'une passion apparue en Orient dès le Néolithique et destinée à se répandre dans le monde entier : le goût pour la porcelaine. Ce matériau délicat et résistant, parfois si fin qu'on pouvait voir, à travers lui, « l'étincelle de l'eau », comme l'écrivait Abu Zayd Hasan al-Sirafi en 851, est longtemps resté un mystère pour l'Occident. Selon Marco Polo, par exemple, ceux qui l'utilisent pour réaliser des tasses et des assiettes « amoncellent de grands tas d'une terre particulière qu'ils laissent exposés au vent, à la pluie et au soleil pendant trente ou quarante ans, sans les déplacer ». En 1557, l'érudit Jules César Scaliger soutenait que « ceux qui fabriquent [de la porcelaine] utilisent des coquilles d'œufs et des coquillages très finement broyés, pulvérisés et macérés dans l'eau [...]. Ce mélange est ensuite enterré pendant cent ans, et on le déterre alors pour en faire des vases ». Vers la même époque, sous l'égide de François Ier de Médicis, grand-duc de Toscane, des ateliers d'artisans florentins réussirent à créer la « porcelaine douce », dont la pâte contenait, à la place du kaolin et du feldspath, quinze à vingt-cinq pour cent d'argile blanche et de quartz : semblables par leur aspect à des objets en porcelaine, ceux que l'on élabora avec ce matériau étaient cependant beaucoup plus fragiles (il ne nous en reste d'ailleurs que soixante-quatre exemplaires), et présentaient en outre de nombreuses imperfections. Peu de temps après, les Portugais puis les Hollandais commencèrent à importer de la porcelaine « originale » en Europe ; elle y suscita d'emblée un immense engouement et atteignit des prix si élevés qu'on ne tarda pas à la désigner comme de « l'or blanc ».

On multiplia, en parallèle, les tentatives visant à percer ses secrets de fabrication. Au début du XVIIIe siècle, le comte Ehrenfried Walther von Tschirnhausen étudia le point de fusion de certaines substances, et en particulier du kaolin, sans toutefois parvenir à des résultats probants. Aussi le roi de Saxe Auguste II contraignit-il l'alchimiste Johann Friedrich Böttger à collaborer aux recherches du comte ; en 1708, leurs expériences sont couronnées de succès ; l'Occident peut enfin produire « sa » porcelaine. Tschirnhausen meurt peu après, et le roi installe alors l'atelier de Böttger au château d'Albrechtsburg, près de Meissen ; en 1710, une manufacture y est déjà pleinement opérationnelle. Grâce au sculpteur et modéliste en chef Johann Joachim Kändler, elle atteint des sommets artistiques appelés à un succès durable (un service en porcelaine de Meissen fut d'ailleurs offert à la reine Elizabeth II pour son mariage).

La recette de la porcelaine n'est plus vraiment secrète désormais, et finit par se répandre assez vite. En quelques années, on voit naître d'autres manufactures un peu partout en Europe : celle de Höchst a pour spécialité les figurines de Johann Peter Melchior ; celle de Vienne se caractérise par ses motifs de style baroque ; celle de Sèvres met au point le « rose Pompadour » en l'honneur de la maîtresse de Louis XV, qui est aussi la mécène de l'établissement ; celles de la région de Limoges prennent leur essor grâce à la découverte à proximité d'un gisement de kaolin ; au Danemark, la production se distingue par l'utilisation particulière du bleu de cobalt ; et en Angleterre, Josiah Spode invente le *bone china*, une porcelaine à laquelle l'ajout de cendres d'os d'animaux dans la pâte confère une légèreté et une transparence prodigieuses.

En Italie, le marquis Carlo Ginori ouvre en 1743 la manufacture de Doccia, qui restera propriété de sa famille jusqu'en 1896 et se spécialisera dans la production de vaisselle et d'objets d'usage quotidien. En 1743, Charles III de Bourbon et son épouse fondent la Real Fabbrica de Capodimonte, favorisée par la présence d'un important gisement de kaolin en Calabre ; ses créations parviendront à surpasser en sophistication et en raffinement aussi bien celles de l'Allemagne que celles de la France. À Capodimonte, on produit surtout de petits groupes sculptés qui mettent en valeur à la fois l'habileté des modélistes et le ton laiteux si singulier du matériau.

Les bouleversements consécutifs à la Révolution

française marquent la fin d'une période glorieuse. Avec la disparition des cours royales qui apportaient leur soutien – notamment financier – aux manufactures, la loi du marché s'impose peu à peu, l'utilitarisme prend le pas sur les considérations d'ordre artistique. On aurait toutefois tort de penser qu'il s'agit là du triste épilogue d'une belle histoire. Bien que la porcelaine fasse désormais partie de la vie de tous les jours, son *véritable* mystère n'en est peut-être devenu que plus fascinant, son mystère qu'Edmund de Waal exprimait en ces termes dans *La Voie blanche* : « La porcelaine est blanche et dure, pourtant elle laisse passer la lumière. Comment est-ce possible [1] ? »

*

Ce soir, Palerme est une courtisane à la recherche d'amants, une femme sensuelle et envieuse qui dissimule sa perfidie sous ses yeux mi-clos, une femme qui veut voir et être vue. Voilà pourquoi elle exhibe sans retenue ses robes aux formes évasées et aux lignes douces portées sans corset, comme l'exige la nouvelle mode française, ses éventails de plumes, ses gants en dentelle, ses jumelles de théâtre en nacre, ses bijoux étincelants, ses sourires, ses baisers lancés du bout des doigts, ses félicitations.

Et le Teatro Massimo est le lieu où, dans la salle plus encore que sur scène, tout apparaît en pleine lumière, malgré un voile d'élégante hypocrisie.

---

1. Edmund de Waal, *La Voie blanche*, traduction de Josée Kamoun, Paris, Autrement, 2017.

En ce 15 avril 1901, de tous les spectacles qui se jouent au parterre et dans les loges – gestes furtifs d'amants, mères accompagnant leurs filles à la recherche d'un mari, murmures sur le dernier scandale, regards sévères de créanciers à des débiteurs défaillants –, il en est un qui n'a pas encore commencé et que tout le monde attend avec impatience. Un spectacle qui pourrait se révéler un drame. Ou une *pochade**.

Nous allons en voir de belles, se dit l'architecte Ernesto Basile derrière le lorgnon posé sur son nez aquilin. Il est assis au parterre à côté de son épouse et, comme avant chaque représentation, il se complaît à admirer la grâce de cette salle dont il a conçu le décor. En observant la scène, il aperçoit le visage d'Ignazio à un coin du rideau ; mais cette vision ne dure que le temps d'un éclair. Il lève ensuite les yeux vers la loge des Florio, qui est toujours vide.

La maîtresse d'Ignazio Florio s'apprête à faire ses débuts à Palerme dans *La Bohème*, où elle chante, cela va de soi, le rôle de Mimi. Or, Franca Florio ne manque jamais une première.

Les lumières s'éteignent. Dans un bruissement de tissus, les spectateurs rejoignent leurs sièges tandis que les musiciens ouvrent leurs partitions et que le premier violon donne le *la*.

Un murmure accompagne l'apparition de Vincenzo dans la loge des Florio. Il a maintenant dix-huit ans, un air sensuel et espiègle et une désinvolture qui rendent les femmes folles de lui. On le voit rarement au théâtre, lui qui préfère de loin les activités sportives. C'est d'ailleurs à lui qu'appartient la Fiat douze chevaux garée devant le théâtre, la voiture à bord de laquelle il sillonne la ville en soulevant des nuages de poussière qui provoquent les protestations indignées des passants.

Tandis qu'il jette de droite et de gauche des regards étonnés, Giovanna, vêtue de soie noire, entre à son tour dans la loge, les sourcils légèrement froncés et les lèvres serrées. Vincenzo l'embrasse sur la joue, lui présente un siège et s'assied.

Les murmures du parterre s'intensifient. Certains spectateurs feignent de parler à leurs voisins tout en lorgnant vers la loge ; d'autres la scrutent sans se cacher.

La grande toile du rideau, où Giuseppe Sciuti a représenté le couronnement du roi Roger II de Sicile, ondoie légèrement. On dirait presque qu'il respire.

C'est alors que Franca apparaît, comme venue de nulle part, parée d'une magnifique robe couleur corail. Pendant quelques instants, elle reste immobile, pose les yeux sur le public et répond à ses regards inquisiteurs par une indifférence glaciale. Puis elle sourit à Vincenzo, qui lui a cédé son siège, et prend place à côté de sa belle-mère. Son visage demeure impassible, serein, presque inexpressif. Les yeux fixés sur la scène, elle attend. Comme si, ce soir-là, on jouait *La Bohème* pour elle seule.

Palerme retient son souffle.

Même le chef d'orchestre, monté entre-temps sur le podium, semble dans l'expectative. De timides applaudissements retentissent çà et là. Le chef d'orchestre salue le public. Le rideau se lève.

*

Caché dans un coin en coulisses, Ignazio l'a aperçue.

Sa présence suscite en lui un mélange de colère et d'agitation. Jusqu'au dernier moment, il a espéré qu'elle trouverait un prétexte pour ne pas venir. Mais Franca est bien là. Par défi, il en est convaincu.

Ou plutôt, par vengeance.

À son retour de Rome, ils ont eu une violente dispute. À cause de ce barbouilleur et de son portrait si vulgaire, où elle ressemble à une danseuse de *café chantant**. Ce maudit Boldini a vu des choses qu'Ignazio s'estime le seul à avoir le droit de contempler, à commencer par les longues jambes de sa femme ; et il a même eu le culot de les fixer sur une toile, sous les yeux de ces commères de Stefanina Pajno, Francesca Grimaud d'Orsay et Giulia Trigona. Mais le pire, c'est lorsque Franca lui a déclaré avec un calme absolu que, selon elle, ce portrait était au contraire un « *tableau fascinant** ». *Quelle dévergondée !*

Ignazio tape du plat de la main sur un mur et se met à arpenter les coulisses à pas nerveux, au risque de heurter des accessoiristes et le costumier encombré de vêtements.

« Que se passe-t-il, Ignazio ? Tu devrais être ici pour me rassurer, et au lieu de ça… » Lina Cavalieri, qui vient de le rejoindre, lui pose une main sur le bras.

Il inspire profondément. « Mais non, qu'est-ce que tu vas imaginer ? Tu seras merveilleuse, fais-moi confiance : ils vont tous tomber en extase sous ton charme, comme moi. »

Cette femme a embrasé son âme et son sang. Au premier regard, il a voulu l'avoir dans son lit. Il y est parvenu. Et peu importe que ses caprices soient si coûteux. Peu importe qu'elle l'oblige à la suivre partout en Italie. Elle mérite largement toutes ces dépenses et tous ces efforts.

« Oh, je n'en doute pas », lui répond Lina en drapant autour de ses épaules le châle de son costume de scène. Puis elle défait un bouton de son chemisier, dévoilant un peu sa peau laiteuse, adresse à Ignazio un regard dont l'innocence supposée est contredite par sa sensualité effrontée, entrelace ses doigts aux siens et lui donne sa main à baiser. Enfin, elle lève la tête et regarde les loges. « Ta femme est là ? »

Ignazio acquiesce. « Elle ne manque jamais une première.

— Je suppose qu'elle est au courant, pour nous deux ? »

Il hésite avant de répliquer, sur un ton léger qui masque bien sa colère : « Elle connaît à la perfection les règles de la bienséance, elle sait se conduire en société.

— Espérons », répond Lina d'un air dubitatif, et un voile d'anxiété descend sur ses yeux sombres.

Ignazio lui caresse le visage. « Quoi qu'il arrive, souviens-toi que tu es dans un des plus beaux théâtres d'Europe, que le public brûle d'impatience de t'entendre chanter. »

Lina aimerait rétorquer que le public est là surtout pour la voir et que ses talents de cantatrice n'ont qu'une importance secondaire, mais elle n'en a pas le temps : le régisseur lui fait signe de s'approcher. Ignazio la pousse doucement vers lui et la regarde entrer en scène. Elle ressemble moins à une petite couturière timide et naïve qu'à une aristocrate déchue. Mais elle a un tel charisme qu'elle éclipse le ténor, Alessandro Bonci, pourtant adulé du public pour sa virtuosité. Elle chante avec une sorte d'abandon sensuel, en jouant sans cesse de sa présence scénique innée dans le vain espoir de compenser la fragilité de sa voix. Elle se déplace avec élégance, sourit à Rodolfo comme s'il était le seul homme au monde et parvient même à lui faire monter le rouge aux joues.

Altro di me non le saprei narrare.
Sono la sua vicina
che la vien fuori d'ora a importunare…

C'est à la fin de cet air de Mimi que les sifflets commencent.

Un premier, puis un deuxième, puis une dizaine, puis des centaines.

L'orchestre est paralysé, un frisson traverse le public, les spectateurs échangent des regards incrédules. Certains se lèvent pour applaudir, mais les cris et les insultes pleuvent du poulailler, bientôt suivis de protestations venues des loges. Le vacarme et la cohue prennent de telles proportions que les ouvreurs s'épuisent en gestes frénétiques pour rétablir le calme et vont jusqu'à menacer les spectateurs les plus agités de les mettre dehors. Rien n'y fait.

Au milieu de la confusion générale, sourcils froncés et main dans la main avec Bonci, Lina se tourne vers

Ignazio, pétrifié d'horreur et le regard perdu dans le vide.

Il tente de la rassurer à grand renfort de gestes, mais son esprit est transpercé par une pensée unique, cruelle. Une fois de plus, Palerme refuse de lui donner raison. Aucun artiste – jamais ! – n'y a reçu un accueil aussi hostile. Comment se peut-il que la ville soit insensible à l'honneur qu'on lui fait ? Les théâtres et les cours princières de toute l'Europe se disputent Lina Cavalieri, les imprésarios se l'arrachent, les souverains, les magnats de l'industrie et de la finance lui rendent hommage. Et les Palermitains ?

Ils la sifflent.

Ignazio est devenu capable de flairer leur animosité. Elle a l'odeur sèche de la pyrite ; comme la poudre à canon, elle a explosé à la première étincelle, et déchaîné le chaos. Avec le mal qu'il s'est donné pour s'assurer que Lina croulerait sous les applaudissements ! Il a dépensé sans compter, accablé de largesses tout le personnel du théâtre, payé une *claque** nourrie…

Seulement voilà, il n'était pas le seul à intriguer dans l'ombre.

Comme c'est étrange.

Il avance d'un pas et cherche du regard la loge de sa famille. Vincenzo s'est mis une main devant la bouche pour cacher ses ricanements. Giovanna, très embarrassée, garde les yeux baissés. Franca, elle, observe la scène d'un air impénétrable ; l'ombre d'un sourire erre sur ses lèvres.

Ignazio suit des yeux le fil imaginaire qui relie le regard de Franca à celui de Lina.

Il frissonne en prenant conscience qu'il assiste à

une lutte à mort entre deux lionnes pour la possession d'un territoire, à une guerre silencieuse entre deux créatures féroces qui se jaugent, indifférentes à ce qui les entoure.

Franca.

C'est elle qui est à l'origine de cette avalanche de sifflets. Oh, pas directement, elle n'a pas eu besoin d'agir en personne. *Elle a tant d'amis serviables et d'admirateurs complaisants toujours prêts à satisfaire ses moindres désirs… Un mot a dû lui suffire pour provoquer le désastre.*

Et pour faire comprendre à tout le monde qui commande vraiment.

Tandis que l'orchestre recommence enfin à jouer, Ignazio reste immobile. Le premier tableau touche à sa fin, et il va falloir consoler Lina. Ce ne devrait d'ailleurs pas être trop difficile : les larmes et les récriminations ne sont pas dans ses habitudes. C'est une femme courageuse, qui a fait son chemin en donnant autant de coups qu'elle en a reçu. Et c'est aussi ce courage, cette fierté, qu'Ignazio admire chez elle.

Mais jusqu'à ce soir, il n'avait pas mesuré le chemin parcouru par Franca. Une épouse honorable et fidèle. Une mère de famille irréprochable. Certes. Il n'empêche, la question n'est pas là.

Dans leur mariage, c'est désormais lui le plus faible. Et cela ne changera pas.

*

La grande salle de la cour d'assises de Bologne est bondée et noyée dans une brume de fumée de cigarette qui brouille les traits des personnes présentes. Son chapeau et sa canne à la main, Ignazio y pénètre et regarde de tous les côtés. Devant lui, les journalistes et les avocats sont assis sur de longs bancs ; au-dessus des fauteuils des magistrats, le public se presse dans une tribune. Beaucoup de gens ont reconnu don Florio : il le comprend au murmure qui a traversé la salle à son entrée et aux regards indiscrets rivés sur lui.

Un greffier l'invite à le rejoindre : « Par ici, monsieur Florio. » Ignazio s'avance d'un pas incertain, en s'efforçant de regarder les juges et non pas la cage où Raffaele Palizzolo est assis sur un banc de bois entre deux gendarmes. Les regards des deux hommes se croisent malgré tout, et Ignazio tressaille : Palizzolo a une mine épouvantable et il a tellement maigri qu'il semble flotter dans son costume, pourtant de bonne facture. Mais son dos reste bien droit et son regard est calme. Il salue Ignazio d'un léger signe de tête, et esquisse même un sourire.

Huit ans se sont écoulés depuis l'assassinat d'Emanuele Notarbartolo, huit ans au cours desquels la justice a essayé de ne pas sombrer dans les sables mouvants des fausses pistes, des faux témoignages, des faux indices. Deux ans plus tôt, à Milan, un procès confus a frôlé les limites du grotesque : les prévenus étaient deux cheminots, accusés d'être complices des meurtriers uniquement parce qu'ils se trouvaient à bord du train où Notarbartolo avait été tué. Mais au cours des audiences, le fils de la victime, Leopoldo, a livré un témoignage d'un courage remarquable : il a brossé le portrait effrayant d'une Palerme prisonnière de liens clientélistes, où certaines personnes sont prêtes à tout – y compris au meurtre – pour maintenir leurs privilèges ; et il a désigné Palizzolo comme l'instigateur de l'assassinat de son père. Ses déclarations ont provoqué un tel esclandre que le tribunal a demandé un complément d'enquête ; le 8 décembre 1899, le préfet de police, Ermanno Sangiorgi, a finalement ordonné l'arrestation de Palizzolo. Quelques jours plus tard, le procès de Milan a été suspendu ; il a repris à Bologne le 9 septembre 1901, et dure depuis deux mois.

Assis sur le banc des témoins, Ignazio croise les jambes et pose les mains sur ses genoux. Il éprouve une sensation de malaise insistante, dont il a le plus grand mal à se défaire. Jusqu'ici, il a réussi à maîtriser l'embarras que cette situation lui cause ; mais dans cette salle, ce n'est plus si simple. Il n'a jamais eu affaire à la justice, et surtout, il ne supporte pas que son nom – ainsi que celui de plusieurs autres membres de la bonne société palermitaine – soit associé à cette sombre histoire. Il est si nerveux que la veille, il s'est même disputé avec Lina, qui lui avait proposé de l'accompagner à Bologne, tout en restant bien entendu à bonne distance du lieu des débats.

C'est le président, Giovanni Battista Frigotto, qui entame l'interrogatoire : « Vous êtes bien monsieur Florio Ignazio, fils d'Ignazio Florio ? »

Il acquiesce en silence.

« Quelle profession exercez-vous ? »

Ignazio s'éclaircit la voix. « Je suis un industriel. »

Le président hausse un sourcil. « N'êtes-vous pas aussi à la tête de sociétés commerciales ?

— La vieille entreprise familiale, oui. J'administre

une exploitation vinicole de production de marsala, la NGI et… »

Frigotto l'interrompt d'un ton sec : « Nous ne vous avons pas fait venir de Palerme pour mesurer l'étendue de vos activités. » Il scrute Ignazio comme s'il voyait en lui un péquenaud enrichi qui ne sait pas se comporter devant un représentant de la loi.

« C'est vous qui m'avez interrogé sur mes activités, qui sont d'ailleurs de notoriété publique, réplique Ignazio d'un air agacé.

— Du côté de chez vous, peut-être, monsieur Florio. Mais ici, nous sommes à Bologne, et tout le monde n'est pas tenu de savoir en détail qui vous êtes ou ce que vous faites dans la vie. »

Des murmures s'élèvent dans le public, et l'on entend même quelques rires moqueurs. Ignazio avise dans la foule un journaliste de Catane qu'il connaît de vue et qui discute avec un collègue, un rictus ironique aux lèvres. Mais dès qu'il se rend compte qu'Ignazio le regarde, il baisse la tête et se met à prendre des notes sur son carnet.

« Monsieur Florio… Vous avez été appelé à la barre en qualité de témoin à décharge. Connaissez-vous l'accusé, Raffaele Palizzolo ? »

Ignazio hoche la tête.

« Veuillez parler à haute et intelligible voix, monsieur.

— Oui », répond Ignazio après un toussotement. Puis il se retourne et regarde Palizzolo, qui arbore un sourire mielleux, comme pour s'excuser du désagrément qu'il lui cause. Mais ses yeux délivrent un avertissement que seul un Sicilien peut comprendre, et Ignazio en a la chair de poule. Il se tourne de nouveau vers le président, dont l'expression sévère vise peut-être à l'intimider.

« Monsieur Florio, avez-vous déjà entendu parler de la mafia ? »

Ignazio sursaute presque et s'écrie : « Non.

— Permettez-moi de réitérer ma question : avez-vous déjà entendu parler de l'association criminelle appelée mafia ?

— Je vous répète que non. »

Frigotto grimace. « Comme c'est étrange. Des rapports de police qui m'ont été transmis par les autorités de Palerme indiquent pourtant que pour garantir la sécurité de vos biens, vous recourez, comme beaucoup d'autres, aux services de… personnes assez spéciales. Et qu'elles font partie de l'association criminelle à laquelle appartient aussi l'accusé. La mafia, justement. »

En proie à un malaise croissant, Ignazio s'agite. « Ce sont des employés que je recrute dans le quartier où je réside. Ce sont des gens très honnêtes, des hommes d'honneur. Quant au député Raffaele Palizzolo…

— À monsieur Palizzolo, corrige Frigotto.

— … c'est quelqu'un qui compte beaucoup à Palerme, il est toujours prêt à aider ceux qui s'adressent à lui en cas de besoin.

— Dois-je vous rappeler que vous témoignez sous serment, monsieur Florio ? »

Ignazio croise les bras sur sa poitrine. « J'en suis tout à fait conscient. Ma famille connaît Raffaele Palizzolo depuis longtemps, il a également des liens de parenté avec mon épouse et…

— … il n'a pas ménagé ses efforts pour obtenir du

Parlement le vote de lois qui, comme par hasard, servaient vos intérêts. Trêve d'hypocrisie, vos airs scandalisés ne trompent personne ; tout le monde connaît la solidarité proverbiale qui unit les Siciliens, vous ne manquez jamais de vous soutenir les uns les autres, et quand il s'agit de solliciter des faveurs, vous n'établissez pas de distinction entre les honnêtes gens et les malfaiteurs. »

De nouveaux murmures s'élèvent dans la salle. Cette fois, ce sont les journalistes du Sud qui protestent contre ces affirmations. L'un des avocats de la partie civile, Giuseppe Marchesano, exprime même haut et fort son indignation.

Ignazio se sent encouragé et rétorque : « Voyez-vous, monsieur le président, un *commerçant* comme moi se doit de penser à l'avenir de ses entreprises et il sait qu'il faut parfois parler d'une voix forte pour se faire entendre des institutions. Raffaele Palizzolo a toujours eu à cœur la prospérité de la Sicile…

— Et de la Maison Florio ! » crie quelqu'un dans le public. Ignazio se retourne brusquement et le reconnaît : c'est un journaliste palermitain qui écrit pour *La Battaglia*, le journal socialiste d'Alessandro Tasca di Cutò.

Maître Marchesano se lève. « Monsieur Florio, vous avez été convoqué ici pour nous permettre d'établir un fait précis. Est-il vrai que Raffaele Palizzolo vous a proposé l'achat de la propriété dite villa Gentile, afin d'y aménager des habitations destinées à vos ouvriers ? »

Ignazio fronce les sourcils. « Oui, mais j'ai décliné son offre.

— Peut-on savoir pourquoi ?

— Eh bien… je ne me souviens pas.

— Si monsieur Palizzolo vous avait demandé le prêt d'une somme d'argent considérable, le lui-auriez-vous accordé ?

— Si j'avais disposé des liquidités nécessaires, oui, bien sûr. Comme je l'ai déjà dit, c'est une personne que je connais bien, il fait presque partie de ma famille…

— L'estimez-vous capable de commettre un assassinat ou d'en être le commanditaire ? »

Ignazio écarquille les yeux et crie presque : « Non, absolument pas ! D'ailleurs, dans cette horrible affaire, son nom n'a été prononcé qu'au moment de ce drôle de procès à Milan et…

— Merci, l'interrompt Marchesano. Monsieur le président, je n'ai pas d'autres questions.

— Vous pouvez disposer, monsieur Florio », lui dit Frigotto sans daigner le regarder.

*

L'irritation d'Ignazio est telle qu'il remarque à peine l'épais brouillard qui l'accueille à la sortie de la cour d'assises. Il traverse la place à longues enjambées, en balançant sa canne. *Comment se permet-il de me traiter comme ça, ce petit juge ? Qu'est-ce qu'il y connaît, à ces questions ?* La colère d'Ignazio ne s'apaise pas. *Il faut vivre en Sicile pour comprendre. Avaler le sel et la poussière de l'île, manger les autres si on ne veut pas être dévoré, montrer les dents pour repousser les attaques…* Il s'immobilise soudain et aspire profondément une bouffée d'air froid. Ce brouillard qui donne une apparence spectrale à la ville, aux bâtiments, aux passants, aux calèches, lui arrache un soupir de découragement. Non, vous ne savez rien, vous, les gens du Nord. Vous vous prenez pour des saints et vous n'avez pas compris qu'on ne monte pas au paradis si on n'a pas commis le péché. Et en Sicile, il est un péché auquel personne n'échappe : savoir et ne pas pouvoir parler.

*

« Donna Franca... » La femme de chambre se tient immobile sur le seuil, une main contre le montant de la porte. « Pardonnez-moi de vous déranger, mais votre fille est malade. Elle a de la fièvre. »

Franca est assise à la coiffeuse de sa chambre à la villa Igiea. Elle lève les yeux du sac en maille d'or où elle dépose les bijoux qu'elle a portés la veille, au dîner chez les Lanza di Mazzarino. Elle ne fait pas confiance aux domestiques, pas même à Diodata, et préfère s'en occuper elle-même.

La pièce est encombrée de valises et de malles ; la lingère y range des tenues de journée et de soirée, des robes d'intérieur et des chaussures. Demain, Franca, sa mère, Giovanna et les enfants partiront pour la Bavière, après avoir passé le mois de juillet à Tunis. Avant cela, en mai, ils ont séjourné à Favignana pour assister à la pêche au thon en compagnie des Trigona, des ducs de Palma – Giulio et Bice –, du frère du duc, Ciccio de Lampedusa, de Carlo di Rudinì, de Francesca Grimaud d'Orsay et d'autres parents et amis, parmi lesquels les cousins d'Ondes et

Ettore De Maria Bergler. Ils y ont vécu des journées très agréables, ponctuées de promenades sur l'île ou d'excursions en mer, mais aussi de longues discussions à bâtons rompus et de dîners informels.

Du moins jusqu'à l'arrivée de l'impératrice Eugénie, la veuve de Napoléon III. Mélancolique et douce, cette vieille femme s'est attiré une affection unanime et elle a observé la pêche avec beaucoup d'intérêt, allant même jusqu'à pousser quelques cris de surprise. Franca, bien entendu, avait préparé sa venue jusque dans les moindres détails, et organisé un superbe dîner qui lui a valu un concert d'éloges. Mais l'impératrice l'a surtout félicitée d'avoir été nommée, quelques semaines plus tôt, dame de la cour de la reine Hélène de Monténégro, l'épouse de Victor-Emmanuel III.

Ignazio, n'étant pas d'origine noble, n'a en revanche pas pu devenir gentilhomme du roi. Et une immense frustration est alors venue s'ajouter à deux motifs récents de contrariété. D'une part, Raffaele Palizzolo a été condamné, à l'issue du procès de Bologne, à une peine de trente ans d'emprisonnement. D'autre part, Ignazio a dû retarder son départ pour Favignana afin de participer aux cérémonies solennelles en souvenir de la mort de Francesco Crispi, survenue exactement un an plus tôt, le 12 août 1901. Sous un soleil de plomb, il s'est d'abord joint à la procession des membres de la Chambre des députés et du Sénat ; ensuite, au cimetière des Capucins, il a été obligé non seulement d'écouter un panégyrique interminable, mais encore d'assister à l'exposition de la dépouille embaumée du défunt.

Tu étais devenu une momie et tu le resteras. Voilà ce

qu'il a pensé en jetant un dernier regard sur lui et en s'essuyant le front.

Arrivé à Favignana de très mauvaise humeur, il n'a pas trouvé d'autre façon de donner libre cours à son agacement que de faire la cour à Bice, sous les yeux de son mari et de Franca. Et Bice ne l'a, bien sûr, pas repoussé.

Comme à son habitude, Franca a fait semblant de ne rien voir. Son titre de dame de la cour lui a d'ailleurs insufflé une nouvelle fierté, jointe à un fort sentiment de revanche. Non contente d'être l'épouse et la mère des héritiers de l'une des familles les plus riches d'Europe, elle est désormais en droit d'accueillir des souverains en sa demeure, et elle jouit de leur estime. Alors quelle importance que son mari ait une aventure extraconjugale de plus ?

Avant de partir, l'impératrice Eugénie a insisté pour dire au revoir à ses enfants. Franca se souvient, avec un sourire d'attendrissement, des visages endormis de Giovannuzza, de Baby Boy et du petit Giuseppe Tomasi, le fils de Bice, vêtus de leurs plus beaux habits à sept heures du matin pour être présentés à Son Altesse Impériale avant qu'elle ne monte à bord de son yacht. On avait cependant laissé Igiea dormir dans son berceau.

Franca sort brusquement de sa rêverie et demande, avec une nuance de mécontentement dans la voix : « Qui est malade ? Igiea ou Giovannuzza ? » Si l'une de ses filles est souffrante, il va falloir retarder le départ d'au moins quelques jours. Or elle est impatiente d'échapper à la chaleur de Palerme et surtout à la présence d'Ignazio, qui lui est de plus en plus insupportable. Elle a besoin de respirer de l'air frais, de voir des gens, de vivre dans la gaieté.

« Mademoiselle Giovannuzza. » La femme de chambre se tord les doigts d'un geste nerveux.

« J'arrive. »

Franca traverse l'appartement dans une robe de chambre dont la soie tourbillonne autour de ses chevilles, tandis que le bruit de ses pas est étouffé par les tapis. Lorsqu'elle entre dans la chambre de Giovannuzza, elle trouve sa fille au lit, les joues rouges de fièvre, les yeux enflés et mi-clos. Comme souvent, Franca pense qu'elle fait plus que ses huit ans, peut-être à cause de cet air mélancolique qui ne la quitte jamais, ou peut-être parce qu'elle est mince et élancée, tout comme sa mère.

« *Maman**..., murmure Giovannuzza d'une voix rauque en lui tendant la main.

— Ma chérie, qu'est-ce que tu as ?

— J'ai très, très mal à la tête et... *ich habe Durst*... »

Franca cherche des yeux une bouteille sur la table de chevet. La gouvernante s'empresse de verser de l'eau dans un verre, le lui présente et retourne s'asseoir au pied du lit.

Franca aide Giovannuzza à s'appuyer sur ses oreillers. La petite avale une gorgée, mais elle est prise d'une violente quinte de toux et recrache le liquide sur les draps.

Puis elle murmure, des sanglots dans la voix : « Maman, tout me fait mal. »

Franca lui essuie le visage avec son mouchoir et lui caresse le front. Elle est brûlante de fièvre.

Franca frissonne de la tête aux pieds. La santé de Giovannuzza a toujours été une source d'inquiétude pour elle, mais elle a la sensation qu'il ne s'agit pas, en l'occurrence, d'une de ces poussées de température dont elle a l'habitude.

« Appelez votre médecin. Pas le nôtre, il lui faudrait trop de temps pour arriver ici. Celui de l'hôtel », dit-elle à la gouvernante. Puis elle embrasse sa fille, la serre très fort contre elle et lui murmure en la berçant : « Je suis là, maintenant. *Hab keine Angst, mein Schatz*… N'aie pas peur, mon trésor… »

*

Le médecin est un homme mince à l'air grave, au visage marqué par les ans et par l'expérience. Il arrive peu de temps après. Franca, qui s'est changée entretemps, assiste à la visite avec une anxiété croissante. Le médecin sourit à Giovannuzza et la traite avec beaucoup de délicatesse ; mais ses yeux trahissent une forte préoccupation.

Maruzza les rejoint au moment où Franca et lui viennent de quitter la chambre de la malade ; ils se tiennent debout devant la porte fermée.

« Alors, docteur ? demande Franca en tortillant son mouchoir.

— Je crains que ce ne soit la fièvre typhoïde. Elle a les yeux gonflés, une forte fièvre, des réflexes ralentis… Trois symptômes de grave infection. »

Franca porte les mains à sa bouche et fixe la porte. « Que… Comment a-t-elle pu attraper ça ? »

Le médecin écarte les bras. « Elle a peut-être bu de

l'eau contaminée ou mangé un aliment avarié. Comment savoir ? De toute façon, à ce stade, il est inutile de se poser ce genre de questions. Veillez surtout à l'isoler des autres et à ce qu'elle soit toujours d'une propreté impeccable. Et dites aux femmes de chambre de faire bouillir son linge. »

Maruzza serre le bras de Franca, qui fixe le médecin d'un regard effaré, et lui dit : « Je vais m'en occuper.

— Pendant ce temps, je peux pratiquer une saignée pour soulager la migraine, et je vais lui administrer vingt-cinq gouttes de teinture d'iode dans un verre de lait, car il semblerait que… »

Franca ne l'écoute plus. Malgré la chaleur, elle a l'impression d'être recouverte d'une couche de glace. « Mon petit cœur… Ma Giovannuzza… » Tout en murmurant ces mots, elle touche la porte de la chambre, comme si sa caresse pouvait atteindre sa fille à travers elle.

Le médecin baisse la tête. « Il faut que vous le sachiez dès à présent, donna Franca : c'est une maladie compliquée à soigner. Je vous conseille d'emmener votre enfant dans un endroit où il ferait une chaleur moins étouffante, où elle serait plus à l'aise pour respirer et à l'abri de l'humidité de la mer. »

Franca se ressaisit et s'éclaircit la gorge. « Elle ne peut pas voyager, n'est-ce pas ? »

Le médecin secoue la tête.

« Mais… si nous l'emmenions dans notre villa près de Palerme, sur les collines, la villa ai Colli ?

— Cela vaudrait mieux, oui. » Il lui serre la main, lui sourit. « Tenez-moi informé. »

*

Giovannuzza est transportée en automobile de la villa Igiea à la villa ai Colli. Vincenzo, qui tient le volant, plaisante avec sa nièce et tente de la faire rire. Cette petite fille aux grands yeux sombres occupe une place à part dans son cœur, et de son côté, elle a toujours eu beaucoup d'affection pour cet oncle qui a si bon cœur. Mais aujourd'hui, emmaillotée comme elle l'est dans des couvertures et des draps, elle a tout juste la force de lui adresser quelques faibles sourires. Au début du voyage, elle est restée plongée dans une torpeur ponctuée par une respiration sifflante et des plaintes intermittentes, sa Fanny bien-aimée, toute de rose vêtue, appuyée contre sa poitrine. Lorsqu'elle s'endort, à mi-parcours, Franca lui remonte sa couverture jusqu'au menton et lui enlève sa poupée des mains.

Qu'est-ce que tu as ? Qu'est-ce qui t'est arrivé, ma toute petite ? Le cœur de Franca est tenaillé par une angoisse intolérable.

Après avoir crissé sur le gravier et soulevé un grand nuage de poussière, la voiture s'arrête devant l'entrée de la villa.

Vincenzo prend Giovannuzza dans ses bras pour la porter jusqu'à la maison et lui dit : « Tu iras mieux, ici. Dès que tu seras guérie, je t'emmènerai faire un tour. On roulera si vite que ton chapeau s'envolera et on ira jusqu'à Capo Gallo, pour voir les pêcheurs qui rentrent au port.

— Merci, tonton ! » répond-elle en tirant d'une main les fines moustaches de Vincenzo, un jeu auquel ils jouent depuis le jour où elle a réussi à grimper sur ses genoux. Puis elle se retourne et cherche sa mère des yeux. Franca s'approche aussitôt d'elle. « Qu'est-ce qu'il y a, mon trésor ?

— Fanny... »

Franca regarde Maruzza, qui tient une autre couverture et un panier rempli de jouets d'où émerge la poupée de porcelaine. Elle la tend à Giovannuzza, qui l'embrasse et chuchote : « Fanny aussi a froid, très froid... »

Les servantes qui attendent devant la villa l'entendent et, sans même attendre l'ordre de Franca, courent réchauffer le lit de la petite fille.

*

Ce soir-là, lorsque Ignazio ouvre la porte de la chambre de Giovannuzza, l'air saturé d'arômes balsamiques, censés aider l'enfant à mieux respirer, lui fait l'effet d'une gifle.

Le visage de la petite forme une tache rouge sur l'oreiller. Celui de Franca est marmoréen.

Il s'approche de sa fille, se penche et l'embrasse. Elle ouvre à peine les yeux et lui dit : « Oh, *daddy*, je me sens tellement mal...

— Je sais, mon cœur », répond-il en posant sur sa joue une main qu'il retire aussitôt, tant la peau est brûlante. Il lève la tête et cherche le regard de Franca. Assise de l'autre côté du lit, elle fixe sur lui des yeux pleins d'angoisse. Pour la première fois depuis longtemps, elle lui demande de l'aide pour mettre du baume sur les blessures qui s'ouvrent dans son cœur.

De toute évidence, elle serait prête à prendre la place de sa fille, si cela pouvait lui permettre de ne plus souffrir autant.

La question qu'Ignazio lit sur le visage de sa femme le terrifie. Pendant quelques instants, ils restent immobiles sans prononcer un mot. Puis il lui fait signe de le rejoindre dans le couloir.

Dès qu'elle a refermé la porte derrière elle, Franca fond en larmes. « Elle est très malade, Ignazio, et moi, je ne sais vraiment plus quoi faire. Mon Dieu, je vous en conjure, venez à notre aide… »

Ignazio ne répond pas. Il la serre contre sa poitrine et lui caresse les cheveux.

Voilà bien longtemps qu'il n'a plus fait ce geste qui avait été un témoignage d'amour et n'est plus qu'une tentative de réconfort mais qui, au moins l'espace d'un instant, apaise leur anxiété. Franca soupire, s'abandonne à l'étreinte de son mari et lui avoue, dans un souffle :

« J'ai peur. »

Moi aussi, j'ai peur. Mais ces mots ne franchissent pas ses lèvres. Parce que l'odeur de la chambre de sa fille, il l'a déjà sentie à la mort de son frère Vincenzo, et ensuite à celle de son père. Le souvenir de la puanteur acide d'un corps qui tente de lutter contre la maladie, emprisonné dans une immobilité qui ressemble beaucoup, beaucoup trop, à la mort, le paralyse.

Que sa fille meure ? Que son destin soit semblable à celui de son frère aîné ? Ce n'est même pas concevable. Le lendemain, alors que Giovannuzza glisse dans une torpeur profonde parfois entrecoupée de crises de délire, Ignazio recourt aux armes qu'il possède : le pouvoir et l'argent.

Il s'adresse à Augusto Murri, professeur de clinique médicale à l'université de Bologne. Un génie, auteur de traités fondamentaux sur les fièvres et les lésions cérébrales, admiré en Italie et à l'étranger. Amis, patients, médecins… leur avis est unanime : c'est lui le meilleur. Le seul qui puisse sauver Giovannuzza.

Alors Ignazio l'appelle au chevet de sa fille, le fait venir à bord d'un train spécial jusqu'à Naples, puis d'un bateau à vapeur jusqu'en Sicile, et enfin d'une automobile jusqu'à la villa ai Colli.

Pendant ce temps, à l'extérieur des grilles, Palerme attend. C'est une enfant qui est malade, une âme innocente. Trêve de mésentente, d'envie, de médisances ! Des domestiques viennent prendre des nouvelles de la part de leurs maîtres, déposent des vœux écrits de prompt rétablissement, informent leurs collègues au service des Florio qu'on récite un peu partout des chapelets pour Giovannuzza. Mais la situation s'aggrave de jour en jour. La malade traverse de longues périodes d'inconscience, ne mange pas, ne reconnaît presque plus personne hormis sa mère et la grand-mère dont elle porte le prénom.

À l'arrivée du docteur Murri, elle a perdu connaissance depuis plusieurs heures. Pâle, épuisée, Franca ne quitte plus les abords de son lit ; ses cheveux noirs retombent en cascade sur son visage défait, ses yeux sont gonflés de larmes et elle tient un mouchoir sale à la main. Elle a essayé à maintes reprises de réveiller Giovannuzza, de lui faire avaler quelques gorgées de lait, d'humecter ses lèvres gercées avec de l'eau froide.

Peine perdue. La petite fille, *sa* petite fille, ne réagit plus.

Augusto Murri est un sexagénaire aux épaisses moustaches blanches en guidon et au dos légèrement voûté, dont il émane une impression d'assurance et de sérénité malgré une fatigue manifeste. Il invite Franca, d'un geste discret, à sortir de la chambre ; en guise de réponse, elle se contente de le regarder et de se redresser sur son siège, aussitôt rejointe par Ignazio.

Ils ne bougeront pas.

Murri ausculte la poitrine de la jeune malade, teste ses réflexes, essaie de les stimuler. Il a la gorge serrée, lorsqu'il sent se poser sur lui le regard de ces parents inquiets dont il a souvent lu les noms dans les chroniques mondaines des journaux. Comme ils apparaissent maintenant dérisoires, les voyages vers les destinations les plus prestigieuses, les bijoux hors de prix, les fêtes mémorables… Il n'y a plus qu'un père et une mère unis par une peur qui les ronge.

Enfin, pendant que les servantes refont le lit, le vieux médecin leur fait signe de le suivre dans le couloir. Les mains jointes autour de leurs rosaires, Giovanna et Costanza, les deux grands-mères, y sont déjà, dans les affres de l'attente. Maruzza se tient immobile à côté d'elles.

Le médecin s'éclaircit la voix avant de parler, lentement et les yeux baissés. « Je suis sincèrement navré, croyez-moi. À mon avis, ce n'est pas le typhus. » Il marque une longue et lourde pause. « C'est une méningite.

– Non ! » Franca vacille. Avant même qu'Ignazio ne puisse se précipiter à son secours, Costanza la retient dans ses bras. Maruzza aussi a accouru. Les trois femmes restent agrippées les unes aux autres, tête contre tête, incapables de parler. Des larmes coulent sur le visage blafard de Franca, qui garde les yeux écarquillés.

Le mot prononcé par le médecin est comme une pierre qui tombe dans les profondeurs de sa conscience. *Méningite, méningite, méningite…* Elle se met à trembler de tous ses membres et sa mère, qui a éclaté en sanglots, resserre un peu plus son étreinte.

Ignazio demeure figé. Il a l'impression qu'autour de lui, un puissant tourbillon aspire l'air, les gens, les choses, même la lumière. « Mais alors… » Impossible d'en dire davantage. Il regarde par la fenêtre qui donne sur le jardin ; un court instant, il voit son père se promener, en compagnie de Vincenzino, dans l'orangeraie qu'il aimait tant.

La voix ferme du médecin l'arrache à son hallucination : « Soyez assurés que nous lui administrerons les soins nécessaires. Il reste une petite marge de manœuvre et nous ferons tout ce qui est en notre pouvoir pour lui apporter de l'aide et soulager ses souffrances. De même qu'il n'existe pas, dans la nature, deux choses identiques, aucun malade n'est exactement semblable à un autre. Nous allons donc suivre la petite Giovanna heure par heure, avec une attention extrême, et adapter le traitement en conséquence. Cependant, je me dois d'être honnête avec vous : les chances de guérison sont très faibles. Et même si elle se rétablit, elle pourrait souffrir de graves handicaps dans son élocution ou sa capacité de mouvement. » Il regarde Franca, qui semble au bord de l'évanouissement. « Vous allez devoir être très courageuse, madame. Des jours difficiles vous attendent. »

Franca cherche la main d'Ignazio et la serre convulsivement.

Elle a besoin de se sentir proche de lui, le père de sa fille. Malgré tout ce qui s'est passé au cours des dernières années, elle veut avoir la certitude qu'ils peuvent encore former un couple uni et parcourir un autre bout de route ensemble. Que leur amour n'est pas réduit en cendres. Qu'ils affronteront la terrible épreuve côte à côte. Qu'Ignazio ne la laissera pas seule aux heures les plus sombres. Que le vide qui s'ouvre sous leurs pieds ne les engloutira pas.

Puisqu'il reste un espoir, même ténu, elle s'y accroche de toutes ses forces. La maladie aura des conséquences ? Peu importe, elle saura y faire face. Elle sera toujours là pour Giovannuzza, pour l'aider à devenir la femme qu'elle a toujours rêvé d'être.

Elle ne veut pas, elle ne peut pas comprendre que la frontière entre illusion trompeuse et espérance raisonnable est floue et que l'amour, allié au désespoir, est capable d'engendrer le plus odieux des mensonges.

*

Le 14 août 1902, un peu avant l'aube, Franca se réveille en sursaut au chevet de Giovannuzza, aussitôt après s'être endormie. Dans le jardin de la villa, le gazouillis des oiseaux salue l'arrivée du jour, et une lumière encore pâle filtre à travers les rideaux blancs.

Dans la chambre, la température a baissé, et une délicate odeur d'herbe a chassé celle des fumigations.

La petite fille, immobile, tourne le dos à sa mère. Elle dort sur le côté, ses longues tresses noires épandues sur l'oreiller. Franca se penche pour la regarder, la touche : elle semble moins fiévreuse et sa peau paraît moins rouge. La gouvernante s'est assoupie sur sa chaise ; tout le reste de la maisonnée, plongée dans le silence, dort encore.

Pendant un court instant, Franca pense que les remèdes se sont peut-être révélés efficaces. Que la fièvre a diminué et que Giovannuzza va se réveiller. Et peu importe si elle boite ou si elle parle d'une manière étrange. Ils s'adresseront aux meilleurs médecins pour la soigner, ils l'emmèneront en France ou en Angleterre, ils feront de longs séjours à Favignana, où elle pourra respirer le bon air de la mer et guérir, à l'abri des regards indiscrets. L'important, c'est qu'elle soit vivante. Vivante.

Franca tend à nouveau la main, la pose sur la joue de Giovannuzza.

Et elle comprend soudain que sa fille n'est pas fraîche, mais froide. Que son teint n'est pas pâle, mais cendreux. Que tous les rêves, les désirs, les aspirations qu'elle nourrissait pour elle se sont brisés à jamais. Que sa Giovannuzza ne deviendra jamais adulte, qu'elle ne la verra pas vêtue d'une robe de mariée, qu'elle ne sera pas à ses côtés quand elle deviendra mère.

La poupée de porcelaine, Fanny, s'est retrouvée au fond du lit. Franca la prend et la dépose entre les bras de l'enfant, qu'elle caresse à nouveau en lui murmurant un « Je t'aime » qui ne recevra pas de réponse. Sa petite ne lui jettera plus jamais les bras autour du cou en s'écriant : « Moi aussi, maman ! »

Une fêlure s'ouvre dans l'âme de Franca et la douleur l'envahit, la submerge, l'étouffe.

Giovanna Florio, sa fille, est morte.

Et c'est lorsqu'elle en prend définitivement conscience que Franca se met à hurler.

*

Lors des jours douloureux qui suivent l'enterrement de Giovannuzza, Ignazio essaie de soutenir Franca de la seule manière dont il est capable : il lui propose de l'emmener loin de Palerme, loin des endroits où le souvenir de leur fille aînée est partout enraciné. Mais quand il lui demande où elle veut aller – Londres ? Paris ? la Bavière ? l'Égypte ? –, Franca reste longtemps les yeux perdus dans le vague. Puis elle ne prononce qu'un seul mot : « Favignana. »

Ils montent donc à bord du *Virginia*, un bateau à vapeur, et se retrouvent seuls dans le vaste bâtiment édifié en face du port, à une courte distance de la madrague. Franca sort tôt le matin et ne rentre qu'en fin d'après-midi ; elle dit qu'elle va « marcher » et elle est si fatiguée, le soir, que souvent elle se couche sans avoir dîné. Ignazio essaie de s'occuper en lisant les lettres qui lui parviennent de Palerme à propos des difficultés que traverse la fonderie Oretea. Mais il est inquiet.

Un matin, il décide de suivre son épouse dans ses pérégrinations.

La silhouette de Franca, rendue encore plus élancée par sa robe noire, se meut comme un fantôme le long des chemins qui mènent à la montagne, derrière la madrague. Elle marche en gesticulant, et parfois même éclate de rire. De temps à autre, elle s'arrête, regarde la mer, revient sur ses pas. Encore et encore.

Arrivé non loin d'elle, Ignazio comprend enfin.

Elle parle à Giovannuzza : elle lui dit que sa maman l'aime, que ses poupées l'attendent, que l'été prochain, elles iront nager ensemble, qu'elle lui offrira une robe en soie pour son anniversaire. Elle l'appelle à voix basse, comme quand elles jouaient à cache-cache avec les enfants de leurs invités.

Elle a voulu venir à Favignana parce qu'elle y a été heureuse avec Giovannuzza.

C'est sa façon – désespérée, poignante – de rester près d'elle.

Ignazio fait demi-tour, le cœur serré et des larmes amères aux yeux. La mort ne lui a pas seulement enlevé sa fille ; elle est aussi en train d'anéantir la sérénité et la beauté de sa femme ; et il ne peut pas le tolérer, il ne peut pas. On lui a déjà volé un trop grand nombre de choses, et il ne veut même pas penser à ce qui se passerait si Franca devenait folle. Non, il vaut mille fois mieux retourner en ville.

Mais une fois à Palerme, Franca s'enferme pendant des heures dans la chambre de l'enfant, à l'Olivuzza. Elle a donné l'ordre que personne n'y touche quoi que ce soit, et même interdit qu'on sorte les vêtements du placard. Il y flotte encore son odeur, un mélange de talc et de violette, et deux brosses sont toujours posées sur la coiffeuse. Les yeux fermés, Franca entend sa petite fille marcher dans la pièce, de ce pas léger reconnaissable entre tous. Assise au bord du lit, elle appuie une main sur l'oreiller et tient de l'autre une poupée de porcelaine. Pas Fanny. Fanny est avec Giovannuzza, dans son cercueil.

C'est dans cette position que sa belle-mère la surprend, un après-midi d'octobre. Giovanna a prié avec ses petits-enfants pour leur grande sœur « qui est montée au Ciel avec les anges », et elle a ensuite joué un peu avec eux. Baby Boy, qui a maintenant quatre ans et six mois, et Igiea, qui en a deux et demi, souffrent beaucoup de voir si peu leur mère ; ils sont tout le temps agités et multiplient les caprices.

Giovanna s'assied en silence à côté de Franca. Elles sont toutes les deux vêtues de noir, l'une raidie par la souffrance atroce qui la dévore, l'autre courbée, voûtée sous le poids des années. Franca baisse les yeux et serre la poupée plus fort. Elle ne supporte pas de s'entendre répéter qu'elle doit réagir, être forte parce qu'elle a deux enfants, qu'il faut penser à eux, qu'à son âge, elle peut en avoir d'autres… Trop de gens le lui ont dit, à commencer par Giulia et Maruzza. Avec pour seul résultat d'exacerber sa colère.

On ne peut pas mourir à huit ans, c'est trop absurde. Et on ne fait pas un enfant pour en remplacer un autre.

Giovanna tient son rosaire en corail et argent d'une main, et serre contre sa poitrine une photo qu'elle montre à sa belle-fille. « Tu n'as peut-être jamais vu ce portrait de mon Vincenzino. Il avait douze ans. » L'image est celle d'un enfant déguisé en mousquetaire, au regard doux et timide. « Comme il était beau. C'était la chair de ma chair, la lumière de mes yeux. En grandissant, il serait devenu le chef de la famille, et mon mari, paix à son âme, l'a toujours encouragé à suivre de brillantes études. Mais il était fragile, trop fragile. » Sa voix se brise.

Franca ouvre les yeux et tourne la tête.

Regarder Giovanna équivaut à se regarder elle-même dans un miroir.

Elle l'écoute, un peu malgré elle. Sa propre douleur lui semble unique, incommensurable. Elle pose la poupée sur le lit et demande à sa belle-mère : « Qu'avez-vous ressenti, après ?

— L'impression d'être une écorchée vive. » Giovanna tend une main et caresse le visage de la poupée comme s'il s'agissait de celui de sa petite-fille. « C'est moi que le Seigneur aurait dû rappeler à Lui, pas elle. Je suis vieille, moi, ma vie est terminée. Mais elle... c'était un bouton de rose. » Elle relève la tête. Sur le visage de cette vieille dame à la peau grise et aux joues ridées, Franca reconnaît toute l'amertume d'une vie privée d'amour et de tendresse mêlée à une résignation encore plus douloureuse, peut-être, que la souffrance. Elle se rend compte qu'elle n'a jamais vu sa belle-mère sourire vraiment. Sauf quand elle était avec ses petits-enfants. Et surtout avec Giovannuzza.

« Tu y penseras toujours. À tout ce qu'elle aurait pu faire et qu'elle ne fera jamais. Tu regretteras de ne pas la voir grandir, de ne jamais savoir ce qu'elle serait devenue. Parfois, tu te demanderas ce qu'elle fait, et alors seulement, tu te souviendras qu'elle est morte. Tu verras des vêtements, des jouets... des choses que tu auras envie de lui offrir... et tu ne pourras pas. À chaque fois, ta mémoire te donnera un coup de poignard, et la blessure ne guérira pas, parce que, pour toi, ta fille sera toujours là, dans ton cœur, bien vivante.

— Alors, ça ne finira jamais ? » Franca a prononcé ces mots dans un souffle.

Giovanna lui répond d'une voix tout aussi basse : « Jamais, non. Moi, j'ai aussi perdu mon mari, et Dieu sait si je l'aimais... Mais la mort d'un enfant, c'est quelque chose d'incompréhensible. » Elle lève une main devant elle et serre le poing. « C'est comme si on t'arrachait le cœur. »

C'est comme si on t'arrachait le cœur. Oui, voilà ce que Franca éprouve. Un instant, elle revit la naissance de sa fille, le moment où elle a senti qu'elle sortait de son corps. C'est peut-être dès cet instant-là qu'elle a commencé à la perdre.

Sa belle-mère lui tapote l'épaule d'une main, s'éloigne du lit et lui dit, sur un ton très doux, qu'on l'attend pour le dîner. Ne pas recevoir les visiteurs venus présenter leurs condoléances, passe encore ; mais elle doit se nourrir. Pour ceux qui restent.

Franca fait signe que oui, qu'elle va les rejoindre. Mais quand elle se retrouve seule, elle s'étend lentement sur le lit et se recroqueville. La lampe que sa belle-mère a laissée allumée projette sur le mur sa silhouette émaciée. Elle se passe une main sur les yeux. Elle aimerait ne plus rien voir, ne plus rien entendre, ne plus avoir à s'occuper de quoi que ce soit ni à prendre soin de personne. Elle voudrait être aussi vieille que Giovanna, vieille et résignée, ne plus ressentir que les souffrances d'un corps incapable de se rebeller contre le passage du temps. Mais elle a vingt-neuf ans. Et même si on lui a enlevé l'être qui lui a donné le plus d'amour au monde, elle doit aller de l'avant.

*

« Veuillez m'excuser, don Ignazio… » Un valet de chambre surgit sur le seuil du salon vert. « Le prince de Cutò vient d'arriver. Puis-je l'introduire ? »

Ignazio lève brusquement les yeux des journaux qu'il était en train de lire ; il avait oublié ce rendez-vous. Il passe une main sur son visage las avant de répondre : « Oui, bien sûr. »

Peu après, Alessandro Tasca di Cutò apparaît dans l'encadrement de la porte. Il semble hésiter, tord dans tous les sens le bord de son chapeau et fixe des yeux Baby Boy, qui joue sur le tapis avec un petit train en étain.

« Entre, je t'en prie. Et merci d'être venu », lui dit Ignazio en se levant du canapé.

Alessandro s'approche. « Je suis venu te présenter mes condoléances. J'ai déjà parlé à ta belle-mère et j'aurais souhaité voir aussi ta femme pour… »

Ignazio l'interrompt d'une voix atone : « Franca est encore très éprouvée, elle ne reçoit personne. » Il passe une main dans les boucles blondes de son fils, qui lève aussitôt la tête et tend les bras vers lui. Baby Boy est encore plus agité que d'habitude et essaie par tous les moyens d'attirer l'attention de son père, dont il ne se sépare que contraint et forcé.

« Je sais, répond Alessandro. Ma sœur Giulia me l'a dit. Voilà pourquoi j'ai laissé passer tant de temps, et je te prie de bien vouloir m'en excuser. »

Ignazio se tourne vers la table où il a déposé des documents, ferme d'une main un dossier portant l'inscription CAPRERA et propose : « Viens, allons au jardin, le petit pourra se dépenser en courant un peu. Et je crois savoir que toi aussi, maintenant, tu apprécies… l'air libre. »

Alessandro grimace mais ne réplique pas. Il est habitué à ce genre de pique, depuis qu'il a purgé une peine de cinq mois de prison à l'Ucciardone pour diffamation de l'ancien maire de Palerme, Emanuele Paternò, qu'il avait accusé de mauvaise gestion du budget municipal. Cette condamnation avait d'ailleurs valu de nombreuses manifestations de solidarité à celui que tout le monde surnomme aujourd'hui « le prince rouge », en raison de ses idées socialistes.

« *Come on, Baby Boy.* Allons faire un tour », dit Ignazio à son fils, qui lui attrape immédiatement la main et l'entraîne vers la porte-fenêtre. Arrivé dans le jardin, Baby Boy court en avant et crie qu'il veut monter sur le vélo que tonton Vincenzo lui a offert. D'un hochement de tête, Ignazio fait signe à un domestique d'accompagner le petit.

Sous un ciel souillé de nuages gris, Alessandro et lui marchent un moment sans rien dire. Le prince est le premier à rompre le silence : « Je suis heureux de voir que toi au moins, tu réagis.

— Je m'y efforce. » Ignazio détourne le regard du banc de pierre aménagé devant la volière, celui où Giovannuzza s'asseyait souvent avec sa mère. « Il y a des millions de choses à faire pour que la Maison Florio poursuive ses activités dans de bonnes conditions.

— Oh, je n'en doute pas. Les affaires sont les

affaires, hélas. J'ai vu que tu travailles à ton nouveau navire à vapeur, le *Caprera*… Le lancement est prévu pour bientôt ? »

Monsieur le prince rouge est observateur, à ce qu'il paraît, pense Ignazio avec une pointe d'irritation. Mais il n'a pas la moindre intention de s'épancher. Et surtout pas de révéler les désaccords apparus entre Erasmo Piaggio et lui : sa confiance envers l'administrateur génois a beaucoup diminué à cause de ses nombreux – trop nombreux ? – intérêts dans le nord du pays… La NGI a son siège à Palerme, et il doit y rester. « Le baptême du bateau devrait avoir lieu l'année prochaine, en principe. Mais avant, il va falloir résoudre certaines… questions.

— Et comment se porte le consortium de producteurs d'agrumes ? J'ai appris que vous aviez obtenu de bons contrats de vente.

— Pas assez pour couvrir les dépenses… Cela étant, c'est un dossier d'une importance secondaire, du moins pour moi. Ce qui m'intéresse, c'est que le chantier naval soit presque terminé : la construction du *Caprera* apportera la preuve que nous pouvons rivaliser avec les chantiers navals de Toscane et de Ligurie. Mais j'ai tellement de mal à convaincre ceux qui ne veulent même pas m'écouter… À commencer, bien entendu, par les hommes politiques romains.

— De fait, les ouvriers manifestent un optimisme prudent. Après les licenciements de l'année dernière…

— Toujours à ressasser cette histoire ? Vous ne vous êtes pas lassés de ne parler que de ça ? À moins que vous ne sachiez à quoi occuper vos soirées, à cette

Chambre du travail que vous avez tant voulue, toi et les socialistes ? »

Alessandro se raidit. « Tu sais bien que la Chambre du travail a surtout été *voulue*, comme tu dis, par Garibaldi Bosco. Qui ne compte certes pas parmi tes ennemis personnels ou ceux de la Maison Florio. Bien au contraire…

— Ah oui, j'oubliais : d'après toi, si rien ne fonctionne en Sicile, c'est la faute d'entrepreneurs comme moi et de leurs idées arriérées ; et il suffirait d'unir les gens ordinaires pour changer les choses. Tu l'as écrit et répété jusqu'à la nausée dans *La Battaglia*.

— Tu ne supportes pas qu'un journal dénonce les mensonges de *L'Ora* au moins une fois par semaine, hein ? Je me suis souvent demandé ce que tu as bien pu faire pour pousser Morello à retourner à *La Tribuna*, et ce qui t'a amené à confier la direction du journal à ce Sarde, Medardo Riccio… »

Soudain, un fracas métallique brise la quiétude du jardin. Les perroquets s'agitent dans la volière et quelques pigeons s'envolent des palmiers à tire-d'aile. Dans l'allée, une automobile noire soulève un nuage de cailloux et de poussière avant de freiner brusquement devant Ignazio et Alessandro.

Une casquette en toile sur la tête et des lunettes de protection contre la poussière devant les yeux, Vincenzo sort de la voiture, serre la main d'Alessandro et annonce, en feignant de ne pas remarquer la tension manifeste qui règne entre son frère et son hôte : « Je reviens de la gare. Tout est enfin prêt pour le départ. »

Ignazio fronce les sourcils. « Où vas-tu, cette fois-ci ?

— Sur la Côte d'Azur. Palerme m'ennuie. Et après ce qui est arrivé à la petite, l'Olivuzza est trop sinistre à mon goût. »

Alessandro ébauche un sourire à mi-chemin entre l'ironie et la tristesse. Même après un drame aussi effroyable, le jeune Florio n'a pas renoncé à ses habitudes de jouisseur.

Ignazio désigne quelque chose derrière le dos de son frère et demande, d'un ton exaspéré : « Mais alors, qui va surveiller le chantier ? »

Vincenzo se passe une main dans les cheveux, se retourne et observe le bâtiment en cours de construction qui se dresse au milieu d'un chaos de planches, de pierres, de briques, de seaux… Avec ses deux grands escaliers sinueux et les merlons en fonte qui ornent ses balcons, son toit et sa tourelle, il ressemble davantage à un palais de conte de fées qu'à une villa. « Ah oui, ça ! » s'exclame Vincenzo avant de demander à Alessandro : « Basile s'est surpassé, tu ne trouves pas ? Et Dieu sait que je ne lui ai pas rendu la vie facile… » Il ricane. « Je voulais quelque chose qui rappelle un château, un mélange éclectique de motifs baroques, d'emprunts à l'art roman typique de l'Italie du Sud et d'évocations de l'art nordique… Sans parler des intérieurs : je lui ai demandé de prévoir un accès direct à l'étage depuis le garage, pour ne pas avoir à sortir, et il m'a donné satisfaction ! Bref, il a réussi à créer quelque chose de vraiment original, qui correspond tout à fait à ce que je désirais. » Il pose sur la villa un regard rempli d'orgueil. « Le bâtiment est presque terminé et je ne pense pas que ces gens, sur les échafaudages, aient encore besoin de moi.

— Avec la somme qu'a engloutie la construction de cette villa, on pourrait nourrir pendant un an des dizaines de familles de… *ces gens*, murmure Alessandro.

— Sans doute. Mais, en toute sincérité, peu me chaut, rétorque Vincenzo, très amusé par l'expression scandalisée du prince.

— Rien à faire, on ne réussira jamais à lui mettre du plomb dans la cervelle, à cet éternel gamin, soupire Ignazio.

— C'est comme ça que je conçois la vie : partir à la chasse d'un nouveau plaisir dès que le précédent est devenu ennuyeux. » Vincenzo regarde à nouveau son frère. « Et je ne veux pas en laisser échapper un seul. »

*

Aussitôt après le départ d'Alessandro Tasca di Cutò, Ignazio regagne le bâtiment principal de l'Olivuzza en ruminant la dernière phrase de son frère. Oui, il a raison, ce casse-cou. Franca a peut-être besoin, tout simplement, d'un peu de légèreté. De visages souriants. D'occasions de réjouissances. Il en acquiert la conviction définitive lorsqu'il rejoint les appartements de sa femme, plongés dans une pénombre douloureusement semblable à celle qui obscurcit ceux de sa mère. On a l'impression que la tristesse suinte des murs, qu'ils exhalent une respiration malade.

Ici, la vie est devenue un fardeau.

Sur la Côte d'Azur, il y a le soleil, la mer, la chaleur, les amis… Franca commencera par refuser, Ignazio serait prêt à le parier. Il ne s'avouera pas vaincu pour autant et il écrira aux Rothschild, qui ont l'habitude de passer l'hiver dans le sud de la France, il leur demandera de l'aider à convaincre son épouse. Cela prendra le temps qu'il faudra, mais au bout du compte, il parviendra à ses fins : Franca et lui monteront à bord de leur train privé, destination Beaulieu-sur-Mer, et ils y passeront les vacances de Noël à l'hôtel Métropole, celui que Franca aime tant.

Ignazio aussi a besoin de revenir à la vie.

*

Bercée par le roulement du train, Franca s'est endormie sur le canapé en velours bleu, la tête appuyée contre l'épaule d'Ignazio. Depuis quelques jours, elle recherche sans cesse la présence de son mari, seul capable, semble-t-il, d'atténuer en partie son chagrin. Même la nuit, impossible pour elle de trouver le sommeil si elle ne le serre pas dans ses bras. Une telle attitude suscite la perplexité d'Ignazio, qui n'a jamais été très doué pour comprendre les sentiments des femmes. Il sait deviner leurs désirs, satisfaire leurs envies, décrypter leurs messages sensuels, faire face à leurs sautes d'humeur ; mais le besoin d'affection, non, il ignore ce que c'est ; ce besoin s'exprime dans une langue dont il ne connaît même pas l'alphabet.

Il sent néanmoins que la disparition de Giovannuzza – l'aînée, celle qui avait fait d'eux une famille – risque d'ouvrir un gouffre entre eux. Et cette sensation lui est insupportable : ce serait une énième démonstration de faiblesse, un énième échec. Limité à sa vie privée, certes ; mais les vicissitudes de sa vie professionnelle lui donnent un besoin désespéré de se raccrocher aux dernières certitudes qui lui restent. Et Franca, pour le meilleur ou pour le pire, en est une à ses yeux. Alors il s'efforce de répondre de son mieux à ses demandes d'affection, reste le plus possible auprès d'elle, lui consacre du temps, multiplie les attentions délicates et les témoignages de tendresse. *D'Annunzio a raison : ma femme est unique.* En dépit de ce qu'elle a souffert, elle n'a perdu ni sa beauté, ni sa grâce. Et il l'aime, malgré tout. À sa manière, mais il l'aime.

Un soir, peu après leur arrivée à l'hôtel Métropole, il se surprend à l'observer comme il ne l'avait pas fait depuis un certain temps. Elle a renvoyé Diodata, s'est assise à sa coiffeuse et retire elle-même ses épingles à cheveux. Le col châle de sa robe de chambre couvre à peine sa nuque. Son visage est sérieux mais calme, absorbé. Ils ont dîné dans leur chambre, seuls, et elle a mangé une assiettée entière de soupe de poisson, ce qui ne lui était pas arrivé depuis longtemps. Il se met debout derrière elle, pose les mains sur ses épaules, baisse sa robe de chambre jusqu'aux coudes, lui caresse les bras. Partout où ses doigts passent, la peau frissonne. Franca plisse les yeux et se fige, les mains crispées sur son peigne.

Ignazio hésite beaucoup avant de se décider à poser ses lèvres sur son cou.

Il la désire comme il ne l'a pas désirée depuis une éternité. Franca tremble. D'épouvante ? Ignazio ne saurait le dire. Lui, le séducteur invétéré, voilà qu'il ne sait plus quel comportement adopter avec cette créature fragile qu'est devenue sa femme. Il lève une main et effleure son visage. Elle s'abandonne à cette caresse, les yeux fermés mais encore réticente, comme si elle avait peur de se laisser aller corps et âme. Puis elle se retourne, cherche les lèvres de son époux, l'encourage à étourdir, de toute la force de son amour, la douleur de la mort. À lui redonner un peu de vie.

*

Après cette soirée, Franca semble plus sereine. Ignazio et elle ont fait quelques randonnées en compagnie de Vincenzo, qui a toutefois l'exécrable habitude de rouler trop vite avec sa voiture bien-aimée, et ils ont passé le réveillon du Nouvel An avec les enfants. Baby Boy a insisté pour tremper ses lèvres dans du champagne et il les a aussitôt retirées avec une grimace de dégoût qui a suscité l'hilarité générale. Igiea, qui est restée tout le temps accrochée aux jupons de sa mère, a regardé les feux d'artifice avec de grands yeux ébahis ; après quelques cris effrayés, elle s'est mise à rire et à applaudir.

La famille est à présent réunie dans le jardin de l'hôtel Métropole, un immense parc de palmiers et d'agrumes qui s'étend jusqu'au bord de la mer. Sous le soleil tiède de janvier, allongée sur une chaise longue, une robe noire bordée de dentelle drapée autour de ses jambes, Franca est plongée dans la lecture d'un livre. Baby Boy court après les pigeons. Ignazio explore le jardin, un Vérascope à la main. C'est un cadeau de Vincenzo, qui pratique la photographie en amateur depuis quelques mois ; Ignazio espère surtout que cet engin contribuera à rendre le sourire à sa femme.

Franca lève parfois les yeux de son livre et observe son mari qui, les sourcils de plus en plus froncés, semble incapable de se décider à prendre une photo. Soudain, Baby Boy s'agrippe à sa jambe en criant qu'il veut lui aussi un appareil « totographique ». Depuis que Giovannuzza n'est plus là, ses caprices ne connaissent pas de limite et il vit dans un état permanent de nervosité exacerbée. Ignazio commence par ne rien dire ; mais quand son fils se jette par terre et se met à trépigner, à taper du poing, il le gronde sévèrement. Rien n'y fait. Même Franca, accourue aussitôt, ne parvient pas à le calmer. Alors, d'un geste impatient, Ignazio appelle la gouvernante pour qu'elle l'emmène et qu'il cesse d'importuner les autres clients. La jeune fille arrive en courant, ses tresses blondes tressautant sur sa poitrine.

« *Occupez-vous de lui, s'il vous plaît. Peut-être qu'il a faim**… » lui dit Franca.

La gouvernante secoue la tête. « *Il vient de manger, madame Florio. Mais il n'a pas beaucoup dormi**… » Elle se penche et prend Baby Boy dans ses bras. « *Que se passe-t-il, mon ange ? Allons faire une petite sieste, hein** ? » Puis elle s'éloigne avec le petit garçon, qui continue de se débattre et de hurler.

Franca retourne à sa chaise longue. Ignazio la rejoint, s'assied à côté d'elle et lui prend la main. Les grands yeux verts de son épouse n'ont pas retrouvé une sérénité absolue, mais le désespoir semble les avoir enfin quittés.

Et si le gouffre qui s'est ouvert entre nous était en train de se refermer ? Et s'il nous restait encore de l'espoir ? Ignazio se répète souvent ces questions, tout en s'efforçant de ne pas s'attarder trop longtemps à admirer certaines clientes de l'établissement.

Franca lui fait signe de se rapprocher un peu plus et lui dit : « Nous avons reçu une invitation des Rothschild pour ce soir. Un dîner et une partie de cartes, une soirée en petit comité réservée à quelques intimes.

— Tu as envie d'y aller, ma chérie ? Tu ne te sens pas trop fatiguée ?

— J'aurai envie d'y aller seulement si tu en as envie aussi. »

Il lui effleure le front du bout des lèvres et acquiesce. Après leurs premières années de mariage, leurs années sereines, Franca a peu à peu cessé de s'en remettre à lui pour certaines décisions. Et il lui est même arrivé de faire l'exact contraire de ce qu'il aurait souhaité, comme avec le portrait de Boldini. Il a senti qu'elle s'éloignait de lui et il n'a rien fait pour la retenir, bien au contraire ; il l'a remplacée par des femmes qui lui paraissaient plus passionnées, plus libres, plus… fraîches. Comme son frère Vincenzo, il a toujours besoin de nouveauté, d'éprouver des émotions intenses, de se sentir affranchi de toute obligation. Mais depuis quelque temps, il a pris conscience qu'en plus de son amour, Franca lui a toujours voué le plus grand respect. Ce respect que les gens s'obstinent à lui refuser ou, plus exactement, à n'accorder qu'à son nom de famille ou à ses richesses. En toutes circonstances, y compris les plus graves, Franca n'est jamais tombée dans la mesquinerie. À la différence des autres, elle lui a fait confiance envers et contre tout. Et c'est *encore* le cas, en dépit de sa dureté, de son… ingratitude envers elle.

Fort de cette conscience nouvelle, il la quitte pour aller écrire aux Rothschild qu'ils acceptent volontiers leur invitation.

Puis, d'un geste instinctif, il se retourne. Et il reconnaît dans son regard un peu de cet amour qu'il craignait d'avoir perdu à jamais.

*

Ce soir-là, Franca porte une robe noire très simple et un long collier de perles. Pendant que Diodata la coiffe, elle attrape le regard d'Ignazio dans le miroir et y perçoit une admiration qui lui réchauffe le cœur.

Avant de partir, ils passent par la pièce qu'ils ont transformée en nursery. Igiea, assise sur le tapis, joue avec une poupée ; elle a manifestement très envie d'aller se coucher, mais l'agitation de Baby Boy la perturbe : il jette ses jouets par terre, refuse d'enfiler sa chemise de nuit, crie qu'il veut aller à la mer, échappe à l'étreinte de sa gouvernante et s'agrippe aux jambes de sa mère. Elle se penche sur lui, le caresse, essaie de l'apaiser ; il ne veut rien entendre.

Son père finit par intervenir : « Ignazino, ça suffit maintenant ! » Le petit fond en larmes.

Le visage tout rouge, sa gouvernante le soulève, lui parle à voix basse, se tourne vers Franca et lui chuchote, sur un ton qui peine à dissimuler son exaspération : « Il n'a même pas voulu manger, *alors**... »

Franca secoue la tête. « Essayez de lui raconter une histoire, d'habitude, ça le calme. » Elle se penche sur Igiea, l'embrasse et reprend : « Nous devons y aller, il est déjà tard. »

Ignazio la rejoint à la porte de leur suite et lui présente le bras ; puis ils traversent en silence les couloirs luxueux du Métropole et descendent les escaliers, sous le regard admiratif des invités. Ignazio se raidit ; Franca, en revanche, conserve une impassibilité apparente. Mais en voiture, lorsque Ignazio lui prend la main, il constate qu'elle est glacée. Son épouse est donc aussi nerveuse que lui.

« Ça va ? » lui demande-t-il.

Après un signe affirmatif de la tête, elle entrelace ses doigts à ceux de son mari et les serre fort.

La tendresse et la douceur qui lui font chaud au cœur sont toujours là. La flamme, bien que vacillante, résiste encore. Ils se retrouvent. Plus forts qu'avant.

*

La soirée s'écoule, tranquille, entre bavardages et ragots sur le scandale du jour : la princesse Louise de Habsbourg, épouse du prince héritier de Saxe, mère de six enfants et enceinte d'un septième, s'est enfuie du domicile conjugal avec André Giron, le charmant précepteur de son fils aîné ; toutes les cours d'Europe en sont profondément troublées. Après le dîner, Franca et les dames jouent au pharaon, tandis qu'Ignazio suit les messieurs au fumoir. Leur principal sujet de conversation est le duel qui a eu lieu deux semaines plus tôt à Nice, dans le jardin de la villa du comte de Rohozinski : deux maîtres escrimeurs français ayant proclamé la supériorité de leur école nationale, deux maîtres italiens, vexés, les ont défiés. Ignazio est assailli de questions à ce sujet : tout le monde sait en effet que

Vincenzo a mis à la disposition des duellistes et de leurs témoins les automobiles qui leur ont permis d'échapper à la police, arrivée trop tard sur place. Mais Ignazio, qui ignore à peu près tout des dessous de l'affaire, tend à la minimiser et affirme haut et fort que les seuls duels qui l'intéressent, ce sont les régates maritimes.

Un peu avant minuit, un domestique du Métropole se présente à la porte des Rothschild. Le souffle court, les mains tremblantes, il demande si les Florio sont toujours là et déclare qu'ils doivent regagner leur hôtel de toute urgence.

Ignazio l'interroge d'un air bougon : « De quoi s'agit-il ? »

Le valet secoue la tête et crie presque : « *Retournez à l'hôtel, je vous en prie, monsieur Florio. Vite, vite* !* » Puis, après un dernier : « *Vite, vite* !* », il repart en courant.

Franca, qui entre-temps a rejoint Ignazio, le regarde et lui demande, perplexe : « Mais… que s'est-il passé ?

— Je ne sais pas. »

Tandis que les autres invités et les maîtres de maison, inquiets, s'empressent autour d'eux, on avance l'automobile qui les reconduira au Métropole.

En voiture, aucun d'eux ne parle. Dans l'esprit d'Ignazio, les hypothèses s'accumulent. Un accident de la route dans lequel Vincenzo serait impliqué ? Un vol ou un incendie à l'Olivuzza ? Quelque chose qui serait arrivé à sa mère, désormais âgée et bien éprouvée ? Oh, ce serait une torture de la savoir seule, et si loin… Un gros ennui dans l'une de ses entreprises ? *Mais non, pas à une heure pareille…*

Au fur et à mesure qu'ils approchent de l'hôtel, il

sent l'angoisse monter en lui. Il tourne dans tous les sens l'anneau de son père, ouvre et referme sans cesse les mains. À côté de lui, Franca, d'une pâleur mortelle, s'agite sur son siège en serrant ses gants.

Dès leur arrivée, le directeur du Métropole se précipite à leur rencontre sur le long tapis rouge. Il attrape les mains d'Ignazio et lui dit… quoi ?

Ignazio ne parviendra jamais, en dépit de tous ses efforts, à se rappeler ses mots exacts. Certains souvenirs sont si douloureux qu'ils vont se déposer dans les tréfonds de l'âme, où un rideau miséricordieux de ténèbres les cache à la conscience.

Un terrible malheur.

« Quel malheur ? demande Ignazio, tandis que Franca est prise de tremblements.

— Un malheur effroyable, monsieur Florio ! Le médecin est là, il est accouru immédiatement, nous avons essayé de le ranimer, mais…

— Qui ? » Ignazio a l'étrange impression que quelqu'un d'autre que lui a hurlé cette question. Un brouillard sombre s'épaissit devant ses yeux, il suffoque. Franca s'affaisse près de lui, mais il n'a pas la force de la retenir.

Malgré sa sensation d'étouffement, il parvient à répéter : « Qui ? » avant de s'élancer en direction des escaliers.

Au pied des marches, il peine à reconnaître la gouvernante de Baby Boy, qui se dirige vers lui en criant et en pleurant.

Il l'écarte d'un geste si violent qu'elle tombe au sol.

Baby Boy.

Ignazino.

Il se met à courir, dépasse les domestiques, gravit les escaliers à toute allure. Son cœur bat à se rompre.

Le long couloir. Le tapis rouge. Les lumières tremblotantes. La porte grande ouverte. Un homme et un policier à côté du lit.

Son fils.

Immobile.

Ignazio chancelle.

Il atteint le lit, s'effondre sur ses genoux, tend une main. En chemise de nuit, ses cheveux blonds éparpillés sur l'oreiller, l'enfant a les yeux écarquillés, fixes, et un filet de bave au coin de la bouche.

Ignazio le secoue et l'appelle, d'une voix d'outre-tombe : « Baby Boy… Baby Boy… Ignazino… »

Une main se pose sur son épaule. Il ne la sent même pas.

Tout. Tout est fini.

Son fils n'est pas mort seul. L'avenir de la Maison Florio est mort avec lui.

*

Les Florio rentrent à Palerme, accompagnés d'un cercueil blanc. Baby Boy reposera aux côtés de sa petite sœur morte il y a moins de six mois, à l'ombre des cyprès du cimetière de Santa Maria di Gesù. Il emporte dans sa tombe un mystère que personne ne pourra jamais éclaircir. Le rapport médical évoque, sans plus de précisions, un arrêt cardiaque. Mais cette bave aux commissures des lèvres…

Ignazio a refusé l'autopsie et marmonné au médecin légiste, qui lui en demandait l'autorisation : « Non, ce ne serait qu'un outrage supplémentaire et j'aimerais autant qu'il nous soit épargné. » Une chute ? Une dose mortelle de somnifère administrée par la gouvernante pour profiter enfin d'un moment de tranquillité ou pour se rendre à un rendez-vous galant ? Ces pensées font très mal. Alors on les met de côté.

De toute façon, ça ne changera rien à rien.

De toute façon, son fils est mort.

De toute façon, il n'est même pas capable de se prendre en main.

Un cœur a cessé de battre. Ou plutôt non, deux cœurs : le sien et le mien. À une heure avancée de la nuit, seul dans son cabinet de travail, Ignazio prend une bouteille de cognac. Une des dernières. Il a été contraint d'en arrêter la production, de même que celle de ses vins de table. Des coûts trop élevés, ajoutés à une grave épidémie de phylloxéra dans les vignobles de l'ouest de la Sicile, ont entraîné la faillite de l'exploitation vinicole de Marsala. Ce n'est d'ailleurs pas la seule : les Whitaker doivent faire face à la même situation.

Les fissures s'élargissent. Les craquements sont devenus de plus en plus violents. Ignazio les entend dans sa tête.

Il tape du plat de la main sur les papiers de la table, s'effondre dans son fauteuil, se prend le visage entre les mains et ferme les yeux. Les pulsations accélérées de son cœur retentissent jusque dans ses tempes.

Il aimerait pleurer, mais il n'y parvient pas.

Y a-t-il un sens à tout cela ? Pourquoi s'obstiner à se battre, si personne après lui ne poursuit le combat ? À quoi bon, puisque le legs de son grand-père et de son père est voué à périr avec lui ? À quoi sa famille peut-elle se raccrocher, maintenant ? Un enfant, c'est une branche qui s'élève vers le ciel. Si elle se brise, aucune feuille ne peut plus naître d'elle.

Sec. Brisé. Voilà comment se sent Ignazio.

Au cours des jours qui ont suivi la mort de Baby Boy, dans la maison figée et silencieuse, il lui est arrivé de penser qu'il valait peut-être mieux capituler. En finir.

Il s'est enveloppé dans sa colère comme dans un manteau. La souffrance et le remords lui ont ôté le sommeil ; pour la première fois de son existence, il a eu peur de ne pas pouvoir s'échapper de cette maison où le nombre des fantômes dépasse désormais celui des vivants.

Où tout n'est plus que vide, ténèbres, silence. L'oubli est devenu séduisant, et en tout cas bien moins cruel que ce qu'on trouve à l'Olivuzza. Ignazio s'en est enivré, s'est bercé de l'idée qu'il pourrait disparaître sans prévenir personne, se livrer au néant. Mais il s'est dit que tout le monde – y compris, peut-être, Franca – le considérerait comme un lâche, un freluquet incapable de se battre pour le peu qu'il lui reste, un faible. L'exact contraire de son grand-père et de son père.

Alors, il a continué à vivre. Non. Il s'est laissé vivre.

*

Quelques semaines s'écoulent.

Vides, muettes, inutiles.

Mais peut-être que quelqu'un, au Ciel, apitoyé par

le spectacle désolant qu'offrent Franca et Ignazio, décide qu'ils ont assez souffert.

Oui, ce doit être le cas. Parce qu'un miracle se produit.

Franca découvre qu'elle est enceinte. Après un premier moment d'incrédulité, la joie naît : immense, inattendue, et donc absolue. Embrassades, larmes de bonheur et sourires se succèdent. Même la petite Igiea, leur seul enfant encore en vie, est invitée à se joindre aux réjouissances.

Peut-être que nous pouvons encore former une famille heureuse, pense Ignazio. *Peut-être que le destin nous accorde une chance supplémentaire.*

*

« Un voyage à Venise ?

— Un long séjour plutôt qu'un simple voyage, à vrai dire.

— Donna Franca, vous êtes encore très faible. Je vous déconseille tout déplacement, surtout dans votre état. Vous n'en êtes qu'au quatrième mois et…

— Je vous promets de faire attention. Je resterai à l'hôtel le plus possible, je me reposerai. Ma mère et Maruzza seront tout le temps avec moi. Vous pouvez me faire confiance, docteur, je saurai être raisonnable. »

Le médecin secoue la tête. Puis un sourire indulgent le déride peu à peu. « Comme il vous plaira. Mais je ne vous recommanderai jamais assez de vous ménager. »

L'idée d'un séjour à Venise est venue d'Ignazio ;

selon lui, s'éloigner d'un endroit où l'on éprouve des souffrances permettrait de les atténuer. En réalité, il ne supporte plus l'atmosphère oppressante de l'Olivuzza et il cherche un prétexte pour ne pas avoir à s'occuper des affaires.

Venise, donc. À l'hôtel Danieli, et surtout avec un petit groupe d'amis qui leur apporteront un peu de réconfort, à Franca et à lui : Stefanina Pajno, les sœurs de Villarosa et leurs époux, Giulia Trigona et l'autre Giulia, la sœur d'Ignazio, mais aussi, bien sûr, Costanza, la mère de Franca, sans oublier Maruzza.

Ils y passent plusieurs mois tranquilles. Franca fait de courtes promenades à pied en compagnie de ses amis ou de sa mère, s'accorde quelques excursions en gondole pour admirer les reflets des édifices sur l'eau, observe d'un œil ravi cette peinture ocre qui alterne avec la pierre blanche du Karst et le marbre des fenêtres. Parfois, elle cherche la main d'Ignazio et lui adresse un sourire las, fantomatique, tandis que l'eau sombre des canaux réfléchit leur image. Le soir, elle joue aux cartes dans sa suite, où elle reçoit souvent la visite des jumelles Vera et Maddalena Papadopoli ; ce sont les filles du sénateur Niccolò Papadopoli, un très riche banquier d'origine grecque qui nourrit une véritable passion pour la numismatique.

Costanza se méfie d'emblée de ces deux jeunes femmes trop belles aux pommettes hautes et au regard hautain, sûres d'elles, désinvoltes. Bien qu'elle n'ait jamais voulu se mêler de la vie intime de sa fille et qu'elle ait toujours observé, à ce propos, le silence le plus discret, rien ne lui a échappé, au fil des ans. Son gendre perd la tête trop facilement pour ce genre de créatures. *Elles me déplaisent souverainement.* Voilà ce qu'elle se répète chaque fois qu'elle les voit gravir les escaliers du Danieli en se donnant des allures de reines.

Mais leurs commérages amusent beaucoup Franca, qui apprécie en outre leur conversation brillante et pleine d'esprit. D'ailleurs, elles se montrent d'une extrême amabilité avec elle : elles lui apportent des bouquets de fleurs ou des biscuits, des *zaleti* parfumés à tremper dans du vinsanto ou des paniers remplis de *bussolai* que leur cuisinier a préparés spécialement pour elle.

Par un après-midi lumineux de la fin du mois de septembre, Costanza se prépare à sortir. Elle va marcher dès qu'elle le peut : ce repos forcé lui a causé des douleurs lancinantes au dos et aux jambes, aggravées par l'humidité du climat local. Franca dort, une main sur le ventre et la tête appuyée contre un oreiller. Sa mère la borde, comme quand elle était enfant, et demande à Diodata de la laisser se reposer.

D'une démarche légèrement claudicante, elle se dirige vers la librairie située sous les Vieilles Procuratie. Franca a commandé *Elias Portolu*, un roman de Grazia Deledda dont tout le monde dit le plus grand bien, et Costanza veut lui faire la surprise de le lui apporter à son réveil.

C'est à l'entrée des Mercerie, sous la tour de l'Horloge, qu'elle le voit. Assis à la terrasse d'un café de la place Saint-Marc, il a devant lui une femme si belle, si élégante, qu'elle semble venue au monde pour y susciter l'émerveillement, avec ses cheveux cuivrés, sa peau d'ivoire, ses yeux perçants et sa bouche charnue. Ignazio, imité en cela par bien d'autres messieurs, ne la quitte pas des yeux. Il se penche vers elle, pince une de ses oreilles à laquelle pend une boucle en or et corail, lui baise la main. Elle éclate d'un rire aigu, débordant de joie et de sensualité. Puis elle ébouriffe les cheveux d'Ignazio de sa main gantée, lui effleure la joue d'une caresse, baisse les yeux et cache un sourire.

Costanza est pétrifiée. Des passants la bousculent, elle vacille et se retient à un solide pilier en pierre. Son trouble est si brutal qu'elle doit réprimer un haut-le-cœur.

L'effronterie d'Ignazio a passé les bornes. Sa femme est là, à quelques pas, enceinte, après avoir perdu deux enfants. Et lui, il fait le joli cœur auprès d'une autre. *En public.*

Ignazio lève les yeux, voit sa belle-mère, pâlit soudain, baisse la tête et lâche la main de son accompagnatrice.

Alors, Costanza Jacona Notarbartolo di Villarosa, baronne de San Giuliano, fait quelque chose qu'elle ne s'était jamais permis en presque soixante ans d'existence.

Elle fixe Ignazio d'un regard insistant, tourne la tête sur le côté et crache par terre.

*

Costanza ne met pas longtemps à découvrir l'identité de l'inconnue. Anna Morosini, surnommée « la Dogaresse », entre autres parce que, depuis que son mari est parti vivre à Paris, elle s'est installée au palais Da Mula, où elle a fait mettre bien en évidence, en haut de l'escalier monumental, les armoiries des Morosini, surmontées de la corne ducale. Elle est la reine incontestée des mondanités vénitiennes : ses bals sont des événements à ne manquer sous aucun prétexte, ses fêtes ont pris un caractère légendaire, les salons de son palais accueillent des hommes politiques et des intellectuels prestigieux, du Kaiser à l'incontournable D'Annunzio. Elle ressemble à Franca par bien des aspects, à commencer par ses yeux verts magnétiques et son corps sculptural, et elle porte elle aussi le titre de dame de la cour. Mais pour le reste, on ne saurait imaginer des personnalités plus opposées : Anna revendique haut et fort sa liberté, sa vivacité, sa gaieté, son effronterie.

Et elle exerce sur Ignazio un attrait irrésistible.

Une indiscrétion des jumelles Papadopoli ? Une phrase entendue lors d'une promenade ? Une imprudence d'Ignazio qui, le matin, chante devant son miroir et prend un soin méticuleux de sa barbe ? Toujours est-il que vers la mi-octobre, Franca apprend la nouvelle liaison de son mari.

Au retour d'une de ses promenades, Costanza la trouve assise dans un fauteuil, en robe de chambre, les mains posées sur son ventre tendu et enflé.

Franca murmure, tout en peinant à retenir ses larmes : « Même l'arrivée prochaine de son enfant ne le dissuade plus de rien. Il vient de sortir, et vous savez ce qu'il a eu le culot de me dire, juste avant de partir ? "Je vais faire une promenade en bateau avec des amis." Des amis ! Je lui ai crié de s'épargner les mensonges. De toute façon, je savais très bien qu'il allait chez la Morosini, puisqu'il n'a même pas la pudeur de se cacher. Il n'a rien daigné me répondre, il s'est éclipsé en claquant la porte. S'éclipser, encore et toujours. »

Costanza prend sa fille dans ses bras et lui chuchote à l'oreille, en la serrant contre sa poitrine : « Allons, du courage. Tu connais les règles des relations entre les hommes et les femmes. À toi de réagir, mais pas pour lui, non, pour le petit. Ton mari est ce qu'il est, inutile de t'en faire, ne pense pas trop à tout ça ! » Elle prend le visage de sa fille entre ses mains et la force à la regarder. « Les femmes sont les plus fortes, amour de ma vie. Parce qu'elles ont une meilleure expérience de la vie et de la mort, et qu'elles n'ont pas peur de les affronter. »

Mais Franca se sent fragile comme du cristal. Elle répond à l'étreinte de sa mère, malgré l'épais grumeau d'émotions qui lui pèse sur l'estomac, un mélange de colère, de douleur et de déception. Une fois de plus, Ignazio a trahi sa confiance et s'est dérobé, il l'a laissée seule avec ses souvenirs et le poids de la mort de ses deux enfants. Il fuit à la fois cette chambre, sa femme, leur mariage. Franca ne peut plus le supporter, c'est au-dessus de ses forces, après tout ce qui s'est passé, après les promesses d'Ignazio de rester tout le temps auprès d'elle, de l'aider. Elle s'est dit et répété qu'Ignazio l'aimait à sa manière, mais cela ne suffit plus.

Forcée de s'étendre sur son lit par des douleurs au bas-ventre et dans le dos, Franca regarde par la fenêtre l'église Santa Maria della Salute. Elle a l'impression d'avoir perdu toute capacité de réaction ; alors elle s'en remet à la prière. Elle supplie Dieu que ce soit un garçon, un beau garçon en bonne santé. Et qu'Ignazio fasse amende honorable. Que sa vie cesse d'être en équilibre instable sur cette pente périlleuse.

Tout ce qu'elle implore, c'est un peu d'amour et de sérénité.

Puis elle décide d'envoyer un billet à son mari. Elle ravale son amertume et son humiliation et le lui envoie au palais Da Mula. Elle lui demande de la rejoindre, de passer l'après-midi avec elle ; elle ne veut plus rester seule, et la compagnie de sa mère et de Maruzza ne remplacera jamais celle d'Ignazio.

Après tout, c'est son mari, il a des responsabilités envers elle.

À son retour, le domestique baisse les yeux et lui rend l'enveloppe, intacte. « On m'a dit que… monsieur Florio est sorti… avec madame la Comtesse… pour une promenade en bateau. »

Franca prend l'enveloppe et congédie le messager d'un signe de tête. Dès qu'elle se retrouve seule, elle jette l'enveloppe dans le feu qui brûle dans la cheminée.

L'après-midi se recroqueville sur lui-même, dans son avancée inexorable vers l'obscurité. La lumière dorée du mois d'octobre réchauffe les murs et les briques en terre cuite de Venise, bientôt marqués par la brume qui s'élève des canaux. Franca arpente la pièce sous les yeux de sa mère et de Maruzza, qui viennent de la rejoindre et échangent des regards inquiets. Pour essayer de la distraire, elles lui parlent de la polémique provoquée par son portrait : Boldini l'a justement exposé à deux pas de là, à l'occasion de la Biennale ; mais il n'a pas obtenu l'accueil escompté, loin de là ; la critique s'est déchaînée. Franca répond, avec un haussement d'épaules, qu'elle continue de l'aimer, elle, ce tableau. Mais elle se garde bien d'ajouter qu'elle apprécie surtout l'image d'elle-même qu'il a fixée pour l'éternité : une femme belle, sensuelle, sûre d'elle. Tout ce qu'elle a la sensation, depuis longtemps, de ne plus être.

Elle finit par congédier Costanza et Maruzza. Tout en prenant soin de les rassurer : oui, elle va bien ; non, elle ne tardera pas à aller se coucher, bien entendu.

À ceci près que…

Le plafond de cette suite du Danieli – un ciel bleu parcouru par des putti – a sur elle un effet presque irritant. La lumière qui filtre à travers les fenêtres transforme ces personnages en petits démons qui tournent en dérision sa naïveté, sa faiblesse.

Voilà ce qu'elle est devenue. Fragile. Certaines pensées ne prennent une netteté tranchante qu'avec la nuit, alors Franca peut les regarder en face et admettre qu'elle a commis trop, beaucoup trop d'erreurs dans sa vie. Un mariage avec un homme peu fiable, un éternel gamin qui a refusé de grandir et qu'elle n'a pas pu surveiller assez. Elle a accordé une attention excessive à des frivolités – les vêtements, les bijoux, les cancans, les voyages –, qui ont certes rempli ses journées mais qui l'ont aussi amenée à perdre de vue l'essentiel. Personne ne lui rendra le temps volé à ses enfants par les fêtes et les réceptions, à l'époque où elle croyait avoir tout l'avenir devant elle pour s'occuper d'eux. Ce temps est révolu. Ses enfants sont morts. Et sa culpabilité est devenue aussi écrasante qu'un bloc de pierre.

Elle espérait que son amour serait assez fort pour conquérir le cœur d'Ignazio et y régner en maître.

Elle estimait que ses enfants étaient entre de bonnes mains, qu'ils n'avaient pas tant besoin d'elle. Et puis quoi ! Elle a toujours dû satisfaire à d'innombrables obligations mondaines : être donna Franca Florio, c'est d'abord et avant tout remplir ce genre de tâches ! De tels arguments ne lui apportent cependant pas l'absolution dont son âme aurait besoin. *On est toujours prêt à se raconter les pires mensonges pour alléger les fardeaux qui vous pèsent sur le cœur.* Voilà ce qui lui vient à l'esprit quand les remords l'assaillent. *Sans quoi, on finirait par être écrasé, par ne plus vivre.*

Les mains serrées autour de son ventre, elle tente de refouler les larmes qui montent à ses paupières. *Avec toi, je ne referai pas les mêmes erreurs. Je resterai toujours à tes côtés.* Elle murmure cette promesse solennelle à l'enfant qu'elle sent bouger en elle.

Puis, lasse d'attendre, elle s'assoupit, recroquevillée sur son lit. Un bruit de clef dans la serrure la tire de son sommeil. Elle jette un coup d'œil à la petite horloge de la table de chevet : trois heures du matin.

Ignazio se déplace prudemment dans la chambre, non sans laisser derrière lui une traînée de parfum à l'iris.

D'un geste agacé, Franca appuie sur l'interrupteur. « Tu t'es bien amusé en bateau ? » Ses yeux plissés ont la lueur métallique d'une lame de rasoir. « Je suppose que oui. D'ailleurs, difficile de s'ennuyer avec la comtesse Morosini ! Tout le monde le dit. »

Ignazio, qui se démène en vain pour retirer ses boutons de manchette en or, sursaute si brusquement qu'il en laisse tomber un par terre. Il se baisse pour le ramasser, tout en maudissant à part soi les commères incapables de tenir leur langue. Il avait espéré reporter au lendemain l'inévitable discussion, et même déjà aperçu chez Missiaglia, en vitrine, un beau pendentif orné d'une émeraude…

« Les gens disent n'importe quoi, ma chérie. J'aurais voulu t'en parler dès aujourd'hui, mais cela n'aurait servi à rien, tu étais si agitée… Oui, la comtesse Morosini est très belle. Oui, elle connaît tout le monde à Venise. Impossible de faire trois pas sans la rencontrer. Et aujourd'hui, elle nous a tout simplement proposé une promenade en bateau dans la lagune. » Il retrousse ses manches sur ses poignets, s'approche de Franca, lui effleure le visage d'une main. « Je t'ai amenée ici pour que tu retrouves ta sérénité. Tu me crois vraiment assez insensible pour te faire une chose pareille ? »

Franca, au summum de l'agacement, détourne le visage avec une grimace. « Commence par aller te rafraîchir, s'il te plaît. Tu empestes son parfum. » Elle le repousse violemment loin d'elle.

Ignazio ne supporte pas de se sentir pris au piège. Il saisit le poignet de Franca et la force à le regarder. « Calme-toi, je te prie ! Alors quoi ? Je n'ai même plus le droit de me promener un peu ? Je ne devrais plus fréquenter que des hommes ? »

Franca ne parvient pas à retenir ses larmes. « Oh, toi ! » Elle le frappe de plus en plus fort sur la poitrine et lui hurle : « Tu te fiches pas mal de ce que je ressens. Nous avons perdu deux enfants, je suis enceinte et tu ne trouves rien d'autre à faire que… que… »

Il l'empoigne et la secoue. « Mais qu'est-ce qui te prend ? Mon amour, je t'en supplie…

— Tu ne changeras jamais, hein ? C'est plus fort que toi ! L'esquive perpétuelle. Tes responsabilités, tes peurs, ta femme... tout ça est trop lourd pour tes frêles épaules, n'est-ce pas ? La vérité, c'est que tu n'es qu'un lâche...

— Comment oses-tu ? » Ignazio accuse d'autant plus le coup que Franca a mille fois raison. Ses paroles l'ont atteint là où il est le plus vulnérable, dans cette zone grise de l'âme où il n'a pas le courage de s'aventurer. Et il s'y ajoute un sentiment aigu de culpabilité, parce que hélas, mille fois hélas, tout est vrai.

« Oui, voilà ce que tu es : un lâche. » Franca le répète à voix basse, sur le ton d'une constatation qui n'admet pas de réplique.

Soudain, Ignazio s'éloigne d'elle. Son estomac est en feu. Un excès de champagne, peut-être ? Ou bien l'effet dévastateur des propos de Franca ? Certaines parties de sa conscience lui sont à peu près inconnues. Il prend bien soin de les éviter, et s'il lui arrive malgré tout d'y penser, il rabâche invariablement la même rengaine : *Je suis un homme ; j'ai des besoins naturels à satisfaire ; ma femme n'a jamais manqué de rien ; je fais toujours très attention... enfin... presque toujours.* Et d'ailleurs, puisque tout le monde agit comme lui, au nom de quoi devrait-il adopter un autre comportement ? *Maudits soient-ils, tous autant qu'ils sont ! Pourquoi s'en prendre à moi et rien qu'à moi ? Ils ne se rendent pas compte qu'ils peuvent faire du mal à Franca, et donc aussi à l'enfant à naître ? Bande d'écervelés !*

Secouée par des sanglots d'une violence croissante, Franca trouve néanmoins la force de crier : « Tu imagines comment je me sens ? Humiliée ! Reléguée dans un coin, alors que je suis enceinte de toi ! » Elle quitte péniblement son lit et se dresse devant Ignazio, qui, les mains grandes ouvertes, tente de l'apaiser. L'index pointé vers son torse, les yeux luisants de colère, elle martèle des ordres : « Je te défends de revoir cette femme. Tu vas la laisser tranquille, et les autres aussi, s'il y en a. Et tu vas aussi arrêter de te donner en spectacle. Je ne veux plus jamais entendre parler d'elle. Tu nous le dois, Ignazio, à moi et à ton fils. »

Soudain, il prend peur : il n'a jamais vu Franca en proie à une telle irritation, même lors de leurs pires disputes, et il craint pour sa santé. Il saisit ses mains tremblantes et hoche la tête à plusieurs reprises. « Je te le promets. Mais maintenant, par pitié, calme-toi. » Il lui baise les paupières. « Allez, retourne dormir. » Il lui embrasse les doigts, la serre doucement dans ses bras. « Tu es fatiguée, mon cœur... Le médecin t'a pourtant bien recommandé de te ménager, d'éviter les contrariétés... »

Il obtient pour toute réponse un redoublement de sanglots.

Les deux époux vont se coucher, lui à moitié habillé, elle en robe de chambre. Leur sommeil sera de courte durée.

Au petit matin, Franca est réveillée par d'atroces douleurs au ventre qu'elle reconnaît aussitôt : ce sont les premières contractions.

Très prématurées.

Giacobina Florio naît le 14 octobre 1903, presque deux mois avant terme.

L'accouchement a été difficile. La nouveau-née est frêle, cyanosée.

Elle meurt le soir même, après quelques heures d'agonie.

*

Le silence règne.

Franca lève la tête, plisse les yeux. La lumière est agressive, les draps trop rêches.

Dans un premier temps, elle se demande où elle est. Pourquoi elle sent ce poids sur la poitrine. Pourquoi elle est seule.

Mais son incertitude ne dure pas. Tout lui revient en mémoire d'un seul coup, et la suffoque.

À travers la fenêtre entrouverte, elle entend le léger clapotis des vagues du port. Cette chambre à coucher austère, presque monacale comparée à celles de l'Olivuzza ou de la villa Igiea, n'est autre que celle du palais de Favignana.

Diodata, Maruzza et une gouvernante l'y suivent partout en prenant soin de ne pas la déranger, mais sans la quitter des yeux, comme don Ignazio le leur a bien recommandé. « Restez toujours près d'elle », a-t-il dit à Maruzza quand il est reparti pour Palerme après les avoir amenées toutes les quatre sur l'île à bord du *Virginia*. « Ma femme est… bouleversée. Surtout, veillez à ce qu'elle ne commette pas d'imprudence. »

Il avait parlé à voix basse, mais elle avait tout entendu.

Elle avait alors ressenti un étonnant détachement, et des pensées d'une surprenante froideur lui étaient venues à l'esprit. *Ce ne serait pourtant pas une idée si extravagante que cela. Bien au contraire. Un excellent moyen d'être enfin soulagée. D'avoir la paix.*

Lorsqu'elle enfile sa robe de chambre en secouant la tête, ses cheveux retombent sur ses épaules à la manière de longues vagues paresseuses. Elle erre dans la pièce. Sur sa coiffeuse, entre les brosses et les bijoux, un flacon de calmants à base de laudanum projette son ombre dorée sur la surface en marbre, jusqu'à un verre d'eau à moitié plein. Et un autre flacon, en ivoire celui-là, contient la cocaïne que le médecin lui a prescrite pour lutter contre l'asthénie et la mélancolie.

Elle éclate d'un rire amer.

Comme si un peu de poudre et quelques gouttes de médicament pouvaient apaiser ses souffrances !

En à peine plus d'un an, trois de ses enfants sont morts.

Elle fouille dans ses affaires, prend son fume-cigarette, aspire et expire lentement plusieurs bouffées de tabac, ses grands yeux verts rivés sur la mer turquoise de Favignana. Cette journée est exceptionnellement limpide pour un mois de février.

Limpide et glaciale. Mais Franca demeure insensible à la température extérieure. C'est son gel intérieur qui semble tout absorber. Ses forces. La lumière. La faim. La soif.

Elle ne parvient même plus à pleurer, elle ne sait plus comment faire. Les larmes s'arrêtent au bord de ses cils, comme pétrifiées, et refusent d'aller plus loin. Elle est peut-être morte sans le savoir. *Non, impossible.* Elle éteint sa cigarette dans un cendrier déjà rempli de mégots. *Si j'étais morte, je ne souffrirais pas autant.*

À moins que ce soit ça, l'enfer.

Diodata lui apporte son petit déjeuner.

Elle boit un peu de café, mais ne touche pas aux biscuits. Ces dernières semaines, elle a tellement maigri qu'elle est obligée de serrer son corset très fort pour l'empêcher de glisser. Ignazio lui écrit, lui envoie des télégrammes pour prendre de ses nouvelles… Il n'a cependant plus assez de patience pour rester près d'elle, et peut-être qu'elle n'en a pas très envie. Avec Baby Boy, ils ont perdu la joie que donne l'espérance en l'avenir. Or on peut vivre sans joie, mais pas sans avenir. Et tout espoir est définitivement mort avec Giacobina.

Quelque chose s'est brisé.

Franca prend son châle et son chapeau, tous deux de couleur noire. Sur la poitrine, elle porte un médaillon orné des portraits de ses enfants.

Un vent léger, mais très froid, souffle sur l'île. Certains habitants observent Franca, deux ou trois femmes esquissent un geste de salutation. Elle ne regarde personne, suit le petit chemin qui longe le palais, arrive à proximité de la mairie et continue vers la mer. Le même itinéraire, tous les jours, à pas lents.

Au fur et à mesure qu'elle avance, le bord de sa robe se couvre de poussière et prend la nuance blanc doré du tuf. Près de la madrague, des hommes soulèvent leur béret sur son passage. Elle ne leur accorde qu'un rapide coup d'œil et un signe de tête.

Elle sent sur elle leurs regards de commisération. Peu lui importe. Elle n'éprouve plus rien, pas même de l'agacement ou de la rancœur. Il y a, quelque part dans son âme, une vaste étendue de lave noire inerte, où la vie ne renaîtra jamais.

Aux alentours de la madrague, elle perçoit les bruits et les odeurs du travail qu'on y effectue : coups de marteau, bruissement des filets qu'on répare, fumée âcre des fours à poix servant à calfater les quilles des bateaux. Il reste encore des mois avant la campagne de pêche au thon, mais les hommes se préparent déjà pour ces journées de mai qui suivent la fête du Très Saint Crucifix. Depuis leur mariage, Franca et Ignazio n'ont jamais manqué d'assister à cette étrange cérémonie de la mort et de la vie, où l'odeur de la mer se mêle à celle, si âpre, du sang des poissons.

Au détour d'un chemin, Franca se retrouve près d'une langue de rochers qui descend vers le port. Ici, l'eau est propre et tout de suite profonde. Sur la droite, le quai d'accostage est vide : les bateaux n'ont pas encore quitté leur cale sèche.

L'eau.

Si bleue. Si transparente.

Elle doit être glaciale, se dit Franca en essayant de se frayer un chemin parmi les rochers pour aller y tremper ses doigts. Un calme étrange la gagne peu à peu, et le clapotis des vagues contre la pierre semble même accentuer cet apaisement progressif.

Comme ce serait beau de ne plus ressentir cette douleur, cette oppression de la poitrine qui ne la quitte jamais. De s'éloigner de la vie, de devenir inaccessible à la colère, à l'envie, à la jalousie, à l'angoisse. En contrepartie, il n'y aurait plus de joie non plus, certes. Mais quelle importance ?

À quoi bon une vie sans amour ? Sans le bonheur que vous apportent des enfants ? Sans la chaleur d'un homme ?

Quel avantage Franca pourrait-elle bien tirer, désormais, de sa sensibilité d'écorchée vive ? Le sort ne donne rien pour rien. Il s'est d'abord montré prodigue en déversant sur elle une profusion de beauté et de richesse, mais ces dons ont fini par se retourner contre elle. Elle a voué à son mari un amour sans réserve, mais elle n'a reçu en échange que des trahisons. Il lui reste sa fortune matérielle, mais on lui a volé ses plus beaux trésors : ses enfants. Elle suscitait l'admiration et l'envie ; elle n'attire plus que la pitié et les regrets.

Le bonheur est un feu follet, un fantôme, une ombre sans consistance. Et la vie est une menteuse, voilà la vérité. Elle promet beaucoup, vous permet de goûter quelques joies… et puis elle vous les enlève, du jour au lendemain, avec une brutalité inouïe.

Franca ne croit plus en elle.

Elle observe ses mains nues, sans autre bijou que son alliance et sa bague de fiançailles. Parfois, elle prend un malin plaisir à se torturer elle-même : elle pense aux pierres tombales blanches de ses enfants, aux couronnes de lis en soie qui les recouvrent ; elle revoit la mousseline qui enveloppait les petits corps ; elle passe en revue leurs vêtements ; elle se rappelle le contact de leurs mains glacées et raidies. Ils sont morts. Ils ont tout emporté avec eux.

Elle regarde à nouveau la mer. *Ce n'est pas juste.* Si le destin devait s'acharner sur elle, pourquoi ne pas l'avoir frappée directement, au lieu de lui enlever ses enfants ? Trois innocents.

Franca sent sur ses épaules le poids d'une malédiction, d'un sortilège ancien, d'une injustice qui exigeait réparation et qui vient seulement de l'obtenir. Mais elle refuse de lui donner cette satisfaction. Si la vie a décidé de la persécuter, Franca saura l'en empêcher : elle quittera le champ de bataille.

Elle avance jusqu'à la mer.

Son imagination lui montre avec une parfaite netteté ce qui pourrait se passer. Et cette évocation suffit à lui insuffler une sensation de réconfort, de chaleur, de soulagement.

Au début, l'eau serait si froide qu'elle lui couperait le souffle. Le sel l'aveuglerait et lui irriterait la gorge. Si elle essayait de remonter, ses vêtements, gorgés d'eau, l'entraîneraient vers le bas. Sa poitrine lui ferait mal, bien sûr, et elle aurait peur ; mais une sorte de manteau glacé l'envelopperait d'une étreinte tranquillisante et l'ensevelirait dans les profondeurs marines, comme une mère qui met son enfant au lit.

Oui. La mort sait parfois se comporter comme une mère.

On lui a raconté que, juste avant de perdre conscience, les noyés ressentent un bien-être étrange, une paix profonde. C'est peut-être ce que son père a éprouvé, huit ans plus tôt, au large de Livourne. Pas Giovannuzza, que la fièvre a menée à la mort en la berçant. Pas Ignazino, dont le petit cœur a cédé tout à coup. Ni Giacobina, qui a tout juste eu le temps d'ouvrir les yeux. Lorsque Franca pense à ses trois enfants, la première image qui lui revient en mémoire, c'est celle d'un petit corps serré contre le sien, qui devient de plus en plus froid malgré ses efforts désespérés pour le réchauffer.

Le froid. Impossible de se défaire de celui qu'elle porte en elle.

Mais alors, c'est peut-être le seul espoir qui me reste. Elle avance un peu plus vers la mer, retire son chapeau, jette son châle de côté. *Plus besoin.* L'idée du péché mortel ne lui effleure pas l'esprit, pas plus que celle du scandale.

Elle ne se soucie plus de rien.

Même respirer lui est pénible. Et elle veut juste cesser d'avoir mal. Disparaître.

« Mon fils est mort à treize ans. En même temps que son père. Ils étaient partis en mer, et ils ne sont pas revenus. »

Ces mots atteignent ses oreilles au moment où l'eau recouvre déjà ses bottines.

Franca se retourne. Plus haut, derrière elle, une vieille femme vêtue de noir, recroquevillée dans un châle en laine, parle sans la regarder. Bien qu'elle ne soit pas plus haute qu'une enfant, elle a une voix forte et claire.

« Votre enfant… ?

— C'était l'amour de ma vie, mon seul fils. Mon mari m'a laissée seule avec deux filles, et depuis, je ne me suis plus occupée que d'elles. Il ne me restait personne d'autre. » Elle marche d'un pas hésitant sur les rochers. « Le Seigneur donne, le Seigneur reprend. »

Franca sursaute, puis secoue la tête en signe d'incrédulité et d'agacement. Comment se permet-elle, cette parfaite inconnue, de lui parler ainsi ? Ses enfants à elle n'avaient rien à voir avec des fils de pêcheurs ! Elle est tentée de répondre à cette femme qu'elle ne peut pas comprendre, que son existence et sa famille sont en train de voler en éclats. Sa gorge se serre et l'en empêche.

La vieille femme, qui la dévisage maintenant avec une insistance marquée, reprend alors, d'une voix éraillée par les ans : « C'est notre lot à tous. Pas moyen d'y échapper. »

Franca se sent mise à nu. Elle détourne les yeux, des larmes perlent à ses paupières. Tout se passe comme si cette étrangère avait deviné ses intentions et décidé de lui rappeler une vérité élémentaire : on n'a pas le droit de se dérober quand on a encore des responsabilités à assumer.

« Ma petite fille a besoin de moi », murmure Franca. Igiea est restée à Palerme avec sa gouvernante et Giovanna. Sa mère l'imagine sans peine, dans ces pièces maintenant trop vides. Les mains devant la bouche, elle essaie en vain de refréner ses sanglots. Alors elle leur donne libre cours. Longtemps. Jusqu'à ce que le col de sa robe soit trempé. Elle a enfin trouvé un exutoire à sa douleur. Elle pleure sur elle-même, sur l'amour perdu de ses enfants, sur la souffrance insoutenable des vains regrets, sur ce mariage auquel elle a cru de toutes ses forces et qui s'est vidé de l'intérieur. Elle pleure parce qu'elle a le sentiment de ne plus être personne, de ne plus être qu'un nom.

Puis elle s'éloigne de la mer. Mais elle ne cessera jamais d'entendre son appel.

*

À son retour à l'Olivuzza, quelques semaines plus tard, Palerme l'espionne avec un mélange de suspicion et de pitié, tout en essayant de reconnaître sur son visage les stigmates de son calvaire. La ville veut tout voir, tout savoir.

Franca ne s'esquive pas. Elle se montre même dans toute sa splendeur, à l'occasion d'une nouvelle visite du Kaiser et de son épouse : ses perles légendaires au cou, elle leur fait visiter la villa de son beau-frère, maintenant terminée, et pose pour un photographe au pied de l'escalier monumental de ce chef-d'œuvre d'Ernesto Basile. Elle accueille le prince Philippe de Saxe-Cobourg-Gotha à la villa Igiea, et donne pour lui une fête aussi inoubliable que celle qu'elle organise en l'honneur des Vanderbilt, arrivés à Palerme à bord de leur yacht, le *Varion*. Aux côtés de Giovanna, qui ne retient pas ses larmes, et des ouvriers venus tout exprès de Marsala, elle assiste à l'inauguration de la statue d'Ignazio Florio sculptée par Benedetto Civiletti. Elle est également présente au lancement du *Caprera*, le premier navire à vapeur sorti du chantier naval de Palerme. Elle se joint à la ville pour fêter le retour chez lui de Raffaele Palizzolo, acquitté par la cour de cassation, faute de preuves, de l'accusation d'avoir commandité l'assassinat d'Emanuele Notarbartolo. Et à l'occasion de la fête de sainte Rosalie, elle transforme un bateau de la NGI en un véritable jardin flottant d'où les invités peuvent admirer les feux d'artifice.

Pas un signe de faiblesse. Pas un mot de trop. Aucune trace de la douleur qui lui a brûlé les entrailles. Mais dans ses yeux il n'y a plus de sourire non plus, seulement un perpétuel regard distant.

Comme si plus rien ne pouvait l'atteindre. Comme si elle était vraiment morte.

DU MUGUET

mai 1906 - juin 1911

Cu prima nun pensa, all'ultimu suspira.
« Commence par réfléchir, ou tu finiras par soupirer. »

Proverbe sicilien

Le troisième gouvernement Giolitti reste en fonction du 29 mai 1906 au 11 décembre 1909. Ce « long ministère », comme on l'appellera plus tard, se caractérise d'abord et avant tout par la promulgation de nouvelles réformes dans le domaine social. Dès 1902, la loi Carcano avait interdit le travail des enfants de moins de douze ans, limité à douze heures par jour le travail des femmes et institué un « congé de maternité ». Depuis 1904, les patrons sont dans l'obligation d'assurer leurs ouvriers contre les accidents. En 1907, le travail nocturne est interdit aux femmes et les travailleurs ont désormais droit à « une période de repos d'au moins vingt-quatre heures consécutives par semaine ». En 1910, on crée une « caisse de maternité ». Entre-temps, le 29 septembre 1906, la Confederazione Generale del Lavoro (Confédération générale du travail) a été fondée et comptait deux cent cinquante mille membres ; le 5 mai 1910, la Confederazione Generale dell'Industria (Confédération générale de l'industrie) voit le jour.

Par ailleurs, Giolitti nationalise les chemins de fer le 15 juin 1905 et, en 1907, une partie des services téléphoniques. Mais le volet le plus important de sa politique économique est la « grande conversion » de la rente promue en 1906 par le ministre des Finances, Luigi Luzzatti, par un consortium de banques étrangères et par la Banca d'Italia, en la personne de son directeur, Bonaldo Stringher : le taux de rémunération net des titres sur la dette publique (qui s'élève alors à environ huit milliards de lires, soit plus de trente-deux milliards d'euros) passe de 4 % à 3,75 % (1er juillet 1907) puis à 3,5 % (1er juillet 1912). En 1907, il résulte de ces décisions, pour le Trésor public, un gain d'environ vingt millions de lires. Le budget de l'État devient excédentaire, la réputation internationale de l'Italie s'améliore et la lire est même mieux cotée que l'or. Après la crise économique internationale de 1907 – causée par l'activité spéculative imprudente des années précédentes et surmontée, en Italie, grâce à l'action concertée du gouvernement et de la Banca d'Italia –, Giolitti doit faire face à l'une des pires tragédies de l'histoire du pays : le 28 décembre 1908, à cinq heures vingt du matin, un tremblement de terre d'une magnitude de 7,2 détruit Messine et Reggio de Calabre, dévaste un territoire de six mille kilomètres carrés et entraîne la mort de quatre-vingt mille à cent mille personnes. Tandis que le gouvernement est accusé de lenteur excessive dans l'organisation des secours, le roi et la reine se rendent dès le 30 décembre à Reggio de Calabre, où ils apportent une aide concrète à la population. Le 8 janvier 1909, trente millions de lires sont allouées à la reconstruction des régions touchées par le séisme.

Après avoir remporté les élections du 7 mars 1909 – à l'issue desquelles des catholiques entrent pour la première fois au Parlement –, Giolitti démissionne le

2 décembre, peut-être à la suite des accusations portées contre lui par le socialiste Gaetano Salvemini, fin connaisseur des problèmes économiques et sociaux de l'Italie du Sud. Ce dernier développe son réquisitoire d'abord dans un article publié par le quotidien Avanti ! *(14 mars 1909), puis dans son essai* Il ministro della mala vita *(1910) : selon lui, le retard de l'Italie méridionale découlerait en réalité d'une volonté précise de Giolitti, qui profiterait de fraudes et de pressions électorales massives pour se maintenir au pouvoir.*

Le 30 mars 1911, il forme néanmoins son quatrième gouvernement, qui durera jusqu'au 21 mars 1914. Le 29 septembre 1911, il donne libre cours aux visées expansionnistes de l'Italie en déclarant la guerre à l'Empire ottoman pour la conquête de la Tripolitaine et de la Cyrénaïque (Libye orientale). Présentée comme l'acquisition d'une sorte d'eldorado, soutenue à la fois par les libéraux, les catholiques et les nationalistes, l'entreprise coloniale est couronnée de succès : le 11 octobre, Tripoli tombe aux mains des Italiens ; le 18, Benghazi capitule. Avec le traité de Lausanne (18 octobre 1912), l'Italie obtient la reconnaissance de sa souveraineté sur la Libye… c'est-à-dire sur « un grand tas de sable », selon la célèbre formule de Salvemini.

Le muguet est une petite plante délicate, aux fleurs très blanches en forme de clochettes. Son parfum si caractéristique lui a valu son nom, qui dérive de *muscade* (« à l'odeur de mousse »). D'Annunzio s'en est certainement souvenu lorsque, dans son drame *Il ferro* (*Le Fer*), il fait dire à Mortella : « Comme tu es fraîche ! Tu sens l'averse, le buis et le muguet. »

Une plante née de souffrances, du moins à en croire certaines légendes : les larmes d'Ève chassée du jardin d'Éden, celles de la Madone au pied de la Croix ou encore celles versées par Freyja, la déesse nordique de la fertilité et de la force, lors de sa captivité à Asgard, où elle se souvient avec nostalgie du printemps de sa terre d'origine.

Une plante censée porter chance, du moins en France. Le 1er mai 1561, on en présente une botte, à titre de cadeau de bon augure, au roi Charles IX, qui décide alors que chaque année, à cette même date, il en fera don aux dames de sa cour. Perdue dans les méandres de l'histoire, cette tradition réapparaît le 1er mai 1900 à Paris : à l'occasion d'une fête, les grandes maisons de couture en offrent à leurs ouvrières et à leurs clientes. Le 24 avril 1941, lorsque le maréchal Pétain institue la « Fête du Travail et de la concorde sociale », il remplace l'églantine, symbole de la Journée internationale des travailleurs depuis 1891, par le muguet. Aujourd'hui encore, et notamment en région parisienne, l'usage veut qu'on en vende le 1er mai. Christian Dior est même allé jusqu'à en faire une fleur-symbole, et à lui dédier sa collection printemps-été 1954.

Une plante liée à l'idée d'un amour pur et virginal, souvent présente, pour cette raison, dans les bouquets des mariées. C'est seulement à une date récente qu'on a compris que cette tradition reposait sur un fondement scientifique : le parfum du muguet naît en effet d'un aldéhyde aromatique appelé *bourgeonal* qui, non content de doubler la vitesse des spermatozoïdes des mammifères, les attire à lui comme une sorte d'aimant. Et il s'agit aussi du seul parfum au monde pour lequel les hommes sont dotés d'une sensibilité supérieure à celle des femmes.

Une plante utile. Au XVIe siècle, dans ses notes sur les œuvres de Dioscoride, le scientifique siennois Pietro Andrea Mattioli soutient que le muguet permet de renforcer le cœur, surtout si l'on souffre de palpitations. À la fin du XIXe siècle, le médecin français Germain Sée confirme son action bénéfique sur le cœur et insiste par ailleurs sur son efficacité diurétique.

Une plante perfide, enfin. Son ingestion accidentelle est susceptible de provoquer des syndromes confusionnels, des altérations du rythme cardiaque et de graves douleurs abdominales, parfois pendant plusieurs jours.

Une plante aussi suave et délicate que dangereuse. Tout comme l'amour.

*

La silhouette des Madonies se détache sur le ciel clair de l'aube. Le soleil s'élève au-dessus de leurs cimes, dissipe l'obscurité et les colore d'une lumière dorée, tandis qu'un vent frais venu de la mer apporte avec lui une odeur saumâtre d'algues.

Elle ne parvient cependant pas à en supprimer d'autres, plus fortes, inconnues sur ces terres situées entre la mer et la campagne.

De l'huile de moteur. De l'essence. Des gaz d'échappement. Le vent transporte aussi des phrases, des encouragements et des insultes criés en anglais, en français, en allemand. Parfois en italien, mais avec un fort accent du Nord. L'ensemble est toutefois masqué par le vacarme de moteurs qui ronronnent, toussotent, vrombissent.

Des mécaniciens. Des pilotes. Des automobiles.

Bien qu'il soit à peine cinq heures du matin, la plaine de Campofelice, au pied des Madonies, est déjà noire de monde. Des trains spéciaux sont arrivés de Palerme, Catane et Messine, et certains voyageurs ont même passé la nuit à la belle étoile, pour être certains d'avoir une bonne place. La foule en attente se presse maintenant devant une barrière qui ne la mettra cependant pas à l'abri des nuages de poussière et des cailloux projetés par les voitures lancées à près de cinquante kilomètres-heure.

À côté de l'esplanade, le long d'un tronçon de route

recouvert de goudron, on a aménagé un bureau télégraphique et la tribune en bois des commissaires et de la presse. En face, une autre tribune, ornée de festons et de fanions, est réservée aux invités de marque. Là aussi, l'excitation est palpable, y compris parmi ceux qui se soucient peu de la course : les femmes veulent avant tout voir et être vues ; certains hommes observent avec suspicion ces engins dont le bruit de ferraille les inquiète. Mais chacun sait qu'il serait inenvisageable de ne pas assister à un événement dont on parle partout, en Italie comme à l'étranger.

Un événement, oui. Voilà ce que cette course est – et a toujours été – dans l'esprit de Vincenzo Florio. Une occasion précieuse de se montrer, de s'affirmer, de moderniser les choses. Pour lui-même, pour sa famille, pour toute la Sicile. Puisque l'avenir tarde à arriver sur son île, il a décidé de l'y apporter. Ce n'est pas la première fois qu'un Florio se charge d'une mission de ce genre. Le grand-père dont Vincenzo porte le prénom avait déjà agi en ce sens.

Pour parvenir à ses fins, il s'est battu sans s'arrêter devant aucun obstacle : il a ordonné de niveler des champs et de remettre en état des sentiers, des chemins muletiers et des routes, le tout à ses frais ; il a fait éparpiller du bitume le long du circuit, pour empêcher la poussière de brouiller la vue des pilotes ; il a payé quelques bergers pour qu'ils gardent leurs moutons loin du parcours, et certains « hommes d'honneur » pour que les voitures et leurs équipages ne souffrent d'aucun dommage ; il a effectué les démarches nécessaires pour obtenir la présence, le long du circuit, de carabiniers, de policiers et même d'une compagnie de bersagliers cyclistes servant d'estafettes ; il s'est assuré les services des chronométreurs de l'Automobile Club de Milan ; il a demandé à un opérateur de cinéma de filmer le départ et l'arrivée de la course ; il a installé dans un kiosque le « totalisateur » des paris ; il a mis à la disposition des pilotes et des mécaniciens un luxueux bateau à vapeur, l'*Umberto I*, qui, après la course, les reconduira rapidement à Gênes ; de là, ils gagneront Milan, où doit se tenir la Coppa d'Oro, une autre compétition importante. Vincenzo s'apprête donc à célébrer son triomphe à grand renfort de médailles, coupes et trophées créés par Lalique, l'illustre orfèvre, qui a également conçu la récompense du vainqueur : la Targa Florio.

Toute la famille Florio a été mise à contribution, et Vincenzo a même réussi à convaincre Franca de parcourir une partie du circuit en voiture avec d'autres dames, afin de leur faire découvrir la beauté sauvage des Madonies. Mais il s'est surtout appuyé sur les talents mondains de sa belle-sœur, emportant ainsi ce qui lui restait de méfiance. Les fêtes, les dîners, les buffets, les excursions, Franca a tout organisé avec son élégance coutumière. Il s'est révélé plus difficile d'impliquer Ignazio, qui n'est au fond qu'un paresseux obnubilé par les femmes. Mais, connaissant sa vanité et son goût pour les honneurs, Vincenzo a su jouer sur son désir constant de paraître sur le devant de la scène ; et c'est ainsi que, tout en se plaignant et en maugréant, son frère lui a donné l'argent nécessaire à la réalisation du projet. Enfin – mais sans effort, car elle l'adore –, il a réussi à entraîner dans ce *tourbillon** la petite Igiea ; elle lui a même annoncé que quand elle serait grande, elle deviendrait pilote.

Vincenzo est un manipulateur. Il en est conscient, de même que sa famille, qui accepte avec indulgence cette facette de sa personnalité.

C'est donc d'un air satisfait que, vêtu d'une tenue sportive et chaussé de souliers anglais, il s'affaire parmi les pilotes et les mécaniciens. Il est devenu bel homme : les traits de son visage sont fins, sa moustache met en valeur son nez harmonieux et sa bouche, où apparaît souvent un magnifique sourire, est dotée d'une grâce presque féminine. Sous une lumière de plus en plus vive, il observe les automobiles, qui révèlent peu à peu leur forme et leur texture. Elles sont très différentes de celles qui circulent maintenant en grand nombre dans les rues des villes, y compris à Palerme, et qui, avec leurs sièges profonds comme des divans et leurs volants aussi larges que des gouvernails, ressemblent encore à des véhicules de l'ancien temps. Les voitures de course, au contraire, sont étroites, fuselées. Même à l'arrêt, elles suscitent le frisson de la vitesse.

Après avoir salué Vincenzo Lancia, déjà au volant de sa Fiat, Vincenzo rejoint un homme à la moustache épaisse, habillé d'une combinaison et coiffé d'une casquette en cuir ; il est engagé dans une discussion animée, en français, avec un mécanicien à qui il désigne du doigt un pédalier.

Vincenzo sourit. « *Avez-vous encore des problèmes, monsieur Bablot* ?* »

Paul Bablot se retourne, essuie une main tachée d'huile et de graisse sur sa combinaison avant de la tendre à Vincenzo, qui la lui serre.

« Eh bien… le voyage n'a pas été une partie de plaisir. L'humidité a noyé le carburateur, et nous sommes en train d'essayer un énième réglage. Cette course représente un vrai défi, monsieur Florio, son parcours a quelque chose de pour le moins… inhabituel.

— Et c'est bien ainsi que nous l'avons conçue, le comte d'Isnello et moi-même, en nous inspirant de la Coupe Gordon Bennett. Nous voulions un itinéraire capable de mettre à l'épreuve non seulement les qualités des voitures, mais aussi celles des pilotes. Et il devait s'agir d'un circuit, pour que les spectateurs puissent assister à plus d'un passage. Les gens du cru n'ont jamais vu autant de voitures réunies… Et je suis convaincu que certains paysans n'ont jamais vu d'automobiles tout court. Oh, ce sera une expérience inoubliable. Et vous au moins, vous avez réussi à venir jusqu'ici… pensez à ceux qui n'ont même pas pu partir. »

Vincenzo a un sourire teinté d'agacement et jette un coup d'œil à un groupe d'hommes en tenue de sport occupés à examiner les voitures d'un air critique. Certains parlent à voix haute, en français, et ne font rien pour cacher leur colère. *D'ailleurs, comment pourrait-il en être autrement ?* se dit Vincenzo, visiblement irrité. À cause d'une grève de la NGI, à Gênes, leurs voitures sont restées bloquées trop longtemps pour respecter les délais des tests et des contrôles réglementaires. Eux qui étaient censés compter parmi les protagonistes de la course, les voilà réduits à en être de simples spectateurs. « Nous avons beaucoup investi dans cette course, et au bout du compte, nous nous sommes retrouvés à la merci du bon vouloir de quelques bons à rien, maugrée Vincenzo d'une voix sifflante. En Italie, malheureusement, personne ne respecte rien. Cet événement pourrait rajeunir la Sicile, la faire entrer dans la modernité ; mais ils s'en contrefichent, ces abrutis ! »

Bablot hausse les épaules et s'exclame, tout en montant dans la voiture : « Je comprends votre déception, mais à mon avis, moins il y aura de concurrents, mieux cela vaudra. Même si, à vrai dire, je ne suis pas très inquiet : ma Berliet est formidable ! » Il fait signe au mécanicien d'éloigner ses mains des cylindres et donne du gaz ; le moteur répond par un vrombissement.

Vincenzo acquiesce, salue Bablot d'un signe de tête et se retourne pour observer une autre voiture, une Hotchkiss trente-cinq chevaux, dont le radiateur porte le numéro 2. À son bord, une femme aux cheveux noirs coiffés en chignon se tient penchée sur le pédalier. Soudain, elle sort du véhicule d'un mouvement fluide et commence à vérifier le radiateur, tout en s'essuyant les mains sur un tablier recouvrant un vêtement qui lui descend jusqu'aux chevilles, que Vincenzo prend d'abord pour une robe et dont il finit par se rendre compte, au deuxième coup d'œil, qu'il s'agit d'un pantalon très large.

Dans le milieu des courses automobiles, tout le monde connaît et respecte madame Motan Le Blon, qu'on est habitué à voir toujours accompagnée de son mari Hubert. Un couple singulier, uni par une passion débordante pour les voitures.

Mais ici, elle ne saurait passer inaperçue.

Et de fait, alors que Vincenzo s'apprête à la

rejoindre, il entend un rire ironique, suivi d'un commentaire railleur: «Regardez-moi ça! Une femme qui fait le travail d'un homme!»

Vincenzo se retourne, les sourcils froncés, mais impossible d'identifier l'auteur de ce commentaire. Puis il constate que madame Le Blon sourit, hausse les épaules et murmure: «J'ai beau ne pas comprendre la signification précise de ces propos, je n'ai aucun mal à deviner leur sens général. Certains regards se passent d'explications, et je serais prête à parier que ce monsieur se demande pourquoi une femme répare un carburateur, au lieu de rester à la maison et de s'occuper de ses enfants.» Elle enlève son tablier, le pose à l'écart et se noue un foulard sous le menton. «Si j'accordais aux potins plus d'importance qu'ils n'en méritent, j'aurais renoncé depuis longtemps. Mais participer à des compétitions avec mon mari est l'une de mes principales sources de bonheur, et rien ni personne ne me dissuadera d'en profiter. Et je vais même vous faire une confidence...» Elle baisse un peu plus la voix et se rapproche de Vincenzo, qui perçoit une vague odeur de transpiration, d'huile et de savon à la lavande. «Je suis meilleure pilote que lui. J'ai déjà conduit une Serpollet à vapeur, à Nice. Une expérience merveilleuse.

— Ma femme n'a pas peur de la vitesse et elle maîtrise son véhicule à la perfection. Elle serait capable de faire mordre la poussière à certains pilotes de ma connaissance...» Hubert Le Blon s'approche de son épouse, lui caresse le dos et l'embrasse tendrement sur la joue.

Vincenzo salue Monsieur et baise la main de

Madame, tout en se disant qu'il ne verrait aucun inconvénient à rivaliser avec elle.

« Don Florio, nous y sommes presque ! » s'écrie un jeune homme aux sourcils et moustache touffus, qui fixe sur lui des yeux sombres au regard pénétrant.

Alessandro Cagno nourrit une telle passion pour les automobiles que Vincenzo lui a demandé un jour, sur le ton de la plaisanterie, si sa nourrice l'avait allaité avec de l'huile de moteur. Âgé, comme Vincenzo, de vingt-trois ans, il est pilote depuis 1901, après avoir été mécanicien dans l'atelier de Luigi Storero, à Turin, puis à la Fiat de Giovanni Agnelli, dont il est également le chauffeur personnel. En 1903, il a participé en qualité de mécanicien à la Paris-Madrid, la « course de la mort », interrompue à Bordeaux en raison du nombre trop élevé d'accidents, dont celui qui a causé le décès de Marcel Renault ; en 1904 et 1905, il s'est distingué à la Coupe Gordon Bennett ; et il vient de remporter la prestigieuse course du mont Ventoux.

« Bonjour, monsieur Cagno ! Il paraît qu'à Turin, on a écrit une chanson sur vous. C'est vrai ? »

Cagno semble gêné. « Cette chanson parle aussi de Felice Nazzaro et de Lancia…

— Pas de vous et de votre Itala ?

— Elle chantera aujourd'hui, spécialement pour vous, et je pense que vous apprécierez ses vocalises », répond Cagno en enfonçant sa casquette sur sa tête.

Vincenzo éclate de rire et lui serre la main. Puis il se tourne vers les tribunes, à la recherche de son frère et de Franca, qui sont descendus avec les Trabia et les Trigona à Termini Imerese, au Grand Hotel delle Terme, un bâtiment aux lignes élégantes conçu par

Damiani Almeyda et choisi pour accueillir les pilotes et la bonne société palermitaine. Il ne les trouve pas et soupire en secouant la tête. Ils ne sont pas encore arrivés. Vincenzo aimerait au moins saluer Ignazio, partager ce moment avec lui.

Soudain, il aperçoit une tache rose qui se déplace entre les voitures, apparaît et disparaît parmi la foule des conducteurs et des mécaniciens. Surpris, il la suit des yeux. Et c'est seulement lorsqu'elle s'arrête à côté de la Berliet de monsieur Bablot qu'il la reconnaît et l'appelle : « Annina ! »

Anna Alliata di Montereale – Annina, pour les intimes – est la sœur cadette de l'une des amies les plus proches de sa belle-sœur Franca, Maria Concetta Vannucci, princesse de Petrulla. Elle a quelques années de moins que lui, et ils se connaissent depuis toujours.

La jeune femme se retourne, l'aperçoit et va à sa rencontre, son chapeau à la main. Le regard brillant d'enthousiasme, elle a les joues rouges.

« Annina, mais qu'est-ce que tu fais ici ? Tu risques de te salir !

— Et alors ? C'est si agréable d'être au milieu des voitures, si amusant ! Tu sais quoi ? J'aimerais en acheter une. » Après avoir baissé les yeux sur l'ourlet en dentelle de sa robe, éclaboussé de boue, et sur ses bottines maculées de taches d'huile, elle secoue la tête. « Oui mais voilà, *maman** prétend que c'est réservé aux hommes. » Elle soupire. « Balivernes ! »

Vincenzo ne sait pas bien comment réagir. Ils ont eu de nombreuses conversations, Annina et lui, à des bals ou à des dîners ; jamais, toutefois, en dehors d'un cadre mondain. Il a toujours vu en elle une jeune femme vive, intelligente, mais la passion qui enflamme son visage en ce moment est une découverte pour lui. Seule une remarque maladroite lui vient aux lèvres : « Ta mère est prudente. Depuis qu'elle est veuve, elle doit s'occuper de toute la famille et...

— Non, non, ce n'est pas ça. C'est qu'elle a des idées tellement... rétrogrades. » Le regard d'Annina prend une nuance d'agacement. « Elle devrait comprendre que l'époque des attelages à quatre hommes et des calèches est révolue. Que l'avenir est déjà là.

— Ce n'est pas facile de changer d'époque. » Vincenzo pense à Giovanna, restée à l'Olivuzza sous prétexte de ne pas quitter donna Ciccia qui, presque paralysée désormais, a grand besoin de son aide. Mais il sait pertinemment qu'elle ne serait venue pour rien au monde.

Sur ces entrefaites, il avise, au milieu de la foule, certains des organisateurs de la course, qui le cherchent peut-être. Il leur tourne le dos. *Pas maintenant*, pense-t-il. *Pas maintenant.* « Tu sais, au début, quand je roulais dans les allées de l'Olivuzza, ma mère n'arrêtait pas de se plaindre : selon elle, je saccageais son jardin et je faisais mourir de chagrin les oiseaux de la volière. Mais c'est une femme âgée, il faut la comprendre. Ignazio, en revanche, qui n'est pas vieux du tout, m'a traité d'inconscient plus d'une fois. Ce n'est qu'un trouillard, un peureux de naissance. Figure-toi qu'il ne veut même pas monter à cheval, c'est déjà trop rapide pour lui. »

Annina rit et le regarde à la dérobée. « Mais ne

nous voilons pas la face : tu en as, une certaine dose d'inconscience, non ? »

Il sourit et répond, avec une franchise inhabituelle chez lui : « Une toute petite. » Ce qu'il n'avoue cependant pas, c'est que la vitesse lui fouette le sang, lui apporte la sensation d'être vivant, lui donne des frissons. Et que son rire à elle vient d'avoir exactement le même effet.

« Don Vincenzo ! » L'un des mécaniciens se dirige vers lui en toute hâte. « Nous vous cherchions, monsieur. »

D'un signe de tête, Vincenzo lui fait comprendre qu'il ne va pas tarder à les rejoindre. Puis il regarde de nouveau Annina. « Tu devrais aller à la tribune. Je suis sûr que ta mère s'inquiète…

— Si tu le dis… Mais avant, promets-moi de m'emmener en promenade dans une de tes voitures, un de ces jours. »

Il sourit. « Promis. Ce sera pour bientôt. »

Annina lui tourne le dos, s'éloigne d'un pas, se retourne à nouveau et pose sa main gantée sur celle de Vincenzo. Malgré le vrombissement des moteurs, sa voix sonne haut et clair : « Aujourd'hui, ici, j'ai acquis la certitude qu'il est inutile d'attendre les bras croisés que nos rêves se réalisent. Il faut prendre des initiatives. Voir grand. Merci de m'avoir prouvé qu'on peut toujours réaliser ses désirs. »

*

Ignazio suit la préparation de la course depuis la tribune, enveloppé dans un paletot anglais acheté l'année précédente. Cette année, il n'a pas renouvelé sa garde-robe. Il n'a pas eu le temps, et surtout il ne veut pas avoir d'autres factures à payer que celles qui sont déjà sur son bureau : sa mère, Franca et même Igiea – une gamine de six ans ! – semblent n'avoir rien d'autre à faire que d'acheter des chapeaux, des vêtements, des gants, des chaussures et des sacs dans toute l'Europe. Il a demandé plusieurs fois à Franca de ne pas exagérer, mais elle l'a toujours écouté d'un air indifférent, sans daigner le regarder.

Une fois seulement, elle lui a répondu : « J'imagine que tu ne demandes pas aux autres femmes d'économiser sur les bijoux ou les hôtels. » Elle a prononcé ces mots sur un ton calme, sans colère, et elle les a accompagnés d'un regard d'une telle froideur qu'Ignazio s'est senti mal à l'aise.

Il s'est contenté de marmonner un « Qu'est-ce que tu racontes ? » dont il a encore honte.

Ses relations glaciales avec Franca ne font qu'exacerber ses motifs de contrariété et d'inquiétude. À commencer par ce maudit chantier naval qui avait suscité tant d'espoirs : il a enfin été achevé, certes ; mais le manque de commandes, la réduction des marges et les grèves ont sapé le projet. Au bout du compte, Ignazio a été contraint de vendre sa participation au capital de la Società Cantieri Navali, Bacini e Stabilimenti Meccanici Siciliani à Attilio Odero, le propriétaire génois des chantiers navals de Sestri Ponente et de Foce. Cette opération ne lui a cependant pas suffi pour rembourser ses dettes, notamment les deux millions dus à la Banca Commerciale Italiana, à cause de la construction du chantier naval justement ; il a donc dû licencier des ouvriers et des employés, aussi bien sur ce chantier qu'à l'Oretea. Et il en est réduit à réclamer en personne certains recouvrements de créances… lui qui n'avait jamais eu à s'occuper de ce genre de vétilles.

Sur le plan politique, la situation est encore plus catastrophique : Giolitti est puissant, trop puissant. Et il défend des intérêts contraires à ceux du Sud en général, et de la NGI en particulier. Les autorités procéderont par exemple bientôt au renouvellement des conventions maritimes : au cours de cette longue procédure semée d'embûches, Ignazio se heurtera à de nombreux adversaires, au premier rang desquels cet Erasmo Piaggio en qui il avait placé sa confiance et ses espérances, et qui s'est révélé n'être qu'un petit arriviste minable, comme tous les autres. Quand Ignazio l'a forcé à donner sa démission, il est parti en claquant la porte, jurant de lui faire payer très cher cet affront. La scène, similaire en tout point à celle qui s'était déroulée jadis avec Laganà, avait un air triste de déjà-vu.

Et puis, il y a l'exploitation vinicole…

À cette pensée, le dos d'Ignazio se raidit et sa bouche s'assèche. Romualdo, assis à côté de lui, se tourne pour le regarder. Il le connaît trop bien pour ne pas remarquer sa mauvaise humeur et lui demande de but en blanc : « Qu'est-ce que tu as ? »

Ignazio hausse les épaules. « Rien, des bêtises. »

Romualdo peut d'autant moins se satisfaire de cette réponse laconique qu'elle a été prononcée sur un ton sinistre. Il attrape son cousin par le bras et l'entraîne vers un coin tranquille des tribunes. Ils se connaissent depuis assez longtemps pour ne pas avoir besoin de faire des manières. « Qu'est-ce qu'il y a ? »

Ignazio soupire. « L'exploitation vinicole. » Il jette sur son ami un regard où les regrets et les remords se mêlent à la honte. Cette pensée lui fait l'effet d'une gifle depuis plusieurs jours, plus précisément depuis qu'il a dû, à la mi-avril, consentir à la cession de la marque familiale et de son symbole, le lion.

Créée par son grand-père disparu peu après sa naissance, cette exploitation vinicole est l'une des premières entreprises de sa famille. Son père, lui, ne l'aurait jamais laissée péricliter ; bien qu'il soit mort depuis une quinzaine d'années, Ignazio imagine clairement les reproches teintés de déception qu'il lui aurait adressés, le regard accusateur qui l'aurait cloué sur place. Personne n'aurait jamais osé lui refuser de l'argent, son estime ou son respect.

Personne n'aurait eu l'outrecuidance de demander à son père « des garanties plus solides ».

« Quoi, l'exploitation vinicole ? s'enquiert Romualdo, perplexe.

— Il y a quelque temps, j'ai signé le contrat de cession de ses biens immobiliers et des établissements de Marsala pour créer, avec quelques associés, la Società Anonima Vinicola Italiana, la SAVI. J'espérais disposer de liquidités supplémentaires, mieux répartir les coûts et obtenir un peu de répit de la part de mes créanciers. Tu étais au courant, non ? Eh bien, le mois dernier, j'ai été obligé de vendre aussi les établissements d'Alcamo, de Balestrate et de Castellammare, y compris ceux où nous produisions du cognac et que nous n'utilisons plus, de toute façon. » Il marque une pause et s'humecte les lèvres. « À ce jour, nous ne sommes plus propriétaires de la moindre brique, nous n'avons plus que des actions. Et malgré cela, les intérêts des prêts que je dois rembourser sont en train de me dévorer tout cru ! »

Soudain, Romualdo remarque les rides profondes qui sillonnent le visage de son ami. Il ne les avait jamais vues. « Je croyais que tu étais resté propriétaire au moins de…

— Non, non. Je leur avais tout cédé, sauf les bâtiments de Marsala ; pour ceux-là, ils me versaient un loyer. Mais j'ai fini par les céder aussi. Je n'ai gardé que la petite villa et les bouteilles de marsala prêtes à être vendues. » Il soupire. « J'ai besoin d'argent. D'argent et de temps. Tu ne sais pas ce qui m'est arrivé l'autre jour ? Fecarotta m'a envoyé une lettre recommandée pour me mettre en demeure de régler une facture. Et c'était la deuxième fois. Je n'en croyais pas mes yeux.

— Fecarotta ? Tu avais acheté un bijou pour ta femme ? » demande Romualdo en levant le menton pour désigner Franca.

Ignazio secoue la tête et chuchote, en détournant la tête : « Non. Pour Bice. Cette femme me rend fou. »

Bice. Beatrice Tasca di Cutò.

Romualdo retient une grossièreté avant de répondre : « Elles sont dangereuses, les Tasca di Cutò. Je suis bien placé pour le savoir, moi qui en ai épousé une. Quant au reste, cher cousin, tu n'avais pas le choix, avec tous ces gens qui te tarabustent. La SAVI t'a permis de souffler un peu, et bien entendu, tu as dû accepter des compromis… Ce n'est tout de même pas ta faute si le marché du vin est dans une situation si catastrophique. » Il pose une main sur le bras d'Ignazio. « D'abord le phylloxéra, ensuite la crise et pour finir... les taxes sur l'alcool !

— Un vrai coup de massue. Ça faisait des années que les politiciens romains voulaient taxer les vins liquoreux, et ils ont fini par y arriver. » Ignazio frappe la balustrade d'une main. « J'ai cherché des solutions alternatives... le cognac... les vins de table... Échec sur échec ! Et maintenant, le marsala ne trouve plus grâce aux yeux de ces messieurs, ils lui reprochent d'être trop alcoolisé ! Dire que les médecins le prescrivent comme reconstituant... » Un mouvement nerveux de la tête lui échappe et il porte une main à sa tempe ; sa respiration s'accélère, il est maintenant en proie à la colère, un sentiment simple qui ne demande pas mieux que de s'exprimer en toute liberté, pour un soulagement immédiat, plus efficace que n'importe quelle pensée. Comme toujours, Ignazio l'accueille à bras ouverts et lui donne libre cours : « Même l'Anglo-Sicilian Sulphur Company n'existe plus. Elle ne m'a jamais beaucoup rapporté, mais c'était un symbole, tu comprends ? Les Américains ont réussi à mettre au point un nouveau procédé d'exploitation de leurs gisements de soufre, ce qui signifie pour nous la fin des exportations vers les États-Unis. Et je parierais que dans peu de temps, ils vendront aussi leur production en Europe ; ce jour-là, adieu notre commerce avec la France ! Tout va mal, tout ! Non mais tu te rends compte ?

— Je sais », acquiesce Romualdo.

Ils restent un moment côte à côte sans rien dire. Ignazio est le premier à rompre le silence. Il parle lentement, comme s'il avait du mal à trouver ses mots : « Le soufre a toujours été le cadet de mes soucis, je te l'accorde. Mais l'exploitation vinicole… Vincenzo aussi a signé les papiers, et je ne suis même pas sûr qu'il y ait compris quoi que ce soit… Il ne pense qu'à s'amuser, lui. » Nouveau soupir. « En même temps que les bâtiments, j'ai cédé la marque avec son symbole, le lion. On m'a tout pris. Il ne me reste plus que… » Il fait un geste éloquent.

Des miettes.

Romualdo pose sur Ignazio un regard appuyé, incrédule. Sans savoir quoi répondre. Toutes les responsabilités reposent sur les frêles épaules de son ami depuis qu'il a un peu plus de vingt ans ; il a travaillé dur, sans ménager ses efforts, même s'il s'est parfois lancé dans des entreprises sans trop savoir où elles le mèneraient. Quant à Vincenzo, ce n'est qu'un gamin qui fait joujou avec ses voitures. Il n'a pas la moindre idée de ce que c'est d'avoir une décision difficile à prendre. Mais tout de même… la Maison Florio sans son exploitation vinicole ? Sans le marsala ? Romualdo n'en croit pas ses oreilles et n'hésite pas à le dire : « Nous n'en avions pas parlé… enfin… le contrat initial était de notoriété publique… en revanche… personne n'aurait pu imaginer que tu serais obligé de… »

Ignazio répond, en baissant les yeux : « Au moins, j'ai obtenu un peu d'argent… » Son regard fuyant dissimule beaucoup de non-dits, de mots qui lui sont restés en travers de la gorge.

Impuissance. Douleur. Humiliation.

« J'ai essayé, Romualdo. J'ai essayé de toutes mes forces. Mais je suis asphyxié par les dettes. Les banques me sucent le sang… sans compter les impôts ! Tu n'as pas idée ! »

Romualdo fixe son ami, les yeux écarquillés. Pendant un très long moment, tout se fige autour de lui : la foule, les voitures, les bavardages et les bruits disparaissent, absorbés par une blancheur aveuglante. Il ne reste plus qu'Ignazio et lui, envahis par une sensation que ni l'un ni l'autre ne pourrait décrire clairement.

Une sensation qui ressemble à la perception de la première secousse d'un tremblement de terre.

*

Franca observe Ignazio et Romualdo, encore plongés dans leur conversation. Elle pince les lèvres face au spectacle offert par ces deux hommes qui refusent de grandir, même s'ils ont maintenant quelques cheveux blancs et les paupières lourdes. Rien de bon n'est jamais sorti de leurs bavardages. Et celui d'aujourd'hui ne fera pas exception à la règle.

Elle ajuste son manteau bordé de fourrure, serre le poignet de Giulia Trigona, assise à côté d'elle, et désigne les deux messieurs d'un geste de la tête.

Giulia leur adresse un regard agacé et murmure : « Ils doivent encore être en train de parler femmes. Ma chère Franca, le moment est venu d'admettre que nos époux sont… ennuyeux. »

Un sourire amer aux lèvres, Franca s'apprête à répondre lorsque Annina Alliata di Montereale vient s'asseoir à côté d'elle. Les joues rougies, les yeux brillants, elle semble très excitée. Elle arrange sa robe, se penche en avant pour mieux voir la ligne de départ, tripote son chapeau.

Sa sœur Maria Concetta, installée près d'elle, pousse un soupir. « Annina, s'il te plaît, tiens-toi tranquille. D'abord, tu disparais pendant une bonne heure ; ensuite, tu arrives ici tout agitée, les vêtements salis de boue. Et une vraie dame ne se permettrait jamais de montrer aux gens un visage aussi... coloré. Franca, Giulia, dites-le-lui, vous, qu'elle n'a pas le droit de se comporter comme ça... »

La jeune femme lève les yeux au ciel, ignore les remarques de sa sœur et demande à Franca : « Vous ne trouvez pas que c'est un spectacle magnifique ? Quel dommage, cette grève qui a bloqué les équipages français... »

Franca sourit. Elle apprécie l'enthousiasme d'Annina, même s'il lui inspire aussi une certaine tristesse. « Oui, c'est vraiment dommage. Sans parler du terrible accident de Jules Mottard.

— Un accident ? Vraiment ? s'écrie Annina.

— Pendant les essais, dans un virage. Sa voiture s'est soulevée et cabrée comme un cheval, puis elle est retombée, les roues tordues. Le pilote a été blessé à l'épaule gauche et... »

Maria Concetta l'interrompt : « Tiens, tu vois que j'ai raison, Annina, quand je te dis que c'est très dangereux de conduire ! Et toi, tu insistes pour avoir une voiture...

— Si on maîtrise son véhicule et qu'on est prudent, on ne risque pas d'avoir un accident, rétorque Annina, piquée au vif. Je suis persuadée que conduire n'est pas plus dangereux que de monter à cheval. »

Giulia Trigona exprime à son tour son scepticisme : « Pour un homme, peut-être, oui. Mais pour une femme… c'est bien trop risqué. Il y aurait de quoi compromettre ses chances d'avoir des enfants. »

Annina fronce les sourcils et prophétise : « Ce n'est qu'une question de temps, vous verrez. Un jour, il n'y aura rien de plus normal que de voir une femme au volant d'une voiture de course, et peut-être même rivaliser avec des hommes. »

Franca lui répond par un rire et une exclamation indulgente : « J'ai l'impression d'entendre mon beau-frère ! » Puis elle regarde la piste, enfin débarrassée des mécaniciens et des curieux. Les organisateurs sont sur le point de donner le coup d'envoi, les moteurs sont allumés, l'air retentit d'explosions et de cris. Dans les tribunes, tout le monde se lève au moment où la fanfare se met à jouer, suivie d'un coup de canon.

Cette année-là, au bout des neuf heures et demie qu'il lui a fallu pour parcourir les quatre cent cinquante kilomètres de la course, l'Itala d'Alessandro Cagno arrive la première et s'adjuge aussi le tour le plus rapide : près de quarante-sept kilomètres en une heure. La deuxième, une autre Itala, franchit la ligne d'arrivée au bout de dix heures. La Berliet de Paul Bablot se classe troisième, tandis qu'une série de crevaisons empêchent madame et monsieur Le Blon de terminer la compétition dans le délai maximum imparti, fixé à douze heures. Ils font cependant mieux que certains autres concurrents – comme Vincenzo Lancia ou l'Américain George Pope, lui aussi à bord d'une Itala –, contraints d'abandonner avant la fin de la course.

La prophétie d'Annina se réalisera en 1920, à l'occasion de la onzième Targa Florio, lorsque la baronne Maria Antonietta Avanzo participera à l'épreuve sur une Buick dont le *châssis** se brisera malheureusement au deuxième tour. Il y aura ensuite Eliška Junková, « Miss Bugatti », arrivée cinquième à l'édition de 1928 ; toujours galant, Vincenzo Florio déclarera, tout en s'en excusant auprès du vainqueur, Albert Divo, qu'Eliška est la gagnante d'honneur de la course. Entre les années 1950 et 1970, Anna Maria Peduzzi et Ada Pace y prendront part cinq fois ; et l'on peut en outre citer Giuseppina Gagliano et Anna Cambiaghi.

Pendant soixante-dix ans, la Targa Florio suscitera les convoitises des plus grands pilotes, de Felice Nazzaro à Juan Manuel Fangio, de Tazio Nuvolari à Arturo Merzario, d'Achille Varzi à Nino Vaccarella. Le très jeune Enzo Ferrari s'y présente cinq fois, entre 1919 et 1923, et termine deuxième en 1920, au volant d'une Alfa Romeo. Mais la compétition connaîtra aussi des années sombres, marquées par un nombre très faible de participants et des accidents graves, voire de véritables tragédies : en 1926, le comte Giulio Masetti, surnommé « le Lion des Madonies », meurt à bord de sa Delage portant le numéro 13, chiffre qui ne sera plus jamais attribué ici à aucune voiture. Enfin, le 15 mai 1977, Gabriele Ciuti perd le contrôle de son Osella et tue deux spectateurs. On arrête la course au quatrième tour. « La Targa est morte », titrent les journaux. Pour une fois, la presse n'exagère pas. Le « petit circuit des Madonies » sera définitivement abandonné.

En ce matin humide du 6 mai 1906, rien de tout cela n'a encore eu lieu. Personne ne peut prévoir la marque profonde, glorieuse et indélébile, que la Targa Florio laissera dans l'histoire mondiale de l'automobile.

Pourtant, un pari a d'ores et déjà été gagné. Ce jour-là, tous les participants, italiens ou étrangers, pilotes ou spectateurs, sont tombés amoureux. Des Madonies, des voitures, d'une nouvelle forme de course, d'une expérience riche en frissons et en émotions.

Vincenzo Florio a apporté l'avenir en Sicile. Et la Sicile ne l'oubliera jamais.

*

« Oh, tu as la poudre Azurea de Piver ! Ma préférée ! Je peux te l'emprunter ? demande Giulia à Franca en s'asseyant à côté d'elle.

— Mais bien sûr, je t'en prie. »

Par cette belle matinée du mois d'avril, dans la chambre de Franca à la villa Igiea, la lumière du soleil balaie jusqu'aux derniers recoins de pénombre. Assise près de la coiffeuse, Igiea observe les deux femmes avec une expression difficile à déchiffrer, un mélange de curiosité et de mélancolie.

Giulia tourne la tête, lui chatouille le nez avec sa houppette à poudre et parvient à lui arracher un sourire. Puis elle se regarde à nouveau dans le miroir. Elle a trente-six ans, et Franca trente-trois : elles sont toutes les deux très belles, très élégantes ; pourtant, un voile de tristesse s'est abattu sur leurs visages. Une tristesse née des souffrances qu'elles ont subies et de l'amertume qui s'est enracinée dans les tréfonds de leur cœur, à la manière d'une mauvaise herbe impossible à extirper.

Une larme perle aux yeux verts de Franca, qui s'empresse de l'essuyer du dos de la main.

« Quelque chose ne va pas ? » lui demande alors Giulia. Franca murmure, avec un haussement d'épaules : « Baby Boy aurait tellement aimé cette course… » Puis elle se ressaisit et enroule une mèche de cheveux autour de son doigt avant d'y fixer l'épingle qui a glissé malgré tout le soin apporté à sa coiffure par Carmela, la femme de chambre qui a succédé depuis quelques mois à Diodata, qui s'est mariée et est partie vivre aux côtés de son époux. Franca lui demande ensuite d'emmener Igiea et de l'aider à préparer sa valise. Sa fille assistera en effet à la course des « canots à moteur » depuis la fenêtre de sa chambre avant d'aller passer quelque temps auprès de sa grand-mère à l'Olivuzza, comme cela arrive de plus en plus souvent.

Après le départ d'Igiea, Franca reprend : « Vincenzo a vraiment bien fait d'organiser ce nouvel événement une semaine après la Targa Florio. Beaucoup de gens ont prolongé leur séjour et d'autres sont venus exprès de toute l'Europe. Il règne une atmosphère très joyeuse et même Ignazio est d'humeur un peu moins sombre. »

Giulia hoche la tête. « J'ai essayé plusieurs fois de lui parler, de lui demander des informations sur l'exploitation vinicole, les mines de soufre, le chantier naval. Rien à faire, il n'est sorti de son mutisme que pour me dire de m'occuper des affaires de la maison Trabia, pas des siennes. Comme si nous étions deux étrangers. »

Franca reste silencieuse ; Giulia l'observe à la dérobée et ajoute : « J'imagine qu'il n'est pas plus loquace avec toi ou avec ma mère…

— Oh, tu sais, la gestion de la villa Igiea me tient très occupée, et je n'ai pas trop envie de m'intéresser aux soucis professionnels de mon mari. Et pour ce qui est de ta mère, elle ne veut voir personne en ce moment. J'ai même toutes les peines du monde à la convaincre de garder Igiea auprès d'elle pendant quelques semaines.

— À cause de donna Ciccia ? »

Franca acquiesce.

« Pauvre donna Ciccia. Elle était vieille et impotente, mais partir comme ça, du jour au lendemain, à cause d'une pneumonie… Je me souviens qu'une fois, alors qu'elle essayait en vain de m'apprendre à broder, elle m'avait dit : "Une femme mariée doit savoir réaliser ce genre de travaux." Comme les choses ont changé !

— Pour nous, oui, commente Franca. Mais pas pour ta mère. Elle prend beaucoup trop à cœur la disparition de donna Ciccia. Comme s'il s'agissait d'un deuil familial ! Comme s'il n'y avait pas déjà eu assez de deuils chez les Florio ! »

Giulia soupire et prend sur la coiffeuse un flacon de la Marescialla, une eau de toilette de l'Officina Farmaceutica di Santa Maria Novella ; elle s'en verse quelques gouttes sur les poignets, tend le flacon à sa belle-sœur, se lève, gagne la fenêtre et s'exclame, pour tenter d'alléger l'atmosphère : « Tiens, le ciel se couvre.

Mais deux malheureux nuages ne suffiront pas à décourager Vincenzo ! Hier soir, Pietro et moi, nous en avons longuement parlé avec Ludovico Potenziani pendant que Madda, sa femme, discutait avec Ignazio de la Targa Florio. Ils m'ont semblé tous les deux très enthousiasmés par ces compétitions sportives.

— Eh bien, en effet, tout le monde s'accorde à dire que la deuxième édition de la Targa Florio était encore plus réussie que la première. Madda m'a même confié qu'elle était très excitée et qu'elle reviendrait sûrement. Tu sais qu'ils nous ont invités dans leur villa de San Mauro, près de Rieti ? » Franca se lève et enfile une bague ornée d'une grosse émeraude parfaitement assortie à sa robe verte.

« Je t'avouerai, répond Giulia, que des deux jumelles Papadopoli, je préfère Vera. Je la trouve plus… sage. Ce sont deux femmes intelligentes qui ont eu la chance d'épouser des hommes pas trop éveillés. » Ce commentaire, prononcé sur un ton sec, est tranchant comme un couteau de cuisine. « Je sais que ce sont tes amies et qu'elles t'ont soutenue dans des moments difficiles… à Venise. Mais je n'éprouve aucune sympathie pour elles. Trop désinhibées à mon goût ! »

Franca rejette loin d'elle le souvenir de Venise et de Giacobina, cette enfant née pour mourir aussitôt, et emporter dans sa tombe tous les espoirs de sa famille. Elle ne veut pas que la douleur l'entraîne à nouveau vers le bas, l'empêche de profiter des plaisirs qu'offre la vie. Elle a compris que si elle veut être sereine, elle doit oublier, ignorer, ne pas voir. Que la conscience de son propre malheur est souvent la pire des condamnations.

« J'ai l'impression d'entendre ma mère », répond-elle à sa belle-sœur en descendant les escaliers.

Giulia lève les yeux au plafond et rétorque, tout en soulevant l'ourlet de sa jupe : « Donna Costanza est fine observatrice. Moi, les jumelles Papadopoli m'agacent, avec leurs faux airs de saintes-nitouches. »

Franca sourit. « Elles ont des visages d'anges, c'est incontestable... mais à mon avis, elles savent très bien s'y prendre pour obtenir tout ce qu'elles veulent d'un homme.

— À ce compte-là, il me semble que tu as ta foule d'admirateurs, toi aussi. D'Annunzio ne tarit pas d'éloges sur toi, et puis... il y a ce marquis qui t'envoie des fleurs tous les jours, quand tu vas à Rome...

— Je les laisse rêver... » commente Franca.

Au rez-de-chaussée, les deux jeunes femmes sont accueillies par un brouhaha dont l'intensité augmente au fur et à mesure qu'elles traversent les couloirs. Des dizaines d'invités sont venus assister à la course de « bateaux à moteur » que Vincenzo Florio a baptisée la Perle de la Méditerranée et qu'il a conçue sur le modèle des courses de Monte-Carlo et de Nice. Il s'agit cependant d'une épreuve beaucoup plus sérieuse et mieux organisée que celles des Français, qui comptent pourtant aujourd'hui parmi les événements à ne manquer sous aucun prétexte pour les passionnés de motonautisme.

Assis dans le jardin, Ignazio se trouve en compagnie des Potenziani et du fils aîné de Giulia, Giuseppe, qui aura bientôt dix-huit ans. C'est devenu un beau garçon, dont le petit air effronté rappelle un peu celui de son oncle Vincenzo.

« Il fait vraiment très chaud, pour un 28 avril », déclare le prince Ludovico Potenziani, qui porte en effet un chapeau pour protéger du soleil son long visage émacié.

Madda, son épouse, part d'un grand rire accompagné d'une grimace moqueuse. Elle a des traits doux et une chevelure claire et brillante, très différente des cheveux bruns de Franca et de Giulia. « Je te reconnais bien là, toujours à te plaindre de quelque chose ! Nous sommes en Sicile, voyons, le pays du soleil, et il est presque deux heures de l'après-midi ! Tu ne sens donc pas cette odeur délicieuse qui vient de la mer ? Tout est si merveilleusement vivant, ici ! » Sur ces mots, elle se penche en avant pour prendre un canapé que lui présente un domestique. Le décolleté profond de sa robe laisse alors entrevoir sa poitrine, demeurée parfaite malgré ses deux grossesses. Les regards de Giuseppe et d'Ignazio s'attardent à la contempler plus que ne le permet la bienséance.

Giulia tourne le dos au petit groupe et chuchote à Franca : « Qu'est-ce que je te disais ? »

Sur ces entrefaites, tout le monde se lève et se dirige vers le petit temple de style grec qui surplombe la mer et qu'on a pris soin d'entourer de nombreux fauteuils abrités du soleil par de larges toiles. Franca, Giulia et Madda s'assoient au premier rang. Ignazio demande à un domestique de servir des limonades aux dames et du vin blanc aux messieurs. Ludovico Potenziani s'installe sur une chaise longue à l'ombre. Giuseppe Lanza di Trabia prend place derrière le groupe.

« Au fait, où est donc Vera ? demande Franca à

Madda. Voilà des semaines que je n'ai pas reçu de ses nouvelles.

— À Venise avec Giberto, je crois. Il est de ces maris qui tiennent beaucoup à l'unité de leur famille. » Madda regarde autour d'elle en posant une main sur le bras de Franca. « Quel endroit magnifique, cette villa Igiea. » Elle sourit et offre son visage au soleil. « Comment ne pas être heureux ici ? Vous avez vraiment de la chance, Ignazio et toi. Et il paraît même que vous venez de recevoir la visite d'Édouard VII !

— Accompagné de son épouse Alexandra et de sa fille Victoria, oui. Ils ont été fascinés par la villa Igiea et par l'Olivuzza, et surtout par le pavillon de Vincenzo. Ignazio a mis à leur disposition notre Mercedes et l'Isotta Fraschini qu'il a achetée récemment ; ils en ont profité pour visiter Palerme à bord d'automobiles confortables. Quel dommage qu'ils n'aient pas pu rester pour assister à la course...

— Ludovico est assommant, lui répond Madda à voix basse en désignant son mari du regard. Il n'a jamais envie de rien, il se plaint de tout, il déteste la nouveauté. Ce n'est pas comme ton Ignazio. Un passionné, lui ! Un homme qui aime la compagnie. Et toujours si drôle !

— Tous les hommes sont comme ça, en Sicile, et c'est encore plus vrai des Florio, intervient Giulia. Ils trouvent toujours moyen de s'occuper, pour le meilleur ou pour le pire. Ce sont des charmeurs invétérés, mais ils savent très bien quand il est temps de rentrer au bercail. » Elle jette à Madda un regard incendiaire.

À ce moment-là, la voix de Vincenzo, amplifiée par un mégaphone en cuivre, retentit sur la jetée. Il souhaite la bienvenue aux invités et annonce, dans un tonnerre d'applaudissements, les noms des concurrents. Dans la catégorie des *racers* : le *Flying Fish* de Lionel de Rothschild, le *Gallinari II*, équipé d'un moteur Delahaye, et enfin le *New-Trèfle III* d'Émile Thubron. Dans celle des *cruisers* : le *C.P. II*, construit à Naples, l'*Adèle* de Zanelli et l'*All'Erta*, à coque Gallinari et moteur Fiat.

Après le coup de canon qui donne le signal du départ, la course devient presque d'emblée un duel passionnant entre l'*All'Erta* et le *Flying Fish*, tandis que l'*Adèle* est vite distancé. C'est le *Flying Fish* qui s'adjugera la victoire et qui franchira la ligne d'arrivée au bout de dix tours – cent kilomètres en tout –, engloutis en deux heures et dix-huit minutes.

Franca et Giulia, qui ont suivi l'épreuve avec une attention et un enthousiasme sans faille, ont assailli Ignazio et Ludovico de questions sur les barreurs, les coques et la vitesse des embarcations. Madda a pour sa part déclaré au bout de quelques tours, en soupirant, que tout ce bruit lui donnait la migraine et qu'elle allait se promener.

Mais lorsque Giulia s'est retournée pour chercher Giuseppe des yeux, elle a constaté que le fauteuil de son fils aîné était vide.

Elle n'est pas parvenue à retenir une grimace de désappointement.

*

À l'Olivuzza, l'hiver est spectral. Il semble marcher à pas de loup, vêtu d'un voile de poussière dorée semblable au tulle dont on recouvre parfois les morts. Tapi dans l'ombre qui envahit les pièces, il agite légèrement les rideaux de velours, glisse sur le carrelage noir et blanc et emporte avec lui l'écho des jours où cette demeure résonnait de voix d'enfants et de rires. C'est un fantôme triste que Giovanna connaît cependant assez bien, désormais. Il lui tient compagnie dans ces pièces qui lui sont si familières.

Mais le 8 février 1908, le destin brouille les cartes.

Tard dans la nuit, Giovanna est réveillée par les hurlements des domestiques, des allées et venues incessantes et un bruit violent de portes qui claquent. L'esprit encore embrumé, elle se demande un instant quelle est cette odeur âcre qui envahit ses narines et la fait tousser. Puis elle comprend. Sans même le voir, elle devine la présence du feu. Un incendie.

Il est tout près de moi, se dit-elle en se précipitant hors de son lit. Arrivée à la porte, elle l'ouvre en grand : le couloir du premier étage est enveloppé d'un nuage de fumée noire qui semble monter à l'assaut des tentures et des portes en bois doré. Giovanna attrape un châle et se rue vers l'étage où dort Igiea. Dans l'escalier, elle croise la nounou, qui porte la petite fille dans ses bras et court la mettre à l'abri quelque part, suivie de deux femmes de chambre en chemise de nuit et pieds nus.

Toutes s'empressent de quitter la maison. Dehors, plusieurs serviteurs se hâtent à leur rencontre, emmaillotent Igiea dans une couverture, poussent des cris, posent des questions, marmonnent des prières. Puis, tout en donnant à Giovanna une cruche d'eau pour calmer sa toux, ils lui expliquent que plusieurs hommes sont restés à l'intérieur pour tenter d'empêcher les flammes de se propager au reste du bâtiment.

Mais Giovanna ne se retourne qu'à l'arrivée des pompiers : elle sent la chaleur du feu sur sa peau et c'est comme s'il la délivrait du même coup du froid de cette nuit de février et de celui de la peur. Indifférente aux vociférations des serviteurs et aux sanglots d'Igiea, elle contemple sa maison devenue la proie des flammes, écoute le craquement des poutres qui se brisent et le bruit strident des fenêtres qui éclatent en mille morceaux. Elle n'a plus qu'une pensée : lorsque cette lumière rouge sera éteinte, lorsque cette chaleur infernale se sera dissipée, elle pourra enfin retourner dans sa chambre, retrouver son lit et dormir. Elle pourra reprendre sa vie, entourée de ses souvenirs, protégée par tout ce qu'elle a de plus cher, veillée par ses fantômes. *Tout sera comme avant*, elle ne se lasse pas de se le répéter.

Elle reste ainsi, immobile et les mains jointes sur son ventre, jusqu'à l'apparition de Franca et d'Ignazio : Franca était à une réception chez les Trabia et elle a eu un malaise à l'annonce de la nouvelle ; Ignazio était avec Vincenzo au Teatro Politeama, pour y assister à un tournoi de lutte libre, et ce sont les carabiniers qui l'ont averti. Franca emmitoufle Igiea dans son manteau de renard ; puis elle s'approche de sa belle-mère et, dans un geste de tendresse, lui prend la main. Giovanna n'a pas la moindre réaction, et demeure figée même quand Ignazio lui dépose son paletot sur les épaules.

Alors, c'est lui qui prend les choses en main. Il appelle son chauffeur et lui donne l'ordre d'emmener toutes les femmes à la villa Igiea. Elles doivent se reposer ; et de toute façon, elles n'ont plus rien à faire ici, du moins tant que les flammes ne seront pas éteintes.

Assise entre Franca et la gouvernante, Giovanna se recroqueville dans le paletot de son fils. Lorsque la voiture démarre, elle ferme les yeux et cache son visage dans ses mains.

*

Le lendemain, Ignazio est le premier à pénétrer dans les pièces ravagées par le feu. Un incendie accidentel, d'après ce que lui ont dit les pompiers : peut-être une cheminée mal éteinte, une étincelle malencontreusement projetée sur une tenture ou un tapis... Et d'ailleurs, quelle importance, maintenant ?

Le cœur lourd, Ignazio longe des murs noirs de fumée, effleure d'une main des lambeaux de tissu rongés par la chaleur, enjambe des meubles réduits en cendres, marche sur des débris de porcelaine précieuse, regarde des tableaux devenus méconnaissables. Enfin, il gagne la chambre de sa mère.

Là, de même que dans plusieurs salons et, surtout, dans la magnifique salle de bal, il ne reste que les murs. Les pièces du rez-de-chaussée – y compris son cabinet de travail – sont, elles, miraculeusement intactes. Et par chance, le feu n'a pas atteint la partie la plus récente de l'Olivuzza, où se trouvent sa chambre et celle de Franca, la salle à manger, le jardin d'hiver et le salon vert.

Assise dans un fauteuil au cœur du jardin de la villa Igiea et emmitouflée dans un grand châle, Giovanna écoute le récit de son fils ; Ignazio sait qu'il serait inutile de lui dissimuler la vérité, si affligeante soit-elle. Il parle lentement et s'efforce de ne pas manifester son amertume ; Giovanna la sent malgré tout et la perçoit aussi dans sa propre chair, comme une trace de la chaleur de la veille.

Ignazio sort ensuite quelque chose de la poche de sa veste et murmure à sa mère, en lui tendant un collier de diamants tout noirci : « Tenez, je l'ai trouvé par terre, dans votre chambre. J'ai bien peur que les perles et les camées aient disparu, et j'en suis navré. Mais nous ne ménagerons pas nos efforts pour les retrouver, soyez-en sûre. »

Giovanna prend le collier : l'or a été déformé par la chaleur et les pierres sont devenues opaques. Elle le tourne et le retourne dans ses mains et peine à le reconnaître : non, impossible, ce n'est pas ça, le cadeau de son mari. Puis elle se souvient de la grande boîte en ivoire marqueté posée sur sa coiffeuse, celle qui contenait ses bijoux.

Et soudain, elle comprend.

Elle revoit tout ce qu'elle ne verra plus jamais. Les chaussures en toile brodée de Giovannuzza. La chemise en batiste de son Vincenzino, terminée au petit point par donna Ciccia. Le dernier flacon du parfum d'Ignazio. Ses lunettes. Son rosaire de corail et d'argent. Les photos de son époux, de son fils en costume de marin et de ses petits-enfants morts disposées sur la commode : elles étaient la première chose qu'elle apercevait, le matin au réveil, et la dernière sur laquelle elle posait les yeux, le soir au coucher. Toute la garde-robe de son mari. La chemise qu'il portait lors de sa nuit de noces. Le médaillon contenant une mèche de ses cheveux. Le livre de prières entre les pages duquel elle avait glissé un portrait du petit Blasco. Les cahiers avec les exercices d'allemand de Vincenzino. Son violon. Les rideaux damassés. Le chapelet de donna Ciccia. Le grand portrait d'Ignazio, peint quand il était encore jeune et en bonne santé.

Sa vie, réduite en cendres.

Et aussi...

Elle n'avait jamais eu le courage de se débarrasser du coffret en palissandre et en ébène où Ignazio avait rangé les lettres de Camille, la femme qu'il avait tant aimée. Giovanna l'avait retrouvé après sa mort ; plus d'une fois, poussée par la jalousie, elle l'avait sorti de sa commode, à deux doigts de le jeter au feu ; elle s'en était toujours abstenue. La nostalgie avait prévalu sur le ressentiment. Même ce qu'elle avait le plus haï par le passé lui était devenu cher. Ce coffret contenait une trace d'Ignazio, de sa passion ; une passion tourmentée et, qui plus est, vouée à une autre femme ; mais à la lecture de ces lettres, qui lui infligeaient pourtant un si atroce supplice, elle avait l'impression que son Ignazio était encore à ses côtés.

Elles sont parties en fumée. Toutes.

Il n'y a plus que des cendres, du charbon et de la suie.

Et Giovanna ne sait pas comment continuer à vivre, maintenant que le dernier de ses fantômes a disparu, lui aussi.

*

Annina Alliata de Montereale aime les automobiles et la vitesse. Elle est courageuse, résolue, et ne craint pas l'avenir.

Vincenzo l'a deviné d'emblée. Et il en a eu confirmation lorsque, deux mois plus tôt, en juillet, elle lui a demandé de l'épouser. Oui, la demande est venue d'elle. De ce point de vue aussi, Annina est une femme hors du commun.

Ce jour-là, alors qu'ils étaient en route vers la mer, il l'avait invitée à prendre le volant à sa place. Dans la voiture qui les précédait, Franca avait eu un sourire indulgent, Maria Concetta avait fait le signe de croix et le chauffeur avait décidé de rouler *beaucoup plus lentement* que d'habitude. Alors, après avoir jeté son chapeau sur la banquette arrière, offert son visage au soleil et relevé ses manches, Annina avait donné du gaz et dépassé l'autre véhicule. Et en klaxonnant, elle avait effleuré le bras de Vincenzo, qui avait rougi comme un collégien.

Ils s'étaient ensuite arrêtés à proximité de l'établissement balnéaire de Romagnolo. La côte d'Aspra et de Porticello se déployait devant eux et la mer était d'un turquoise si intense qu'elle leur blessait les yeux. Aussitôt descendue de voiture, Annina avait rabattu les manches de sa robe couleur pêche, un demi-sourire aux lèvres. Lorsque Vincenzo l'avait rejointe, ils s'étaient mis à marcher côte à côte.

« Tu devais bien t'attendre à ce que je conduise comme ça. Alors ne va pas me reprocher d'avoir été imprudente, s'il te plaît !

— Loin de moi une idée pareille ! D'ailleurs, tu sais pertinemment que j'adore la vitesse. »

Elle avait hoché la tête et attrapé la main de Vincenzo pour la serrer très fort entre les siennes. « Je sais. Nous sommes parfaits ensemble. » Le visage d'Annina était devenu sérieux. « Tu veux bien m'épouser ? »

Il l'avait regardée d'un air hébété. Une femme qui faisait une demande en mariage ?

Et puis… Se marier ? Lui ? Renoncer à tout ? À ses *amies*, à sa vie, à ses divertissements, à ses voyages, à ses courses automobiles ?

« Oui. »

Il avait répondu sans y penser. Parce que avec elle, il ne serait obligé de renoncer à rien. Parce qu'ils partageaient les mêmes passions. Parce qu'ils étaient tous les deux affamés de vie. Depuis qu'Annina était entrée dans son existence, il ne regardait même plus les autres femmes. Oh, bien sûr, il s'était accordé quelques soirées à la Maison des Roses ; mais quoi de plus normal pour un homme ?

Les yeux écarquillés, Vincenzo était ensuite resté silencieux pendant quelques instants. « C'est moi qui aurais dû poser la question, tu le sais au moins ? »

Elle avait haussé les épaules. « Tu me feras bientôt une déclaration officielle, et tu n'oublieras pas de m'offrir une bague. Les membres de nos familles respectives et nos amis s'y attendent déjà depuis un moment, et ils meurent d'envie d'avoir un nouveau sujet de discussion… ou peut-être de médisance. Mais moi, j'ai besoin de savoir si tu me veux autant que je te veux. »

Pour toute réponse, il l'avait embrassée, soulevée dans ses bras et conduite au bout du chemin qui conduisait à la mer.

« Oh, mon Dieu ! Mais que se passe-t-il ? Je n'en crois pas mes yeux ! » s'était écriée Maria Concetta, qui les avait rejoints entre-temps. Franca, de son côté, n'avait pas souri. Elle avait soupiré en détournant le regard.

Annina n'est pas une jeune fille comme les autres. Elle ne s'intéresse aux bijoux et aux chiffons que jusqu'à un certain point. Elle est pragmatique, gaie, pleine de vie et, surtout, résolument hostile à toute forme de compromis. Elle exige qu'on la respecte. Pas comme Franca, qui, après des années de querelles, a choisi, de guerre lasse, d'ignorer les trahisons d'Ignazio.

Vincenzo en est conscient : avec Annina, il devra changer de style de vie. En ouvrant la porte de sa villa, dans le parc de l'Olivuzza, il est accueilli par l'odeur du bois et celle, plus douce, du *pot-pourri** d'agrumes posé sur la grande table, au milieu de la pièce. Il regarde autour de lui : dans l'entrée, qui fait également office de salon, des volutes de bois s'élèvent pour s'entrelacer en lignes sinueuses sur le plafond ; à gauche, une cheminée en majolique et en bois ; en face, une grande fenêtre donnant sur une terrasse couverte où des divans en fer forgé sont recouverts de draps blancs ; et pour finir, des meubles de Ducrot – des canapés tapissés de vert et une grande console aux lignes florales – complètent ces espaces où la lumière joue avec le bois.

Vincenzo se dirige ensuite vers le sous-sol, affecté aux garages mais aussi à une salle de billard susceptible de servir de fumoir ou de salle de jeux. En attendant que son cousin Ciccio d'Ondes le rejoigne pour une partie de billard, il frotte les pointes des queues avec de la craie et les dispose dans leurs râteliers. Cette pièce immense, tapissée de vert comme celles du rez-de-chaussée, plongée dans le silence et la fraîcheur, est l'endroit idéal pour passer cet après-midi d'été sans être dérangé. Il est souvent arrivé à Vincenzo d'y amener de jolies femmes et d'y consacrer des après-midi entiers à des jeux de cartes… où l'on retire un vêtement chaque fois que l'on perd une manche.

Ce souvenir l'émoustille et l'agace à la fois. Lorsque l'incendie s'est déclaré à l'Olivuzza, en février dernier, il a tout de suite craint que le feu ne détruise sa villa. Et il se rappelle très bien que cette idée l'avait plongé dans le désespoir le plus sombre : cet édifice fait désormais partie de lui-même, il reflète son désir de liberté, son indépendance, sa quête incessante d'originalité.

Seulement, c'est une maison de célibataire, pense-t-il avec un soupir. Il va falloir soit la changer, soit trouver un autre endroit pour vivre avec Annina. Un endroit à construire ensemble.

Lui qui ne s'est jamais préoccupé que de sa petite personne, le voilà devenu incapable d'imaginer l'avenir sans Annina à ses côtés. Pour la première fois de son existence, il se sent désemparé. Il a perdu son père trop jeune pour avoir gardé en mémoire le dévouement de sa mère envers son mari, et il ignore à peu près tout de l'amour que sa grand-mère Giulia avait voué à ce grand-père dont il porte le prénom. Son expérience lui a surtout permis d'observer un nombre bien trop élevé de mariages fondés sur les convenances sociales ou des intérêts économiques. Et il a des frissons devant le spectacle offert par ces couples qui se sont enfermés dans le mensonge, la haine et la souffrance.

Il est cependant sûr d'au moins une chose : il veut Annina dans sa vie. Il s'efforcera donc de ne jamais la blesser et de lui apporter tout ce qu'elle mérite.

De l'amour. Du respect. Ces mots, nouveaux pour lui, marquent le début d'un voyage vers un pays aussi fascinant que mystérieux.

Mais avec le soutien d'Annina, il se sent capable d'aller jusqu'au bout du monde.

*

En cet après-midi de la fin du mois d'octobre 1908, dans le cabinet de travail de l'Olivuzza, Ignazio se frotte les yeux avant de prendre une feuille de papier à en-tête. Une énième facture.

WORTH

Robes, manteaux, lingerie, fourrures

La liste qui suit lui donne presque le vertige :

1 robe du soir en velours gris taupe, panneaux de tulle même ton, brodée de paillettes grises mates et scintillantes, ourlet de skungs ;

1 corsage en tulle garni d'épis de blé mûr ;

1 costume de piqué, gilet de lingerie ;

1 manteau du soir en velours cerise garni de chinchilla, manches rebrodées or de motifs « étincelle » ;

1 robe de dentelle d'argent et satin bleu ciel…*

« Envoyer Franca, la petite et ma mère à Paris pour renouveler leur garde-robe après l'incendie était une très mauvaise idée… » se dit Ignazio sans détacher son regard consterné de la somme inscrite en bas de la feuille. En d'autres temps, ce montant ne lui aurait fait ni chaud ni froid ; aujourd'hui, c'est un motif de contrariété supplémentaire. Tout comme la facture de Lanvin et celle de Cartier, chez qui sa femme a emmené Giovanna pour remplacer certains des bijoux perdus dans l'incendie.

Il faut cependant reconnaître que sa mère était devenue encore plus sombre que d'habitude, qu'Igiea avait eu très peur et que Franca… eh bien, son éloignement avait servi à éviter les scènes et les commentaires acerbes sur sa liaison avec Vera Arrivabene.

La mère de Franca et Giulia avaient vu juste : on ne pouvait pas se fier aux jumelles Papadopoli. Madda ne cachait plus son intérêt pour Giuseppe Lanza di Trabia, ce gamin d'à peine dix-neuf ans. Quant à Vera, son mari était âgé de dix ans de plus qu'elle ; officier de marine aux manières sévères, il était aussi, accessoirement, un ami d'Ignazio… mais cela n'avait pas suffi à dissuader les deux amants.

Vera est belle, débordante de vie et de joie : avec elle, Ignazio se sent bien, il a le cœur léger ; et il n'est rien dont il ait, en ce moment, un besoin aussi désespéré. Chez lui, il étouffe.

Il met de côté les factures de Worth, Lanvin et Cartier, et parcourt celles des travaux de l'Olivuzza. Il a fallu refaire pas moins de huit pièces – y compris la salle de bal –, sans compter les travaux de nettoyage et de peinture pour effacer les traces noires de fumée sur les murs des autres. En accord avec Franca, il a décidé de profiter de l'occasion pour aménager une pièce supplémentaire en face de la salle de bal : ce genre de boudoir est désormais très à la mode, pour bavarder et se détendre.

« Se détendre, bien sûr… » marmonne Ignazio.

Un domestique frappe discrètement à la porte et annonce : « Maître Marchesano est arrivé, don Ignazio.

— Faites-le entrer. »

Giuseppe Marchesano pénètre dans le cabinet d'un pas lourd et s'approche du bureau. Depuis quelque temps, il est l'avocat de la famille Florio, après avoir été député et avocat de la partie civile lors du procès pour l'assassinat d'Emanuele Notarbartolo. Mais son bref interrogatoire d'Ignazio, à Bologne, remonte déjà à sept ans ; depuis, le vent a tourné à plusieurs reprises, et Marchesano a su agir en conséquence. D'ailleurs il n'est certainement pas le seul, en Sicile, dont le passé soit en contradiction avec le présent.

Ignazio ne se lève même pas. D'un air découragé, il observe l'épais dossier que l'avocat vient de déposer sur son bureau, puis fixe sur l'homme de loi un regard où l'agacement le dispute à l'inquiétude. « Donnez-moi de bonnes nouvelles, lui dit-il dès que la porte s'est refermée derrière le domestique. J'en ai besoin. »

Les moustaches de l'avocat – aussi noires et drues que ses cheveux – semblent tressaillir. « Dans ce cas, j'ai bien peur de vous décevoir. » Il s'assied et désigne le dossier. « J'ai reçu un courrier de la Banca Commerciale. » Il marque une pause avant d'ajouter : « Du siège social, à Milan. »

Les yeux fermés, Ignazio murmure, tout en se frottant le nez : « Je vous écoute.

— À la réunion du 10 novembre, ils vous demanderont officiellement de vendre aux sociétés La Veloce et Italia les actions de la NGI que vous avez données en garantie lorsqu'ils vous ont accordé un crédit. Ils ont indiqué ces deux sociétés parce que ce sont des filiales de la NGI, pour que les actions restent à l'intérieur du groupe. » Il parle d'une voix calme, en détachant bien les mots. Il sait qu'Ignazio Florio n'est pas un imbécile, mais qu'il va falloir l'amener à accepter une triste vérité : la Banca Commerciale Italiana, principal créancier de la Maison Florio, ne lui fait plus confiance.

Et elle essaie même de l'évincer du capital de la NGI.

Ignazio se passe une main sur le visage et murmure : « Ils ont peur. Ils redoutent que nous puissions brader des actions de la NGI à une société étrangère pour renflouer nos caisses, ce qui permettrait du même coup à des concurrents dangereux de s'implanter sur le marché du transport maritime.

— C'est évident. Ils vous surveillent depuis que vous avez vendu des actions à Attilio Odero. De facto, vous lui avez remis les clefs du chantier naval. Comment dit-on, déjà ? Vous avez fait entrer le loup dans la bergerie. »

Près de trois ans se sont écoulés depuis qu'Ignazio

a cédé ses actions de la Società Cantieri Navali, Bacini e Stabilimenti Meccanici Siciliani pour engranger de l'argent, et qu'il a donc perdu tout pouvoir de décision au sein de cette entreprise. Un sacrifice d'autant plus douloureux qu'il n'a servi à rien.

« Il y a cette ordure de Piaggio derrière tout ça. Depuis que je l'ai licencié, il a décidé d'absorber la NGI dans son Lloyd Italiano. Et je serais prêt à parier que Giolitti est d'accord, qu'ils ont hâte de se débarrasser de moi, lui et tous ses amis ! »

En guise de commentaire, Marchesano hausse un sourcil. Il ouvre le dossier, prend un papier, le regarde, plisse les yeux, chausse son *pince-nez** et constate : « Au fil des ans, vous avez vendu un nombre de plus en plus élevé d'actions de la NGI à la Banca Commerciale, sans compter qu'à ce jour, vous n'avez plus d'argent en caisse. Vous avez aussi cédé vos dernières actions de la SAVI, toujours à la Banca Commerciale, au titre de garantie d'un prêt ; et Dieu sait si vous pourrez les racheter plus tard. De plus, le renouvellement de l'attribution des liaisons maritimes publiques est imminent ; or il se trouve que les offres de la plupart de vos concurrents sont autrement plus alléchantes que les vôtres.

— En résumé, qu'est-ce qu'ils veulent, à la Banca Commerciale ? » Ignazio n'a plus qu'un filet de voix. « Ils devront bien m'accorder quelque chose en échange… Ils ne s'attendent tout de même pas à ce que je me laisse dépouiller sans rien dire ?

— La Banca Commerciale conserve pour le moment les actions qu'elle détient et vous propose d'exercer votre droit de rachat en mai ou en novembre de l'année prochaine, à un prix différent de leur valeur d'origine, cela va de soi. » Marchesano ôte son *pince-nez** et croise les mains sur son ventre. « Soit dit en toute franchise, don Ignazio : vous avez raison, ce sont des conditions léonines. Si vous n'êtes pas en mesure, le moment venu, de racheter ces actions, vous perdrez le contrôle de la NGI et de tout ce qui en dépend, y compris la fonderie Oretea et la cale de halage. D'autre part, étant donné la situation de votre maison commerciale, je ne vois pas ce qui… »

Il tend un autre papier à Ignazio, qui l'examine aussitôt.

Les chiffres sont d'une clarté impitoyable.

Et ils synthétisent une situation dramatique.

Les mains d'Ignazio se mettent à trembler et son estomac se noue. D'un geste nerveux, il agite une sonnette : il veut que Vincenzo assiste à la suite de l'entretien.

Jusqu'à présent, il l'a tenu à l'écart, il ne lui a jamais rien expliqué en détail. Il ne voulait pas que son frère vive une jeunesse accablée de fardeaux et de responsabilités, comme la sienne. Il a tout permis à Vincenzo, il l'a gâté comme ce fils qu'il n'a plus.

En traversant son esprit, cette pensée y provoque une décharge électrique, à la manière d'un éclair.

Quelles raisons de me battre me reste-t-il ?

Son frère ne tarde pas à arriver. Durant de très longues minutes d'attente, Ignazio et Marchesano ont gardé le silence ; les ombres ont peu à peu noyé la pièce, elles ont pris possession des étagères, elles se sont entrelacées au pied du bureau avant de remonter lentement et de s'étendre sur les papiers. On dirait presque que les boiseries respirent, lorsqu'elles craquent.

Qu'elles émettent une énième lamentation, interminable. En manches de chemise et en tenue sportive, Vincenzo, tout essoufflé, a des taches de graisse sur les mains et sur son pantalon clair. Il demande, d'un air joyeux : « Que se passe-t-il, Ignazio ? J'étais occupé à modifier ma voiture avec des mécaniciens et… Oh, maître Marchesano, vous êtes là aussi ?

— Entre. »

Le ton sinistre de son frère efface d'un seul coup le sourire de Vincenzo, qui ferme la porte et s'assied à côté de Marchesano. Ignazio lui tend un papier et lui demande de lire.

Vincenzo s'exécute. Il fronce les sourcils, secoue la tête maintes et maintes fois et murmure : « Je ne comprends pas… Tout cet argent… comment est-ce possible ? » Devenu soudain très pâle, il passe un doigt sur les colonnes de chiffres, comme si ce geste pouvait les modifier. « Quand est-ce que c'est arrivé ? Pourquoi ne m'en as-tu pas parlé plus tôt ?

— Parce que tout a commencé il y a près de quinze ans et que tu étais trop petit, à l'époque. Tu te souviens de la faillite du Credito Mobiliare ? Il avait ouvert des guichets dans les locaux de notre banque, et c'est pour ça que les déposants lui faisaient confiance. Alors… j'ai épongé ses dettes, j'ai dédommagé les épargnants avec l'argent de la Maison Florio. Tout est venu de là. Je me suis privé moi-même de liquidités, et pendant ce temps-là… »

Il se tait et désigne les papiers éparpillés sur le bureau.

Une effroyable succession d'échecs : le Consorzio Agrario Siciliano, l'exploitation vinicole de Marsala, la Società Cantieri Navali, Bacini e Stabilimenti Meccanici Siciliani, l'Anglo-Sicilian Sulphur Company et même la villa Igiea, dont les actions sont désormais presque toutes entre les mains de la Société française de banque et de dépôts. Oui, Ignazio a dû aller jusqu'en France pour trouver un peu d'argent.

« Le manque de liquidités m'a conduit tout droit entre les griffes des banques. J'ai été obligé d'emprunter, à des taux d'intérêt de plus en plus élevés...

— La seule activité encore rentable est celle des madragues. » Maître Marchesano confirme par ces mots la pensée de Vincenzo, dont le doigt s'est immobilisé sur la ligne « Îles Égades » du compte d'exploitation.

Ignazio s'affaisse contre le dossier de son fauteuil et regarde l'avocat. On croirait presque qu'une partie de lui est convaincue que cet homme grassouillet peut lui apporter une solution, lui indiquer une issue. Mais la partie rationnelle d'Ignazio, la plus lucide, lui hurle que la Maison Florio est irrémédiablement prisonnière de ses dettes.

D'ailleurs, tout le monde le sait, à Palerme mais aussi dans le reste de l'Europe. Les relances insistantes de grands couturiers, de bijoutiers, de fabricants de meubles, sont déjà là pour en témoigner. Dans les hôtels de la Côte d'Azur ou des Alpes suisses, les Florio doivent désormais régler leur note le jour du départ, alors qu'il suffisait, auparavant, d'une poignée de main et d'une promesse de payer dans les meilleurs délais. Il y a, surtout, les lettres de change qui s'accumulent et qui attendent d'être honorées. Et enfin les hypothèques qui, à mesure que le temps passe, grèvent un nombre croissant d'immeubles et d'usines.

« Oui, les îles Égades sont maintenant l'unique source de bénéfices pour la maison commerciale », répète Marchesano. Puis il se lève et observe les deux frères. À côté de lui, un gamin qui, jusqu'à présent, n'a pensé qu'à profiter de la vie et qui est maintenant anéanti par ces chiffres dont il ne saisit peut-être même pas toute la signification réelle : pour lui, l'argent n'a jamais été un motif d'inquiétude. Devant lui, Ignazio. Soudain, cet élégant quadragénaire lui apparaît vieux, fatigué, accablé sous le poids d'une malédiction qui viendrait de lui tomber dessus. Il a l'air d'un homme dont l'existence a perdu son sens.

Et qui n'a plus d'héritier.

Marchesano en conçoit une certaine peine.

Mais une réflexion lui vient aussitôt à l'esprit. *Les Florio ne sont pas en droit de demander l'impossible, ou d'accuser qui que ce soit.* Les signaux d'alarme n'ont pas manqué, et le courrier de la Banca Commerciale n'est que le point d'arrivée fatal de prises de risque inconsidérées, de refus réitérés d'écouter des conseils avisés, de légèretés impardonnables.

Ignazio cligne des yeux, comme au réveil d'un long sommeil, et déclare d'un ton amer : « Si j'accepte leurs conditions, nous ne pourrons jamais reprendre possession de nos actions. »

L'avocat lui répond, avec un geste résigné : « Je ne vous l'ai pas caché : ce sont, en effet, des conditions draconiennes. Mais ils n'en démordront pas. » Il glisse ses mains dans ses poches et fait quelques pas. « Don Ignazio, vos difficultés sont graves, pas insolubles. Nous devons réfléchir à un plan de renflouement. À la manière d'orienter le cours des choses dans un sens plus favorable. Il n'empêche que, dans l'immédiat, plus personne n'est disposé à faire crédit à la Maison Florio. » Bien que prononcés d'une voix calme, ces mots sont autant de coups de poignard.

Une main devant la bouche, Ignazio tente de retenir un juron mais n'y parvient pas et tape sur le bureau en criant : « Nom de Dieu ! » Vincenzo sursaute et recule sa chaise. Il n'a jamais vu son frère dans un tel état de fureur et de désespoir.

« La Banca Commerciale a déjà mis la main sur notre banque... nos actions, notre clientèle... Depuis six ans ! À titre de garantie pour l'argent que je lui avais demandé ! Et maintenant, quoi ? Tout le reste aussi ?

— À l'époque, on vous avait consenti une ouverture de crédit à hauteur de cinq millions...

— De combien ? » L'exclamation de Vincenzo interrompt les explications de Marchesano, qui se tourne alors pour regarder le jeune homme. Cette fois-ci, il ne fait rien pour dissimuler sa commisération et son agacement : « Il y a six ans, votre frère a souscrit un premier emprunt auprès de la Banca Commerciale ; d'année en année, il a continué à contracter des dettes garanties par des actions, en particulier celles de la NGI. Vous, monsieur, vous avez ignoré tout cela pendant trop longtemps. Il est bon que vous sachiez que, pour le dire en termes imagés, des nuages noirs s'amoncellent sur l'horizon de votre avenir. »

Vincenzo ouvre la bouche pour parler. Sa voix s'étrangle.

Et il commence à comprendre. À se rappeler. L'*Aegusa*, le yacht à bord duquel il avait passé tant d'étés insouciants, durant son enfance... Vendu. Le *Fieramosca*, l'*Arethusa*, le *Walkyrie*... Vendus. *Mais alors, la villa ai Colli... ?* « J'ai toujours cru que tu avais cédé la villa ai Colli à des religieuses parce que Franca ne voulait plus remettre les pieds sur les lieux de la mort de Giovannuzza. En réalité... »

Une ride de douleur creuse le front d'Ignazio. Il hausse les épaules, comme pour dire : *Oui, même cela, toujours pour la même raison.* Puis il attrape un autre dossier et le tend à son frère. On peut lire sur l'étiquette : VENTE DES TERRAINS DES TERRE ROSSE. Les propriétés de Giovanna d'Ondes. La dot de sa mère.

Vincenzo, incrédule, secoue la tête. Il s'apprête à ouvrir le dossier mais retire aussitôt sa main, comme s'il risquait de se brûler. « *Maman** a été informée ?

— De quoi ? De notre situation actuelle ? Assez peu. Elle est consciente que nous traversons une période difficile, sans plus.

— Et Franca ? »

Le regard d'Ignazio est plus éloquent que n'importe quelle parole.

« Pour commencer, reprend l'avocat, vous devez décider si vous rachetez ou non les actions de la SAVI données en garantie à la Banca Commerciale. Ensuite, il faudra songer aux moyens de sauvegarder votre participation au capital de l'exploitation vinicole de Marsala. Pour cela, il serait bon de clôturer dès que possible la plupart de vos comptes bancaires personnels et de récupérer le solde, s'il est positif.

— Attendez, il nous reste encore d'autres ressources… » murmure Vincenzo. Il se lève, cherche frénétiquement un papier et désigne du doigt plusieurs lignes de l'actif du bilan. « Il y a de l'immobilier, des actions… celles de la SAVI ont de la valeur. »

Ignazio soupire. « Tu n'as pas entendu ce que vient de dire maître Marchesano ? Ces actions ont servi de garantie à nos emprunts. En d'autres termes, nous ne pouvons pas en disposer avant de les avoir rachetées, ce qui, dans notre situation, nous est presque impossible. Nous avons des créances à recouvrer, certes, mais les sommes en jeu sont dérisoires. L'essentiel de notre richesse nous vient de Favignana et de nos propriétés immobilières. » Ignazio écarte les bras, comme pour embrasser tout ce qui l'entoure.

L'espace d'un instant, Vincenzo pense à sa villa dans le parc de l'Olivuzza et aux préparatifs de son mariage avec son Annina bien-aimée. Il lui a promis une cérémonie féerique, et au lieu de ça…

La voix de Marchesano le tire de ses réflexions. L'homme de loi appuie l'index sur une feuille de papier. « Vous comprenez de vous-mêmes ce que vous avez à faire. » Pour la première fois depuis le début de la conversation, il hausse le ton. « D'abord et avant tout, *réduire vos dépenses.* Je conçois que ce soit difficile pour vous de l'envisager, mais il faut bien commencer quelque part…

— Et par quoi ? Le Teatro Massimo ? L'Hôpital municipal ? Vous avez une idée du montant de son budget, avant notre intervention ? De l'état des pavillons ? J'ai tout assaini, au propre et au figuré. Et vous voudriez que je renonce ?

— Don Ignazio, vous financez trop d'initiatives qui ne rapportent rien. Il faut y mettre un terme définitif. »

Ignazio se lève et rejoint la fenêtre d'un pas saccadé, les cheveux en désordre et la cravate dénouée. « Couper les fonds à nos institutions de bienfaisance équivaudrait à crier sur les toits que nous ne sommes plus ce que nous avons été, que notre nom, celui de mon père et de mon grand-père, n'a plus aucune valeur. Vous comprenez ça au moins ? »

L'avocat ne répond pas tout de suite. La main devant la bouche, comme s'il voulait empêcher sa pensée de franchir ses lèvres, il finit malgré tout par parler. Ignazio et Vincenzo se souviendront pour le restant de leurs jours de ces mots qui les ont pétrifiés, même lorsque, devenus vieux, ils n'auront plus de maison à eux et seront forcés d'habiter chez des amis.

« Ne comptez plus sur votre nom, don Ignazio. »

Vincenzo s'affaisse sur sa chaise. Ignazio, le regard d'abord perdu dans le vide, ferme les yeux. Pour la première fois de son existence, il est heureux que son père ne soit plus de ce monde : jamais il n'aurait supporté une telle honte. Il ne se serait jamais non plus, selon toute probabilité, retrouvé dans une telle situation. Aucune importance, de toute façon.

« Alors nous en sommes là ? » murmure Ignazio.

Marchesano redresse le dos, attrape sa montre de gousset et prend son temps : il y aurait tant à dire, et les mots lui brûlent la bouche comme des tisons ardents ; d'un autre côté, il redoute de se montrer blessant. Au bout du compte, il se décide à suggérer : « Nous n'avons pas beaucoup d'autres solutions que de nous adresser en haut lieu, en très haut lieu.

— À la Banca d'Italia ? À Bonaldo Stringher, son requin de gouverneur ? » Ignazio secoue vigoureusement la tête. « Hors de question ! Autant nous mettre la corde au cou. Il a trop d'alliés parmi tous ces industriels qui meurent d'impatience à l'idée de me supplanter et de se partager les dépouilles de la Maison Florio comme des hyènes.

— Ils pourraient, bien entendu ; mais je doute qu'ils le fassent. À l'heure actuelle, leur objectif principal consiste à protéger l'économie de Palerme et de la Sicile ; il est dans l'intérêt de tout le monde d'agir en ce sens. » L'avocat s'éclaircit la voix. « Il faut demander de toute urgence un rendez-vous à Stringher, avant l'assemblée générale des actionnaires de la Banca Commerciale. » Il prend une longue inspiration et poursuit, les yeux rivés sur Ignazio : « Vous vous êtes engagés dans des projets qui se sont révélés ruineux. Vous avez investi dans des entreprises qui ont déposé le bilan au bout de quelques années. Vous vous êtes lancé dans la construction d'un chantier naval qui n'a jamais fonctionné à plein régime et que vous avez dû vendre. Vous avez péché par orgueil et par inexpérience. En dépit de tous les bons conseils que vous avez reçus, vous n'avez jamais écouté personne. Et par-dessus le marché, vous vous êtes fait trop d'ennemis, à commencer par Erasmo Piaggio, que vous avez mis à la porte sans prendre de gants. Alors oui, nous en sommes là, et oui, le nom des Florio vaut à peine autant que le papier sur lequel on l'écrit. Votre patrimoine est en grand danger et il ne vous reste qu'un seul moyen de sauver la face, de vous tirer d'affaire la tête haute : rester digne. »

*

Marchesano parti, Vincenzo se prend la tête entre les mains et regarde le tapis persan sans le voir. Ignazio arpente le cabinet à pas nerveux.

« Arrête de bouger tout le temps comme ça ! s'exclame Vincenzo d'une voix rendue rauque par la colère. Pour l'amour du Ciel, tiens-toi tranquille ! »

Ignazio se plante devant lui et lui demande avec agressivité : « Quoi, qu'est-ce qu'il y a encore ? Je n'ai même plus le droit de me dégourdir les jambes ?

— Il y a que tu m'horripiles, voilà tout », répond Vincenzo en le repoussant. Il aurait envie de se bagarrer. De hurler, de comprendre, de se rebeller : ce qu'il vient de découvrir ne peut pas être vrai ; c'est inconcevable.

Ignazio l'attrape, le secoue. « Calme-toi !

— Pourquoi ne m'as-tu jamais rien dit ?

— Quel intérêt de s'inquiéter à deux ? Et puis, qu'est-ce que tu aurais compris à tout ça, hein ? Tu ne penses qu'aux voitures et aux femmes... »

Vincenzo se lève brusquement de sa chaise. « Parce que toi, bien sûr, tu es un saint... On peut savoir combien tu as dépensé pour tes maîtresses ? Pour les bijoux que tu leur as offerts, à toutes ? Sans oublier les maisons, comme celle de Lina Cavalieri ! En ce moment, c'est le tour de Vera. Tous ces voyages à Rome pour aller la retrouver... au lieu de rencontrer des hommes politiques pour défendre nos intérêts !

— Je t'interdis de me juger. C'est moi qui finance tes passe-temps, ne l'oublie pas ! Tu as une idée de ce que coûte l'organisation de la Targa Florio ? »

Vincenzo repousse son frère une nouvelle fois, en marmonnant une insulte. Ils sont maintenant dressés l'un en face de l'autre. Bien qu'ils aient presque la même taille et qu'ils se ressemblent beaucoup, leurs quinze années de différence d'âge sont aujourd'hui plus visibles que jamais.

« Tu avais le devoir de me tenir informé. Je n'avais pas compris que nous étions dans une situation aussi… » Il cherche ses mots sans parvenir à les trouver.

Ignazio termine sa phrase à sa place en soupirant : « Désespérée. Oui, c'est exactement ça. Et il n'est pas exclu que nous devions vendre certaines de nos propriétés pour rembourser nos dettes. » Il déglutit, conscient qu'en réalité, il en faudrait davantage, bien davantage, pour renflouer la Maison Florio.

Vincenzo essaie de recouvrer son calme. Mais il est terrorisé. Et sa peur n'a rien à voir, non, avec les frissons excitants que lui donne le danger quand il est au volant de sa voiture de course. Cette peur, nouvelle pour lui, lui glace le sang, brouille ses pensées et trouble sa vision des choses. Il regarde autour de lui comme s'il ne reconnaissait pas l'endroit où il se trouve, comme si les meubles et les objets qui ont toujours fait partie de sa vie quotidienne appartenaient soudain à quelqu'un d'autre. Il arpente à son tour le cabinet. Ce panneau de marbre, qui représente un épisode de la vie de saint Jean-Baptiste, est l'œuvre d'Antonello Gagini, un grand sculpteur du XVIe siècle ; Vincenzo se souvient que son père l'avait acheté alors que lui-même était encore très jeune ; à l'époque, il lui avait semblé immense et très lourd. À côté, il y a un tableau de l'école de Raphaël. Et puis le bureau, les fauteuils en cuir, le tapis persan… Au-delà de la porte, dans cette villa et dans sa vie, il y a des vases en majolique, des verreries en cristal de Bohême, de la porcelaine allemande, des chaussures anglaises, des vêtements sortis des ateliers de grands couturiers… Comment se convaincre que rien de tout cela ne lui appartient plus ? Comment imaginer l'existence qui l'attend ?

« Je suis sincèrement navré. »

Vincenzo se retourne en entendant la voix d'Ignazio, va vers lui et le prend dans ses bras. « Nous nous en sortirons la tête haute, Ignazio, tu verras. »

Son frère secoue la tête, se libère de son étreinte et lui répond, d'une voix brisée : « Et dire que… tu es sur le point de te marier… »

À cette pensée, Vincenzo se rassérène, et tente de dédramatiser : « Nous reporterons la cérémonie à l'année prochaine. Annina est une fille intelligente, elle comprendra.

— Qu'est-ce qu'on va dire de nous ? À commencer par cette vipère de Tina Whitaker ! »

Quelle importance ? semble dire le geste de Vincenzo qui lâche à voix haute : « L'urgence, c'est d'essayer de nous en sortir, d'une manière ou d'une autre. » Une partie de lui persiste à croire qu'une solution existe : il *doit* y avoir un moyen de se tirer d'affaire. Les gens auraient donc oublié tout ce que sa famille a fait pour Palerme et la Sicile ? Non, impossible.

Ignazio hoche la tête et pousse un soupir de découragement. Mais son esprit s'échappe aussitôt ailleurs, à la recherche d'une source de réconfort qu'il ne tarde pas à trouver : Vera, son sourire tranquille, sa sérénité. Pourtant, à côté de cette image, une autre prend forme, éclatante et cruelle à la fois. Il s'emploie en vain à la chasser. Seule la légèreté que Vera lui a insufflée lui permet de garder confiance en l'avenir. De lui redonner de l'espoir.

D'autant plus qu'un autre espoir repose désormais sur Franca. Oui, sa femme est de nouveau enceinte. Cinq ans après la mort de Giacobina, Franca attend un enfant, et Dieu seul sait à quel point Ignazio désire que ce soit un garçon. Tout être humain a besoin de croire que le monde ne disparaîtra pas avec lui, qu'il a quelque chose à offrir à l'avenir. Et Ignazio s'accroche à cette croyance comme un naufragé à un rocher.

*

« Et si on allait au Cinématographe royal ? Oh, tu n'imagines pas à quel point *Francesca da Rimini* m'a émue, hier soir ! Et *Le Singe dentiste* m'a fait pleurer de rire !

— Comme tu voudras, très chère », répond Franca avant d'indiquer au chauffeur : « Via Candelai, à l'angle de la via Maqueda, s'il vous plaît. » L'Isotta Fraschini roule lentement, en prenant soin d'éviter les ornières de la chaussée.

Sa nouvelle grossesse, qui vient d'être rendue publique, a provoqué chez Franca une étrange confusion. Ce n'est pas de l'inquiétude pour l'enfant à naître, ni même une réaction à la mauvaise humeur permanente d'Ignazio, qui de toute façon est en ce moment à Rome pour affaires. *Mais pas seulement.* L'image de Vera Arrivabene lui vient à l'esprit, mais Franca est prompte à la chasser. Non, c'est une sensation d'épuisement et d'irritation mêlés. Franca aimerait partir en voyage, à Paris ou dans les Alpes, mais son médecin le lui a défendu ; alors elle multiplie les allées et venues entre l'Olivuzza et la villa Igiea, elle appelle ses amies pour des parties de cartes et elle lit beaucoup : elle vient ainsi de terminer la nouvelle tragédie de son cher D'Annunzio, *La Nef*, qui l'a, une fois n'est pas coutume, quelque peu ennuyée. Enfin, elle va souvent au cinéma en compagnie de Stefanina Pajno, dont les bavardages l'amusent toujours, et de Maruzza, que ces « scènes de la vie réelle » enchantent, peut-être parce qu'elles lui rappellent l'époque où, encore jeune et riche, elle voyageait en compagnie de son père et de son frère.

Et c'est justement elle qui remarque, avec une note de joie inhabituelle dans la voix : « Le Real Teatro Bellini est beaucoup plus beau. Plus élégant. »

Stefanina esquisse un geste de résignation. « La canaille n'en a que faire, de l'élégance. Tout ce qui compte, pour elle, c'est l'intrigue ; même quand elle est interprétée par des marionnettes. » Elle a un petit rire nerveux. « Tiens, à ce propos, je vais t'avouer quelque chose, ma chère Franca : quand j'étais enfant, j'ai assisté à un spectacle de marionnettes depuis la fenêtre de ma chambre, à côté de ma nourrice, parce que mes parents ne voulaient pas que je me mêle à la foule. Lorsque le chanteur ambulant a commencé à raconter l'histoire en imitant plusieurs voix les unes après les autres, je me suis sentie toute retournée : j'ai eu peur, j'ai ri, j'ai pleuré... Ma nourrice avait beau me mettre les mains sur les oreilles pour m'empêcher d'entendre les jurons, elle n'a pas réussi à gâcher mon plaisir. Eh bien, avec le cinématographe, j'éprouve la même sensation de... libération !

— Sans compter que cette nouvelle technique offre à tout un chacun la possibilité de voir le monde, de connaître des histoires qui ne sont même pas dans les livres, ajoute Maruzza, toujours en proie à l'enthousiasme.

— En effet. » Stefanina arrange sa robe bleue d'après-midi, s'appuie contre le dossier de son siège et regarde par la vitre. « Tout change de plus en plus vite, même dans une ville aussi paresseuse que Palerme. Et je ne pense pas seulement aux nouvelles rues qui ont enfin remplacé les ruelles sordides du port, aux immeubles qui se sont substitués à leurs taudis infects, aux automobiles ou même à ces engins volants que ton beau-frère Vincenzo aime tant ! Non, je veux parler des femmes : d'ici peu, nous ferons comme les Parisiennes, nous ne porterons plus de corset ; et peut-être que nous organiserons au Teatro Politeama des *meetings* identiques à ceux des suffragettes de Londres. Tu as dû le lire dans la presse, n'est-ce pas ? Elles étaient quinze mille à l'Albert Hall ! Il semblerait que les femmes soient tout à coup pressées de se lancer dans la nouveauté, d'accueillir l'avenir à bras ouverts. Il n'empêche que...

— Quoi ? murmure Franca en tournant la tête pour la regarder.

— Parfois, je me dis que tous ces changements restent superficiels. Et qu'en réalité, nous les femmes, nous sommes toujours à la traîne, accrochées au passé.

— L'indépendance fait toujours un peu peur, commente Maruzza. Mais on n'échappe pas au progrès.

— On ne peut pas non plus effacer le passé d'un simple coup d'éponge. D'ailleurs, ce ne serait pas une bonne idée. Moi, par exemple, au cinématographe, je trouve inconvenant d'être assise à côté de ma lavandière ou d'un cocher de fiacre. Il me semble que cela va à l'encontre… de l'ordre social, voilà. »

Maruzza lève les yeux au ciel.

Franca écoute en silence, puis se passe une main sur le ventre. Et si sa confusion venait aussi de là ? De son inquiétude quant au monde où vivra son enfant ? Quelle sera sa place dans cette ville en pleine effervescence, prête à courir après l'avenir, mais le visage tourné vers le passé ?

*

Les boiseries encaustiquées exhalent un parfum délicat. Le long des murs, des étagères couvertes de livres reliés en cuir alternent avec des peintures aux tonalités sombres. Le sol en marbre poli étincelle dans la lumière du soleil. Un soleil effronté, anormal pour un mois de novembre, même à Rome. Un soleil presque railleur.

Giuseppe Marchesano et Ignazio Florio sont assis devant un bureau imposant. Tout, dans cette pièce, semble conçu dans le but précis d'intimider les visiteurs, y compris la grande porte à double battant, tapissée de maroquin rouge, qui vient de se refermer derrière eux.

De l'autre côté du bureau, Bonaldo Stringher, gouverneur de la Banca d'Italia, feuillette le dossier que Marchesano lui a remis.

Tout en retenant son souffle, Ignazio essuie d'un geste furtif les gouttes de sueur qui perlent sur ses tempes.

« Je constate avec satisfaction que vous vous êtes enfin décidés à modérer vos prétentions. » Bonaldo Stringher a un visage qui semble sculpté dans le marbre, une calvitie très développée, de petits yeux inquisiteurs et pénétrants, et une allure aussi énergique que détachée.

Ignazio se redresse et lui répond d'un air hautain : « Tout le monde a le droit de changer d'avis, me semble-t-il. »

Marchesano ne parvient pas à refréner une grimace d'irritation. *Même au bord de l'abîme, Ignazio Florio trouve le moyen de se montrer arrogant.*

La main de Stringher glisse sur son gilet sombre et s'attarde sur la chaîne en or de sa montre, qu'il consulte ensuite comme pour évaluer le temps qu'il est disposé à accorder aux deux quémandeurs.

« J'ai eu un échange de vues avec le président du Conseil à propos de votre affaire. Monsieur Giolitti estime qu'il faut sauvegarder la Maison Florio, non pas tant parce qu'elle vous appartient, mais d'abord et avant tout pour préserver l'emploi et l'ordre public en Sicile ; nous avons déjà eu assez de mal à atteindre ce double objectif. »

Marchesano souhaiterait protester, mais Stringher lève la main pour l'en dissuader. Le gouverneur jette un coup d'œil circulaire, prend un cigare éteint dans un cendrier, le rallume et cloue Ignazio du regard. « Vous seriez donc prêt à confier la gestion de vos actifs à un administrateur externe ? Et votre frère ? Qu'en pense-t-il ? Après tout, il est toujours propriétaire du tiers de vos biens...

— Mon frère a une confiance absolue en moi. »

Stringher ne cache pas son scepticisme : « Il n'y aura donc aucune difficulté pour obtenir *sa* signature sur ces documents ?

— Vous l'aurez, intervient Marchesano. Les frères Florio s'engagent à confier l'ensemble de leurs activités à un administrateur externe pour une durée de dix ans, en contrepartie d'une indemnité garantissant le maintien de leur niveau de vie. »

Bonaldo Stringher hausse les sourcils. « Et cette indemnité servira-t-elle aussi à entretenir les parasites dont messieurs Florio aiment à s'entourer ? Je vous demande cela simplement pour me faire une première idée de son montant.

— Des parasites ? Dites plutôt : des amis chers à qui nous apportons notre aide et notre soutien. » Ignazio n'a pas pu se retenir. « Ma famille a une réputation de dignité à soutenir, monsieur Stringher. Nous avons... j'ai commis un certain nombre d'erreurs dans la gestion du patrimoine familial. Je vous l'accorde. Mais je porte un nom important, estimé. Je ne permettrai à personne de m'humilier et... »

Marchesano pose une main sur son bras et le serre. Son regard semble l'implorer : *Pour l'amour du*

Ciel, taisez-vous donc. Puis il déclare à voix haute : « Comme j'ai déjà eu l'occasion de l'expliquer à monsieur Florio, il devra consentir à des sacrifices, mais il n'y a là rien d'insurmontable. Sa famille et lui-même devront désormais faire preuve de plus de circonspection… sans aller jusqu'à vivre comme des gens ordinaires. »

Stringher s'appuie contre le dossier de son fauteuil et observe ses deux visiteurs en tournant son cigare entre ses doigts. « Les actions de la NGI que vous allez céder aux sociétés indiquées sur le document ne suffiront pas à couvrir vos dettes. Vous avez besoin d'environ vingt et un millions de lires [1]. »

Ignazio suffoque. L'énoncé de ce chiffre lui coupe le souffle.

« J'ai réussi à obtenir un paiement différé pour les actions de la SAVI que vous avez mises en gage, et que vous êtes donc désormais censé rembourser d'ici le mois de décembre, poursuit Stringher en feuilletant le rapport. Cela étant, il vous reste d'autres échéances à respecter.

— Je pensais que les conventions maritimes…

— À votre place, monsieur Florio, je ne compterais pas trop là-dessus. Le Lloyd Italiano est d'ores et déjà bien placé pour remporter l'appel d'offres. Et vous auriez même tout intérêt à envisager dès maintenant de lui céder une partie de la flotte de la NGI. Cela ne pourrait qu'alléger votre position. »

Alors j'avais raison, songe Ignazio, les yeux rivés sur le bord du tapis persan et voilés peu à peu d'une

1. Environ quatre-vingt-six millions d'euros. *(N.d.A.)*

sorte de brouillard. *Ce maudit Piaggio ! À croire qu'il ne poursuit pas d'autre but, dans la vie, que de nous extorquer tout ce que nous avons bâti.*

De son côté, Stringher repense à sa conversation avec Giolitti. À sa demande, le ministre des Transports a entrepris la réforme de la procédure d'obtention des concessions maritimes. Selon le chef du gouvernement, elle doit en effet changer du tout au tout ; car en l'état actuel des choses, elle empêche certaines entreprises, par exemple ligures ou toscanes, de proposer leurs services à des prix plus avantageux que ceux de leurs concurrents. Pour Giolitti, il ne s'agit pas d'opposer le nord et le sud du pays ; il y a, tout simplement, que l'État ne peut pas se permettre de continuer à subventionner des entreprises qui bénéficient, de facto, d'une situation de monopole. Des enchères ont même été organisées pour l'attribution de certains services de transport, même si, pour diverses raisons, aucune entreprise n'y a participé. Stringher le sait et il se tait : contrairement à Ignazio Florio, il maîtrise à la perfection l'art de ne parler qu'au moment opportun.

Il est conscient de son propre pouvoir, mais aussi de ses obligations envers certaines personnes.

D'un côté, aller à la rescousse de la Maison Florio reviendrait à soutenir l'économie de toute une île ; de l'autre, le gouvernement lui a exposé avec une extrême clarté les intérêts en jeu. Et les deux ne coïncident pas nécessairement.

Ignazio reste figé. Dans ce silence glacial, Marchesano est le seul à trouver la force de faire quelque chose. Il se lève, regarde Stringher droit dans les yeux et murmure : « Merci, monsieur le Gouverneur. Nous vous informerons de notre décision dans les meilleurs délais. »

*

« Donna Franca, vous étiez là ! Je vous ai cherchée partout, jusqu'à ce que Nino me dise que vous étiez dans le jardin. Par ce froid ! »

Maruzza, d'ordinaire si calme, ne cache pas son anxiété. Elle pose un châle sur les épaules de Franca et lui frotte les mains pour les réchauffer. Depuis son retour de Messine, Franca semble devenue muette, dort peu et mal, ne s'alimente presque plus. Et la voilà maintenant immobile sur le banc de pierre devant la volière, vêtue d'une simple veste en laine et d'une robe de velours gris foncé.

« Rentrez à la maison, je vous en prie. J'ai demandé au cuisinier de vous préparer un thé et cette *lemon tart* que vous aimez tant. Allons nous abriter, il ne va pas tarder à pleuvoir. »

Pour toute réponse, Franca lève la tête, regarde Maruzza avec un sourire étrange et chuchote : « Ils étaient là. Je les ai vus… J'étais la seule à les voir, mais ils étaient là…

— Qui, donna Franca ? De qui parlez-vous ? » Sous l'effet de l'inquiétude, la voix de Maruzza devient suraiguë. « Vous avez besoin de repos et de chaleur. Venez avec moi vous réchauffer devant un feu de cheminée. Mastro Nino a allumé la plus grande, celle du salon rouge. »

Franca ne bouge pas. Elle regarde à nouveau

devant elle, les mains crispées sur le châle sombre dont Maruzza l'a enveloppée.

Une image refuse obstinément de s'effacer de sa mémoire.

La plage de Messine.

Le 28 décembre 1908 à l'aube, la terre a tremblé entre la Sicile et la Calabre. Cela s'était déjà produit par le passé, et cela se produira encore à l'avenir : la région a toujours été soumise aux séismes, aux remous de la mer, à ses courants puissants. Les Florio sont d'ailleurs bien placés pour le savoir, même s'il s'est écoulé plus d'un siècle depuis que Paolo et Ignazio, les frères fondateurs de la dynastie, ont quitté Bagnara Calabra, juste après une violente secousse sismique, pour chercher fortune à Palerme.

Mais en cette année 1908, il ne s'agissait pas d'un « simple » tremblement de terre. On aurait dit que la main vengeresse de Dieu s'était abattue sur les hommes et les choses pour les anéantir. Le sol s'est ouvert en deux, comme une croûte de pain. Et il n'est plus resté que des miettes.

Reggio de Calabre a été dévastée ; un grand nombre de villes et de villages – y compris Bagnara – ont été réduits à l'état de décombres ; Messine est devenue un amas de pierres poussiéreuses en un peu moins de deux minutes. L'âme du tremblement de terre s'est alors emparée de la mer et l'a soulevée jusqu'au ciel ; puis des vagues gigantesques ont déferlé sur ce qui restait de Messine et de ses rues. Des incendies se sont déclarés, des fuites de gaz ont provoqué des explosions. Enfin, mélangée à la poussière, la pluie a tout sali au lieu de tout nettoyer, et aveuglé les survivants qui erraient, hébétés, parmi les ruines. Les pages des journaux regorgent de détails tous plus effrayants les uns que les autres : des gouffres d'où jaillissaient des mains et des jambes ; des plaintes, d'abord sonores, déchirantes, puis de plus en plus faibles ; des habitants qui s'enfuyaient à la campagne ou qui, au contraire, demeuraient immobiles, pétrifiés, sans cesser de hurler. La presse a aussi parlé d'individus qui fouillaient frénétiquement les monceaux de briques, de poutres et de cadavres, à la recherche de quelque chose à voler : l'éternelle histoire des charognards qui profitent du malheur d'autrui.

Au cours des jours suivants, l'angoisse et la consternation ont laissé place à la conscience de l'urgence absolue de secours ; or ils ne pouvaient arriver que par la mer, les routes étant devenues impraticables en raison de glissements de terrain ou d'immenses crevasses.

Le roi en personne, arrivé à Messine le 30 décembre avec la reine Hélène à bord du *Vittorio Emanuele*, a adressé à cet effet un télégramme à Giolitti : *Ici désastre, feu et sang partout. Envoyer navires, navires, navires.* Puis une autre nouvelle est tombée : Nicoletta Tasca di Cutò, la sœur de Giulia Trigona, avait péri sous les décombres avec son époux, Francesco Cianciafara. Par chance, leur fils Filippo, un adolescent de seize ans, était sain et sauf.

À partir de ce moment-là, Franca ne s'était plus contentée des informations données par les journaux, et avait submergé Ignazio de questions. Elle voulait tout savoir : ce qu'avait fait exactement le croiseur *Piemonte*, un vaisseau de la marine royale qui était à l'ancre dans le port de Messine au moment de la tragédie et qui avait été le premier à intervenir ; quelle aide avaient apportée les navires marchands anglais ; enfin, et surtout, ce que faisait la NGI. Il lui a expliqué qu'elle transportait de la nourriture et des volontaires, que quatre navires étaient d'ores et déjà prêts à accueillir les victimes du tremblement de terre, que le *Lombardia* et le *Duca di Genova* avaient quitté Gênes avec à leur bord des provisions suffisantes pour nourrir environ deux mille personnes pendant un mois, que le *Singapore* et le *Campania* accosteraient bientôt à Naples pour y mettre près de trois mille réfugiés à l'abri.

Pour Franca, ce n'était pas assez.

Quand Ignazio lui a fait part de son intention de se rendre à Messine, elle a demandé à l'accompagner. Devant son refus, elle l'a assailli de prières et de supplications. Giovanna et Maruzza ont alors pris la relève : elles lui ont dit et répété qu'il y avait trop de dangers à courir pour une femme enceinte, qu'il existait un risque sérieux d'épidémies et d'infections, qu'on avait besoin d'elle à Palerme dans les comités de bienfaisance pour les réfugiés, qu'elle ne devait pas se fatiguer, que ses angoisses pouvaient faire du mal à l'enfant… En vain. Le matin du départ, debout devant la porte, vêtue de sa tenue de voyage et une valise à la main, elle a déclaré, d'un ton sans réplique : « Je dois y aller, moi aussi. »

Ils ont fait le voyage à bord d'un bateau à vapeur, et une chaloupe les a déposés sur la plage de Messine. Pendant qu'Ignazio supervisait le débarquement de nourriture et de médicaments et prêtait main-forte aux équipes de secours, Franca a parcouru les campements de fortune, prête à réconforter tous ceux à qui elle pourrait être utile.

Et c'est alors qu'elle les a vus.

Des enfants. Innombrables. Des enfants couverts de boue et de sang qui quémandaient un morceau de pain ou qui creusaient dans les décombres à la recherche désespérée d'un signe de vie là où il n'y avait désormais plus que poussière et mort. Des enfants immobiles et gris que des mères s'obstinaient à bercer contre leur poitrine. Des enfants nus, à peine capables de marcher, qui appelaient leur maman devant des tas de décombres. Des enfants qui la regardaient, elle, des enfants en vie, mais aux regards éteints.

C'en était trop, et le souvenir de ses petits l'a submergée : dans chaque regard, elle a reconnu celui de Giovannuzza ; dans chaque pas incertain, elle a retrouvé ceux de Baby Boy ; sur les visages de tous les nouveau-nés, elle a cru voir celui de Giacobina… Elle a même couru après une gamine aux longs cheveux noirs, vêtue d'une chemise de nuit blanche, qui ressemblait à son aînée ; elle l'a appelée par son prénom, mais la petite fille, apeurée, s'est dépêchée de rejoindre sa mère, une femme assise non loin de là qui tenait un garçon endormi sur ses genoux.

Un court instant, Franca a envié cette malheureuse qui avait tout perdu, hormis ses enfants.

Depuis, impossible pour elle de penser à autre chose.

« J'étais la seule à les voir, mais ils étaient là… » Elle le répète, la main tendue pour caresser le visage de Giovannuzza ou ébouriffer les cheveux de Baby Boy.

Maruzza s'assied à côté d'elle, lui passe un bras autour des épaules, pose sa tête contre son cou. « Il faut les laisser partir, donna Franca, commence-t-elle par murmurer. Ils resteront auprès de vous pour toujours, mais ils ne sont plus de ce monde. Et, si douloureux que cela puisse être, vous devez prendre soin de ceux qui sont encore sur cette terre : Igiea et… cette petite créature, là », conclut-elle en effleurant son ventre d'une main.

Franca fond en larmes. Elle pleure pour tous ces orphelins qu'elle n'a pas pu aider. Oh, bien sûr, une cinquantaine de réfugiés – des enfants, pour la plupart – ont été accueillis dans leur manufacture de céramique transformée en hôpital. Giovanna et elle se sont occupées en personne de trois d'entre eux ; mais l'un est mort de ses blessures, un autre a été réclamé par son grand-père et le troisième s'est pris d'affection pour Giovanna, dont il ne s'éloigne jamais d'un pas. De toute façon, Franca ne veut pas des enfants des autres ; elle veut les siens. Les siens.

Ils ne sont plus là. Pour elle, ce sont des ombres qui errent dans les appartements de l'Olivuzza, de petits anges destinés à ne jamais grandir. Parfois, elle entend leurs pas dans les escaliers ; d'autres fois, plongée dans un demi-sommeil, elle a l'impression de sentir la caresse d'une main ou le baiser de deux petites lèvres. Alors elle se réveille en sursaut, le cœur battant à se rompre, et elle cherche dans l'obscurité une trace de leur présence, leur odeur, un rire… Mais elle est seule.

Pourtant, Maruzza a raison, tout comme la femme de pêcheur qui lui avait parlé, cinq ans plus tôt, à

Favignana, alors qu'elle était sur le point de… Il reste Igiea. Il reste un bébé à naître dans quelques mois. Un garçon ? Elle l'espère sans trop y croire. Tout au long de sa vie, l'espoir s'est souvent métamorphosé en poison.

Elle essuie ses larmes puis, soutenue par Maruzza, se lève en regardant la volière. Dans cette maison, dans ce parc, il y a trop de traces du passé, trop de souvenirs.

« Maruzza, que diriez-vous de retourner à la villa Igiea ? demande-t-elle dans un filet de voix.

— Comme il vous plaira, lui répond sa dame de compagnie, enveloppant ses épaules d'un bras. Retournons-y. »

*

En mars 1909, dans le bureau de Bonaldo Stringher, des avocats et des directeurs de banque se réunissent pour discuter de l'avenir de la Maison Florio.

Les deux frères, absents, sont représentés par maître Ottavio Ziino et maître Vittorio Rolandi Ricci, les avocats qui, en collaboration avec Giuseppe Marchesano, défendent leurs intérêts. C'est Rolandi Ricci qui assume la tâche désagréable de résumer la situation en une phrase : le temps presse. Oui. Le temps manque plus encore que l'argent. Le vrai risque est qu'il n'y ait bientôt plus rien à sauver. Et aux pressions des hommes de loi s'ajoutent celles du préfet, De Seta, qui a demandé au directeur de la Banca d'Italia une solution rapide permettant de maintenir l'ordre public.

Car Palerme s'agite à nouveau.

Non seulement parce que le 12 mars, sur la piazza Marina, on a tué de quatre coups de revolver le lieutenant Giuseppe « Joe » Petrosino, venu de New York à Palerme pour renforcer les liens qui unissent la mafia sicilienne à la « Main noire » américaine. Mais encore parce que l'éternelle épée de Damoclès d'une éventuelle défaite des Florio au prochain appel d'offres pour l'attribution des concessions maritimes – avec tout ce que cela impliquerait pour l'activité portuaire de Palerme – menace la ville au point de provoquer, le 21 mars, une grève dans les secteurs les plus variés : usines, écoles, magasins, tramways… Et c'est un miracle qu'elle n'ait pas dégénéré en insurrection.

Les rumeurs, parfois contradictoires, se succèdent depuis trop longtemps ; et les gens veulent savoir. Le cou tendu, les yeux à l'affût et les oreilles aux aguets, ils vont et viennent dans le jardin de la villa Igiea, passent et repassent devant l'Olivuzza, épient le moindre mouvement aux fenêtres, observent les voitures arrêtées devant l'entrée ou les calèches qu'on utilise encore pour les promenades de l'après-midi, écoutent la musique qu'on joue dans les salons, scrutent les visages des invités aux réceptions, aux fêtes, aux dîners. Tout le monde se demande si la crise est vraiment aussi grave qu'on le prétend.

Insolents et avides, les Palermitains attendent, le sourire mauvais, de comprendre ce qui va se passer : ils sont nombreux à penser que pour cet arrogant d'Ignazio Florio, le moment est enfin venu de rendre des comptes. Mais leurs sourires servent aussi à cacher leur peur. Si les Florio coulent, il sera difficile pour la ville de ne pas sombrer avec eux. L'emploi, les œuvres caritatives, les théâtres… trop de choses dépendent encore d'eux.

Les nouvelles arrivées de Rome mettent Ignazio hors de lui. Après la rencontre avec les avocats de la Maison Florio, Stringher lui a écrit que Ziino, Rolandi Ricci et Marchesano – avec la bénédiction de la Banca d'Italia – travaillent à la création d'un consortium de banques qui prendra à sa charge les dettes de ses sociétés et les administrera. Malgré son langage très mesuré, l'hostilité de Stringher est perceptible du premier au dernier mot : à ses yeux, Ignazio n'est qu'un quémandeur horripilant, un incapable qui se plaint parce que les banques, à juste titre, ne lui font plus confiance.

Mais Ignazio n'a plus d'autre interlocuteur. Au début du mois de mai, il se rend au siège de la Banca Commerciale pour tenter d'obtenir un nouveau moratoire. Le directeur ne daigne même pas le recevoir et lui fait dire par son secrétaire qu'il est « trop occupé ». « Dans ce cas, ce ne sera certainement pas moi qui le dérangerai », lui répond Ignazio d'un ton glacial en gagnant la sortie sous les regards médusés des autres employés.

Il n'a jamais subi une telle humiliation.

Lui qui aurait pu racheter la filiale, lui qui aurait pu être le maître de leur destin, on vient de l'éconduire comme un malotru.

De retour chez lui, il ne trouve pas d'exutoire à son irritation. Il aimerait parler à quelqu'un. Pas à un ami et pas même à Romualdo, il aurait trop honte. À quelqu'un capable de le comprendre. Son frère ? Non,

Vincenzo est sorti en voiture avec Maria Concetta et Annina. Le mariage a été fixé pour l'été, et les futurs époux ont décidé de vivre en partie dans la villa du parc de l'Olivuzza – que Vincenzo est en train de réaménager de façon à ce qu'Annina y dispose de « son propre espace » – et en partie dans un immeuble de la via Catania, près de l'élégante via Libertà, un bâtiment aux lignes modernes situé au cœur de l'un des quartiers les plus dynamiques de la ville… et que les Florio n'ont pas encore fini de payer. À cette pensée, Ignazio se laisse aller à un mouvement de colère.

Franca non plus n'est pas là. Elle a organisé à la villa Igiea une soirée où des concerts alterneront avec des parties de cartes. Elle a toujours aimé jouer et elle est d'ailleurs une adversaire redoutable ; mais ces derniers temps, elle ne semble penser à rien d'autre. Au début, Ignazio en a été heureux : à son retour de Messine, Franca n'a voulu voir personne pendant des semaines et elle a passé des journées entières enfermée dans sa chambre, à l'Olivuzza. Mais ensuite, il s'est vite rendu compte que ce passe-temps devenait de plus en plus dispendieux et il lui a demandé de ne plus miser au-delà d'une certaine somme. Elle est restée sourde à toutes ses remontrances.

À vrai dire, leurs relations se sont encore détériorées.

La grossesse de Franca, qui les avait d'abord rapprochés et leur avait donné une lueur d'espoir, a été menée à terme le 20 avril 1909.

Une fille.

Ils l'ont baptisée Giulia, du prénom de la sœur chérie d'Ignazio. Elle a une santé de fer et du tempérament à revendre, cette nouveau-née dont la présence remplit maintenant des chambres d'enfants demeurées trop longtemps vides. Aussitôt après sa naissance, Igiea – âgée maintenant de presque neuf ans – l'avait observée longuement avant de demander à sa gouvernante si elle aussi allait mourir, comme les autres.

La domestique avait eu un sourire gêné et lui avait assuré, en accompagnant son propos d'une caresse, que non, elle vivrait. Franca, par chance, n'avait pas entendu. Mais Ignazio, si. Et il avait senti son cœur se serrer ; la question posée par sa fille avait d'un seul coup rouvert ses blessures et ravivé ses souffrances.

De ses cinq enfants, il n'en reste que deux. Et deux filles, par-dessus le marché.

Juste après l'accouchement, il a offert à Franca un bracelet en platine. Pas de saphirs, comme à la naissance de Baby Boy. Et peu importe si cette dépense venait s'ajouter aux autres dettes. Il a pris les mains de sa femme et les a embrassées. Elle l'a dévisagé un long moment avant de parler, appuyée sur ses oreillers, le visage enflé et fatigué.

Un voile de résignation baissé sur ses grands yeux verts, elle s'est contentée de lui dire : « Je suis désolée. »

Désolée que ce ne soit pas un garçon. Désolée d'être trop vieille pour te donner un autre enfant. Désolée parce que, envers et contre tout, je t'ai aimé, je t'ai fait confiance, j'ai cru en notre mariage. Mais maintenant, il ne reste plus rien, pas même le fantôme de cet amour qui nous a unis. Je sais qu'il y a une autre femme. Et que ce ne sera pas une liaison passagère.

Venues du plus profond de l'âme de Franca, ces pensées ont affleuré à ses yeux. Leur amertume s'est ensuite déversée sur Ignazio, l'obligeant à baisser les yeux et à hocher la tête.

C'est la triste vérité, présente et future. Vera, donc. Elle au moins, elle comprend sa frustration, elle sait lui apporter son soutien dans l'adversité, elle ne cesse jamais de l'encourager. Et de l'apaiser, au moins un peu.

Il l'imagine venir à sa rencontre, l'embrasser sans un mot, l'aider à enlever sa veste, l'inviter à s'asseoir sur le canapé de la suite de l'hôtel romain où ils se retrouvent, poser la tête sur son épaule. Elle ne l'accable pas de questions et ne le juge pas ; elle l'écoute et l'accueille.

Franca a été son premier grand amour. Mais elle n'a pas été le seul, loin de là. *Tout change : la façon d'aimer, les gens eux-mêmes, leur besoin de se sentir désirés. Même les plus beaux contes de fées ont une fin. Et quand l'histoire est terminée, il ne reste que l'envie d'une chaste étreinte qui vous réconforte, qui dissipe la peur causée par la fuite du temps et vous donne l'illusion de ne pas être seul.*

Mais Vera est à Rome. Loin d'ici.

Ignazio erre dans la maison ; les domestiques s'écartent sur son passage, les yeux fixés au sol. Lorsqu'il demande où est sa mère, l'un d'eux lui désigne du doigt le salon vert. Giovanna est assise dans un fauteuil, une broderie à côté d'elle ; mais ses mains déformées par l'arthrose reposent sur ses genoux. Elle s'est assoupie.

Ignazio s'approche et lui embrasse le front. Elle sursaute. « Oh, c'est toi, mon fils… Alors, qu'est-ce qu'ils t'ont dit, à la banque ? »

Il hésite un court instant avant de répondre : « Tout va bien, *maman**. N'ayez crainte. » Ce mensonge lui écorche la langue.

Giovanna sourit, soupire et referme les yeux.

Ignazio s'assied à côté d'elle, lui prend la main. Que pouvait-il dire d'autre à cette pauvre femme qui a déjà dû renoncer aux terres de sa dot, ces Terre Rosse où elle avait passé sa jeunesse ?

Il regarde la photo de son père posée sur la table basse à côté du fauteuil. Et pour une fois – chose étrange –, il n'a pas l'impression que son regard sévère l'accuse d'incompétence. Il serait plutôt tenté d'y lire une exhortation à ne pas renoncer : *Allons, du courage, prouve-leur que tu es à la hauteur des circonstances !*

Il reste de l'espoir. En se dirigeant vers son cabinet, Ignazio s'accroche à cette pensée. Et il se la répète lorsqu'il passe devant la chambre d'Igiea, où sa fille joue d'un air tranquille tandis que la nourrice berce Giulia, plongée dans un profond sommeil.

Les Florio ont encore du répondant, des ressources et un nom, *quoi qu'en dise Marchesano* ! Les rapports des experts de la Banca d'Italia montrent que l'argent est là, que sa famille a encore des actifs et que les dettes personnelles – celles qui font se hausser tant de sourcils – ne sont pas la cause principale des difficultés que connaissent ses entreprises.

Il entre dans son cabinet en claquant la porte.

Puis il dit à haute voix : « Je ne capitulerai pas. Vous allez voir, tous autant que vous êtes, à qui vous avez affaire ! »

*

Ignazio est dans une colère noire contre ces messieurs de la Banca d'Italia et de la Banca Commerciale, qui, non contents de le traiter comme un incapable, fourrent leur nez partout, épluchent tous ses papiers et ne lui accordent pas un instant de répit. À tel point qu'il ne détecte pas la présence d'un traître parmi ses collaborateurs les plus proches. Vittorio Rolandi Ricci, l'un de ses avocats, écrit en effet à Bonaldo Stringher pour se plaindre : malgré la gravité de la situation, chez les Florio, on continue à porter toast sur toast au champagne, à miser gros sur les tables de jeu, à se passer des caprices coûteux.

Alors, le gouverneur de la Banca d'Italia sort de ses gonds. Mais à sa manière. Il écrit à Ignazio une lettre, aussi dure que glaciale, où se mêlent le reproche, l'indignation, les accusations, les condamnations, mais aussi le mépris et la défiance. Et surtout, il y formule la menace explicite de l'abandonner à son triste sort.

La lecture de cette missive déclenche, chez Ignazio, un surprenant mécanisme. Ce n'est pas la première fois qu'il se sent humilié et honteux ; mais le ton formel et détaché de Stringher le remue jusqu'au tréfonds de son être, lui donne une lucidité douloureusement nouvelle. Il *doit* répondre. Il s'enferme donc dans son cabinet et se met à écrire. Il prépare un brouillon et choisit ses mots avec soin : d'une part, il ne veut pas montrer au gouverneur de la Banca d'Italia la profondeur de la blessure infligée à son amour-propre ; d'autre part, il ne peut pas prendre le risque de l'irriter davantage. Il écrit, relit, réécrit, corrige, réfléchit. Il s'engage à licencier le personnel surnuméraire, à réduire le train de vie de sa maison, à opérer des coupes sombres dans tous les budgets. Il essaie aussi de se justifier, de s'expliquer ; mais il prend vite conscience de l'inconsistance de ses excuses et les efface d'un trait de plume vigoureux. Enfin, les dents enfoncées dans sa lèvre inférieure, il tape la lettre à la machine et brûle le brouillon.

Je ne peux pas en faire davantage. Cette pensée l'accompagne, encore et encore, quand il referme l'enveloppe, s'affale dans son fauteuil et se frotte les yeux. Il aimerait tant boire un verre de cognac, de *son* cognac…

À cet instant précis, il entend le moteur de l'Isotta Fraschini et un bonsoir murmuré par le chauffeur.

Franca vient de rentrer.

Ignazio saisit sa montre de gousset : la rédaction de sa lettre lui a fait perdre la notion du temps.

Deux heures et demie du matin.

Déjà si tard ? Puis une autre question lui traverse aussitôt l'esprit.

Combien a-t-elle bien pu perdre, ce soir ?

Il quitte son cabinet, traverse les salons à grands pas et rejoint Franca au moment où elle s'apprête à pénétrer dans sa chambre. Elle tient à la main un sac en or à fermeture de diamants, l'un de ses derniers achats chez Cartier, et une liasse de billets à ordre.

En les voyant, Ignazio est pris de tremblements. Puis il demande, d'une voix sifflante : « À combien s'élèvent les pertes, ce soir ? »

Franca lève la main et regarde les papiers comme s'ils ne la concernaient pas. « Que veux-tu que j'en sache ? J'ai signé les papiers sans les lire, et j'ai promis de payer dans un délai de vingt-quatre heures. »

Ignazio se frotte le front d'un air découragé. « Payer qui ? Et combien ? »

En entrant dans sa chambre, Franca réveille Carmela, assoupie sur une chaise. Elle se déchausse, tend à Ignazio ses billets à ordre et lui lance, d'un ton sec : « Tiens, c'est pour toi. » Puis elle s'approche de sa domestique, qui, rouge de confusion et les yeux baissés, commence à déboutonner sa robe de *faille** ornée de *paillettes** noires et argent.

Lorsqu'il découvre les chiffres inscrits sur les papiers, Ignazio blêmit.

Arrivée au dernier bouton, Carmela lève les yeux et voit qu'Ignazio a une main devant la bouche, comme pour retenir un cri. Franca tire sa femme de chambre d'embarras : « Je t'autorise à te retirer. Tu rangeras la chambre demain. »

Carmela s'esquive en coup de vent.

Franca, maintenant en jupon, observe Ignazio pendant quelques instants, les sourcils arqués. Puis elle s'assied sur son lit.

« Tu as idée de ce que tu as dilapidé ? » La voix d'Ignazio, méconnaissable, est à la fois aigre et cassée, comme s'il était sur le point de pleurer. « Pendant que Madame s'amusait, j'étais là, seul comme un misérable, à écrire une lettre par laquelle j'essayais de me concilier les bonnes grâces de ce requin de Stringher. J'ai mis mon orgueil de côté pour le bien de cette famille, et toi... »

Franca retire ses bas. Sa dernière grossesse l'a un peu alourdie, et son visage porte les traces de ses chagrins, de ses excès, de ses nuits blanches. « Je ne suis pas censée connaître ton emploi du temps en détail. Et du reste, je suis convaincue que Vera appréciera mieux que moi ce genre de confidences.

— Tu n'as jamais rien voulu savoir de moi ni de mes sentiments ! lui hurle Ignazio en lui jetant les billets à ordre à la figure. Quand m'as-tu demandé pour la dernière fois comment j'allais, si mes affaires marchaient bien, ce que je ressentais après la mort de nos enfants, ce qu'elle signifiait pour moi ? Avec moi, tu n'as manqué de rien, ni de vêtements, ni de bijoux, ni de voyages... Et tu me récompenses par de l'ingratitude ! Toi, toi, toi... Il n'y en a que pour toi et ta douleur. Il ne t'est jamais venu à l'esprit que je devais m'occuper de tout, veiller sur nos intérêts, pendant que tu suppliais le monde entier de s'apitoyer sur tes souffrances ? Moi aussi, j'ai perdu trois enfants, au cas où tu l'ignorerais. Je n'ai plus d'héritier, personne à qui confier la Maison Florio quand... Je n'ai plus aucun avenir, mais c'est bien le cadet de tes soucis. » Il s'approche d'elle, la regarde droit dans les yeux. « On va me mettre de force sous tutelle, comme un demeuré incapable de gérer ses biens. Tu savais que les choses allaient mal, et malgré ça, tu as préféré faire l'autruche, ne rien changer à ton mode de vie, dépenser sans compter. Et surtout, m'humilier. Oh ! oui. Parce que ces billets à ordre, je ne serai pas en mesure de les honorer, ni demain ni Dieu sait quand. Seulement voilà, tu t'en fiches. Tu es une égoïste. Une maudite égoïste entrée dans cette maison grâce à ton beau petit visage d'ange ! »

Franca le regarde d'un air détaché. Elle a peut-être trop bu; à moins qu'elle ne soit tout simplement fatiguée. Loin de réagir tout de suite, elle se lève, enfile sa chemise de nuit, passe sa robe de chambre, se rassied sur son lit et tapote la couverture. Puis elle réplique à mi-voix: « Comment oses-tu m'accuser d'égoïsme, après ce que tu m'as obligée à subir depuis des années et des années ? Tu me reproches de ne pas m'être assez occupée de tes affaires, mais si la villa Igiea est célèbre dans toute l'Europe, c'est uniquement grâce à moi, à ce que j'ai fait et continue de faire tous les jours pour nos clients. Non, Ignazio... » Elle se penche pour ramasser un billet à ordre, qu'elle froisse d'un geste rapide. « C'est toi qui ne t'es jamais préoccupé que de ton plaisir, en toutes circonstances. Toi qui as dépensé des fortunes pour entretenir tes maîtresses, des fortunes largement supérieures à mes dépenses. Toi qui t'es toujours diverti sans te soucier de moi, de mes sentiments. Toi qui savais bien qu'à la fin de chacune de tes liaisons, quand tes catins ne t'inspiraient plus que du dégoût ou de la lassitude, je t'attendais, prête à te reprendre sans poser de questions. Mais nous n'en sommes plus là, mon pauvre Ignazio. Chacun lutte à sa façon contre la douleur, et aucun de nous deux n'est en droit de reprocher à l'autre d'avoir essayé de survivre, envers et contre tout. » Une nuance de mélancolie estompe la rancune qu'elle ne cherche plus à dissimuler. « Et tu sais quoi ? Il aurait mille fois mieux valu ne pas nous marier. »

Ignazio, soudain devenu blanc comme un linge, avale sa salive.

Franca et lui se fixent sans plus rien dire pendant un long moment.

Puis il quitte la chambre de sa femme et gagne la sienne, dans le noir.

*

« Ce Florio est un ingrat ! Vous avez lu la lettre où je vous relate ma rencontre avec lui, il y a quelques jours ? D'après lui, l'accord que nous avons conclu avec les banques conduirait de facto à l'exclure de l'administration de ses sociétés commerciales. Il menace de se retirer de la négociation, de demander une mise en redressement judiciaire au tribunal de Palerme, de proposer à ses créanciers un étalement de ses remboursements sur sept ans et de confier la gestion de ses entreprises à un administrateur nommé par les magistrats… mais choisi par lui. Qu'est-ce qu'il s'imagine ? Et pour qui se prend-il ? » Vittorio Rolandi Ricci s'interrompt et soupire. Il sait qu'avec Bonaldo Stringher, la prolixité n'est pas de mise. Ils se connaissent depuis des années et ils ont peu à peu développé, dans le respect constant du formalisme le plus strict, une complicité totale, avare de mots mais forte de leur connaissance partagée des mécanismes de l'économie et du pouvoir.

Le gouverneur de la Banca d'Italia ne répond pas tout de suite. Il se lève de son bureau, gagne la fenêtre et tire les rideaux pour laisser entrer les rayons d'un soleil de bronze qui semble affirmer une dernière fois son autorité avant que l'obscurité n'envahisse la pièce. Stringher observe la circulation de cette fin d'après-midi sur la via Nazionale et déclare : « Oui, j'ai lu votre lettre. Vous avez été précis et honnête, et je vous en sais gré. » *Tout le contraire de Florio, avec sa missive pleine de bonnes intentions qui se sont dissipées comme neige au soleil en quelques jours. Les privilèges dont il a bénéficié par le passé, et auxquels il croit avoir encore droit, ont conduit cet homme à sa perte.* Un court instant, Stringher se demande s'il ne serait pas opportun de montrer son courrier à Rolandi Ricci. *Non, inutile pour le moment. Il ne faut utiliser certaines armes qu'en cas de stricte nécessité.*

Les yeux clairs de Rolandi Ricci s'assombrissent de colère. « Ce monsieur est aveugle ! Malgré les efforts que nous avons déployés et le projet d'accord que nous lui avons soumis, il s'est mis en tête de constituer une hypothèque sur les îles Égades, c'est-à-dire sur sa principale source de revenus ! Qu'est-ce qu'il lui restera, s'il les perd ? »

Stringher retourne à son bureau, s'assied, hoche la tête. « Oui, pour avoir une idée pareille, il faut être soit un imbécile, soit une personne bien mal conseillée. À vrai dire, je le soupçonne d'être les deux à la fois. Nous avons fait tout notre possible, mais on ne peut pas sauver les gens contre leur volonté.

— De fait, il n'a pas vraiment compris ce qui va se passer, s'il rejette notre proposition. Il semble ignorer que les redressements judiciaires aboutissent souvent à ce qu'on voudrait justement éviter…

— En d'autres termes, à une faillite, conclut Stringher en se passant un doigt sur les lèvres le long de sa moustache. Et alors, finie l'honorabilité, fini le respect !

— Autant ouvrir la porte aux spéculateurs, commente Rolandi Ricci en croisant les mains sur son ventre bedonnant.

— À moins que ce ne soit déjà fait... » suggère Stringher.

Rolandi Ricci le regarde d'un air interrogateur. Il sait que le gouverneur de la Banca d'Italia ne tient jamais de propos inconsidérés.

« Il paraît que les Florio ont engagé des démarches en ce sens. Vous avez remarqué l'absence de Marchesano lors de nos dernières rencontres, n'est-ce pas ? L'attitude d'Ignazio Florio telle que vous l'avez décrite, ses atermoiements, les solutions qu'il propose... tout semble confirmer les... bruits qui me sont revenus aux oreilles. Il cherche des alliances ailleurs. » Stringher se penche en avant. « Nous avons agi en conformité avec les attentes du gouvernement, qui nous a demandé d'aider la Maison Florio *d'abord et avant tout* pour maintenir l'ordre public en Sicile. Cela étant, si les Florio refusent d'adhérer à notre consortium ou s'ils sont mal conseillés, nous n'avons plus aucune raison d'empêcher leurs créanciers d'exiger le paiement de leurs dettes. Leurs sociétés péricliteront, et d'autres entrepreneurs viendront remplir le vide laissé sur le marché par leur faillite. Vous me comprenez ? »

Au terme d'un long silence ponctué par les bruits de la rue et la respiration lourde de Rolandi Ricci, l'avocat finit par murmurer : « Oui. Je vous comprends parfaitement. »

*

À la fin du mois de mai 1909, maître Ottavio Ziino, dont le visage est ce jour-là terreux et figé, informe un Stringher impassible que les Florio se retirent du consortium. Puis il ajoute : « Ils ont pris d'autres mesures. Vos exigences étaient inacceptables pour eux. »

Le banquier l'écoute, secoue la tête et déclare avec indifférence : « Dans ces conditions, je vous prie de dire de ma part à votre client qu'il a pris une décision insensée dont il pleurera amèrement les conséquences. Il a trahi ma confiance et celle de ses créanciers, il a donné toute la mesure de son entêtement et de son hypocrisie : un tel comportement ne peut que le mener à la ruine. »

Ziino ne parvient pas à dissimuler le tremblement de ses mains, mais il ne baisse pas les yeux.

Stringher se lève et ajuste son nœud de cravate. « À compter de ce jour, le sort d'Ignazio Florio ne me concerne plus. Ses créanciers seront autorisés à se partager son patrimoine selon les modalités et dans les formes qu'ils jugeront appropriées. Je m'en lave les mains. »

À Palerme, la nouvelle produit l'effet d'une rafale de tramontane. Elle se propage des bureaux de la Banca d'Italia à ceux du Banco di Sicilia, de plus en plus chargée d'anxiété. Dans les salons, le refus d'adhérer au consortium se mêle aux ragots sur Vera Arrivabene : c'est elle – à en croire des personnes soi-disant bien informées – qui aurait conseillé à Ignazio de prendre cette décision. Elle, et non pas sa femme, puisque – selon les mêmes sources – il n'a jamais permis à donna Franca d'intervenir dans ses affaires. D'autres prétendent avoir appris « de sources *très fiables* » que plusieurs conseillers d'Ignazio ont déjà passé des accords avec des industriels qui… D'autres encore estiment que la Maison Florio est un navire en perdition. Et chacun sait ce qu'il advient des épaves.

La nouvelle se répand ensuite dans les rues, dans les usines, sur le port. Aussitôt, les rumeurs se déchaînent, l'incertitude et la confusion gagnent les esprits. Les accords commerciaux et les transferts de propriété importent peu aux ouvriers, aux marins et aux pauvres qui survivent grâce aux institutions caritatives. Mais ils ont deviné ce qui les attend, et la menace est plus concrète que jamais : la fin de la richesse des Florio signifie, pour eux, le début de la misère.

Quand Ignazio a communiqué sa décision à sa famille, Vincenzo s'est contenté de hausser les épaules et de lui dire : « Je te laisse t'occuper de tout » avant de filer chez Annina peaufiner l'organisation de leur mariage, prévu dans quelques mois. Pâle, visiblement souffrante, Giovanna s'est signée en murmurant une prière ; puis elle a pris Igiea par la main et l'a emmenée ailleurs.

Affalée dans un fauteuil, les mains sur les genoux, Franca a écouté son mari sans ciller. Après avoir allumé une cigarette, elle s'est enfin décidée à demander : « Tu crois vraiment que nous allons nous en sortir ? »

Il a marmonné un « Je l'espère » presque inaudible, accompagné d'un geste ambigu.

Alors, pour la première fois depuis longtemps, Franca est allée s'asseoir à côté de lui et elle l'a pris dans ses bras. Elle a senti que ce témoignage d'affection était précisément ce dont Ignazio avait besoin. Quelque chose, en lui, s'est effrité, révélant du même coup la trace d'un amour toujours vivant, malgré les querelles et les récriminations.

Il s'est détaché de Franca, lui a pris la main et lui a demandé, en la regardant droit dans ses beaux yeux verts : « Pourquoi ?

— Parce que », a-t-elle répondu en soutenant son regard. Au bout d'un long moment, une lueur de tendresse a éclairé son visage.

Il y a tant de questions qu'Ignazio aimerait lui poser. Est-il vraiment le seul coupable, à cause de ses infidélités ? Ne se sent-elle pas, au moins en partie, responsable du naufrage de leur mariage ? Lui a-t-elle toujours été fidèle ? N'a-t-elle jamais succombé à la cour insistante de quelqu'un, comme certains le racontent ? Et pourquoi la mort de leurs enfants, au lieu de les rapprocher, les a-t-elle éloignés de plus en plus l'un de l'autre ?

Mais il garde le silence et reste immobile pendant que Franca va se préparer pour une de ces soirées à la villa Igiea qui sont une raison supplémentaire d'amertume : ces derniers temps, les salles de jeu de la villa sont fréquentées par des gens assez peu respectables, escrocs et tricheurs, usuriers et prostituées, qui profitent surtout de la naïveté de petits-bourgeois en manque de sensations fortes. Il n'en demeure pas moins que leur argent remplit les caisses du casino, et les Florio en ont un besoin désespéré.

Quand la porte de la maison se referme derrière Franca, Ignazio se couvre le visage de ses mains.

Pour la énième fois, il a perdu l'occasion de s'expliquer.

*

L'accord censé sauver la Maison Florio est signé le 18 juin 1909, sous le parrainage d'un certain Vincenzo Puglisi. C'est lui qui a mis les Florio en contact avec les propriétaires d'une entreprise piémontaise, Fratelli Pedemonte-Luigi Lavagetto e C., et avec les Parodi, détenteurs de conserveries à Gênes. Ils toucheront pendant cinq ans la recette des madragues de Favignana et de Formica, et une hypothèque très contraignante grève désormais l'archipel des Égades.

Quel imbécile ! s'exclame intérieurement Bonaldo Stringher à la lecture des rapports confidentiels que lui ont transmis les services régionaux de la Banca d'Italia. *Tout cela finira mal, très mal. Un monceau de ruines.* Sur cette pensée peu réjouissante, il s'allume un cigare.

Rolandi Ricci entre dans son bureau au moment précis où le gouverneur referme le dossier, et s'assied sans attendre d'y être invité. « Alors la Banca Commerciale a gagné ? »

Stringher reste immobile un instant, se lève et range le dossier dans une armoire. « Eh oui. Florio ignore que Lavagetto et Parodi ont signé une subrogation au profit de cette banque. En cas de difficultés, ils lui céderont leur créance, elle deviendra l'interlocutrice directe obligée de notre ami et... » Rolandi

Ricci termine sa phrase à sa place : « … et elle sera en mesure d'acquérir les Égades sans débourser un centime. Et les Florio se retrouveront sur le pavé. »

Le gouverneur éclate d'un rire dédaigneux. « La Banca Commerciale prête de l'argent à Lavagetto et à Parodi, qui le prêtent à leur tour aux Florio, qui s'en serviront pour rembourser les dettes contractées auprès de cette même Banca Commerciale… Le circuit classique, en somme. Et nous, dans l'affaire, nous avons gagné deux débiteurs infiniment plus solvables qu'Ignazio Florio. Quand je pense à ce que cet homme a dilapidé… J'ai du mal à imaginer un meilleur exemple d'incurie financière. Il n'a pas pu racheter les actions de la SAVI, et le voilà donc évincé de l'exploitation vinicole. Il est minoritaire au capital de la NGI, il ne possède plus ni le chantier naval ni la cale de halage… Croyez-moi, le désastre est imminent. »

*

« Je n'aurais jamais cru que nous serions si peu nombreux…

— Que voulez-vous, ma chère ? C'est une réception au rabais. Alors qu'il y a encore quelques années… Vous vous souvenez de la grande époque ? À la fin de chaque bal, ils offraient un bijou en or ou en argent à tous les invités.

— J'ai même appris qu'ils ont dû licencier plusieurs domestiques et qu'Ignazio ne s'habillait plus chez son tailleur anglais…

— Elle, en revanche, elle ne renonce à rien. Vous avez vu sa robe ?

— Française ou anglaise, à votre avis ? Cela dit, depuis la naissance de sa dernière fille, elle a beaucoup grossi…

— Il faut néanmoins reconnaître qu'avec ce *corsage** en platine et en diamants et ce collier de perles, elle peut tout se permettre… »

Franca ignore ces médisances qui la poursuivent comme un essaim de guêpes. *Elles peuvent toujours parler, ces parasites.* Il y a longtemps que la maîtresse de maison est devenue insensible à tout. Sanglée dans sa robe de dentelle et de soie verte qui rappelle la couleur de ses yeux, elle erre entre les tables décorées de roses, de fleurs blanches et de rubans de satin. Avec son sourire pour bouclier, elle veille au bon ordre de la réception et prend soin de ne négliger aucun convive.

L'orchestre attaque une valse que Vincenzo et Annina dansent pour la première fois en qualité de mari et femme. Nous sommes le 10 juillet 1909, et un timide bonheur semble revenu à l'Olivuzza.

Annina est resplendissante, avec cette robe qui met sa taille en valeur et ce voile retenu de part et d'autre de sa tête par des brins de muguet. Vincenzo aussi est beau ; mais surtout, il a l'air d'un homme amoureux : il serre la mariée très fort contre sa poitrine, la fait tourbillonner devant lui, la contemple en riant. Et ils s'embrassent sans honte, comme s'ils étaient seuls au monde.

Franca sait reconnaître le bonheur authentique. Bien que l'amour ait déserté sa vie, elle devine sa présence et hume ses effluves : un parfum à la fois intense et doux, semblable à celui du muguet qui orne le voile d'Annina.

Soudain, Franca se sent envahie par la nostalgie.

Elle regarde danser les jeunes époux et prie pour que leurs sentiments ne s'étiolent pas comme les siens et ceux d'Ignazio. Elle prie avant tout pour que Vincenzo ne fasse pas souffrir Annina. L'esprit des Florio vit en lui : il est entreprenant, déterminé, résolument tourné vers l'avenir ; mais il a toujours bénéficié de la protection de son frère, qui a financé tous ses projets et caprices. De son côté, Annina a beau n'être âgée que de vingt-quatre ans, elle est d'une maturité étonnante ; mais elle a, elle aussi, été élevée dans du coton. Seront-ils capables de trouver, ensemble, la force d'affronter les tempêtes qui s'accumulent à l'horizon et qui finiront fatalement par s'abattre sur eux ?

Franca soupire et cherche son mari des yeux. Il est dans un coin, sourcils froncés, tout près du divan où Giovanna est assise à côté de Maruzza.

Comme d'habitude, il ne lui a rien dit de ce qui se passait. Il se contente de l'exhorter avec insistance à ne pas miser trop gros au baccarat ou à la roulette, à mettre de l'argent de côté, à réduire ses dépenses vestimentaires… tout en sachant qu'elle se doit, aux yeux du monde, de ne pas renoncer à renouveler sa garde-robe chaque année, à effectuer de longs séjours sur la Côte d'Azur ou dans les Alpes autrichiennes. Il n'empêche : au point où ils en sont, même Franca est pleinement consciente de la gravité de la crise que traverse la Maison Florio. Quelques semaines plus tôt, elle s'en est entretenue en toute franchise avec Giulia Trigona et lui a avoué que oui, les rumeurs sur leurs embarras sont plus que fondées.

Son amie, en larmes, l'a prise dans ses bras ; mais elle n'a pas pu s'empêcher de lui révéler que toute la ville est au courant depuis un certain temps. Début juin, son mari Romualdo est devenu maire de Palerme. Il lui a tenu des propos inquiétants sur les grèves des dockers, des employés de la NGI, des ouvriers de la manufacture de céramique. Il lui a raconté les affrontements sanglants entre ouvriers et carabiniers, les pillages des magasins de la via Maqueda, la destruction du café de la piazza Regalmici, les agressions de passants, les barricades érigées devant l'église des Crociferi… Tout cela parce que les gens ne voulaient pas, ne pouvaient pas se résigner à la perte des concessions maritimes : tout semblait indiquer, en effet, qu'elles seraient attribuées au Lloyd Italiano d'Erasmo Piaggio, qui n'avait aucun intérêt à donner du travail aux Palermitains.

Après les confidences de Giulia, il y avait eu les articles enflammés de *L'Ora*, que Maruzza lui lisait à haute voix et qui avaient exacerbé l'angoisse de Franca, bouleversée à l'idée que des événements aussi dramatiques avaient pu se produire si près de l'Olivuzza et de la villa Igiea. Ces émeutes avaient d'ailleurs été en partie la cause du report de quelques jours du mariage d'Annina et Vincenzo et de la décision de n'inviter que quelques intimes à la réception. Une fête trop somptueuse aurait risqué d'exaspérer les esprits… et pesé trop lourd sur le budget familial.

Maria Concetta, la sœur d'Annina, rejoint Franca et la prend par le bras en lui disant : « Ils forment vraiment un beau couple, n'est-ce pas ?

— Oui, ils sont splendides et ils semblent heureux. Je leur souhaite de le rester longtemps. »

Un homme au visage triangulaire et à la fine moustache passe devant elles. Vêtu d'un costume poussiéreux, il porte à l'épaule, d'un air désinvolte, un trépied surmonté d'une grosse boîte qui présente un aspect à la fois lourd et délicat. Il sourit à Franca et la salue d'un signe de tête.

Maria Concetta ne peut se retenir d'adresser un regard interrogateur à sa belle-sœur, qui lui donne les explications nécessaires : « Il s'agit de monsieur Raffaello Lucarelli, un ami de Vincenzo. Il a réalisé… comment a-t-il dit… ? Ah oui, "un merveilleux film d'après nature"… bref, un enregistrement cinématographique du mariage. Il a l'intention de le projeter dans la salle du Teatro Edison.

— Alors… tout Palerme pourra assister à la cérémonie ? *Mais c'est époustouflant* * !»

— D'abord Palerme et ensuite, sans doute, toute l'Italie… Tu connais Vincenzo. Incapable de résister à l'appel de la nouveauté et toujours désireux d'avoir une longueur d'avance sur le monde entier. Il ne se soucie pas du jugement des autres, lui. »

Maria Concetta s'approche de Franca, serre son avant-bras enveloppé d'un long gant blanc et murmure : « Comme Ignazio… »

Elle l'a dit sans penser à mal. Franca hoche la tête et tente de cacher l'amertume qui l'assaille chaque fois qu'elle pense à Vera Arrivabene. Quelques jours plus tôt, elle est entrée dans le cabinet d'Ignazio pour lui parler. Il était absent, et elle a aussitôt aperçu les lettres, là, sur le bureau, sous un presse-papiers en argent. Une autre était posée sur le sous-main, à côté de la réponse d'Ignazio déjà glissée dans une enveloppe et prête pour l'expédition. Franca l'a lue. Elle y a reconnu les mots d'une femme amoureuse exprimant la confiance, la complicité, la joie. Tout ce qu'Ignazio et elle ont perdu.

Puis elle a eu la sensation d'être une voleuse ; elle a tout remis en place et quitté la pièce sur la pointe des pieds.

En refermant la porte derrière elle, elle a pensé : *Et si Ignazio partageait vraiment l'amour de cette femme ?*

Mais ce soir, elle répond à Maria Concetta, avec un sourire forcé : « Il est ce qu'il est. Ça ne l'empêche pas de revenir auprès de moi. Toujours. »

Combien de fois s'est-elle répété cette phrase, en seize ans de mariage ? Giovanna l'avait avertie, dès le début : « Une seule chose compte, permets-moi de te le dire, moi qui suis sa mère : qu'il finisse toujours par revenir auprès de toi. Peu importe dans quelles circonstances et au bout de combien de temps. Si tu tiens à le garder, il doit savoir que tu lui pardonneras, quoi qu'il arrive. Ferme les yeux, bouche-toi les oreilles et, surtout, ne prononce jamais un mot de trop ! » Franca a agi en conséquence. Elle a souffert, attendu et pardonné en silence. Et puis, elle a appris à ne plus souffrir, à vivre sans l'attendre, à lui pardonner sans effort. À se résigner devant le fait accompli.

Pourtant, elle ne peut s'empêcher de se demander si ce n'est pas différent, avec Vera. Et si l'avenir ne lui réserve pas, à elle, une solitude encore plus profonde. Une solitude où même le lien des souffrances communes qui l'unit à Ignazio aura été brisé. Une solitude où elle survivra à la seule condition d'accepter de vivre en compagnie de fantômes.

« Qu'allez-vous faire après le départ des jeunes mariés pour leur voyage de noces ? lui demande Maria Concetta. Maruzza m'a dit que vous souhaiteriez partir pour quelques jours. »

Franca acquiesce, fouille dans son sac à la recherche de son fume-cigarette et fait signe à son amie de la suivre dans le jardin. « Oui. Ignazio aimerait aller sur la Côte d'Azur ; il a besoin d'un peu de tranquillité. » Elle allume une cigarette. « Ces derniers jours ont été effroyables pour tout le monde, et je crains que ce ne soit pas terminé. Igiea, Giulia et ma belle-mère seront aussi du voyage. »

Maria Concetta écarte une mèche de cheveux de son front et regarde derrière elle : près du buffet où se pressent les invités, un grand éclat de rire a été suivi d'applaudissements ; Vincenzo a dû dire quelque chose de drôle. Puis elle répond : « Ma mère est inquiète. En plus des désordres en ville… elle… enfin… j'imagine que tu es informée des rumeurs qui circulent sur la situation de la Maison Florio… eh bien… elle aimerait qu'Annina n'ait pas à en souffrir. Ma sœur a été élevée dans un milieu tranquille, elle n'est pas du genre à avoir des lubies et maman ne voudrait pas qu'elle ait des ennuis.

— Je ne saurais lui donner tort, commente Franca d'un ton sec. Mais n'exagérons rien : il suffit de quelques mots lâchés ici ou là pour qu'une mauvaise passe se transforme aussitôt en menace de ruine. »

Maria Concetta se place devant elle et la regarde dans les yeux. Elles sont amies depuis des années et n'ont pas de secrets l'une pour l'autre. « Tu sais ce qu'a déclaré Annina, quand elle a entendu ces rumeurs ?

— Non.

— Elle a dit que pour ce qui la concerne, les Florio pourraient tout aussi bien retourner vivre via dei Materassai, comme de simples épiciers, ça ne lui ferait ni chaud ni froid : elle aime Vincenzo pour lui-même et elle veut vivre à ses côtés. »

Franca se sent très attendrie. Elle avait presque oublié qu'il existait des sentiments si forts, si purs. Sa pensée se reflète dans le geste de Maria Concetta, qui lui prend les mains et l'implore, d'une voix tremblante : « Prends soin d'elle, Franca, je t'en supplie. Elle est si jeune, si encline à se jeter tête baissée dans la vie... Elle ne sait pas, elle ne peut pas savoir à quel point il est difficile d'être une épouse et une mère. Elle a besoin d'une amie qui la guide et qui la protège. »

La gorge serrée, Franca embrasse Maria Concetta et s'efforce de la tranquilliser : « Elle sera comme une sœur pour moi. Je te promets de prendre soin d'elle. C'est une Florio, maintenant. Et pour nous, rien n'est plus important que la famille. »

*

« Don Ignazio, et ceux-là, on les met où ? »

Ignazio se retourne et regarde les déménageurs qui déposent les caisses et les meubles emportés du siège de la NGI. Le bâtiment de la piazza Marina n'est plus à lui. Il ne verra plus les gens se promener le long du Cassaro, le gris du pavé scintiller au soleil, le tramway filer sur ses rails. Mais peut-être n'entendra-t-il plus non plus de craquements et cessera-t-il d'imaginer que des fissures lézardent les murs.

Il n'a pas fallu longtemps au nouveau président du Conseil, Luigi Luzzatti, un vieux renard de la politique et de la finance, pour tout bouleverser : en juin 1910, il a confié la gestion des services maritimes conventionnés à une société nouvellement créée à Rome, la Società Nazionale dei Servizi Marittimi, qui a racheté l'essentiel de la flotte des Florio. Ignazio restera pendant un certain temps vice-président du conseil d'administration de la NGI, et Vincenzo assistera même à la triste réunion du 25 avril 1911, à Rome, celle où sera décidé le transfert définitif du siège de la NGI à Gênes.

En substance, cela ne change rien à la dure réalité : au sein de cette société, les Florio ne disposent plus d'aucun pouvoir.

Ignazio et Vincenzo ont donc fondé une société de gestion de contrats maritimes. Une petite entreprise, certes, mais qui offre à l'aîné des deux frères l'occasion de rester actif dans un milieu professionnel où, de son propre aveu, il ne compte plus pour grand-chose, mais qu'il connaît bien. Ils ont ouvert, via Roma, des bureaux plus lumineux et plus modernes que les anciens ; de leurs fenêtres, on a une belle vue sur ces bâtiments qu'un besoin effréné de renouveau, qui semble traverser la ville comme une secousse électrique, a substitués à la plupart des vieux édifices du centre historique.

Ignazio fait signe aux ouvriers de le suivre dans l'escalier, puis il leur indique deux grandes pièces adjacentes : « Ici, les meubles bas, les tableaux et le bureau de mon père ; de l'autre côté, les bibliothèques et les armoires de sécurité.

— Alors tu as fini par le prendre avec toi… »

La voix de Vincenzo fait sursauter Ignazio. Coiffé d'un chapeau de paille et vêtu d'un élégant costume en lin, son cadet s'approche de lui et désigne du bout de sa canne le lourd bureau en acajou que les déménageurs sont en train d'installer.

« Je ne pouvais pas le laisser là-bas, marmonne Ignazio.

— Je n'apprécie guère les antiquités et les traditions familiales, mais en l'occurrence, tu as peut-être raison. » Il observe son frère à la dérobée. « Allons, ne sois pas triste. Dis-toi que nous aurons moins d'embêtements et que, grâce à l'accord sur les madragues, nous pourrons nous renflouer.

— Espérons… »

Ignazio sait que Vincenzo ne comprendrait pas, même après de longues explications. Lui qui regarde toujours vers l'avenir et qui ne se retourne jamais sur le passé, il n'a pas conscience qu'abandonner à des étrangers le bureau de leur père et de leur grand-père aurait été une insulte à la mémoire des Florio. Et il mesure sans doute assez mal les conséquences de leur exclusion de la NGI. Or ce n'est plus qu'une question de temps. Ignazio devra bientôt céder la fonderie Oretea, que son grand-père Vincenzo avait voulue envers et contre tout et qui est à l'origine de quelques-uns des plus beaux ouvrages en fonte visibles à Palerme. Ensuite, ce sera le tour de la cale de halage : certains parlementaires siciliens ont déjà noué des contacts en vue d'un accord avec Attilio Odero, le propriétaire du chantier naval. D'après certaines indiscrétions, le projet de contrat prévoirait le reclassement des ouvriers, et il n'y aurait donc qu'un nombre limité de licenciements. Personne n'y croit : Odero a trop d'intérêts ailleurs, et la nouvelle compagnie est implantée à Rome, à Gênes, à Trieste ; pas à Palerme. Les gens du Nord, et en particulier les Génois, ont accaparé le marché. Ignazio sait très bien comment tout cela va se terminer, de même que les Palermitains qui lui jettent des regards hostiles et ne lui cèdent plus le passage.

Son frère et lui sont maintenant seuls dans cette pièce encombrée de caisses et de meubles. « Tu... toi aussi, tu penses que c'est entièrement ma faute ?

— Oui et non, lui répond Vincenzo d'une voix qui n'a rien de méchant ou d'accusateur. Il y avait trop d'obstacles sur ton chemin et tu les as souvent sous-estimés. Tu as fait de ton mieux, mais tu n'as pas toujours été... à la hauteur des circonstances. »

Vincenzo n'a pas le courage d'insister. D'ailleurs, à quoi bon reprocher à Ignazio ses folles dépenses, ses cadeaux princiers, ses voyages incessants, ses réceptions somptueuses ? D'autant plus qu'il a lui-même toujours eu ce qu'il voulait : résidences, vêtements, voitures, femmes... *Peut-être qu'avec Annina, tout va changer. Que j'apprendrai à apprécier les choses simples, sans prétention...* Il sourit à cette idée ; puis il voit que son frère dépose sur son bureau une photo de Baby Boy dans un cadre argenté. Et son cœur se serre. *Je me suis toujours cru courageux parce que je n'ai pas peur de piloter une voiture de course ou un aéroplane. Mais le vrai courage, c'est de vivre avec une douleur indélébile, jour après jour, et de continuer malgré tout à aller de l'avant. Annina et moi, nous t'aiderons à endurer tes souffrances, mon frère. Certains liens sont encore plus forts que les liens du sang. Nous ne l'avouerons jamais : les hommes aussi ont leur pudeur. C'est comme ça.*

Il s'approche d'Ignazio, lui pose une main sur l'épaule et lui dit : « Nous ferons tout pour surmonter l'épreuve. Ensemble. »

*

Ignazio court dans les couloirs du palais royal du Quirinal, sans s'apercevoir que des gardes essaient de le retenir. Un huissier en livrée finit par se dresser devant lui et l'invite à se déplacer d'une manière plus conforme au lieu où il se trouve, d'autant plus que l'affaire dont il s'agit est très délicate.

Déplorable, à vrai dire. Romualdo Trigona, l'ami d'Ignazio depuis toujours, presque un frère, vit une tragédie : sa femme Giulia a été poignardée à mort dans une chambre de l'hôtel Rebecchino, une sordide petite pension romaine de troisième ordre, par le baron palermitain Vincenzo Paternò del Cugno, lieutenant de cavalerie.

Comment une telle horreur a-t-elle pu se produire ? se demande Ignazio, désemparé et haletant. *Comment ?*

Il ne trouve pas de réponse.

En revanche, il sait très bien comment cette histoire a commencé.

Presque deux ans plus tôt, en août 1909, lors d'une fête à la villa Igiea. C'est là que Giulia Trigona et Vincenzo Paternò se sont rencontrés. Une épouse insatisfaite et négligée attire la convoitise du rejeton d'une famille noble désargentée : en somme, une relation comme il en existe tant d'autres, à cacher aux yeux du monde, à abriter sous le secret.

À cette différence près que celle-ci est vite devenue de notoriété publique : Giulia est allée jusqu'à quitter le domicile conjugal et vendre certaines de ses propriétés afin de subvenir aux besoins de son amant. Et elle a engagé une procédure judiciaire de séparation de corps.

Dès le début de ce scandale inouï qui éclaboussait aussi bien les Tasca di Cutò que les Trigona, Franca a tout essayé pour raisonner Giulia ; elle lui a en particulier rappelé qu'elle condamnait ses filles Clementina et Giovanna à une vie d'opprobre, à un déclassement social irrémédiable. Giulia n'a rien voulu savoir : même si elle quittait Vincenzo, elle ne reviendrait pour rien au monde auprès de Romualdo qu'elle avait traité de coureur de jupons, de panier percé et de lâche, incapable d'assumer la moindre responsabilité.

De son côté, Ignazio a cherché la confrontation directe avec Vincenzo Paternò del Cugno. Grâce à son réseau d'alliances et de relations au sein de la bonne société palermitaine, il n'a pas tardé à trouver l'occasion d'aller lui parler. Le lieutenant s'est révélé être un jeune homme certes plein de charme, mais hautain et arrogant. Il a osé accuser Ignazio d'avoir des visées sur Giulia, et poussé le cynisme jusqu'à ne pas dissimuler son intérêt pour les richesses de sa maîtresse, compte tenu de ses lourdes dettes au jeu. Les esprits se sont échauffés, des insultes ont été échangées et pour un peu, les deux hommes en seraient venus aux mains.

L'essoufflement d'Ignazio lui vient moins de la douleur qui l'oppresse que de ses remords. *J'aurais pu en faire davantage. Tout le monde aurait pu en faire davantage.* Personne n'est intervenu.

Et Giulia est morte.

Arrivé au deuxième étage, il interroge du regard un huissier qui lui indique une porte à double battant au bout du couloir, celle du dernier des appartements réservés aux dames et gentilshommes de la cour.

Il s'approche et frappe à la porte.

Une voix entrecoupée de sanglots lui répond.

Il entre.

Romualdo est affalé dans un fauteuil. Son valet de chambre se tient debout à côté de lui.

« Il me l'a tuée… Maudit soit-il, ce misérable, il me l'a tuée… »

Ignazio dépose son chapeau et son manteau, s'agenouille aux pieds de Romualdo, le prend dans ses bras ; son ami s'accroche à lui comme un naufragé à un rocher. Il est malade, au sens propre du terme : depuis quelques jours, il a de la fièvre, et il vient manifestement de quitter son lit.

« Il me l'a tuée, ce démon ! Même après tout ce qui s'était passé, je… » Une succession rapide de sanglots interrompt ce flot de paroles plaintives. « Giulia… Je n'ai jamais voulu que ça finisse comme ça. » Il s'agrippe aux revers de la veste d'Ignazio. « Et lui ? C'est vrai qu'il s'est suicidé ? »

Ignazio attrape son visage et l'immobilise entre ses deux mains. « Il s'est tiré une balle dans la tempe, mais il ne serait que blessé. D'après ce que j'ai compris, elle aurait accepté de le rencontrer une dernière fois pour lui confirmer qu'elle voulait le quitter, et lui… il avait déjà décidé de l'en empêcher par tous les moyens. Il avait une arme sur lui et… » Impossible de continuer. Ignazio aussi peine à retenir ses larmes.

Romualdo se contorsionne et se frappe le front du poing à plusieurs reprises. « Même les animaux ne s'entretuent pas comme ça… » D'un geste brusque, il attrape Ignazio par les épaules. « J'aurais dû le deviner ! Tu le sais, n'est-ce pas ? que cette crapule a eu l'audace de venir jusqu'ici, dans nos appartements, fort agité, il y a tout juste quelques jours ? On m'a raconté que Giulia a essayé de le calmer, mais il s'est mis à crier : "Sale garce, gourgandine, tu choisis bien ton moment pour m'abandonner ! Je t'égorgerai comme un mouton !" J'aurais dû me méfier !

— Oui, je suis au courant. » Ignazio a en effet eu vent de cette terrible scène. « Maintenant, reprends tes esprits, s'il te plaît. » Il lève la tête, cherche le valet de chambre du regard et lui dit : « Deux cognacs. » Il prend un verre, et intime à son ami de l'avaler d'un seul trait.

Romualdo lui obéit et semble retrouver une certaine maîtrise de soi, même si ses mains continuent de trembler. « Et elle… Tu l'as vue ?

— Non. Je suis venu tout de suite ici pour te voir. Franca est… à l'hôtel, avec Alessandro. Je sais seulement que le prince de Belmonte s'est chargé d'aller apprendre la nouvelle au père de Giulia, qui s'apprêtait à partir pour Frascati. Le pauvre homme… Il a déjà perdu une fille dans le tremblement de terre de Messine. »

Romualdo ne l'écoute pas. « Elle n'a voulu en faire qu'à sa tête, c'était insupportable ! Tu sais ce que j'ai enduré, que la reine en personne est intervenue pour tenter d'obtenir un compromis… Rien à faire… Rien de rien… »

Ignazio hoche à nouveau la tête. Il a déjà apporté son soutien à Romualdo l'avant-veille, lorsque Giulia et lui ont signé les papiers qui entérinaient la séparation de corps. Il a pu mesurer la profondeur des souffrances de son ami, qu'il oblige maintenant à boire un autre cognac tout en lui répétant : « Oui, je sais. »

Romualdo cache son visage dans ses mains et marmonne : « Assassinée comme une vulgaire fille des rues. Quelle abomination ! »

Ignazio lui passe un bras autour des épaules. « Dis-toi bien que dorénavant, tu n'auras plus aucun motif de honte. À partir d'aujourd'hui, c'est toi la victime, encore plus qu'elle. Mais surveille bien ton comportement. Pour commencer, tu vas demander une audience au roi et à la reine. »

Ce sont des mots durs, Ignazio en est conscient. Mais il est le seul à pouvoir se montrer aussi direct avec Romualdo.

Il faut à tout prix que son ami adopte la bonne attitude : il appartient à l'une des familles les plus importantes de toute la Sicile, c'est un politicien de premier plan et il a été maire de Palerme.

Romualdo le dévisage. En dépit de son trouble, il a compris le sens des paroles d'Ignazio et répète, d'une voix mécanique : « Demander une audience au roi et à la reine. » Puis il ajoute : « Aller voir mes beaux-frères. »

Ignazio hoche vigoureusement la tête. « Bien sûr, bien sûr… Alessandro, surtout, qui n'est pas seulement ton beau-frère, mais aussi un de tes adversaires politiques, ne l'oublie pas. » Il marque une pause et force Romualdo à le regarder. « Nous nous connaissons depuis l'époque où nous portions des culottes courtes, bel éphèbe. Alors, écoute-moi bien : du courage, du courage et encore du courage. Même si tu repenses sans cesse à la façon dont l'histoire s'est terminée, même si tu n'as jamais éprouvé une telle honte… tu dois faire ensevelir Giulia dans votre chapelle familiale. Organise les funérailles en personne, de bout en bout. C'était ta femme, et la mère de tes enfants. Souviens-t'en toujours. »

Romualdo se passe une main dans les cheveux et acquiesce. Non, il n'oublie pas que Giulia était une Trigona. Il préfère oublier les scènes qui ont rendu leur vie plus semblable à une guerre qu'à un mariage. D'ailleurs, il a sa part de responsabilité dans ce désastre. Des souvenirs douloureux lui viennent à l'esprit : ses trahisons incessantes, et en particulier la dernière, avec une actrice de la compagnie d'Eduardo Scarpetta, que Giulia lui avait reprochée à plusieurs reprises avec une hargne amère.

Il sait qu'Ignazio a raison : l'assassinat de Giulia est un coup porté à son honneur, et par voie de conséquence à sa carrière politique. Il lui incombe de restaurer sa dignité, de prouver que sa famille a gardé le sens des valeurs et qu'il est là pour les défendre.

Il se lève péniblement et, d'un pas chancelant, va s'habiller. Par instants, il s'immobilise, le regard perdu dans le vide et le corps secoué de nouveaux sanglots. Des époux peuvent se haïr, se rendre coup pour coup, s'éloigner l'un de l'autre ; mais quand la mort survient, elle efface tout et fait peser sur les épaules du survivant le fardeau de l'existence. Compatissante pour celui qui part, elle condamne sans appel celui qui reste.

Et la mort de Giulia a noué pour l'éternité le lien qui les unissait.

De son côté, Ignazio sait ce qu'il lui reste à faire. Demander à Tullio Giordana, le directeur de *L'Ora*, deux éditoriaux : le premier pour honorer la mémoire de Giulia ; le second pour défendre Romualdo. Une femme tendre et douce, victime de sa trop grande bonté et d'une passion invincible. Un homme honnête et noble, victime de circonstances tragiques. Il n'y aura plus qu'un seul coupable : Vincenzo Paternò del Cugno.

Voilà. Il *faut*, coûte que coûte, accréditer cette version des faits.

*

À Palerme, la vie des Florio suit un cours étrange, dans une atmosphère de tristesse. Franca continue d'organiser des soirées à la villa Igiea, mais elle passe aussi beaucoup de temps auprès de sa mère, endeuillée par la mort de son fils Franz, à trente ans, quelques mois plus tôt. Ignazio se partage entre la Sicile et Rome, officiellement pour affaires et en réalité pour être proche de Vera, qui occupe désormais l'essentiel de ses pensées. Et de fait, quand il rentre chez lui, il est distant et souvent de mauvaise humeur, entre autres parce que les créanciers ne lui laissent pas une minute de répit.

Une vague mélancolie plane sur les êtres et les

choses. La mort de Giulia a servi d'avertissement à Ignazio et à Franca : un mariage malheureux peut avoir une issue tragique. Par chance, leurs filles, Vincenzo et Annina apportent une note de légèreté à leurs journées.

Par une lumineuse matinée du mois de mai, Franca rejoint sa belle-sœur dans les écuries transformées en garages. Annina a attendu que la leçon de musique d'Igiea soit terminée pour l'emmener admirer les voitures. Elle lui montre comment fonctionne le système de direction. « Tu vois ? Il est relié aux roues et les fait tourner. La prochaine fois que les amis mécaniciens de ton oncle viendront, je leur demanderai de tout t'expliquer. »

Igiea hoche la tête, mais sans manifester un intérêt excessif : il est loin, le temps où elle voulait être femme pilote. Maintenant, elle préfère dessiner, regarder des photographies ou aller au cinématographe avec sa mère ou son oncle et Annina ; et surtout, elle aime la mer. Sur une table de l'Olivuzza, une photo la montre, en compagnie de sa mère, sur l'échelle de l'une des grandes cabines mobiles qu'elles utilisent pour se changer à la plage : debout devant Franca, elle fixe l'objectif d'un air sérieux ; la petite Giulia – que tout le monde appelle Giugiù – est encore trop petite pour nager et n'apparaît donc pas. Aussi chère à la maman qu'à la fille, cette image garde la trace d'un moment de sérénité rare et, à ce titre, précieux.

Annina s'essuie les mains en les frottant l'une contre l'autre et s'approche de Franca ; puis elles se dirigent ensemble vers la villa, précédées d'Igiea et de l'un de ses chats persans bien-aimés. « Vincenzo aimerait passer quelques semaines en Suisse. Nous partirons peut-être en juillet, mais en tout cas pas avant qu'il se soit acquitté des dernières tâches liées à la préparation de la Targa. » Ces « tâches », elles le savent toutes les deux, consistent en réalité à payer les organisateurs et les transporteurs. « Vincenzo a eu une excellente idée, reprend Annina, en déplaçant les tribunes de Buonfornello à Cerda. Le public est venu plus nombreux, et de là-bas, la vue était époustouflante ! »

Franca hoche la tête. « Oui, j'avoue qu'après les deux dernières éditions, j'étais un peu inquiète. Tu te souviens, il y a deux ans ? Il y avait si peu de concurrents que Vincenzo a décidé de participer à la course. Enfin... c'est le prétexte qu'il a invoqué. »

Annina éclate de rire et lève la tête vers le soleil. Elle ne craint pas, contrairement à d'autres, que sa peau brunisse. « Vincenzo a un talent inné pour organiser des événements et concevoir des nouveautés. Il sait susciter l'enthousiasme autour de lui et pousser les gens à donner le meilleur d'eux-mêmes. » Soudain, Annina prend une expression sérieuse. « Mais il ne faut pas le perdre de vue un seul instant. Je n'ai pas du tout apprécié les regards que certaines invitées lui lançaient. »

Franca détourne les yeux. Elle n'exprimera jamais le fond de sa pensée, mais elle redoute que son beau-frère ait hérité, outre le charme naturel des hommes de la famille Florio, des mauvaises habitudes de son frère. Elle aime trop Annina pour le lui avouer, et se contente donc de lui chuchoter : « Je te fais entièrement confiance pour le surveiller et toujours garder les yeux grands ouverts. »

Les lèvres d'Annina esquissent un sourire. « Les hommes ne font jamais que ce qu'on leur apprend. Et tu peux compter sur moi pour bien l'éduquer. »

Le parfum des roses du jardin est si intense qu'il en devient enivrant. Igiea court vers sa gouvernante, assise sur un banc. Giugiù fait ses premiers pas, et sa sœur aînée l'encourage en tapant dans ses mains.

Annina caresse les pétales d'une rose noisette avant d'en humer la fragrance épicée. « De temps en temps, je repense à Giulia Trigona. Pauvre femme… Je n'ai jamais eu le courage de te demander si… C'est vrai que tu l'as vue… après ? »

Franca frissonne. « Non. Je suis d'abord allée à l'hôtel, et ensuite j'ai rejoint Ignazio et Alessandro au cimetière du Verano, pour l'autopsie. Mais on m'a interdit d'entrer.

— Et tu sais ce qu'est devenu… son assassin ?

— Ignazio refuse de m'en parler. À en croire les journaux, il serait détenu à la prison de Regina Cœli et il pourrait à peine parler : il paraît que depuis sa tentative de suicide ratée, le côté droit de son visage serait réduit en bouillie. Toujours est-il qu'il devra comparaître devant une cour d'assises pour meurtre avec préméditation. Ignazio sera sans doute appelé à témoigner. » Elle baisse la tête et tente de retenir les larmes qui lui montent aux yeux. « Je ne me pardonnerai jamais de ne pas avoir insisté davantage, lors de notre dernière rencontre. J'aurais dû la revoir plus souvent. Je savais qu'il lui demandait sans cesse de l'argent, qu'il était venu la menacer. Et elle avait vraiment l'intention de le quitter, il était devenu violent. Peut-être que si j'avais été là…

— Ce serait arrivé de toute façon, tôt ou tard. C'est elle qui a choisi de lui accorder ce rendez-vous, elle a commis une erreur fatale. »

Franca ne semble qu'à moitié convaincue. Et qu'il est cruel pour elle de se remémorer un destin si tragique au milieu de ce jardin en fleurs ! « Je l'aimais comme une sœur, voire davantage, répond-elle doucement. Je n'en peux plus de vivre entourée de tous ces morts, de tous ces êtres chers que j'ai perdus les uns après les autres. »

Annina lui serre le bras. « Tu verras, nous ramènerons de la vie dans cette maison, Vincenzo et moi. Nous aurons un enfant, un beau bébé aussi souriant que son papa ! » Elle rit fort. « Oui, un nouveau petit Florio ! Cette famille a le plus grand besoin d'un peu de joie. »

*

Le choléra est une vieille calamité que Palerme connaît bien. Vincenzo Florio, le grand-père d'Ignazio, avait d'ailleurs dû, en son temps, se battre contre lui.

Les victimes désignées sont toujours les mêmes, depuis des siècles : des gens plongés dans la misère, et qui vivent dans des conditions déplorables d'hygiène et de promiscuité. Un premier mort. Puis dix. Puis vingt. Puis… La municipalité de Palerme envoie des employés frapper à toutes les portes, mais on ne leur ouvre pas toujours : on a peur et, surtout, on sait que s'ils trouvent un malade au logis, ils l'emmèneront à l'hôpital, où il mourra seul comme un chien…

Tout va vite, très vite.

Le choléra se propage des taudis aux immeubles élégants, du centre historique à la périphérie et à ses villas. Il ronge la chair de tous les habitants.

Rien ni personne ne peut l'arrêter.

Le 17 juin 1911, au réveil, Annina se sent engourdie et elle a de fortes douleurs au ventre. En lui embrassant le front, Vincenzo se rend compte qu'il est brûlant et murmure : « Je crois que tu as un peu de fièvre. Je vais appeler le docteur. »

À l'arrivée du médecin de famille des Florio, la fièvre a beaucoup augmenté et Annina éprouve de plus en plus de difficulté à respirer. Un examen rapide suffit au médecin pour prononcer un verdict sans appel.

Annina a attrapé le choléra.

La stupeur est générale : comment se peut-il que l'épidémie ait atteint l'Olivuzza ? Conditions d'hygiène et de propreté impeccables, eau courante, salles de bains, rien n'y manque !

Et pourtant…

À l'annonce de la nouvelle, Franca est prise de panique. Elle qui a déjà perdu une fille à cause d'une maladie infectieuse, elle ne parvient même pas à concevoir qu'Igiea et Giugiù risquent de… Ses filles vont donc quitter Palerme sans délai, accompagnées de Maruzza et de leur gouvernante. Par ailleurs, le médecin impose à Annina un isolement strict ; Ignazio supplie Vincenzo d'obéir, de ne plus s'approcher d'elle. En vain.

« C'est ma femme. Ma place est à ses côtés. » La voix de Vincenzo, d'ordinaire si sonore et si bien timbrée, est devenue blanche et grêle. « Je ne la laisserai pas seule. Il faut qu'elle guérisse. »

Il la soulève dans ses bras et la conduit dans une chambre du troisième étage, loin de tous. Il la serre contre sa poitrine, mais la fièvre est si élevée qu'elle ne le reconnaît plus. Son visage est marbré de taches rouges, ses cheveux trempés de sueur collent à son crâne. Vincenzo la recoiffe, pose des linges mouillés sur son front, s'assied à côté de son lit, lui tient la main, l'embrasse, renvoie les servantes effrayées et change lui-même ses draps et son linge.

« Ne meurs pas, je t'en supplie. Ne t'en va pas. »

Avec elle, pour la première fois de sa vie, il s'est senti aimé et compris. Il a éprouvé la joie des passions, des rires et des enthousiasmes partagés. Ça *ne peut pas*, ça *ne doit pas* se terminer comme ça.

Les lèvres appuyées sur sa main, il l'implore : « Il est beaucoup trop tôt pour me quitter. Nous aurons un enfant, tu te souviens ? Nous en avons parlé des milliers de fois. Tu me l'as promis. »

Réveille-toi, je t'en conjure. Le visage d'Annina, devenu d'une pâleur cireuse, demeure immobile.

Réveille-toi. Il tente, sans succès, de la faire boire. Le soir, elle perd connaissance. Au rez-de-chaussée, sa mère et sa sœur Maria Concetta sont au désespoir ; mais le médecin leur défend de monter : « C'est déjà beaucoup que monsieur Vincenzo reste auprès d'elle. Pourvu qu'il ne tombe pas malade, lui aussi ! » Ignazio, dont le visage est devenu terreux, lui reproche son manque de tact d'un regard éloquent.

Les deux femmes décident de passer la nuit à l'Olivuzza, afin de ne pas trop s'éloigner d'Annina.

Le lendemain matin, les miroirs à cadre doré des salons et les vitres des fenêtres reflètent des visages pâles, usés par la fatigue. Les domestiques s'affairent à la recherche de savon et de vinaigre, pour se désinfecter.

Giovanna, recluse dans sa chambre, pleure et psalmodie des prières, agenouillée devant un crucifix. Franca, barricadée dans ses appartements, est obsédée par la crainte que ses filles aient pu être infectées. Ignazio, abasourdi, décroche son téléphone pour appeler Vera, lui raconter ce qui se passe et entendre le son de sa voix.

Vincenzo, là-haut, sent son âme se briser.

Annina, dans son lit trempé de sueur, ne se réveille toujours pas ; elle ne peut plus ni boire, ni parler ; sa respiration est de plus en plus laborieuse ; son corps tout entier semble sur le point de se désagréger.

Dans l'après-midi du 19 juin, elle est prise de convulsions.

Vincenzo hurle un appel au secours. La fièvre est montée au-delà de quarante. Dans l'escalier, on entend les voix de Maria Concetta et de sa mère, les cris d'Ignazio et ceux du médecin.

Annina, hors d'haleine, se contorsionne et se débat contre un ennemi invisible.

Vincenzo tente de la calmer, mais ses efforts n'aboutissent qu'à accroître son agitation.

Soudain, elle se fige, les yeux révulsés et le dos cambré. Puis elle retombe, inerte, entre les bras de Vincenzo. Elle ne respire plus. Son cœur a cessé de battre.

Tout est fini.

DU PLOMB

octobre 1912 - printemps 1935

Cu avi dinari campa felici e cu unn'avi perdi l'amici.
« Ceux qui ont de l'argent vivent heureux,
ceux qui n'en ont plus perdent leurs amis. »

Proverbe sicilien

Le 30 juin 1912, la nouvelle loi électorale est approuvée : le droit de vote est attribué à tous les hommes âgés de plus de vingt et un ans sachant lire et écrire, ainsi qu'aux analphabètes âgés de plus de trente ans ayant effectué leur service militaire. Le nombre d'électeurs passe donc d'un peu plus de trois millions à au moins huit millions et demi. Les socialistes avaient proposé d'étendre le droit de vote aux femmes et de reformuler le premier paragraphe de la loi en ces termes : « Tous les citoyens italiens majeurs sont électeurs, sans distinction de sexe » ; mais le 15 mai 1912, la Chambre des députés avait rejeté l'amendement.

Or ce sont précisément les socialistes qui inquiètent Giolitti, dans la perspective des élections du 26 octobre 1913. Au congrès de Reggio d'Émilie, en juillet 1912, les modérés ont été expulsés par les maximalistes, parmi lesquels figure en particulier Benito Mussolini, futur directeur du quotidien Avanti !*, organe officiel du parti. Giolitti entame alors avec les catholiques des négociations qui aboutissent au pacte Gentiloni (du nom de Vincenzo Ottorino Gentiloni, président de l'Union électorale catholique italienne). En signant ce document* *en sept points, les candidats libéraux s'engagent à s'opposer à toute «loi anti-catholique» soumise au Parlement. En apparence, la manœuvre est un succès; mais la majorité issue des urnes se compose de forces contradictoires (signataires du pacte Gentiloni et libéraux anticléricaux) ou hétéroclites (nationalistes et socialistes révolutionnaires). «Allez-vous-en, monsieur Giolitti, déclare Arturo Labriola à la Chambre des députés le 9 décembre 1913. Le pays est devenu adulte, il a échappé à votre tutelle, il parle sa propre langue [...]. À situation nouvelle, politique nouvelle et hommes nouveaux. Laissez les morts enterrer leurs morts.»*

Giolitti quitte le pouvoir le 4 mars 1914, lorsque les radicaux se retirent de son cabinet, le privant ainsi de sa majorité parlementaire. Et il suggère au roi de lui choisir comme successeur Antonio Salandra, dont le gouvernement entre en fonction le 21 mars 1914.

Le 28 juillet de la même année, l'Autriche-Hongrie déclare la guerre au royaume de Serbie à la suite de l'attentat qui, un mois plus tôt, a coûté la vie à l'archiduc François-Ferdinand et à son épouse Sophie, assassinés à Sarajevo par Gavrilo Princip, un nationaliste serbe de vingt ans. Le 1er août, l'Allemagne déclare la guerre à la Russie et, deux jours plus tard, à la France. Le 4 août, le Royaume-Uni déclare la guerre à l'Allemagne. L'Italie, en revanche, hésite longtemps avant de participer au conflit. Pendant presque un an, de virulentes polémiques opposent le front neutraliste – les socialistes, les giolittiens et surtout les catholiques, le pape Benoît XV, élu le 5 septembre 1914, ayant d'emblée pris parti contre la guerre – et le groupe plus restreint, y compris au Parlement, des interventionnistes. Ces derniers montrent toutefois une étonnante capacité à susciter l'enthousiasme des foules avec leurs discours enflammés, par exemple celui que Gabriele D'Annunzio prononce à Quarto lors des cérémonies du cinquante-cinquième anniversaire de l'expédition des Mille, devant au moins cinquante mille personnes. Lié par le pacte de Londres, un accord secret, caché au Parlement, signé entre le gouvernement italien et la Triple Entente (Grande-Bretagne, France et Russie), Salandra obtient les pleins pouvoirs du roi ; le 23 mai 1915, l'Italie déclare la guerre à l'Autriche, mettant ainsi un terme définitif à sa participation à la Triple Alliance. Elle se prépare dès lors à combattre dans le Tyrol du Sud et le long de l'Isonzo, c'est-à-dire sur les territoires qu'elle revendique pour elle-même et qu'elle entend soustraire à l'Empire austro-hongrois.

Comme ailleurs en Europe, la guerre de mouvement se transforme bien vite en une guerre de tranchées. Après la défaite de Caporetto (24 octobre-9 novembre 1917), où les troupes italiennes, décimées par l'artillerie austro-allemande, déplorent au moins dix mille morts et deux cent soixante mille prisonniers, le général Luigi Cadorna est limogé et remplacé par le général Armando Diaz, qui s'emploie à réorganiser l'armée. La bataille de Vittorio Veneto, livrée entre le 24 octobre et le 3 novembre 1918, marque un tournant décisif : les Italiens battent les Autrichiens et, le 3 novembre, investissent Trente et Trieste. Le même jour, à la villa Giusti de Padoue, l'Italie et l'Autriche-Hongrie signent un armistice suivi, le 11 novembre, par celui que concluent l'Allemagne et la France. La géographie politique de l'Europe connaît alors un bouleversement irréversible, au prix d'un nombre de morts dont l'estimation varie entre quinze et dix-sept millions, dont un million côté italien. À quoi il faut ajouter, entre 1918 et 1920, les ravages provoqués dans le monde entier par une épidémie dévastatrice de « grippe espagnole » (environ cinquante millions de décès, dont six cent mille en Italie).

Expulsé du Parti socialiste le 29 novembre 1914 en raison de ses positions interventionnistes, Mussolini est l'homme politique qui profite le plus, dans l'immédiat après-guerre, de la détérioration de la situation sociale et économique de son pays. S'appuyant sur le mécontentement généralisé des anciens combattants, il fonde en 1919 les Faisceaux italiens de combat, que caractérise une hostilité intraitable envers le Parti socialiste. Cette attitude ne tarde pas à lui attirer la sympathie d'une bourgeoisie effrayée par les grèves et les occupations d'usines qui se multiplient en Italie tout au long du Biennio Rosso (« les deux années rouges », 1919-1920). Même Giolitti, revenu pour la cinquième fois à la tête du gouvernement entre le 9 juin 1920 et le 7 avril 1921, ne parvient pas à apaiser les esprits. Les fascistes recourent de plus en plus à la violence et organisent de véritables expéditions punitives contre les ouvriers et leurs organisations politiques ou syndicales. Le 22 octobre 1922, plus de quarante mille Chemises noires se rassemblent à Naples avec l'intention de « marcher sur Rome ». Le président du Conseil, Luigi Facta, demande à Victor-Emmanuel III de proclamer l'état de siège ; le roi lui ayant opposé un refus irrévocable, Facta démissionne. Mussolini lui succède le 29 octobre et, le 16 novembre, obtient de la Chambre des députés, par deux cent soixante-quinze voix contre quatre-vingt-dix, les pleins pouvoirs pour un an « en vue de la réorganisation du système fiscal et de l'administration publique ». Aux élections du 6 avril 1924, le Parti fasciste obtient soixante-cinq pour cent des voix ; mais le député socialiste Giacomo Matteotti, dans un discours véhément prononcé devant la Chambre, requiert leur annulation en raison du climat de violence qui les a perturbées et des irrégularités dont elles sont entachées. Le 10 juin, il est enlevé par des inconnus : l'effarement de ses collègues est tel que, le 26 juin, cent vingt-trois parlementaires de l'opposition décident de déserter les travaux de la Chambre jusqu'à ce que la lumière soit faite sur l'affaire (sécession dite « de l'Aventin »). Le 16 août, on retrouve son cadavre dans une forêt près de Riano, en province de Rome ; le 3 janvier 1925, Mussolini déclare assumer la responsabilité « politique, morale et historique » de l'assassinat de Matteotti. Cette date marque, de facto, le début d'une dictature qu'institutionnalisent ensuite les lois dites « fascistissimes », promulguées entre 1925 et 1926 : elles décrètent en effet « la dissolution de tous les partis, associations et organisations menant des actions contre le régime », désignent le chef du gouvernement comme le dépositaire exclusif du pouvoir exécutif, prévoient le licenciement des fonctionnaires « incompatibles » avec les orientations du Parti, interdisent les grèves et suppriment la liberté de la presse. Le 14 mars 1929, le scrutin législatif prend une forme plébiscitaire, l'électeur n'ayant pas d'autre choix que d'approuver ou de rejeter une liste unique de noms ; le « oui » obtient huit millions et demi de voix, soit plus de quatre-vingt-dix-huit pour cent des votants. Un succès dû, entre autres, à la signature par l'État italien et l'Église catho-

lique, le 11 février 1929, des accords du Latran, un concordat qui apporte une solution définitive au conflit remontant à 1871.

Le 8 juin 1935, à Cagliari, Mussolini déclare: «Nous sommes seuls juges de nos intérêts, seuls garants de notre avenir.» L'Histoire lui donnera tort: en 1940, l'Italie entre en guerre aux côtés de l'Allemagne nazie. Il en résulte la catastrophe que l'on sait. À l'issue du conflit, les équilibres politiques, sociaux et économiques sont bouleversés dans le monde entier. Comme l'écrit Winston Churchill en 1948: «Le paysage de ruines matérielles et de bouleversements moraux que nous laissons derrière nous est d'une morosité inimaginable au cours des siècles passés. Après tout ce que nous avons souffert, après tout ce que nous avons accompli, nous nous trouvons confrontés à des problèmes qui ne sont pas moindres, mais au contraire beaucoup plus graves que ceux que nous avons résolus au prix de tant de labeur.»

« Le plomb est un corps métallique mat, terreux, lourd, insonore, terne et livide », écrit Ferrante Imperato dans son *Dell'Historia Naturale* (1599). Disponible en abondance dans la nature, simple à fondre et à travailler, il était déjà employé par les Égyptiens ; les Phéniciens, les Grecs et les Romains l'utilisaient quant à eux pour fabriquer des armes comme des pointes de flèche ou des missiles lancés par des catapultes ; les balles pour armes à feu, en revanche, n'apparaissent qu'à la fin du Moyen Âge. Mais dès l'Antiquité, le plomb entre aussi dans la confection d'outils de pêche (lests, sondes, ancres), de soudures de différents types, de canalisations (en raison de sa résistance à l'oxydation) et de marmites où l'on cuit et concentre le moût afin de produire le « sucre de Saturne » (acétate de plomb) destiné à adoucir le vin, ainsi appelé en raison du lien établi à l'époque entre cette divinité et le plomb.

On trouve par ailleurs, dans les écrits du philosophe Théophraste (IIIe siècle avant Jésus-Christ), l'une des premières descriptions d'un autre de ses dérivés fondamentaux : la céruse, sorte de « moisissure » obtenue en exposant le plomb à des vapeurs de vinaigre. Jusqu'au XIXe siècle, le blanc de céruse, dit aussi « blanc de plomb » ou « blanc d'argent », illumine l'histoire de l'art : de Léonard à Titien, de Van Dyck à Velásquez, tous les artistes y ont recours, le seul autre pigment blanc – le blanc de chaux – étant incompatible avec la peinture à l'huile. La céruse illumine également les visages des femmes : dès le XIe siècle, dans son *De ornatu mulierum*, Trotula de Ruggiero, active au sein de l'école de médecine de Salerne, donne la liste des ingrédients d'une pommade qui, « appliquée chaque jour sur le visage, permet de l'éclaircir » : de la graisse de poulet, de l'huile de violette ou de rose, de la cire, du blanc d'œuf et de la poudre de blanc de plomb. L'aspect terreux du visage d'Élisabeth Ire d'Angleterre s'expliquerait ainsi par l'usage répété d'une dense mixture à base de céruse et de vinaigre, destinée à dissimuler les cicatrices de la variole.

Il faudra attendre un certain temps avant la découverte des graves dangers liés à de telles pratiques. Au milieu du XVIIe siècle, le médecin allemand Samuel Stockhausen reconnaît dans la litharge (oxyde de plomb) la cause de l'asthme qui affligeait les mineurs de la ville de Goslar, en Basse-Saxe. Quelques années plus tard, dans son *De morbis artificum diatriba*, Bernardino Ramazzini écrit, à propos des potiers : « [...] ils aspirent par la bouche et par le nez tout ce que le plomb contient de toxique si on le mélange avec de l'eau, et qui se répand ensuite dans tout leur organisme ; et ils ne tardent pas, ensuite, à présenter les symptômes de maux très graves : tremblements des mains, paralysie progressive des membres, douleurs à la rate, torpeur mentale, cachexie, perte de dents. À tel point qu'il est rare de rencontrer un potier dont le visage ne soit pas terne et le teint plombé. » Par la suite, on baptisera cette maladie du nom de « saturnisme », et l'on multipliera les conjectures sur ses illustres victimes présumées : plusieurs empereurs romains (parmi lesquels Caligula, Néron, Domitien, Trajan), grands amateurs de vin et, par voie de conséquence, consommateurs réguliers de « sucre de Saturne » ; des peintres comme Piero della Francesca, le Caravage, Rembrandt ou Goya, connus pour leur utilisation abondante du blanc de céruse. Et il n'est pas impossible que Beethoven ait dû sa surdité à sa passion pour les vins du Rhin, qui présentent une forte teneur en acétate de plomb et qu'il avait de surcroît l'habitude de boire dans des coupes en cristal, c'est-à-dire un type de verre lui aussi riche en plomb. Certains prétendent même que Lénine serait mort empoisonné par deux balles extraites quatre ans seulement après l'attentat dont il avait été victime en 1918. Enfin, on ne connaîtra jamais le nombre exact des millions de femmes et d'hommes victimes de leur travail quotidien au contact de cette substance : ouvriers, mineurs, linotypistes, chapeliers… On serait donc tenté de donner raison à Primo Levi lorsque, dans *Le Système périodique*, il qualifie le plomb de « trouble, vénéneux et lourd[1] ». Mais c'est aussi grâce à ce métal que nous pouvons admirer *La Vierge de*

1. Primo Levi, *Le Système périodique,* traduit de l'italien par André Maugé, Paris, Albin Michel, 1975.

l'Annonciation d'Antonello de Messine, *La Cène* de Léonard de Vinci et la *Méduse* de Caravage.

L'art et la destruction, la beauté et la mort au sein d'une seule et même matière.

*

La Fiat freine brusquement devant l'entrée de l'hôtel. Franca en descend. Elle est vêtue d'un manteau beige bordé de fourrure et coiffée d'un chapeau dont la voilette est baissée. Une ride de contrariété barre son front et ses doigts se crispent sur la poignée de son sac à main, tandis qu'elle gravit d'un pas précipité les marches qui la séparent du hall.

Maruzza, qui peine à la suivre, la rejoint au moment où elle s'enquiert du numéro de chambre de monsieur Florio.

« Monsieur est indisposé. Il ne reçoit pas », lui répond le concierge sur un ton courtois mais ferme.

Franca écarquille les yeux d'indignation, soulève sa voilette, se penche en avant et rétorque, d'une voix tremblante de colère : « Il est peut-être indisposé pour toutes les autres, mais sûrement pas pour moi. Je suis sa femme, donna Franca Florio. Si vous ne me donnez pas sans plus tarder le numéro de chambre de mon mari, je vous fais licencier. »

L'air très embarrassé, le concierge bafouille : « Toutes mes excuses, Madame, je ne vous avais pas reconnue... », ce qui a pour seul effet d'augmenter davantage encore l'exaspération de Franca.

Elle se tourne en soupirant vers Maruzza et lui

ordonne : « Prenez la voiture, allez déposer nos affaires à l'hôtel et dites au chauffeur de revenir ici.

— Vous êtes sûre que vous ne préférez pas que je vous attende dans le hall ?

— Oui, merci. Allez, dépêchez-vous ! »

Maruzza lui serre le bras et lui chuchote à l'oreille : « Courage. »

Franca soupire à nouveau.

Elle essaie depuis toujours d'être courageuse. Ou plutôt, elle s'est *forcée* à être courageuse. Voilà les pensées qui lui viennent à l'esprit alors qu'elle monte l'escalier, les doigts filant sur la rampe tapissée de velours.

Une vie entière passée à tout supporter, à tout accepter, à fermer les yeux. Parce qu'elle *devait* se comporter ainsi. Parce que c'était le seul rôle possible pour donna Franca Florio, dans la pièce donnée pour ce public cancanier et indiscret que forment les Palermitains.

Et tout cela par amour, même quand cet amour n'était plus partagé. Car c'est bien ce qui s'est passé, si douloureux qu'il soit de le reconnaître. Et maintenant, elle ressent une atroce sensation de vide, sans cet homme qui, pour le meilleur ou pour le pire, remplissait son existence.

Jusqu'au jour où Vera est arrivée.

Parvenue au troisième étage, elle frappe à la porte de la chambre que lui a indiquée le concierge. Elle entend un bruit de pas assourdi ; puis un homme à l'épaisse moustache grisonnante vient l'accueillir. Derrière lui, Ignazio est assis sur son lit ; il porte une robe de chambre en velours rouge foncé, et un bandage couvre une partie de sa tête.

Dans le regard que Franca pose sur lui, l'anxiété et la colère se mélangent à parts égales.

« Soyez la bienvenue, madame… nous ne vous attendions pas si tôt. » L'homme qui l'a accueillie à la porte lui fait signe d'entrer. Franca connaît bien le professeur Bastianelli, le médecin qui s'occupe de sa famille lorsqu'elle séjourne à Rome. Il feint de ne pas remarquer l'atmosphère de gêne qui règne désormais dans la pièce, prend son chapeau et sa sacoche et s'esquive discrètement, les laissant seuls.

Elle enlève son chapeau, son manteau et ses gants. Son élégante robe brune met en valeur le sobre collier de perles qu'elle porte autour du cou. Elle installe un fauteuil au pied du lit, s'assied, croise les mains sur un genou et fixe longtemps son mari, en silence.

Ignazio essaie d'abord de ne pas se soustraire à ce défi muet.

Mais il finit par dire, en baissant les yeux : « Pardonne-moi. Je t'ai encore donné un motif de chagrin.

— Il n'a rien de plus amer que les autres. Vraiment. J'ai surtout eu peur pour toi », réplique Franca avec un sourire forcé.

Face à cette réaction, à cette expression de tristesse résignée, Ignazio éprouve un sentiment qui, ces derniers temps, le tourmente de plus en plus souvent : la culpabilité. Toute sa vie, il a essayé de le nier, de le refouler. Il y est parvenu et il y parvient encore, lorsqu'il s'agit de faire face à la situation – de plus en plus précaire – de ses affaires. Mais avec Franca, c'est une tout autre histoire. Et en ce moment précis, il a la gorge serrée, la poitrine oppressée, le souffle court.

« Je suis désolé », répond-il en traçant du bout du

doigt, sur le rabat du drap, un dessin imaginaire. « Quand le mari de Vera, Giberto, a appris que sa femme… Encore une fois, pardonne-moi, je sais que ce sont des choses douloureuses à entendre pour toi et… »

Franca demeure impassible.

Ignazio reprend : « Il m'a pris à partie ici même, dans le hall de l'hôtel, il y a quelques jours ; il a exigé réparation et il m'a défié. À partir de là, le duel devenait… inévitable. » Ignazio se lève lentement. Sa blessure à la tempe n'a rien de grave, mais elle est incommodante et lui cause des vertiges. « Nous nous sommes donné rendez-vous à la villa Anziani, avant-hier, comme je te l'ai raconté au téléphone, et nous nous sommes battus au sabre. Il m'a attaqué avec une violence… on aurait dit une vraie furie, un démon tout droit venu de l'enfer. Il voulait vraiment me tuer, ou en tout cas me défigurer. »

Franca éclate d'un immense rire retentissant, spontané, irrépressible, qu'elle ne cherche d'ailleurs en aucune manière à dissimuler. « Mon Dieu ! Ce que vous pouvez être ridicules, vous les hommes ! »

Ignazio est abasourdi. Sa femme serait-elle donc devenue folle ?

Franca secoue la tête. Son rire s'éteint peu à peu et se transforme en un sourire mi-douloureux mi-incrédule. « Un duel au sabre, comme dans un roman pour femmes de chambre ! Et Giberto qui prétend défendre son honneur au bout de… combien de temps déjà… ? quatre ans, n'est-ce pas ? » Elle regarde ses mains en effleurant son alliance. « Si j'avais provoqué en duel toutes tes maîtresses, la moitié de nos connaissances seraient mortes ou balafrées… ou alors ce serait moi. Il n'y a que les hommes pour se comporter d'une façon aussi stupide. »

Ignazio ne détache pas d'elle ses yeux écarquillés. « Mais… qu'est-ce qui te prend ? Qu'est-ce que tu me chantes ?

— Je dis que tu ne te souviens peut-être pas du nombre de tes liaisons extraconjugales, mais moi si. Enfin, celles dont j'ai entendu parler. J'ai dû apprendre à ricaner, à hausser les épaules, comme s'il était normal que mon mari enchaîne les trahisons. Par dizaines. Et tu sais quoi ? » Elle lève sur lui ses yeux verts soudain devenus limpides, presque sereins. « À force de prétendre que je m'en moquais, j'ai fini par m'en moquer pour de bon. »

Elle s'approche d'une petite table, attrape une bouteille de cognac et s'en verse un verre. « Je suis toujours revenu auprès de toi, se défend mollement Ignazio.

— Parce que sans cela, tu n'aurais pas su où aller.

— Ne dis pas de bêtises. Tu as toujours été mon seul et unique point de repère. »

Franca s'approche de lui. « Tu crois encore à ce vilain mensonge, Ignazio ? Dans ce cas-là, garde-le pour toi. Pour ma part, je m'en suis lassée. Quand je t'ai épousé, j'étais une gamine naïve, et peut-être que tu étais, de ton côté, sincèrement plein d'espoir… Je t'avouerai que parfois, je ressens de la nostalgie pour cette époque où j'étais convaincue que ma seule mission consistait à rester à tes côtés et à t'aimer coûte que coûte. Tu n'as pas la moindre idée des combats que j'ai menés, des luttes que j'ai endurées pour me sentir digne de toi, de ton nom de famille… digne d'être une Florio. »

La voix de Franca est d'une dureté à laquelle les oreilles d'Ignazio ne sont pas habituées.

« Ma chérie…

— Tu ne m'as jamais tenue informée de l'état de tes affaires, tu ne m'as jamais expliqué de quoi tu discutais avec tes amis politiciens, à Rome ou à Palerme. Pendant de nombreuses années, cela m'a paru juste, et après tout, parmi mes fréquentations, aucune femme ne se mêlait des affaires de son mari. J'étais ton épouse et j'avais à remplir des devoirs mondains, pas à m'intéresser à l'économie ou à la politique. Mais maintenant… » Elle hésite. De toute évidence, il lui est très douloureux de prononcer ces mots. « Maintenant je sais qu'avec Vera, tu parles de ces choses-là. Non, ne le nie pas : elle a influencé plusieurs de tes décisions récentes, même Vincenzo me l'a confirmé. »

Ignazio déglutit ; il se sent à court d'arguments. Comment décrire à Franca ce qu'il ressent, alors qu'il est le premier à n'y rien comprendre ? Comment la convaincre que si, il l'aime, qu'elle représente la partie la plus belle et la plus importante de sa vie, qu'ils ont été les maîtres du monde, ensemble, mais qu'au bout du compte, leur vie s'est racornie comme une feuille de papier jetée au feu ? Comment lui avouer qu'en examinant son passé, il ne voit que des fêtes endiablées, des voyages qui s'apparentaient à des fuites, des corps féminins anonymes, de l'argent gaspillé à la recherche d'un plaisir aussi intense qu'évanescent ? Comment lui révéler qu'en essayant d'imaginer l'avenir, il ne pressent que le déclin inexorable de la vieillesse, aggravé par la ruine financière ?

Impossible. Lui dire tout cela équivaudrait à donner corps et voix à la plus cruelle de leurs souffrances communes : ne pas avoir donné d'héritier à la Maison Florio. Cette lignée rendue illustre pour la première fois par l'arrière-grand-oncle dont il porte le prénom, et que son père a toujours qualifié d'homme « honnête et courageux », s'éteindra avec lui. Il ne pourra transmettre à personne la bague qu'il porte au doigt sous son alliance et qu'il avait espéré offrir au moins à un neveu : depuis la mort d'Annina, plus d'un an auparavant, Vincenzo est devenu de plus en plus agité et rebelle. Non, il n'y a et il n'y aura personne…

Franca remarque qu'Ignazio tourne nerveusement l'anneau de son ancêtre. Elle sait ce qu'exprime ce geste : l'embarras, le malaise, l'inquiétude.

« Je devine parfaitement pourquoi tu m'en veux, murmure-t-elle alors.

— Ah oui ? » Ignazio ne la regarde plus. Il a les yeux rivés sur un mur de l'immeuble d'en face, par-delà la fenêtre entrouverte.

« Tu m'en veux d'avoir enfanté un seul garçon. Un seul. »

Ignazio pousse un soupir où l'agacement l'emporte sur la tristesse. « Je n'ai rien à te reprocher à ce sujet. Nous avons eu un fils, et le Seigneur l'a rappelé à Lui. Sans doute pour nous punir de quelque chose.

— Même ta mère n'oserait pas affirmer une chose pareille. »

Le sentiment de culpabilité d'Ignazio l'oppresse à nouveau. Il l'a pensé en toute sincérité, dans ses moments de désespoir profond, que Dieu avait voulu le châtier à cause de cette série de folies et de trahisons qu'a été sa vie. Mais au fond, quelle importance, dorénavant ? S'il avait encore un héritier, il ne resterait rien d'autre à lui léguer que des sociétés en faillite et une montagne de dettes.

« Je ne me suis jamais dérobée devant mes responsabilités, reprend Franca. J'ai toujours été là, à tes côtés, j'ai été une épouse fidèle. »

Pour Ignazio, c'en est trop. Il ressent soudain un besoin irrépressible de se débarrasser du poids qui pèse sur sa conscience. Et sa colère explose : « Assez ! Je n'en peux plus de cette rengaine ! Pourquoi ne me parles-tu pas plutôt de ces hommes qui te poursuivent à travers tout le pays et qui meurent d'envie de te mettre dans leur lit ? D'Annunzio, pour commencer. Ensuite, ce marquis qui te couvre de fleurs. Et pour terminer, Enrico Caruso, ce ténor que j'ai eu la bêtise d'engager au Teatro Massimo à une époque où c'était encore un parfait inconnu ! Je sais qu'il t'écrit toujours, même au bout de… combien d'années… ? dix… ? quinze… ? »

Franca lui rétorque, au comble de l'indignation : « Tes accusations ne reposent sur rien, ne fais pas semblant de l'ignorer. Beaucoup d'hommes jouent les amoureux transis avec moi, c'est vrai, mais aucun d'eux ne s'est permis d'aller au-delà des mots. Je ne leur en ai jamais fourni le prétexte ou l'occasion. J'ai toujours satisfait tes moindres désirs. Et en récompense… j'ai été sans cesse reléguée au second plan derrière une autre femme, plus douée que moi, plus désirable, plus fascinante. Tu n'auras tout de même pas l'impudence de prétendre le contraire ? »

Ignazio la dévisage en silence, d'un regard qui trahit autant la colère que la honte.

J'ai toujours satisfait tes moindres désirs.

L'épouse idéale. D'une beauté prodigieuse. À l'aise dans n'importe quelle situation. Désinvolte sans effronterie. D'une élégance suprême. Capable d'animer une conversation brillante, spirituelle, intelligente. Passionnée d'art et de musique. Maîtresse de maison hors pair. D'ailleurs, n'est-ce pas Ignazio lui-même qui a encouragé la timide jeune fille de dix-neuf ans à devenir la femme sophistiquée et exigeante qui lui tient tête aujourd'hui ? Il a voulu l'exhiber comme un trophée que d'autres hommes lui envieraient. Il n'a jamais vraiment cherché en elle une compagne.

Quel aveuglement. Quelle immaturité.

Il s'en rend compte maintenant qu'il a trouvé ailleurs ce dont il a vraiment besoin.

« Je... »

Franca pleure en silence.

Puis elle s'approche d'Ignazio et lui demande, d'une voix cassée : « Qu'est-ce que Vera a de plus que moi ?

— Franca... » Il passe une main sur le visage de sa femme pour essuyer ses larmes. « Vous êtes très différentes. Elle...

— Elle ne pourra jamais t'apporter davantage que tout ce que je t'ai donné depuis des années et des années. »

Ignazio ne supporte pas que Franca soit à la fois

juge et partie. Il s'écarte d'elle, lui tourne le dos et répond : « Elle est tout ce que tu ne peux plus être. Pleine d'enthousiasme, passionnée, vivante. Elle m'a accueilli dans sa vie. Toi, en revanche, tu m'as exclu de la tienne. Et tous les prétextes sont bons pour t'éloigner de moi : les soirées à la table de jeu, les voyages avec tes amies… »

Franca, qui a soudain pâli, écarquille les yeux. « C'est *toi* qui oses me reprocher de ne pas être restée à tes côtés ?

— Depuis que mes affaires ont commencé à aller moins bien, tu as… disparu. Tu es absente. Pas Vera. Toute la différence est là.

— Tu ne m'as jamais rien demandé !

— Tu es ma femme. Tu aurais dû deviner de toi-même que j'avais besoin de toi. »

Franca chancelle.

Elle s'est sacrifiée toute sa vie, et ce n'est encore pas assez. Il a l'outrecuidance de l'accuser de ne pas en faire davantage. Mais que peut-il donc exiger de plus ? Ce n'était pas suffisant d'ignorer ses trahisons permanentes ? D'affronter le monde entier avec dignité après la mort de ses enfants ? De rester toujours près de lui ? Non, ce n'était pas suffisant. Franca se rend maintenant compte qu'Ignazio attendait de sa part un effacement complet, qu'elle aurait dû, pour lui complaire, rester invisible tant qu'il ne lui demandait pas d'apparaître, au gré de ses caprices ou de ses besoins. Seulement, quand il a rencontré Vera, il a compris que la force de l'amour n'était pas dans la soumission, qu'elle résidait au contraire dans l'égalité, dans la faculté à aller de l'avant côte à côte.

Ignazio a enfin grandi. Mais au prix d'un rejet total de Franca et de tout leur passé commun.

Alors il est lui aussi capable d'un amour authentique ? Cette réflexion lui cause plus d'étonnement que d'amertume. *Il aime une femme, et ce n'est pas moi.*

« J'ai compris. Dans ces conditions, il n'y a plus rien à ajouter. » Elle redresse le dos et lève la tête. La dignité et l'orgueil sont les seules choses dont personne ne pourra jamais la priver. « Je suis descendue au Grand Hotel. Tu peux me trouver là-bas », lui dit-elle en se levant et en prenant son manteau. Il ne fait rien pour la retenir, laisse ses bras tomber le long de son corps, scrute le visage de cette femme qui sait si bien dissimuler sa douleur.

Une douleur refoulée, niée, trop longtemps réduite au silence. Et qui le brûle maintenant lui aussi, le ronge comme un acide.

Officiellement, aux yeux du monde ils seront toujours mariés ; mais ils mèneront dorénavant des vies séparées. Ils partageront leurs repas, mais pas leurs nuits. Et il n'y aura pas de retour en arrière.

Franca est déjà sur le pas de la porte lorsqu'il lui dit : « Je te donnerai de mes nouvelles. »

Elle descend l'escalier en s'accrochant à la rampe de ses mains tremblantes.

La paralysie intérieure qu'elle ressent depuis des années – depuis la mort de ses enfants, ou peut-être même avant – se transforme soudain en une coulée de lave bouillonnante d'une chaleur insupportable, qui l'envahit peu à peu et finit par la suffoquer. Alors elle s'effondre sur une marche, le front appuyé sur un bras, et elle respire bouche ouverte, en proie à un violent vertige.

Que me reste-t-il ?

Igiea et Giulia, bien sûr ; mais quoi d'autre ?

Son esprit s'atrophie, se recroqueville sur lui-même. Les larmes qui perlaient à ses yeux il y a quelques minutes à peine se sont asséchées.

Il n'y a plus rien à ajouter. Elle se lève et rejoint le hall à petits pas saccadés, elle qui a toujours eu une démarche aisée, souple et élégante. À la sortie de l'hôtel, elle trouve l'automobile que Maruzza lui a renvoyée. Alors que le chauffeur lui ouvre la portière et qu'elle s'apprête à monter, une autre voiture s'arrête devant l'établissement.

Une femme en descend.

Son visage aux traits délicats est marqué par la tension, des mèches en désordre dépassent de son chapeau couleur crème et l'on aperçoit une petite valise sous sa pèlerine en drap de la même couleur.

Après avoir payé le chauffeur, elle se retourne.

Et c'est à ce moment-là que leurs regards se croisent.

Vera Arrivabene écarquille les yeux d'étonnement. Puis elle lève la main, comme pour saluer Franca. Après tout, elles se connaissent depuis des années, elles sont bonnes amies. Un tel geste devrait aller de soi.

Mais ce geste, Vera l'interrompt brusquement.

Elle replie la main, baisse le bras et s'offre aux regards de Franca sans honte, sans remords, avec son visage blanc et rose délicat comme celui d'une madone.

Franca reste immobile. Elle regarde sa rivale tout en affectant de l'ignorer.

Vera lui tourne le dos, gravit le perron en toute hâte et pénètre dans le bâtiment.

Franca monte enfin en voiture et ordonne au chauffeur : « Au Grand Hotel. »

*

Assis sur une chaise, un poing sous le menton, Vincenzo Florio regarde à travers la fenêtre. Il entend un mouvement derrière lui et se retourne à peine. Une des deux filles avec lesquelles il a passé la nuit vient de se réveiller.

Les paupières encore alourdies, elle écarte les mèches de cheveux roux qui retombent sur son visage et invite Vincenzo à la rejoindre en tapotant du plat de la main sur le matelas. Sa compagne, une brune à la forte poitrine, ronfle doucement, la bouche entrouverte et les cheveux en désordre sur son dos nu. Dans la chambre, une odeur de sexe, de sueur et de champagne se mêle à un parfum aux notes florales prononcées.

Vincenzo refuse du geste l'invitation de la fille rousse et regarde à nouveau dehors.

Il pleut sur Paris, sur les platanes des boulevards, sur les toits en ardoise. Depuis trois jours. Vincenzo est las de ce mois de juin froid et revêche. Il ferait mieux d'aller sur la Côte d'Azur. Ou bien de rejoindre Franca, qui séjourne en Suisse avec ses filles. Ignazio, en revanche, est sans doute à Rome ou à Venise avec Vera ; qui sait ?

Sur la vitre que son souffle couvre de buée, Vincenzo trace du doigt un grand A et l'efface aussitôt.

Annina.

Trois ans se sont écoulés depuis la mort de sa femme. Trois ans durant lesquels il n'a rien fait d'autre que voyager et passer d'un lit à un autre, pour essayer de se débarrasser de ce mal-être permanent qui lui oppresse la poitrine et lui serre la gorge.

Il a aussi noué une liaison avec une femme d'origine russe. Parfois, il se flatte d'avoir de l'affection pour elle ; mais des nuits comme celle qui vient de s'achever lui prouvent le contraire. En réalité, il n'attache plus d'importance à rien ni à personne ; il a même essayé de se distraire en s'intéressant vaguement aux affaires de sa famille, bien qu'Ignazio n'ait jamais pris sa démarche très au sérieux.

Quelques jours après les obsèques, Franca lui a dit : « Annina fera toujours partie de toi et de ta vie. » Il était assis sur un banc du parc, immobile, la tête entre les mains. Elle était venue s'asseoir à côté de lui, sans le toucher. « Tu repenseras encore et encore à vos projets, à vos conversations, à ses sourires. Tu t'imagineras pouvoir lui parler, exactement comme je… » Elle s'était interrompue, le regard perdu dans le vide ; puis elle avait repris, en baissant la voix : « Tu te demanderas comment ç'aurait été, d'avoir un enfant et de le voir grandir. Une partie de toi continuera à vivre avec elle, dans ta tête ou dans ton cœur… en un lieu et en un temps qui n'existent pas. » Alors seulement, elle lui avait pris la main ; et il avait éclaté en sanglots. « Mais ce ne sera pas ta vraie vie, avait continué Franca. La réalité sera ailleurs, là où il y aura du vide, une sensation d'absence, des mots absurdes que tu ne supporteras plus d'entendre. Et pour finir, imaginer l'impossible sera si douloureux que tu préféreras y renoncer. Tu recommenceras à vivre au jour le jour. À aller un peu mieux. Je sais que pour le moment, tu as du mal à me croire ; mais il faut me faire confiance. Personne n'est mieux placé que moi pour... » Elle lui avait passé un bras autour des épaules et ils avaient pleuré ensemble, chacun sur sa propre douleur.

Vincenzo secoue la tête. Pendant ces trois ans, il s'est souvent rappelé les paroles de Franca, dans l'espoir que sa souffrance diminuerait. Au lieu de cela, Annina est toujours là, près de lui : une présence constante. Alors, il a supposé que les femmes voyaient peut-être, dans les ténèbres de la douleur, des choses que les hommes ne parviennent même pas à deviner. Et que c'était à la fois leur malédiction et leur planche de salut.

Voilà, en ce moment aussi Annina lui apparaît, en jupe sombre et en chemisier blanc à col de dentelle. Alors qu'elle s'apprête à s'installer au volant d'une de leurs automobiles, elle s'immobilise soudain et lui adresse un regard lourd de reproche, comme pour lui dire : *Tu es tombé bien bas.*

« *Vincenzo, chéri, viens ici**... »

La fille aux cheveux roux insiste, sans se soucier le moins du monde que la brune continue à dormir. Vincenzo voudrait les renvoyer toutes les deux, les faire disparaître.

Et pourtant il se lève, il s'éloigne de la fenêtre, il retire sa chemise et il vient s'étendre sur le lit. La fille le caresse. Il ferme les yeux et la prend brutalement.

Peu lui importe comment elle s'appelle, qui elle est, quelle vie elle mène en dehors de cette chambre : pour lui, elle n'est plus qu'un corps source de plaisir et de chaleur.

Et il s'agrippe de toutes ses forces au peu de vie qu'elle est capable de lui insuffler.

*

Le vaste hall de l'hôtel de Champfer, en Engadine, où logent les Florio, les Lanza di Trabia et les Whitaker, est en proie à une agitation inhabituelle : les visages sont crispés, des télégrammes passent de main en main, les téléphones ne cessent de sonner, les grooms vont et viennent dans tous les sens. Depuis environ un mois – lorsqu'un tout jeune nationaliste serbe a assassiné à Sarajevo l'archiduc François-Ferdinand et son épouse Sophie –, les rumeurs sur le risque d'une déclaration de guerre de l'Autriche à la Serbie n'ont fait que croître. Et l'ultimatum remis au gouvernement serbe par l'ambassadeur autrichien à Belgrade, le 23 juillet, ne laisse que peu d'espoir en une solution pacifique à la crise.

Assise dans un fauteuil, Franca parcourt les journaux italiens et allemands. Elle a encore les idées confuses et ne sait pas trop quoi penser de la situation : d'un côté, elle sent monter une sorte d'exaltation belliqueuse ; de l'autre, elle veut encore croire à l'efficacité de « l'activité diplomatique intense que déploie l'Italie en faveur de la paix et qu'exige la gravité des circonstances », comme l'écrit un journaliste du *Corriere della Sera*.

« Me voilà, ma chère Franca ! *Désolée d'être en retard*.* » Giulia Lanza di Trabia l'embrasse sur la joue et regarde autour d'elle. « Norina et Delia ne sont pas encore arrivées ?

— Non, elles sont passées me voir il y a quelques minutes, avec Tina, pour me dire qu'elles avaient promis de lui consacrer leur après-midi. Elles nous rejoindront à cinq heures, pour le thé. Elles ont beau avoir trente ans, leur mère les traite parfois comme de vraies gamines.

— Elle a bien raison, commente Giulia en souriant et en enfilant ses gants. On y va ? »

Elles saluent de loin Giovanna, qui prend le soleil sur la terrasse en compagnie de Maruzza, puis sortent de l'hôtel par la porte arrière.

Giulia respire profondément l'air vif. « Quel dommage qu'Igiea et Giugiù ne soient pas là !

— Je viens justement de recevoir une lettre de Zurich : leur gouvernante m'informe que le traitement d'Igiea commence à faire effet sur ses douleurs dans le dos ; quant à Giugiù, elle est comme son père, elle répète tout le temps que la montagne l'ennuie et elle passe ses journées à courir dans la maison. Cela dit, on n'a pas beaucoup d'autres activités à lui proposer, la pauvre chérie. Elle n'a que cinq ans… »

D'un pas décidé, Giulia s'engage sur le sentier conduisant à une forêt de pins qui se déploie à flanc de coteau.

« Et toi, tu as des nouvelles de Giuseppe ? lui demande Franca.

— Non. » La voix de Giulia s'est tout à coup durcie à l'évocation de ce fils aîné si agité et si rebelle. « Avec ce qui se passe en ce moment, il serait plus prudent de venir ici ou de rentrer à Palerme… ou en tout cas de nous faire savoir où il est. » Elle marque une pause et se pince les lèvres. « Je crois qu'il est à Venise avec…

— … Madda. » Franca regarde autour d'elle, observe les cimes pointues qui se détachent contre le ciel et admire le panorama. Les deux promeneuses ralentissent. Au milieu de toute cette verdure, l'air embaume, saturé par l'odeur du musc. De temps à autre, le cri d'un oiseau brise le silence. « Deux sur deux. Les jumelles Papadopoli n'ont aucune idée de ce que signifient la fidélité et le respect des liens du mariage.

— C'est le moins que l'on puisse dire ! » s'exclame Giulia avec une grimace. À la différence de Franca, elle n'a jamais apporté de soin particulier à l'entretien de sa beauté ; et elle n'a pas été épargnée par « l'irréparable outrage » des ans : son visage est devenu pointu et, surtout, creusé de rides. « Quand je pense à la manière dont elle l'a entortillé ! Quand ils se sont connus, c'était encore un gamin, et elle avait déjà une fille. Giuseppe insiste pour me la présenter… mais ce serait d'une inconvenance ! Une femme mariée, qui a tout quitté pour lui… Non, je refuse de la rencontrer. Et tu sais quoi ? Je ne veux même pas prononcer son nom. »

Franca lui serre le bras et abonde dans son sens : « Tu as raison. Mille fois raison.

— J'imagine que mon frère est toujours avec sa sœur Vera. »

En guise de réponse, Franca pousse un soupir exaspéré des plus éloquents.

Giulia ne dissimule d'ailleurs pas son mépris : « Abandonner son époux et ses quatre enfants pour un autre homme, marié par-dessus le marché… Les gens sont devenus fous ! »

Franca s'immobilise soudain, regarde Giulia et lui serre à nouveau le bras. « Tu te souviens d'une conversation que nous avions eue, il y a des années, dans ton jardin d'hiver ? »

Giulia fixe l'horizon et sourit. « Tu étais tellement terrorisée… Tu avais peur de tout et de tout le monde, y compris de ma mère.

— Il n'empêche. Tu m'avais exhortée à prendre ce qui me revenait de plein droit, à m'enorgueillir d'être une Florio, à me montrer à la hauteur de ce nom si prestigieux.

— Oui. Et c'est ce que tu as fait. Toujours. Même dans les moments les plus difficiles. »

Un sourire amer tord les lèvres de Franca. « J'ai suivi tes conseils, c'est vrai. Tu n'as pas idée de ce que ça m'a coûté, mais j'ai fini par y arriver. Aux yeux du monde, j'ai été, je suis et je demeurerai, coûte que coûte, digne du nom que je porte. Mais au plus profond de moi-même… »

Giulia lui saisit les mains. « Au plus profond de toi-même, tu es morte plusieurs fois. À cause des tragédies que tu as vécues, à cause du comportement d'Ignazio… Ne crois pas que je l'ignore.

— Ce n'est malheureusement pas tout. Il y a deux ans, j'étais convaincue de connaître mon mari. J'avais cessé depuis longtemps de le justifier, d'accepter ses défauts en silence. Mais je restais convaincue que nous étions encore unis, d'une manière ou d'une autre, par une certaine forme d'amour.»

Giulia, dubitative, hausse un sourcil.

«Oui, je m'obstine à employer ce mot-là. Un lien continuait de nous unir, malgré tout. Et puis, il est tombé amoureux de Vera. Et je me suis retrouvée seule, pour de bon, cette fois-ci.

— Franca, ma chérie, je t'interdis d'affirmer des choses pareilles. Tu as Igiea, tu as Giugiù... et tu sais que tu peux compter sur moi», murmure Giulia.

Franca redresse le dos et laisse son regard se perdre dans le lointain. «Oui, grâce au Ciel, vous êtes là. Mais quand je m'observe dans un miroir, je ne vois plus que moi, comme si le monde n'existait plus. Je vois une femme usée qui s'entête à vivre.» Elle prend une inspiration. «Voilà, c'est pour ça que je tenais tant à te remercier : grâce à tes encouragements, j'ai appris à ne dépendre de personne, à aller de l'avant envers et contre tout.

— À ne plus rien ressentir ? demande Giulia d'une petite voix.

— Tu sais bien que ce n'est pas possible. À quand remonte le décès de Blasco ?

— Il nous a quittés il y a vingt et un ans, répond Giulia dans un souffle.

— Est-ce qu'il s'est passé un seul jour sans que tu penses à lui ?»

Giulia secoue la tête.

«Nos morts ne nous abandonnent jamais. Et leur présence est à la fois une souffrance et une consolation.»

Soudain, Giulia fond en larmes et se prend la tête

entre les mains. « Tu me parles de nos morts, et moi, je…

— Qu'est-ce qu'il y a ? » demande Franca, tout à coup prise d'inquiétude. Elle n'a jamais vu sa belle-sœur pleurer ainsi. « Tu as des ennuis de santé ? »

Giulia lui répond aussitôt, la voix brisée par ses sanglots : « Non, non… Je ne voulais pas te donner des motifs supplémentaires de préoccupation, mais je suis terrifiée, Franca. Pietro m'a appelée de Rome au téléphone, hier soir. Il m'a expliqué que des choses terribles se préparent. D'après lui, les Autrichiens vont attaquer la Serbie, et ensuite, tous les pays d'Europe seront entraînés de gré ou de force dans le conflit. Alors j'ai peur, oui, parce que j'ai trois fils, et Dieu seul sait ce qui risque de leur arriver.

— Tous les journaux disent que le gouvernement italien joue un rôle important de médiateur et que…

— Pietro ne m'a pas caché son scepticisme, l'interrompt Giulia tout en essuyant ses larmes. Nous sommes au bord de la guerre, il ne nous reste plus qu'à implorer le Seigneur de préserver la paix. Je n'ose même pas imaginer que mes fils puissent être obligés de partir au combat. Et pourtant… Giuseppe a vingt-cinq ans, Ignazio en a vingt-quatre et Manfredi vingt. Ce sont des hommes maintenant, ils appartiennent à la famille Lanza di Trabia, leur place est en première ligne, ils devront accomplir leur devoir. »

Franca ne sait plus quels arguments employer. L'Olivuzza et la villa Igiea ont toujours été des endroits très cosmopolites, elle y a fréquenté un nombre incalculable d'Anglais, de Français, d'Allemands, de Russes… Des politiciens et des artistes, des banquiers et des industriels, accompagnés de leurs familles au grand complet. Autant de gens avec lesquels elle a bavardé, déjeuné et dîné, dansé jusqu'à l'aube, joué aux cartes ou au tennis, ri d'une bonne plaisanterie, commenté des ragots, nagé en mer, escaladé le mont Pellegrino, passé des heures tranquilles à Favignana, effectué de longues excursions à bord des yachts d'Ignazio ou des automobiles de Vincenzo. Elle repense au Kaiser, aux monarques d'Angleterre, à l'impératrice Eugénie...

Pourquoi voudraient-ils mettre l'Europe à feu et à sang ?

Les fils de Giulia sont si jeunes... Et Giovannuzza... elle aurait vingt et un ans... peut-être même un mari forcé de partir à la guerre... Et Ignazino... non, il n'en aurait que seize... pas assez pour...

Halte-là ! Tu divagues. Ils n'ont plus besoin de toi, à l'heure qu'il est. Giulia, en revanche, si.

Elle pose une main sur l'épaule de sa belle-sœur et tente de la rassurer : « Pietro exagère sans doute, il a toujours été d'un naturel très pessimiste. Tu verras, il n'arrivera rien à tes fils.

— Espérons. » Giulia inspire profondément pour essayer de retrouver son calme. « Tu as raison, je serais plus avisée de réfléchir à l'avenir de mes filles Sofia et Giovanna. Elles ont déjà respectivement dix-huit et dix-sept ans.

— Ou encore à celui de ce garnement d'Ignazio », ajoute Franca avec un sourire crispé. Elle ne supporte pas de voir Giulia souffrir autant. « La vie continue, vaille que vaille, et le pire n'est pas certain. Alors arrêtons de nous torturer l'esprit avec ces horreurs. »

Mais dès leur retour à l'hôtel, elles se rendent compte que l'agitation de tout à l'heure s'est muée en panique. Dans une atmosphère imprégnée d'une écœurante odeur de tabac et de sueur, l'angoisse est devenue palpable. Des monceaux de malles et de valises encombrent le hall, tandis que les clients se bousculent devant le bureau des concierges pour réclamer leur note à cor et à cri, gesticulent, lancent des imprécations, cherchent par tous les moyens à attirer l'attention, injurient les employés. Assis par terre seuls dans un coin, une femme et deux enfants pleurent à chaudes larmes, dans l'indifférence générale.

Pendant un court instant, Franca revoit en pensée la nuit où son fils est mort.

Puis elle regarde autour d'elle, à la recherche d'un visage ami. Maruzza se lève du canapé où elle était assise à côté de Giovanna, occupée à égrener son rosaire les yeux fermés, et s'approche de Franca.

« L'Autriche a déclaré la guerre à la Serbie. Et il semblerait que l'intervention d'autres pays dans le conflit soit imminente.

— Co… comment ? Quoi ? Quand ? Et l'Italie ? » Les questions de Franca et de Giulia s'enchevêtrent. Maruzza lève une main pour les inviter à se taire et informe Franca : « J'ai envoyé un télégramme à don Ignazio pour le prévenir. Les Whitaker sont déjà en train de préparer leurs bagages. Tout le monde s'apprête à quitter l'hôtel. Et si je peux me permettre, je crois que nous serions bien avisées de rentrer chez nous. »

Giulia porte une main à sa poitrine, comme pour ralentir les battements de son cœur. « Il faut à tout prix que je parle à mon mari et à mes enfants. Oui, vous avez raison, le mieux est de rentrer chez nous dans les meilleurs délais. Franca, tu as sur toi les documents qui prouvent ta qualité de dame de la cour de la reine Hélène, n'est-ce pas ? »

Franca acquiesce, sans toutefois bien comprendre où sa belle-sœur veut en venir : « Oui, mais…

— Parfait. Je suis certaine que ces documents ont valeur de passeport diplomatique, pour toi et pour ta famille, lui explique Giulia, qui a vite retrouvé son calme et son pragmatisme. Appelle Zurich et dis à la gouvernante de préparer tes filles à partir dès aujourd'hui. »

Franca hoche la tête. « Je m'en occupe immédiatement.

— Et parle avec Ignazio, ajoute Giulia à voix basse. Sa place est auprès de toi, dorénavant. Il aurait intérêt à s'en rendre compte. »

*

« Bien sûr que je me rends compte du danger. Mais je connais mon devoir.

— Nous avons été reçus à Vienne par l'empereur ! Et tu voudrais t'engager comme volontaire pour aller te battre contre lui ! C'est absurde !

— Nous sommes en guerre, et chacun a son rôle à jouer. »

Pendant presque un an, Franca a espéré que l'Italie resterait neutre. La peur du conflit a grandi peu à peu en elle, et elle l'a longtemps refoulée dans les recoins les plus obscurs de son esprit, comme tout ce qu'elle ne parvient pas à accepter. Mais il lui est désormais impossible de ne pas la regarder en face.

Elle se lève, arpente la pièce, essaie en vain de maîtriser sa tension. Un peu plus tôt, au palais Butera, elle s'est entretenue avec Giulia, accablée de douleur par le départ imminent de ses fils. Franca raffole de ses trois neveux : Giuseppe, Ignazio et Manfredi font partie de sa vie, elle les a vus grandir et devenir des hommes alors qu'elle perdait elle-même ses enfants. Elle frémit d'angoisse à la seule idée qu'ils vont porter l'uniforme, et n'ose même pas imaginer ce que ressent sa belle-sœur. Elle a donc décidé de ne pas assister à leur départ pour le front, pour ne pas être obligée d'admettre que tout cela est bien vrai et pouvoir continuer à se réfugier dans ses espérances trompeuses. Sa lutte permanente contre la vie et contre le monde a fini par l'épuiser.

Les yeux plissés pour se protéger du soleil, elle se dirige vers le petit temple qui donne sur la mer. Dans l'air saturé de parfums naturels et le calme absolu du jardin de la villa Igiea, au milieu de la végétation luxuriante, évoquer la guerre a quelque chose d'irréel. Le long des allées qui descendent vers la plage, entre des haies de buis et de pittospores, deux jardiniers repiquent de nouvelles plantes en parlant à voix basse. Seuls les bruits du port, au loin, s'ajoutent au sifflement du vent dans les palmiers.

Les Florio résident désormais à la villa Igiea en compagnie de Giovanna, de Maruzza et de la nurse des petites filles, miss Daubeny. Devenue trop vaste, l'Olivuzza, et en particulier son parc, était d'un entretien trop coûteux. Cette suite de leur hôtel, tout aussi luxueuse, présente l'avantage d'être moins dispendieuse. D'ailleurs, la villa Igiea est presque déserte en ce moment : ses clients – en grande majorité italiens – sont partis depuis plusieurs jours.

Ignazio rejoint Franca, qui serre les poings et lui demande, sans se retourner : « Et si tu attendais un peu avant de t'enrôler ? »

Avant de répondre, il observe le panorama du côté de l'Arenella et de la villa dei Quattro Pizzi, que son grand-père aimait tant. Le bleu profond de la mer et du ciel apaise son irritation, et les rides de son front s'aplanissent au souvenir de ses croisières à bord de l'*Aegusa*. Mais cet instant de répit est trop éphémère. *C'était dans une autre vie.* Sur cette pensée amère, il répond à haute voix : « Attendre ? Non, impossible. Plus le temps passera, plus il me sera difficile d'obtenir une affectation éloignée du front et adaptée à mes compétences. Et j'ai bien l'intention d'entamer aussi des démarches en faveur de Vincenzo : il risque de se retrouver en première ligne à cause de son jeune âge, mais j'insisterai sur ses qualités de chauffeur et de mécanicien pour lui décrocher une place dans les services de transport, à l'arrière. Ces jours-ci, il a beaucoup réfléchi à la construction d'une petite usine d'avions et d'hydravions en association avec Vittorio Ducrot ; et il m'a aussi parlé d'un projet de camion militaire capable d'atteindre les zones les plus difficiles d'accès. Bref, tu le connais : toujours débordant d'activité. »

Franca secoue la tête. « Il finira par commettre une imprudence. C'est une tête brûlée.

— Mais non ! » Ignazio caresse le bras de sa femme. « Nous serons à l'abri du danger, tu verras. »

Elle se retourne pour le regarder. Il a plusieurs mèches de cheveux blancs et sa bouche, jadis élégante et fine, est déformée par des plis d'amertume. Les mains jointes sur sa jupe noire, elle l'interroge à nouveau : « Tu penses que la guerre durera encore longtemps ? »

Il hausse les épaules. « Difficile à dire. Les gens étaient persuadés que c'était l'affaire de quelques semaines, et on se bat depuis un an. » Il effleure la manche en dentelle blanche du chemisier de Franca et reprend, à voix plus basse : « De toute façon, le conflit ne pourra qu'aggraver la situation. »

Ce propos trahit une résignation que Franca ne sait pas bien comment interpréter. Elle s'apprête à poser d'autres questions, mais un bruit soudain l'oblige à les garder pour elle.

« Je vous prie de bien vouloir excuser mon intrusion maladroite, monsieur Florio. Si j'avais su que vous étiez occupé, j'aurais attendu avant de vous demander une entrevue.

— Bonjour, monsieur Linch. Approchez, je vous en prie. »

Carlo Augusto Linch s'avance vers eux à grands pas rapides. Ignazio va à sa rencontre et l'accueille à bras ouverts, tandis que Franca se contente d'un signe de tête. Elle se méfie de cet Argentin dont elle sait seulement qu'il a suivi des études à Milan et à l'École polytechnique fédérale de Zurich, qu'il a dirigé une usine en Allemagne et qu'il s'est installé en Italie au début de la guerre. Mais il s'est acquis d'emblée la confiance de son mari et de son beau-frère, séduits par son affabilité, sa capacité à les rassurer et son formidable bagout. D'un commun accord, ils ont donc décidé de lui confier la gestion de leurs biens, ou plutôt de ce qu'il en reste. Depuis le mois de février 1915, il est devenu officiellement leur administrateur et leur fondé de pouvoir.

Franca reste à l'écart et observe les deux hommes. Lorsqu'elle entend Linch mentionner « le patrimoine de la Maison Florio », elle ne peut s'empêcher de hausser les sourcils. Quel patrimoine ? Cartier et Worth – dont elle est la cliente depuis plus de vingt ans – exigent dorénavant la signature de « documents » afin de garantir le règlement de leurs factures. Sans parler d'un épisode très récent des plus déplaisants : la veille, une de ses femmes de chambre lui a remis sa démission au motif qu'elle n'avait pas touché ses gages dans les délais habituels. Un véritable affront, pour une famille qui a donné du pain et du travail à la moitié de Palerme.

« Et vous, madame, quelles sont vos intentions ? »

Elle se réfugie derrière un petit rire embarrassé avant de répondre : « Veuillez m'excuser, j'étais perdue dans mes pensées. De quoi s'agit-il ?

— Je me demandais ce que vous comptiez faire pour votre patrie, dans les circonstances difficiles que nous traversons. Du bénévolat pour la Croix-Rouge, peut-être ?

— Ah… oui… sans doute… dans un hôpital de la ville… »

Linch lui sourit mais détourne aussitôt les yeux, comme si cette réponse ne l'avait pas convaincu. Puis il murmure : « Je suis certain que vous saurez prendre les décisions qu'exige la situation. Nous allons tous être forcés de consentir à de lourds sacrifices. »

Franca plisse les yeux. Elle n'a aucun mal à percevoir, derrière ces propos mielleux, un blâme implicite de sa conduite, de ses dépenses et, surtout, de ce qui est devenu son occupation exclusive.

Les cartes. *Chemin-de-fer, baccarat, poker**. À la table de jeu, sa tristesse diminue, ses inquiétudes pèsent moins lourd, le temps passe plus vite. Seulement, l'argent file à un rythme aussi rapide que les heures, car elle mise toujours très gros. Et malgré une « veine de pendue », pour reprendre l'expression familière chère à sa principale rivale, Marie-Thérèse Tasca di Cutò, surnommée Ama, la femme d'Alessandro et la belle-sœur de la malheureuse Giulia Trigona, elle ne parvient jamais à récupérer ses pertes.

« Je crains d'avoir laissé les dossiers au bureau, explique Ignazio à Linch. Je vais faire préparer mon automobile, comme ça, nous pourrons y aller ensemble.

— Ce ne sera pas nécessaire. J'ai apporté tous les papiers dont nous avons besoin. »

Franca observe tour à tour le fondé de pouvoir et son époux. Jadis, elle se serait éloignée en silence, pour ne pas avoir l'air de vouloir s'immiscer dans un genre de conversation réservé aux hommes. Aujourd'hui, non. Elle veut savoir, comprendre. *Puisque la maîtresse de mon mari connaît jusqu'au moindre détail de notre situation financière, je ne vois pas au nom de quoi je devrais l'ignorer.* Elle suit donc ces deux messieurs dans un petit salon aux meubles en osier aménagé près de la terrasse, ordonne à un domestique de leur servir de la limonade et s'assied dans un fauteuil d'un mouvement plein de grâce.

Linch, assez embarrassé, l'interroge des yeux. Elle lui répond par un long regard de défi qu'elle pose ensuite sur Ignazio. Puis elle attend.

L'administrateur se sent de plus en plus mal à l'aise : il ne lui est jamais arrivé de parler affaires en présence d'une femme. Et Franca l'intimide à tel point qu'il se met à bafouiller : « Eh bien… hum… si vous me permettez… »

Après s'être assis à son tour, Ignazio l'encourage à poursuivre : « Mais je vous en prie. Nous sommes tout ouïe. »

Linch dépose un gros dossier sur une table basse, l'ouvre, en sort plusieurs papiers – des lettres, des notes, des factures –, se racle une fois de plus la gorge et joint les mains devant son visage. « Comme vous le savez, j'ai terminé il y a quelques jours l'analyse approfondie de votre comptabilité. Et je vous ai d'ores et déjà fait part de mon intention de me rendre à Rome afin d'essayer d'y trouver des investisseurs susceptibles de venir en aide à la Maison Florio. D'autre part, la Banca d'Italia pourrait jouer un rôle déterminant dans l'assainissement de vos dettes, en particulier celles qui résultent de l'accord conclu avec Lavagetto et Parodi à propos des madragues des îles Égades. Il est clair, à ce stade, que cette initiative malheureuse a été la source de complications infinies. Elle vous a certes apporté, au tout début, une injection de liquidités qui vous a permis de résoudre certaines questions en souffrance ; il n'en demeure pas moins que les recettes des madragues n'ont même pas suffi à payer les intérêts. De surcroît, le prêt que vous avez eu… l'imprudence de souscrire auprès de la Société française de banque et de dépôts pour couvrir d'autres pertes continue de grever votre budget. »

Ignazio reste impassible. Franca s'efforce de bien comprendre, mais trop de choses lui échappent.

« Ensuite, reprend Linch, il y a les paquets d'actions qui servent de garantie à des prêts supplémentaires, et qui réduisent dans des proportions variées votre marge de manœuvre. Mon plan consiste donc à céder les actions encore en votre possession afin d'obtenir non seulement de l'argent frais, mais encore des ouvertures de crédit auprès d'établissements bancaires dont l'identité reste à préciser ; ce montage aura pour conséquence inévitable un certain nombre d'hypothèques sur des biens immobiliers qu'il conviendra de vendre lors d'une étape ultérieure. » Il marque une pause et soupire. « En résumé : vos besoins d'argent vous obligent à demander aux banques de nouveaux prêts gagés par des biens immobiliers comme l'Olivuzza et vos propriétés dans le quartier de Castellammare. Des biens qu'il faudra, dans un avenir plus ou moins proche, mettre en vente. »

Ignazio sursaute. « Notre villa et… l'herboristerie aussi ?

— Oui, de même que vos autres entrepôts et vos appartements.

— Y compris la maison de la via dei Materassai… la maison de mon père ? » La voix d'Ignazio est devenue si faible qu'elle est presque couverte par le bruissement du vent dans les arbres.

« Je le crains, en effet. »

Ignazio se passe une main dans les cheveux. « Mon

Dieu… » Il éclate d'un rire qui sonne horriblement faux.

« À vrai dire, je n'y ai plus mis les pieds depuis très longtemps… Et ma femme refuse d'habiter la villa dei Quattro Pizzi, que je viens pourtant de faire restaurer ; je me doutais bien qu'il faudrait vendre l'Olivuzza… Mais la maison de la via dei Materassai… » Il appuie le menton sur son poing.

Tout à coup, Franca éprouve la sensation de ne pas être à sa place. Elle n'a jamais vu l'ancienne habitation du père d'Ignazio, et sa belle-mère lui en a assez peu parlé. Par ailleurs, il est exact qu'elle n'a jamais apprécié la villa dei Quattro Pizzi : sans aller jusqu'à la qualifier de laide, elle la trouve trop petite à son goût et lui reproche surtout sa situation dans ce quartier populaire de l'Arenella ; pour la rejoindre, ses invités seraient obligés de traverser des rues encombrées par des carrioles et fréquentées par des miséreux. Voilà le fond de sa pensée.

Mais entendre Ignazio lui en faire grief haut et fort, en présence d'un étranger, non, elle ne se serait jamais attendue à une telle humiliation.

Linch saisit un papier et reprend son exposé : « Quant à la Banca d'Italia, j'ai bien peur que nous n'ayons pas beaucoup d'arguments à invoquer dans notre négociation avec elle. Stringher a refusé de me recevoir ; dans sa réponse à mon courrier, il m'écrit qu'il est trop occupé en ce moment et que, de surcroît, il ne juge pas le dossier prioritaire.

— Tiens donc ! » Ignazio se lève d'un mouvement si brusque qu'il se cogne contre la table et la fait trembler. « Cette ordure n'a pas digéré ce qui s'est passé en 1909, quand je me suis retiré de son maudit consortium, voilà la vérité ! Il ne s'est jamais intéressé au sort de la Maison Florio ! » Ignazio hurle presque. « Il a toujours voulu nous dépouiller de tout, y compris de notre dignité. » Il s'éloigne de quelques pas et marmonne une injure en dialecte, une main devant les yeux. « Je vais devoir mettre Vincenzo au courant de tout ça… Il était censé rentrer bientôt de Paris… Sa vie est devenue un mystère pour moi… Il passe l'essentiel de son temps en France, il ne revient en Sicile que pour l'organisation de la Targa ou d'autres compétitions…

— Calmez-vous, je vous prie, et rasseyez-vous, lui dit Linch d'un ton ferme. D'ailleurs, il reste d'autres sujets à aborder. »

Ignazio regagne son fauteuil en osier avec l'air d'un condamné à mort qui monte à l'échafaud. Soudain, Franca ressent de la peine pour lui. D'un geste instinctif, elle tend une main pour le consoler, lui rappeler qu'elle est là pour le soutenir. Mais Ignazio se rassied sans la regarder, et elle ramène sa main contre sa poitrine.

« Il va falloir mettre un terme à toute une série d'activités et, en parallèle, réduire vos dépenses, explique Linch en appuyant bien sur les mots, comme pour amadouer un enfant coléreux. Je pense par exemple à vos œuvres de bienfaisance, mais aussi… » Il jette sur Franca un regard aussi furtif qu'accusateur. « … mais aussi aux achats de bijoux et de vêtements. Ou encore à ces quantités déraisonnables de montres de gousset que vous offrez à la plupart de vos fournisseurs. Bref, à toutes vos dépenses inconsidérées. Le parrainage du Teatro Massimo et de la Targa coûte trop cher, je vous invite à envisager de le ramener à de plus justes proportions.

— Encore cette histoire ? » Ignazio se mord le poing de rage et s'agite sur son fauteuil. « Les coupes sombres dans les budgets des institutions caritatives et du Teatro Massimo… Maître Marchesano m'avait déjà tarabusté avec ça, il y a sept ans ! Comment est-il possible qu'aucun de vous ne se souvienne du nom que je porte ? Autant crier sur tous les toits : Ignazio Florio est ruiné !

— Si vous aviez suivi les conseils de votre avocat, vous seriez peut-être dans une situation moins compromise aujourd'hui. Je suis parfaitement conscient que ce sont des décisions pénibles à prendre, mais si vous ne voulez pas couler, elles sont plus nécessaires que jamais. » Linch fouille dans ses dossiers, en sort une lettre de change contresignée d'une main tremblante par Giovanna et la montre à Ignazio. « Vous reconnaissez ce papier ? La Banca d'Italia m'a accordé un délai de paiement uniquement parce que votre mère s'en est portée caution sur son patrimoine personnel. »

Pour la première fois de son existence, Ignazio Florio rougit de honte.

Linch ne parvient pas à dissimuler sa pitié ; des rides se creusent aux commissures de ses lèvres, il baisse les yeux et murmure : « Nous serons tous obligés de faire des sacrifices. » Il se tourne vers Franca, qui, en un geste réflexe, croise les bras devant sa poitrine. « Il serait tout à fait opportun, par exemple, d'apporter aux banques des gages solides en garantie de vos dettes.» Il marque une longue pause. «Des gages sous forme de bijoux.»

Franca blêmit et secoue la tête. «Non, vous n'avez pas le droit d'exiger ça de moi.» Sa voix produit le son strident du frottement de deux morceaux de verre. «Non, pas mes bijoux. Il y a des diamants dans son coffre-fort, ajoute-t-elle en désignant Ignazio, qui feint de ne pas comprendre. Inutile de prendre… les miens.

— Au risque de me répéter, madame, tout le monde devra sacrifier quelque chose, vous autant que les autres.» Linch n'a pas haussé la voix, mais il a parlé d'un ton sans appel que personne, et surtout pas un étranger, n'a jamais eu l'outrecuidance d'employer devant Franca, abasourdie par tant d'audace.

Ignazio hausse les épaules en soupirant. Quand il reprend la parole, il présente l'aspect d'un homme résigné à la défaite. «Eh bien, soit. Les maisons, les bijoux… Quelle importance, au point où nous en sommes ? Le roi est nu !» Il se lève à nouveau, parcourt le salon de long en large, s'attarde près d'un pilier qu'il effleure d'une main. Les images qui défilent dans sa mémoire lui arrachent un étrange sourire. «En d'autres temps, je me serais battu comme un lion pour défendre mon patrimoine. J'aurais été prêt à accepter toutes les mortifications, toutes les humiliations. Aujourd'hui, je n'ai plus aucune raison de lutter. Je suis une branche sèche, sans bourgeons, et notre malheureux pays ne tardera pas à me ressembler. Cette guerre ne nous vaudra que des malheurs, même quand elle sera finie. Alors me bagarrer ? Pour qui ? Pour quoi ?» Il se retourne pour regarder Franca et Linch. «Je n'ai plus rien de ce qui faisait de moi un Florio. » Il compte sur ses doigts. « J'ai vendu mon exploitation vinicole, la première entreprise fondée par mon grand-père Vincenzo. J'ai essayé de construire un chantier naval qui a entraîné dans sa ruine la NGI, une société que mon père avait rendue florissante. J'ai laissé la fonderie Oretea courir à sa perte. J'ai cédé à des requins les madragues des îles Égades, et ça ne m'a même pas permis de redresser ma situation. Quand j'ai demandé de l'aide, on m'a soutenu comme la corde soutient le pendu. Alors que me reste-t-il ? Une banque qui ne sert à rien d'autre qu'à engraisser des ronds-de-cuir et un hôtel bientôt vide à cause de la guerre… On va tout me prendre, y compris ma maison, et par là même l'histoire de ma famille. » Il fixe les yeux sur Franca. « Et tu as le culot de venir me parler de tes bijoux ? Tâche plutôt de ne pas gaspiller le peu de dignité et d'orgueil que nous avons su conserver. »

Franca se lève, comme mue par un ressort, lui attrape le poignet et le secoue de toutes ses forces. « Tu n'as pas le droit de tenir de pareils propos. Pense à moi ! Pense à tes filles ! »

À ce moment précis, Igiea apparaît sur le seuil de la porte-fenêtre. C'est maintenant une gracieuse jeune fille de quinze ans aux cheveux courts, dont les traits délicats évoquent ceux de sa mère. Elle avance d'un pas sur la terrasse, soulève une main pour se protéger du soleil et observe ses parents. Leur dispute n'a hélas rien de nouveau pour elle.

« *Maman**, est-ce qu'il est toujours prévu de rendre visite à la princesse Ama, tout à l'heure ? Maruzza se demandait si elle devait nous accompagner ou rester avec *granny* ? Tu sais qu'elle ne va pas très bien, ces derniers temps. »

Franca lâche le poignet de son mari et répond à sa fille : « Nous irons chez les Tasca di Cutò plus tard. Et je pense, en effet, qu'il vaudrait mieux que Maruzza reste auprès de ta grand-mère. »

Ignazio attend que sa fille se soit éloignée, passe devant Franca et dit à Linch, d'une voix basse redevenue calme : « Agissez au mieux pour sauver ce qui peut encore l'être. Et faites-moi confiance, je vous remettrai l'argent nécessaire au règlement des lettres de change encore impayées. »

Linch se lève. Bien qu'âgé de quelques années de plus qu'Ignazio, il a un physique plus sec et plus musclé. « J'aurai besoin d'une liste détaillée de toutes vos sorties d'argent, monsieur Florio : le moindre débours, la moindre acquisition, le moindre compte en suspens, la moindre facture. Et dorénavant, s'il vous plaît, n'achetez rien sans me consulter au préalable. Je peux compter sur vous pour enjoindre à votre frère d'en faire autant ? »

Ignazio acquiesce. Il a compris que Linch sera aussi implacable avec Vincenzo qu'avec lui. « Je vous promets d'essayer si je le vois avant mon départ. Vous savez que je rejoins l'armée dans quelques jours…

— Et c'est tout à votre honneur. Je ne manquerai pas de vous tenir informé et de me battre bec et ongles pour que la Banca d'Italia et Stringher se montrent enfin plus conciliants. » Il s'éclaircit la gorge et s'approche de Franca. « Madame… je suis au regret de devoir vous dire que mes instructions valent aussi pour vous. Vous me communiquerez une liste à jour de vos dépenses ? »

Franca hoche la tête. Elle semble admirer le mont Pellegrino, mais en réalité, elle est en proie à une colère exacerbée par son humiliation. Ses dépenses ? Certes. Et celles d'Ignazio, alors ? Celles qu'il multiplie pour Vera, à Rome, où ils vivent désormais ensemble. À quoi il faut ajouter que cette femme est sans doute responsable – Franca serait prête à le parier – de l'enrôlement de son mari, elle qui – Franca le sait de source sûre – s'est engagée de son côté comme infirmière volontaire.

Pour la énième fois, elle n'a pas eu voix au chapitre ; et, outre les conséquences de ses propres erreurs, elle doit subir celles des décisions malencontreuses d'autrui. *Mais ils n'auront pas mes bijoux. Ça, jamais.*

*

Dans la chambre surchauffée, on devine, à travers les rideaux damassés rouges, que la lumière du soleil couchant perce la couverture de nuages qui obscurcit l'horizon. Assise dans un fauteuil, la tête appuyée sur une main, Maruzza est plongée dans la lecture de *Forse che sì, forse che no*, un roman de D'Annunzio que Franca avait laissé à la villa Igiea plusieurs années auparavant et que l'auteur lui avait dédicacé en ces termes : *À donna Franca Florio, son serviteur très dévoué.* Elle l'avait ensuite fait relier en maroquin et orner de finitions dorées.

Oui, c'était le monde d'hier, quand la guerre semblait loin et que personne ne savait ce qui allait se passer. À cette pensée, Maruzza soupire.

Franca vient de plus en plus rarement à Palerme. Lorsqu'elle n'est pas en voyage, elle passe de longues périodes à Rome, en général au Grand Hotel, avec ses filles et avec Ama Tasca di Cutò, qui, depuis qu'elle a quitté son mari Alessandro et ses fils, se montre partout accompagnée d'un jeune « chevalier servant ».

Lorsque cette image lui vient à l'esprit, Maruzza referme son livre d'un geste brusque. *On ne devrait jamais porter de jugement sur son prochain, mais vraiment, ces Tasca di Cutò n'ont aucune pudeur.* Pourtant, au cours de toutes ces années passées à errer à travers l'Europe aux côtés des Florio, elle a vu des choses… Elle repense avec nostalgie aux longs séjours à Montecatini, en Suisse ou sur la Côte d'Azur, aux dépenses que Franca n'hésitait jamais à faire, même pour elle.

« Cet heureux temps est révolu. »

Elle lève les yeux au plafond, le visage empreint d'une douleur impossible à dissimuler. La guerre s'est insinuée dans la vie de chacun comme une tache d'humidité qui décrépit peu à peu le plâtre d'un mur et finit par le rendre lépreux. Les hommes ont le droit d'agir, eux, de se battre dans l'espoir – peut-être illusoire – de changer les choses, de revenir à la normalité. Les femmes, en revanche, ne peuvent qu'espérer la fin des calamités et, en attendant, frémir à la vue de leurs ravages en se demandant si la vie reprendra un jour ses droits.

Et qui sait à quoi elle ressemblera, après.

« Maruzza… Maruzza… »

La voix provient du monceau de couvertures sous lequel Giovanna est ensevelie. Fragile et fatiguée, pâle, raidie par l'arthrose, elle se repose dans un fauteuil où elle passe désormais l'essentiel de ses journées, quand elle n'est pas couchée. « Mes fils ne sont-ils pas encore arrivés ? demande-t-elle d'une voix plaintive, les larmes aux yeux. On ne les a donc pas informés que je suis malade ? »

Maruzza s'approche d'elle, lui caresse le visage et essuie une de ses larmes. « Donna Giovanna, ils sont à la guerre, rappelez-vous…

— Oui, je sais… mais je suis leur mère, et je ne vais pas bien du tout. Ils pourraient bien leur accorder une permission de deux jours… Et Franca ? Où est-elle, Franca ?

— À Rome avec ses filles, Igiea et Giugiù.

— Oh… Rome… Et elle non plus, elle ne peut pas venir ? »

Maruzza se penche sur elle, lui embrasse le front, lui parle, essaie de calmer son anxiété. Elle remarque que Giovanna a de nouveau le souffle court, peut-être parce qu'elle s'agite trop à l'idée que ses enfants sont tous loin d'elle. Au bout de toutes ces années, Maruzza se sent plus proche d'elle que les membres de sa famille. Elle l'a vue vieillir toute seule, devenir de plus en plus frêle, souffrir de la mort de ses petits-enfants, des difficultés financières de la Maison Florio, de l'opprobre jeté sur ce nom autrefois si respecté.

Elle a lu sur son visage la douleur et la déception, quand ses fils lui ont demandé de se porter garante du paiement de leurs lettres de change ou de vendre les terrains de sa dot pour régler les intérêts d'emprunts qu'ils n'avaient pas été capables de rembourser par leurs propres moyens.

Pour toute récompense, la voilà seule et malade. Les médecins ont parlé d'« angine », à propos de ces douleurs qui irradient de ses bras jusqu'à sa poitrine et qui gênent sa respiration. Les souffrances et les préoccupations accumulées – passées, présentes, futures – lui présentent d'un seul coup une note d'un montant exorbitant.

Maruzza arpente nerveusement la pièce, remplit un verre d'eau et y verse quelques gouttes d'un médicament censé régulariser les battements de ce cœur mal en point. Giovanna le boit d'un air résigné et demande à Maruzza d'écarter les rideaux : elle veut voir le ciel et les derniers rayons du soleil. Sa dame de compagnie lui obéit aussitôt. La lumière cuivrée du crépuscule envahit la chambre, éclairant les meubles de Ducrot et les photographies posées sur la commode. Au-dessus d'elles, on a accroché le portrait d'Ignazio, le mari de Giovanna, un nouveau tableau réalisé après l'incendie.

C'est sur lui que Maruzza attarde ses regards. *On peut donc vraiment aimer un seul homme toute sa vie ?* Car c'est une évidence : dans le cœur de Giovanna, il n'y a jamais eu de place que pour cet époux que Maruzza a appris à connaître à travers les récits des membres de sa famille. Un homme toujours maître de lui, peu enclin à s'émouvoir, calme, agréable dans ses manières, capable aussi bien de rares élans de tendresse que d'une froideur impitoyable. Giovanna, qui semble lire dans ses pensées, lui fait signe de s'écarter du tableau : « Laissez-moi l'admirer. » Soudain, ses traits se font plus doux et un vague sourire apparaît sur ses lèvres flétries par le passage des années.

Puis elle lève la main et désigne du doigt la commode. « Apportez-moi la photographie de mon fils Vincenzo. »

Maruzza s'apprête à prendre celle du Vincenzo qu'elle connaît, mais elle comprend à temps ; sa main s'immobilise un court instant et se dirige vers un autre cadre, celui qui renferme l'image d'un enfant au visage doux et sérieux. Elle le tend à Giovanna, qui l'embrasse et le pose sur son cœur.

« Amour de ma vie, murmure-t-elle tout en essayant sans succès de se lever. Et on ose me dire que j'ai eu de la chance... moi qui n'ai plus que mes yeux pour pleurer. » Elle embrasse et caresse la photo. « S'il avait survécu, peut-être que les choses n'auraient pas pris la même tournure. Vous savez ce qui m'inquiète le plus, Maruzza ? Quand je ne serai plus là, mes fils vont s'entre-dévorer pour mettre la main sur mon argent. Ils ne sont ni raisonnables ni patients, eux... Et d'ailleurs où sont-ils ? Pourquoi est-ce qu'ils ne reviennent pas au chevet de leur mère ? Ignazio, Vincenzo... Ici, tout de suite ! » Elle s'agite de plus en plus et tente à nouveau, toujours en vain, de se lever. Maruzza arrange ses couvertures et s'efforce de la calmer.

« Je vous l'ai déjà dit, ils sont au front. Ils reviendront peut-être pour le jour de l'An. Pour l'instant, n'y pensez pas, donna Giovanna, et surtout, ne remuez pas comme ça, sinon vous allez encore avoir très mal à la poitrine.

— Ils ne trouveront plus que ma peau et mes os », répond Giovanna d'un air sombre sans lâcher la photo. Puis elle ajoute, d'une voix redevenue brièvement énergique : « Tournez mon fauteuil en direction de la fenêtre, je veux voir ce qui se passe dehors. On m'a tout pris, tout. Ma maison, ma santé… Il ne me reste que mes yeux pour pleurer. »

Non sans effort, Maruzza tourne le fauteuil de telle sorte que Giovanna puisse voir la ville perdre peu à peu ses couleurs : bientôt, avec le couvre-feu, toute trace de lumière disparaîtra. Palerme s'assoupira, enveloppée dans l'obscurité, effrayée comme une petite fille qui scrute le vide de la nuit, où il n'y a pour elle que douleur et angoisse. Puis elle se recroquevillera et s'endormira d'un sommeil miséricordieux et sans rêves.

Maruzza caresse les cheveux gris de Giovanna en lui murmurant : « Je vais aller chercher votre dîner. Aujourd'hui, j'ai demandé qu'on vous prépare un bon bouillon de poulet. Je reviens tout de suite. »

La villa Igiea a été en partie réquisitionnée pour servir d'hôpital réservé aux officiers. Le long des couloirs, on croise des infirmières et des hommes en uniforme ou en pyjama qui marchent appuyés sur des béquilles ou sur des cannes. Leurs pas claudicants sont rythmés comme le battement d'un tambour et résonnent dans tout l'édifice. Les odeurs de la villa ont changé, elles aussi : les parfums, les eaux de Cologne, les fleurs, les poudres de riz ont fait place à la puanteur des médicaments mêlée aux effluves des cuisines installées au sous-sol. Les tapis rouges ont été retirés, la salle de jeu est occupée par des rangées de lits et le tintement des *fiches** a été remplacé par des gémissements de douleur. Quant aux moulures ouvragées de l'escalier, elles sont ébréchées et recouvertes d'un voile de poussière.

Maruzza attend, près des cuisines, que le dîner soit prêt. Et elle ne résiste pas à la tentation de se regarder dans un grand miroir au cadre doré massif, appuyé contre un mur. Elle y voit un visage fatigué, sillonné de rides profondes, des cheveux gris, un chignon défait… Dans la chambre de donna Giovanna, le temps semble immobile ; ailleurs, les signes de son passage sont tous là, unis à ceux des angoisses que causent à Maruzza les vicissitudes de la guerre et les difficultés financières des Florio. Non, le destin n'a pas été clément avec elle.

Elle lève les yeux vers le plafond, comme tout à l'heure.

Oui, Giovanna est très gravement malade. Il n'y a plus un instant à perdre, je dois trouver un moyen de faire venir auprès d'elle au moins sa fille Giulia. Mais comment pourrait-elle réconforter sa mère, cette pauvre femme, alors que deux de ses fils sont en première ligne ?

L'ouverture soudaine de la porte des cuisines tire Maruzza de ses réflexions. Elle prend le plateau que le marmiton lui a tendu et retourne vers les appartements des Florio. Dans l'escalier, elle imagine déjà la scène : il va falloir forcer donna Giovanna à s'alimenter un peu, comme à tous les repas de ces dernières semaines. En entrant dans la chambre, elle s'exclame donc sur un ton aussi gai que possible : « Tenez ! Vous voyez, j'ai tenu mes promesses, je vous apporte un délicieux bouillon de poulet ! Et je vous ai même pris une orange pressée. Vous allez tout manger ce soir, n'est-ce pas, donna Giovanna ? À midi, vous avez renvoyé le plateau sans y toucher… »

Giovanna ne répond pas. Ses couvertures ont glissé au sol, son corps semble s'être cambré avant de retomber sur l'accoudoir de son fauteuil, elle tient toujours d'une main la photo de son fils aîné et les commissures de ses lèvres se sont affaissées, comme sous le poids d'une solitude infinie.

Son regard se perd dans le vague, au-delà de Palerme et de l'horizon. Elle est partie comme ça, en silence, loin de ses enfants. Abandonnée de tous. Une chape de plomb s'abat sur l'esprit de Maruzza ; mais en fermant les yeux de Giovanna, elle se dit qu'elle est peut-être aujourd'hui, malgré tout, la plus chanceuse des Florio.

Elle a vu le soleil se lever ; elle ne le verra pas disparaître.

*

Les premiers jours de ce mois de janvier 1918 ont le goût amer du deuil. Franca arpente les chambres et les couloirs, une main crispée sur ses gants de chevreau et l'autre posée sur le revers en fourrure de sa pèlerine. Elle est suivie de Maruzza, entièrement vêtue de noir, et d'une servante engoncée dans un manteau bleu usé aux coudes. Il s'agit de l'une des rares domestiques restées à l'Olivuzza : la plupart des autres ont été congédiées, en conséquence des restrictions budgétaires imposées par Linch. Les trois femmes avancent à pas lents, en silence, non sans laisser des traces sur le plancher poussiéreux. Autour d'elles, des meubles recouverts de draps blancs, des tapis roulés, quelques objets – un stylo, une paire de lunettes – sans doute oubliés là par mégarde.

Dans le salon vert – cette pièce confortable donnant sur le jardin et gorgée de lumière, que Franca a toujours aimée –, il fait désormais sombre et froid, et l'on y respire une forte odeur d'humidité. Lorsque Franca ouvre une fenêtre, un coup de vent apporte avec lui de la terre et des feuilles sèches. En se retournant, elle reconnaît parmi les meubles un métier à broder envahi par la poussière et les toiles d'araignée : des fils tissés par la nature sont venus s'ajouter à ceux qu'avait tissés Giovanna.

Elle a été ensevelie dans le caveau familial quelques jours après le réveillon du Nouvel An : il a fallu attendre que Vincenzo et Ignazio reviennent du front, et Franca de Rome. Au bout de tant d'années, Giovanna d'Ondes a enfin retrouvé son époux bien-aimé et son fils Vincenzo.

Mais aujourd'hui, Franca est revenue à l'Olivuzza pour y célébrer une autre sorte de funérailles.

La vaste demeure sera bientôt mise en vente et il faut, d'ici là, la vider de tous ses meubles. Procéder à une sélection définitive entre ceux qu'on gardera et ceux dont on préfère se débarrasser. Carlo Linch en a décidé ainsi.

Ignazio et Vincenzo ayant dû repartir pour le front, c'est à Franca qu'il revient d'opérer ce tri délicat. Certains meubles seront réservés à la maison de la via Catania que Vincenzo ira habiter à la fin de la guerre ; d'autres seront rangés dans les entrepôts de l'Arenella en attendant des jours meilleurs, ou bien installés dans la suite de la villa Igiea ; le reste sera vendu pour en tirer un peu d'argent.

Voilà. Franca est venue choisir ce qu'elle conservera

de l'existence dont on l'a privée. Comme si elle n'avait pas déjà dû renoncer à tant de choses. Comme si on ne lui avait pas déjà pris tout ce qui comptait vraiment pour elle. Elle va donc devoir dire adieu à ses meubles français, aux candélabres achetés à Paris par Giovanna, à ses médailliers en ébène marquetée, à ses tapisseries d'Aubusson, à sa riche collection de poteries en majolique anciennes, au panneau de marbre d'Antonello Gagini qui orne le cabinet d'Ignazio... mais aussi aux tableaux d'Antonino Leto, Francesco de Mura, Luca Giordano, Francesco Solimena, Francesco Lojacono, Velásquez... Seuls quelques-uns d'entre eux iront à la villa Igiea. Des autres, il ne restera que l'empreinte sur les murs nus de l'Olivuzza.

De temps en temps, Maruzza s'approche de Franca, désigne un objet du doigt et demande : « Celui-ci ? » Après avoir obtenu une réponse, souvent limitée à un signe de tête, elle explique à la femme de chambre ce qu'elle doit écrire sur le carnet qu'elle tient entre ses mains.

Franca quitte le salon vert, gravit l'escalier en marbre rouge, traverse le balcon et s'attarde un instant à regarder le peu qui reste du jardin d'hiver : des plantes desséchées, des troncs dénudés, de la pourriture. Les yeux baissés, elle se dirige vers sa chambre en ne s'arrêtant que quelques secondes devant une vitrine abritant un ensemble de figurines en porcelaine blanche achetées au fil des ans en Saxe, en France et à Capodimonte : des groupes d'enfants jouant seuls ou avec des chiots, de styles différents mais identiques par leurs sourires et leur espièglerie.

Autant de créations sophistiquées d'une époque où

l'on attachait encore, semblait-il, une certaine valeur à l'innocence.

« Ceux-là, s'écrie Franca d'une voix devenue soudain d'une extrême dureté. Je ne veux plus les voir. »

Dans sa chambre, il ne reste presque plus rien ; mais elle a été heureuse ici, c'est sur ce lit que sont nés Giovanna, Ignazio, Igiea et Giulia ; alors, peut-être que d'autres souvenirs sont toujours là, nichés dans les pétales de roses du plancher, le carrelage qui conduit à la porte-fenêtre, la poignée des volets qui ferme mal, le sourire ironique d'un angelot peint sur un coin du plafond…

Mais enfin non, voyons. Quels souvenirs ? Cette pièce a servi de décor à si peu de moments heureux, à tant de scènes de douleur et de jalousie. Elle renferme un vide de l'âme que Franca ne supporte plus depuis bien longtemps. *Ici, il n'y a que des objets. Des objets inutiles. Des objets morts.*

Maruzza, restée près de la porte, murmure timidement : « Je dirai aux servantes d'emporter une partie de votre trousseau et de l'envoyer à Rome. »

Franca se retourne et répond d'un ton dédaigneux : « Oui, elles pourront soit donner le linge usé à ceux qui en ont besoin, soit le garder pour elles… si ce n'est pas déjà fait. Qu'est-ce que vous croyez, que je ne sais pas comment se passent ce genre de choses ? »

Pour toute réponse, Maruzza hoche la tête, tandis qu'une grimace lui déforme la bouche.

« Dépêchons-nous, je suis impatiente de retrouver mes filles », reprend Franca.

Arrivée sur le seuil de la chambre d'Ignazio, elle désigne d'un geste sec un seul meuble, un élégant porte-chemise en plume d'acajou ; puis elle ferme la porte, traverse à nouveau le jardin d'hiver et pénètre dans la salle à manger. « Débarrassez-moi de tout ça », dit-elle en indiquant, entre autres, les paons en corail et en cuivre et le grand pare-étincelles. Elle s'en tient ensuite à un examen rapide des chambres de ses enfants, où il reste quelques jeux et livres des petits disparus. Une fois de plus, elle se contente d'un rapide signe de tête, qui signifie toujours la même chose : Ouste ! Elle se dirige alors vers la partie la plus ancienne de l'Olivuzza, celle où l'incendie s'était déclaré dix ans plus tôt et qu'il a fallu réaménager. Certaines factures liées à ces travaux n'ont toujours pas été réglées, et Franca ne peut s'empêcher de penser que si tout avait brûlé, ils auraient pu s'épargner cette dépense.

Quelques mètres plus loin, elle s'arrête soudain devant une porte, en saisit la poignée d'un geste mécanique, mais reste immobile un long moment.

Enfin, elle se décide à ouvrir et à entrer.

Dans la pénombre, des fauteuils et des canapés sont entassés contre les murs, des consoles vides privées de leurs vases en cristal, des surtouts en argent, des horloges en bronze doré, des tapis enroulés, des tables recouvertes de tissus poussiéreux, des lustres en verre de Murano rendus opaques par la saleté et des moulures dorées, au plafond, à demi cachées derrière des toiles d'araignée.

Mais ce qui l'afflige le plus, c'est le silence. Il n'y en a jamais eu dans cette pièce.

C'était le royaume de la musique, des rires, des bavardages, du bruissement des étoffes, du tintement des verres en cristal, du claquement sec des chaussures sur le parquet.

C'était la salle de bal de l'Olivuzza.

Franca s'avance jusqu'au centre de la pièce et regarde autour d'elle.

Tout à coup, elle reconnaît des hommes et des femmes qui semblent avoir échappé aux lois du temps. Des personnages revenus en ce lieu où ils ont souri, dansé, aimé. Elle peut entendre leurs voix, elle a l'impression qu'ils l'effleurent et elle se voit elle-même au milieu d'eux, ombre parmi les ombres : elle est encore jeune, d'une beauté éblouissante ; Ignazio pose une main sur sa hanche, rit et lui adresse un regard plein de désir. Un peu plus loin, il y a aussi Giulia Trigona, Stefanina Pajno, Maria Concetta et Giulia Lanza di Trabia. Il y a l'arôme de son parfum, la Maresciallla. Il y a des éventails en satin et en nacre, des coupes de champagne, des gants blancs, des bracelets de diamants, des carnets de bal tendus de soie, des corsets en dentelle. Il y a des notes de mazurka, de polka, de valse…

Mais cette vision n'est qu'une illusion vite évanouie, née dans le sillage de la poussière soulevée par la femme de chambre, qui vient d'ouvrir les volets pour laisser entrer un peu de lumière et qui regarde maintenant Franca en attendant ses ordres.

Un pas supplémentaire, et les ombres se dissolvent, la poussière retombe.

Franca quitte la pièce en toute hâte sans répondre au regard interrogateur de Maruzza, restée immobile près de la porte.

Puis elle recommence à donner ses instructions : « Il

faudra emporter le service en porcelaine de Saxe et les couverts en argent. »

Maruzza acquiesce, dit à la femme de chambre d'en prendre note et demande à Franca : « Sans oublier l'argenterie contenue dans la grande armoire et les verres en cristal, n'est-ce pas ? »

Mais Franca ne l'écoute plus. Cet inventaire interminable l'épuise, et elle est surtout fatiguée de lutter contre les souvenirs que chaque objet, même le plus insignifiant, suscite en elle. D'Annunzio était assis sur cette chaise, au dîner qui avait suivi la représentation de *La Gioconda* au Teatro Massimo. Puccini avait esquissé « Che gelida manina » sur ce piano où ses enfants se sont exercés pendant quelque temps. Sur cette table, Ignazio et elle avaient disposé de grandes feuilles pour dessiner les meubles de la villa Igiea. Cet appareil photographique, Vincenzo l'avait offert à son frère aîné, qui avait appris à s'en servir dans le jardin de l'hôtel Métropole, avant que…

Elle regarde ces objets qui semblent à la fois l'appeler et la poursuivre ; alors elle préfère prendre la fuite, se précipiter vers la sortie. *Le destin a condamné les hommes à être heureux sans s'en rendre compte, et il fait peser sur eux une effroyable malédiction : gâcher les moments de joie en ne leur donnant pas conscience qu'ils sont aussi rares qu'irremplaçables. Que la mémoire ne les leur restituera jamais. Qu'elle leur permettra seulement de mesurer l'immense étendue de ce qu'ils ont perdu.* Pendant que Franca se livre à ces réflexions amères, Maruzza et la femme de chambre continuent de parler nappes en lin et fourchettes en argent. Prise d'une peine infinie, d'une envie irrépressible de pleurer, elle pose sur elles un regard de commisération et voudrait leur crier : *Vous ne voyez dans tout ça que de simples objets ; moi, je souffre à l'idée qu'ils ne m'appartiendront bientôt plus, alors qu'avant ils faisaient partie de moi, d'Ignazio, de nos enfants, de notre famille. À présent, l'amour a disparu, il ne m'a laissé que des rides d'amertume. Vous savez ce que ça signifie, se sentir vraiment aimée ? Puis se contenter de l'espoir d'être aimée ? Et enfin, se sentir infiniment seule ?*

Mais elle demeure immobile et silencieuse. Envers et contre tout, elle reste donna Franca Florio. Et elle ne peut montrer au monde qu'un seul visage : celui de l'orgueil.

Les trois femmes remontent en voiture pour rentrer à la villa Igiea. Au fur et à mesure qu'elle s'éloigne de cette maison où elle a été heureuse, Franca se sent de plus en plus soulagée. Dans deux ou trois jours, elle retournera à Rome avec ses filles. La lumière opaque et froide de Palerme ne blessera plus ses yeux, et elle pourra échapper aux assauts de la nostalgie.

Franca ignore encore que dans quelques années, il ne restera de cette demeure et de ce parc qu'un souvenir estompé. Ils seront en effet la proie d'un promoteur immobilier qui partagera le jardin en lots, démolira la quasi-totalité des bâtiments et construira des immeubles sur les emplacements de la volière et du temple néoclassique, des allées flanquées de roseraies et de plantes tropicales, des terrains de jeux des enfants, du petit circuit de course de Vincenzo.

Elle n'entendra pas les scies qui abattront les arbres centenaires, les haches qui s'acharneront sur les troncs des yuccas et des dracénas. Elle ne verra ni les haies déracinées, ni le brasier dans lequel brûleront les plantes grimpantes arrachées au belvédère.

De ce jardin luxuriant, presque rien ne survivra. Deux palmiers à l'étroit sur un minuscule lopin de terre, sous les fenêtres d'une clinique. Un parterre de fleurs en lieu et place du salon qui donnait sur le jardin. Un olivier à côté de l'entrée, celui qui était si cher au mari de Giovanna, désormais prisonnier d'une dalle en ciment et cerné par un parking.

Autour de la villa conçue par Ernesto Basile – le théâtre des amours de Vincenzo et Annina –, un petit espace vert résistera. Quelqu'un tentera de mettre le feu à cette habitation féerique, pour la remplacer par de nouveaux monstres de béton. Le destin en décidera autrement.

Mais c'est une autre histoire.

*

En ce mois de février 1918, le ciel est d'un bleu éblouissant, un cadeau inattendu après plusieurs semaines de pluie. Le front du Piave est à quelques kilomètres : des traînées de fumée y dessinent des colonnes et des nuages qui bouchent l'horizon ; au silence des canons, on imagine que, du côté italien comme du côté autrichien, on se prépare à l'offensive. Bientôt, on entendra à nouveau le fracas des obusiers et les soldats sortiront des tranchées pour tenter de conquérir quelques mètres, au prix de dizaines, voire de centaines de morts. La peur de mourir dans un assaut à la baïonnette est si forte que certains iront jusqu'à s'exposer volontairement au risque d'attraper des maladies ou à s'automutiler pour échapper à la boucherie. C'est du moins ce qu'on a raconté à Ignazio, qui n'a aucun mal à le croire.

Assis au volant d'une ambulance, il se gare à proximité d'un bâtiment entouré de tentes portant une croix rouge. À l'intérieur de cette ferme transformée en hôpital de campagne, des hommes sont étendus sur des civières disposées en rangs : certains ont les yeux bandés, d'autres attendent leur traitement, d'autres enfin agonisent ou sont morts.

Ignazio longe à pas prudents un chemin boueux parsemé de taches sombres qu'il a maintenant appris à reconnaître. On lui avait dit que le sang, à la guerre, avait toujours la même couleur ; ce n'est pas vrai : il est rouge foncé s'il jaillit d'une blessure, noir s'il s'échappe d'un cadavre.

À travers les rideaux, il reçoit des bouffées de teinture d'iode et entend des malédictions, des cris, des plaintes. Il passe outre pour gagner une tente aménagée près des anciennes écuries où officient des femmes vêtues de blanc, religieuses et infirmières. Ici au moins, les blessés paraissent plus calmes ; mais Ignazio ne tarde pas à comprendre la triste raison de leur tranquillité apparente : ce sont tous des mutilés, certains d'entre eux ont même perdu une partie de leur visage.

Une femme penchée sur un lit relève la tête, voit Ignazio, agite un bras pour attirer son attention, s'essuie les mains sur son tablier et s'approche de lui.

« Je ne t'attendais pas si tôt. »

La guerre a été cruelle même avec Vera Arrivabene : il ne sera certes pas difficile de faire disparaître la fatigue qui alourdit son visage ou les cernes qui enlaidissent ses yeux, mais rien ne pourra plus redresser son dos voûté ou effacer les rides profondes apparues aux commissures de ses lèvres. Ignazio effleure le dos de sa main. « Je voulais être sûr de te trouver. Il semblerait que les attaques se multiplient. »

Vera lui caresse le bras. « Oui. Les blessés arrivent par dizaines, maintenant. Comment vas-tu ?

— Je vais. »

Il lui fait signe de le suivre. Dehors, ils s'assoient sur un banc adossé à un mur délabré. Ignazio allume une cigarette. Ses mains tremblent légèrement. « Les nouvelles de Palerme ne sont pas bonnes. À croire qu'une divinité maléfique s'amuse avec le peu qui reste de la Maison Florio. J'ai au moins réussi à régler les Albanese pour leurs travaux à l'Olivuzza et à la villa Igiea, cette histoire de factures impayées durait depuis des années. Et Linch a accepté de rester à son poste d'administrateur jusqu'en avril 1926, en échange d'émoluments très élevés, bien entendu. » Il marque une pause, regarde Vera, lui caresse la joue. « Excuse-moi. Je te parle de mes ennuis, comme d'habitude, et je ne t'ai même pas demandé de tes nouvelles. »

Elle incline la tête. « Hier, j'ai tenté d'alléger les souffrances d'un malheureux qui n'avait plus de jambes, un paysan de Frosinone… il est mort dans mes bras. Il était terrorisé à l'idée que plus personne ne soit en mesure de s'occuper de sa ferme : son fils vient d'être rappelé, sa femme et ses filles sont trop faibles pour certaines tâches. Il s'accrochait à moi avec un désespoir qui m'a fendu le cœur, et je n'ai même pas pu lui donner un peu de morphine...

— J'imagine... J'assiste à ce genre de scènes presque tous les jours. » Ignazio prend une inspiration profonde. « Tout ça est absurde. On en est à réquisitionner des garçons nés en 1899, des enfants ! » Il fixe des yeux un point éloigné. « Je suis très inquiet pour Manfredi, le fils de Giulia. En ce moment, il est à Versailles en qualité d'officier détaché auprès du Comité permanent interallié ; mais j'ai su qu'il était impatient de repartir au front. Quant à son autre fils, Ignazio...

— Il y a du nouveau ?

— Depuis trois mois que son avion a disparu, on nous a d'abord dit qu'il était quelque part en Suisse, puis qu'il était prisonnier en Allemagne... J'ai un mauvais pressentiment.

— Et ton frère Vincenzo ? »

Ignazio aspire avec force une bouffée de fumée. « Il ne doit pas être très loin d'ici. Il m'a écrit qu'il continuait à apporter des modifications à son camion, qu'on produit pourtant en série depuis deux ans. J'en ai vu quelques spécimens, et c'est vrai, ce drôle de véhicule est capable de grimper sur des chemins muletiers très escarpés. Il en a de la chance, mon frère ! Donne-lui une clef anglaise, quelques boulons, et plus rien d'autre n'existe ! »

Vera saisit son visage entre ses mains et l'embrasse. « Tu vas me considérer comme quelqu'un d'horrible, si je te dis que je suis heureuse d'être ici avec toi ?

— Non, tu es tellement adorable. » Il écarte une mèche de cheveux qui dépasse de sa coiffe d'infirmière et lui retombe sur le front. Pour lui, Vera est toujours aussi belle. Malgré sa mine fatiguée. Malgré le désespoir intense qu'il perçoit dans son regard. Malgré ces rides profondes qui ne s'en iront plus. « Tu es une femme courageuse, tu n'as pas peur d'affronter ce monde atroce en proie à une folie furieuse. »

Ils restent enlacés longtemps, en silence.

Soudain, Ignazio pense à sa famille. Il n'a pas revu ses filles depuis des mois, mais il est heureux de les savoir en sécurité avec Franca. Quant à elle, il a vite compris qu'elle avait décidé une bonne fois pour toutes de se tenir à l'écart de ce déferlement de morts. Elle participe certes à des comités d'assistance humanitaire et promeut des collectes de fonds pour les soldats partis au front ; mais elle n'a pas la moindre idée de ce que cela signifie de transporter des hommes couverts de sang, de voir des maisons et des villages détruits, de trembler à chaque explosion.

Ignazio a essayé de lui en parler dans ses lettres, de susciter chez elle au moins un sentiment de compréhension. En vain. Franca ressemble désormais à un instrument de musique désaccordé, inerte, incapable d'entrer en harmonie avec les sentiments exprimés par la partition. Plus rien ne paraît l'atteindre, en dehors de ses propres souffrances. La mort de ses enfants et la perte de leur maison lui ont causé des blessures qui n'ont pas cicatrisé, en grande partie parce qu'elle ne cesse de répandre du sel dessus pour se convaincre que sa douleur est plus forte que celles des autres. C'est même devenu une véritable obsession.

La douleur est égoïste, elle ne souffre pas la comparaison.

Elle ne veut connaître que ses propres ravages.

Et c'est là, pour Franca et Ignazio, un motif supplémentaire d'éloignement.

*

« Florio !

— Je suis là ! »

Vincenzo lève les yeux du moteur de camion qu'il était en train de réparer et se précipite à la rencontre du soldat chargé de la distribution du courrier. Depuis la mort de sa mère, il en reçoit si peu qu'il s'étonne de voir que trois enveloppes lui sont destinées.

Tout en les soupesant, il va s'isoler dans un coin du garage pour les ouvrir en toute tranquillité. La première lettre est de son frère. La deuxième, d'un mannequin français qu'il a rencontré à Paris deux ans plus tôt, Lucie Henry ; leur histoire a commencé un peu par hasard, et elle est peut-être en train de se transformer en quelque chose de sérieux... *Mais ce n'est pas le moment d'y penser*, se dit Vincenzo en mettant de côté l'enveloppe. La troisième est de sa sœur Giulia.

Ignazio lui transmet les dernières informations que lui a communiquées Carlo Linch. L'usine de fabrication d'hydravions installée à Mondello par Ducrot, et dont les deux frères détiennent en partie le capital, est enfin devenue rentable. Vincenzo sourit à la pensée que son idée s'est révélée valable. Puis il parcourt en hâte les lignes dans lesquelles Ignazio lui explique que l'Olivuzza a été vidée de ses meubles et que ceux que Vincenzo aimerait conserver sont maintenant entreposés à l'Arenella. Il imagine, avec un soupçon de remords, ce qu'il a dû en coûter à Franca de sélectionner ceux qu'ils allaient garder et ceux qu'ils allaient vendre ; il n'aurait jamais eu le courage de le faire à sa place. Lorsque la guerre sera finie – elle se terminera bien un jour, même si on se le répète en vain depuis des années –, il s'installera définitivement via Catania. Une nouvelle habitation pour une nouvelle histoire ; sans souvenirs et sans douleur.

Le passé est parfois une malédiction, une lourde pierre qui pèse sur l'âme et qu'on ne parvient pas à soulever, même au prix d'un immense effort de volonté.

C'est la réflexion qui lui vient à l'esprit lorsqu'il déplie la lettre de sa sœur : le papier, qui présente par endroits d'étranges gonflements, est couvert d'une écriture minuscule et anguleuse. Vincenzo la lit d'abord d'un œil distrait ; puis il s'attarde sur un passage et relit l'ensemble plusieurs fois.

C'est donc vrai, ce qu'on raconte : un cœur qui éclate ne fait pas de bruit.

Peu importe la cause : deuil, déchéance, amour perdu ou jamais partagé… Les tessons pointus sont là, et ils font mal. Parfois, la mosaïque se recompose au fil des ans ; mais elle est prête à se désagréger dès qu'un nouveau malheur survient. Et ce malheur, en l'occurrence, porte le nom de Manfredi, un des neveux de Vincenzo.

Après son long séjour en France, il est rentré en Italie, impatient de se battre. Et il a été tué il y a quelques jours, le 21 août 1918, d'un éclat de grenade qui a pénétré dans son crâne par l'oreille droite. Il avait vingt-trois ans.

Vincenzo comprend maintenant d'où viennent les gonflements du papier.

Des larmes de sa sœur.

Giulia, comme Ignazio avant elle, voit ses enfants mourir. Blasco, il y a vingt-cinq ans, et maintenant Manfredi… Elle n'a par ailleurs aucune nouvelle d'Ignazio depuis huit mois. Le seul garçon qu'il lui reste, c'est Giuseppe, lui aussi sous les drapeaux.

Vincenzo s'appuie contre le mur et finit par s'asseoir à même le sol : ses jambes sont devenues molles, tout à coup, et des larmes perlent à ses paupières. Il les essuie aussitôt, pour que personne ne le voie pleurer. Les images de ses neveux se pressent dans sa mémoire, porteuses tout à la fois de nostalgie, de regrets, de chagrin.

Les voilà, tous ensemble ! À Favignana, à bord du *Sultana*, en voyage, à vélocipède dans le parc de l'Olivuzza. Vincenzo revit le moment où il leur a montré la première motocyclette qu'Ignazio lui avait offerte. Son frère leur demandait de l'appeler tonton, mais pas lui : leur différence d'âge était trop faible. Ils avaient d'abord été des compagnons de jeux, puis des camarades de virées en ville.

Il se sent le cœur pesant comme du plomb. Puis des sanglots le secouent. La souffrance lui fait l'effet d'un projectile chaud et lourd qui l'aurait atteint au plus profond de ses entrailles. Ignazio et Manfredi, disparus eux aussi. Comme Annina, qui n'a même pas eu le temps de lui donner un enfant. Comme sa mère, à qui il n'a pas pu dire au revoir. Comme l'Olivuzza.

Comme tout ce qui lui appartenait et qu'il n'a pas su garder.

*

La fin de la guerre n'a pas effacé l'affliction. *Il est peut-être trop tôt*, pense Franca à la vue des enveloppes empilées sur la table en bois de rose, dans l'entrée de sa suite à la villa Igiea. Elle en ouvre quelques-unes au hasard, connaissant à l'avance leur contenu : les Palermitains déclinent les uns après les autres l'invitation à la fête qu'elle souhaitait organiser un mois plus tard, à la mi-février 1919. Elle avait espéré redonner ainsi un certain lustre à l'hôtel, mais pour l'instant, ses efforts se sont révélés vains. Trop de deuils, trop de désolation : la ville a besoin de silence et de calme pour essuyer ses larmes. Et personne n'a oublié que la villa Igiea était encore, il y a peu, un hôpital militaire, c'est-à-dire un lieu assez peu propice au divertissement.

Franca met de côté les billets d'un geste las et se dirige vers le balcon donnant sur le parc. Emmitouflée dans un petit manteau bleu, Giugiù, du haut de ses neuf ans, tente de convaincre sa gouvernante de l'emmener au bord de la mer, très agitée aujourd'hui. Quant à Igiea, maintenant âgée de dix-huit ans, elle est sans doute enfermée dans sa chambre et absorbée dans la lecture d'un livre, peut-être un de ces romans anglais qu'elle demande si souvent à sa mère de lui acheter à Rome. Franca a feuilleté quelques pages de celui qu'elle a trouvé sur sa table de chevet, *La Traversée des apparences*, de Virginia Woolf, mais elle l'a aussitôt refermé d'un geste rageur. Cette histoire de couples qui ne cessent de se quitter et de se retrouver lui a paru désagréablement familière…

Elle doit s'estimer heureuse que ses filles n'aient

pas trop souffert de la guerre, même si sa famille ne s'en est certes pas tirée indemne. Depuis son retour à Palerme, Vincenzo se consacre de nouveau à l'organisation de compétitions sportives et de manifestations diverses. Il vient de temps à autre à la villa Igiea rendre visite à ses nièces ; mais bien qu'il s'efforce toujours de se montrer joyeux avec elles, la guerre, de toute évidence, n'a fait qu'ajouter de nouvelles blessures à celle, incurable, de la mort d'Annina. Ignazio, de son côté, est presque toujours à Rome avec Vera, de plus en plus empêtré dans des affaires auxquelles Franca ne comprend à peu près rien mais dont elle constate, à son grand regret, qu'elles n'améliorent pas leur situation financière. Ils se sont croisés après sa démobilisation et elle a eu quelque peine à reconnaître son mari dans ce quinquagénaire voûté au regard éteint et au visage marqué par sa dure expérience de la guerre, mais aussi par la tragédie qui a frappé sa sœur Giulia : après la mort de Manfredi, les espoirs de retrouver son autre fils, Ignazio, se sont en effet évanouis lorsque, un an après sa disparition, on a retrouvé son cadavre… ou plutôt ce qu'il en restait. Depuis lors, tout comme sa mère, elle n'a plus jamais voulu quitter ses vêtements de deuil. Elle vit recluse au palais Butera sans jamais recevoir personne, pas même ses frères, et tire une maigre consolation des rares motifs d'espoir qui lui restent : son fils Giuseppe, le seul à avoir survécu, vient d'être nommé au poste prestigieux de secrétaire particulier du président du Conseil, Vittorio Emanuele Orlando, à la Conférence de la paix de Paris ; sa fille Giovanna est fiancée à Ugo Moncada di Paternò ; et son autre fille, Sofia, ne devrait pas tarder à trouver un mari. Pour eux au moins, la vie continue…

Oui, mais certainement pas la vie d'avant. Alors laquelle ? se demande Franca.

Le monde né des cendres de la guerre lui est étranger, voire hostile : il ne tient plus aucun compte de personnalités comme l'empereur Guillaume II, il a éteint les lumières de la Belle Époque, il tâtonne dans l'obscurité. Et tout cela donne à Franca la sensation d'être vieille, même si elle n'a que quarante-cinq ans.

Après maintes hésitations, elle finit par décider de s'asseoir à son bureau pour répondre à plusieurs lettres : la congrégation des Dames du Giardinello a sollicité son soutien en faveur de plusieurs jeunes veuves de guerre ; Stefanina Pajno l'a invitée à une soirée musicale ; et il faudra aussi remercier Unetelle et Unetelle pour…

On frappe à la porte avec une insistance inusitée.

Une des domestiques de l'hôtel apparaît sur le seuil, tout en continuant de parler à quelqu'un. Franca croit reconnaître une voix familière.

« Donna Franca ! Donna Franca, je vous en prie, il faut absolument que je vous voie… »

Franca pousse un soupir, se lève et va voir si elle a deviné juste.

Diodata, son ancienne femme de chambre à l'Olivuzza, est là, debout devant elle. En quelques secondes, les souvenirs pullulent dans la mémoire de Franca et lui arrachent même un sourire. Combien de fois cette femme l'a-t-elle aidée à se coiffer ? Combien de vêtements a-t-elle préparés pour elle ? Elle a toujours été attentionnée, discrète… y compris et surtout pendant ses disputes avec Ignazio.

Elle lui sourit, va vers elle, l'invite à entrer et demande à la domestique de les laisser seules.

« Tu m'as l'air en parfaite santé ! » s'exclame-t-elle, non sans se reprocher intérieurement ce vilain mensonge. La femme qu'elle a en face d'elle n'est plus que l'ombre de la jeune fille robuste aux joues rosées restée tant d'années à son service. Elle est devenue d'une maigreur effrayante, son visage est couvert de rides, un chapeau déformé est posé de travers sur sa tête et elle porte un manteau rapiécé en plusieurs endroits.

« Merci. Vous me semblez vous aussi en grande forme, Madame. » Sous l'effet de l'embarras, Diodata baisse la tête. « Donna Franca, veuillez me pardonner d'être venue ainsi à l'improviste, sans même vous envoyer ne serait-ce qu'un petit mot pour vous prévenir. Je sais que ça ne se fait pas… Mais j'ai appris que vous étiez revenue de Rome et vous êtes la seule à pouvoir m'aider. » Des larmes lui montent aux yeux et son visage semble presque se décomposer. « Je vous en supplie, donna Franca. Je ne sais plus à qui m'adresser ! » Elle appuie ses poings sur son front. « Vous vous souvenez pourquoi j'étais partie, n'est-ce pas ? J'avais été demandée en mariage par Tanino Russello, le paysan qui apportait des légumes de la campagne et qui possédait un lopin de terre près de la bourgade de San Lorenzo. » Elle rougit. « Nous étions tous les deux célibataires et il m'avait proposé d'essayer de faire un bout de chemin ensemble. Nous n'avons pas eu d'enfants, et d'ailleurs il faut bien reconnaître qu'il n'était plus tout jeune. Cela dit, je n'ai pas le droit de me plaindre : comme il était boiteux, il n'a pas été obligé de partir à la guerre ; une vraie bénédiction pour nous. Seulement, il y a trois mois, il est rentré à la maison avec une de ces toux… Sainte Mère de Dieu, j'en tremble rien que d'y repenser… Et le lendemain matin, sa fièvre était si forte que j'ai pris peur et que j'ai appelé le médecin. Mais il n'est pas venu tout de suite, il m'a envoyé quelqu'un pour m'expliquer qu'il y avait beaucoup de cas comme celui de mon mari dans tout Palerme, à cause de la grippe espagnole : d'abord une fièvre qu'on n'arrive pas à faire baisser, puis des douleurs dans le cou et des difficultés à respirer, des crachats pleins de sang et enfin des morts par dizaines… Eh bien, c'est exactement ce qu'a eu Tanino : après quatre jours de fièvre, il s'est mis à cracher du sang ; et le lendemain matin, il était parti. » Elle relève la tête. Son regard témoigne à lui seul de ses privations, de ses souffrances, de sa détresse. « Je l'ai attrapée aussi, cette maudite grippe espagnole, mais le Seigneur n'a pas voulu de moi. Alors je suis toujours là, j'ai été forcée de vendre le petit bout de terre que mon mari cultivait et qui nous permettait de survivre, mais je n'en ai pas tiré beaucoup d'argent : de nos jours, la terre ne vaut plus rien, rien du tout… Bientôt je n'aurai plus un centime, je suis seule au monde et si je meurs, on ne retrouvera plus que ma peau et mes os. La seule solution, ce serait de redevenir domestique… » Elle saisit les mains de son ancienne maîtresse. « Je vous en supplie, donna Franca, reprenez-moi auprès de vous, même pour peu de temps… Ou alors, peut-être que certaines de vos amies auraient besoin de… »

Effarouchée par ce flux ininterrompu de paroles, Franca recule instinctivement d'un pas.

Elle a bien sûr entendu parler de cette grippe si souvent meurtrière, même si, pendant la guerre, les journaux ne lui avaient consacré que de rares entrefilets, incitant leurs lecteurs à la prudence ou relatant la désinfection de tel ou tel édifice public. Et dans la mesure où personne, parmi ses connaissances, n'était tombé malade, elle s'est peu à peu convaincue que l'épidémie avait épargné Palerme. Elle s'écrie donc, d'un air dubitatif: «Diodata, mais qu'est-ce que tu racontes? Ce n'est pas possible, voyons, que la grippe espagnole ait contaminé tant de gens ici aussi.»

Son ancienne femme de chambre secoue vigoureusement la tête. «Vous n'avez aucune idée du nombre de gens qui en sont morts, donna Franca. Ceux qui se sont réfugiés loin de la ville, en bord de mer ou à la campagne, eux oui, ils y ont échappé. Mais dans les quartiers pauvres, Castellammare, la Kalsa, la Noce, la Zisa... vous ne trouverez pas un immeuble où il n'y ait pas eu au moins un malade ou un mort.» Elle se tord les mains. «Certains se sont barricadés chez eux... d'autres ont lavé leur linge tous les jours avec du savon au soufre... d'autres ne sont jamais sortis sans recouvrir leur visage d'un morceau d'étoffe... Rien de tout ça ne s'est révélé très efficace.»

Franca est abasourdie. Sa terreur de la maladie la submerge, lui obscurcit la vue et fait resurgir le souvenir de la mort de Giovannuzza dans toute sa crudité. «Mes filles...» gémit-elle en posant sur Diodata un regard où l'horreur se mêle à l'incrédulité.

«Je ne connais plus que vous, j'ai été à votre service

pendant vingt ans, alors je vous en supplie, ne me laissez pas sur le pavé. Je suis courageuse, je ne renâcle pas à la besogne. Si je pouvais, je partirais en Amérique, comme certains de vos garçons de cuisine… Mais je n'ai même plus assez d'argent pour manger, alors vous imaginez, pour m'acheter un billet de bateau… »

Franca ne l'a presque pas écoutée. Une pensée a pris forme dans son esprit et l'occupe maintenant tout entier : *Et si Diodata était toujours contagieuse ?*

Il ne faut pas rester une minute de plus à côté de cette femme. Franca se lève sans rien dire, rejoint sa chambre, ouvre un tiroir et en sort des billets de banque. Puis il lui vient une idée. Elle s'immobilise, l'examine sous toutes ses faces, hoche la tête, prend un stylo et du papier, écrit quelques lignes, glisse l'argent et le billet dans une enveloppe et revient vite dans l'autre pièce.

« Je ne peux pas te reprendre à mon service, Diodata, je ne peux vraiment pas. Mais je te prie de bien vouloir accepter cette enveloppe. J'y ai mis de l'argent et un message pour mon beau-frère, Vincenzo. Tu m'as dit que tu aimerais partir en Amérique, n'est-ce pas ? Eh bien, va le trouver à son bureau, via Roma, dis-lui que c'est moi qui t'envoie. Dans mon message, je lui demande de faire tout son possible pour te trouver une place sur le prochain bateau. »

Encore en proie à un léger doute, Diodata saisit l'enveloppe et fond en larmes. « Oh, donna Franca, merci ! Je savais bien que vous étiez une sainte ! » Elle s'approche d'elle pour lui baiser la main, mais Franca l'en dissuade :

« Allons, allons, ne me remercie pas pour si peu ! »

Diodata lui adresse alors un regard débordant d'une telle gratitude que Franca se sent encore plus mal à l'aise ; puis elle murmure : « Je ne vous oublierai jamais dans mes prières, ni vous, ni vos enfants, ceux qui sont vivants et ceux qui sont au Ciel parmi les anges. Vous avez toujours été bonne pour moi, et vous l'êtes restée. »

Franca attrape la poignée de la porte d'entrée, se réfugie derrière le battant comme derrière un bouclier et répond en toute hâte : « Allez, dépêche-toi d'aller via Roma. Au revoir et bonne chance, Diodata. »

Tandis que son ancienne femme de chambre continue de se confondre en remerciements et en bénédictions, elle referme la porte, se précipite dans la salle de bains et se nettoie frénétiquement les mains et les bras au savon de soufre.

Mais la menace que représente la fièvre espagnole ne suffit pas à expliquer sa peur panique. C'est aussi contre la pauvreté dont elle a vu les ravages sur Diodata que Franca veut être immunisée. Contre une insupportable sensation de saleté, de précarité, de misère. Contre son propre sentiment de culpabilité. Contre la conscience de certains effets ô combien concrets du déclin de la Maison Florio. Sa vie à elle n'est pas la seule à avoir changé ; c'est le cas de beaucoup d'autres, presque toujours en pire. Et il y a là une responsabilité qu'elle ne se sent pas capable d'assumer.

*

Rome est aussi belle qu'elle est fatigante. Alors qu'à Paris, on a l'impression de vivre à l'intérieur d'un tableau de Pissarro. Cela fait vraiment chaud au cœur d'y revenir à intervalles réguliers... Les rayons du soleil d'avril effleurent les fenêtres des bâtiments de la rue de la Paix, et des souvenirs légers comme des voiles dansent soudain devant les yeux de Franca : sa lune de miel, ses promenades le long de la Seine avec des amis, les compétitions équestres au Grand Palais, les soirées à l'Opéra... *À croire qu'il ne peut rien m'arriver de mal, ici*, se dit-elle en souriant et en écoutant Igiea et Giugiù commenter les chapeaux qu'elles ont observés au Café de la Paix, pendant le déjeuner : Igiea n'apprécie guère cette nouvelle mode qui a banni les fleurs au profit des rubans et des plumes ; Giugiù, au contraire, la trouve enthousiasmante.

Depuis deux ans, Franca vit à Rome dans une suite du Grand Hotel. En premier lieu parce qu'elle peut, dans la capitale, profiter pleinement de son statut de dame de la cour. Mais encore et surtout parce que là-bas, tout est plus simple, la domesticité réduite et la dépense raisonnable. Pourtant, les premières fois qu'elle est retournée passer quelques jours à la villa Igiea, quand elle s'est assise près du petit temple surplombant la mer, elle a éprouvé l'étrange sensation que Palerme l'appelait, réclamait sa reine, ses fêtes insouciantes, ses soirées au théâtre, ses bals prolongés jusqu'à l'aube, la glace au melon de son cuisinier. Mais cette voix s'est éteinte petit à petit. *Palerme a peut-être compris que son bonheur passé ne ressuscitera pas, et que c'est déjà beaucoup s'il survit dans la mémoire de certains.*

La seule chose à laquelle Franca ne s'habituera jamais, à Rome, c'est l'omniprésence de la politique.

Le moindre événement survenu en Italie éveille dans cette ville un écho immédiat et concret. Tout ce que Franca percevait autrefois à travers le filtre de chroniques journalistiques ou de récits indirects semble maintenant plus proche d'elle, et souvent plus menaçant. Par exemple cet horrible attentat au Teatro Diana de Milan qui a provoqué, quelques semaines plus tôt, la mort d'au moins quinze personnes, dont un enfant : le lendemain, tous les drapeaux étaient en berne et les Romains paraissaient en proie à un chagrin inconsolable. Sans parler des grèves et des affrontements incessants entre socialistes et fascistes… Mais après tout, l'homme fort dont le pays aurait tant besoin pour rétablir un peu d'ordre, c'est peut-être ce Benito Mussolini qui est allé rendre visite à D'Annunzio, il y a quelques jours, à Gardone Riviera…

« *Mutti*, tu as entendu ce que je viens de te dire ? » Igiea tapote la main de Franca. « Ma future belle-mère souhaiterait que je lui montre ma robe de mariée dès qu'elle sera presque prête. Comme elle a l'intention de me donner des bijoux de famille, elle tient à s'assurer qu'ils s'harmoniseront bien avec ma tenue.

— Oui, elle m'en a touché un mot, et elle m'a dit aussi qu'elle aurait préféré un couturier italien. » Franca hausse les épaules. « Worth est le fournisseur des Florio depuis toujours, et accessoirement la meilleure maison de mode du monde entier. »

Elle entend déjà les reproches d'Ignazio et les protestations de Carlo Linch : « Donna Franca, vous m'aviez promis de limiter vos prodigalités ! » Mais elle s'en moque. Elle veut pour les noces d'Igiea tout ce qu'elle n'a pas pu avoir pour les siennes.

Sans chercher à cacher la jalousie d'enfant qu'elle éprouve, Giulia demande en écarquillant ses yeux clairs : « Et moi ?

— Pour toi, Giugiù, nous irons chez Liberty, boulevard des Capucines. » Elle se penche en avant et caresse la joue de sa cadette.

« Oh, la dernière fois que j'y suis allée, c'était avec Maruzza. Elle me manque, tu sais ?

— Moi aussi, elle me manque », soupire Franca.

Il s'est écoulé près d'un an depuis le mariage de Maruzza avec le comte Galanti, directeur de la villa Igiea. Un mariage tardif pour tous les deux, et de convenance pour elle, qui a surtout vu dans cette union un moyen de se mettre à l'abri des menaces qui pèsent de plus en plus sur la Maison Florio. Quand Maruzza leur a annoncé la nouvelle, Franca s'est contentée d'un hochement de tête et de quelques mots de circonstance ; Igiea et Giugiù, en revanche, ont exprimé ouvertement leur joie et multiplié les témoignages d'affection.

Quelles merveilleuses jeunes filles en fleur, pense Franca.

Giugiù n'a que douze ans, mais elle commence déjà à s'épanouir. Igiea, qui en a vingt et un, doit sa beauté à sa peau très claire, à son visage délicat et à ses longs doigts effilés. À l'annulaire de la main gauche, elle porte la bague de fiançailles que le duc Averardo Salviati lui a offerte. Leur mariage aura lieu dans quelques mois, le 28 octobre 1921.

Ils se sont rencontrés pendant des vacances à Abetone, un lieu riche en souvenirs pour Franca, puisque c'est là qu'elle avait été présentée à Giovanna et qu'Ignazio lui avait demandé sa main.

L'affection et la mélancolie se disputent en ce moment son esprit. Elle est heureuse qu'Igiea ait trouvé un homme qui l'aime tendrement et qui peut s'enorgueillir d'un titre aussi prestigieux. Elle n'aurait pas pu espérer meilleur parti pour sa fille, entre autres parce que la situation économique des Florio est loin de s'être améliorée. Mais Franca espère aussi que cette union ne ressemblera pas à la sienne avec Ignazio. Qu'elle sera avant tout sereine. Que les futurs époux s'aimeront et se respecteront toujours. *D'ailleurs, pourquoi donc ne devrait-il pas en être ainsi ?* se dit-elle comme pour se rassurer. *Rien ne justifie un tel pessimisme.*

Au moment où ses filles et elle s'apprêtent à entrer chez Worth, un petit garçon en costume marin, qui vient d'échapper à la surveillance de sa gouvernante, s'agrippe aux genoux de Franca et la supplie, en secouant ses boucles blondes : « *Le carrousel ! Je veux monter sur le carrousel* ! »

Sa gouvernante arrive aussitôt après, haletante, se confond en excuses et entraîne au loin le petit, maintenant agité de sanglots désespérés.

Giugiù éclate de rire, mais le regard empreint de tristesse de Franca n'a pas échappé à Igiea. Bien qu'elle fût encore très jeune à la mort de Giovannuzza et de Baby Boy, leur souvenir ne s'est pas effacé de sa mémoire. Elle s'approche de sa mère, lui passe une main autour des épaules et lui chuchote : « Maman… »

Franca peine à retenir ses larmes. « Je suis navrée de ne pas avoir été capable de vous assurer une enfance paisible, à toi et à Giugiù. Et je n'ai peut-être même pas été une bonne mère.

— Non, ne dis pas ça», lui répond Igiea avant d'ajouter, d'une voix très calme: «Tu as toujours été proche de nous. Quant à papa... il a commis beaucoup d'erreurs, c'est vrai, mais son affection ne nous a jamais manqué. Cette... femme qui vit avec lui... elle ne pourra jamais vous remplacer. Depuis que j'ai Averardo, je comprends beaucoup de choses. Par exemple, qu'on peut aimer deux personnes en même temps, mais pas du même amour. Papa a peut-être besoin de vous deux.

— Non», rétorque Franca d'une voix sifflante, pleine de rancune, en relevant la tête. Une fissure s'ouvre dans son esprit, et un flot d'amertume s'en échappe. «L'amour qui unit un homme et une femme se brise, pour peu qu'on essaie de le partager avec d'autres. Je me suis donnée à lui corps et âme, alors que lui... lui ne connaît même pas la signification du verbe aimer. Il n'a jamais été capable de s'occuper vraiment de moi. Il ne savait pas comment faire, et il s'est obstiné à ne pas vouloir comprendre que parfois, il faut renoncer à une partie de soi-même pour permettre à l'autre d'être heureux. Je continuerai à l'aimer parce que c'est mon mari et votre père, mais...»

Igiea fixe sa mère droit dans les yeux et lui prend la main. «Ta ta ta, il n'y a pas de mais qui tienne. Le lien qui vous unit est indestructible. Et c'est la seule chose qui compte vraiment.»

*

Vincenzo respire profondément l'air tiède de Paris. Il sourit, observe la femme qui se tient à ses côtés et l'embrasse sur le front. Elle éclate d'un rire spontané et argentin. Vivant.

Elle a des cheveux noirs, des yeux foncés, un nez parfait – et surtout un visage qui exprime à la fois la liberté et la joie. Vincenzo a du mal à croire qu'il a enfin trouvé une femme prête à partager son existence, malgré ses sautes d'humeur constantes. Lucie Henry est entrée dans sa vie à la suite de circonstances fortuites, mais elle n'y est certes pas restée par hasard. Leur couple a résisté à la guerre, et ils partagent maintenant leur temps, ensemble, entre Paris et Palerme.

Lucie regarde à son tour Vincenzo, puis elle se serre contre lui. « Tu es sûr que ta belle-sœur sera contente de me revoir ? La dernière fois, ma présence n'a pas eu l'air de lui faire particulièrement plaisir. »

Il hausse les épaules et trace des cercles invisibles avec sa canne en ébène à poignée argentée. « Eh bien, si c'est le cas, tant pis pour elle. Je lui rends visite pour voir mes nièces et tu es ma *petite amie**. Ça te va comme titre officiel ?

— J'ai eu une fille hors mariage. J'ai connu beaucoup d'hommes. Je vis avec toi sans être ta femme. *En Sicile**, on m'appellerait sans doute autrement ; mais après tout, je m'en moque. »

Vincenzo lui prend la main, lui caresse la joue et lui chuchote : « Tu te souviens ? La guerre venait d'éclater, et tu posais encore pour ton barbouilleur… La nuit où nous nous sommes rencontrés, j'étais ivre et vous vous étiez disputés. »

Elle rit doucement. « Comment oses-tu imaginer un seul instant que j'aie pu l'oublier ? Tu étais sur le point de rentrer en Italie et nous avons commencé à nous fréquenter en secret, comme deux collégiens… Et puis je t'ai présenté à Renée. » Elle prend une pause. « Je tenais à ce que tu la connaisses parce que… »

Il l'interrompt : « Tu as une fille merveilleuse. » Des images aux couleurs dorées comme du miel lui viennent à l'esprit et se substituent aux mots. D'un regard aussi vif que scrutateur, Renée l'avait examiné attentivement avant de s'approcher de lui et de demander à sa maman si c'était un de ses amis.

L'embarras soudain de Lucie s'était dissipé dès que Vincenzo s'était penché sur sa fille et lui avait dit, en passant une main dans ses cheveux bouclés : « *Non, ma petite**. Je suis son amoureux. »

Puis il avait levé les yeux sur Lucie, dont le visage était couvert de larmes.

Une autre scène se présente ensuite à sa mémoire. Ils sont debout, l'un en face de l'autre, dans la chambre de Lucie, devant le balcon masqué par des rideaux blancs. Ils ne se touchent pas, ils sont encore habillés et perdus dans une contemplation réciproque, à ce moment merveilleux et trouble où l'on commence à faire l'amour en imagination avant de le faire avec son corps.

Lucie est la seule femme à avoir su apaiser la douleur causée par la mort d'Annina.

« On y va ? » Il entrelace ses doigts à ceux de la jeune femme et l'entraîne derrière lui.

Franca, Igiea et Giulia les attendent au salon de thé de l'hôtel Meurice. La lumière tamisée des lustres en cristal crée des reflets irisés sur les boiseries, les étagères, les nappes blanches, les porcelaines laiteuses.

Franca, assise dans un fauteuil, semble très tendue ;

Igiea sert le thé ; Giulia est plongée dans la lecture d'un roman.

« Oh, vous êtes déjà là ? » Vincenzo s'approche, embrasse ses nièces, effleure à peine la joue de sa belle-sœur et reprend : « Désolé de vous avoir fait attendre. » Derrière lui, Lucie s'en tient à un vague signe de tête.

Franca répond, en désignant du doigt le fauteuil placé devant elle : « Ce n'est rien, vous êtes à peine en retard. De notre côté, nous avons eu une journée bien remplie : Igiea a choisi sa robe chez Worth et nous avons fait un tour chez Cartier... » Elle feint de ne pas remarquer le haussement de sourcils de Vincenzo et se tourne vers la serveuse, qui s'est approchée entre-temps, pour lui demander d'apporter d'autres *petits-fours**.

Lucie s'éclaircit la gorge et observe tour à tour les jeunes filles et leur mère. *Une femme splendide, d'une élégance innée. Mais si froide... si distante...* Les mains jointes sur ses genoux et le dos raidi contre le dossier de son fauteuil, Franca ne sourit jamais des yeux, seulement des lèvres, même lorsqu'elle décrit à Vincenzo les préparatifs du mariage de sa fille aînée. Soudain, Lucie se sent observée elle aussi. Ou plutôt, jugée. Par cette femme si belle, bien sûr, mais aussi par ses filles. Igiea lui jette des coups d'œil assez hautains, tandis que ceux de Giugiù trahissent un mélange de mépris et de perplexité. Lucie ne peut s'empêcher de penser qu'elles la comparent sans doute à leur mère.

Vincenzo, en revanche, ne semble pas remarquer tout ce jeu de regards. Il préfère taquiner Igiea : « Il semblerait que tes parents ne lésinent pas pour ton mariage, n'est-ce pas ? »

La jolie bouche de Franca se dilate en un sourire béat. « Pour ma fille, je serais prête à tous les sacrifices. Et puis, il faut respecter les convenances, surtout quand les familles concernées – en l'occurrence les Salviati et les Aldobrandini – comptent parmi les plus importantes de toute l'Italie.

— Maman sait ce qui vaut mieux pour moi, renchérit Igiea. D'autant que la noblesse romaine est très attentive à…

— La noblesse romaine ? » Lucie écarquille les yeux. « Vous voulez dire que le mariage sera célébré à Rome ?

— Bien entendu, répond Franca. Igiea vivra ensuite entre la capitale et Migliarino Pisano, où la famille Salviati possède un magnifique domaine. Mais j'ai aussi prévu une grande fête à la villa Igiea pour nos amis de Palerme qui ne pourront pas se rendre aux réceptions à Rome, afin qu'ils puissent faire la connaissance du marié.

— *Aux* réceptions ? s'étonne à son tour Vincenzo. Tu ne crois pas qu'une seule suffirait ?

— Après la cérémonie civile, il y aura la réception à proprement parler ; mais après la cérémonie religieuse, nous déjeunerons entre intimes, une centaine de personnes. C'est le souhait qu'a exprimé ton frère, et j'ai bien volontiers accédé à sa requête.

— Tonton, tu n'as pas oublié qu'en ta qualité de témoin, tu devras te confesser la veille des noces ? Tu sais que ma future belle-mère, la duchesse Aldobrandini, est une femme très pieuse, et que le cardinal

Vannutelli, qui célébrera le mariage, est un ami de la famille… »

Vincenzo lève les yeux au plafond en éclatant de rire. « Je ne suis plus allé à confesse depuis une éternité, et j'ai bien peur que le récit de ma vie dissolue ne scandalise ce malheureux prélat ! »

Lucie dévisage Igiea, ahurie de constater que cette fille si jeune est à ce point l'esclave des traditions et des apparences. « Mais… nous sommes au vingtième siècle ! s'écrie-t-elle, trop stupéfaite pour se retenir.

— S'il est une chose qui ne passera jamais de mode, ce sont les bonnes manières, réplique Igiea avec un mélange de grâce et de perfidie. Et les Florio se doivent d'adopter un comportement irréprochable, ce jour-là. » Elle glisse un coup d'œil à sa mère et poursuit : « Mon père sait à quel point il est important de se montrer à la hauteur du nom qu'on porte. Et voilà d'ailleurs pourquoi il restera aux côtés de maman aussi longtemps que nécessaire. » Elle s'interrompt pour laisser la serveuse déposer le plateau de *petits-fours**. Dans le silence soudain, Franca adresse un sourire orgueilleux à Igiea. Elle est fière de sa fille, de sa détermination. De sa manière délicate, mais claire, de définir les limites.

Vincenzo, tête baissée, trace des lignes courbes sur la nappe avec sa cuiller à café. Il a très bien compris ce que sa nièce a voulu lui signifier. Alors, il prend son courage à deux mains, lève les yeux vers Lucie et perçoit dans son regard une tristesse profonde. Elle a compris, elle aussi, qu'elle n'est pas la bienvenue à ce mariage.

Vincenzo demande ensuite à sa nièce, sur un ton

peu convaincu : « Ils sont bien tenus au secret, n'est-ce pas ? Je veux dire, les prêtres. »

Igiea tend la main vers les *petits-fours** ; elle hésite longtemps avant d'en choisir un et de répondre : « Ce n'est pas la question. L'important, c'est ce que tu décides de confesser. Tant qu'une chose n'est pas dite, elle n'existe tout simplement pas. » Elle a parlé dans un souffle, les lèvres recouvertes d'une mince couche de sucre. En relevant les yeux, elle croise un instant ceux de Lucie.

Ils expriment un jugement sans appel.

*

Franca raccroche le combiné du téléphone, se lève de son fauteuil et se laisse aller à un petit rire satisfait. Maria Arabella, la fille d'Igiea et d'Averardo, est née il y a un peu plus d'un mois, le 6 septembre 1922 ; la mère et le bébé se portent à merveille, sans doute en grande partie grâce à la vie saine qu'ils mènent à la campagne, sur le domaine des Salviati. Mais ce qui a le plus réjoui Franca, c'est la voix de son aînée : calme, confiante, sereine. La voix d'une femme qui a trouvé sa place dans le monde, qui se sent appréciée et estimée à sa juste valeur par sa nouvelle famille.

Lorsque la sonnerie du téléphone retentit à nouveau, Giulia se précipite pour répondre.

« Allô ! Oh, tonton Vincenzo ! Oui, tout se passe bien… Et toi ? Comment va *tante** Lucie ? Et Renée ? Et grand-mère Costanza, tu l'as vue ? Ah, parfait ! Comment ? Tu organises une course de bateaux à moteur entre l'Arenella et la villa Igiea et tu voulais savoir si nous…»

Franca secoue plusieurs fois la tête en signe de refus.

«Je vais demander à maman, mais je ne pense pas que nous pourrons venir… Palerme est si triste, en novembre… À propos, tu sais quoi ? Hier, nous avons vu un film qui se passe en Sicile, *Il viaggio.* Maria Jacobini joue dedans, elle est très belle et…»

Le visage de Franca s'est renfrogné au moment précis où l'invitation de Vincenzo a suscité en elle l'image, devenue si terne, de Palerme. Peu importe désormais que le dernier tronçon de la via Roma ait été achevé ou qu'il y ait de nouvelles artères et des grands magasins. C'est bon pour les petits-bourgeois, les gens modestes sans aucune classe. La plupart des aristocrates qui avaient animé la vie mondaine de la ville pendant tant de saisons ne sont pas sortis indemnes de la guerre et de la grave crise économique qu'elle a provoquée. Ils mènent dorénavant une existence recluse, quand ils n'ont pas quitté la Sicile pour la Toscane ou pour Rome, à l'exemple de Franca. Et ils voyagent le plus souvent possible : les chambres d'hôtel de Paris, des Alpes autrichiennes ou du Trentin leur offrent des refuges sans âme, sans souvenirs, mais confortables et élégants.

La sœur d'Ignazio est l'une des rares à avoir trouvé un moyen de se raccrocher au passé : Giulia est en effet devenue l'amie de Constantin, ex-roi de Grèce, qui a choisi de s'exiler à Palerme et qui passe de longs moments à la villa Igiea avec son épouse Sophie et leur entourage restreint.

Un fantôme a ainsi choisi la compagnie d'autres fantômes. Les yeux de Franca se posent sur le tiroir du petit bureau adossé au mur, l'un des meubles de Ducrot qu'elle a réussi à emporter avec elle à Rome : elle sait qu'il contient une liasse de papiers qu'Ignazio a oubliés là quelques mois plus tôt, à l'occasion de sa dernière visite. Par mégarde ? Volontairement ? Difficile de répondre. Franca les a parcourus, et malgré un enchevêtrement presque inextricable de chiffres et de formules juridiques compliquées, elle a très bien compris une chose : l'hypothèque sur l'Olivuzza contractée auprès de la Société française de banque et de dépôts a été – Dieu sait comment – détournée au profit de Girolamo Settimo Turrisi, prince de Fitalia, devenu propriétaire d'une grande partie des bâtiments et du parc.

Franca s'est empressée de ranger ces maudits documents dans un tiroir et d'essayer de les oublier. Penser à la disparition du monde qu'elle a connu est douloureux ; en avoir la preuve concrète sous les yeux est insupportable.

Non, elle ne retournera pas à Palerme avant longtemps.

Mais elle ne veut pas non plus rester à Rome. Car on ne sait plus trop ce qui risque de se passer, depuis que Benito Mussolini a déclaré, lors d'un gigantesque rassemblement de fascistes à Naples : « Soit on nous confiera les rênes du gouvernement, soit nous les prendrons de force en marchant sur Rome. » Il considère donc la capitale comme une proie potentielle pour lui et son parti ?

Aussitôt la conversation téléphonique de sa cadette terminée, Franca lui demande : « Dis-moi, Giugiù, et si nous faisions un petit voyage ? Tiens, à Stresa. Et après à Viareggio, à l'hôtel Select, comme d'habitude. Nous demanderons à Dory de nous accompagner. »

Giulia pousse un petit cri aigu et se met à sautiller de joie. La nouvelle amie américaine de maman – miss Dory Chapman – est une femme qui a voyagé partout dans le monde et qui connaît un tas d'histoires stupéfiantes. Mais surtout, elle est toujours de bonne humeur, et Giulia a même observé que sa conversation a souvent pour effet de dissiper la tristesse de sa mère. Elle l'embrasse sur la joue et s'exclame donc, pleine d'enthousiasme : « Tu verras, on va bien s'amuser. Nous avons vraiment besoin d'un peu de légèreté. »

*

Franca ne comprend pas pourquoi Ignazio l'a rejointe à l'hôtel Select de Viareggio par cette soirée nuageuse de novembre. Elle a remarqué qu'il avait l'air fatigué et qu'il n'avait pris que quelques valises avec lui, comme s'il était parti dans la précipitation. Mais, fidèle à ses habitudes, elle préfère ne pas poser de questions. Elle prend un collier de perles et un bracelet dans son sac en maille d'or, le referme et le range dans son coffret.

Puis elle demande à Ignazio, en drapant autour de ses épaules sa cape bordée de zibeline : « Tu viens avec moi ?

— Où ça ?

— Au casino, juste pour miser quelques jetons et bavarder un peu. Il n'y a pas grand-chose d'autre à faire, ici. »

Il hausse les épaules. « Tu m'en voudras beaucoup si je te laisse y aller seule ? Il fait froid, il va bientôt pleuvoir, je suis harassé et je n'ai pas d'autre envie que d'aller me coucher.

— Ta chambre est en face de celle de Giugiù, lui répond Franca d'un ton glacial. Tiens, n'oublie pas ta clef. Et rassure-toi, je vais au casino avec Dory et le marquis de Clavesana. Alors tu vois, je ne serai pas seule. »

Ignazio sort dans le couloir sans même la saluer.

Lui qui a découché des milliers de fois, c'est devenu un petit vieux qui se plaint pour deux malheureuses gouttes de pluie, se dit Franca dans l'escalier, avec un sourire amer. Dans le hall, Dory se précipite à sa rencontre et s'exclame : « Ah, te voilà enfin, très chère ! » Puis elle lui demande, en s'enveloppant dans son étole de renard : « Tu es sûre d'être assez couverte ? Vous avez tellement besoin de chaleur, vous les Siciliens ! Le marquis de Clavesana nous attend *in the car.* On y va ?

— Je te suis », lui répond Franca avec un sourire. Oui, Giugiù a raison : cette femme répand la joie autour d'elle.

Au moment où un chasseur de l'hôtel referme la porte derrière elles, un coup de tonnerre retentit au loin.

*

Les douze coups de minuit viennent de sonner. Deux hommes vêtus de noir se faufilent le long des couloirs de service de l'hôtel Select, gravissent un escalier et ouvrent sans faire de bruit la porte d'une remise. Au milieu des balais et des paniers de linge sale, ils trouvent un tablier. L'un des deux hommes l'attrape, le secoue, sourit.

Il a reconnu un tintement de clefs.

Son complice et lui montent alors à l'étage noble, celui des chambres les plus luxueuses. À la lumière d'une petite applique, ils insèrent le passe-partout dans une serrure, qui s'ouvre sans grincer.

Ils entrent aussitôt.

La chambre, immense, n'est éclairée que par les lampadaires de la rue. Les rats d'hôtel aperçoivent le lit, une chemise de nuit entre deux oreillers, une coiffeuse, une chaise, un jupon…

L'un d'eux glisse un mouchoir dans la serrure de la porte et désigne la coiffeuse : juste en face, un coffret est posé sur un tabouret.

Le coffret.

Ils le déposent sur le matelas et le crochètent avec une pince-monseigneur.

Le voilà donc, le fameux sac en maille d'or qui contient les bijoux de Franca Florio. Ils l'ouvrent, le fouillent, en sortent plusieurs pochettes en velours qu'ils approchent de la fenêtre avant de les vider. Malgré l'obscurité, les perles et les pierres précieuses scintillent.

Ensuite, l'un des deux cambrioleurs remet les pochettes vides dans le coffret, tandis que l'autre colle l'oreille contre la porte qui sépare la chambre de Franca et celle de « l'Américaine ».

Pas un bruit. La voie est libre.

Après avoir remis le coffret sur le tabouret, ils

sèment au hasard sur le sol tout ce qu'ils trouvent dans les placards, dans les valises, dans les chapelières… Pour finir, ils attrapent des pots de crème et les jettent par la fenêtre, qu'ils prennent soin de laisser grande ouverte. Tout le monde croira qu'ils se sont enfuis par là.

Dans la chambre de Dory, le butin est plus maigre : un stylo en or, quelques bijoux, cinq mille lires en billets de banque.

Les deux inconnus referment la porte derrière eux et s'esquivent aussi discrètement qu'ils sont venus.

*

Le commissaire Cadolino, qui tient un papier d'une main tremblante, déclare d'un air timide : « Je suis désolé de vous déranger à nouveau, monsieur Florio, mais le juge Grazioli devrait arriver de Rome d'un moment à l'autre et je voudrais être sûr que la liste est complète. Vous permettez ? »

Le menton appuyé sur une main, Ignazio acquiesce.

« Merci. Nous disons donc : un collier de cent quatre-vingts grosses perles, avec fermoir en diamant et rubis ; un collier de trois cent cinquante-neuf perles avec fermoir en diamant ; un collier de quarante-cinq grosses perles ; un collier de quatre cent trente-cinq petites perles ; un collier en platine orné de grosses perles en forme de gouttes et de gros diamants ; un sac à main en or et en platine avec un monogramme en rubis et un pendentif ; une broche en or avec un monogramme en diamant ; une couronne royale avec un nœud turquin.

— Ma femme est dame de la cour, c'est son insigne.

— Ah, oui, bien sûr… Une montre et son bracelet orné de diamants ; une montre-bracelet en or de forme carrée ; cinq grosses bagues ornées de perles ; une bague ornée de rubis et de diamants ; une longue chaîne de diamants divisée en trois parties… »

Franca n'écoute pas. Les mains jointes sur ses genoux, elle laisse son regard errer dans le vide. Non seulement elle n'a plus ses bijoux, qui la protégeaient de la laideur du monde, mais depuis la découverte du vol, deux jours auparavant, elle a l'impression d'être en prison, comme si c'était elle la coupable : les interrogatoires se succèdent à un rythme effréné ; il y a des policiers partout ; un groupe de journalistes la guette à la sortie de l'hôtel ; on leur pose question sur question, à elle, à Dory, Ignazio et même Giulia ; des inconnus fouillent dans ses affaires et dans ses tiroirs, salissent tout avec leur poudre censée détecter des empreintes digitales, interrogent le personnel de l'hôtel. Et tout ça pour quel résultat ? On ne sait pas combien étaient les malfaiteurs, s'ils sont entrés par la porte ou par la fenêtre, par où ils se sont échappés. Il y avait une tache de cold-cream sur la vitre, mais de là à en tirer des déductions d'une importance capitale…

« … un bracelet de diamants et une chaîne en platine ; un bracelet orné de deux rubis et de diamants ; un bracelet en platine orné de quatre grosses perles ; un bracelet de diamants ; un bracelet en platine orné de turquoises… »

Je n'ai plus rien.

« … un bracelet de diamants et de saphirs ; une

bague en platine ornée de trois diamants; plusieurs broches ornées de rubis et de diamants; un collier torsadé de diamants et de rubis… »

Je ne suis plus rien.

« En avez-vous terminé ? » demande Ignazio. Il est fatigué, abattu, et ne se soucie pas de le dissimuler.

Cadolino acquiesce, salue Franca d'un signe de tête et quitte la pièce.

Ignazio s'approche de sa femme et lui caresse le visage; elle le regarde comme si elle n'avait jusque-là pas remarqué sa présence.

Il tente de la rassurer : « Ils les retrouveront, tu verras. » En réalité, il est lui aussi troublé et sceptique. Ces bijoux valent une fortune et pourraient servir de garantie aux dettes qui l'étranglent. Linch le sait d'ailleurs très bien, et il s'est empressé de l'appeler pour essayer de mesurer « l'étendue des dégâts ».

Franca murmure, en triturant son mouchoir : « J'ai perdu ce que j'avais de plus cher après mes filles… On dirait que je suis incapable de conserver ce qui me tient le plus à cœur, que le destin m'a condamnée à être privée de la présence des personnes et des choses que j'aime. À expier un grave péché. Mais alors, lequel ? »

Ignazio la prend dans ses bras. « Allons, ma chérie, du courage… Nous avons traversé des épreuves bien pires. N'oublie pas que ce sont des bijoux faciles à identifier. Les voleurs ne pourront pas les faire démonter par le premier orfèvre venu. Et puis, qui prendra le risque d'être accusé de recel ? Il y aurait peut-être gros à gagner, mais sans doute beaucoup à perdre. »

Franca écarquille les yeux et balbutie : « Dé… démonter mes bijoux ? Les morceler ? Mes colliers ? Mes bagues ? Mes perles ? » Elle secoue frénétiquement la tête. « Non, non… » Les paroles d'Ignazio n'y font rien : elle se met à trembler et pose les mains sur sa poitrine, comme pour l'empêcher d'éclater. « Il va falloir subir ça aussi ? » Elle sanglote doucement, le visage ravagé par l'accumulation de toutes les souffrances des dernières années. Comme si les voleurs, en plus des bijoux, lui avaient aussi pris la seule chose qui protégeait encore son âme : le souvenir de son bonheur passé.

*

Et pourtant, pour une fois, le destin se montre clément avec elle. L'enquête est confiée à un inspecteur milanais très compétent nommé Giovanni Rizzo, un véritable chien de chasse qui connaît son métier à la perfection. Il ne tarde pas à identifier les deux voleurs : Henry Poisson, un malfaiteur belge, et Richard Soyter, un ancien officier de l'armée de l'air allemande. Ils ont suivi Franca plusieurs jours durant, observé ses habitudes et celles de son amie et agi à un moment où ils étaient certains qu'Ignazio et Giulia dormaient.

Rizzo leur tend un piège à Cologne en exploitant la naïveté de Marguerite, la petite amie de Poisson, lequel aurait déclaré, le jour de son arrestation : « Que vouliez-vous que madame Florio en fasse, de ses bijoux, elle qui en a tant d'autres ? » Mais en raison d'une invraisemblable succession d'épisodes rocambolesques, de témoignages contradictoires, de blocages de valises à la frontière avec l'Italie et d'imbroglios judiciaires, il faudra attendre quatre ans, c'est-à-dire jusqu'en 1926, pour que la justice italienne condamne les deux voleurs par contumace. À cette date, le procès n'intéresse plus personne, pas même Franca, qui n'assiste pas aux débats.

Il lui a suffi de récupérer, en janvier 1923, la totalité de ses bijoux. Avec un sentiment de stupeur et de compassion mêlés, Giovanni Rizzo l'a vue ouvrir les pochettes une par une, approcher les perles de son visage, caresser les diamants, mettre les bagues et murmurer, les larmes aux yeux : « Ils sont de retour... Ils sont là, ils sont à moi. »

Sa vie a repris son cours normal, au moins en partie.

*

Malgré les dix années qui se sont écoulées depuis qu'Ignazio a dû quitter son bureau de la piazza Marina, il n'a jamais cessé, en pensée, d'entendre des craquements et de voir des fissures s'élargir. Bien au contraire. L'Olivuzza a été dépecée et forme maintenant, à elle seule, tout un nouveau quartier de Palerme. La villa Igiea a perdu sa raison d'être : les chambres sont désertes et le casino ne rapporte presque rien. La manufacture de céramique appartient désormais en quasi-totalité à Ducrot. Le siège de la Banque Florio et les biens immobiliers de la via dei Materassai ont été vendus à des hommes d'affaires astucieux à la réputation douteuse, sans doute des profiteurs de guerre. Le journal *L'Ora* est passé depuis longtemps entre les mains de Filippo Pecoraino, un meunier enrichi ; en 1926, les autorités ont décrété sa fermeture ; et elles ne l'ont autorisé à paraître de nouveau que l'année suivante, en lui imposant pour sous-titre *Quotidiano fascista del Mediterraneo* (« Quotidien fasciste de la Méditerranée »).

Dans cette tempête interminable, la seule bouée de sauvetage, c'est Carlo Linch. Omniprésent, méticuleux, infatigable, il ne se lasse pas de réclamer à cor et à cri de limiter les dépenses – « Il y en a encore beaucoup trop ! » –, surtout celles de Franca. Dans les moments les plus difficiles, il ne peut s'empêcher d'évoquer, sur un ton exaspéré, le coût faramineux du mariage d'Igiea, qui remonte pourtant à quatre ans : « Une véritable saignée ! Entre les vêtements, les bijoux et les trois réceptions... Si seulement vous aviez évité de gaspiller autant d'argent... » Ce n'est pourtant pas un homme insensible : il accomplit sa tâche – sauver ce qui reste de la Maison Florio – avec une abnégation digne des causes les plus nobles. Oh, bien sûr, à en croire les mauvaises langues, il y trouverait son compte, et il aurait même pris certaines décisions à première vue surprenantes qui ne s'expliqueraient pas autrement. Quoi qu'il en soit, grâce à lui, l'espoir est toujours là. Et Ignazio lui en sait gré.

Dans l'immédiat, cet espoir a pris trois formes.

Après maintes difficultés, la Banca Commerciale a fini par accorder aux Florio un crédit pour l'achat de trois bateaux à vapeur anglais affectés au commerce de transit. Ignazio a dès lors caressé l'idée de se servir de l'un d'entre eux – le *Giovanna Florio* – pour assurer une liaison entre la Méditerranée et Baltimore. Mais ses rêves ont été brisés par la crise de la marine marchande italienne, minée par des coûts trop élevés et des profits trop faibles. Dans quelques années, ces trois bateaux iront rejoindre le bassin de désarmement du port de Palerme ; ils y seront le triste emblème d'un énième projet avorté d'Ignazio, jusqu'au jour où un commandant de navire originaire de Piano di Sorrento, Achille Lauro, les achètera pour une somme ridicule avant de commencer à bâtir, entre autres grâce à eux, son empire maritime.

Le deuxième espoir s'est concrétisé en décembre 1925, au bout de plusieurs mois de discussions éreintantes avec le ministère de la Marine marchande, par la fondation à Rome d'une entreprise baptisée Florio-Società Italiana di Navigazione et chargée par le gouvernement de garantir l'exploitation de quelques lignes le long de la côte tyrrhénienne de l'Italie. Conscient du lien historique qui unit la mer et le nom de sa famille, Ignazio a beaucoup insisté pour obtenir ce résultat ; mais il a laissé à Linch le soin de s'occuper des détails, de surmonter la méfiance du ministère et de tirer les ficelles de l'opération. Car il consacre désormais l'essentiel de son temps et de son énergie – et c'est là son troisième espoir – à une autre idée : la création, aux îles Canaries, d'une madrague destinée à intercepter des bancs de thons avant leur entrée en Méditerranée.

De toutes les idées folles qu'il a eues, c'est vraiment la plus insensée, se dit Franca en grimaçant à la lecture de la lettre qui vient de lui parvenir. Elle est dans la chambre de sa nouvelle demeure romaine, une villa de la via Sicilia dont l'architecture, élégante et sobre, rappelle vaguement celle de la villa Igiea ; la maîtresse de maison l'a en outre décorée de meubles dessinés par Ducrot, ainsi que de nombreux objets précieux venus de l'Olivuzza, tels les verres en cristal de Bohême et la vaisselle en porcelaine de Saxe. Les fêtes avec des centaines d'invités ne sont plus qu'un lointain souvenir, mais un dîner chez Franca Florio se doit toujours de constituer un événement mondain de premier plan.

La lettre d'Ignazio contient toutefois peu de motifs de réjouissance : les thons sont en réalité assez rares dans la région, et il pourra se rabattre sur l'exploitation de bancs de sardines à la seule condition d'obtenir l'argent nécessaire aux travaux d'aménagement de l'établissement et au paiement des salaires. Vincenzo et Lucie, établis depuis peu aux Canaries, ont quant à eux loué une maison où ils mènent une vie assez inconfortable, voire spartiate, tout comme les autochtones. Les photographies qui accompagnent la lettre sont en revanche moins attristantes : Ignazio et Vincenzo côte à côte sur un lit ; Ignazio assis dans un fauteuil ; Lucie occupée à cuisiner ; des scènes de pêche ; l'intérieur de la madrague ; des cabanes de pêcheurs ; une plage au coucher du soleil…

Franca les met de côté avec un soupir d'agacement. Depuis qu'il s'est installé là-bas, Ignazio ne lui a pas proposé une seule fois de le rejoindre, ne serait-ce que pour quelques semaines. À ceux qui s'en sont étonnés, elle a répondu que les Canaries étaient trop éloignées, et surtout trop sauvages pour elle et Giugiù, avant de conclure avec un sourire : « Non, je ne me vois vraiment pas donner un dîner au milieu de tous ces barbares. »

Menteuse.

En dépit de son absence sur les photographies, Franca est convaincue que Vera est avec lui. Une sorte de sixième sens lui permet de percevoir sa présence sans avoir besoin de la constater de ses propres yeux. Même à des milliers de kilomètres, elle lit dans l'esprit d'Ignazio comme dans un livre ouvert où elle a appris, mieux que personne, à deviner la vérité cachée entre les lignes. Au prix de rudes expériences.

« Oh, une lettre de papa ! Je peux voir ? »

Giulia est entrée dans la pièce comme une rafale de vent printanier. Franca lui sourit et lui tend le papier. Elle est vraiment ravissante, sa Giugiù, cette splendide adolescente de seize ans dont la beauté est assez différente de celle d'Igiea, classique et délicate : elle ressemblerait plutôt à celle de son père, auquel Giulia est d'ailleurs très attachée.

Elle lit la lettre à haute voix et pousse un cri de joie lorsqu'elle en arrive au passage où son père annonce son prochain retour à Rome, pour affaires. Une femme de chambre apparaît alors dans l'encadrement de la porte.

« Monsieur Linch demande à être reçu, Madame. »

Franca, très étonnée, se lève de sa coiffeuse. « Linch ? Qu'est-ce qu'il peut bien… ? »

Giulia hausse les épaules et murmure : « Peut-être qu'il apporte des documents à remettre à papa dès son arrivée. » Et elle s'apprête à suivre sa mère dans le petit salon où le majordome a prié le visiteur d'attendre. Mais Franca sait que Linch est souvent porteur de mauvaises nouvelles, et elle préfère éviter à sa fille le moindre motif de préoccupation : « Giulia, ma chérie, va vérifier que le cuisinier a bien préparé le *parfait au foie gras** pour le dîner de ce soir, s'il te plaît. » La jeune fille se dirige vers la cuisine, sans dissimuler sa contrariété.

Carlo Linch se tient debout, il n'a pas retiré son manteau et il semble pressé. « Bonjour, donna Franca. Veuillez m'excuser de me présenter chez vous sans avoir prévenu, mais il faut absolument que je vous parle. »

Elle lui fait signe de s'asseoir en face d'elle, puis elle attend que le majordome ait quitté la pièce pour inviter son hôte à expliquer la raison de sa visite : « Je ne vous cacherai pas que je suis assez surprise que vous souhaitiez vous entretenir avec moi. Je vous écoute.

— Je serai bref et… sans doute déplaisant, reprend Linch en fronçant les sourcils. Car je me trouve dans la désagréable obligation de vous rappeler une fois de plus que vos dépenses… »

Manifestement très irritée, elle l'interrompt aussitôt : « Oh non, de grâce, je n'en peux plus de cette rengaine ! » Elle baisse les yeux sur le tapis qui ornait autrefois un salon de l'Olivuzza. « Nous avons déjà rogné sur tous nos budgets et nous avons demandé un délai de paiement pour les travaux effectués dans ce bâtiment, en attendant de toucher les dividendes de nos actions de la nouvelle compagnie maritime.

— Vous avez neuf personnes à votre service dans cette villa, c'est plus que deux fois trop. Sans parler de vos dettes de jeu et de vos innombrables voyages. En l'absence de votre mari, c'est à moi qu'incombe la triste tâche de vous engager à vous montrer plus… mesurée. »

Franca suffoque d'indignation. « Comment osez-vous ? Même mon mari ne s'est jamais permis de me dicter ma conduite, et vous…

— Je n'ai pas fini, Madame. »

Franca rajuste les plis de sa jupe, fixe Linch et attend.

« J'en appelle à votre bon sens. Limiter vos dépenses ici, à Rome, ne suffit plus. Vous devriez retourner vivre à Palerme.

— Comment ? » La voix de Franca est sur le point de se briser.

« Rentrez chez vous. Vous pourrez prendre soin de ce qui vous reste, aider votre famille… »

Franca le dévisage longtemps, en silence. Puis elle rejette la tête en arrière et elle éclate d'un rire hystérique, longtemps et si fort que les larmes lui montent aux yeux ; et elle continue de pleurer même quand son rire s'éteint. Alors elle se lève d'un mouvement brusque et demande, d'une voix redevenue normale, mais sombre : « À la maison ? Mais alors dites-moi, monsieur Linch, vous qui savez tout : quelle maison ? Nous ne sommes plus propriétaires de l'Olivuzza et de son parc, où nous avons reçu le monde entier : des chefs d'État, des musiciens, des poètes, des acteurs ! La villa Igiea ? J'y suis désormais traitée comme une simple cliente. » Elle s'interrompt un court instant pour river sur son interlocuteur un regard animé par la rage. « À moins que vous ne soyez en train de me suggérer que la maison où je dois retourner, c'est Palerme tout entière ? » Elle tente de ravaler son amertume avec sa salive et ses larmes, mais plus rien ne peut endiguer une colère trop longtemps contenue ; c'est un déferlement de vagues qui submergent le sable et les rochers, un ouragan qui emporte tout sur son passage. Franca parcourt la pièce de long en large en secouant nerveusement sa jupe. « Palerme… Palerme a eu du pain et du travail grâce aux Florio pendant plus d'un siècle. Elle s'est donné des airs de grande ville européenne avec ce Teatro Massimo que mon mari a financé en totalité. Tous les pauvres de la ville sont venus nous voir, le chapeau à la main, pour demander l'aumône : ils savaient bien que les Florio ne refusaient jamais de leur faire la charité. Palerme a beaucoup exigé de nous et beaucoup promis en échange ; elle nous a menti. Là-bas, la gratitude dure trois jours, comme le sirocco. » Elle s'interrompt une nouvelle fois et se passe une main sur le front pour écarter une mèche de cheveux qui retombe sur son visage. « Alors dites-moi, dites-moi chez qui je serais censée aller ! Chez ceux qui prétendaient être nos amis, qui nous ont emprunté de l'argent sans jamais nous le rendre, qui ont bénéficié de nos largesses et qui détournent maintenant la tête quand ils nous rencontrent ? Chez ceux qui ont acheté l'Olivuzza pour une bouchée de pain avant de la dépecer ? » Les bras croisés sur sa poitrine, elle peine de plus en plus à maîtriser le battement accéléré de ses paupières, le tremblement de ses lèvres et les sanglots qui lui nouent la gorge. « Je ne remets pas en doute vos compétences professionnelles, monsieur Linch. Mais vous êtes arrivé à Palerme à une date où les hyènes avaient déjà commencé à dévorer le peu qui nous restait. Vous ne pouvez pas comprendre. Vous ne pouvez pas savoir ce qu'a signifié pour moi la perte du respect que m'accordaient auparavant tous ses habitants, tous sans exception. Vous n'avez pas connu la Palerme des Florio, dynamique, riche, pleine d'espoir. Elle n'existe plus. Elle a été remplacée par une gigantesque toile d'araignée de rues anonymes surplombées par des bâtiments qu'habitent des fantômes. »

Linch sort un mouchoir de la poche de sa veste et le tend à Franca, qui le remercie d'un geste. Sa poudre de riz laisse une longue traînée sur le tissu de batiste.

« Je vois, murmure Linch en baissant la tête. Que voulez-vous que je vous dise ? Essayez de vous en sortir au mieux avec ce qu'il vous reste. Il n'est jamais trop tard pour se montrer prudent. »

Cette phrase déclenche une nouvelle crise de larmes.

Bien que très embarrassé, Linch reprend, impitoyable : « De votre côté, vous devez comprendre que je ne saurais retirer ma… requête. Vos affaires ne vont pas bien du tout. J'ai plaidé la cause de nouvelles concessions maritimes auprès du ministre en personne, mais le parcours est encore semé d'embûches, à commencer par l'attitude de votre mari envers la Banca Commerciale, qui détient la majorité des actions et des titres de créance de la Maison Florio. Au lieu de se montrer conciliant, il se fait du tort en…

— Vous imaginez bien qu'il ne me parle pas de ces choses-là. » Franca baisse une fois de plus les yeux sur le tapis.

« C'est bien ce que je pensais. » Linch tourne et retourne son chapeau entre ses mains. « Tous nos espoirs reposent sur les efforts que votre époux a multipliés pour convaincre les industriels de soutenir la liste du Parti fasciste aux élections municipales de Palerme. Il jouit encore d'une certaine influence, là-bas, et, d'une manière ou d'une autre, on l'écoute. Mais rien ne nous garantit que le gouvernement s'en souviendra et qu'il nous en sera reconnaissant. » Il esquisse une révérence. « Je vous remercie de m'avoir écouté, donna Franca. Si vous changez d'avis, vous savez où me trouver. »

Franca reste seule.

Un besoin soudain d'air frais la pousse à ouvrir en grand la porte-fenêtre. Elle rejette la tête en arrière et respire profondément, tandis que ses larmes sèchent. Lorsque la brise écarte le rideau, Franca voit son reflet dans la vitre. Aujourd'hui, impossible de se convaincre qu'elle a conservé sa beauté malgré le passage des années et l'acharnement du destin. Les traces des deuils, de l'amour non partagé, des illusions perdues sont toutes là : ses yeux verts ont perdu leur éclat ; ses rides sont de plus en plus profondes ; ses cheveux grisonnent.

Je suis devenue une ombre parmi les ombres. Rien de plus qu'un reflet éphémère sur une vitre.

*

Dans l'étroit couloir silencieux de la villa dei Quattro Pizzi, Ignazio marche tête basse. Le léger clapotis des vagues et l'odeur des algues pénètrent par une fenêtre ouverte. Ce parfum lui rappelle les étés de son enfance à Favignana, lorsque toute la famille s'installait dans ce bâtiment construit par son grand-père.

L'année 1929 vient de commencer sous de sombres auspices. Bien qu'elle soit en ce moment à Milan, Franca vit à Rome avec Giulia : elle a été expulsée de la villa de la via Sicilia et habite maintenant une maison via Piemonte.

Arrivé devant la porte de la tour carrée, Ignazio l'ouvre en grand, mais n'entre pas ; il se contente d'observer le spectacle offert par la pâle lumière du mois de janvier et par la danse de la poussière au-dessus du carrelage en majolique. Puis il contemple le golfe qui se déploie devant lui : la mer étale ressemble à une surface métallique brillante et froide ; quelques petits bateaux de pêche rentrent au port ; le parc de la villa Igiea apparaît au loin.

Ignazio sent un premier coup au cœur, aussitôt suivi d'un autre.

Même la villa Igiea ne lui appartient plus. Quelques mois plus tôt, Vincenzo et lui l'ont cédée à une société financière qui, par l'intermédiaire de Linch, gère la quasi-totalité de leur patrimoine : la compagnie Florio-Società Italiana di Navigazione, qui croule sous les dettes ; les madragues des Canaries, qui sont au bord de la faillite ; la participation au capital de l'entreprise de Ducrot ; la maison de Vincenzo, via Catania ; et enfin la villa dei Quattro Pizzi, dont Ignazio a fait sa résidence. Pour rester à la villa Igiea, il aurait dû payer un loyer ; comme il n'en a plus les moyens, le nouveau directeur de l'établissement a recouru dans un premier temps, pour l'amener à quitter les lieux, à des propos doucereux et hypocrites ; ils se sont révélés inefficaces ; alors, las d'attendre, il lui a adressé une lettre recommandée.

Je ne suis plus que du néant mélangé à rien. La réflexion est d'autant plus cruelle qu'Ignazio est parfaitement conscient que c'est aussi, désormais, l'opinion générale à son sujet.

Et il ressasse, pour la dixième, pour la centième fois, l'éternelle question : qui faut-il blâmer, dans cette triste histoire ? Il a d'abord rejeté la faute sur ses associés, leur esprit obtus, leur incompétence, leur pusillanimité. Puis il s'est dit que ses concurrents avaient bénéficié de toute une série de circonstances favorables pour eux… et fatales pour lui. Il s'est complu à se prendre pour une victime prédestinée à la malchance, à se convaincre que ses idées étaient trop audacieuses, trop en avance sur leur temps pour avoir du succès.

Mais aujourd'hui, il n'a plus la force de se réfugier derrière des mensonges.

Il essuie du dos de la main les larmes qui perlent à ses yeux. Et soudain, comme en rêve, il voit son père superviser la pêche au thon à Favignana, parler avec des ouvriers de l'Oretea, calculer le moyen de tirer le meilleur parti de ses mines de soufre, savourer un verre de marsala les yeux fermés, regarder l'arrivée du train dans l'ancienne métairie d'Alcamo, bavarder avec Crispi dans le hall d'un hôtel, à Rome… En cas d'échec, son père n'aurait jamais pensé un seul instant, lui, à accuser la malchance, l'incompétence des autres ou l'incapacité des gens à accepter ses innovations. Il a toujours eu pour unique guide de ses actions le sens des responsabilités et du devoir. Il n'a eu qu'un seul dieu, la Maison Florio, et une seule religion, le travail. Comme ce grand-père mort quelques jours après la naissance d'Ignazio, mais demeuré vivant à travers les histoires que son père lui avait racontées : un homme simple, fruste, implacable, un marchand d'épices d'origine calabraise qui, parti d'un modeste magasin, avait conquis une ville entière. C'est lui qui avait décidé la construction de cette villa à l'Arenella, lui qui en avait fait un lieu extraordinaire digne de l'admiration des rois et des reines.

Ignazio se demande s'il n'aurait pas justement été trahi par le sang des Florio. S'il ne se serait pas un peu trop vite persuadé que son ascendance suffisait à faire de lui un homme d'affaires habile, que les qualités indispensables à la gestion de son patrimoine étaient chez lui innées. Or, de toute évidence, il lui a manqué quelque chose. Le besoin de reconnaissance ? La volonté de réussite ? Le sens du devoir ? La capacité à deviner les pensées d'autrui, leurs attentes, leurs désirs ?

Il ne sait pas. Il ne le saura jamais.

Il sait simplement que l'heure n'est plus aux mensonges. À soixante ans, inutile de se chercher des excuses, de s'imaginer que, dans la forge du destin, quelqu'un – dieu ou démon – lui a fabriqué une armure trop lourde qui a fini par l'écraser.

Il est le seul responsable du désastre.

*

« Ce n'est plus qu'une question de jours, a déclaré le médecin la veille au soir. Gardez les fenêtres ouvertes, mais veillez à ce qu'il n'ait pas froid. Parlez-lui de choses agréables, et ne soyez pas trop sévère avec lui s'il fait des caprices. »

Ignazio a acquiescé en raccompagnant le médecin à la porte. Puis il a éclaté en sanglots comme un petit garçon.

Il n'a pas autant pleuré, même lorsque Giuseppe Lanza di Trabia est mort d'une fièvre tropicale deux ans plus tôt, en 1927, laissant sa sœur bien-aimée et son beau-frère dans la même situation que lui : sans héritier mâle pour assurer la perpétuation de leur nom. *C'est sans doute la malédiction qui pèse sur les Florio*, se dit-il en touchant la bague de ses ancêtres.

Et maintenant, Romualdo. La tuberculose. Quand Ignazio a appris qu'il était gravement malade, il l'a aussitôt fait revenir du sanatorium des Alpes où il se consumait à petit feu pour qu'il puisse mourir dans sa ville natale. Et il a décidé de l'accueillir ici, à l'Arenella. Il lui doit bien ça.

Il entre dans sa chambre. Romualdo a les traits tirés, des cernes profonds sous les yeux, et il est d'une pâleur cadavérique.

Ignazio s'assied à côté de son lit, comme l'a fait l'arrière-grand-oncle dont il porte le prénom avec son frère Paolo, jadis.

« Comment ça va ?

— Je me porte comme une fleur », lui répond Romualdo en riant. Il a toujours été d'humeur joyeuse, lui, et il le reste même face à la mort. « Prends les cartes, tiens, j'ai envie de faire une partie. »

Le cœur lesté de plomb, Ignazio lui obéit. Mais Romualdo peine à se concentrer, et il s'interrompt souvent pour bavarder. Soudain, il se fige, abat ses cartes sur la couverture et se tourne vers le mur. « Je vais t'avouer une chose : il m'arrive de penser à elle, de temps en temps.

— À qui, bel éphèbe ? » Ignazio mélange les cartes.

« À ma femme, à Giulia. » Il soupire. « Paternò a été condamné à la prison à vie, mais pour moi, ce ne sera jamais assez. Même si j'ai oublié à quoi ressemble le visage de cette bête sauvage. Celui de Giulia, en revanche… la pauvre. Maintenant que c'est mon tour de mourir, elle me fait de la peine et… »

Ignazio l'interrompt : « Non, tu te trompes. » Et il ajoute, sur un ton léger qui sonne faux : « Tu n'es pas en train de mourir. »

Romualdo se retourne, le regarde et hausse les sourcils. « Épargne-moi ce genre de vilains mensonges, s'il te plaît. »

Ignazio baisse les yeux sur ses cartes ; sa vue se trouble et il se laisse aller à une réflexion mélancolique : « Malgré toutes les femmes que nous avons eues, nous voilà seuls comme des chiens.

— N'importe quoi ! Et Vera, alors ?

— Elle ne veut plus me voir. Elle m'a dit que tout est fini entre nous… et moi, je ne sais plus quoi faire. Elle me manque.

— Et Franca ? »

Ignazio pose ses cartes ; un sourire amer s'esquisse sur ses lèvres. « Depuis que j'ai mis ses bijoux en gage à la Banca di Sicilia, elle ne m'adresse presque plus la parole. Alors que ça fait deux ans… Elle avait déjà très mal pris la vente du tableau de Boldini aux Rothschild. Et tu sais ce qu'elle m'a dit quand elle m'a tendu le sac en maille d'or qui contenait ses bijoux ?

— Quoi ?

— *Tu m'avais promis de tout me donner. Et au lieu de ça, tu m'as tout pris.* »

Sa mémoire égrène des images, lentement, douloureusement. Franca avait enveloppé les bijoux – un par un – dans des pochettes de velours : on aurait presque cru qu'elle touchait le saint suaire. Puis elle les avait rangés dans leur sac, les larmes aux yeux. Elle avait gardé les perles pour la fin ; elle les avait fait glisser entre ses doigts, rangée après rangée, en murmurant : « On m'avait bien dit que les perles sont synonymes de larmes. » Enfin, elle les avait approchées de son visage, pour une dernière caresse, avant de les disposer dans des étuis et de les remettre à Ignazio.

Ce souvenir le torture encore. « Ma pauvre Franca... Elle a toutes les raisons de se plaindre de moi... Quand je pense à tout ce que je lui ai infligé... »

Romualdo hausse les épaules. « Assez de bêtises comme ça, Ignazio ! Celle-ci et toutes les autres. » Il lui enlève les cartes des mains. « Quand c'est fini, c'est fini.

— Ah oui ? Et que nous reste-t-il au bout du compte, bel éphèbe ?

— Pourquoi est-ce qu'il devrait forcément rester quelque chose ? Ignazio, reconnais que nous avons su cueillir l'instant présent, toi et moi ! Nous ne sommes pas restés les bras croisés, nous avons pris ce dont nous avions envie et nous avons profité de tout avec une parfaite insouciance. Moi, je me présente devant la mort sans regrets. J'ai été maire de Palerme. J'ai été riche et puissant, et toi aussi. Nous avons attiré des femmes merveilleuses dans notre lit.

L'argent, les voyages, le champagne… Souviens-toi de l'existence que nous avons menée, Ignazio ! Nous avons rêvé en grand, bel éphèbe, nous avons été libres et nous avons toujours défendu, bec et ongles, ce qui comptait vraiment pour nous. Pas l'argent, pas le pouvoir, pas même notre réputation, non. Notre dignité. »

*

Ignazio se remémore les paroles de Romualdo le jour où ils sont forcés de quitter leur habitation de la via Piemonte. Il est retourné auprès de sa femme lorsque Vera l'a définitivement quitté, au moment de la profonde crise spirituelle qu'elle a traversée en 1930, après la mort de son fils Leonardo lors d'un exercice aérien au-dessus de l'Adriatique. Ignazio et elle n'étaient plus unis que par la violence du châtiment divin sur leur liaison adultère : la mort des enfants d'Ignazio d'abord, celle de Leonardo ensuite, ce n'était rien d'autre que la punition bien méritée de leurs péchés. Voilà du moins ce qu'avait prétendu Vera, et Ignazio n'avait rien trouvé à répliquer. Il s'était contenté de prendre une dernière fois dans ses bras cette femme qui lui avait apporté tant de sérénité, qui avait toujours été souriante avec lui et qui maintenant, à travers ses larmes, l'implorait de se racheter, de se repentir du mal qu'il avait fait à sa femme et à sa famille. Après un ultime baiser sur le front, il s'était éloigné d'elle sans se retourner.

Mais ses paroles avaient pénétré dans son âme, elles avaient redonné de la vigueur à ce sentiment de culpabilité qu'il avait trop longtemps nié. Et elles l'avaient poussé à revenir aux côtés de Franca, pour partager avec elle le peu qu'il leur restait.

Il n'a pas capitulé, en tout cas pas tout de suite : de ville en ville, il a essayé par tous les moyens d'obtenir de nouveaux contrats, même léonins, même humiliants. Mais il suscitait désormais la compassion, le mépris, voire la moquerie. Ignazio Florio était responsable de la chute d'un empire commercial. Ignazio Florio n'avait pas été capable de gérer son immense patrimoine. Ignazio Florio était un inconscient, un raté.

Un jour, il s'est surpris à envier Vincenzo de pouvoir compter sur le soutien d'une femme courageuse et pragmatique, qui l'aime d'un amour sincère et qui s'est démenée pour sauver bien des choses, à commencer par les bijoux et les meubles que son compagnon lui avait offerts au fil des ans. Mais les deux frères se voient rarement : avec Lucie et Renée, Vincenzo partage son temps entre Palerme et la France, entre la via Catania et la maison de famille de Lucie à Épernay. La dernière fois qu'il l'a rencontré, Ignazio a eu le sentiment que leurs quinze années de différence d'âge avaient été soudain effacées : il s'est retrouvé en face d'un homme qui paraissait beaucoup plus que ses cinquante ans, fatigué et alourdi. Et il s'est dit qu'après tout, son frère aussi avait toujours fait ce qu'il avait voulu, sans se préoccuper des conséquences. Et que c'était peut-être précisément à cause de ses excès qu'il n'avait pas eu d'enfants. D'ailleurs, allez savoir s'il le regrettait ? Mais une fois de plus, Ignazio n'a posé aucune question.

Un léger toussotement le tire de ses réflexions. Son majordome et une femme de chambre se tiennent derrière lui, en manteau.

« Nous partons, Monsieur. Si vous voulez bien nous régler notre dernier mois… »

Le majordome a parlé sur un ton aimable, mais ferme.

« Quant aux salaires impayés, nous vous saurions gré de nous verser au moins une avance… » ajoute la femme de chambre.

Soudain, Ignazio ressent un vif agacement envers ces deux personnes. Elles ignorent donc que d'autres prédateurs lui ont déjà rongé la chair jusqu'aux os ? Il sort quelques billets de banque de sa poche. Les derniers.

« Tenez. Partagez-vous ça tous les deux », dit-il au majordome avant de lui tourner le dos et de rejoindre Giulia, qui, debout sur le seuil de la pièce, a été témoin de la scène.

Il pose une main sur son bras et lui sourit.

Elle lui sourit à son tour et s'approche du lit, où deux petites valises attendent d'être remplies.

« J'allais m'en occuper, dit Ignazio à sa fille.

— Mon petit papa, répond-elle avec une lueur d'ironie dans les yeux, tu n'as jamais fait une valise de toute ta vie, je suis sûre que tu entasserais tout n'importe comment. Assieds-toi et laisse-moi faire, je n'en aurai pas pour longtemps. »

Ignazio obéit en soupirant. C'est envers Giulia que son sentiment de culpabilité est le plus fort. Deux ans plus tôt, elle a souffert de graves crises de nerfs répétées ; par chance, Igiea et Averardo se sont bien occupés d'elle, à Migliarino Pisano. Ils l'ont aidée à se ressaisir, à réapprendre à manger normalement, à retrouver un sommeil serein.

En bref, leur hospitalité chaleureuse lui a donné la sensation d'être aimée.

À l'époque, Ignazio était encore avec Vera. Quant à Franca, après avoir rendu une brève visite à sa fille, elle avait jugé bon d'aller se ruiner un peu plus dans les casinos de la Côte d'Azur et les magasins parisiens. En guise de justification, elle avait déclaré à son retour qu'elle ne pouvait plus supporter la moindre souffrance, encore moins celle de ses filles.

Giulia a fini par se rétablir. Mais depuis, elle est devenue plus distante, comme si le monde auquel elle appartient ne l'intéressait plus.

« Pardonne-moi », marmonne Ignazio à voix très basse.

Bien que Giulia ne semble pas avoir entendu, elle lui demande, au bout de quelques secondes : « Te pardonner ? Et de quoi donc ?

— De... de ce que je t'oblige à faire.

— Papa, je vais chez Igiea, pas au bagne ! » répond-elle d'un ton presque brusque. Puis elle enfile ses gants et son pardessus bordé de fourrure. L'hiver est si humide, à Rome. « Et surtout, je vais retrouver Arabella, Laura, Flavia et Forese. Ils seront certainement heureux d'avoir leur tante rien que pour eux pendant un certain temps.

— Nous viendrons te voir, ta mère et moi. Nous irons te retrouver chez Igiea, mon trésor. »

Elle approuve d'un mouvement de tête, referme les valises et embrasse son père sur la joue. « Prends soin de maman, lui dit-elle en lissant les revers élimés de sa veste. Elle n'est pas aussi forte que toi. »

Tu ne peux pas deviner ce qu'elle a été. C'est moi qui l'ai rendue faible. Moi qui l'ai brisée.

Après un dernier baiser sur la joue, Giulia se dirige vers le couloir, ouvre la porte cochère et sort dans la rue. L'automobile des Salviati l'attend devant l'immeuble. Il ne reste plus à Ignazio qu'à passer en revue les chambres plongées dans la pénombre, les murs nus, les meubles et les objets qui seront bientôt vendus à l'encan. Ceux qui sont restés à Palerme ont été saisis à la demande des autorités municipales pour servir de garantie à de nombreux impôts locaux impayés, et ils subiront le même sort. Bien peu de choses, à vrai dire : la plupart des meubles et des objets de valeur ont été dispersés en 1921, lors d'une précédente vente aux enchères qui a duré plus d'un mois.

Mais il n'y a aujourd'hui, dans le regard d'Ignazio, ni tristesse, ni regret. Il n'y a plus qu'une lueur de cette dignité que son ami Romualdo a défendue jusqu'à son dernier souffle et qui, chez Ignazio, ressemble de plus en plus à de la résignation.

*

Franca est assise sur son lit, les mains croisées sur les genoux et les yeux fixés sur le sol. Ignazio pénètre dans la pièce sans regarder sa femme. Elle porte mal ses soixante et un ans, mais Ignazio sait très bien que ses extravagances, ses excès de ces derniers temps ne suffisent pas à expliquer son vieillissement précoce.

Voilà pourquoi il évite, dans toute la mesure du possible, le spectacle navrant offert par ce visage durci, ces yeux éteints, ces mains couvertes de taches.

Il prend le manteau de Franca, le lui pose délicatement sur les épaules, hume au passage les effluves de son parfum de toujours, la Marescialla, et lui demande : « Tu es prête ? »

Elle acquiesce.

Ils quittent l'immeuble ensemble, avec leurs deux petites valises. Leurs autres bagages sont déjà à l'hôtel Eliseo, un établissement modeste, propre et calme, situé près de la Porta Pinciana. Franca a opposé un refus catégorique aux offres insistantes d'Averardo et d'Igiea : pas question de s'installer chez eux, ce serait une véritable indignité.

Dans la rue, certains passants s'arrêtent pour saluer Franca et Ignazio, tandis que d'autres détournent les yeux. Tous les habitants du quartier connaissent cette femme et cet homme qui marchent aujourd'hui en silence, côte à côte. Au fil des ans, leur différence de taille n'a fait que s'accentuer : elle a gardé l'habitude de se tenir toujours bien droite, tandis qu'il s'est peu à peu voûté. Elle a, en outre, conservé sa démarche souple et harmonieuse. Au prix d'efforts douloureux, mais indispensables.

Lorsque le monde la regarde, donna Franca Florio se doit d'avancer tête haute.

*

Au siège de la Banca Commerciale, personne ne paraît remarquer le froid inhabituel de ce printemps romain. Peut-être parce que la salle est bondée depuis l'aube. Peut-être parce que l'attente a échauffé les esprits. Peut-être parce qu'il est dans la nature des secrets d'exhaler une chaleur qui enflamme quiconque s'approche d'eux.

Bien que le catalogue de la vente aux enchères ne mentionne pas la provenance des lots, elle est connue de tous les acheteurs potentiels qui affluent en ce moment dans la salle. Ces broches et ces bracelets de diamants, ces bagues en rubis, ces bracelets d'émeraudes et ces longs colliers de perles ne peuvent appartenir qu'à une seule femme.

Oui, elle.

La noblesse romaine a dépêché ses mandataires sur place, en leur donnant des instructions précises. Plusieurs dames de l'aristocratie se souviennent encore de telle ou telle broche – Cartier, Fecarotta, les frères Merli – admirée à l'occasion d'un dîner, d'une première théâtrale, d'une rencontre fortuite. L'envie s'est ensuite transformée en soif de possession, comme si un bijou pouvait renfermer le charme et la grâce de celle qui l'a porté pour la première fois et les insuffler à sa nouvelle propriétaire.

Les bijoutiers professionnels, venus en nombre, semblent en revanche plus détachés. Ils se connaissent, s'adressent des saluts très froids et des regards presque provocateurs. Puis ils feuillettent le catalogue, évaluent les prix, réfléchissent d'avance à la façon de démonter certaines pierres et de les réutiliser sur des châsses plus modernes, moins reconnaissables.

Soudain, un bourdonnement se répand à travers la salle. Giulia Florio vient d'apparaître sur le seuil, coiffée d'un chapeau à voilette et vêtue d'un manteau noir. La dernière-née de la famille Florio s'immobilise un instant, les doigts refermés sur la poignée de son sac à main en velours ; d'un regard inquisiteur, elle dévisage les personnes présentes une par une, comme pour imprimer leur image dans sa mémoire.

Je sais qui vous êtes. Je sais que vous êtes ici parce que vous n'auriez jamais pu, en d'autres circonstances, mettre la main sur ce qui appartenait à ma famille. Vous n'êtes que des charognards. Ne vous gênez pas surtout ! Démontez les pierres, coupez les fils des colliers de perles, fondez les métaux. Je n'oublierai pas, moi, je me rappellerai toujours qui a fait quoi. Vous n'aurez jamais ni l'élégance de ma mère, ni la distinction de mon père, ni la grandeur de ma famille. Jamais.

Et je suis ici pour vous le rappeler.

Puis, sans se départir un instant de son expression dédaigneuse, elle s'avance d'un pas sûr et s'assied à l'écart. Le commissaire-priseur l'a vue et reconnue : après une courte hésitation, il se met à présenter les lots. Les bijoux qui ont accompagné toute la vie de sa mère défilent alors sous les yeux de Giulia ; dans certains cas, elle se souvient de la dernière fois où elle les a vus. Cette broche en or agrémentée d'un monogramme en diamants, par exemple. Cinq ans plus tôt, en 1930, Franca avait demandé l'autorisation d'en disposer pendant quelques jours, pour la porter au mariage du prince Humbert avec Marie-José de Belgique. En sa qualité de dame de la cour, elle était tenue d'assister à cette cérémonie si importante et d'y arborer son insigne. Giulia n'oubliera jamais le sentiment d'humiliation qu'avait trahi le visage de sa mère lorsque la banque l'avait informée qu'elle ne pouvait confier aux Florio, même à titre provisoire, ni cette broche, ni aucun des autres bijoux en sa possession, de crainte qu'ils ne lui soient pas restitués. Au bout du compte, il avait fallu multiplier les démarches exténuantes en très haut lieu pour obtenir gain de cause.

Le commissaire-priseur décrit les lots les uns après les autres, les offres se succèdent à un rythme rapide et les passions se déchaînent, surtout pour l'acquisition des colliers de perles. Lorsque celui qui en réunit trois cent cinquante-neuf est adjugé, pour une somme équivalant sans doute à une petite moitié de sa valeur réelle, à un bijoutier incapable de retenir un cri de joie, Giulia saisit son sac à main et quitte la salle, toujours tête haute.

Elle ne révélera jamais à sa mère qu'elle a assisté à la vente de ses bijoux bien-aimés. Mais son père lui avait montré la lettre de la Banca Commerciale l'informant du jour et de l'heure des enchères avant de la regarder en silence, comme pour implorer son aide. En réponse, Giulia avait hoché la tête, une seule fois, avant de s'éloigner.

Mais il incombe à ses parents d'écrire, ensemble, la conclusion de cette histoire dont ils ont aussi écrit les chapitres les plus brillants et les plus effroyables.

Giulia n'étant qu'un simple témoin du triste sort de la Maison Florio, elle s'en tiendra à observer la main qui tracera le mot *fin*.

*

Franca est assise devant la coiffeuse. Sa petite chambre à l'hôtel Eliseo est baignée d'une lumière vive, printanière, qui l'agace et qu'elle n'est pas loin de considérer comme un outrage à son malheur. Ignazio est sorti faire quelques pas. Ou du moins, c'est ce qu'il lui a dit en partant. Mais elle sait pertinemment qu'il ne supportait pas l'idée de devoir évoquer avec elle ce qui était en train de se passer à la Banca Commerciale. Il s'est contenté de lui murmurer : « Pardonne-moi » au moment où il était déjà sur le pas de la porte.

Franca ferme les yeux. Ce sera donc pour *aujourd'hui*.

Elle croit entendre les coups de marteau qui scandent la vente de ses bijoux.

Le bracelet de saphirs qu'Ignazio lui a offert pour la naissance de Baby Boy. Un autre, en platine, pour la naissance de Giulia. La broche de diamants et de platine, en forme d'orchidée, reçue à l'occasion de leur premier anniversaire de mariage. Et puis, ses colliers de perles : quarante-cinq sur l'un, cent quatre-vingt sur un deuxième, quatre cent trente-cinq sur un troisième, trois cent cinquante-neuf, enfin, sur celui qu'elle portait le jour où elle a posé pour Boldini…

À chaque coup de marteau imaginaire, elle frémit de tout son corps et de toute son âme.

Depuis toujours, ces bijoux ont été son bouclier. Ils l'ont défendue, ils ont montré au monde sa force, sa beauté. Où sont-ils, maintenant ? Qui prendra soin d'eux ?

Où sont passées son élégance, sa distinction, sa maîtrise de soi ? Et d'ailleurs, les a-t-elle vraiment possédées, ces qualités ? Ne s'agissait-il pas plutôt d'illusions trompeuses vouées à se dissiper avec les années ?

La réponse est là, sous ses yeux. Dans ce visage sillonné de rides profondes. Dans ce regard éteint. Dans cette robe couverte de faux plis qui dissimule mal l'alourdissement de sa silhouette. Dans cette âme qui s'est brisée tant de fois qu'elle n'est plus capable de se reconstruire.

Par une journée pluvieuse, il y a de cela une éternité, sa belle-sœur l'avait exhortée à ne pas craindre d'être elle-même. Elle s'y est efforcée en recourant au seul moyen qu'elle pensait avoir à sa disposition : l'amour, sous toutes ses formes. Pour Ignazio, pour ses enfants, pour sa famille, pour le nom qu'elle porte. Elle en a donné et reçu beaucoup ; mais au bout du compte, l'amour a creusé en elle un gouffre de ténèbres et de silence. *Il paraît qu'aimer, c'est se livrer sans réserve ; mais si l'on fait cadeau de tout son être, on n'a plus rien pour vivre.*

Et c'est exactement ce qu'il lui est arrivé.

Au début, son amour pour Ignazio avait été saturé de désir, de dévouement, de confiance. Envers lui et ce qu'il représentait. Franca avait été grisée par la richesse, la frénésie de la vie mondaine, le luxe. Avec l'arrivée des enfants, son bonheur avait touché à son apogée. Pendant une période très courte, et infiniment lointaine, elle s'était sentie vivante. Même les médisances, les regards envieux et les calomnies d'une ville entière, qui l'avaient tant tourmentée à l'époque, lui apparaissent désormais comme le signe de la perfection, de la plénitude et de la splendeur qu'elle avait atteintes.

Ensuite, le charme a été rompu par les trahisons, les souffrances, les deuils. Elle s'est crue capable de défendre son amour en continuant à aimer Ignazio envers et contre tout, à être à la hauteur de ses attentes, à jouer, sur la scène du monde, le rôle de donna Franca.

Et le déclin de la Maison Florio a coïncidé avec le sien.

L'étoile qui avait embrasé le ciel de Palerme, plus qu'aucune autre, s'est peu à peu éteinte, jusqu'à se confondre avec l'obscurité.

Même ses bijoux ont disparu – y compris ceux qui étaient la manifestation d'un amour menteur, désespéré et vain. L'illusion du bonheur s'est évaporée au soleil, dans la poussière de la matinée dorée d'aujourd'hui.

Elle n'a plus rien.

Une vague tendresse pour Ignazio, certes, née de toutes ces années passées ensemble. Et son amour pour ses filles. Plût au Ciel qu'elles ne commettent pas les erreurs de leur mère. Qu'elles restent fidèles à elles-mêmes. Qu'elles comprennent que l'amour survit à la seule condition d'être partagé.

Et que, par-dessus tout, elles tirent les leçons de ce qu'ont vécu leurs parents.

Aurais-je moins aimé, si j'avais su tout cela ?

Non.

J'aurais aimé d'une autre manière.

Elle s'observe à nouveau dans son miroir – l'un de ceux qu'elle a réussi à sauver du naufrage de l'Olivuzza –, mais d'un regard pensif, distant.

Un léger sourire se dessine sur ses lèvres et adoucit ses traits.

Là, tout près d'elle, un enfant aux épaisses boucles blondes est assis sur le tapis. Avec un petit air polisson, il s'amuse à tirer sur la jupette blanche d'une petite fille à la peau diaphane et aux yeux verts, qui tient un bébé dans ses bras. Et puis, dans un coin, il y a la mère et le père de Franca, son frère Franz, sa belle-mère Giovanna. Il y a aussi Giulia Tasca di Cutò, jeune et belle, comme au temps de leur amitié.

Franca regarde à nouveau les enfants, qui lui sourient.

Giovannuzza. Baby Boy. Giacobina.

« Nous t'attendons, maman », lui dit Giovannuzza sans bouger les lèvres.

Franca hoche la tête. Elle sait bien qu'ils l'attendent. Et elle sait aussi que son amour pour eux était différent des autres. En leur présence, elle a toujours pu se contenter d'être elle-même ; elle n'a jamais craint de leur montrer ses fragilités, ses faiblesses. Mais elle ne le comprend que maintenant, à l'heure où tout le reste a disparu.

Alors, juste pour eux, là, dans le miroir, Franca redevient jeune et belle. Elle est dans sa vraie chambre, celle dont le sol est jonché de pétales de roses, celle où des putti espiègles constellent le plafond. Ses yeux verts ont retrouvé leur clarté, un sourire serein illumine son visage. Elle porte une robe blanche légère et, bien sûr, ses perles.

En cet instant aussi parfait que fugace, elle est vraiment heureuse.

Comme elle ne l'a jamais été.

ÉPILOGUE

novembre 1950

Cu campa si fa vecchio.
« Ceux qui survivent vieillissent. »
Proverbe sicilien

Ce mois de novembre est glacial. Et les rafales de vent qui balaient le sol apportent avec elles un goût de terre humide. Ignazio s'avance lentement, d'un pas trébuchant, sur l'allée en béton du cimetière de Santa Maria di Gesù. Igiea, qui marche à côté de lui, est obligée de s'arrêter à plusieurs reprises pour le soutenir et l'empêcher de tomber. Derrière les grilles, la foule est venue nombreuse rendre un dernier hommage à donna Franca Florio.

« Franca, mon amour… » murmure Ignazio. Elle est morte à l'âge de soixante-seize ans, quelques jours plus tôt, à Migliarino Pisano, chez Igiea, où elle habitait désormais. Ignazio a refusé de voir sa dépouille. Dans son esprit – de plus en plus fragile et confus – elle sera toujours la fille en chapeau de paille et en robe de coton blanc qu'il a rencontrée pour la première fois dans les jardins de la villa Giulia.

Il lève les yeux. L'imposante chapelle des Florio se dresse devant lui. La porte en fer forgé est grande ouverte ; et, juste derrière le lion en marbre sculpté par Benedetto De Lisi, un cercueil sombre est recouvert d'une gigantesque couronne de fleurs. Une explosion de vie au milieu de toute cette grisaille.

Igiea secoue le bras de son père, qui la regarde comme s'il s'étonnait de sa présence près de lui. Derrière sa voilette, le visage de sa fille montre de nombreux signes d'épuisement, et ses yeux sont rougis par les larmes.

« Tu veux aller lui dire au revoir, papa ? »

Il secoue vigoureusement la tête en signe de refus. Igiea soupire, comme pour dire : *J'en étais sûre.* Elle se tourne vers une jeune femme qui la suit, sa fille aînée, Arabella, et lui dit : « Reste là pour tenir compagnie à ton grand-père. » Puis elle emprunte le chemin tracé entre les tombes, gravit un petit escalier et arrive à la chapelle, où son mari, sa sœur Giulia et son beau-frère, Achille Belloso Afan de Rivera, l'attendent.

Ignazio observe ses filles avec un détachement mélancolique. Oh, il sait bien qu'elles l'estiment peu lucide, perdu dans un passé plus imaginaire que réel, et qu'elles lui reprochent – à juste titre – d'avoir fait souffrir leur mère.

Igiea et Giulia sont désormais des femmes mûres. Elles ont leur vie, leur famille, leur place dans le monde. Elles habitent loin de la Sicile et ne portent plus le nom de famille de leur père. Le seul qui aurait pu le porter est à quelques pas de là, dans la chapelle qui s'apprête à accueillir Franca.

Par le passé, Ignazio s'est souvent demandé s'il avait peur de la mort. Aujourd'hui, il sait que la réponse est non. Il a mené une existence bien remplie et il n'a, longtemps, renoncé à rien. Mais il est las : las de survivre à ses proches, las d'avoir l'impression d'être une sorte de digue contre les flots du destin qui ont entraîné tous ceux qu'il a aimés.

Il se dirige vers la base du remblai de la chapelle, là où se trouve la crypte. « Où vas-tu, grand-père ? » lui demande Arabella en essayant de le retenir.

Pour toute réponse, il montre du doigt la petite porte en fer noir, ouverte pour l'occasion, et ajoute : « Là. »

Dans la crypte, il fait encore plus froid qu'à l'extérieur. Les murs de tuf sont fissurés et tachés de moisissures ; les chandeliers en fer ont été, au fil des ans, rongés par l'humidité.

Les deux sarcophages blancs, en revanche, semblent avoir résisté aux assauts du temps. Celui de son père est couvert de poussière. Ignazio s'approche et passe une main dessus pour l'enlever. En frottant contre la pierre, la bague de ses aïeux produit un son strident qui le pousse à retirer aussitôt sa main. L'autre sarcophage, monumental, est celui de son grand-père Vincenzo, qu'il n'a pas connu. À côté, il y a Giovanna, sa mère, Giulia, sa grand-mère, mais aussi son arrière-grand-père, Paolo, et son arrière-grand-oncle, Ignazio : arrivés à Palerme de Bagnara Calabra en 1799, ils étaient les propriétaires de la modeste herboristerie où tout a commencé. Et près d'eux, il y a son arrière-grand-mère Giuseppina, la femme de Paolo.

Les Florio sont tous là.

Ils avaient un avenir, eux, quelqu'un à qui léguer non seulement de l'argent, des entreprises et des villas, mais encore un nom et une histoire qui, étape après étape, sont parvenus jusqu'à Ignazio.

Il n'existe dorénavant plus personne pour conserver

leur mémoire. Cette idée donne à Ignazio une insupportable sensation de vertige. Alors il ferme les yeux, comme s'il suffisait de ne plus rien voir pour éviter de chuter dans un abîme sans fond. Et c'est aussi pour cela qu'il n'a pas voulu assister à l'inhumation de Franca. Là-haut, dans la chapelle, elle reposera à côté de Vincenzo, le frère aîné d'Ignazio, et de trois de leurs enfants : Giovannuzza, Baby Boy et Giacobina.

Même après avoir quitté le cimetière et être monté à bord de l'Alfa Romeo d'Igiea, Ignazio reste en proie au vertige. Palerme défile devant ses regards indifférents, et il ne tressaille qu'en passant près du palais Butera, dévasté par des bombardements en 1943 : sa sœur Giulia a survécu quelque temps à cette nouvelle tragédie, à la mort de son dernier fils, Giuseppe, et à celle de son mari, Pietro. Elle s'est éteinte trois ans plus tôt, en 1947, la veille de Noël.

Ignazio baisse les yeux sur l'anneau qu'on se transmet, dans sa famille, de génération en génération. La ruine de la Maison Florio remonte désormais à un passé lointain. S'il y pense, il éprouve une vague gêne, mais aucune souffrance. Il n'a pourtant plus un sou vaillant, même si, d'un point de vue strictement formel, la Maison Florio n'a jamais fait faillite. Mais vivre aux crochets de ses filles et de son frère ne lui fait ni chaud ni froid. Non, ce qui est intolérable, à ses yeux, c'est l'extinction… de son nom. Et surtout, d'une histoire. L'histoire renfermée dans le petit anneau d'or usé par les ans qu'il porte au doigt.

Igiea se gare devant la villa dei Quattro Pizzi. Les yeux perdus dans le vide, la tête ailleurs, Ignazio ne s'en rend même pas compte.

« Papa… nous sommes arrivés, lui dit sa fille. Je monte saluer mon oncle Vincenzo et ma tante Lucie, mais je ne resterai pas déjeuner avec eux. » Elle fait le tour de la voiture et ouvre la portière.

Ignazio descend, désigne la plage et murmure, avec un timide sourire d'excuse : « Attends. Viens avec moi voir la mer. »

Ils avancent péniblement : leurs chaussures s'enfoncent dans le sable et se heurtent aux minuscules galets du rivage. Soudain, Ignazio indique la tour carrée, sur sa gauche. « Ta mère n'aimait pas cet endroit… »

Igiea tend un doigt vers une grande tache verte surplombant la mer, sur sa droite, où l'on entrevoit un petit temple parmi les feuillages. Puis elle répond, avec un soupçon de mélancolie : « Elle préférait la villa Igiea, je sais. Elle y est restée tant qu'elle a pu. »

Le regard d'Ignazio se dirige alors vers le chantier naval et, plus loin encore, vers Palerme. « Laisse-moi m'asseoir là quelques minutes », dit-il en montrant un rocher plat proche de l'entrée latérale de la villa.

Igiea demeure perplexe. « Il fait froid, papa. » La mer est très agitée et des embruns glacés leur fouettent le visage. « Tu ne crois pas qu'il vaudrait mieux rentrer au chaud ?

— Non, non. Laisse-moi ici. » Il lui serre le bras. « Va dire bonjour à ton oncle et à ta tante. »

Igiea hoche la tête, jette à son père un regard où la peine se mêle à l'affection et s'éloigne.

Une fois seul, Ignazio observe longtemps les vagues – indifférentes, rageuses – qui se brisent sur les récifs.

La villa dei Quattro Pizzi, bâtie par son grand-père ; la villa Igiea, réaménagée par Franca. Entre ces deux bâtiments, toute sa vie et celle de sa famille.

Palerme. La mer.

Ils ont été les seigneurs et maîtres de la ville. Et à Favignana, bien des années auparavant, son père lui avait dit qu'ils avaient la mer dans le sang.

La sensation de vertige revient. Forte, brutale.

Tout sombrera dans l'oubli. Cette pensée lui arrache un sanglot.

Il ferme les yeux, les rouvre.

Quelqu'un l'appelle.

« Don Ignazio ! » Un vieil homme aux cheveux hirsutes s'avance vers lui en tenant par la main une fillette aux longues tresses noires. « Dieu vous bénisse, don Ignazio. Je m'appelle Luciano Gandolfo. Vous vous souvenez de moi ? »

Ignazio le dévisage et fronce les sourcils. « Vous étiez l'un des valets de chambre de la villa, n'est-ce pas ?

— Oui, exactement. J'y ai été engagé tout jeune, du temps de votre père – Dieu ait son âme ! J'avais quinze ans quand il est mort. Ma famille et moi, nous avons toujours servi les Florio. » Il se penche en avant. « J'ai appris, pour votre épouse. Une si belle femme… À l'heure qu'il est, elle repose en paix auprès de Notre-Seigneur. Et alors comme ça, vous habitez ici maintenant, chez don Vincenzo ? »

Ignazio acquiesce d'un signe de tête. En être réduit à quémander l'hospitalité de son frère, lui qui possédait des maisons partout ! Lui qui régnait sur l'Olivuzza !

À côté des deux hommes, la fillette s'est mise à

ramasser des coquillages. Soudain, elle se redresse, examine Ignazio d'un regard scrutateur et s'écrie : « Vous… vous êtes don Ignazio Florio ? »

Ignazio le lui confirme d'un hochement de tête et l'examine à son tour. Elle doit avoir une dizaine d'années, ou à peine plus.

« Alors vous êtes le frère de don Vincenzo, celui des voitures ! Mon père va toujours le voir, quand on lui apporte les moteurs américains de certains bateaux.

— C'est ma petite-fille, la fille de mon fils Ignazio, explique le vieux domestique tout en faisant signe à la gamine d'approcher. Mon fils est mécanicien. »

Ignazio se lève avec difficulté de son rocher. « Votre fils… »

Le vieillard acquiesce. « Je lui ai donné le prénom de votre père, qui a été si généreux avec nous. Et elle, ajoute-t-il en désignant sa petite-fille, elle s'appelle Giovanna, comme votre mère… une sainte femme, toujours prête à nous venir en aide. »

La fillette, manifestement très fière d'avoir été présentée à ce monsieur, esquisse un sourire et lui dit : « Je sais tout de vous, don Ignazio. Grand-père nous a raconté plein d'histoires, à moi et à mes frères… et les grands-parents de mes camarades de classe aussi. Ils nous ont parlé de vos madragues, de votre fonderie, de vos bateaux… » Elle s'interrompt, regarde les coquillages rassemblés dans le creux de sa main, en choisit un et le tend à Ignazio avec ces mots : « Ici, tout le monde sait qui vous êtes. »

Il prend le coquillage et répète, d'un air incrédule : « Tout le monde sait… »

La fillette approuve d'un vigoureux mouvement

de tête, tandis que son grand-père ajoute : « Bien sûr. Nous connaissons tous votre histoire, don Ignazio. La vôtre, celle de votre frère, celle de votre famille… Il y a eu beaucoup de gens riches et puissants à Palerme, mais des comme vous… non. Vous, vous êtes les Florio. »

La gorge serrée, Ignazio fixe l'horizon. Il aperçoit au loin un petit bateau à voile latine blanche, sans doute un *schifazzo*.

Puis il se retourne et conclut, en souriant à la petite fille et au vieillard : « C'est vrai. Les autres sont les autres. Nous, nous sommes les Florio. »

Arbre généalogique de la famille Florio, 1723

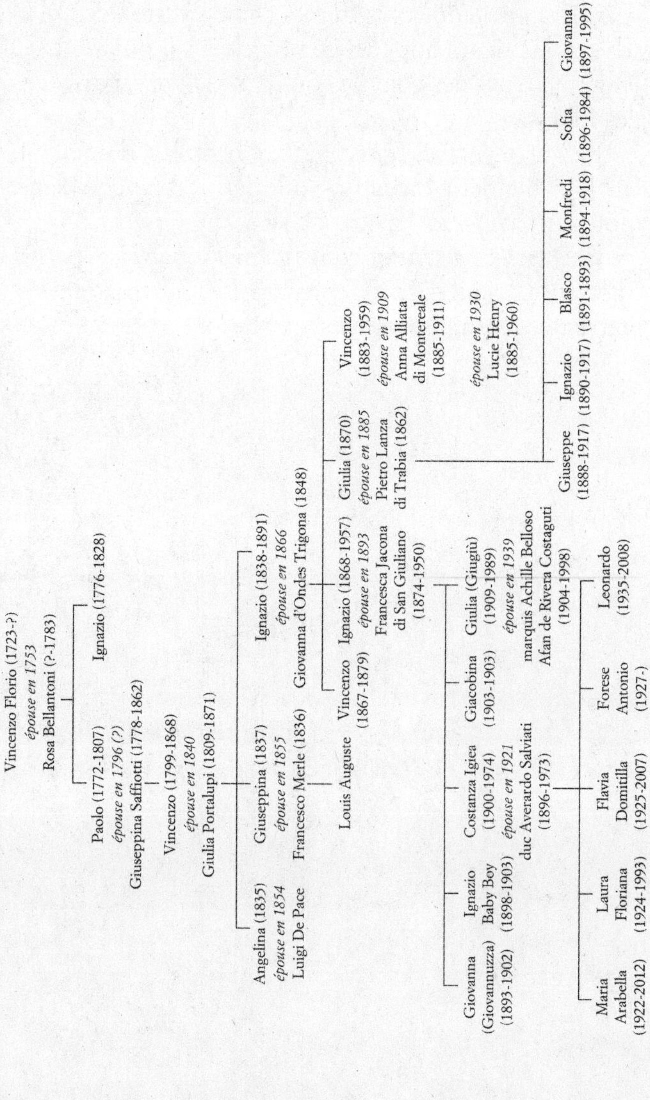

NOTE DE L'AUTRICE

Les Lions en hiver est un roman. Il n'est pas inutile de le rappeler, s'agissant d'une famille qui a laissé une trace si profonde dans les annales de Palerme, de la Sicile et de l'Italie. Elle passionne depuis longtemps les historiens, qui se sont attelés à la tâche difficile de l'analyser dans toute sa complexité, et en particulier dans sa dimension économique et sociale.

De même que *Les Lions de Sicile* et *Le Triomphe des lions*, ce roman s'appuie sur des sources documentaires, auxquelles j'ai ajouté des situations et des personnages que j'ai imaginés ou réélaborés en fonction d'exigences narratives. Et ce sont des nécessités du même ordre qui m'ont amenée à prendre des décisions parfois difficiles, à privilégier tel ou tel aspect du récit au détriment de certains autres. J'ai dû, en somme, faire des choix. Mais il en va de même pour tous les auteurs de romans historiques qui effleurent le présent, et c'est à la fois une bénédiction et une malédiction.

Parvenue au terme d'un voyage de presque six ans en compagnie des Florio, je me dois, me semble-t-il, de fournir les références bibliographiques des publications qui m'ont servi de boussole lors de la rédaction de mes romans. Je mentionnerai d'abord l'ouvrage monumental d'Orazio

Cancila, *I Florio, storia di una dinastia imprenditoriale*, indispensable à toute approche approfondie du destin de cette famille pendant quatre générations. *L'età dei Florio*, sous la direction de Romualdo Giuffrida et Rosario Lentini, et *I Florio*, de Simone Candela, regorgent quant à eux d'informations utiles et de clefs de lecture toujours intéressantes. *L'economia dei Florio, una famiglia di imprenditori borghesi dell'800*, enfin, rassemble les contributions de nombreux auteurs et comprend le catalogue de l'exposition organisée en 1991 à Palerme par la Fondazione Culturale Chiazzese de la banque Sicilcassa ; elle avait pour commissaire Rosario Lentini, un homme d'une grande générosité intellectuelle et d'une immense culture, auteur de plusieurs textes sur les Florio, et notamment sur leurs activités entrepreneuriales et sur leurs liens avec les milieux culturels et politiques italiens.

Je citerai en outre quelques études plus spécialisées : *Le navi dei Florio*, de Piero Piccione ; *Villa Igiea*, sous la direction de Francesco Amendolagine ; *Giuseppe Damiani Almeyda. Tre architetture tra cronaca e storia*, d'Anna Maria Fundaro ; *I Florio e il regno dell'Olivuzza*, de Francesca Mercadante ; *La pesca del tonno in Sicilia*, sous la direction de Vincenzo Consolo ; *Breve storia della ceramica Florio*, d'Augusto Marinelli ; *Boldini. Il ritratto di donna Franca Florio*, de Matteo Smolizza ; *Gioielli in Italia*, sous la direction de Lia Lenti ; *Le toilette della signora del Liberty*, de Ketty Giannilivigni ; *Il guardaroba di donna Franca Florio*, sous la direction de Cristina Piacenti Aschengreen ; *Regine. Ritratti di nobildonne siciliane (1905-1914)*, sous la direction de Daniele Anselmo et Giovanni Purpura ; *La musica nell'età dei Florio*, de Consuelo Giglio ; les sites targapedia.com (où l'on peut trouver, entre autres, tous les numéros de *Rapiditas*, la « revue internationale d'automobilisme » conçue par Vincenzo Florio), targaflorio.info et amicidellatargaflorio.com, véritables mines d'informations sur la Targa Florio. Mais j'ai aussi tiré des idées et des suggestions d'ouvrages comme *La Sicile illustrée (fascicoli dal 1904 al 1911)*, *Palermo fin de siècle*, de Pietro Nicolosi, et *Sulle orme dei Florio*, di Gaetano Corselli d'Ondes et Paola D'Amore Lo Bue. Sans oublier des classiques tels que *Principi sotto il vulcano*, de Raleigh Trevelyan, *Estati felici*, de Fulco Santostefano della Cerda, duc de Verdura, et *I racconti*, de Giuseppe Tomasi di Lampedusa : ces livres m'ont apporté une connaissance approfondie d'un certain « usage du monde » aujourd'hui disparu mais toujours aussi fascinant. Enfin, j'ai toujours pu compter sur mon consultant historique et artistique, Francesco Melia, qui m'a dévoilé la complexité et la richesse de la société palermitaine de la fin du XIXe et du début du XXe siècle ; il a de plus consulté pour moi de nombreuses publications, parmi lesquelles le *Dizionario storico-araldico della Sicilia*, de Vincenzo Palizzolo Gravina, *Vivere e abitare da nobili a Palermo tra Seicento e Ottocento*, sous la direction de Luisa Chifari et Ciro D'Arpa, et *La pittura dell'Ottocento in Sicilia tra committenza, critica d'arte e collezionismo*, sous la direction de Maria Concetta Di Natale.

Une autre source précieuse d'information m'a été fournie par les documents numérisés disponibles sur Internet Archive et sur les archives en ligne du *Corriere della Sera* et de *La Stampa*. Dans les articles datant de l'époque de mon roman, j'ai retrouvé les chroniques détaillées d'affaires qui, sans cela, seraient tombées dans l'oubli. Je suis donc très reconnaissante envers les journalistes, souvent anonymes, qui se sont intéressés à ces histoires, ces personnages, ces événements, mais aussi envers tous ceux qui rendent aujourd'hui leurs textes accessibles à un très large public. Et bien entendu, j'ai tiré un immense profit de la consultation de nombreux numéros du *Giornale di Sicilia* et de

L'Ora, qui occupaient une place de choix dans la presse de l'époque.

À quoi il faut ajouter des essais, des témoignages et des articles consacrés à la vie politique, économique et culturelle de l'Italie du XIXe siècle et de la première moitié du XXe.

Quant aux livres relatifs à la vie « intime » des Florio, j'en retiendrai deux, qui ont été pour moi d'une importance fondamentale. *Franca Florio*, d'Anna Pomar, est la seule véritable biographie de ce personnage ; parue en 1985, elle se fonde sur le témoignage de Giulia Florio, la fille cadette de Franca et d'Ignazio. On y trouve à la fois la reconstitution de toute une époque et le destin individuel d'une femme à la vie tourmentée. J'ai d'ailleurs eu à ce sujet de longues conversations avec Marco Pomar, le fils de l'auteure, en particulier lorsque les informations contenues dans ce livre ne coïncidaient pas avec celles que mes recherches m'avaient fournies. Je le remercie donc du fond du cœur pour sa disponibilité de tous les instants, et je m'estime honorée d'avoir pu suivre la route frayée par sa mère.

Publié en 2020 peu avant la mort de son autrice, Costanza Afan de Rivera, *L'ultima leonessa* retrace la vie de Giulia Florio à travers le regard de sa fille. Je garde un souvenir ému des jours où j'ai eu le privilège de m'entretenir avec donna Costanza, et de la passion qu'elle insufflait à l'évocation du passé de sa famille : grâce à elle, j'ai eu la possibilité non seulement de saisir les aspects les plus authentiques d'une personnalité aussi contradictoire que celle de Franca, mais encore de mesurer tout l'orgueil qui s'attache au nom des Florio.

REMERCIEMENTS

Depuis le jour, il y a six longues années, où j'ai imaginé pour la première fois la scène de tremblement de terre qui sert de prologue aux *Lions de Sicile*, j'ai appris la valeur de la discipline, de la solitude, de la patience et du courage.

Oui. Car l'écriture n'est jamais une fin en soi : elle exige sens des responsabilités et force de caractère. On se retrouve seul avec les mots et ses propres doutes, avec la sensation de ne pas avoir donné assez, de devoir se battre au corps à corps avec une histoire qui refuse de se laisser dompter, de devoir choisir les branches sèches à élaguer et les nouvelles fondations à poser.

Au bout du compte, on comprend que tout roman est une route semée de virages et d'embûches, et qu'on peut choisir de la parcourir d'un pas léger de danseur ou au contraire d'un pas hésitant, à la seule lumière de l'intuition et d'une étoile Polaire qu'on a sans cesse devant les yeux : l'histoire à raconter.

On fait de son mieux, on essaie de maintenir la distance nécessaire, on s'en remet au temps pour aider les mots à trouver leur juste place. Pour finir, on « met la main dans la gueule du lion ». Et cette bête fauve que l'on craignait tant, au lieu de vous dévorer, se montre docile et vous permet de la caresser.

Voilà.

Voilà ce qu'a été, entre autres, raconter l'histoire des Florio.

Et je n'y serais pas parvenue si je n'avais pas eu auprès de moi des gens qui m'ont gratifiée de leur affection et de leur patience. En premier lieu, mon mari et mes enfants, qui m'ont apporté leur soutien indéfectible même dans les moments les plus délicats, et qui m'ont souvent accompagnée aux quatre coins de l'Italie. Cela n'a pas été facile pour eux, et je ne les en remercierai jamais assez. J'ai pu compter aussi sur ma famille d'origine : ma mère Giovanna et mes sœurs Vita et Anna, mes neveux, mes beaux-frères, mes oncles et mes cousins (en particulier les Basiricò et les Rosselli). Je considère comme un privilège peu ordinaire d'être entourée d'autant de personnes qui m'aiment. Leur présence à mes côtés et l'estime qu'ils me vouent sont à mes yeux une chance immense.

Et puis, il y a mes nombreux amis : Chiara, qui, d'une manière ou d'une autre, est toujours là ; Nadia Terranova, qui m'offre à la fois un exemple et un point de repère précieux ; Loredana Lipperini, ma « sorcière bien-aimée » (elle sait ce que je veux dire par là) ; Evelina Santangelo, que je remercie pour ses conseils. Merci aussi à Piero Melati, qui m'a toujours manifesté beaucoup d'estime ; à Alessandro D'Avenia, qui m'a accordé une écoute attentive ; à Pietrangelo Buttafuoco, un gentilhomme au grand cœur d'un autre temps ; et enfin à l'équipe de Villa Diodati Reloaded, Filippo Tapparelli, Eleonora Caruso, Domitilla Pirro, qui, en plusieurs occasions, ont ramassé les pots que j'avais cassés et m'ont fait rire. Sans oublier Felice Cavallaro et Gaetano Savatteri, deux des voix les plus belles et les plus authentiques de la culture sicilienne actuelle.

Merci aussi à Elena, Gabriella, Antonella, Valeria, Rita, Valentina et ma toujours chère Elisabetta Bricca, des femmes et des lectrices extraordinaires qui sont mes amies depuis plus de dix ans ; à Franco Cascio et Elvira Terranova, pour leur présence, un point c'est tout ; à Alessia Gazzola, Valentina D'Urbano et Laura Imai Messina, qui ont droit à toute mon estime et toute ma reconnaissance. Vos récits sont pour moi une source d'inspiration permanente.

La liste des libraires chers à mon cœur serait très longue. Plusieurs d'entre eux n'ont pas été – et ne sont pas – de pures et simples « relations professionnelles », mais de véritables amis. Je les cite donc, en cette qualité, par leurs prénoms : Fabrizio, Loredana et Marcella, Teresa, Alessandro et Ina, Ornella, Maria Pia, Bianca, Caterina et Paolo, Manuela, Guido, Sara, Daniela, Giovanni, Maria Carmela et Angelica, Arturo, Nicola, Carlotta et Nicolo, Valentina, Fabio, Cetti et ses sœurs, Barbara et Francesca, Serena, Alberto, Marco et Susan, Stefania et Giuseppe. Vous et tous les autres libraires, indépendants ou non, je tiens non seulement à vous remercier, mais encore à vous rendre hommage : vous exercez une profession noble, très à part ; si je n'étais pas enseignante, je crois vraiment que je voudrais faire votre métier. C'est grâce à vous que *Les Lions de Sicile* a obtenu un tel succès, à la passion qui vous a animés lorsque vous l'avez conseillé à vos lecteurs, à la façon dont vous avez su l'accompagner partout. Et je dois en outre remercier tous ceux qui vous en ont parlé avant son arrivée sur vos tables, à savoir les représentants de la société Prolibro (en particulier Toti Di Stefano, pour n'en citer qu'un) et leur directeur commercial, Emanuele Bertoni. Vous êtes mes héros.

Merci à Roberto Giuseppe Basirico, remarquable antiquaire et personne d'une valeur inestimable grâce à qui j'ai trouvé une quantité incalculable de cartes postales, de livres et d'objets liés à l'histoire des Florio, et qui m'a aidée et encouragée sans relâche dès le début de mes recherches ; aux frères Tortorici, qui m'ont accordé leur estime et autorisée à explorer les merveilles exposées dans leur galerie d'art ; à Francesco Sarno, qui a mis à ma disposition le catalogue de la vente aux enchères des meubles de la famille Florio organisée en 1921, et qui a suivi mes travaux avec autant de zèle que d'attention.

Merci au professeur Giuseppe Damiani Almeyda, petit-fils de l'architecte des Florio, qui a créé de magnifiques archives en ligne consacrées aux dessins de son grand-père et qui, par un matin de pluie, m'a reçue chez lui pour me montrer quelques croquis inédits du palais Florio de Favignana ; et il faut de plus applaudir le magnifique travail de conservation et de vulgarisation qu'il mène depuis de nombreuses années par ses seuls moyens. Un immense merci au professeur Piazza, qui m'a permis de visiter l'une des parties les plus belles et les mieux conservées de la villa de l'Olivuzza, aujourd'hui administrée par le Circolo dell'Unione de Palerme. Merci encore à Giuseppe Carli, passionné de montres et propriétaire de l'ancienne et célèbre bijouterie Carli, à Lucques, qui m'a révélé l'existence d'une montre de gousset fabriquée pour les Florio, à des fins publicitaires, au début du XXe siècle ; ce lecteur raffiné et très cultivé m'a frappée par sa générosité intellectuelle.

Merci à ceux et celles qui m'ont accueillie (et attendue) au cours de ces derniers mois : Enrico del Mercato, Mario di Caro et Sara Scarafia ; Claudio Cerasa et tous les journalistes qui m'ont rencontrée et qui ont parlé de moi sans préjugés, sans filtre. Travailler avec vous a été une belle expérience. Merci à mes collègues et à la directrice de l'IPSSAR Paolo-Borsellino, qui continuent de m'accorder leur affection de toujours.

Merci à Costanza Afan de Rivera : j'aurais voulu lui offrir ce livre et voir le demi-sourire par lequel elle exprimait sa curiosité. Savoir qu'elle ne lira jamais ces pages m'attriste profondément.

Merci à Sara di Cara, Mara Scanavino et Gloria Danese : chacune à sa manière, ces trois femmes m'ont guidée, tout au long de ces dernières années ; la reconnaissance que je leur dois va bien au-delà des mots.

Merci à Isabella di Nolfo et à Valentina Masilli, qui se sont habituées à mes grains de folie et qui savent calmer mes angoisses.

Un immense merci à Silvia Donzelli et à Stefania Fietta, mes agents. Si elles n'avaient pas cru en moi depuis le début, cette histoire n'aurait jamais commencé. Merci pour votre patience et votre présence, toujours. Vous êtes irremplaçables.

Merci à Nord, ma maison d'édition, et en tout premier lieu à Stefano Mauri, Cristina Foschini et Marco Taro, qui n'ont jamais cessé de me manifester leur estime et leur affection. Merci pour votre sensibilité et votre intelligence, pour votre capacité à voir en moi d'abord un être humain, et ensuite seulement une auteure, pour l'accueil que vous m'avez réservé en dépit de mes névroses manifestes. Merci à Viviana Vuscovich, qui a ouvert à la saga des Florio les portes des éditeurs du monde entier ; personne d'autre n'aurait pu accomplir un tel miracle. Merci à Giorgia di Tolle, la patience incarnée, et à Paolo Caruso, qui a eu une idée décisive. Merci au service du marketing, d'Elena Pavanetto à Giacomo Lanaro, toujours attentifs, toujours créatifs, toujours amicaux. Merci à Barbara Trianni, la formidable responsable du service de presse, qui est aussi ma *partner in crime* et mon accompagnatrice dans mes séances de shopping, mais encore et surtout une femme extraordinaire, courageuse et déterminée. Merci à Alessandro Magno, responsable de l'équipe en charge des audio-livres et des e-books formée par Simona Musumeci, Davide Perra et Désirée Favero. Merci à Ninni Bruschetta, « la voix des lions ». Merci à Elena Carloni et à Ester Borgese, qui ont repéré les coquilles et les erreurs, et une fois de plus à Simona Musumeci, qui a uniformisé les passages en dialecte. Si je pouvais, je monterais à bord d'un dirigeable, j'y attacherais une banderole de remerciement et je survolerais pendant des heures la via Gherardini. Qui sait ? Tôt ou tard, je le ferai peut-être pour de bon.

Trois personnes sont demeurées à mes côtés, au cours de ces années de recherche et d'écriture.

Francesca Maccani a toujours cru en mon projet, dès le début. Elle n'a jamais reculé devant les obstacles, elle a essuyé mes larmes, elle a prêté une oreille bienveillante à mes confidences et elle a été, au sens plein de l'expression, mon ange gardien.

Francesco Melia, dont la culture historique et artistique est impressionnante, a fait preuve d'une totale disponibilité dans sa collaboration avec moi. J'ai beaucoup apprécié la délicatesse et la patience de ce compagnon d'aventure qui a parfois su balayer mes incertitudes d'une simple boutade.

Cristina Prasso est une des femmes les plus réservées de la planète et je ne lui dirai qu'un mot : merci. Si tu n'y avais pas cru toi aussi, en 2018, si tu n'avais pas lu mon premier roman en une nuit, il ne se serait plus rien passé. Merci de ne pas m'avoir abandonnée à mon triste sort ne fût-ce qu'une minute, même dans les moments où la tâche devenait harassante, où je craignais de ne pas réussir à raconter cette histoire comme je sentais qu'il *fallait* le faire. Merci d'avoir été non seulement mon éditrice, mais aussi une amie et un point de repère. Merci pour tout ce que tu m'as appris et tout ce que tu continues à m'apprendre chaque jour. Merci d'être là et d'être ce que tu es.

Merci à vous trois. Il y a, derrière ces quelques mots, beaucoup de non-dits… qui doivent demeurer tels.

Merci à tous ceux et toutes celles qui lisent ce roman, qui le conseillent autour d'eux, qui en disent du bien sur Instagram ou sur Meta. Et merci aussi à ceux et celles qui ne l'aiment pas et qu'il laisse indifférents : lire est toujours, quoi qu'il arrive, une manière de prendre soin de soi.

Merci enfin à Paolo et Giuseppina, Ignazio, Vincenzo et Giulia, Giovanna et Ignazio, Franca et Ignazziddu et leurs enfants. Chacun de vous m'a donné ou enseigné quelque chose.

Mon dernier remerciement vous revient de plein droit.

Table

De la même autrice
aux Éditions Albin Michel :

Les Lions de Sicile, La saga des Florio I, 2021

Le Triomphe des lions, La saga des Florio II, 2022

PAPIER À BASE DE FIBRES CERTIFIÉES

Le Livre de Poche s'engage pour l'environnement en réduisant l'empreinte carbone de ses livres. Celle de cet exemplaire est de :
200 g éq. CO_2
Rendez-vous sur www.livredepoche-durable.fr

Composition réalisée par MAURY-IMPRIMEUR

Achevé d'imprimer en France par
CPI BRODARD & TAUPIN (72200 La Flèche)
en septembre 2023
N° d'impression : 3054238
Dépôt légal 1re publication : octobre 2023
LIBRAIRIE GÉNÉRALE FRANÇAISE
21, rue du Montparnasse – 75298 Paris Cedex 06

83/2134/6